你的星座

苗向阳　著

作家出版社

目录

卷一

序与质

每个人都有自己对应的星座，要想在星序中站排头，就必须打造上层的质量，带着你绝对星等的震撼，双倍地闪亮登场！

1

每个人都对应一个星座，因而又构成了一个缤纷的人文星空。在新一轮大重组之际排序就显得尤为重要，而星序的确定是由各自的质量决定的，那是星序与质指数的辩证！要想在显赫位置占一席还得经过艰苦的打造，质量的升降就相当值得期待，不然命运怎么会是个变数！这是一场大变革后的超新星大荟萃，一路铺排得惊天动地。爵士鼓牵着这些美妙的造物不停地旋转，展示着他们阴阳碰撞而发出的奇异的光。这光将整个演播大厅映照得云蒸霞蔚，强烈的光照下，隐秘的内核就难免纤毫毕露。至于一路如何演绎，还得看各自的舞蹈，一个蝴蝶效应，也许就会改变各自的命运走向。上帝不但掷骰子而且在看不见的地方掷！

这里叠加着多重交响，同时体现着多重主题。

小主题是时间老人铺排的。时值元旦佳节，正是万象更新、万事起步，市长胡昌稷要做元旦献词，为使每一个角落都能触摸到他的更新形象，他选择了电视直播。

中主题是情感纽带缔结的。这里多是新更换的各路统帅，大家接受不同的教育，具备不同的秉性，为使这一盘散沙凝聚起来，胡昌稷不能不通过各种温情聚拢，以实施他的战略目标，而舞会就是最好的方式。

大主题是时代主旋赋予的。时代变革一如新星系的形成，那是一个非常复杂的课题，它的形态、样式都不容忽略，因为那是整个时代的标志。胡昌稷为使他的标识更加醒目，他必须号召部下各司其职。眼前跃动着的群英都是他精挑细选的，但要形成一条龙，还得经过一番艰苦卓绝的调教，因而胡昌稷自觉任重而道远。

这里展示着多幅画面，因而呈现着缤纷绚烂的色彩。

胡昌稷，一市之长。他端庄恬淡，喜怒哀乐全然不写在脸上，一派乐极不怕生悲、否极不乞泰来的自若。他正驾驭着时代的大船，运载着数以万计的乘客，为驶向预定目标而运筹帷幄。

扈黎，市委书记。为无为之事，行不言之教，他笃信榜样的力量。

吴纳西，市政府办公室主任。首批工农兵大学生，专攻社会心理学。此刻他正以解剖刀似的目光解剖着每一个人，他最不信的就是宿命。

佫恪，广播电视局局长，是扈黎带来的。万向权，广播电视局副局长，若不是佫恪，他就是这一局的首席长官了。

面色苍白略带病态的杲昊，电视台记者，是中途在一位小青年的挟持下入场的。这里的舞兴正酣，没几个人注意到她，佫恪却偏偏于万绿丛中认出了那一点红，此前他的目光一直在追寻，因而她一经出场便被佫恪捕获。那小青年是谁？那么有面子？事先佫恪探听过杲昊的信息，据说她是不轻易参与此类活动的。杲昊在一处边远地带落座，由于地带偏远因而没开灯，昏暗中只可见到两个模糊的影子。

佫恪的心律在加快，他终于看到她仍然活在这个世界上！他本该立刻上前去见她，可他没有这个勇气，他毕竟是有了家室的！

灯光下，杲昊看到佫恪众星捧月般被包围着，一束顶光正打在佫恪的脸上，这使他明媚灿烂像个太阳神！曾几何时，她将生命的所有，都赌注般押到了他身上，于是，太阳神这理想的造型便构成了……这梦魇般的铭刻，就肇始于他们的初识。

秋日，太阳变得清淡而惨白，哥哥倪莳萝带着她去给一个病孩医病。

小木屋迎出一对中年夫妇，地道的乡巴佬，我们姓张，就叫我张嫂。你能将那孩子的病治好，这小丫头可有伴儿了！

杲昊率先进了那病孩儿的卧室，一个消瘦羸弱的男孩儿，一点不像张家夫妇。阳光透过窗棂洒到他脸上，两颊绯红，额头渗着汗珠，倒像是她心中的太阳神！那病孩看到杲昊便流着泪说，我快要死了……杲昊抚慰地告诉他，哥哥就是来救他的！那病孩眼睛一亮，他拉住了她的手。

他又拉住了她的手。

杲昊像触了电，本能地将手缩回，可已被佫恪牢牢抓住。

佫恪红涨着脸大有背水一战的决心，“你必须同我跳这场舞，很多人都看到我抓着你的手，如果你不给面子，我在他们面前还怎么做人？”杲昊回头看到身边的位置已空，于是极为勉强地站了起来。

“他去拿饮料了，我就是趁着这个机会来请你。他是谁？说真话！”佫恪边拉她下舞池边用极低的声音逼问，在音乐的覆盖下，佫恪确信没人能搞清这里发生了什么。

“他是电视台的摄像师，我并不习惯有人围着，可又不好赶他。”

管弦声声，交替鼓动着穿心越肺的声浪，这癫狂痴迷的酒神艺术，最能唤醒意识深处的灵光。于是，两颗磁石般吸引的心，不可抑遏地碰撞出一天的火树银花，这花在舞池中灿然绽放。轻盈地，蝴蝶般地蹁跹，颤抖地，雨打芭蕉般地扶摇，他们穿过理智的网脱壳而去，在无垠的太空遨游。两对痴迷的目光，穿透彼此由假象编织的帷幕，深入速率不齐的心，经过千回万转，却于九曲十八盘滞留。理智的、伦理的、道德的栅栏，构成一幅幅惊心动魄的奇景，一如珠穆朗玛冰峰的狂风暴雪，撒哈拉沙漠的飞沙走石，维多利亚瀑布的水烟珠帘，维苏威火山的地火岩浆，虽无比壮观，却是生命的禁区！要想与这无与伦比的壮观景象亲密接触，首先得准备粉身碎骨！那悲壮的辉煌陨落，正是这奇妙占有的沉重代价！可这乱糟糟的世界正喧嚣着人性回归，还有自我价值的大拍卖，有谁还去重视道德、理智筑起的铁栅呢?

佫恪用力收了收揽在杲昊腰间的胳膊，他们的距离缩小了，他知道这是一种冒险，会在不同的人群中引起不同的关注。管他呢，人生几乎有一半的麻烦来自对世俗一轮的焦虑，能从这个愚昧的困扰中解脱出来，就会获得那一箱箱的快乐！在这心路闭塞的人生旅途，他一直孤苦而寂寞地踽踽独行，路边撒满锦簇的鲜花，哪一朵是属于他呢? 险象环生的幼年，羸弱多病的童年，忧患多舛的青年！再后来他就掉进了灰色的蛛网，那坚实而柔韧的游丝将他牢牢地粘住，从此便失去了自由！就算是随波逐流，也该出击了，为了可怜的杲昊，也为了可悲的自己！

突然他听到一片轰然的笑声，他定定神，意识到慢四步早已休止，唯有他与杲昊还在原地踏步。尴尬、难为情、恨无地缝可钻，这些该死的词搅得他血液上冲，完全失去了理智的选择。杲昊不知何时已挣脱了他的臂腕逃出了大厅，这里只剩下他，一切问题自己扛！他在原地又镇静了几分钟，梳理着自己不知出了些什么洋相。

众里的笑声更大了，轰然挺进的声波又惊动了墙角的市委书记扈黎，一惊，倏地站了起来，可腿脚不听使唤，竟砰然倒了下去。大厅顿然乱了阵脚，一窝蜂围上来，抬脚的抱腰的，一个大人球好歹滚到门外。扈黎的小车司机也慌了手脚，竟去开胡昌稷的车门。胡昌稷的司机又将扈黎的司机大骂了一顿，从此结了梁子。大乱中好歹找到了扈黎的车，将扈黎塞进车厢，小车这才一溜烟跑掉了。

一阵骚乱，总算解救了走投无路的佫恪，他像断了脊梁的野狼，逃到无人的角落去舔他的伤。大厅的后事，在他意识阈一概空白，元旦聚会，就这样惨兮兮告终。

2

这个市是刚刚成立的，机缘来自大企业政企分离。这里原本是一个大型能源基地，政企合一，胡昌稷原是这里的最高统帅。市政府组建之初，原本打算由省统一委派班子，怎奈省里的人没有懂专业的，只得原地产生。省委管组织的副书记许童对此却是心怀耿耿，他一直想派个自己信得过的人，因为他认为油大头自恃功高难于管理，从胡昌稷那一身傲气就可管中窥豹。好在市政府之上还有市委，市委书记扈黎就是在这种理念下派过来的，这才使许童有所释然。这一微妙的心理错位，敏感的胡昌稷不能不察觉。佫恪是扈黎带过来的，心知肚明，大家早将各自的内线划清，佫恪是扈黎的人，对佫恪舞会上的失态以及删除其恶劣影响，胡昌稷是不能轻易插手的。思来想去，他觉得应该找个心腹仔细研讨，而最知音者，莫过于市政府办公室主任吴纳西。

吴纳西是胡昌稷亲自万里挑一的绝对知己，首批工农兵大学生，专攻社会心理学。他原是丹家崖毗邻的一个农村记账员，由于账记得出色，深得领导心仪，于是就送他去上了大学，不然怎么就会有“命运”这一说呢。胡昌稷是学地质专业的，专门寻矿找矿，当年大学毕业就在丹家崖实习。由于受到丹家崖一些重要人物的呵护，后来竟将丹家崖视为第二故乡，至今还与那里有着千丝万缕的联系。吴纳西毕业后，怎会甘心再去当那个记账员，于是便到了这个资源大市谋职。当时，胡昌稷是求贤若渴，他觉得进过大学的门总比白帽子强，凡是分配的大学生，他不问青红皂白便是一概收留，而且亲自视其优劣因材施用。当他得知吴纳西来自丹家崖，又是学社会心理学的，于是爱屋及乌，便将吴纳西提为市办主任。

胡昌稷还有一个贴身知己，那就是为他保管机密文件的筱晓，筱晓来自一所中学，虽没上过正规大学，却是历史和时事的活字典，又写得一手好字。他所管理的资料，那叫一个齐、清、工、美，只是人长得奇丑，只差毫厘就能算到侏儒那个行列。胡昌稷觉得带着他进出绝对好处多多，首先他绝不会招蜂引蝶，这就免去了泄密一说。再者，像他这么奇丑无比的人，自然就缺少偏爱，只要对筱晓稍示恩宠，他一定就是百分之千的忠诚！另外胡昌稷用人之道，都是一个岗设两个人，他们之间可以相互监视，有问题都率先向他胡昌稷汇报，这等于在双方身上都装了电子眼。在贴己这一岗他就安置了吴纳西和筱晓，每次要找吴纳西他都是让筱晓去叫，而不是通过电话，借口是怕有人窃听，这样便可以得知吴纳西房间都有些什么人进出。筱晓则不用，他的办公室就在市长的隔壁，无论什么情况都逃不过市长的眼。元旦聚会不欢而散，胡昌稷一直心中不悦，于是想找吴纳西研讨。

此次也不例外，又让筱晓去将吴纳西叫过来。

吴纳西对于这种方式一开始就持有异议，首先是对筱晓存在着天然的反感，也许是他太丑，视觉上就是个不小的冲击，每看到筱晓都是一场搏斗，他得率先说服自己不能以貌取人等等，凭他的敏感，绝对感觉得到筱晓是装在自己身上的电子眼，说白了就是胡昌稷的耳报神。一旦有机会，他最先清除的就是筱晓！

带着对筱晓的恶心，吴纳西调整了好一会儿才来到胡昌稷办公室，这时他已能轻松面对市长。每次见市长他都从不先发话，只是极尽恭敬地候在那里，只等市长的发问。这既是个缓冲，也是对市长的极端尊重。

此次胡昌稷表现极为亲切，将他团结奋进的战略宏图为吴纳西展示了一遍，最后出示其中的两个难点，一个是佫恪的意外不和谐，另一个就是自己的小车司机得罪了人，将扈黎的司机大骂了一顿，人家是不依不饶，非逼着赔礼道歉，自己没了主张，就请吴主任来做参谋。

吴纳西听后心里很受用，因为他感觉到胡昌稷确实拿他当知己，他可以借此契机，左右胡昌稷的行为走向，若胡昌稷真拿他当知音，这一目标大势可成！于是吴纳西诚恳地为胡昌稷献上了自己的行动参数。

首先赔礼道歉绝不可为，这是示弱的信号，两军对垒最忌讳的就是示弱，从此将形成恶性循环，凡事都得让着三分，长此以往必然被人削了锐气，最后只能是投降的局面。投降就意味着垮塌，就意味着失败！

此前胡昌稷可一点没有这种想法，他心里只装着和为贵、忍为高一类，可社会动荡，人心浮躁，若真像吴纳西剖析的那样，岂不自取受制！一个蝴蝶效应，胡昌稷改变了心理走向，于是诚恳地讨教那该这么办。

吴纳西初试成功，他看到胡昌稷可以被牵着鼻子走，心里别提多快意，原来滴水穿石就是这样进行的！于是打点起千万种精气神为胡昌稷出谋划策，这好办，把不听话的司机换掉，换个听话的！虽然看上去这是个退让，可实际上这是最强硬地杀鸡给猴看！有谁坏我的大计？小车司机就是前车之鉴！最高统帅最要紧的特点就是强硬，散沙靠了高温高压就会形成金刚石！那才叫坚不可摧的大一统！

这样的献计，对于强力意志的胡昌稷是再合意不过，那叫痛快叫畅爽，胡昌稷居然就轻易听从了吴纳西的煽动，蝴蝶效应至此得以确立。可胡昌稷又念着那个小车司机并不是不听话而是听过了头，那是在为他胡昌稷鸣不平，这一市的首席本该是胡昌稷，可省里却为了自己的心理平衡，竟派个老谋深算加外行来监督，岂不憋气窝火，那小车司机也是看不过眼才为之！于是又向吴纳西讨教，那原来的司机怎么安排？

那要看市长的感情厚薄而定。厚，提拔！中，换岗！薄，开出机关！

吴纳西的杀伐决断正中胡昌稷的下怀，心里滋滋润润，那换谁呢？

当然是既听话又忠诚，还得有脑子、有眼力，会急转弯的，这样就不会惹麻烦添乱子，只有忠是远远不够的！

胡昌稷有些犯难，于是言不由衷地，有这样的人选？

吴纳西大包大揽，他又献策说，吴计的哥哥就是最好人选。吴计的哥哥叫吴畏，原本是独生子，因一家人都心地善良，大年三十在路旁捡了襁褓中的吴计，农村生活本来不富裕，对女孩又轻视，可这一家竟能省吃俭用，将一个毫不相干的弃女拉扯到吴计那样，可见为人不错，这就解决了忠诚的问题，另外吴畏极为聪明机智，留在身边会处理好各种关系，这就免去了无谓的人际纠葛，绝不会添乱子！

胡昌稷极为满意，又说他对佫恪一无所知，佫恪的行为在舞会上造成极坏的影响，不知该如何处置，还得请吴纳西仔细剖析指点。

此时的吴纳西已是底气倍增：挤走扈黎便是当务之急！

胡昌稷已入了吴纳西的戏份，急急地问，扈黎可是许童的心腹，可不是那么轻而易举就能挤走的！

吴纳西接着剖析，人的弱点不外是一个“情”字。情是怎么来的？不都是靠高浓度的相处得来的吗？为什么不攀上许童，取代扈黎！

胡昌稷又急于求成地：取代扈黎？也不是那么简单！

只要我们稍稍出点血，就淹死他许童！那可是以小易大！

还是会计出身的会算账！胡昌稷半慨叹半赞许。

吴纳西一派责无旁贷：若胡市长信得过，我愿不辱使命！

咦？这主意好！胡昌稷觉得空前合他的胃口，不一定让对立面挟行李滚蛋，那样倒显得像容不下人似的，滚了这个指不定还有那个，不停地滚起来那也不是事！就把他们摆在那里，起不了什么作用，那才是最高境界！胡昌稷顿然满心爽畅，将人际关系这一重任，从此全权委派给了吴纳西，蝴蝶效应，由此起于青萍之末。

3

吴计是吴纳西从丹家崖携带出来的村姑小旦，她结识吴纳西纯属偶然，一天她在路边采野菜，正遇上城里回来的吴纳西。吴纳西惊异于她的美艳，便建议她不如到城里闯闯。她便把这事对养父说了，养父得知吴纳西是邻村的高才生，也就放心将吴计交给了吴纳西。

吴计刚进城就进了文秘班进行学习，这一学进步不小，能写小文章、会操计算机、能摄影、会驾车，迅速具备了高于一般的谋生技能。之后便被分配到香港街绿洲大酒店当服务员，随之便出落得雍容华贵、知书达理，每有贵客便由她亲自接待，一时名噪全城。

市长终于巡察到绿洲大酒店，吴计便有机会一展身手。胡昌稷一行正值酒酣，吴计一出场有如抽刀断水，市长一班人推却酒宴随吴计进了 KTV 包房。胡昌稷一时唱兴大发啾啾鸣个不停，明眼人一看便知那是孔雀开屏效应，装扮得美艳绝伦的吴计，早将市长引入酒神状态，好歹市长的一曲《妹妹你大胆地往前走》总算收了尾，吴纳西看到火候已到，便推说要去洗手间，合情合理地退了出去。

房间只剩下了吴计和市长两个人，吴计觉得这可是征服市长的极好机会。市长，一市的最高统帅，按照吴纳西的理论，征服了市长也就等于征服了这个市！带着改变命运的宏愿，上前给胡昌稷送了杯茶，“胡市长的歌唱得真好！像你这样的大市长是不是从来没有烦恼？”吴计拿出了极限的妩媚，她就是想试试，能不能征服这样的大人物。

其实胡昌稷正苦恼着，正所谓是人人有本难念的经！胡昌稷出身于名门，自小就目睹了天下的奇珍异宝，对珍宝的独钟，令他选择了地质专业，原本想凭自己的能力去寻遍世间奇珍。可家里不同意他的选择，认为地质工作爬山越岭太辛苦，就早早为他娶了家室，以为这样就会拴住他的心不致离家太远。可这个家室，实在不合胡昌稷的胃口，新婚不久他就弃家而去，再也没回去见过这个父母包办的妻子，可想不到她竟给胡昌稷生了个儿子，这就是胡大龙。后来胡昌稷考上了地质学院，在学校结识了他现在的妻子杨飞燕，胡昌稷便休了前妻娶了杨飞燕，也为他生了个儿子，取名胡小龙。后来，前妻竟将胡大龙送了过来，这可成了杨飞燕的一大心病。于是便装疯卖傻，将胡小龙也拐带得精神不正常。好歹在吴纳西的操持下，给胡大龙办了个饭店开着，可杨飞燕依然对此不依不饶，后院着火胡昌稷正闹心。

看到胡昌稷一脸的沮丧，吴计极为不解，“大领导也有难唱曲？真是不可思议！大人物应该把什么都看开！”

“唉，大哲学家又怎么样呢？”胡昌稷半感慨半自慰，“叔本华说人生是一场悲剧，毫无意义，而尼采又企图以艺术拯救人生，认为欢乐会在审美中找到归宿，我一直试着这么做……可他们自身又怎么样呢？尼采精神分裂，这就是他定义的超人？这就是他追求的彻底超越！”

吴计听不懂这些高深的理论，只有崇拜的份儿，于是由衷地赞叹：“你不像一般的领导，像个艺术家又像个哲学家！”

胡昌稷恍惚间感到了审美超越，痛苦、闹心都在这美人面前得到了抚慰。不经意间，看到吴计脖子上的项链：“你怎么戴个玻璃项链？”

“一个穷服务员，哪有钱买真的！”吴计说的是实话。

“我那有条西洋珍珠链，是我出国时一个贵妇送的，我对那妇人不感兴趣，对她的东西也厌烦，如果你不嫌弃就送给你，看你人面桃花的，再佩戴上那串西洋珍珠链一准是珠联璧合相得益彰！怎么样，想要吗？”

吴计当然想，这么英俊潇洒的大领导，巴结还巴结不上呢，竟主动送她贵重礼物！于是乐不可支：“市长这么瞧得起我，真是三生有幸！”

胡昌稷直逼过来，“那我们现在就去取？”

“真的？我还以为市长只是说说……”吴计直觉已是芝麻开门。

胡昌稷义无反顾地甩掉了吴纳西，打车回了自己的老巢。

进了办公室，胡昌稷便拉上了厚厚的窗帘，然后在套间床头柜的抽屉里找出了那串项链，比豆粒还大的珍珠放着异彩，吴计真是看傻了眼。

“这是彩珠，比普通珍珠更加光彩夺目！”胡昌稷仔细解释着，“在国内这串珠子得上万！可在那贵妇手里，也就跟几毛钱差不多，这就叫价值不等。就像你，若留在农村不值什么，可出来经过一番改造，就成了有用的人才，到我这里你就成了高贵的公主，以后别戴那些假东西！”

“真的？”吴计情不自禁地拉住了胡昌稷的胳膊，跳跃着，“做你的公主？那我太幸运了！不是在做梦吧？”

胡昌稷稳了稳神，“来，把它戴上，看像不像公主！”

吴计接过项链，便急切切地试着往脖子上戴，可她没弄清链扣的机关，又加上紧张，翻来覆去半天没戴上。

胡昌稷走到她身后，“来，我给你戴。可惜，怕是只有这一次的福分。”胡昌稷说着，可并没立刻给她戴，而是轻轻抚了抚她的脖颈。吴计不解地回过身看着他，胡昌稷谦和地解释，“一绺头发垂在脖后，我替你撩开，好，这回没问题了。”说着给她戴上了。然后又轻轻抚了抚她的肩头，示意她去壁镜照一下，吴计顺从地走到镜前，随即胡昌稷也跟了过来，镜子里出现了他们的合影，胡昌稷微笑着，自信自己是个很有风度的男子，绝对配得上这位年轻的杨贵妃。

吴计看到风度翩翩的胡昌稷感慨甚深，“这个位置该是夫人的！”

“唉……她精神不好，大家都知道我有个疯老婆，命运不公平啊！”

“像市长这样的美男子，一定有个花样的妻子，不想竟是这样……”

“我这一生最遗憾的就是没尝过恋爱的滋味……其实我是很苦的……”胡昌稷说的是实话，他带着满负荷凄惶，又回到自己的座位上。

吴计跟了过来，“你是个很值得爱的人，就没有年轻姑娘爱你吗？”

“哎呀……哪个年轻姑娘能舍生忘死地去爱一个结过婚的男人？”

两个人都沉默了，吴计的思路已到了山穷水尽，如果能给市长带来这类的抚慰，她绝对能做到赴汤蹈火。她深深爱上了胡昌稷，几乎成了她的偶像，就是一见钟情那种。可这怎么对他说呢？于是长吁短叹。

“你在想什么？”胡昌稷不理解她的长吁短叹。

“我在想我就能舍生忘死，哪怕是赴汤蹈火！”说着面泛酡红。这是一种纯异性的吸引，是一种电闪雷鸣的刺激，绝没有仰仗权势的成分。

跨高山越激流，胡昌稷终于跨越了伦理道德的栅栏，上前拥抱了吴计，他怕失去这唯一的机会，真有些舍生忘死将她抱上了套间的床。吴计喃喃地问，“恋爱不就是谈吗？怎么还包括这个？”胡昌稷也喃喃地答，“你不愿意？”吴计哆哆地，“愿意，怎么会愿意！这不是在做梦吧？”胡昌稷已达极限癫狂，“梦就梦吧，梦也是好的！”“那你可不要忘了我！”“只要你不忘我……”“永远？”“永远！”

癫狂总释终于渐渐收了尾，胡昌稷发现他们弄了满褥单的血，这是他没想到的，他以为像吴计这样的三陪小姐，早已没了完整的身，不想她还是个地道的处女。于是心中极为抱歉，若早知如此，他绝不会如此鲁莽，他得慢慢教她如何享受这第一次的快感，如何品尝这第一回的顶级美味，可为时已晚，他必须得终生为她负责……

吴纳西左等右等不见传唤，不得不回包间寻找，一问五小时前两人就双双离去，吴纳西心里便有了底。他惊异于胡昌稷入戏如此迅速，原来改变一个人并不困难！此后，吴纳西便在一派震惊中，大踏步前进。

4

吴纳西一进门，便被两位结义金兰团团围住。两人一位叫达生，一位叫翁折东，尽管才富五斗，怎奈命运蹇蹙，郁郁不得志。

达生，达生？这名字大概取自《庄子》的佝偻承蜩用志不移，也够难为他老爸，孩子呱呱坠地，他还能在那里翻阅《庄子》。都说名字能左右一个人的命运走向，他老爹一定是期望他一生凝神敛气，用志专一。可后来的走向却不怎么样，当初恢复高考之际，偏偏遇上恶霸村长，村长儿子也参加高考，那时高考成绩也不张榜公布，更是没有网络查询一类，只凭一纸通知就能入学，那恶霸村长暗中动了手脚，达生好歹上了一个不起眼的大学，学的是化工专业。又由于他太过凝神敛气，致使他的人际关系也处于凝滞状态，他被分配到一个乡镇企业的小化工厂实习，毕业后就留到那儿了。这与达生的鸿鹄之志相去甚远，曾一度苦不堪言。改革伊始，他便辞职干起了个体。搞化工那得有石油资源做后盾，便一路寻到了这个资源大市，由于一时没有接上轨，就在一家小旅馆落脚以待时机。当时吴纳西也刚到这个资源基地，正钗于奁内待时飞，恰巧也住进了这家小旅店。不久又住进一个淘金者，那就是翁折东。

翁折东就更加倒霉，倒霉就倒在他的名字上，折东的折原本是折服的意思，他老爹也许是有些折服毛泽东？结果被造反派们剖析为折断的意思，折断毛泽东？那还得了！岂止是大逆不道？简直就是作死！生生将他老爹乱棍打死！从此翁折东成了单亲少年，困窘中的翁折东，只读完高中就辍了学。一个聪明伶俐的翩翩少年，活生生被挡在了知识的大门之外。趁着改革开放，也学着人家外出打工，以求发财致富改变现状。翁折东人穷志不穷，虽只搞些小商品交换之类，可他在闲暇之余能自学成才，自学高考了一个商贸类的函授，不久也拿到了大专文凭，接着又自学大本，因而知识见长，渐渐也出落得很有见地。

没用几天，三人便因志同道合而结为生死金兰。于是三人切磋着，如何谋求各自的前程。顶数吴纳西最幸运，很快被市长胡昌稷慧眼识珠，破格擢为市政府办公室主任。当然吴纳西已不住这寒窑地窨的了，他早已搬进市政官员宿舍，享受着二级官员待遇。可他仍不忘结义兄弟，凡有大事小情仍会光临寒舍共同谋划，尤其为实现他们共同策划的“转乾坤”蓝图，定期不定期地见见面，汇报各自的进展，拿“转乾坤”逗逗乐寻寻开心，就算是肉眼凡胎也要赌输赢！

当初他们刚凑到一起，对命运看法不一。一个说，命运自有天注定。另一个说天人各一半，随波逐流就一点马列主义也没有。吴纳西却认为，一切全在后天打造，种豆得豆种瓜得瓜！翁折东不信，他激将说，你吴纳西能把自己打造成市长就服！达生是半信半疑，他说能将胡昌稷变成流浪汉就服！“转乾坤”计划随即残酷地应运而生！“转乾坤”包括两个方面，一方面是把他们三人转变为人上人，另一方面是将万人瞩目的胡昌稷转变为人下人，于半开心半逗乐子中，“转乾坤”计划横空出世。

当时学社会科学的极少，咦？吴纳西就是专攻社会心理学的，胡昌稷正求贤若渴，一眼瞧上了社会心理学者吴纳西！一步大运，吴纳西进了市政府机关！什么是命运？命运就是机遇的双关！吴纳西是抓牢机遇的高手，因而他旗开得胜！接下来他开始实施改变胡昌稷的试验。吴计不过是他投石问路的一颗石子，不想试验竟首试成功！从此他摸清了胡昌稷的软肋，他起码知道从何下手！吴计是他随意带进城里的，当时他主要看她长得漂亮，那是准备做他的候选妻子的，可他觉得那丫头有两大弱点，一是没学问，属于纯粹的白丁，另外他看出吴计太有心计，跟他一样，为了能出人头地，她会不惜一切代价，于是就失去了兴趣。此后便转手卖给了绿洲大酒店，他从中抽取了五万块中介费。

后来他就有意识拿她做诱饵了，其实胡昌稷的巡回视察完全是在他的鼓动下稳步进行的，他先是带着胡昌稷一家一家地查看，在胡昌稷毫无察觉之间，将吴计引见到胡昌稷面前。果不出吴纳西所料，仅几十分钟胡昌稷便上钩。至此他明白，需要，是人的第一软肋，他也炼就了一双火眼金睛，专门寻找别人的软肋，而且一找一个准。

此次前来，吴纳西可不是显摆他成功喜悦的，而是帮两兄弟干些实实在在的事，那就是帮两人办企业，使两人迅速富起来，以担负起帮助胡昌稷攀上许童高枝儿那部分资金，他已在胡昌稷那里许了愿，正准备替胡昌稷改变许童。此番改变得需要大量资金，这资金到哪里去找？私营老板？哪个私营老板？人家给你是情谊不给是本分。一旦资金链断“转乾坤”计划立刻归零！那他吴纳西也只落个吹牛大王而已，接下来再于何处落脚。所以，他必须弄棵摇钱树，人在家中坐钱在树上落，这样才能源源不断地为“转乾坤”计划注入资金，想扭转谁就扭转谁！

被二位难兄难弟团团围定，吴纳西绝对卖关子，关于他的计划只字未提，只说饿了要吃饭。两兄弟只得在小饭店点了些菜，像往日一样以穷哥们的姿态一派混吃混喝。但此次吴纳西没率先大发议论，而是精心询问二人生意上的进展，只是时不时赞一两句能干之类，以振士气。

达生先汇报了他的半饥半饿的惨状。下海后，他花钱置办了几台简易炼油炉，一个小炼油厂总算初具规模。可是绊绊磕磕，买那些落地油不知被人诈去多少好处费，长此以往就等于白玩。

吴纳西听后感叹唏嘘，并对天发誓一定要帮达生一把。他说目前正提倡一部分人先富起来，这是个极好的机遇，一定要牢牢抓住，把小炼油厂做强做大。他可以帮着办一个正式执照，炼油厂前面一定不能加“小”字，也不能叫什么工厂，而是要成立一个正式的公司！

达生自然乐不可支，讨口风什么时候能办下执照，吴纳西大包大揽不超过两周。两个穷哥们一听这不是好梦成真吗，于是异口同声大呼小叫，他们终于见了生命中的雨后彩虹！一番议论一番爆炒，公司的名字也随即烫手出炉，就叫霓彩，霓彩化工公司就这样在历史长河中定了格。

随后，又将注意力转移到翁折东身上，吴纳西知道翁折东善于经商工于心计，绝不像达生那样的豪爽那样的讲义气，于是议论也只停留在皮毛上。翁折东也有不小的进步，当时城市建设正如火如荼，建筑队伍大批量进驻，这就需要大量的生活用品，翁折东便从倒腾鞋袜之类转移到倒腾日用商品的大物件上。每天起早贪黑累得精疲力竭，也还是发不了大财，日进斗金就更算不上了，所以距离富有还差一大截。

吴纳西听后，为不使情感产生偏坠，也出示了极端关怀。他觉得帮翁折东一把也是责无旁贷。毕竟是患难一场，患难见真知嘛。今天帮他一把，日后怎么表现就看他的了，用得上更好，用不上也是翁折东欠着的，起码不会站到敌对面去。其实达生的好也不是地久天长，不过他看着达生会比翁折东易于教化，这样利益交换起来会显得比较顺畅，达生属于为朋友可以两肋插刀那伙的。翁折东则大为不同，凭他的精明，交换中缺斤少两他是绝对不会答应的，他是锱铢必较那伙的。弄好了顶多不会亏待你，只赚个白忙活那就不值了，他吴纳西也不是慈善机构。

心里决定帮翁折东一把，嘴里便将这一决定进行了一番渲染，建议他成立一个商贸公司，将商贸一块做大做强，并承诺帮他办执照。翁折东同样兴奋异常，将“感谢”二字粉末般撒了满天，然后将天地包裹起来，让吴纳西感受到除了感谢还是感谢。一番鼓吹一番哄抬，翁折东的公司定名为不倒翁商贸中心，至于搞什么项目，就看翁折东的能力。

5

舞会后，杲昊一直处于半昏迷状态，似有旧病复发之势，一时很难康复，便住进医院。青年摄像师方自珍一直守护在病房，一派舍生忘死。可神经科主治医王大为诊断，杲昊并没什么实质性的大病，绝对的心理错位，如果有对症的人加以开导，打开心结，即可恢复常态。谁能担此重任？倪莳萝？不！这许多年已证明他不胜任。俗恪？更不行！正是俗恪将她带进误区！将她抛在那里就不见了人影。如今他又找上门来，声称每天都要看到她，其实那是在往她心上扎刀，只会使她在泥潭里越陷越深，就像现在这样黏稠滞涩无法脱身。想到此，心中一阵阵酸楚，这酸楚逗引着她的泪，溪流般不间断地涌流。透过这晶莹的溪流，她发现这空旷的房间又投进一个影子，带着阵阵窸窣的声响，她惊异地望过去，影子的背后拖着一个实实在在的人，似是少年时代的俗恪，释放着旋风般的诱惑，那诱惑是从什么时候开始的？

情窦初开的山盟海誓，使两颗稚嫩的心陷入病态。在那个特殊的年代，两人都惨绝人寰地失去了父母，赤条条被抛进乱世争斗，幸亏倪莳萝收留了他们，这就背上了无底的人情债！他们必须活在倪莳萝的框架。

为了使两个小生命活得更有质量，倪莳萝一度外出逐蜜源养蜂，当他携着蜂蜜归来，就发现了这一严重趋势，倪莳萝决定将他们拆开，因为他觉得，佫恪复杂的社会关系，对杲昊的未来毫无保障，他试着将这意图对她讲了，可他们仍一意孤行，倪莳萝终于盛怒了，就是这盛怒将佫恪逼下了悬崖！从那以后他们便天各一方！

“佫恪！你看那长影子，是不是要拉你走？这次你要走，我一定也从那悬崖跳下去！”昏迷了几天的杲昊倏地爬起来，一只手指着方自珍。

“杲昊，你怎么了？我不是佫恪，也不是他的影子！我是方自珍……”方自珍上前扶住了她，以免发生意外。

“方自珍？对不起，你好像他年轻时候的样子……”杲昊极度疲惫地倒在床上，刚刚鼓胀起来的希望，又塌缩到一个奇点，那是一个无边的痛楚区，稍加触动便会散射无尽的痛，将她所有的快乐都覆盖起来。

“你干吗非得把自己弄得惨兮兮？人生极为短暂，尽管永恒轮回的生命意识最终都将回归宇宙，可这一瞬的辉煌总是令人留恋的……”

“我深陷自我思想的混战，不能自拔了。”

“我可以帮你！”方自珍看到一线希望，于是兴奋起来。

“不，我不能像一个癌细胞，四处浸润！你还太小！”

“小？你可以看作是时钟佯谬！”方自珍愈加昂奋。

“时钟佯谬？”杲昊的学识明显落伍，不过她开始凝神敛气。

“是啊！当速度达到宇宙光速，时钟发生佯谬。两只时钟，一只装上宇宙飞船做光速运动，另一只仍在地球上做匀速运动，过一段两个时钟的指数就不一样了。做慢速运动的那只钟时间走得快，做高速运动的，时间变慢了。咦？你听过这样一个民间故事吗？说有个人得道成仙到天上去周游，看到人间每隔一会儿就一青一黄，就这样青黄了一阵之后，他又回到了人间。人间竟然已是百年之后，亲友们都已老死，而他还是个青年人！当初听了，觉得十分可笑，现在看来，这可正体现着爱因斯坦的相对论！你知道这故事给了我什么启示？”方自珍带着独家卓见。

“什么？”杲昊愈加凝神敛气，思路与现实接轨。

“中国人很可能先于爱因斯坦发现相对论，你看四大发明、圆周率这些尖端科学，都是中国人率先搞出来的！如果将那个民间故事进一步发掘提炼，再上升到理论认识，岂不就是相对论！可后来，中国人的发明创造，就不是用来推动社会前进，而是用以荣宗耀祖，为确保自家的独一无二，又将注意力转移到压制别人上，这一恶性循环愈演愈烈，就有了现在的格局……”方自珍一咏三叹。

“这观点倒新奇，为什么单中国是这样？”杲昊思路开始走上正轨。

“我想，大概与封闭的地理环境有关，封闭的地理环境形成了闭关自守的小农经济，闭关自守的小农经济又奠定了故步自封的民族文化。你看，中国的诗、词、歌、赋极为发达，而戏剧直到元代才出了个关汉卿！这说明什么？不外是诗词歌赋是个体创作的产物，而戏剧则要集体创作！这就形成中国人一大弱点，缺乏整体意识！习惯于各成体系，帮派盛行！遇事先为自己考虑，何尝想着别人？”

杲昊满心的乌云欠了个缝，“你这些高见都快成思想家了！看来自顾自的倾向，是有其地理和历史根源的！那我们这些弱者该怎么办？”

“观念更新！换一种范式！”方自珍斩钉截铁。

“可我已习惯了既定的套路，就是别无选择那种！”杲昊无可奈何。

“傻！只会走一条路的人只能说是傻！你绝对有资格另辟蹊径，因为遇事你先想到的是别人而不是自己，你奉行的是奉献而不是索取，当你还没从理论上搞清这些观念，你就把自己折磨成这样！就冲这些，你就配接受满世界的爱！所以，我爱你！是真爱，是大爱！绝不是佫佫那样的，附加着各种条件！我会对你舍生忘死！”说着方自珍俯下身吻了杲昊，带着忘我的俯冲，带着赴死的抉择。

毫无准备的杲昊，眼前恍惚叠印出佫佫的影像，一种浑然的叠加。

“生气了？”稚气的方自珍拿不准他该不该这样做。

“你破坏了我的原则……”杲昊有气无力。

“什么原则？就永远死守着有了家室的佫佫？若是那样，我无愧无悔！”方自珍总算找到了坚实的理由。

杲昊沉默了，她在体味方自珍的忠告，只可惜她晚了半拍。当新思想冲开樊篱，在神州大地席卷，她却正误入歧途不能回归，是那个长长的黑洞把她给毁了！当她好不容易挣扎着走出黑洞，整个思想界又出现了疲软，无论多么精湛高深的见解，都失却了轰动效应！神圣的思想之光，经过映射、反射、折射、衍射，带着它的光怪陆离，一股脑跌进了误区！她岂止是缺少爱，她更缺少时运的托扶！

方自珍审视着沮丧的杲昊，他并不觉得这沮丧有什么不好，起码这说明她的思维正趋向正常，再稍加推动也许就会脱离错乱的纠缠，从此走上正轨。难怪佫佫已有了家室，仍对她割舍不下，她不仅有一种惊艳的美，还有一种欲近不能欲弃不舍的强力吸引！她那对忧郁的眼睛，严峻、深邃，万端情丝被她超强意志扼杀了，这给人一种深切的惋惜。微微翕张的嘴，总像有满腹的心事欲吐不能，这又给人一种沉重的同情。尤其她那张惨白的脸，时时向世人宣告，她随时会承受不了命运的重压，从而舍弃这美好世界，回归宇宙本体……凡此种种，都迫使方自珍不能不为她赴汤蹈火！此番他能舍生忘死对她实施救助，也就在情理之中。

一番洗礼，一番自慰，杲昊终于逃出昏迷的囹圄，思维开始清晰。她这才环顾四周，“我这是在哪呢？”

“医院，当然是医院！你病得死去活来……”

“怎么会是这样！我没病，只是太累。现在好了，我们回去吧！我不想在这更多地逗留……”杲昊强烈要求。

方自珍看到杲昊大为好转，心中升腾起无限欣慰，他决定从此做她的监护人，于是擅自决定带杲昊出院。

王大为怕出现逆转，便推荐了市直机关保健中医院经纶，说用他的祖传秘方巩固一下会更好。方自珍心想，什么药方也比不上他的真爱！

6

听说杲昊要出院，倪莳萝迅速将他闲置的福利分房整理一新，都知道倪莳萝对杲昊的恩比天高，杲昊出院后，便住进了倪莳萝的宅邸。

窗外又飘起了鹅毛大雪，这天地间圣洁的精灵，布下的却是满目凄楚，杲昊只有在这凄楚的灰白中游荡，没有方向，没有目标。过荷的负重，令她承受着不堪的隐痛。自那天见到俗恪，这隐痛愈加明晰，于是她便一病不起。眼下头脑倒稍觉清楚，只是那些灰白，总将她的记忆混为一谈，将她的意识引出躯壳，带到一个久远的时空。

那次她也是这么一觉醒来，屋子也这么空荡荡的，这些该死的黑影子也这么斜刺着，她怕极了，想找妈妈，她清楚地记得是爸爸把她抛在那灰白的背景里，自己逃生去了。可妈妈不在，她不敢起身就那么泡着，因为那些黑影子像极了鬼魂。天也是阴的，她看到窗子也是映着这样灰白的光，那就一定是下着雪。她想起身去看看窗外，可全身麻木着动不了，手脚和小腹却疼痛难忍。黑影子又在晃动，恐怖、疼痛轮番折磨着她，于是她就大哭起来，越哭越想哭，随后就收不住龙头，终于将黑影子引到身边，竟是村里的田坤。他弄来一盆水，黑乎乎的，田坤将她拉起来，把她的手脚都泡在那水里，小腹也上了药，很快就不疼了，过了几天就渐渐好转。此后她就由田坤照顾着，直到她剪碎了他的钱，田坤对她一阵暴怒之后，就又将她扔到那冰冷的灰白之中，一觉醒来再看到的就是倪莳萝，可不再是灰白，而是满眼的葱绿。

眼前的影子似乎又开始晃动，可此时她并不觉得恐怖而是痛楚，一种肝肠寸断的感觉，于是就不自主地抽泣起来。

“小妹，你这样下去会短命的……”这声音也带着凄楚的痛。杲昊抬眼看到那是倪莳萝，于是再也控制不住，一任其泪水飞瀑流泉般倾泻，倪莳萝的协奏随即跟了上去，形成一部完整的大三度和弦。凄迷的旋律满屋子回荡，翻云覆雨绵延滂沱，“我对不起你，你的一生是被我给毁了……可当初也是为你着想，佫恪那样的社会关系，又在那种凶险的历史背景下，无疑是个火坑！我的心一直吊着，怕佫恪没能力应对，不放心让你跟着他走，我的糊涂就在于看不到历史会转得那么快！”

杲昊的脸被泪帘覆盖着，苍白而憔悴，倪莳萝的低诉一如无边的芒刺，根根扎在杲昊的心，使她的心不停地流血。

一阵轻轻的脚步声，门被打开，灯也随即亮了起来，无情的灯光将那些黑影子碾成齑粉，随即一道古蓝闪了进来。

二重奏戛然而止，倪莳萝尴尬地起身，看到是首席教授屈子集。屈子集一身古蓝显得惨兮兮，似乎也在步自己的后尘，一派形影相吊。

“对不起打扰了，我也是来看令妹的，正好要您在合同上签字，学校里没见到您，出版社又催得紧，只好冒昧打扰……”屈子集一向孤傲清高，但对倪莳萝却恭敬有余，看到倪莳萝满脸泪痕有些不知所措。

“不好意思……”倪莳萝拭去了泪，“小妹病了让大家都不得安宁。”

“听说令妹也在搞创作，何不也结集出版？不凋的花，是事业的成功！”屈子集有意转移注意力，企图营造一个轻松氛围。

倪莳萝立刻来了精气神，“哦，小妹，起来坐坐，你还不认识屈教授吧？来，认识认识。”倪莳萝将杲昊扶起来，“屈教授是联合大学的首席，马上要出著作了，出版社来了人已经定了稿。从此就拜屈教授为导师也好随时指点，你的作品会很快得到提高！”

呆昊从萎靡中解脱，金榜题名的渴望盖过了情感的塌陷，人生最重要的两大支柱，其中的一个总算有希望得以确立，于是喊了声屈老师。

屈子集惶惑地应了一声，但对倪莳萝的赞辞没有激动的谦虚，也没有巧妙的迂回，却是将目光投向低垂的白色帷幕，一种进了灵堂的感觉。

呆昊下了床，在倪莳萝身边落座。一时交流断链，陷入极限沉闷。

一股幽幽的药香飘进屈子集的鼻端，他断定是呆昊身上散发出来的，这才有意无意看了她一眼，看到她无血色的脸，正与那帷幕遥相辉映，瞬间产生一个意念，这样一个小可怜能写出什么重磅文章？顶好也是些小感情的释放，绝非什么大手笔！屈子集有些失望，后悔刚才不该一时心血来潮，作品出版那是需要一定高度的。学校里有多少高才生他都没答应做他们的导师，他的心血来潮，也纯粹是对倪莳萝的崇拜。

这意念的形成，是在倪莳萝就职演讲大会上。

那次演讲他慷慨陈词：你们一定在期待我会有什么长篇大论吧？没必要！其实诸位都比我有高见，我的任务就是让大家把各自的高招都使出来，我们身处一个庞大复杂的人文生态网，一不小心就会掉进算计的陷阱，把人生的有效时间都耗在了自相残杀上。人生七十古来稀，有效时间也就三四十年，可一大半时间是用来绞尽脑汁为他人设置地狱！接下来倪莳萝好久没开口，就那么耐心地等待大家的议论，直到这热情渐趋降温。他又调整了一下状态，将声音也提高了几个分贝，所以从现在开始，把算计别人的本事都用来治理这个濒临倒闭的学校！你们也用不着防范我，甚至怕我会新官上任三把火，大家尽管铆足了力气去干各自的，搞项目的争取去拿专利，搞理论的就去著书立说，当导师的带出一批有国际影响的高端人才！我的任务就是给大家搭梯子，吹喇叭，让大家轻松登高，快速成名！台下议论已被掌声取代。

趁着掌声烟雾四起，倪莳萝铿锵收场。不知谁甩出一句，倪校长绝对虎踞龙盘！屈子集心中的崇拜就这样定了格。

屈子集收起因万端思绪搅散了的目光，聚焦在倪莳萝的脸上，凄楚愧疚使虎踞龙盘这个概念减色不少，如此之大的反差，一定有极深刻的内在因由，是什么呢？屈子集不得而知，只能喟叹人人有本难念的经。

倪莳萝感到了屈子集的注视，尴尬地扭转话题，“合同带来了吗？”

“不然再说吧，我不知道形势这么严重……”屈子集准备就此收场。

“无头案，我心情好不了了……来，把合同给我看看。”

屈子集踌躇着拿出了他的出版合同，“是这样，出版社销路不好一直亏损，尤其像这样的理论著作，这一万册的出版费让我们先垫上，等书卖出去这钱就归我们。若卖不出去钱就算白扔，你看……”屈子集一脸的赧色，根本失去了定力，难念的经终于轮到自己的头上。

倪莳萝稍加思考便得出了结论，“我看不错，出版社的风险由学校来担保，这等于给你施加了双重压力，书的质量我就不必担心了，谅你也不敢冒双重风险去玩文字游戏，以你的人格，我完全相信！”倪莳萝毫不犹豫地在合同上签了字，“再者，我的搭梯承诺，一定得兑现！”

倪莳萝的慷慨，杲昊为之一振。屈子集三十多岁的年龄，正值男人的风华期，就已经晋升为教授，而且已是著书立说了。堂堂正正的仪表一派正人君子，既令人崇敬又让人着迷，一路同行起码不用当贼防。不卑不亢的侃侃谈吐，佐证着他的学识渊博而扎实，放在身边那是绝对的四库全书！杲昊暗中思忖着，目光一直没离开这位志得意满的教授，这目光一定很有穿透力，不然他为什么脸泛窘态？君子坦荡荡！

“倪校长，我的事您一直很支持，大恩不说谢，告辞！”

“等等，妹妹的事……”倪莳萝有些急。

“哦……等有机会我给她介绍一位出版社的资深编辑，作品这东西，由于审美意趣不同，结论也是相去甚远，由主编亲自指点定会事半功倍……”扔下这一连串的观点，屈子集逃也般飘然而去。

7

吴纳西的“转乾坤”计划一直在稳步推行，经过前一段披肝沥胆的铺垫，胡昌稷已被圈进计划轨道，甚至有些依赖的趋向。其中最具价值的铺垫，就是吴纳西替胡昌稷解决了一桩擎天大案，使胡昌稷塌着的一方天终于得到了圆满弥补，那就是让胡昌稷终生都感到愧对的前妻亲子胡大龙顺利软着陆。吴纳西通过工商界的一个同乡，为胡大龙办了个私营执照，让胡大龙开办了当时最为赚钱的大饭庄。

凭吴纳西的心计，早早就开始观敌瞭阵，在机关食堂吃饭期间，他就盯上了灶上的大厨甄诚，于是又鼓捣甄诚到大龙的饭庄扛鼎。办了执照，又找到了扛鼎大厨，欢乐园一夜之间横空出世。

在税金火箭般上升、公有制和大集体纷纷倒闭的惨叫声中，一片帕提农式金碧辉煌的建筑群拔地而起，一眼就可以看出造价不菲，这片引得万目惊赞的大型建筑群，正是吴纳西为胡大龙营造的欢乐园。

胡大龙的迅速蹿红，无形中扯出一天的光环效应，许多名流美女都慕名而至，为的是一睹这位青年富翁的尊容。胡大龙自然值得一睹，从胡昌稷基因承继下来的诸多优质，在变异中又无形中得到升华。高大魁梧的身材，永远像个竞技状态最好的顶级运动员，潇洒英俊，又酷似好莱坞影星。他的优秀潜质则是通过一些细节来体现的，一双机敏的明眸散发着无尽的智慧，微微卷曲的秀发展示着天然的浪漫，他永远是似笑非笑，同样像他的父亲，乐极他不怕生悲，否极亦不乞泰来，永久牌的强力和自信。最明显的升华是属于伦理范畴的，那就是比他父亲更加大度，极为乐善好施。另外，胡大龙一向奉公守法，是有名的纳税大户。

众多的崇拜者中，广播电视局的一个绝色美人脱颖而出，那就是美艳绝伦的巴娜娜。巴娜娜是电视台刚招聘的节目主持人，绝对的标准“市脸”，不卑不亢，不俗不媚，只是学问差了点，仅仅高中毕业，找机会深造是她的最高理想。于是千方百计地寻找赞助，乐善好施又极为富有的胡大龙，便成为她的最佳人选。巴娜娜的胆大妄为，是得了广播电视局副局长万向权暗示的。此人果断顽强，心性极高，凡事都得压人三分点，上上下下都咒他一辈子娶不上老婆，三辈子断子绝孙，不然佫恪的宝座早该是他的了。咦？人家偏偏就娶上了好老婆——木子华，而且生了个好儿子，为了给妻子记下一功，儿子取名万木竞秀。

其实佫恪绝对没有与他作对的念头，可万向权却下定决心与佫恪血战到底。经过几番较量万向权看到没有任何进展，自己又是那样急于求成，于是便想到与胡昌稷套近乎，以借胡昌稷的手抹掉佫恪。

任何事情都不是想象的那么轻而易举，尤其是想与胡昌稷这样的大人物套近乎，所谓套近乎自然就网罗着诸多私利，说白了就是想在胡昌稷那里捞好处。好处就那么一点，多少人都想去讨一杯，就算胡昌稷有心给，也没那么多资源可提供，万向权便使出全身解数，伺机而动。

春节将至，万向权觉得这是个机会，便派巴娜娜去欢乐园先行探路，他给胡大龙选了各种光盘，有经典老歌，也有现代流行歌曲，有世界著名电影，也有二、三类内参片，都是市面上见不到的，说是新年期间也好为贵宾放映。双方意向一拍即合，从此巴娜娜与万向权结为同党。

大雪后，巴娜娜带着万向权的重托，来到欢乐园。置身五十米外的巴娜娜满心只一个“惊”字，她惊异于世界变化如此之大，她惊赞于生活突然变得如此美好，她惊叹于世间会有如此奇景，她惊诧于自己也会有如此好运！凡此种种，怎一个“惊”字了得！

带着万般惊异，巴娜娜来到胡大龙的办公室。门虚掩着，尽管推门声轻到常人几乎察觉不到，可欢乐园主人胡大龙还是一如装了内置警报，他瞬间转过身，以泰山压顶之势面对突袭者。这回该轮到巴娜娜惊吓了，她被这突现的强力惊得魂飞魄散。

转过身，胡大龙看到是位美女，其厌恶程度锐减，又觉得这位美女眼熟，可一时想不起在哪见过，不过他被巴娜娜的惊骇所震动，她怎么了？至于一脸的惊慌吗！于是半调侃地，“不是来行刺的吧？”

巴娜娜结结巴巴，“我是电视台的巴娜娜，开业大典我们见过……”

“嗯，当然是你表情告诉我的！不然干吗那么惊魂不定的？”得知来者是电视台的，瞬间想起来，她就是那个庆典上曾向他献殷勤的女孩巴娜娜，此番又出其不意前来奇袭，倒极想一探究竟。于是附和着百般慨叹，“唉，大清早就做得如此辛苦，一定是有要事……快进来吧。”

巴娜娜暗想，若能嫁给这样一位风云人物，岂止是幸福满足，简直就是涵盖天下所需，恍兮惚兮，巴娜娜已不辨东西，进入痴迷状态。

精明的胡大龙一眼看出，这绝对是没有见识的小女人所为，愈加看不起，竟将巴娜娜冷在那里，径自洗脸去了。

巴娜娜趁机又参观了他的卧室，卧室呈菱形，正圆的席梦思床置于锐角的一端，像个内切圆。草绿色提花地毯，簇拥着淡绿色绣花床罩，床上是一条淡黄色鄂尔多斯羊绒毛毯。屋子没有窗，靠淡绿色灯光将一切映入视网。一进屋便如同置身草坪，生命也顿显盎然。巴娜娜深深地呼吸着，真就有一种草地的芳香，不由痴迷地喃喃自语，怎么像到了草原……体验着能做胡大龙准妻子的感觉，她有些醉了。

此时胡大龙已洗完脸，大概是要到卧室涂脂一类，看到巴娜娜没经他允许就进了他的卧室，心中十分不满。因为他早下决心，非自己的正式妻室，绝对不允许其他女性进他卧室，巴娜娜强暴了他的誓言，破坏了他的原则，于是基本上屏蔽了对巴娜娜的接纳，但看在她没有见识的份上，咬牙原谅了她。又听到巴娜娜的喃喃自语，佯装不经意拿起床头柜的一瓶香水解释道：“哦，这是一瓶香水，既没有花的芳香，也不像市面流行的那种俗香，就是一种淡淡的草叶的清香，我把它放在负离子发生器里，和着负离子一起散发出来，用以净化空气，喜欢就拿去吧！”

巴娜娜有些犹豫，其实在接受别人馈赠上，也会产生许多歧义，一是说你不见外或实在，此后愈加情好意密。另一种则是说你贪婪，从此看低你，胡大龙会持哪一种呢？这也得两方面看，若他想两情长久，他一定选前者，若想一锤子买卖，就只能选后者了。谁知道胡大龙的内心世界呢？凭他永久牌的似笑非笑，就算心理医生也难判断。靠第六灵感巴娜娜没有接受。算是命运的眷顾，巴娜娜总算是选对了这一步，好歹挽救了她在胡大龙心中的厄运，不然，他会将她驱逐出境，永不得再见！

胡大龙放下香水，率先走出卧室，然后就等在门口，巴娜娜想不跟出来都不行，只好知趣地退了出来。巴娜娜一出门，胡大龙咣当关了房门，出示了绝对的逐客令。但凡有些自尊就该告辞了，可巴娜娜前来的使命尚未完成，她居然就厚着脸皮留了下来，稍事调整，“万局长让我给你送些光盘，快过年了一定用得上……”

“万局长？你们局长不是佫恪吗？”

“哦，对了！他们不和，万局长的意思是求您帮着……”

精明的胡大龙不等她说完，早将意思搞得一清二楚，他可不想参与这些乱摊子事，于是断然回绝：“这些光盘你带回去吧，过年我们放长假，绝对用不上！我要开会了！”说着又带头出了办公室，坚定地等在门旁，当然还是要关门，连个对不起都没说。

巴娜娜下意识跟了出来，恍惚惶乱中极力寻找着自救的转机，可胡大龙毫不客气地又是一声咣当，门上了锁。

8

那一时段，大家还没有到饭店过大年的习惯，胡大龙便早早给员工放了长假。他本人还有两大任务，首先宴请对他有功的人，另外，为了考察合适的新项目，他必须到南方去转转。因为近来越来越多的人际纠缠，使他觉得一直生活在父亲的阴影里，尤其像巴娜娜这一类的无礼骚扰，严重惊扰了他的平静，他隐隐感到一种惊险的暗流在涌动，冲击只是或早或晚的事。若有好项目，他想早早离开这是非之地，靠父亲自然省力不少，可那终不是他的意愿，他喜欢单打独拼，以展示自我价值。

看到各处都达到了他要求的标准便锁了每一道门，然后回到卧室换上自己最得意的一身西服，他得像模像样地接待他的功臣！在这充满形式和误解的世界，每一个细节都得武装到牙齿，不然就有被袭的漏洞。

“老板，客人都到齐了？”当他来到小餐厅，大厨甄诚是一脸的亲情，他一直将胡大龙当作亲人，而胡小龙更是吃着他做的饭长大的。

“菜都备好了？”胡大龙看着这位赤胆忠心的大厨回以极端尊敬。

“好了……怎么了？有不顺心事？”甄诚总是操着父亲般的关怀。

“唉……要说顺那就都是顺，若说不顺就都是不顺！顺不顺的全然是自己的一个认定。我在想每逢年节的，大家都放假享受天伦之乐去了，只有你就这么一直陪着，也没什么优厚待遇，心里总觉得不落忍。”

“快别那么说，我这不也是跟着享福露脸的？胡市长的赏识人尽皆知，跟着胡市长到处炫耀，什么高人贵客没见过？各级奖项让我拿了个遍！有几个长奖励级的？我就连长三级！够优待了！”

看到甄诚的任劳任怨，胡大龙这才安心去会他的几位重要客人。

其实胡大龙要感谢的主要是吴纳西，其他客人都是吴纳西带过来的，来客不多但很重要，都是承上启下的中转人物，吴纳西说这些人都是很重要的螺丝钉，必须得上实拧紧。一个是广播电视局副局长万向权，一个是联合大学副校长阕大德，再一个就是胡大龙的亲弟弟胡小龙。

小客厅是胡大龙的对外联络站，只能容下十来个人。超豪华装修，雕花壁镜分镶四壁，相互映照绵延无穷，钢化玻璃地板下闪烁着七色彩灯，顶棚穹隆式镜面与之呼应，地中间是一个钢化玻璃旋转桌，座椅也是钢化玻璃的，无影通透上下同辉，一种置身星际更有置身万花筒之感。

胡大龙进了屋只抱拳示意，没有更多寒暄便落了座。他看到阕大德是在座中年龄最大的一个，所以显得极为不协调。如今领导的子女都到了上大学的年龄，可多数仰仗老子有权不长于攻读，成绩平平能力有限，是为这个选择联合大学？一旦文凭到手，老子有权，分配个如意工作便是易如反掌。看来这位阕大德是个高端人才合成器，输进去的是毫无意义的人体密码，输出来的便是各种要职的领衔，至于能为社会干些什么，就不是他所管辖的范围了。反正都是公有制下的国企用人，干好干坏也不是谁家的事，只要自己觉得好。

上完菜，甄诚在胡大龙的示意下也入了席，全桌共六人，扯着骨头连着筋，“忌讳”二字也暂时从词典上被抹掉。先由吴纳西山盟海誓地确定了共荣圈的大前提，然后再依次是其他人的小前提、推论等稳步推行。

吴纳西极尽推心置腹地论述：“人不能没有朋友，无论商界还是政界都得有肝胆相照的朋友，大家彼此照应前瞻后顾，就没有闯不过去的龙门关！”接着隆重推出胡小龙，又是语重心长地，“胡市长每日为全市的大事日理万机，自己的事一概顾不上，小龙马上就要中学毕业，此番聚会就是为小龙策划一下未来的走向。是考联合大学？这不？管招生的阕副校长就在面前，大家看看帮着选个什么专业。”

胡小龙厌恶地，“我有那么笨？还用你们帮着策划？真拿我当白痴了！你们若真有这个本事，还不先把自己策划到天上去！”

吴纳西赶紧恭敬地回说：“不不，不是这个意思！这策划不过是摆几条路子，最后当然是由着您选！”他居然用了“您”。

“我的事不劳你们啰唆了！我要出国留学！”

“好啊！好啊！这正是大家所期待的！”吴纳西一锤定音，“那我们就着手准备吧……首先要准备的就是钱，无论到哪去留学都得是一大笔款子，下面就议一下这笔资金的来源。”

其实，胡小龙不提出留学，吴纳西也得提钱的事，因为他刚起步的难弟翁折东正等着资金周转，他手头正压了一大批走私彩电，如不及时出手，运行就将断链。另外，吴纳西还有一笔重要的人情债，他正等着钱去贿赂许童，钱哪里来？他邂逅的两个难兄难弟就是现成的钱袋子！

达生已被安排好，他的小化工厂已红红火火地投了产，可那部分钱还不能马上动用。随后他便将目光盯上了翁折东，翁折东的商贸中心率先进了一大批走私彩电，进价只有几百块钱，当时的彩电是几千元不等，弄得好单价就可上万！那时彩电是缺货，不愁卖不出去。

可等老百姓出大价，又迅速出手那就很难，若是有用货大户，又是公家的，那可就易如反掌！吴纳西经过反复琢磨，敲定了联合大学和广电局，广电局属正常设备更新，而联合大学就是电化教学了，两个大户轻易就可全部吃进，而且两个业务主管正拉着架势与他吴纳西套近乎。若让他们与翁折东直接对接，尚有两大致命弊端，一是无形中翁折东就会闯进他的圈子，吴纳西的圈子是绝不会让别人插足的。二是翁折东会知道出售价格，那他吴纳西还赚什么差价？若是让胡大龙转一下手，差价可以一分为二，从翁折东到胡大龙那部分归胡大龙，从胡大龙到广电和联大那部分就归吴纳西，是一举两得！

胡大龙责无旁贷，“钱没问题，由我负责！”

吴纳西听后，一如拿到密咒，“上阵父子兵，打虎亲兄弟！这就看出骨血亲情了！其实不需要你出什么钱，只需要你动动手，这不还有两位兄弟嘛！怎么能轻易劳您大驾？”吴纳西伸手指指旁边的万向权和阕大德，“你们二位也只是动动嘴的事！”

三位当事人都瞪大眼睛，等待吴纳西的下文。

吴纳西不慌不忙地呷了口酒，“有位经销商采购了一大批彩电，缺货呀！大龙先以三千元左右购进，广电和联大再以八千元上下买走，不用多，只搞一千台就是五百万！若再由广电发券，造足缺货的气氛，那些跟风百姓一准一窝蜂地抢购，几万台都打不住，你们打着滚地赚！富死人都不偿命！小龙留几个学？够他一辈子用的！”

胡大龙觉得不妥，目前市场虽乱但也不能坏了规矩，搞餐饮的怎么可以搞流通？但是吴纳西说出来的就没提出异议，便极委婉地，“小龙有自己的志向是好事，帮助小龙我是责无旁贷，而且我有这个能力！”

吴纳西有些急赤白脸，“咦？这可绝不是大龙一个人的事！不看僧面看佛面，都是胡市长的倾心培养，大家才有了今天。儿子是老子的心，心舒坦了工作起来才能顺畅，我们联合起来为市长解决了后顾之忧，让市长轻轻松松干工作有什么不好！”

万向权好歹找到一个突破口，“是啊，这对我们是举手之劳，正像吴主任所说就是动动嘴的事！可这一动就是四两拨千斤，何乐而不为！”

阕大德也抢着表态，“教育亟待改革，新的教学方法急需推行，电化教学就是其一，这可是千秋功业的大事！不光是简单几个钱的问题！”

二位的倾心帮衬，立刻使吴纳西的方案得以确立，而吴纳西的“蝴蝶效应”却得到了关键的助推。

9

正当倪莳萝沿着时间的长廊，寻觅已逝的画面，门铃响了，极度的静使得铃声格外震撼，杲昊也从睡梦中被惊醒。

倪莳萝起身去开了门，进来的是屈子集，进门便急匆匆索要杲昊的手稿，说出版社的主编丹青就在宾馆，等着看杲昊的稿子。

倪莳萝感慨万千，说杲昊沉入病态，发表作品怕是一时提不到日程。

屈子集眼睛一亮，“不如带她去见见那个主编！”

“那我们现在就去！”倪莳萝迫不及待，他转身回了卧室，发现杲昊已起身坐在那里，似乎恢复了常态。这也许是病重的前兆，十年前就是这样，他最担心的就是十年前那场噩梦重演，于是极小心地试探着，“小妹，我们出去走走好吗？屈教授来了，是来取你作品的，出版社的主编要看，不如我们一起去见他！”

杲昊不善交际，她犹豫了一下，可还是同意了。

主人只在茶桌前迎候，桌上摆了四个茶杯，茶水热气正袅袅升腾，是刚沏上的，这倒令来客颇感新奇，纳闷他怎么知道会来三人？

屈子集向另外两人介绍，“这就是出版社主编丹青……”

丹青将客人让至茶桌前，先是将倪莳萝扫了一眼，然后就将目光锁定杲昊，像是相面，又像是核对失散已久的亲人，一如电子解剖刀。

杲昊在这强力射电的轰击下，顿感有无数银针刺向她的脑神经，脑子顿然如同雪后初霁，明晰通透，不再有云遮雾罩的感觉，失落、孤独、悲戚这些陈年老账，也好似一页翻过，心中一派艳阳。

看到这奇异的场面，屈子集感到莫名，“主编，带他们来目的是……”

“知道了，除了看稿子，还兼做心理咨询……还是先品茶吧，这是正宗的黄山毛峰，喝茶清肾，肾壮而养肝，肝强而保心，心健脾肺也都受益。茶是生命的益友，所以须臾不可离之。”丹青笑笑自己先端起了茶杯。滋滋润润地啜了几口，又将注意力转向杲昊，“你叫杲昊？后改的吧？”丹青仍将透视眼盯着杲昊，“你也不姓杲对吧？”

两兄妹不约而同将诧异的目光投向丹青，他们注意到丹青很年轻，光洁的脸上，一双凤眼微挑，两道剑眉倒立，唇薄齿白，鼻直额阔，仙风道骨，一派袁天罡的风采。倪莳萝不自主地，“到底是学心理学的……”

“嗯……”丹青没有丝毫谦辞，“我的心理学不是一般意义的，而是建立在中华精髓《易经》上的。你们一定还惊异，我未卜先知地为你们泡了三杯茶吧？”丹青稍顿，“人为什么痛苦？就是不能做到未卜先知，比方我若不知道你们会来三个人，这茶杯可怎么准备呢？临阵手忙脚乱，那也是一种痛苦。心理学其实很简单，就是要做到未卜先知，或者是无所不知……”丹青戛然而止，又悠悠地啜着茶。

“未卜先知？无所不知？那得多厚的经验和推理做铺垫，对普通人可是太难了……”杲昊似乎完全恢复了正常。

丹青善意地笑笑，“谁不是普通人？所谓的不普通那都是练出来的！为什么有些人练不出来？就是这些人心绪杂乱，都耗在无用功上……”

这话一如飞刀，正扎在杲昊的心上，她开始凝神敛气，准备修复流血的心。可她的眼前又出现了幻影，那就是佫恪，她不能没有他。

“想从幻影中跳出来，首先得正视它！”丹青没有给杲昊喘息的机会，急起直追，“遮遮掩掩，幻影会更浓重，直至被其整个吞噬！你们看，健康人很少有说看到鬼的，可病人、醉汉、意志薄弱者，就常有说见到鬼的。”丹青又略作调整，“按唯物论的观点只能说那是错乱的心理造成的错觉！杲昊，你不想一直错乱下去吧？”丹青绝对是当头棒喝。

“当然……”杲昊试着正视一切。

“好！你有救了！”丹青将话题绵延下去，“为什么有负面干扰，一些表演容易失败？就是心散了。所以把握自己最为重要，使自己强壮起来，不受外力干扰，永远按自己的轨道去运行，痛苦自然远离！”

杲昊破天荒发自内心的振奋，“我会！我会收心！”

丹青相信杲昊的决心，于是将目光投向其他两位，“你们是想让杲昊像正常人那样生活，是吧？可我觉得如果太常人化，就写不出具备轰动效应的作品了，就目前的状况看，她具备这个潜质，只要好好引导。”

“好，我期待着。”倪莳萝很诚恳。

“那就把过去发生的一切都告诉她，让她正视现实！”

“怕是她受不了，她已经很脆弱了。”倪莳萝当然不想说是他赶走了佫恪，又极隐秘地带她进了城，给她更了名，正是他将她逼上绝路。

丹青在小盒里取出一粒药，“这是你们市领导保健医院经纶给配的药，听屈教授介绍令妹的病，我就去中心医院咨询，神经科主任王大为为我推荐了阮经纶，就配了这丸药。来，吃下去试试效果，若没有，我就去找他讨公道，砸了他的牌子！”说着丹青又倒了杯清水。

呆昊将药丸放入口中，立刻感到一股沁人的芬芳，像玫瑰精、薄荷露，还有一点槟榔香。继而感到头部发凉，耳朵有噼啪的响声就像冰河解冻，接着眼前出现一派明媚的春光，有山、有水、有花、有草，搅在一起飘忽不定，一如电影画面的叠印。呆昊满身心畅爽，不再有郁结感。

“把它咽下去，别含在嘴里！”丹青命令。

呆昊照做了，眼前豁然开朗，一幅幅画面飞旋而来，越来越多，叠在一起很难分清每一幅的全貌，她开始心烦意乱。

“别急躁，稳下来，或者闭上眼睛，想你最关心的事！”

呆昊又照做了，众多的画面渐渐清晰起来，居然构成一个完整的故事，就那么真真切切地浮现在眼前，一如身临其境。

“怎么样？觉得清楚了吗？”

“真切极了！都是过去的事情……”呆昊闭着眼留恋着过去的美好。

“好了，你的记忆恢复了。你得的是失忆症，经过开释与药物的双重调理，记忆开始恢复。阮经纶的药还真尖端，这就叫药到病除吧？希望你正常起来取快慰于自己！欢愉的气质坦荡的胸襟，这些美好的内在既无人能拿走也无人能给予，沉浸于美好的遐想，莫要逼迫它们……”

“不对，不是我逼它们，是它们情愿！”

“你神经兮兮就是一种心理逼迫，就像蛛网使猎物在劫难逃，这种心理暗示致使它们宁愿为你赴死！而这些扯不断理还乱的纠缠，又是一种徒劳！当机立断，腾出手专心搞创作，你智慧的光芒会普天照耀！”

“可它们都依赖于我，显得惨兮兮……并宁愿去赴死。”

“你不明白，世界上的男人都比女人要面子，权势名声还有金钱地位，以及眼前的风光他们样样俱全，怎么会用这么昂贵的代价同你做交易？他们之所以拿死做代价，是因为可以保全他们的面子！男人把名声荣誉看得比生命还重要，他们活着就得有这些东西作陪衬，就像马离不开鞍，可死了就无所谓了，所以他们宁愿去赴死！”

呆昊心中更加明亮，她可以透视这个世界了。

丹青又作最后补充，“每一个人都是一个奇妙的存在，该做一个了结了，试着再重新开始一次！”说完又幽幽地喝茶。

倪莳萝感到他是在下逐客令，“打扰，我们该告辞了。”

丹青没有挽留，“不是有文章拿来吗？留下我看看。”

倪莳萝这才想起此行的本意，于是将杲昊的手稿递给了他，随后起身要走，丹青却认真看起了稿子，也不送客。

10

日精月华的启迪，天理人伦的反思，几天来，佫恪一直在进行着天翻地覆的心理大重组，虽然他自知绝对有负于杲昊，可他没有能力去力挽狂澜，正像丹青所剖析的那样，他宁愿赴死也不会欣然改变现状。

想到杲昊他便想起了扈黎，他是昏过？还是睡过？舞会后扈黎也在住院，自他被乱糟糟的人球簇拥了出去，也不知现在怎么样了。无论如何总该有些照应。一段忙碌，佫恪觉得应该再去探视一下扈黎。

佫恪将电话拨到广电调度室，以调来自己的专车。可电话铃哗哗响个不停，就是没人接，三次重复依然如故，他撂下电话直奔广电调度室。

进了门，佫恪冲着自家的调度室主任，“干吗不接电话？你们脱岗失职知道吧？如果有人抢占了我们的舆论阵地，这电话也可以不接？胆大包天！”佫恪的暴怒将他的震慑推向极致，其氛围有些恐怖。

调度室主任战战兢兢，“这电话大概坏了，我们好像没听见……”

“撒谎！电话通不通，我不知道？你的意思我就蠢到电话好坏都分不清了，对吧？好！我索性就开除你！你就不配在这个岗！”佫恪一直面对自己的调度室主任，至于吴纳西就晒在那里，眼珠都没转过去。

“何必杀鸡给猴看呢？我扰乱了工作秩序，向你检讨总行了吧？若需要书面检讨，明天给你送过来……”吴纳西丢下两枚炮弹转身走了。

这里抛下一片寂静，大爆炸前回光返照式的寂静，佫恪目光闪烁一如导火索喷出的火星。在这危急时刻，调度员责无旁贷地冲向前沿，他必须拆除这引爆线，“佫局长，我们主任从来显看出，那电话是您打来的就没接。因为我们不想借给吴纳西车，事先就对他说您不在，不好做主……”又是一片沉寂，不过这是警报解除后的沉寂。

“恨我吗？”佫恪垂着眼睑，带着满负荷歉疚。

“能有您这样的领导是我们的造化！”调度室主任至诚至笃。

佫恪抬起眼直视自己的部下，心灵深处勃起一阵强烈的震撼。他这样的领导？他是什么样的领导呢？骨子里他常不自信，相反倒有几分自卑，他知道自己有很多弱点，并为之苦恼……可他以强力意志支撑着以免出现塌方。他这个德国海归，父亲是华籍哲学教授，母亲为正宗日尔曼美女，是父亲在德国留学结识的同学，所以十年动乱遭了灭顶，小小佫恪便早早走上曲折与坎坷。一段不同寻常的历练，使他似乎具备了透视眼，解剖他人一向是公正准确。可他从不解剖自己，因为他怕看见那些隐秘的角落，他倒不是不愿意看，而是不敢看，他全仗着看上去自信和自我感觉良好这些概念而勇往直前，不然自我意识一旦出现塌方，还到哪里去寻找他的精神支柱，还怎么支撑得起来呢？

为不使那些后天的弱点占领他的人生高地，他只能奋起自强，而这自强又带有矫枉过正，常常给人一种威胁，于是众多友情退潮了，这又使他感到孤独，无助，还有无边的寂寞……正像一位哲学家的忠告——我的兄弟，怀着你的爱和你的创造到你的孤独中去，很久以后正义才跛脚地跟在你的身后。他看看眼前的两位部下，似乎看到了那跛脚的影子，这令他极为欣慰，于是为两位深深鞠了一躬，“主任，跟我一起走！”

黑色桑塔纳款款起步，行进在飞雪的混沌中，佫恪于有序与无序之间更添一番别样滋味，转而渐生主人的责任，“吴纳西借车要做何用？”

“说是去机场送胡大龙，他要外出旅游。您没见过这位饭店老板吧？听说欢乐园弄得跟人间天堂似的，有机会去看看？听说是吴纳西帮着搞起来的，唉……官场复杂呀……”

“好啊，等胡大龙回来，我们去见识见识！其实复杂不复杂不在什么场而在各自的心术，吴纳西这样的人在什么场都能给他搞复杂了，恰巧他混迹于官场，你们就以为官场复杂……”

说着，汽车进了市领导住宅大院，这里是两层楼的小别墅，扈黎正好与胡昌稷各住半栋。转过弯佫恪被一系列车阵挡住了去路，这里正是胡昌稷的家，灯火辉煌的府邸被汽车给围了个水泄不通，但凡留下一车通过之地，桑塔纳也会对付着通过，可眼下是办不到了，司机叹了口气。

“鸣笛，让它响个没完！”佫恪命令道。

“这……还是我下去找找他们吧。”司机有些为难，我们这些小小百姓怎么可以对市长撒野？日后还怎么活？说着要开车门。

“找？找谁呀？再者人家会理你？不如汽笛长鸣，叫他们来找我们，别怕，怪罪下来有我呢！”佫恪愈加强硬。

于是汽笛穿云破雾直指胡昌稷的会客厅，这里会聚着以吴纳西为首的各界政要，他们都是要去机场送胡昌稷的公子胡大龙的，由于时间尚早，就聚在胡昌稷的府邸，一是叙友谊，二是谈时事，更重要的是拉关系结圈子。在吴纳西煽乎的“蝴蝶效应”中，胡昌稷渐渐习惯了圈子的热围，有了自己的圈子，事情果然好办了许多，有时他这里刚想到那边就已经完成了。还有一个硬理由，那就是夫人因精神失常而住医院，家里过于凄清，有人围着总比孤单一人要好，尤其刚站稳脚跟的长子又要远行，有人围着毕竟是一番安慰，而佫恪的鸣笛无疑扰乱了这份美好。

果然有效，门口出现了一个小青年，在门灯下很清晰，瘦高个白净脸，英俊潇洒穿着入时，司机告诉佫恪那是胡昌稷的二房独生子胡小龙。

这时桑塔纳的鸣叫业已停息，而胡小龙的盛怒却成反比增强，他大步流星靠近车身，冲着窗口一声断喝，“找死啊！谁他妈这么放肆！”

佫恪开门下了车，同样操着强硬的态势，“这些车挡了路，想叫车主出来让让路，是我让他们鸣笛的……”

“你是谁呀？你算哪瓣蒜！咦？你小子口气不小，要到哪儿去拍马？三更半夜的不在家守岗，出来晃悠什么？”

眼前的场面是佫恪万万没想到的，竟然气噎骨鲠说不出话了，憋了半晌他才蹦出一句，“去把你家老子叫出来，让他教你怎么说话！”

正在这千钧一发之际，吴纳西出来了，“小龙！别胡来呀！那是广播电视局局长佫恪，新来的你不太熟，快给佫叔叔赔个礼吧！”吴纳西息事宁人，因为他也刚刚与佫恪发生过冲突，于是有意找补找补。

胡小龙不是三岁的孩子，更不是任人牵线的木偶，他年轻气盛又有恃无恐，于是，蓄积起新一轮反击的力量。

吴纳西一看势头不对，“小龙，你父亲叫你回去，准备出发了！”又强行将胡小龙拉至门口，然后去开走了正挡在路中的奥迪，汽车的轰鸣覆盖了胡小龙的污言秽语，他一路骂骂咧咧进了家门，这才四海平宁。

你的星座………

吴纳西下了车上了锁，向佫恪走过来，“真对不起，别和孩子一般见识……他和你不熟，熟了他是个极热心的孩子。一会儿我们都去送胡大龙，老爷子心情不好大家都在劝，就忽略了车会挡路的问题，看来一天之间，我就得给你写两份检查了？”吴纳西又和蔼又亲切地打着哈哈。

佫恪僵在那里不知该怎么回答，一如吃了苍蝇，烦心加恶心。

吴纳西又极关心地劝解，“哎……我也是个大老粗，办事喜欢直来直去，你们有大学问的就别在意这些了，啊？”说着扶佫恪上了车，又摆摆手以示告别，转身回了胡昌稷的府邸。

佫恪也心如明镜，其实到扈黎家也就一步之差，只是雪太大，又有些较劲，现在看来也自觉有些过分，于是长舒一口气，让司机将车开到扈黎门口，亲自上前去敲门，左敲右敲不见有人开门，凝神敛气，这才发现屋里黑洞洞人不在。去哪儿了呢？没人能回答，便丧气地打道回府。

11

昏昏沉沉睡了近八小时，佫恪再也躺不住，起身去拉开窗帘，仍是漫天的大雪。天地间一派混沌，那景象一如他的心境。混沌其实并不是无序的混乱，而是不具备周期性和其他明显对称特征的有序性，大量随机的混沌现象，包含许多未知的信息！眼下还有多少信息都是他不知道的，那就只好见怪不怪了！那不是大彻大悟的专利吗？可达到这种境界那得多深的阅历！难怪在真理的险峰上攀登得越高，同道者就会越少。

佫恪常把自己置于混沌态，置身于有序与无序之间，去体验不同条件下的不同秩序。他保持这种深沉与厚重，义无反顾地向上攀，然后再于高端去俯视人生。他不愿回头或背过身，因为那里尽是些不堪入目的垃圾，过去对他来说绝对是一片黑暗，那时他不懂桀骜不驯，也不懂充实自足，从未体验到孤独里也会有意想不到的陶醉与欢乐。面对人生的无序与混沌他绝望过，于是他转过身面向太阳，以痛苦为经以艰辛为纬重新编织了人生，那金碧辉煌的人生帷幕将他身后的一切都覆盖了！

目前，他已身居舆论阵地的要塞，肩有很重的责任，眼下的喧嚣他不感兴趣，金钱是国民经济的杠杆，却不是国民精神的杠杆，他得打造一根国民精神的大柱，在人生真谛的险峰上摆平，一面是独创精神的奉献，一面是平庸灵魂的忏悔，也许那会拯救一批倾覆大厦下的灵魂。

他有一段没见到杲昊了，听说她已经出院上班了，那就应该在办公室，应找个理由去看看她。这该死的楼，一层层把大家都给无情地分开，不是有事特意去找，那是很难见面的。他没有什么奢望，只求每天都看到她平平安安，为她铺平事业的路子，可就这样一个小小的愿望也很难实现！有时他毫无目的地在走廊里走几遍，为的就是能在不期中碰上她，看看她的起色，问问她的健康，这刻骨铭心的情思她能感知到吗？他是怎么了？那么强力的他，每到这样的关键时刻就战胜不了自己，就显得那么懦弱那么无力，这样一个他还能打造出什么精神大柱吗？

一种无形的强力拔地而起，推动着他趋向杲昊的办公室，他看看表刚到上班时间，希望他们的会面能不受干扰。

天地间像扯起了无数绵延的银线，将大千世界笼罩得昏暗迷离，佫恪毫无理由地将这看作一层保护，于是大胆地进了杲昊的办公室。大病初愈的杲昊令他吃惊不小，纤弱、羸顿，一如浓荫下的小草。

“你都这样了怎么还来上班？该多休养一段。”佫恪感到绵绵心痛。

“我怎么了？”杲昊自觉元气大增，丹青给了她最原始的推动，因而反而被佫恪的塌陷震惊，“会死吗？怎么能把你吓成这样？”

“哦，不不……是一种心理错位吧，你生病期间我没去看你，是因为你身边……”佫恪心理障碍多多。

“有太多的人？主要他们没有太多的顾忌，于是就飞蛾扑火了。”她看出佫恪真有那种马离不开鞍的嫌疑，于是决定割断那些藕丝。

一语中的，佫恪被哽住了。他确实无话可说，杲昊的今天，有一半是他造成的，虽说当初另有原因，若他也能飞蛾扑火，就不致有今天的结果，如何向她解释呢？到了这一步解释还有意义吗？

就在二人默默无语两眼泪，门开了，进来的是艳红大衣包裹着的娇艳娉婷的吴计。吴计是有备而来，她看到佫恪急匆匆向杲昊的办公室走去，就黄雀在后地尾随而至。她不是一般意义的跟踪，而是带着吴纳西交办的任务。自吴纳西在佫恪那遭到一系列拒绝，就决心铲除他。佫恪在维权中所获取的微小快意，终于将他推进吴纳西的靶心，彻底招致蝴蝶效应的圈闭。可要铲除省组织部长的夫君，那还得颇费一番周折，而杲昊这一坐标点，却是吴纳西下手的软肋，吴计的职责，就是记录佫恪与杲昊接触的次数，这可是在曹健面前编故事的最好素材。

“哟！还是局长心里装着全体人民，我这个兼管妇联的到底还是差了一步，好歹只差一步。”吴计的铺垫既得体又温馨，不然怎么就有运气一说呢，若是吴计不兼管妇联呢，她得费多少周折才能将瞎话编好！

佫恪看到吴计一脸的亲切就放松了警惕，作为管妇联的基层领导稍事关心，绝对顺理成章。再者屋子里有另一个人屏着，也是他免招非议的绝好挡箭，于是就听之任之吴计的搅和，趁此他可以多看杲昊几眼。

由于各自都怀着心理障碍，谈话无法继续，于是陷入僵局。这僵局黑幕般笼罩着三位不同心态的当事人，沉重而憋闷。

还是责任大于感受，吴计率先出击，“你们怎么不说话？”

像是黑旋风的俯冲，杲昊的五脏六腑都给搅乱了，她不能合理地回答，甚至满心的泪水都凝固了，又是一派静寂。

“你们早就认识，那场舞会我就看出不寻常，那时我还以为纯属偶然，局长，你看我的眼力怎样？”吴计装傻充愣，一派不谙世事。

黑旋风又是一阵无情的搅扰，宁静的空气被吴计的声浪冲击得甚嚣尘上，杲昊已是坐卧不宁，她不得不将目光慢吞吞地移开，这样的移动有很多好处，视网可以因此形成一个弧形，弧里就会容纳许多怪异的图案，半个桌角，斜刺着的椅背……弯曲了的时空，可以负载大质量大密度的实体。这是一个启示，天地之大容不下一个小小杲昊，她还得继续将自己缩小，把自己塞到无人注目的缝隙，以减轻那些无端的骚扰和拥挤，这已给她带来无尽的烦恼和无奈。她能说什么呢？在这个世界上她先天不足，连个可以栖身的蜗居也没有，她寻了块小小避风港，自以为可以免去诸多世俗的干扰，寄生蟹般隐隐约约回顾着佫恪的影像，幽幽暗暗品尝着思恋的苦与痛。那隐秘的镜花水月耗散着她的精粹年华，用以编织虚妄的人间故事，那些故事都是她动用了真精气神合成的，因而榨去了她所有的滋润，所剩竟是残渣和浮尘。随着岁月的流逝，她这才意识到，那无望的期待尽皆是竹篮打水，她的心因此而塌了方，使她原本瑰丽的虽有些虚幻的内在塞满了无尽的淤泥，无论使用什么工具，都清理不完！她浩瀚的内在从此飞沙走石遮天蔽日，无方向的流沙将她的泪腺摧毁了，于是几度淅沥几度滂沱。

就在她退居一隅独舔伤口，却发现自己还具备另一些功能，意识深处还蕴藏着特别的灵犀。想编故事，眼前就会出现无限情节，想画画，笔墨就会泼洒出惟妙惟肖的画面，想弹琴，就能做到未成曲调先有情！这感觉是在她穿越了一段长长的隧道才具备的，那段隧道好黑好长好难走，致使那一时期的记忆呈现一片空白。她不知道是怎么进去的，也不知道是怎么出来的，只记得进去时是一头短发，出来时头发已经长到一米多。现在估算至少也得有三年，倪莳萝可如何承受了这么长时间的折腾？还记得一股浓烈的药香呛得她几乎毙命，于是就拼尽全力去推那隧道的岩壁，轰隆一声巨响隧道倒塌了，她终于看到了金灿灿的太阳，还有倪莳萝那张凝重而期待的脸，那脸平添了许多鱼尾纹，两鬓平添了几多白发。唯独没有见到她最想见的佫恪，从此一种挥之不去的思念，根植于她空落的心，无法排遣，无法忘怀。

那以后，倪莳萝加大了分散她专注的力度，因而在没有了佫恪的日子，她也能渐渐适应。就在一个良性循环渐渐形成之际，佫恪又意外现身，起初她还以为她开始走运，不想发生了这许多意想不到的变故。原本一切都平静了，他为什么还要来？这一定就是上帝在随意掷骰子！她顿然感到了命运的不可抗力，心中一阵剧痛，倾其所有筑起的心理防线又一次轰然坍塌，四起的狼烟再次将她送进了医院。

12

佫恪那天晚上去看扈黎，他与老伴就在家里，听到外面起来了冲突，马上熄了灯，关了电视，在屋里屏气静观，后来听听也没什么大事，就觉得有些对不起佫恪。人的最高境界应该是知荣知辱牢缄口，知是知非暗点头！一个优秀品质，就应具备内敛、严谨、智慧和一丝不苟，收敛才智若虚若无！唉……修养是个慢功夫，有些人一辈子都修不出个所以然，就那么糊糊涂涂进了棺材，各修各得吧！

就这样思量了整整一周，权衡了各种利弊，这才决定见见佫恪，无论如何事要多知，知情才有发言权，到了关键时刻也不能胡说八道！于是电话约了佫恪，不过见面地点绝不是自己的家，而是中心医院的高干单间。那是王大为为他精心安排的，这样既解决了那天晚上的错位，也抚平了他内心的歉疚，绝对是两全之策。

佫佫轻轻地敲门，引出一串拖鞋的趿拉声，扈黎的老伴开了门，极客气地将佫佫引进套间。扈黎仰卧于一宽大的沙发上，茶桌的酒精炉上正熬着一锅中草药，满屋子充塞着浓郁的药香，倒是很醒脑提神。扈黎见到佫佫便兴奋地坐了起来，紧拉着他的手将他让到自己身边落了座。

“这是机关医院的一个保健医给开的药，熬出来跟饮料似的，我还是头一回喝到这么美味的药！药效也好，喝了就精神百倍的。咦？老太婆，那医生叫什么来着？”扈黎跟献和氏璧似的，一脸的得意。

“叫阮……阮经纶吧……”扈夫人极力追忆。

“对，是这个名字。祖传秘方，国药真是博大精深……咦？你们那些广告里有没有这样的好药？应该宣传！”扈黎一派家人间的亲热。

“既是祖传秘方，就一定有其特别之处，这样的药都保密，是用不着做宣传的！广告里多数是刚开发出来的，还有的是卖不出去的，假冒伪劣不等。老字号的药一般都不做广告，医药广告亟待规范。”

“好！我就是希望大家都干点实事，别一天净搞些拉关系兜圈子的歪门邪道。小佫，你跟着我可能要吃些亏，可吃亏是福知不知道？”

“是啊！吃亏是福……但国家的利益可绝不能吃亏！”

扈黎频频点头，又细细咂摸好一会儿，“听秘书说，那天你到家看我遭了奇袭？让个孩子给抢白了一顿？唉，强龙不压地头蛇……仔细想想，什么不是人定的？就连哲学伦理学都是人为规定的，什么人定什么事，就看是什么人定砣了！旧社会说万般皆下品，唯有读书高，前一段读书人就成了臭老九，现在又是一部分人先富起来！这一富不要紧，良心不正喽！大家都抠门子挖窗户去找钱，也不管白猫黑猫了！我是弄不清对错了，但我有一个原则，就是别坑人！别拿人不当人！这就自足了。”

佫佫觉得扈黎虽有些乱了纲常但有他的道理，不过，他可不想跟什么人走，他有自己的套路，错了自己承担，对了自己开心，酸甜苦辣都不由自己选定，那怎么得了？人生只有一回，他已经错走了一步，没有把握住自己，轻信了那母蜘蛛的话，如今弄得苦不堪言，连自己最心爱的人都不得近前！他不能再在事业上也受制于人，他正琢磨着如何摆脱那母蜘蛛，曹健，不就是手中有权吗？是她有负于他！

“同意我的看法吧？我私下里觉得你颇对我的口味，所以才带你来……广播电视影响面大，绝不能等闲视之，你们责任很大，任务也很重，刚才你说得好，先将广告这一块规范起来，尤其是医药广告，它关系到千家万户的生命安全！另外，在电视里弄些好节目，别净学些别人的玩意儿，倒不是人家的东西不好，而是人家有人家的环境，咱得有自己地域的东西！还要多搞些民族特色的东西，中华民族到底怎么了？自己首先就瞧不起，妄自菲薄！我最恨崇洋媚外！”扈黎一路宣泄，有些言过其实，可那总算是他的真实感受。

一个颇对口味令佫恪百川归海，于是感触多多，“每个人都有自己的局限，可有老领导掌舵，船就好开多了……”

扈黎首次得到如此真诚的赞誉，愈发收不住龙头，“有些人不是妄自菲薄就是崇洋媚外，四大发明原本出自中国，可一经出口就反过来制约我们。骄傲的阿波罗登月者几乎都是蓝眼仁儿，可谁还记得五百年前的万虎呢？他把自己绑在四十七支火箭上，虽然像挑战者号一样，悲壮地把自己炸得粉身碎骨，可谁能否定他是第一个幻想飞上天的？世界上最先进的飞机发动机是根据中国吴仲华三元流设计的，可现在又花高价到外国去买什么最先进的飞机！这些民族精神为什么不去弘扬？说穿了就是不拿人当人！当头儿的不能只顾自我意识大膨胀，你看你们的宣传头版头条都是谁？怎么就不能把那些有特殊贡献的放到头版头条？”

佫恪越听越走板，宣传模式是有规定的，这可不是他小小佫恪能左右得了的，于是用了激将法，“您是第一书记，不妨您就直接下令把这些意见固定下来，我们也好有个依据！”

一炮炸哑，扈黎再无话可说，他当然不敢下这个令。正是因为没这个胆和权他才退居幕后，其实他的韬略多多，只是没有突破口去展示而已。佫恪是个例外，他能兼听也不会出卖，说了痛快一下，也是一种释放和解脱。沉寂了好一会儿，他又有了新观点，“你们搞广播电视的身负很重的使命，除了搞一些健康的娱乐节目，更重要的是去弘扬一种精神，一种人生态度，人浑浑噩噩地活着怎么行？”

佫恪一震，“什么精神？”

“唔，当然是自立自强啊！那些常到领导那去打小报告的是什么意思？说到底就是出卖同志，是借刀杀人！这样搞起来，整个民族都会给他们毁了！所以我最恨打小报告的，谁向我打小报告尤其那些添枝加叶的，当然了不添枝加叶也不叫打小报告，那叫反映情况！”

佫恪一直盯着对打小报告的结论，“您对打小报告的会如何处置？”

扈黎笑笑，“永不重用，或根本不用！这就是我的用人原则！弄那么些汉奸在身边不败即垮！为什么那么多大领导也会锒铛入狱，除了他们的劣根，与这些汉奸绝对有关！人家大领导毕竟到了那样的高位，那也是有一定素质的，最后的走偏没有点外因，也不会那么轻易转向！想想我们目前缺什么？就缺一种国民意识！所以你们搞宣传的一定要注意这方面的引导。教育，要一点点地渗透，手里有那么好的工具怎么不很好地利用？可以说全国的市长合起来也没有一个电台、电视台管用！我在会上喊干了嗓子，谁听啊？想听的听不到，能听到的都有自己的一套……所以千万别轻视了电台、电视台的作用！”

“是啊，老领导见地颇深，真庆幸能成为您的兵……”

扈黎精气神空前高涨，“我们的广播、电视日臻成熟，得珍惜！解放初期就没那么优越，不然文艺界也不会遭那么多洗劫……”

“啵？这观点倒新鲜！”佫恪不无惊讶。

“怎么不？我通览了一下中国现代文学史，每隔一两年就是一场大风波，每次都不外是为政治服务。老人家急于将自己的观点灌输给老百姓，当时电视几乎是个空白，广播和报刊又没有那么生动的画面，只好驱使着文艺队伍违反艺术规律，去充当政治传声筒，致使像胡风这样的激进分子，在百家争鸣中身陷囹圄二十年有余！”

佫恪惊愕地瞪大眼睛，总觉得有歪批之嫌，便暗自发笑。

佫恪的笑大概透着揶揄，致使扈黎一咏三叹，“唉……历史也是和尚的百衲衣，任人修补，有多少是百分之百呢？”

13

阕大德在吴纳西那里大包大揽，承诺包销的一大批彩电，同样因为价格太高遭到倪莳萝的拒绝，阕大德便反戈一击，紧紧抓住倪莳萝给屈子集出书的把柄。他也有道理，屈子集出书是为塑造高级人才，背后竟铺垫着大量的资金，而进彩电所用资金，那也是为改善教学条件！都是钱，屈子集能花得电教馆就花不得？而且电教馆是为大多数人服务，屈子集不过是区区一人！他阕大德无论如何也是主管教学的副校长，就连这点权也没有？于是无间道般卡住了屈子集的书款，致使屈子集的出版费一时没了着落。当然倪莳萝大笔一挥也可以寄出去，可阕大德毕竟是分管教学及教学经费的，这样闹起来终不是好兆。

出版社催屈子集，屈子集只有找倪莳萝，可倪莳萝每想到阕大德便徒生犬牙交错之感。倪莳萝想好措辞正要起身，门被敲响了。

校办主任给他带来一个青年，瘦高个，黑脸膛，一对乌溜溜的眼睛充满机智和自信，昂首挺胸定力十足，大步流星上前与倪莳萝相握，“倪校长，您不认识我了吧？我是丹家崖老村长魏乾的儿子魏洞天，老爷子退了，把村长这个差事推给了我……”倪莳萝仔细察看，果然是个精豆子，“啊！好像我给你看过病的。”

“对呀，有事相求啊！是胡市长让我来的，请您先到基地视察！”

倪莳萝有被绑架的感觉，囿于胡昌稷的推荐，只好跟着去了丹家崖。

汽车颠簸着，五小时后他们进入了目的地。惊人的奇景出现了，皑皑白雪簇拥着一湾晶莹翠碧的温泉湖，湖面升腾着袅袅蒸汽，波光粼粼水汽滃然，蒸汽中浮动着上千只雪白的狮头大鹅。就在这奇景中魏洞天下令停车，自己率先跳下车去。

倪莳萝也随他下了车，这里正是他与佫恪杲昊共同生活的地方，他在这里接受劳动改造一历数载，同时编织了种种凄迷故事，致使他的精粹年华大半耗在了这里！他与佫、杲间的感情大战绵延至今，致使他一直在绵绵心痛中挺进！睹物思人，怎能不感慨万千肝肠寸断！

“怎么样？倪校长，这里大变了吧？”魏洞天一派指点江山的自豪。

“是啊，全然是仙境的样子……严冬了，一点不冷，真是风水宝地呀！过去的心境，却没能很好地享受丹家崖……”

“你看这地形，北面那道红石崖，这是咱们村的标志性地貌，它一直向西环抱，这就屏住了西北风的侵袭，上面高大的钻天杨都是近年来陆续种植的，尤其是狂风暴雪不可逾越的屏障！南面那一片丘陵正好反过来，一直向东蜿蜒延伸，上面也植了树，这又可以挡住盛夏南风带来的暑气，这里就形成了一个冬暖夏凉的天然宝地！”

“那是些什么树？不高却很粗大？”倪莳萝开始关注。

“果树！每年有百万斤的收成。你知道，这湖是地下温泉水，总保持摄氏十度左右，把空气也给烘暖了，这些树每年都是果实累累。”

提起这湖却是倪莳萝挥之不去的阴影，佫恪就是从这湖边的峭崖上跳下又挂在一棵树上的，他的肚皮被划开肠子露了出来。他是在走投无路的情况下，才将佫恪的母亲从德国叫来将佫恪带走，那样的重伤在当时的条件下，是无法确保佫恪生命的，好在佫恪能坚持到德国去就医。

“你再看，东面是村里的牧场。”

倪莳萝不得不从悲惨的回忆中被强行拉出，他举目眺望，那一望无际的大草原，干涸了的牧草将白雪染了一层淡黄，淡黄中散落着斑驳的花奶牛、枣红马、还有白绵羊，好一幅雪牧图！

魏洞天向他介绍，这里出产的优质牛奶、细羊毛，每年就有上千万元的收入。那些枣红马全是优良品种，专供赛马和军马选用，每年也是几百万的进项，使丹家崖迅速走向致富路。富了就想到回报，他这里已经聚集了一大批下岗失业者，还有没考上大学的待业青年，下一步还准备收留一些残疾人，还有生活上无着落的街头流浪者，这些人都不白养着，因材施用，让他们量力而行，每个人都有活干，既体现了他们的价值，又解决了社会问题，岂不一举两得！

最后向倪莳萝摊牌，请他来的目的有二，其一是与倪莳萝的学校联办一个短训班，将他现有的人员都轮训一遍，成为专业人才，待业青年里若有拔尖的就坐地留校深造。其二是要搞一个科研项目，就是那一湖的大白鹅。鹅绒本是卖给厂家做羽绒服的，可目前羽绒服早已过时，羽绒已经卖不上价。有个小青年提议，将鹅皮连毛剥下再拔去大毛，刮掉皮脂，将皮子熟出来，就可以做天鹅绒裘皮大衣了。于是那小青年就动手试制，皮是熟好了，可太薄不结实。若少刮一层，再弄到上好的化学药品，既能除脂又不伤鹅皮。将这样的裘皮做成大衣，在国际市场都能算上顶尖奇货！鹅皮成本低利润空间相当可观，鹅肉还可以深加工，又是餐桌上的佳肴。那一湖的大鹅，能做多少大衣，要值多少钱？

倪莳萝一时听得傻了眼，这比阿里巴巴的芝麻开门还霸道，于是连连声称，“责无旁贷，责无旁贷！虽说为你们培养人才，却提高了我们的教师素质。合作搞科研项目，受益于社会，更是我们的共同目标，真是妙极了！不瞒你说，我对化学还是有一定功底的，大学就学的化工专业，劳动改造中，您知道又对医药进行研究，那也是离不开化学的。我亲自挂帅搞这个项目，不成功誓不罢休！”

“这才叫一拍即合！走，先到我办公室！”说着带他去了御寒山庄。

汽车经过了几个急转弯，在湖水的源头停靠。下了车映入倪莳萝眼帘的是一片俄式尖顶建筑群，一派童话风格。魏洞天又向他介绍，这里是用来接待贵宾的，等将来配套了将会辟为旅游基地，专在冬天里搞接待，就这样大雪连天的突出一个寒子，这群落已定名“御寒山庄”，这个地域特色谁也无可替代！对面就是一个山洞，温泉从里面流出，利用地热已造了绝好的地宫，那些下岗的、待业的就住在里面，既清洁又养生，闲暇时就下去泡温泉，很多人的慢性病都得以治疗，一些土特产加工项目就在里面进行，一面劳动一面养生。

倪莳萝又听得傻了眼，一种驱动幻觉的迫力，支配着他流连于形而上的审美状态！积极向上蓬蓬勃勃，一扫他心灵深处的阴霾，澄清湛蓝的意向，呈现圣诗般的跃动，从此认定人生不再是一种永恒的缺陷。

“走吧，到里面再谈！”魏洞天催促着。

一转身迎面过来一位老者，破衣烂衫与御寒山庄极不搭调，走到倪莳萝身边盯了好一会儿，撇撇嘴不屑地走了，给倪莳萝留下苍天般的疑惑。

待老者走远，魏洞天解释道，“他就是田坤，曾和家父一起打土豪分田地，后来就以功臣自居，什么也不干，专门白吃人民公社，现在是分田到户，他没有了饭碗，念他年事已高就养着他。可近年来他脾气大长，非要讨回他解放初分得的那块地！”

“那就给他嘛！”倪莳萝当然记得田坤，就是他先收养了杲昊，之后又将她抛进大雪天，若不是他及时发现，恐怕杲昊也活不到现在。

“给他什么呀？他那块地早盖了村委会！好了，不说他了，去我办公室吧！这个村子到处是宝，你得帮我好好规划规划……”

“我得先看看样品，熟鹅皮毕竟是首创，还是先去你的实验室吧！”

一种心灵的沟通，将魏洞天推向极度愉悦，转向去了实验室。

实验室上百种成果，最引人注目的还是那件鹅裘大衣，尽管是塑料模特却是飘逸婀娜仪态万方。真正是云想衣裳花想容，春风拂槛露华浓！

14

“蝴蝶效应”经过试运行，对主创吴纳西是喜忧参半。

喜，蝴蝶效应绝对有效，被转主体胡昌稷已进入他的扭转轨道，绝对按他的引导稳步推进。胡昌稷率先接受了他的美人计，吴计顺利与之接轨，更有频频召唤的延伸，为我所用已基本夯实。胡昌稷前妻长子胡大龙也是吴纳西一手安排的，这就彻底解决了胡昌稷的无颜面对和亲自出面的尴尬。这些重大事件竟悄然解决于无声之中，没有任何响动没有一点副作用，胡昌稷是老汉王进北京心满意足！这就从根本上解决了胡昌稷最顶级的欲望需求——性宣泄与爱子归宿软着陆。

忧，在对“蝴蝶效应”进一步深化升级上，吴纳西碰了硬钉子。原本打算利用胡昌稷更为心仪的次子——胡小龙出国深造之际，多筹集些钱款，以进一步升级扭转省委副书记许童，不想遇上了佫恪和倪莳萝两个王八蛋，不是他俩从中作梗，一笔巨款早就到手。这就无颜面对胡昌稷及其爱子胡小龙，更不能在钱袋子翁折东面前自圆其说。好在他对每件事都有两手准备，以应对天有不测风云！

由此他又派生出两条路子。第一条继续调整挖潜，发现挖掘新生力量。第二条拆除一切障碍，灭了佫恪倪莳萝！他知道这是一个艰难的过程，但不可为也得为！他生来的最大兴趣就是别拿人当棋子，他会乐此不疲，也会长着前后眼，绝不会半途走麦城！

先来玩一下如何调整挖潜。

翁折东虽说是个工具但好使，绝对得像爱物一样珍藏着，关键时刻这是个重磅棋子砸谁谁死，所以他倒腾来的那批彩电，头拱地得为他折腾出去。虽说有些难度，但他会在价格上做些微调，首先东西好，一水儿日本原装货，别看那些群氓阿斗随帮唱影地骂小日本，对人家的东西还是垂涎不已，首先市场不成问题，他准备亲自出马，调动一切可以调动的力量，城市乡村双管齐下，就不信卖不出去！工商税务那边早蹚好了路子，附加着再各送上一台原装彩电，绝对一路绿灯！

搞联合头三脚相当重要，绝不能给人留下无能或不守信用的印象，这样做下来，翁折东那就是大圆满结局。头三脚的第一脚是帮他办下了执照，第二脚又给他出点子倒腾彩电赚大钱，这第三脚最为重要，当买卖遇上难题搁了浅，还是他吴纳西亲自出马帮他找市场抬价格，在翁折东那绝对造足了有能力、守信用、够意思的表象，他的形象树起来了，日后的驱使也就有了雄厚的铺垫，当他再驱使翁折东，翁折东敢不箪食壶浆以迎将军？另外做样给别人看，翁折东就是义务宣传员！

他会从对缝捞到的钱中拿出一部分，先将胡小龙送出国门，出国深造可是当今最为时髦的举措，胡小龙学成回国，岂能忘了他这个大恩人？接下来就是胡昌稷了，他的两个儿子都有了飞黄腾达的跳板，这跳板都是他吴纳西搭建的，这一亲情大端岂能不荦荦然昭昭然？由他胡昌稷私下里咂摸去吧！再接下来就该轮到老帅许童了，取得了胡昌稷的信任，到许童那去公关的任务，必将历史性地落到他吴纳西的肩上。这一历史意义，绝不单单是胡昌稷落好处，他吴纳西才是终极受益者！

为胡昌稷当说客只是个由头，关键是把自己与许童的关系夯实，待关系夯到像他与胡昌稷那样瓷实，就有可能牺牲胡昌稷以取而代之，登上市长高位岂不唾手可得！不就是个市长吗？别人能当得他怎么就当不得？纵览古今，凡做大官的就是朝里有人的事儿，他吴纳西不过是出身市井，所以才需要费些周折，若出生在官宦之家早开始当政掌权了，像他这样有脑子的，打灯笼找去吧！人是各生一段才，只要踏上了这块跳板，就有机会再跳上更高一个，许童年龄已大，自然淘汰就是机会！若将关系夯实，那就不是夺取而是拉扯或是举荐！

一向多手准备的他，后院里备的可不仅仅是一个翁折东，翁折东若算个工具令他爱物般珍藏着，那他珍藏的另一个爱物就是摇钱树了，这个摇钱树就是他的另一个难兄难弟达生！在他眼里，达生绝对不同于翁折东，翁折东纯属商业型的，工于心计长于盘算，占了便宜是哥们，吃了亏就不好预测了。达生属学者型，笃实刻板认死理儿，宽容大度够哥们儿，是为朋友可以两肋插刀的主儿！这是由眼界和力量决定的，眼界，什么世面都见过，所以大度。力量，什么难题都能破解，所以他能两肋插刀！奉献是什么？是胸怀，既有先天的造化，又有后天的造就。

达生就能做到，因此最大的挖潜还是对达生的开发。

自为他办了营业执照，达生就一刻不停地运转，置厂房买设备，招技工聘骨干，只几天工夫，霓彩化工公司便像模像样地横空出世！

筹建期间他吴纳西也没闲着，帮达生寻了一座废弃了的大厂房，镚子没花就到了手。说是废弃也有七八成新，大梁骨架绝对牢靠，只是里外墙皮有些陈旧，吴纳西又在关系单位替他要了几车白灰和油漆，一个亮丽的厂房几天便旧貌新颜，只这一笔就为达生省下了近上千万的基建费！另外若建新厂房，也得花去一年多的工夫！

还有一笔大钱，也是他吴纳西出面为达生运筹的，那就是化工厂所用燃料——燃油。购买燃油对刚起步的达生不能不算是一笔巨款，幸亏事先他的小炼油厂有些积蓄，但那点钱只能是杯水车薪！吴纳西出面斡旋，将所有的落地燃油全部吃进，在那个年代也只象征性地交几个钱。当然，达生是被当作民营领头人定位的，所以政策倾斜、政府扶助，就是情理之中的事。炼油厂很快开炉生产，产品已经上市。

这样算下来，这三笔大钱，就是砸出达生的骨髓也难凑齐，不然就得贷款，利息得多少？算来算去，达生应该心里有数，那整个就是一个再造！就达生的秉性，他会怎么报答他吴纳西呢？但他却不能那么直白地向达生伸手，他还得想计策让达生束手就擒，了无痕迹地让他向吴纳西进贡。至于用个什么计策，不久就会烫手出炉。

再来玩一下如何铲除障碍。

这障碍首选广播电视局局长佫恪，因为他是省组织部部长曹健的丈夫，凭着他的昳丽形貌和在外国学的那点雕虫小技，就将部长忽悠得南北难辨，只要给部长点出“南北”的秘密，她一准踢了他！除去身后的支撑佫恪就一文不值！另外，万向权作为纲，那可是最为重磅，因为他一心要取代佫恪，还有比夺权更富刺激的吗？所以万向权的积极性是发自骨子的，绝对不用担心。那边的小网络正稳步运行着，就看他吴纳西如何操作，这边一提纲，那边绝对纲举目张。

另一个障碍就是联合大学的倪莳萝。

倪莳萝就比佫恪好对付多了，他比较单一，由此派生出的是势孤力单，他没有什么背景，也没建立起四梁八柱，就凭着他的匹夫之勇，其实他的那点勇，早就掌控在他吴纳西的手心，放，他勇，收，他也是狗屁不是！先让他咋呼着，因为他也是铲除佫恪的一颗重磅炮弹，他与佫恪是情敌，那点儿儿女情长的事扯着骨头连着筋，正好是做屎的极好材料。就由他先蹦跶着，蹦的时间越久，屎料就积攒得越多，自然是臭的浓度就越大，熏臭的范围就越广，那叫不打自倒！

吴纳西在精于布棋和频频制造蝴蝶效应的同时，也没忘记构筑自己的铜墙铁壁，绝不能自食其果，更不能聪明反被聪明误，永不失败的布阵才是高手！下一步他瞄准的就是扭转身为省委副书记的许童，那才是天下最坚固的建筑——铜墙铁壁！

15

杲昊的再次住院，正像吴纳西预测的那样，负面相应一石激起千层浪，纷纷扬扬的传闻大有熏臭的趋势，致使佫恪绝对不敢直面以对。倪莳萝那边也不敢大张旗鼓地进行监护一类的活动。因为两边都有了专职宣传员，专门按时报道当事者的行踪。广电以吴计为主巴娜娜为辅，其信息不亚于新闻时讯。联大那边阕大德也专门安排了与倪莳萝有过节的教职员工，按时报道四处传播，由此产生的连锁反应，直接波及屈子集。屈子集的出版经费因此泡了汤，理由是像倪莳萝这样的校长，怎么能秉公办事呢？电教馆用的彩电他拒绝付款，可为屈子集个人出书却可以大把出钱，这就给那些曾被倪莳萝驳了面子的人以极好的口实。一时间众口一词，这笔出版费绝对不能出！其间还不时穿插着有关杲昊的花边，更是大大降低了倪莳萝的威信，所以，才有人敢于信口开河，也有人愿意接受信口的刺激。就这样，真真假假地搅和着，虚虚实实地铺垫着，反正背后都可以骂皇帝，别指着谁会出面制止谣言与诽谤！

这倒给方自珍留下极大的表现空间，他决定担负起护理杲昊的义务。这个极好的理由，带着十万马力的诱惑，在方自珍心中鼓荡，他终于找到合适的机会，得以靠近杲昊的病房。

沙海泛舟艰难迂回，他不知道杲昊会不会接受他，他知道她心中只有俗恪，于是在病房门前，几度经受刊山堙谷的情感冲击，尽管大幅度的冲击已使他伤痕累累，他还是轻轻敲响了病房的门。

没有回应，门虚掩着，于是大着胆子推门探视，原来杲昊已在病床上睡着，看护的护士也已经离去，他这才意识到已是午休时间。抬腕看看表，十二点十二分，这是马时辰。为什么无意中，他会选择在这一时辰来到杲昊门口？难道是宇宙意识的刻意调配？那就不能违忤这一天意！他绝对有理由一如奔马，轻快地越过情感的禁区！

当然要独占人间潇洒，品尝人生的新鲜滋味，就必须伴随心灵的大洗劫！因为他是个特例，他比杲昊小十岁，首先就违背了世俗的常规观念。另外，他胆敢向杲昊表白心迹，就是对俗恪的严重挑衅！这在几次与俗恪交锋中，已经得到确切的证实！

方自珍为此自相搏斗了几昼夜，他是带着自相残杀的累累伤痕前来冒险的。他将房门反锁，发现屋子很暗，却原来是天低云涌，冬日里少有的风与雪的大和弦！由于急着见杲昊，一路他竟然视而不见！唉，可怜的方自珍，真真是庄生晓梦迷蝴蝶，望帝春心托杜鹃！

熟睡中的杲昊令方自珍想到睡美人，那凄美的故事给他一个重大启示，那就是等待。等待虽是一杯难咽的苦酒，可难咽也得咽，只要他深怀一颗真挚的心，紫丁香就一定会给他最后的指引！他搬了把椅子，准备坐到杲昊的旁边，以便仔细地欣赏她的睡态。平时他从未如此近距离地欣赏她，都是浮光掠影地一瞥，甚至一离开她，都形不成一个完整的记忆。不想一回身，竟碰掉了她床头柜的一只水杯。

一声巨响将杲昊从沉睡中惊醒，映入她视网的竟是痴痴望着她的方自珍，她一时不知发生了什么。经过一段疗养杲昊基本恢复正常，不再神经兮兮，并能正确判断事件的来龙去脉，“你……你来干什么？”

“现在起，由我来专门护理你！”方自珍一派责无旁贷。

杲昊知道这小家伙是现代派，不管不顾无挂无碍，想到哪就能做到哪，谁知道再过十年他会怎么想呢？他是绝对不计后果不究前嫌的。可杲昊却主张从一而终，无论佫恪发生了什么，她都会终身守望，只要她活着。她的心永远容不得其他人进驻，无论那里有多大空间，都只能是佫恪的，“护理？我已不再用人护理了，只是在这里继续静养几天，医院用药方便，目前所用尽是中药，熬煮是个问题，由医院去做就简单多了，再过几天就出院了，你完全不必守在这里！”

“不只是护理，就算为你解闷吧！别想赶我走！”方自珍不屈不挠。

杲昊这才看出方自珍的塌陷，“为此你放弃午休？大雪连天的……”

方自珍看到杲昊确实不再神经兮兮，暗中替她高兴，她终于能从自己的阴影中逃脱，于是加大了游说力度，“好，先引导性地向你提出几个问题。你说，封建主义的夫权思想，在你们女性意识里占什么地位？”

“你是新角度，很难说准。”

“那我告诉你，统治地位！”

“很难有说服力，妇女翻身就有力地否定你！”杲昊觉得不值一驳。

“那是浅层次的、表面的，你看一个家庭，大事都由男人做主，女人只是在小事上打圈圈。家里生了男孩人人欢天喜地，而生了女孩便是万马齐喑，这就是夫权思想在潜意识里的具体体现！”

“牵强，牵强！”杲昊觉得这论据也太小儿科。

“说这牵强倒也罢了，再说那些女硕士、女博士，按理说她们有智慧有能力什么都不缺，可为什么非得找一个本事比自己大、能力比自己强的男人做丈夫？这就是对男人的依赖心理，更确切地说，这就是封建夫权思想在潜意识里的盘根！”方自珍取指责态势。

杲昊似乎听出些潜台词，她发现方自珍痴痴的目光饱含期待，可她下定决心绝不为其所动，在没有佫恪的日子，她只能全心投入创作。

“想明白了？”方自珍开始新一轮开导。

“人生很快就会过去，你何必花那么多心血去做无用功？”

“可我觉得那是有用功！此生我只有这一求！”

“你被搞得筋疲力尽，现在轮到你惨兮兮了，你该有更重要的事！”

方自珍感觉到杲昊的委婉拒绝，终于控制不住，将一心的悲怆化作满眼的泪水，他抽泣着，“你总算能看到我的惨，为了你，我快去见上帝了……正像你所说，我已陷进死角不能自拔……”

“你试着把注意力转向某种创作，就会发现另一番天地……况且你还小，等你长大了，就会感到现在的行为很可笑，你知道我们不在一个年轮……”杲昊剖腹掏心，为自己的坚守，更为方自珍的前途。

“你错了！女人的寿命长，你要想终生都有陪伴，就必须找比自己年龄小的！”方自珍不管不顾，一路宣泄，试图改变杲昊的执著。

“可等你长大了就会嫌弃这个老女人，那时你们不再匹配，你年轻英俊，那老女人已是人老珠黄，一些好事的人就会说，这是你妈吧？那该多难堪……”杲昊也不管不顾地维权，她可不想遭此奇耻，到那时为时已晚，又不能从头再来，她必须拒绝溃堤的蝼蚁之穴。

“我以生命担保！我没有什么可以抵押只有这颗心！我会挖出来给你看！”方自珍已跌进对决的底线，他只能以挖心做最后的抗争。

杲昊没作声，她知道这是方自珍这个年龄段的专利，绝不能轻易招惹他，指不定什么时候真做出些傻事，她吃不了兜着走，她可不想为他兜底！看到方自珍凄楚的样子，她被感动了，回以深切的同情，“真是个可怜的傻孩子……挖了心，一切都归零了！”

“你就感受不到这个傻孩子决心归零的痛楚吗？”方自珍已是泪雨涟涟，那肝肠寸断的样子，铁石心肠也不能不为之感动。

“我又不是冷血动物……”杲昊纯属言不由衷。

方自珍久经干涸的心，总算遇上甘露，他不能轻易放过，于是舍生忘死地又一次将杲昊拥进怀抱，洞开的泪闸，一任其泪水纵横，流经两个人的脸，向大地滚落。

16

倪莳萝是逆境走出来的，对于悖谬、逆反、迫害，早习以为常，对于来自阕大德的熏臭他嗤之以鼻。若说不闹心那是自欺，不过他有足够的定力去支撑，可以不影响他的正常工作。他在魏洞天那里接受的鹅裘项目，正亲自挂帅紧锣密鼓地进行，三个方子已经实验了俩，呈递进状态，他深信第三个方子会更好。其间的乐趣早将阕大德的做屎驱出意识阈，不过鹅裘以外的大事小情多少也受了牵连，最典型的就是杲昊的二次住院，他只在刚住院那天去看了杲昊一眼，以后就埋头于裘皮的科研攻关，直到王大为给他打电话，说杲昊要出院，他才放下手头的工作。

想想杲昊也够凄惨，从出院到上班得有个过渡，她连个过渡的地界都没有，还得将她接到自己的寓所，总得有几天过渡。长病无孝子，何况他一个异性哥哥，稍有疏忽也是可以理解，倪莳萝自我开脱，但心里总有甩不掉的歉疚。杲昊的结局与他当初的决定不无重责，可已是尘埃落定，覆水难收，他总不能因此去死，不死就得维持！目前的乱套都是佫恪这浑小子害的，他若有心于杲昊，就该不计后果地娶了她，若无心就别再往一起凑合，闹得鸡犬不宁，大家都跟着受牵连。

倪莳萝自知抱怨也没用，还得以关爱为主，谁让他是大哥呢！于是将项目交给自己的助手，起身去医院。汽车在沸反盈天的大雪中艰难穿行，速度极为缓慢。这一冬的雪似乎格外多，是对杲昊命运的慨叹还是瑞雪兆丰年？唉，命运的乖舛，令他这个大学校长也不得不关注冥冥预兆！预兆往往铺陈着事件的走向，巧合又蕴含着内部规律……

当初他的重责决定，就是在预兆中析出的。曾有一时段他的梦特别多，也许是预感到后来要发生的劫难？他特别怕失去杲昊，首先是对她前景的担心，他只知道世界上不会再有人比他更关心她，那是因为捡到她是在一个大雪天，那羸弱的小生命给了他旷古震撼，他便痛下决心无论遇上什么情况，他都不会舍弃杲昊。为此他竟然不顾一切将她与佫恪拆散，又不计后果地将佫恪赶走，以致铸成无可挽回的大错！

春天新生命伊始，一派欣欣向荣。这不可抗拒向上蹿动的力，终于将佫恪从重病中托起，一个翩翩少年又一次活鲜鲜地诞生！就在大家为之庆贺，一场灾祸又霹雳而至，张嫂的丈夫在修水利开山爆破中被意外炸死，张家顿时断了大梁！张嫂悲天抢地了五个月之后，就被另一个村的男人娶走。就在这偶发事件中，佫恪又一次面临灭顶。

倪莳萝慎重地考虑了三天，决定将这孩子留下，张嫂感激涕零，就将她童话式的小木屋送给了他们兄妹，此后三人的故事，就在这间小木屋轰轰烈烈地上演，杲昊与佫恪的衣食住行全落到了倪莳萝的肩上。

倪莳萝考的是师范大学化学系，父亲是祖传中医，所以对中药尤其感兴趣，在丹家崖那个天高地远的乡村僻野，顺理成章地担负起赤脚医生，由于治好了公社书记魏乾多年的胃病，便受到魏乾的特别关照，生活很快好转，对杲昊佫恪的抚养也不再是累赘，反而使他名声大振，成了远近闻名的慈善大使。那时倪莳萝的主要任务就是采集中草药，收集民间药方，治疗疑难杂症，根本不存在劳动改造。

正是这诸多巧合，从根本上改变了三人的命运，是好是坏，也只能是自家的论定。该收场了，从此将杲昊交给佫恪，这场惊天悲剧再如何演绎，就没有了他的角色。这在接杲昊出院时，就应该渗透给她。

进了病房，杲昊已将一应用品收拾停当，在土大为的建议下，只等倪莳萝前来接应。倪莳萝看到，病房又多了一个小青年，杲昊向他介绍这是电视台的摄像师方自珍，几天来一直由他照顾。得知佫恪没来，倪莳萝暗自庆幸，庆幸杲昊终于得了解放，看来佫恪也想收场了，那这场惊天悲剧就该画上句号，心中不免一阵松绑，好歹大家都回到了自己的轨道，不用再磕磕碰碰，泡利不相容原理也可以暂且休止。

倪莳萝看到杲昊完全恢复了正常，不再语无伦次，也不再是悲天抢地的样子，漫天漂流的心也总算软着陆，又不禁升腾起阵阵畅爽，好歹丝连的断藕也该有个了断，不用再扯着骨头连着筋，大家都跟着痛！这一切，都在催促着倪莳萝的速战决心，他必须即刻剪除与杲昊的最后连丝，从此，大路朝天各走一边，顶多维持着真正意义的大哥，年节相互看一眼，有事彼此照应着，速速尘封那段泪水浸泡的奇缘！

出了医院大门，天地一派琼楼玉宇，出奇的净化令他不忍离去。倪莳萝要与杲昊步行踏雪，当然，他要实施刚刚确立的速决战略。

他们选了一段僻静小路，路上还有一条冰封了的河流，眼下虽是冰封，但却封不住心中的绵绵联想，踏上去一定是浮想联翩思潮涌动，正是了结那段断藕之情的绝好背景，就像这样永远冰封！

一段缓步许行，已是暮云暗几重。想到同杲昊的了断就在眼前，倪莳萝一时又不忍开口，心中矛盾着，有些隐隐作痛。他感到自己一下子老了，有杲昊的日子，他总觉得自己与杲昊同处一个年轮，因而他容光焕发精力旺盛，像是被一道生命的甘泉浇灌着。这甘泉终于要绕道而去了，也许他很快就会枯萎，守护神般紧贴着杲昊的那颗心，却原来负载着多么深重的累累伤痕！他感到一种空前的凄苦，此后，不离左右的大概也只有这空前的凄寂了，不免哀叹连连。

灯光下杲昊抬眼看到，倪莳萝从未像现在这样苍老，这样凄惶，深切的愧疚死死攫住了她，她懂得倪莳萝对她情感的分量，“哥，你不必担心，我已经好了，绝对不会再神经兮兮，真的不会再让你操心了……”

倪莳萝终于找到绝好的契机，“是吗？那就太好了！哥哥近来很忙，丹家崖送来一个科研项目，屈子集的出版费还没有着落……我想尽快将那个科研项目拿下来赚些科研费，尽快把屈子集的出版费解决了……”

“真够难为你了，还有我不时给你添麻烦！”

“所以我很长一段会顾不上你，你就按自己的意愿重新开始吧……过去的曲扭，你也许觉得那全是我的错，可我也不是神，有时是潜意识的……就这样，我们都完了……”倪莳萝终于控制不住，泪如泉涌。

杲昊似乎感觉到了以前从未感觉到的东西，一种刀绞般的痛推动着她扑向倪莳萝。顿然，一滴滴的冰冷和潮湿砸在她的脸上，已弄不清那是泪还是水，那样大的水滴……二十年来的养育和温馨，和着她的一腔信任和崇拜，她已经顾不了许多，“哥哥，那错是什么？告诉我！别让我终生都怀着愧疚去猜谜！”

倪莳萝不做声了，他静静地仰望天空，希望能从那里得到回答，因为他实在是没有那个勇气，他的过错已经毁了他们三个。可天空一颗星星也不露，似乎又纷纷扬扬地飘起了雪，映红了半壁天的城市彩灯，又赋予飘雪以七彩斑斓，可他永远无权享受了，今后的日子，他只能是单一色的灰！此时，他只感到自己在飘雪的缝隙徐徐上升，世界、天空、银河、宇宙，纷纷隐退，留给他的只是些缝隙，以便在今后的日子慢慢受用，不会再有人与他分享，尤其是杲昊。

杲昊搂住他的腰，将脸埋在他的怀里，呜呜咽咽哭个不停，“你不说我也能猜出几分……你就那么残酷地坚守着，把天下的苦都咽下去！”

两人哭了很久很久，倪莳萝觉得该摊牌了，“既然你已猜到几分……我们已是永远地不可能，就此分手吧……”

杲昊跷了跷脚，在倪莳萝脸上印了一个深深的吻。那是一段时代的结束，一种意绪的结束，一部血泪史的结束……

17

万向权在吴纳西办公室出来，只形成一个概念那就是天翻地覆。他会将那个灰溜溜惨兮兮的万向权推倒打碎，再和上从吴纳西那里汲取来的养分，从头细磨，重新打造，再造一个崭新的万向权！

从吴纳西那得来的法宝，最核心的东西有两个，首推人是可以改变的，上帝没有赋予人特别的形式，人可以按自己的意愿去设定目标，塑造自己！这多好！自己设定，自己塑造，那不是芝麻开门吗？财富、权势、名誉、地位都是他想要的，这些目标都是他要设定的，至于如何塑造他还有些含糊，反正有吴纳西撑着，不清楚的可以随时请教，但基本脉络还是很清晰的，不就是设定了目标埋头干去就得！

另一个核心就是钱，目前是市场经济，市场经济的杠杆就是钱，办事要抓纲，纲举目张，那得网住多少大鱼！钱是满地跑就看找不找，吴纳西语重心长地指出，目前的政策是一部分人先富起来，又是摸着石头过河，真是太宽松太优惠，那是千古难逢！细查历史，哪个朝代如此惠民？都是苛捐杂税徭役壮丁，现在竟是鼓励你先富，允许你摸着石头过河，那也太随便了！石头是东一块西一块，摸哪块是哪块，里离外斜也行，之字形也行，就地画圈也没人管，那不是撒欢儿地干吗！另外吴纳西还特别指出，这种政策不会持续多久，等上面反过味来，一准快速收网，这一快，肯定有转不过弯来的，受伤是绝对在所难免。所以又送给他两个偏方，一个是速战速决，抓住有利时机撒开大网，不管不顾地去捞，能捞多少就捞多少。另一个是眼睛耳朵都要灵，发现势头不对就赶紧收网。绝不能做贪心不足的老大，最后被太阳烧死，其实一生铆足劲花，也花不了几个子儿，完全不必那么贪！

有了这些法宝，万向权顿觉就是再造，以前他可没有这个眼界，也没有这个胸怀。咦？吴纳西为什么就有？都活在同一个世界，差别怎么就那么大呢？万向权细细咂摸，他将这归结为他的书念得太少，吴纳西无论如何那叫大学生！自己呢？十年动乱的中专生！

政企分离市政府成立，配套组建广播电视局，宣传部率先四处招募能写会说的人才，工厂那边就推荐了万向权。那时动乱刚结束人才青黄不接，这就成全了万向权这样的，既有些能力又极欲出人头地的人。进了广电局，万向权是积极肯干，锋芒毕露，宣传部又推荐他为广电负责人，他便拉好架势，一心想拿下广电局长这个头衔。与此同时，他又自学了汉语言文学大专班函授，仅一年多就混了个大专文凭，好歹在文凭热的年代，还不算落伍。后来省里就派来了局长俗恪，万向权被任命为副局长。虽说万向权心里有些耿耿，但人家是省里来的，又是留学生，论学问论背景那都是天壤之别，也只好偃旗息鼓。

这个天翻地覆很具体，就是帮吴纳西销售一百台日本原装彩色电视机，每台给他五百元的佣金。万向权绝对长脑子，算下来那可是净赚五万元！那个年月，万元户都是凤毛麟角，他一下子就变成了五万元的得主，岂不是一夜暴富！这样一来，万木竞秀的前途就有了可靠保障，是留学，是做买卖，还是买养老保险，都是一个保底数字！

一百台电视放在别人手里也许是个问题，放在他手里不过是个交换的本钱，况且还是日本原装！他结识的阶层都是转轨之际的绝对要害人物，他们扼守着公有制最后的堡垒，一顿饭钱也不止一台彩电，劝他们少一顿公费请吃，一台彩电就出来了！而且凭着对电视台的信誉，出手都是上品，至于价格绝对无人问津，他就以电视台的名义，振臂一呼绝对顷刻售罄。靠山吃山靠水吃水，电视台这个招牌他必须得用，凭着群氓们对影视的盲目崇拜，他这个广电局的副局长绝对身价倍增，身后再弄几个俊男靓女陪衬着，那就是货真价实的无冕皇帝！禁锢了多年的思想领地已是一片不毛，干渴的欲望一旦解禁那就是几何级的爆炸，多数找不到北，只要出示香花野草就能招来一大批狂蜂浪蝶！他试着稍示锋芒，就引得无数英雄竞折腰，捧场的、哄抬的、效犬马之劳的，比比皆是！靠着他手中的这颗灵蛇之珠，什么利益换不来！

原打算一趸购进那批彩电，或自用或公用或拉关系，是为图个省劲儿，不想俗恪那个王八蛋跳出来逞能，什么贵了贱了的，像是他有多公道，市场经济就是靠价格调控，那也是一种能力的体现，有本事就多赚几个，没本事就少赚几个，再者赚的都是公家的钱，谁也不碍着谁，你俗恪跳出来充什么大瓣蒜！说白了就是个显摆，显他是省组织部部长的老公，多秉公办事！显他新官上任三把火，多认真负责！不想这样一来倒成全了他万向权，凭空飞来五万元，就那么无声无息地装进了自家的腰包。本来他还想折腾出些钱给局里的员工买些年货，这回不用了，全部进自己的腰包！员工抱怨那也是佫恪的责任，不然怎么会有因祸得福之说！咦？做副手有做副手的优势，责任可以一推六二五，好处一个也落不下，私下里还可以频频制造机会，想干什么就干什么！得！那个局长的头衔也不必急于去争，小火缓缓炖着，鲜汤慢慢煮着，时不时再给佫恪制造点麻烦，他在幕后睛等着看热闹逗闷子！原本他并没有自己捞钱的胆子，这一折腾无意中蹚出了如何捞钱的路子，以后可就是柳暗花明了！

想好了路子，布齐了阵势，他便大马力出击。他的方略是分两步走，第一步，市场调查。他将一些铁哥们先召集起来，等于是问卷考核。他让一个最贴心、最有社会关系的商业大枭做东，找了一个秘密地界，先将气氛造足。这气氛既有秘密结社的神秘，又有关系网络的温馨。

万向权有意晚一些出场，这是身份的象征，以后他得成为这个圈子的首领，一呼百应那种，绝不能先造成一个轻飘飘的印象。另外他得事先考核一下，是不是有犯相的，毕竟是第一次，总得给些风险系数。那位商业大枭是酷爱附庸风雅的，所以对万向权极为崇拜，办起事来绝对贴心靠谱，都是按万向权的提名召集的，一个楔子也没加。为什么万向权没亲自召集，这是为了增加悬念和神秘感，对那位商业大枭也是个抬举，关系会比其他人更近一些。听完了召集情况的汇报，万向权这才荦荦大端地露面，一派总幕后的淡定。

万向权又有意注意了一下环境，这是一家中档饭店，是那位大枭的亲戚开的。在进来的时候他就注意到，那是经过了九曲十八盘的。

一番嘘寒问暖的寒暄，一阵互联网式的介绍，大家渐次入了戏，各种特色菜肴也陆续上了桌。接下来万向权便以拉关系交朋友为由头，以社会大环境需要组圈子为主题，大大演讲了一番，率先将关系网建立了起来。然后又让大家边吃边聊自由发言，谈各自的体会和需要，更谈未来的前景和走向。此间，他浑然不觉地将那批彩电的信息加了进去，鼓励大家有钱就置办大件，建自己的安乐窝，那可是身份的象征。

没有主见的群氓最大的特点就是跟风，那位商业大枭便从旁鼓噪让万向权给解决彩电。万向权欲擒故纵，他感到该进入第二步方略了。

第二步，就是利用这个圈子，稳妥地将那批彩电推销出去。他微笑着环视了一圈，然后信誓旦旦向大家承诺，既然大家为消费担忧，那就先成立一个消费参考协会，通过这个协会彼此互通有无，大家在一起先确定缺什么，需要什么水平和档次，然后就组织进货。这样一来，市场有人管，货物统一进，大家就睛等着享用！

那时是卖方市场，物质奇缺没有假货，只是价格高低的问题。有万向权去操办还担心什么？万向权第一步就向吴纳西交了张优秀答卷！

18

送走了胡大龙，胡小龙感到百无聊赖，尤其觉得前途蹇蹙，命运多舛。他不羡慕胡大龙那样的文盲巨富，也不甘心蜷缩在父亲的安乐窝空耗青春，他更多地遗传了胡昌稷的基因，完全是一匡天下的雄心。原本企盼及早出国留学的愿望，也因经费的搁浅而泡了汤，虽然胡大龙行前承诺外出回来帮他想辙，可一天不实现他就闹心一天。他毕竟还是个孩子，想一出是一出，于是他闲饥难忍，四处闲逛。

胡小龙一路走着，看到三教九流七行八作都那么尽心尽力，那么兴致勃勃，各自建造着自己的栖息地。由此派生出命运还得自己掌握，人必须有自己的领地、自己的事业和自己的一技之长。大龙原本可以拿钱送他出国的，可他说他得去南方考察，若有项目他就得投资，那是需要一笔巨款的，他会投资什么项目呢？凭他的精明他的能力，反正他不会有错！一个更加辉煌的大哥，已经出现在他的黄金视野。

凭着吴纳西和胡大龙的承诺如此轻易夭折，更加证明依靠别人的飘忽，成败得失全是人家说了算！接受者只能一旁静等，那种等待会有多久，等待的蹂躏会有多残酷，只有当事者才会深切地理解，等来的是什么，又是全然不知！他现在就正陷入这种等待！

求人不如求己，还是自己动手吧！自己动手，首先得翻腾自家的一技之长，他能干什么呢？像大龙那样开饭店？不可能，那得需要时间和本钱，这两样正是他的弱项。像万向权那样倒腾彩电？更不行，那得需要市场和人际关系，这就不仅仅是弱项了，简直就是白日梦！

细想想，他的唯一长处就是英语六级达标，要不怎么说父亲的爱天高地厚呢？自他牙牙学语父亲就教他英语，父亲说他自己上学时顶数英语优秀，学校每有外事活动都是他担任翻译。在父亲的带动下，他对英语产生了浓厚兴趣。后来学识越来越厚，台阶越来越高，父亲已是不能胜任，又由于父亲工作越来越忙，父亲就给他请了外教，单兵教练，英语六级顺利过关。原本打算毕业后就考托福，不想胡大龙突然现身，一个蝴蝶效应，把什么都改变了，母亲疯了自己也辍了学。

胡小龙想着走着，信步走到了外事办，只见一批老外围着一个翻译，那翻译笨笨磕磕，许多话她根本没听懂，回答得驴唇不对马嘴，弄得老外们直摇头，大呼不可思议。胡小龙一打眼，就看出那翻译是个新手，便上前协助，很快弄清老外们是要参观油田，专业术语比比皆是。于是小龙自告奋勇，协助带领四处参观。

由于胡小龙的无私援助，那翻译已将他视为知己，说她是胡昌稷司机吴畏的老婆，叫逢桂桂。又说她原本是中学的英语教师，她的英语四级还没过关，是通过关系调到外事办的。小龙不解地问，这种情况，外事办为什么还派她担任翻译？回答说为要招商引资，市领导纷纷出国考察，翻译都被带走了，家里已是空巢，就派自己对付着。反正这些老外也是旅游的，没什么大任务，只逗他们开心就得。胡小龙可不想暴露自己的身份，只报了自己的乳名——古龙。

小龙一听机会就在眼前，便毛遂自荐，要求到外事办帮忙。参观一结束，逢桂桂便将胡小龙带给了外事办主任楚暮鼓，说明了“古龙”的情况。楚暮鼓正愁有个领导要出国，没有翻译，经过当面考核，决定临时录用。之后再到国外培训一段，回来就进外事办工作。当时各类人才奇缺，只要胜任就立刻上岗，绝对没有文凭之说。

胡小龙只觉天上掉馅饼，留学的经费问题终于是自己动手丰衣足食了！为了酬谢逢桂桂，就在外事办的西餐厅请她撮了一顿。逢桂桂是个显摆高手，对古龙大谈自己的远景规划，大谈自己的关系网，并承诺只要古龙一声召唤，她会全力以赴！就这样，一直听她掰扯到深夜。

胡小龙半夜未归，这可急坏了胡昌稷，他预感到小龙似乎出了什么问题，于是心神不宁，完全没有了睡意。顺手打开了床头柜的灯，屋子立刻亮堂起来，两层楼住着两个男性公民，便使得小楼的辉煌平添惨淡。心中不免暗恨杨飞燕，这个不成器的败家娘们，但凡忍耐一下，这屋子一家四口住着该多好！大龙是个极优秀的孩子，用不着杨飞燕破费一点儿，没几天大龙已发展成现在的样子，不是睛等着沾光的事！非搅和得妻离子散，人人不得安宁，看来这个败家娘们进疯人院，那也是咎由自取！

想到此，心中又平添不安，小龙未归是出了什么事？不会是对自己的报应吧？于是更加心烦意乱，那时尚没有移动通信，想寻找胡小龙除非报警，他一时还不想把问题招摇得那么大，不得不强忍着。但绝对是躺不住了，于是起床拿起喷壶去浇花。啪！喷头掉了下来，砸折了花枝撞破了花盆，不祥之感闪电般劈向胡昌稷。胡昌稷伸手去抓下落的喷头，结果又将另一盆花碰掉了，一声巨响如同八级地震，潜意识里瞬间浮动着玉碎宫倾这些概念，他的心怦怦地跳着，只觉到了末日。不想一回身又看到胡小龙的头夹在门缝里，他大吃一惊，顿然失去平衡倒了下去。

“爸爸！”胡小龙急步蹿进屋抱起了老爸，“爸爸你怎么了？”胡小龙抚摸着父亲咚咚乱跳的胸口，又扶他坐到床边，不知此前发生了什么。

胡昌稷定了定神，才看出是儿子胡小龙，一把抓住他的手，“哎……孩子你怎么才回来！你若是有个三长两短，可叫爸爸怎么活！”

“我这不是有事嘛！爸爸，这么晚了怎么还没睡？”

“你还知道晚了？我就这么一直吊吊着，怎么能睡得着？若再失去你，我可就一无所有了！”说着泪流满面，将胡小龙抓得更紧。

惨淡的白炽灯使胡昌稷的脸失去了血色，加之涟涟泪水的覆盖，胡昌稷首次显得如此弱势，一个典型的孤独老人，可怜又可悲。

见此状胡小龙深受感染，“爸，其实你完全不必那么替我担心，我也是有能力的人，只是尚未得到施展！”在强力悲怆的感染下，母亲的影子也跳出来搅扰，胡小龙已是无边泪水萧萧下，不尽悲戚滚滚来。

胡昌稷抬头看到儿子也在哭，一种心灵的通融，使他宽慰不少。一阵泪水过后，满心的郁结也遣散开去，这才一派谆谆，“孩子，只要对你对社会都有好处，你就尽管去做，我会尽最大的努力帮助你……你出国留学，那也是件好事，只是这得需要一大笔钱，爸就那点工资……”

“爸爸，既然你承认我是个有能力的孩子，我就能自己解决！”

胡小龙还没说完，胡昌稷就抢过话头，“其实我们国家的教育也搞得不错，完全不必跑到人家那里去挤。你也不想想，在自己家里你是主人，爸爸会拿你当心肝宝贝，可到了别人那你算什么？人家的存款会给你，还是人家的珍珠宝贝会给你？时间一久，一准像个遛屎狗！”

“外国虽说是人家的地盘，可我会用智慧和力量去交换，换回的就不仅仅是存折和珍珠宝贝，我还会换来一个主人的身份！到那时，就不是你拿我当心肝宝贝问题，而是我拿你当心肝宝贝了！要创造人类的幸福全靠我们自己！”胡小龙说着拉起父亲的手抚摸着。

这几句正中胡昌稷的下怀，想不到儿子也会将问题想得如此透彻，“那也得等着大龙回来给你筹措些钱，去国外那么容易……”

“不用了爸爸，这个问题我已经解决了！不然我怎么回来这么晚！”

“那么好解决？怎么解决的？”胡昌稷半信半疑。

胡小龙便将外事办的一幕，一一说给父亲，说他最近就会出国。

胡昌稷一番思考，“好，儿子长本事了，那你就先陪领导当回义务翻译，顺便也出去蹚蹚路子，留学的事回头再定。”

19

二十多个日日夜夜的反复试验，鹅裘在倪莳萝智慧和汗水的双重光耀下，终于冲出突围闪亮登场！一种最高层次的合拍，在魏洞天、倪莳萝、屈子集之间结起了霓虹彩带，将友谊、感恩、连同功利，一股脑儿捆到了一起，史无前例的瓷实！屈子集著作的出版费终于有了着落，那却是倪莳萝智慧的结晶，汗水的浇灌！

屈子集的厚道是概念上的，其实，他无时不在暗中窥视每一个人的心灵，对其进行解剖、辨析，然后归纳出共性提取出个性。再将这些个性打碎，吸取其精华剔除其糟粕，一个个打上屈子集的烙印，这样带有屈子集标识的个性才得以确立！应该说屈子集是无比强悍绝对强硬，凡是进入他意识阈的无一能幸免，都得接受他的教化成为他的再造！褒义词就是上善若水厚德载物，贬义词就只能是心灵无间道了！

这样一个屈子集，能给大恩倪莳萝些什么回报呢？除了工作，也还是工作！那是些什么工作呢？自然是少不了心灵的再造。

自从杲昊二次住院，倪莳萝接她出院，之后倪莳萝便似丢了魂，没有了灵魂的支撑，倪莳萝形神枯槁面色憔悴，一下子进入老年行列。快进知天命之年的倪莳萝，此前还是英姿勃发，青春年少的样子，又加上他尚未成婚，大家都拿他当小青年看。不知为什么，竟然一夜之间老态突显，一派红衰翠减秋风落叶！屈子集细细观察了一周，形容枯槁主要源自他的不修边幅，发际蓬乱，胡须渐浓，衣着颠倒，鞋帽不整。另外神情沉郁，目光凝滞，言语骤减，思绪混乱，更是从旁擂鼓增色，于是一个别样另类的倪莳萝，就那么赤裸裸地呈现在大众面前。怎么得了！一校之长，那可是师表的师表，长此以往，岂不礼崩乐坏？坏了规矩乱了阵脚，刚有起色的联合大学，岂能不倒退滑坡？绝对有关大局！

屈子集先将这些现象尽收眼底，经过多方剖析推断，终于隐约查出些隐情，能让他如此摧毁的那就只有爱情了！多年相处又没有结果，一定是存在第三者！多年相安，为什么又突现波澜，那一定是第三者再次现身，而且就在最近。这个人是谁呢？屈子集只绕了几个圈，就将目标锁定了俗恪，有了这些依据，屈子集开始对倪莳萝攻坚。

“怎么了，将自己搞成这样？咱可不能给反方留下滑坡的印象，苍蝇可是专拣有缝的蛋下蛆，不能将机会就这么简易地留给别人！上坡路很难，花那么大力气才上升到这个高度，再为一些无谓的小事滑下去这合适吗？”屈子集拿出看家本事——教化，而且是切中要害的教化。

“搞成什么样了？是搞实验累的吧，那个实验耗去了我许多精气神，主要是担心搞不成，多重责任构成一个重负。”

听起来似乎理由充足，可屈子集却有自己的判断，实验再累那也是一种乐趣，再者实验业已成功，满足了五方十国的需求该是个乐事，弹冠相庆还来不及，何致如此？于是将解剖刀般的目光抛向倪莳萝，久久。

倪莳萝有些招架不住，“你认为呢？”

“完全不必那么耿耿，冬天过后还是春！”略顿，屈子集试探着说应该去电视台为鹅裘做宣传，可倪莳萝表现木然。

屈子集私下断定，那一定是源自于俗恪的心理障碍，看来他是决心与俗恪一刀两断了，就连公事都不想再与他有所瓜葛，形势已是十分严峻。人与人总得碰面，总得打交道，怎么能弄成这样的紧张局势，就差剑拔弩张了。又沉降了好一会儿，屈子集再次出示他的看家本事——教化，“咦？你觉得世界上什么动物最残忍？”

“狼！它们不但残忍，而且还忘恩负义！”明显的控诉加谴责。

“那是不是应该灭了这个物种！”屈子集有些咄咄。

倪莳萝稍加思索，“大概不行，生态会断链……”

屈子集总算找到了重磅突破，“那就得平静地面对，一些像狼一样难缠的事，就该做到视而不见，见而不视，浑然不觉，淡然相处。其实狼也有它的温情，谁动了它的狼崽它也是会拼命的！我们只是站在自己的角度去看狼而已。狼的忘恩，也是在维权，肯定是有人动了它的蛋糕！”

倪莳萝无言以对，沉思了良久，“不愧是人类灵魂的工程师！工程师就是设计和重塑！那你去办吧，但愿你所到之处是一派设计与重塑！”

秉了倪莳萝的意旨，屈子集去会佫恪。

“佫局长，我是联合大学的教师屈子集，倪莳萝校长最近搞了一项实验，将鹅皮制成裘皮，名曰天鹅裘，用此料做成各种时装，绝对别出一格！想用电视台这个阵地好好宣传一下，这是个多方有利的事，可以增加研究者的知名度，还可以为产品制造商创收，更能为贵台献上一台好看的节目，岂不一举多得？”屈子集至诚至笃。

“倪莳萝？他怎么不亲自来？”佫恪就没那么诚与笃。

又轮到屈子集实施教化，“听说过狼孩吗？”

佫恪一愣，没弄懂屈子集什么意思，下意识觑了他一眼，看到屈子集一脸的强势。雷达般敏感的佫恪，早读出屈子集掌握了他与倪莳萝间的那点事，心里不免突生厌恶，“你不是想告诉我倪莳萝是只老狼吧？”

“理解错位！也难免，因为你先验定势……”

屈子集还没说完，就被佫恪抢了过去，“先验定势？你都知道了？他就那么点光荣历史，是不是也要拿出来做做宣传？我这有偌大的阵地，嫌不够还可以到省里做！是不是你来做特约编辑？”佫恪不依不饶。

屈子集这才感到自己出了岔子，只一个先验定势，用在这里就起到挖祖坟的作用，打人不打脸，说话不揭短，他自知犯了大忌。可交谈还得进行下去，若就此断链那他也太无能，那他还是屈子集吗？他的长项就是使对方束手，然后再进行重新雕琢，最后打上屈子集的印记。他若是转不过这个弯，那就是史无前例的翻车，从此屈子集将无颜江东。稍加沉降，屈子集觉得已濒临绝境，那就只有置之死地而后生！

“我是作为倪校长的朋友前来联系工作的，是你先透露了工作以外的信息！就算倪莳萝是只老狼，他毕竟养活了两个狼孩！可狼孩是如何对他的呢？另外

‘朋’字为二月当空，暗含着相互映照，他有苦向朋友倾诉有什么不对？其实你的烦也属于自欺，你烦不烦我都是知情者，何必再去掩盖呢！想想看，倪莳萝不是到了山穷水尽，就他的人格，他会随便向不相干的人透露他的苦吗？你不但不同情反而兴师问罪！应该说你连狼孩都不如！狼孩可是人狼共处的杰作！”

一阵疾风暴雨的袭击，佫恪终于有所醒悟，也感到自己过于激进，对一个不相干的人无端发火，实在有些不靠谱。

屈子集终于看到转弯的契机，“你是留过洋的，应该是见多识广，你总没总结，为什么发达国家会发达？”

这听起来有些像绕口令，佫恪还真没认真考虑过，于是将问题踢给了屈子集，反问，“原因很多……你说为什么？”

“是因为人家注意发挥团队作用，同时不忘每一个人的独特能力！而团队作用的发挥，最关键的一点是什么？”

“什么？”佫恪完全陷入被动，强劲封闭开始松动。

这正是屈子集实施教化的切入点，“那就是人类所独有的最珍贵的包容！”屈子集戛然而止，留下一个重磅悬念。

到底是留过洋的，佫恪瞬间转过了弯，“那预祝合作成功……”佫恪靠着强力内功，终于使自己的面子顺利软着陆。

20

屈子集一撤，佫恪的内支撑全线崩溃。淅淅沥沥，那带着血腥味的往事，一如漫无边际的雾霭，潮湿了他的记忆。

仔细盘点，他短短的人生之路，排着太多的杀手。第一个就是他的母亲，她将他带到这个世界，就将他抛进茫茫苦海，在困顿与病魔构成的巨齿湾，他独自一人几经漂泊几度沉沦。第二个就轮到倪莳萝了，虽是倪莳萝养育了他，可他无情地剥夺了他的爱，没有了爱，生命便置于干涸。第三个就排到了曹健，她毁了他一生的幸福，从此无法找回。向生命深处遥望，也许还有方自珍、万向权……

他是怎样遭遇曹健的呢？

他于德国读完博士，便毅然回国。到人事部报到，却鬼使神差进了组织部。

那也许是个蝴蝶效应，竟将他的一生转了向！如果他当时稍加细心抬抬头，看看扼守在门楣上的那块牌子，也许就是另外的样子。

盛暑的炎热，令他这个地中海式气候归来的莘莘学子十分不适，在层层内行的指点下去人事部报到，他却迷迷糊糊敲了组织部的门，因为只有一门之隔。随着一声请进他进了门，屋里竟是空无一人，抬头发现一女子正高空作业，好像在整理卷柜顶端的文件，见有人进来，便停下手中的工作，直愣愣盯着俗恪。

过了好一会儿，她似乎才突然想起，"哇！还是个年轻县长，这么漂亮！"于是笑眯眯地放下手头的散乱文件，两层方凳搭成的梯架上她转身要下。可那梯架不稳，人体全盘失重，闪电般向地面坠落。俗恪一手抓住她的胳膊，另一只手抓住了她的衣服，一百一十多斤的体重，将她胸前的五个按扣全部打开，急难中俗恪又抓住她身后的一条带子，那带子自然也不她是体重的对手。当她以自由落体的速度倒在地上，一抹雪白的前胸在俗恪眼前全方位曝光，俗恪傻了眼。幸亏她反应敏捷，一个鲤鱼打挺站了起来，背过身将出槽的按扣复了原，脸涨得绯红。

正在这不堪入目的一刻，组织部长回来了，他见到这刺眼的一幕被惊呆了，就差没喊闭眼了，"小曹，怎么回事？"

曹健愈加慌乱，"哦……没什么，我内衣的扣子开了……让我男朋友给扣上，现在好了。"曹健转过身，一脸的酡红。

"啊……男朋友，我说你那么大方！不过，以后要注意呀，我们这么大个机关，还是注意些影响好，下了班回家去再……唉，你们这些年轻人什么都好，就是太随便！我倒知道这也没啥，可在办公室就不太雅观！"说着在抽屉里拿了份文件转身走了，临走还扔下一句，"咦？我可不是有意监视你们啊！是偶然要取这份文件的……"

见部长走远，曹健吐了吐舌头，接着又看俗恪的报到手续，看了半天也没看懂，"这，这是怎么回事？"她皱着眉。

"我是刚回国的留学生，学新闻传媒的……"俗恪有些不耐烦。

曹健立刻变了脸，"真笨！你不知道这是组织部？你应该到隔壁人事部报到！都是你害得我损失惨重！部长再问起我男朋友，我怎么说？"

"这能怪我吗？是你自己要瞎说嘛！"

"我要不那么说就会更丢脸！你要不来，我能从凳子上掉下来吗？"

俗恪戏谑地笑笑转身到隔壁报到去了，将曹健的话权当儿戏。他被分配到省新闻理论研究室工作，世界不大，又与曹健天天见面。

一次饭后，大家都随着午间的热浪散去，曹健将一顿饭也没打开的保温饭盒打开了，里面是一盒的冰激凌，她把盒子推到佫恪面前，含情脉脉地，“吃吧，天很热，吃完睡个好午觉！”她垂着眼不去看佫恪。

佫恪不解地望着她，不虞又想起那档子事，于是边吃冰激凌，边忍俊不禁，绝对没想到蝴蝶效应从此拉开序幕。

“你用不着那么得意，我恨透了你！”曹健怨恨交织一派凄惶。

“恨我还给我买冰激凌！”佫恪心中没底，想找个支点。

“别觉得多好，我在里面下了毒！”曹健依然恨恨。

“真的？”佫恪放了勺子，半信半疑，一派傻蛋心理。

“哪像个好男人！好男人看了人家女孩子不是娶了她就是去死！我看你根本没有迎娶之意，那你只好去死！”曹健已跌进绝情谷。

佫恪心里没有一点曹健的位置，而她如此耿耿实在是匪夷所思，于是斥责，“一个在大机关里混又见过大世面的女孩子，竟是如此封建迂腐！好，我就死给你看！”佫恪有点懊恼，赌气吃了那盒冰激凌。

“好！够哥们儿！能为我献出你的小命！那就绝对是让人信得过的男人！我要你了！”说完夹起那只空饭盒走了，泪也没擦。

佫恪当然不会死，那种威胁只不过是一种夸张，可曹健的理解恰恰反了，佫恪的本意是宁死也不会跟她结婚。受了第二次袭击，佫恪不禁纳闷，她是什么意思？那不过是一次偶然，干吗看得那么重？女孩子的秘密固然重要，可当时他很严肃，丝毫没有亵渎之意，佫恪思前想后没有一点对不起她的地方。傍晚，人们都散步去了，佫恪因中午吃了太多的冰激凌，肚子隐隐约约有不适之感，又加之心绪不佳，便抑郁不畅地躺在床上。突然听到房门被吱吱扭扭推开，他看到是曹健，心里更加不悦。干吗？些许小事没完没了！这样纠缠起来真是没劲！于是闭上眼睛装睡。静谧中，他突然感到一股淡淡的幽香从他鼻端飘过，接着便有毛茸茸的头发在他脸上划来划去，他实在忍不住迅速睁开眼，直视曹健。

“哎呀！吓死人，我还以为你真死了呢！”曹健在情急之下感到了窘，便下意识地掩饰，她当然知道佫恪不会死。

“像你这么折腾，好人也给折腾死了！”

曹健索性将她的纤纤小手伸向佫恪的脸，“真笨，难道你真看不出我有多爱你！”说着扑到佫恪的怀里，小猫似的舔着他的脸。

“不……不不，我们不能……”佫恪推开她坐了起来。

"怎么，你觉得我配不上你？"曹健开始清醒地核实。

"我另有所爱……而且她是我今生的唯一！"

"是谁？告诉我！告诉我就绝不缠着你，说不出来就另当别论！我也是一样，我也是拿你当今生的唯一！"

佫恪半天没有回答，只是凄怆地望着窗外，满眼泪水。

"怎么样？子虚乌有吧？那就没的说，我要定了你！"

"我到分手的地方去找过她，没了去向……有的说她死了，也有的说她疯了，已是近十年没有音信……"

"自欺欺人！好，再给你半年时间，找不到，这结婚证可就生效了！"曹健说着掏出了结婚证，拍给佫恪转身走了。

半年很快过去，佫恪自然没有找到他的唯一，曹健便宣布了她与佫恪的婚事。之后，在干部年轻化的进程中，曹健晋升为省组织部部长。

此番佫恪随扈黎前来就任，不想杲昊就在他的新领地广播电视局。他把这情况告诉了曹健并提出离婚，曹健只给了他一个条件，就是向他要个孩子，当她怀孕，就立刻给他开解放证书。

面对杀手林立的格局，佫恪忍看潮起潮落。他感到时过境迁，太多的位移让他置身另一个世界。尤其是杲昊，他已读不懂她的全部，所剩只是无尽的忧伤！还有屈子集的永恒格言——包容！

淅淅沥沥的往事烟雨，令佫恪感到从未有过的疲惫，冥冥中他只祈祷，曹健能及早实现她遗传工程的宏伟蓝图。

21

杲昊摆脱了倪莳萝的藤蔓，顿觉减负不少，十几年来她一直身置油锅，原来竟是对倪莳萝的负疚！可她心里的唯一却是佫恪，她始终在感恩与苦恋中挣扎，一如面对酷刑，不得已，她的潜意识便开始实施逃避，显形症状就是记忆失常与精神错乱，成为典型的精神病人。

静谧中砰然一声门被打开，杲昊看到站在她面前的正是佫恪，唰，只觉丝絮状的云气四射开去，瞬间覆盖了她的视野，接着是异乎寻常的亮，一个个光环向四外扩散，永恒的轮回，似乎又回到了原点。

日月流转，秋去春来，佫恪终于离开了病床，康复了的佫恪一派生动迷离，那双机敏的蓝眼睛总爱半眯缝着，猜不透里面到底隐藏了对少秘密，恍惚飘逸的神情一如道道光环不停地散射，一个谜一样的佫恪在杲昊心底形成了，她想猜透他，她想抓牢他，成为一个永恒的定格。

暑期，倪莳萝带蜂群逐蜜源采蜜去了，小木屋只剩下了杲昊与佫恪。

在倪莳萝的灯塔效应干扰下，两颗相吸的心一直处于灯下黑，灯塔位移，两颗心开始闪亮。在相互映照中，他们不再处于冷漠与混沌，心中不觉生出一股旋风，狂暴地掀动着他们的五脏六腑，伴生着隐隐作痛。继而他们觉得天地更宽了，视野更大了，他们想离开这个小木屋，到更远的地方去，与天体为伴，于太空遨游。

户外是满眼的翠绿，在晨霭中时浓时淡，他们的情绪也随之飘忽不定，一会儿甜一会儿苦，他们沉默了沉重了，相对万言的心，相觑无言的形，构成了一个强大的引力场，理智之光发生了弯曲，将世界折成无数幻象。那朦胧的意向，万花筒般绚丽莫测，他们迷惘了。

终于灿烂的阳光掀开雾霭，将大地置于一派蓊郁，这动荡中的绮丽景象，带着它的强刺激形成了重磅驱动，佫恪不能自控地拉住了杲昊的手，加速的心律通过脉搏相互感应着，传导着一种生死难辨的强磁吸引，他们都流了泪，也许那就是最原始千古不变的盟誓，既无方向也无目标。

“我带你到山上去看看！”佫恪一派男子汉的诱导。

杲昊无条件地点点头，一个简单的交流，却体现着万般复杂的心灵沟通，同时还体验到与另一个灵魂通融渗透的别样滋味。手挽手，信步徜徉于林间小路，那金灿灿的小路在绿色丛林中蜿蜒延伸，九曲十八盘。九曲十八盘的意绪恰与那小路形成了复调式的协奏，叮叮咚咚敲击着他们稚嫩的情窦初开的心，一如流淌的山泉，无拘无束，无穷无尽。

“你听，我心里有音乐，就像这山泉……”杲昊脱口而出。

“幸福的人心中都有音乐，我就没那么幸运……”佫恪用力攥攥杲昊的手以示羡慕。略顿，佫恪又长叹一声，“若是没有你哥哥相救我会死，他们都盼我死……认为我是个累赘，可我还是活下来了！”

“我就不盼你死！你死我也死！”杲昊斩钉截铁。

佫恪把杲昊的手攥得更紧，从此结为生死。

三环九转，他们走出了林荫小路，眼前豁然开朗，怪石嶙峋中，一瀑飞流直下，形成一湾碧波荡漾的大湖，一动一静令人神魂荡漾。登高远望，物象尽收眼底，展示着宇宙的无极。瀑布旁一块青白石板，突兀于悬崖之上，足有两丈见方，踏上去可以观看瀑布下落。以往他一直一人独赏，眼下他终于将杲昊带来，可以两人共享了。他将杲昊拉上那块大石板，然后就让杲昊躺在他怀里一起看天空，白絮般的云缓缓移动着，带着他们的灵魂一起飘荡，欲醉欲痴。

“我就想这样一直躺下去，经过风吹雨淋，我们俩都变成石头，就像这块大石板，结为一体永不分离！”佫恪宣誓。

“可我听到云里的小人对我说，我们终究会分开，你会被人抢走，而我只能孤单地活下去，很惨……”

“别吓我！我不愿意！”佫恪说着，一翻身就滚下了悬崖，速度很慢，一点点下落，就像电影里的慢镜头。

杲昊眼前一黑，什么也看不见了，想抓住佫恪已是不可能，于是一声大吼，“佫恪！等我，我就跳下来！我们约好永不分离！”

杲昊突然感到人中一阵压痛，胸口异常憋闷，她挣扎着终于睁开了眼，眼前的物象渐渐聚了焦，那正是她朝思暮想的佫恪。她不顾一切地扑上去，紧紧将他抱住，唯恐再次失之交臂。

“杲昊，杲昊！你这是怎么了？怎么会是这样！”

“你跳碧绿湖了？我不想让你毁灭……”杲昊仍然半迷糊半清醒。

佫恪将她扶到沙发上，然后在她身边坐下，沉降了许久。

“别总那么死去活来的……希望你正常起来，刚才你又晕过去，事已至此，希望你能多多包容……”佫恪已融入屈子集的思想体系，包容竟成了他的化道。稍事沉降佫恪又循循善诱，“正常起来，共同干些事不是也很有意义吗？我也是经过了多方权衡，人的一生不仅仅只有爱还应该有事业，事业的辉煌也是一种慰藉，而且是最高慰藉，永不凋谢的花是事业的成功，我们一起来试试？”

杲昊沉思了半晌终于有所认同，勉强地点点头。她知道佫恪是属于无能为力，他没有能力摆脱自己既成事实的婚姻！这格局也许是从生命一开始就设定好的，不然怎么会遇上倪莳萝，接着又遇上曹健？

佫恪好歹有所释然，“好！现在就有一件事等着我们去做，做好了大家都会受益，你将成为功臣……”

“什么事会这么好？”杲昊渐渐走向正轨。

“丹家崖，应该算我们的老家！现在的村长魏洞天出了个课题，将大鹅的毛皮制成鹅裘，鹅裘做的时装那是美不胜收！打到国际市场就可以赚大钱，富了丹家崖也美化了世界，你若穿上，绝对的白雪公主！”

“那我能干些什么？”杲昊出示积极。

“写剧本呀！以展示鹅裘的华彩创作一个关于天鹅的故事，让大家找到对象化的本质力量，同时感悟老师倪莳萝智慧的光芒！这款产品是倪莳萝研究的成功，产品的关键是熟皮技术，待进一步完善就可以申请专利了！我们的老师到底是与众不同！”

提到倪莳萝杲昊百感交集，一种酸甜苦辣咸排列组合出的千百滋味！她知道倪莳萝对她是倾其所有，而她竟将世间一切美好，都全部倾注给了佫恪！佫恪却又委身一个权势女人！那女人驾驭着权势的轮，可以碾碎一切妨碍她的栅栏，他竟能安然接受！这就是残酷的生态链，为了某种平衡，也许任何存在都是合理！霎时悲风起于青萍之末，盛怒于峰巅沟壑，她只觉进入了生命的沼泽，那里尽是一片荒漠与不毛，强者和聪明人都不屑光顾的误区！她不能自持，泪雨顷刻覆盖了面颊。

“别这样，我没有什么奢望，只想每天看到你……”佫恪也不能自持，泪水夺眶而出。他掏出手帕，先为杲昊拭去了泪，又为她理了理蓬乱的头发。就在这个当口，吴计推门进来，佫恪窘迫异常起身要走。

“别走，就是找你的！没想到大局长也会流泪……”吴计带着尖酸。

“找我？什么事？”佫恪擦了泪，依然带着尴尬。

“是夫人的秘书，给你带来了各种礼物，可真够丰富多彩，都是夫人亲手置办的！你可真够幸运，摊上这样一个好夫人！”这话有一半是说给杲昊的，潜台词是告诫她不要胡思乱想，要当心局长夫人的强权。

抛下大力拉扯佫恪转身走了，带着满脸的不悦，没给吴计留下任何得意的机会，却给这里留下无尽的悬念。

22

胡昌稷已全方位进入吴纳西的“转乾坤”轨道，蝴蝶效应正以狂飙突进的势头向十二级飓风挺进，即将进入飓风眼，所到之处一派虹吸，想停止已是为时已晚，绝对的在劫难逃！不过胡昌稷正得益于虹吸的提升，早将生死置之度外！

年关已到，他觉得该对许童有所表示，可掰着指头，将栏杆拍遍也没想出最佳方案，因为这与他的习性相违。

眼下各行各业早已人满为患，各业内都形成了自己的圈子，各领地都有领主看守，狼多肉少的，想捞块好肉就必须得到领主的许可，不做些讨好的姿态，那是绝对进不了圈子的，进不了圈子何谈捞到好肉？你不干？有一千多人排在后头，正等着你让位置呢！别说违背了习性，就是违背了良心，也得不可为而为之！

对此胡昌稷已有些疲惫，尤其此次升为市长，那是几经较量几度权衡，此前他也是几天几夜未合眼，若不是他的术业占绝对优势，也许眼下在座的就不是他胡昌稷了！其实，现在他也是单枪匹马的，绝对属于风险提速！他暗自庆幸，寻觅了一个得力助手吴纳西，事事他都能替他策划周全，这就可以高枕无忧坐享其成！不然怎么会有假舟楫、登高而招这些便捷方式？胡昌稷自觉他已是好风凭借力了！

还是吴纳西剖析得有道理，许童与曹健是不是一条线上的都没关系，只要抓住许童就是纲举目张，扈黎能与许童结为生死，我们怎么就不能？我们也不差什么，要人情有人情要金钱有金钱，刀枪剑戟样样齐备，要什么给什么！如今是大才小才人才济济，人才鬼才齐集一堂，谁分得清谁是人谁是鬼？谁搞得懂哪个具备建设性，哪个具备破坏性？为了防患于未然，他必须未雨绸缪先行一步，先将老帅拢住，岂能不是旱涝保收？这不仅是为官之道，其他行业也概莫能外！

眼下他最大的欣慰，就是胡小龙逃离了这个怪圈，儿子终于可以靠自己的力量去打拼天下，不用遭受人际关系的磨难。原说是吴纳西给凑钱出国留学，可他总觉得不妥，吴纳西弄到的钱是不是干净他不托底，这不像送给许童，干不干净那都是钱，有了事反正许童兜着。儿子则不同，有事了得做父亲的兜着，更为重要的是毁了儿子的一生那可是剜心的事！两个儿子最大的优点就是精明，都随了他们各自的母亲，他娶的两个老婆，一个比一个精，就是丑了点，若是都跟吴计似的，放在身边那有多么赏心悦目，也犯不上左一个右一个地倒腾！其实，每倒腾一次他都跟剥了一层皮似的！痛苦着呢！如今的吴计也只能是偷偷摸摸，个把月也见不到一次，更是一个牵肠挂肚！真真是此事古难全！

剩下就是自己的路子了，如今是沉渣四起良莠不齐，再像以前那样一刀切是办不到了，也只有见风使舵摸着石头过河！什么是道？所谓的道那也是人为，不是天上掉下来的，都是人们根据不同的时间、不同的心理需求，多数人达成共识那就是道！自然规律不也是物竞天择吗？

这样想过，心理负担减压不少，于是决定将一切琐事都交给吴纳西去干。他积极主动四平八稳，反正遇事都是吴纳西主动套近乎，一派士为知己者死的样子，何不好风凭借力呢？真有了事还可以丢卒保车！

仍然是派筱晓去叫，以示对筱晓的信任，第六灵感筱晓比吴纳西可靠。还可以监视吴纳西都在与哪些人交往，电话是解决不了这一重任的。

筱晓敲门，轻声笑语地传达了市长的召唤，便转身走了。

尽管筱晓绝没有自己的添加，吴纳西还是不能容忍，他对筱晓的反感是与日俱增，每次见到筱晓都如同吞了个苍蝇，一种欲吐不能的恶心。

听着筱晓的脚步一路远去，这才开启他计算机式的大脑，进行新一轮盘算。一是给出筱晓打小报告的机会，二是他真就怕自己的盘算会在不经意中给筱晓窥视了去，他特惧怕筱晓那双贼溜溜的眼睛。

吴纳西的盘算早有库存，只是拿出来晾晾进行一番缩水，再从中选取干货而已，这样就不致打些擦边球浪费时间。他出手就必须切中要害，事事达到百分之百。人生有限，怎经得起白白浪费。

他将库存晾出来经过几分钟的风干，只选了三件大事可提供胡昌稷。除了这三件他就可以临场发挥了，因为无关紧要的事，只需搪塞与信口就足够了。对付胡昌稷就那么几招，都不用重新编程。

三件大事，首选是对许童的“转乾坤”。

年底了，正是走门子拉关系的最佳时机。带上些“土特产”，夹带些过年话，就算是灶王爷也得是上天言好事，下界保平安，何况是尚食人间烟火的许童！这一举措他是怀有充分把握的，他的土特产可不是一般意义的，他备下了十万元人民币！一旦接受，接着他就会为许童献计献策，必须组建一个政治小圈子，圈子是大本营的象征，是根据地的代名词，每一个军营每一次战役，大本营和根据地才是胜利的确保，没有了这两样只能是散兵游勇，再厉害的军团也坚持不了多久！这时，许童就跌进了他的蝴蝶效应，想转身已是来不及！只有跟着飓风的虹吸一路推进，会到哪一步，就看他吴纳西的兴致！这样，一个演双簧的格局就定了格！许童不过是个台前的木偶，幕后的吴纳西才是真正牵线的！

第二件，是第一件的附属。

十万元的付出，有一大半来自万向权，在出售彩电这件事上，万向权是出了大力的。今后一些活动还得万向权助阵，那是个有大用项的人才，因为他有欲望，而且有大欲望，欲望与铤而走险永远成正比，因而有大动作就得找万向权！此次在胡昌稷那里稍添些油，让他对万向权有些好印象。当然，这好印象不那么容易形成，不然胡昌稷不就推荐万向权任广电局局长了？何苦还从省里调！但可以因此衍射出一个附加，那就是让万向权去大造舆论，将佫恪的熏臭进一步扩大。再寻个时机，将佫恪那点事捅到曹健耳朵里，借刀杀了佫恪！这也是对万向权的交代！

第三件，是讨好胡昌稷的最新拓展。

这一拓展，当然是拿牺牲自己哥们儿为代价，那就是对达生的深层开发。在翁折东那里他一次性地淘到了五十万，一台电视他净赚五千，一百台整整五十万！那批电视是三百元一台的走私货，经他一倒腾立刻飙升至九千八！除去三百元的本金和万向权的五百元佣金，每台净剩九千元。回给翁折东四千，竟将翁折东打点得喜不自禁！此次对达生的挖潜可不是几十万的问题，而是百万千万的问题！搞化工可是想大则大，想小则小的买卖，就算出事那也得达生去扛，他只需平安从中抽红，这也是讨好胡昌稷许童他们的最大资源！

达生的霓彩化工公司正按预定方案稳步推进，做大做强那是指日可待。筹建阶段，他吴纳西是做了大贡献的，从执照到厂房，从燃料到资金，应该说他是无所不涉，整个过程不亚于自己办厂，既然他有如此之大的道行，为什么不自己亲自去做？这绝对不是他没有这个能力，而是他不愿担风险。市场经济风云变幻，哪着棋不顺，那可是大盘跌落！凡事他都操东方不败的态势，顺了他抽红，逆了他金蝉脱壳！自己还有一份稳定的很有身份的职业，这样才是旱涝保收的框架。凡事吴纳西都要做个完整规划，然后就守住进度稳步推进，那是既省工又省力！他不过动动脑筋而已，而他计算机式的大脑动作起来也不费吹灰之力！下一步就要将霓彩搞成股份制，股票满世界发行！

他将规划预算完毕，就胸有成竹地去见胡昌稷了。

23

完成了对许童的首次“转乾坤”，吴纳西的成就感一路飙升。从此他确信，人绝对不是一成不变的，就看方法是否对路！

这一巨大功勋的确立，使吴纳西即刻从办公室主任擢升为市政府秘书长，级别虽没动可职责就大不同了。原来只不过是管管市领导的吃喝拉撒睡，相当于剧务。现在则可以参政议政，相当于副导演了！这也是胡昌稷又一次因材施用，他对吴纳西的公关能力相当满意！

一个战役过后，吴纳西看看农历年关已临，只剩下几天就跨进新的一年，他必须抓紧制定下一步的行动规划，在为达生铺陈商机之前，正经得先把套子设好，先将他牢牢套住，这才能进退自如。

设个什么套呢？想来想去，还得是他收罗的那二十八宿。谁为最佳人选呢？只几秒钟就锁定吴计。他率先确定新的一年到来之际，必须树立一批新典型，当然套子也就析出来了。根据形势的发展，民营企业的典型是必须树的，那达生就是首选。之前又必须大造一番舆论，万向权也能派上用场，因为他会百分百按照他吴纳西的指点，去把握宣传方向和宣传火候，又可以让万向权派吴计去采访，吴计的出面至关重要，万般关节都等着吴计去打通。佫恪绝对不会派吴计出场，在佫恪眼里吴计不过是新闻队伍掺的沙子。另外，其中一些错位还可以让万向权去调节。

一趟小小的遛弯，一个大大的规划便打造出炉，吴纳西惊异于自己的智能储备，大有是取之不尽、用之不竭的趋向，他确认这将使他终生受益！带着无限的自我欣赏，吴纳西电话召唤吴计。

吴计知道吴纳西一召唤，时间上就没了准，而她这个总编室要员又随时都会有人找，尤其是佫恪。为尽量不使佫恪反感还是以守规矩为上。

每天十点是佫恪审片时间，按理这应该是万向权的职责，可佫恪对万向权不托底，每档节目总是做最后把关。正在此时，吴计敲门而进。

“有事？”佫恪不喜欢在工作时间有人打扰，于是一脸的逐客意向。

“向您请几个小时的假，出去办点儿个人的小事……”吴计附加了极度恭顺。经过一段跟踪与监视，吴计发现了佫恪诸多优点，诸如积极进取、心无邪念、关爱属下等等，尤其对旧恋杲昊用情绝对专一，这些都是吴计认可的，于是潜意识里升起许多敬意。为了表达自己的敬意吴计又多了几句嘴，“其实这些具体工作你不一定亲手去做，给下面出点子，督促他们去做就是。大家都说你太勤快，现在人们心态都变了，过去提倡领导带头，可现在却认为这样的领导缺少号召力，只好自己亲手去做。再往大里说，就是缺少组织能力和意识支配能力，那才叫费力不讨好！不如就抓住宏观控制，省心省力的多好！”

吴计出示的好意在佫恪那里错了位。佫恪的错位纯属先验定势，其理由有二：一是，他已隐约感觉到吴计在监视他。二是，他将吴计划到了万向权线上，正审着的毛片就是有关万向权倒卖走私彩电的内容，认为吴计一定是绕着弯地替万向权开脱，“是吗？可我就想既抓宏观控制又抓具体行动……我准假，你可以走了！”佫恪出示一脸的冰冷，刚刚升起的一点点冰消意向顿然泯灭，精明的佫恪同样有拉不开栓的时候。

吴计见自己的高见未被重视，讪讪地走了。

吴纳西的召唤设在绿洲大酒楼，吴计的老根据地。因为有筱晓的监控，吴纳西从不在办公室接待公务以外的人，他不会给胡昌稷留下任何疑点。加之吴计给绿洲创下的业绩够她消费十辈子，绿洲老板还是牢记在心，所以每次光临都会受到最惠待遇，且不会节外生枝。

“等你快一小时了，怎么才来？”吴纳西不无抱怨。

“那么下次就提前一小时通知……佫恪在看片子，半天也没搞清他是准假还是不准假就耽搁了，还有这么长一段路……我可是马不停蹄！”

精明的吴纳西一向本着事要多知的原则，就顺便一问佫恪在看什么片子，吴计照实汇报说是关于走私的内容。吴纳西心中一震，这可是他的大忌，这不正是他最近布下的软肋吗？若是被佫恪抓到手，那可是件麻烦事！于是计算机式的大脑开始双轨运转，一边与吴计对话，一边运筹如何应对走私一事。他的双轨不是平行的而是交叉的，这样就不致在吴计那里引起注意，他可以知道天下的隐私，而他的隐私是绝不可以让任何人知道，因为知道的人越少才越安全。不然，瞎参谋乱干事的，好事都可以变坏，更何况原本就不是什么好事！

“哦……那个佫恪倒是很有责任感……”吴纳西又随口一说，以稳住阵脚，避免在吴计面前露出蛛丝马迹。

“是啊！他并不像我们想象的那样，他与万向权的矛盾，完全是万向权挑起的！”吴计将满心的赞许一股脑倒了出来，这是一个毫无防范之心的客观表达，同时也是一个不成熟政客的自然流露。

这一软肋在吴纳西那里引起高度重视，吴计已有自己的心路，绝不可以百分百委以重任，在牺牲她的时候，也可以毫不手软了。

吴纳西又垫了个楔，“他与杲昊的事可是曹部长的心头大患！”

“我也纳闷，杲昊病得死去活来，怎么一下子就会好起来！是不是他们已经好上了，杲昊的一颗心托了底，她的病也就好了呢？如今反倒不常见面了……”吴计属正宗的蝴蝶效应中人，被牵引着人云亦云。吴计的尖酸，得看是不是与她的切身利益有关，有关的她是绝不会得过且过，若是毫无关系，她才懒得管那么多闲事。长期观察，她觉得佫恪对她并无伤害，也就减少了深度监督，汇报显得轻描淡写。

“那就好……”吴纳西的警觉却一路飙升，认为吴计的可信度水分越来越大，日后的差遣还不能直来直去，有了事也方便金蝉脱壳。双轨运行中，渐渐析出新路子，但具体完善还得一个过程。

“急急忙忙找我什么事？”吴计先沉不住气。

“也没什么大事，就是想看看你……”吴纳西改变了策略，原本打算同吴计策划对达生设套，现在看来只需绕着弯给她下令，免得节外生枝，幕后还是他亲手所为比较安全可靠。于是搪塞着，“也是想了解一下你那边的近况。”这是一个抚慰，潜台词是对吴计的信任和重用。

说了一些题外话，吴纳西绕着弯地引导，“对你的工作还满意吗？”

吴计当然满意，她是属于没有一技之长那种，目前的工作经过一段艰苦的努力才刚刚适应。但她听出吴纳西另有重任的弦外，“当然，我是舍命为君子啊！只要你需要我一定会奋勇前往！今生可就靠你了！”

吴计的表态吴纳西不感兴趣，可这倒给吴纳西的双轨运作提供了底气。他原本是要吴计去对达生施以色相以便套住达生，可这毕竟是他吴纳西的需要，吴计一个“靠”字就扭转了局面，何不转为吴计她本人需要呢？于是为她支招，“倒不是我有什么需要，我是考虑到你……你和你哥哥吴畏都进了城，家里就剩下你可怜的养父，老人家已经退休，一个人在乡下孤苦伶仃的，是不是也把他接进城，这样，乡下你也就没什么心事了，安安心心地工作你看这多好？”吴纳西的转向显得十分得体。

“好是好，可他来了住哪儿？”吴计毫无主张。

“所以你呀要多动动脑子！目前要树一批典型，更需要你们媒体的宣传，你可以当记者去采访他们。其中有一个私营老板很有钱，借采访之机对他施些温柔，你这样的美貌他没个不上钩，然后就向他要些钱在城里买个房，不是什么都解决了！你以前也不是没靠色相赚过钱！”

吴计对吴纳西的指点绝对言听计从，于是斩钉截铁，“听你的！”

24

春节前夕，达生被告知树为民营企业的典型，心中顿然泛起无尽感慨，他总算摆脱了种种梦魇，冲破了黎明前的黑暗！就在他为今后的蓝图仔细铺排，电话通知他到市长办公室市长要找他谈话。达生立刻放下手头的设计迅速到了市政大楼，经吴纳西指引他进了胡昌稷办公室。

胡昌稷不在门却开着，进屋探视一位美丽女孩儿于套间端坐，达生便退了出来。那女孩儿随即小鸽子般飞了出来，带着一脸的哆相。

“哇，你就是达生吧？与众大大不同！我是吴计，电视台记者……”

达生惊慌失措，他惊慌于市长办公室怎么会金屋藏娇，失措于吴计的有失常态，这是他始料未及的。

“看得出，你很在意我……”吴计即刻伸出她白嫩嫩的小手与达生相握，“生疏了些是吧？没关系，大家原本都是由生到熟……”

达生下意识后退了两步，愣在那里没敢与之正面交锋。

“哦，对了，向你自我介绍，我是电视台记者吴计，领导派我来是专为采访你的……”吴计依然操小鸽子式，“我这个记者不太擅长搞大场面，但专会挖掘人物的亮点，胡市长早有意对你大加宣传，多次向我们推荐你达生！可我一直忙着，没找到适当机会。此次树你为民营典型，正是个难逢的好机会。多巧！你又亲自送上门，这可真是天下奇缘，我的笔下又要生花了！来，到里间坐，我们好好谈谈！”

“啊……”达生已是目瞪口呆。转而又想，宣传？那可是他梦寐以求的！他正要为自己正名，为回击那些毁辱过他的混账王八蛋！“那真是太好了！”达生言不由衷，心里开始编织自己的故事。

几经真情撞击，吴计为达生打造的专访总算有了基本框架，二人都为完成这项巨大工程而激动不已。看看窗外已是暮色上高楼，可市长还没回来，推门探视，市政大楼已空旷无人，这才意识到早过了下班时间。

二人便出门弄了些小吃，边吃边等，一顿便餐更拉近了二人的距离，达生居然感到了一种家庭的温馨。在这种情调的包抄下，饱经创伤的达生竟忘了时间，看看腕上的表，恰是夜半钟声到客船。

月落乌啼，二人世界开始起质的变化，柔柔的吴计将达生拉进了市长的套间，那里安放着一张极舒适的沙发床。

“人生只有一回，应该尝更多的新鲜滋味……”吴计先出示了一个警句，然后问，“达生你真就没尝试过女人？”

达生确系没有，他成功心太切，一直实践着天降大任的劳苦。此时此刻他面对深夜、床笫、美人，吴计的警句惊涛骇浪般翻动扶摇，极限地调动着他的酒神意绪，他不能再无动于衷。

吴计的脸充满亢奋，她踯躅着移到达生面前，已气喘不匀、口里喃喃，“达生，你是我所遇男人中最好的一个，我的美好该有个好的归宿，你倒不一定娶我，只需一次死去活来的感受，据说那感觉如同仙升羽化！”说着解开达生的腰带，又将自己鲜嫩的玉体裸露殆尽。

达生仍在伦理道德里挣扎，人家还是处女日后还怎么嫁人？索性娶了她？可她并不符合达生娶妻的标准，他需要的是那种知识性的高贵女性，那是心灵的参照和制约，若只满足性欲的释放，还会等到现在吗？

正当他苦苦挣扎，吴计已将他拉到床上，就在这无力回天之际，门锁扭动，闯进了市长胡昌稷和秘书长吴纳西。

市长胡昌稷什么也没说只做惊状，大家都在这状态下足足定格了一分钟。市长又将目光移向达生，四目相对，向达生释放了万吨梯恩梯当量的冲击，趁着冲击的狼烟四起，他回身走掉了。

吴纳西恶狠狠将吴计大骂一通，在一声滚的呵斥下吴计也溜之大吉。这里只剩下吴纳西和被他紧紧攥在手中的案犯达生，“你小子胆儿够肥，作案做到了市长办公室！”吴纳西一派杀气，“可惜了我对你的一片栽培之心，你竟砸到市长面前！”

达生本想辩解，可看看自己的狼狈相便失去了底气。都这副样子了还有什么可说，又没有录像为证，时间总是事件的送葬者，既然时光不能倒流，事件就不会从头再来，吴纳西怎么会听他的一面之词！

“好在市长对你关爱有加，我再从中周密斡旋，指不定就谅解你。以后得看他是否还有求于你！”吴纳西秘授天机，“另外，吴计的养父还住在乡下，在城里给他买间房子让他搬过来，人心都是肉长的，还有不原谅的！就看你怎么表现了……”

市长果然谅解了达生，而且还指令电视台加大对新兴企业家的宣传，达生当然被排在龙头，其他企业家也搭车被隆重推出。要宣传还得有宣传经费，万向权那里率先提出经费不足。在一次企业家座谈会上，作为担纲撰稿人的吴计随帮唱影地说，应该羊毛出在羊身上，既然是宣传企业之星，企业之星就得做点贡献！可入选的十位明星当中，有的抠抠缩缩，有的胆小怕事，只有达生豁达出手就是十万！这个天文数字令举市皆惊，一时被传为天方夜谭，沸扬了好一阵才在宣传片播完后尘埃落定。珠联璧合相映生辉，从那一连串的事件发生之后，几个风马牛不相及的人物，便被捆在了一条藤上，市长、秘书长、企业家、记者……

之后，吴计便被提升为总编室主任。在一派通融款洽之中，达生从此就对市长效犬马之劳了，市长当然也拿他当犬马驱使。作为桃园三结义的吴纳西也不忘从旁提醒：只有守住本分才有峥嵘之日！

这一箭多雕的绝活，令吴纳西着实兴奋了好一阵。其实吴计的宣传稿件都是万向权做了脱胎换骨的修改，他因此得了十万元的宣传费，那时赞助费是不上账的，如何消费仅凭当事者的一纸账单，万向权沉淀了多少，只有他自己知道。但从此万向权成了吴纳西的一员猛将，指哪打哪绝对好使。达生表面上成了市长的座上宾，其实那都是吴纳西在挟天子以令诸侯。至此，吴纳西基本形成了以自我为轴心的辐射式大网，想网住谁就看吴纳西的兴趣，一个太上皇的态势，已搭起了钢筋骨架。

吴纳西的欲望呈登天式，正是如日中天的势头，他又精心为自己设计了一套新规划，当然是放在全市一盘棋中通盘考虑的。

首先，在步步为营的推进中，他认识到，无论多大的官都是人做的，别人能做得，他吴纳西就能做得！只要具有强烈的愿望，又具备强有力的措施，就没有不成功的！根据这一原则吴纳西毫无悬念地确定了大目标，那就是阶梯式零风险仕途之路——秘书长、市长，直至省长！

“转乾坤”是一刻不能撒手的。省长需要转，市长需要转，就算百姓也需要转，所有的人都得转到自己的轨道，那才好统一调动统一指挥。就像一锅珍珠翡翠白玉汤各有各的味道，虽只是些豆腐、白菜、米粒什么的，凑起来就是一道美食！这美食就可以享用终生！

“金蝉脱壳”也该时时必备。凡事都得在自己的外围布上一层包皮，以防不测之风云，就像铜火锅的锡衬，无论如何中不了铜毒。又像他小时候所下的联棋，最开始他就将注意力集中在双联的布局上，此联杀伤力最强，进退都会吃对方的棋子，只几个回合，对方就是兵败山倒！

“收敛才气”更是须臾不可弃。遇事要多听少说，渐渐将自己打造得迷津一般，收敛才气若虚若无，将真正的我隐藏得讳莫如深，最好是深居简出，将所有的联系都分别扯成单线，绝不允许第三者插足！

规范未来的走向，吴纳西觉得登天的梯子就在眼前，抬眼看看日历，已是大年三十，他要欢欢喜喜过大年！

25

为使鹅裘晚会表演更具轰动，佫恪决定与文化局联手，于是与文化局长陶韬进行了一下午的谈判，最后竟然是毫无结果。倒不是陶韬难以通融，而是这一时段正是文艺团体大忙的根节。为了不伤和气，陶韬答应派编剧欧阳涓涓帮着策划舞台剧本。

佫恪带着满负荷疲惫回到了广电大厦，一进大厅便碰上满脸晦气的方自珍，正神经兮兮地在一张告示上画字。佫恪走上前，方自珍被吓了一跳，尴尬地收回了手。佫恪仔细辨认上面尽写了些特高课，然后再打上叉，佫恪看了半天也没弄懂方自珍是什么意思。一段沉淀，佫恪觉得好像是杲与恪的谐音，打叉是什么意思？是枪毙吗？可见他是心怀怨恨了，看来他对杲昊是认真的，不过杲昊大他十岁，这并不是最佳搭档！于是隐隐生起些许同情，认为不过是单相思而已。

方自珍这小傻瓜，正经历着这一狂飙突进的席卷。为什么让他独自一人去承受？应该成为他的朋友，帮他从飓风眼里解脱出来。他如此沉痛，一定是看出杲昊另有所爱，才牺牲自己做出让步，这青年多好！于是极关切地，“到我办公室去一起吃夜宵好吗？我们再好好谈谈……”

方自珍露出一丝微笑，表示同意。

进了办公室，佫恪将吊灯、壁灯一起开放，形成一个灯火辉煌的效果。摄像师对灯光是最敏感的，这也许是一剂调解他晦暗心理的良药。低垂的大幅鹅黄窗帘，毛茸茸的草绿地毯，方自珍果然被吸引，惊奇地四处欣赏着，一派忘我。

佫恪看在眼里，心中升上些许欣慰，好歹还能有东西锁住方自珍的注意，若能这样一点点地改变他的兴奋点，也许他很快就能摆脱心中的阴影走上正常。佫恪拿出了一个大食品袋，是此前曹健的秘书给他带过来的。他拣了几样放进了微波炉，然后又一样样摆上桌子，“来，品尝品尝，这些东西都是我爱人亲手置办的，有的还是她亲手制作的，我吃着味道还不错。尤其是这袋装玉米羹，都是三伏天现采的鲜玉米，脱下粒用粉碎机打碎，再真空包装，放到冰箱里冷冻起来。吃的时候只需添上适当的水，放进微波炉只几秒钟，就可以吃上原汁原味的鲜玉米羹了。我小时候是在农村长大的就爱吃这口。”说着给方自珍斟了一杯。

方自珍啜了一口，果然原汁原味，“你真幸福，有这样的好妻子！”

“对，她对我不错，弄得我想同她离婚都不好意思开口了！”

“你都这么幸福了，为什么还要离婚？”方自珍迷惘地。

“结婚证是她单方办出来的，手段很厉害！我是一个地道的坠网苍蝇，成了她的网中猎物！”佲恪出示无限惆怅。

“是啊！她是一个强势女人，有权有势，你当然就逃不掉了！不过，做她的俘虏也不错啊！”方自珍有意无意。

佲恪看到方自珍的一杯玉米羹见了底，又给他添了一杯，“喝吧，要不要加些糖？”佲恪打算将话题岔开，不想再同他讨论婚姻。

“已很可口了，干吗还要加糖？就像你，已很幸福了还要离婚！”

佲恪无以言对，他意识到了他们的错位。一段休整佲恪终于将心态放平，扯着极强的硬扭转，好歹将话题转到鹅裘时装表演上。

“联合大学研究出来的鹅裘要我们帮着宣传，虽说是个广告性质的表演但也得像模像样，我本想找专业演员搞就去了文化局，可谈判了一下午，人家还是不能免费助演，你有什么好办法？”佲恪终于软着陆。

“当然有！自己动手丰衣足食！我们自己来演！”方自珍顿然来了精气神，刚才还郁结的痛楚，一如投入了降解剂，瞬间烟消云散，他开始兴致勃勃，“我能唱，我可以用电声合成器自己编曲，当然那不是真正意义的作曲。我看你里屋的墙上挂着电声吉他，还可以演奏或伴奏，这就两个节目了。我看杲昊的舞跳得不错，为她编个独舞，像天鹅湖那样，穿上鹅裘，创作一个天鹅的故事，编故事也是杲昊的长项！这个节目一定叫得响！”方自珍一句话就出现了两次杲昊。

方自珍的积极和专一令佲恪刮目，可惜他们在杲昊这个奇点上发生了冲突，而且蓄积着极大的内核能，一不小心引爆，就是一场玉碎，不是方自珍就是他佲恪，此前他还没将问题看得那么严重！他怎么会让这么好的青年玉碎呢？那就只有他佲恪等着玉碎了……

方自珍见偺恪迟迟没有回应，知道是在杲昊的问题上打了结，于是就开诚布公，"你是不是因为给杲昊安排了太多的任务？若是爱一个人就要去挖掘她的潜能，让她最大限度地展示自己的才华！她要想登天就给她造登天的梯子，这才是真爱大爱！懂吗？"

偺恪当然懂，可这登天的梯只能由他偺恪来造，怎么可以由别人替代呢？一柄锋利的尖刀寒光闪闪自天而降，轻而易举地扎进了偺恪的心，四溢的血咸滋滋覆盖了他的意识阈，他更加推不出得体的论点。

"你是不是担心我没有造梯的能力？我会展示给你看，最后让你认可！"方自珍大有越战越勇的态势，完全忘却了他面对的是自己的上司。

"你当然有……可她大你十岁，这不是最佳搭档，你们是两代人……"偺恪循循善诱，尽量不使方自珍受到伤害。

"你不懂，爱情不分国界不分年龄，这不是障碍！我们的心理状态是在同一个水平线上，你不觉得她的心理意识只有二十岁吗？你放心我会好好待她！你是不是担心当她老了，我还是年轻小伙子，我会虐待她甚至抛弃她？那我现在就给你立军令状，一旦违犯你可以军法处置！"方自珍无挂无碍完全不顾偺恪的感受，在他尚且幼稚的心里，只知道偺恪是结了婚的人，他不该再对杲昊存非分之想。

振聋发聩，偺恪被这一阵强似一阵的声浪鼓荡着，流血的伤口没有了愈合的机会，就那么一任其四溢的鲜血到处蔓延，神经已是全方位处于瘫痪。脑子闪不出一丝有光泽的意念，嘴里说不出一句有震慑力的言辞，肢体做不出一点有征服状态的动作，只有从内心升腾起来的毁灭之火，让他快要化为一缕青烟！强烈的模仿令他想到，当年的倪莳萝一定就是他现在的感受，那是一种肢解、是一种炮烙，是五马分尸式的酷刑！他清清楚楚地记得倪莳萝最后的气急败坏，那一脸的杀气，令他觉得毁灭就在眼前！他不想失去杲昊，更不想与倪莳萝同归于尽，于是慌不择路，从那大石板的边缘俯冲下去，扑向那美丽的幻影……

或许他命不该绝，或许他与杲昊还有美好的未来，他被挂在一棵大树上。树杈划开了他的腹腔，致使五脏六腑都倾泻在外，那惊心动魄的一瞬，终于荡平了他所有的奢望，只好乖乖地随母亲去德国疗伤。他昏迷了一个月之久，一如战胜结核病菌，他又一次站了起来！当他再次看到杲昊曾无比自信，自信天公不负，自信命运的眷顾，自信他终于感动了上苍！可当他看到杲昊身边拖着的这个影子，他的自信就又开始打折！他果然成了倪莳萝当年的翻版，他必须重蹈倪莳萝的覆辙，他必须品尝当年他给倪莳萝造成的塌陷，这也许就是残酷的轮回！只是换了主角！

“你怀疑？”方自珍一脸的肉眼凡胎也要问输赢。

这是怎么了？佲愘扪心自问，怎么就渐次变得满心杀气？当然，他佲愘绝对没有倪莳萝的资格，倪莳萝毁掉他可以是问心无愧，因为他的一切都是倪莳萝给的！方自珍与他可是没有任何因果关系，那就退一步天高地阔吧！这可怜的年轻人，到底还是比他佲愘幸运，他还有百分之五十的希望，他可以等待杲昊的选择！

26

接回灶王老君，把阑干拍遍，终于拍出一排排象征“侥幸”的年夜饺，可象征毕竟是一个虚空的概念，只靠这些冥冥中的意向，是解决不了世间困厄与忧患的，要创造人间的幸福还得靠人类自己！于是又有了年头岁末的大聚会，在恭喜发财的嘘寒之下烘托出共订同盟的主旋，那飞瀑流泉花底滑的美妙旋律，也绝不乏优选权，此番倪莳萝的选择竟是佲愘与杲昊，他将他们接到了自己的公寓，他们要重聚除夕夜！尽管物是人非，曾一度共结同盟的温馨还是将他们彩练般捆到了一起。在那样一个艰苦卓绝的岁月中，若没有这个同盟，倪莳萝就不会生活得那么蓬勃，佲愘也不会成长得那么茁壮，杲昊更不会展示得那么滋润！那是心灵的依偎，是精神的聚拢，是力量的凝结，就那么众手拾柴火焰高地展示着，行进着，直到切身利益发生冲突……

年前的大雪已经下了三天，滚滚阴云将年三十笼罩得伸手不见五指，飞絮般飘落的大雪将天地连成一体，没有了各自的界限。浑然一体、浑然天成、浑然天地，这些词所表达的意境正与三人的心境互为映衬，一派东西难辨。多年的分别，各人均经历了不同的历练，各自都有了异样的观点，此时的集结整个是雾里看花，不得不一派混沌地摸着石头过河。理解与曲解，信任与怀疑，共识与偏执，还需一段沉降。

倪莳萝率先感到轻松，因为他的心结在巨大的痛苦选择之后得以开释，放下包袱强装上阵，因而又有了昔日的高屋建瓴，一脸的师长气度，坦荡包容体贴关爱，深深体验着佛家的经典教诲——放得下跳得过。

佫恪是怀着满心的矛盾，他爱杲昊痴心难改，可他一时放松了界绳，让曹健乘虚而入，鸠占鹊巢，没有了安居。可他又是传统道德的执行者，不想率先破坏了规矩，就那么痛心疾首地维持着，既辜负了杲昊又愧对曹健，在矛与盾的中间，他失去了调控与选择，典型的飘浮与悬空。好在他对倪莳萝的包袱与放下包袱都一无所知，还能坦然面对他的师长和恩人，对于过去的恩怨，他还能掌控着记还是忘的主动权，因为他一直认为是倪莳萝亏待了他，是倪莳萝不仁不义将他赶走，致使他们恩怨叠加，自然是他说记则记，他想忘则忘！于是一脸的操纵权，全不在意倪莳萝的感受。可他面对杲昊就没那么从容了，杲昊对他的忠贞是唯天可表，时近天过午的年龄，还苦苦等在那里，而且为他曾失去记忆，神经错乱，而今仍是病得死去活来，面对这样的坍塌他如何赔得起放得下！于是又满心的愧悔，一腔的刺痛。就那么半痛苦半抱怨，半歉疚半嗔怪地牵扯着，既无规矩又无方圆。

杲昊与倪莳萝形成鲜明对比，她不顾天干地支，也不在意古往今来，就那么一任其意绪周天飞扬，排除万般干扰，轰轰烈烈地苦恋，更是不计生死不怕塌陷地被佫恪全线牵动！由于敌不过超负荷拉扯，常常显得走火入魔，尤其在解除了倪莳萝的盟约，她更加汪洋恣肆地倾注她对佫恪的一片丹心，基本上处于病态运转！

这个年夜是否能安全软着陆，就看倪莳萝如何引导。不愧是久经历练的乱世大哥，倪莳萝操着不动声色的淡定，依照他们从前的程序一路推进。没有酒，饮料是倪莳萝榨制的，原料是草莓、胡萝卜、鲜橙、绿萝卜、蓝莓和葡萄。他精心地将各种榨汁叠加在一起，形成正宗的鸡尾酒，那叫一个赤橙黄绿青蓝紫！见了这杯饮料，佫恪和杲昊果然欣喜若狂，抱怨、禁忌甚至是走火入魔，都一股脑被融入这七色液体，他们惊异于倪莳萝的精湛，惊诧于倪莳萝的精彩，惊愕于倪莳萝的精心，惊叹于倪莳萝的精到！心领神会心照不宣，倪莳萝的用心那是唯天可表，令两位重症心理疾病患者，顿然凝神敛气气收丹田，他们统一在一杯彩练，凝聚于一汪甜汁，不再心神恍惚，不再神志散乱！

昔日的温馨乘着这鲜香，在各自的心怀叩动记忆的荆扉，小木屋里的记忆，神话般编排出一幕幕大戏，激荡而震撼。一如春雷滚动，鼓荡三山五岳，除却冬日的冰封，即令草木葳蕤，让山花烂漫！

倪莳萝终于感到了春的气息，他又可以在自家小院栽培他的赏心悦目。用他毕生的心血，浇得世间花朵灿烂如锦，用他满头的白发，换得国家栋梁成荫成林！以此证明他的价值不间断，从而展示他的生命不会老，这才是他的最高境界，这才是他的终极目标，于是浮上一脸的骄傲。

见倪莳萝眉舒目展佫恪率先被感染，林林总总的烦恼累累叠加的伤痕，一股脑被赶进阿鼻地狱，心中一派仙山琼阁，"老师，看到您如此阳光真令人欣慰，这么多年您就那么踽踽独行，一切问题都自己扛……"

倪莳萝感慨万千，"你不也是一切问题自己扛吗？大家都集困厄与忧患于一身，能得到一份理解便是幸运……"

"老师，您应该搬回来住，我们也方便时常来看您，住办公室总不是长久之计！"佫恪也住办公室，他体会到住办公室的孤独与凄清，许多落寞都是由孤独而生。

倪莳萝没即刻回答，他沉降了好一会儿无奈地笑笑，"我主要是图个轻松，其实有个家负担是很重的，单是各种家什生活用品，就是很大一部分辎重！一旦有所挪动，那得费多大力气去搬弄它们，还得防贼戒盗的，是个很大的拖累，背负这么庞杂的辎重去生活，那得多沉重！你们看那些金刚大士，只一件袈裟、一个饭钵就云游天下，无挂无碍，无牵无扯，多轻松多自由！我住办公室就有这个效果……"

佫恪极为渴望地，"老师教我如何腾出手？我正陷入种种重负……"

"你现在就很好啊！正处在帅的位置，一定要珍惜！为什么帅的位置就一定要珍惜？因为帅是某个领域的最高指挥，计必己计，谋必自谋，那可是全方位体现你的能力、品格、思想、智慧的地方，为什么不好好利用，多多施展？一个单位、一个国家乃至整个世界，帅是绝对重要的，每一个圈子的成败荣辱全系于帅的作为，帅是最高指挥，整个的走向就体现着帅的意志，帅荣则荣，帅耻则耻！帅强则强，帅弱则弱！可千万别小看了帅的位置！"倪莳萝重槌响鼓。

"有那么重要？"佫恪惊异于倪莳萝的观点。

"怎么不？从世界的角度看，斯巴达克的一次起义，就动摇了奴隶制，促进了罗马奴隶社会的崩溃，从此走向封建社会。明治一次维新，又推翻了封建制，使日本的资本主义迅速发展起来。而希特勒的一个叫嚣'德国要收回失去的殖民地，不惜任何手段使德国掌握世界'，结果就将大半个世界推进腥风血雨，先后有六十多个国家和地区，二十亿以上的人口，被卷入这场空前规模的无序厮杀，世界于黑暗中走过了六年之久！你们说这最高统帅的作用是不是不容忽视？"

佫恪一派惊异，“老师真是大彻大悟，把什么都看得那么透，真是不识庐山，只缘身在！我还正想辞去领导的职务，图个清闲自在！”

倪莳萝抽刀断流，“绝不可！没有了阵地你就很难成功！仰人鼻息求人恩准，那可是蜀道之难！那得费多少周折，下多少戏外功夫！人生能有多少有效时间？仅戏外功夫就耗死你！还想成功大事？什么是权？权就是走向，就是目标，就是模式！万不可轻易放弃！”

对于倪莳萝的教诲，杲昊自有另一番理解。佫恪想当官就不能离开曹健，而她杲昊的幸福与痛苦，就显得微不足道了！

一阵紧似一阵的爆竹，宣告新的一年已经堂而皇之地到来，抚今追昔，梦牵魂绕，一切尽在不言中……

27

下了夜班，巴娜娜看看手表已是凌晨一点，回到值班室居然没有了睡意。新年伊始万象更新，可她巴娜娜依然是老样子，辛辛苦苦地值班徒劳无益地工作，每月只有那一点点工资，拆东墙补西墙地过活，没有一点值得骄傲的本钱，既没有显贵的亲戚也没有能拉她一把的朋友。只万向权有时给她下些指令，不是跟踪杲昊就是监视佫恪，这么紧张的人际关系也不适合优质生存呀！巴娜娜生性浪漫好强，喜欢高屋建瓴地指挥别人，她怎么可以总是无端地被别人驱使？再者万向权那样的卑鄙小人，怎么可以长期与他合作！只可惜在这文凭热悄然雀起的年代，她恰恰缺了这重要一环，她矮人一头，就是因为没有一个像样的文凭！

为了能尽快改变这一局面，她计划业余时间去打工，干个三年两载的，攒足学费她就去读传媒大学，到那时拿到正规文凭，回头再与他们较量！年轻没有失败，到底鹿死谁手还很难拍板！况且满心壮志凌云的巴娜娜怎能轻易言败？目前她唯一的愿望就是去读书拿文凭，而读书的要害又是需要钱，新年开局不如就策划如何赚钱。

想到这，巴娜娜的睡意全无，顺势穿了件羽绒服，卸了彩妆，独自一人上了街市。除夕的鞭炮余兴未尽，街上的人流一如白昼，大家开始相互拜年问候，焚纸接年，一派热闹喧腾，没有了夜晚的寂静恐怖。

想着走着，就来到了外事办俱乐部，里面灯火辉煌，新春晚会正在进行时。一群老外边吃边舞，吧台前还有歌女演唱。咦？到这里做歌女也不错，一定赚钱不少。想到这便举步上了入口的台阶，看看门岗已撤就大着胆子进了门，不想门旁站起一女士，巴娜娜一眼就认出那是外事办的宣传干事逢桂桂，看样子逢桂桂并不认识她。

"同志，您是……"逢桂桂迎上来。

"哦，我看有伴唱的，这里还需不需要演唱人员？我想试试！"

"是这样……咦？你长得挺像电视台的一个主持人……对，叫巴娜娜！"逢桂桂端详着，"你叫什么名字？有工作吗？最好不要兼职……"

出于自卫，巴娜娜思维空前灵旺，瞬间就想出了精当的回答，"是啊，大家都这么说。人家可是家喻户晓的大主持，我连工作还没有！我叫郝歌……姓郝，名歌。从小爱唱，就起了这个名。"

"好啊！还真缺个唱歌的，确切地说缺个唱得好的！下一曲你就试唱，我得看看你的水平。"逢桂桂毫不客气。

台前的一曲终于近了尾声，巴娜娜觉得确实不怎么样，声音缺少力度，又没受过专门训练，就那么白水一碗地唱着，巴娜娜心中立刻有了底，她可是曾在少年合唱团担任过领唱的，一直是少年宫的台柱。

心中有了底，底气便顿然飙升。此前，逢桂桂要她化化淡妆，她却戴上舞会的假面就上了台，她唱的是一首《彩云飞》。随着音乐缓缓奏起，巴娜娜亮开了歌喉，纯专业的行腔，金属感的音质，如诉如泣的音韵，在环绕立体声音响的烘托下，一派穿心越肺！饮酒地放下了酒杯，跳舞地停下了脚步，闲谈地闭上了嘴巴，沉思的收回了思绪，竟然万众一心地将注意力投向了巴娜娜的歌声。

一曲终了，台下一片唏嘘，持续了几秒后才报以热烈的掌声，而掌声却持续了几分钟。赢得了成功，巴娜娜并没摘下面具，她怕有人认出她，那就不好玩了，于是拉着逢桂桂进了里间。进了里间，巴娜娜装作不谙世事的小姑娘，急巴巴地问逢桂桂是否能被录取，逢桂桂自然巴不得，当场拍板录取。逢桂桂之所以能有这样的决策权，是在她助了胡小龙一臂之后，便被提升为宣传科的科长，自然有了决策权。

有了确切的答案，巴娜娜又急切切地催促逢桂桂签合同，作为乙方巴娜娜只提出了两条，一条是她唱歌得戴着假面具，另一条是保证她的人身安全，其他诸如利益方面的事都由逢桂桂恩赐。此前，她就一再强调，她是农村出来的，家境贫穷，老母亲有病，全靠她赚钱治病。这就大大调动了逢桂桂的同情，在那个万元户都是稀罕事的年代，巴娜娜的年薪就定了二万元！巴娜娜的两个条件，毋庸置疑地落到了合同上，盖章画押即刻生效，巴娜娜可以为学费而战。

签好合同，巴娜娜便一块石头落了地，又兴高采烈地同逢桂桂唠些家常，愈加博得逢桂桂的喜爱，于是向巴娜娜秘授天机，劝她应该及早选个郎君，如今是干得好不如嫁得好，像郝歌这样的条件，找个如意郎君是不成问题，如有意现在就可以帮她介绍，而且是正宗英国人。

巴娜娜觉得有点意思，她正有意找个高出胡大龙的人物来作为炫耀，以满足自己的虚荣，不想这么快就实现，于是欣然应允。轻柔的舞曲中，逢桂桂将巴娜娜介绍给英国留学生罗杰斯，又用英语与罗杰斯交了底，当然巴娜娜是一句没听懂。管他呢！反正眼前的青年挺顺眼，他的相貌无与伦比，一头金晃晃的卷发，一双碧蓝的眼睛，高耸的鼻梁洁白的牙齿，皮肤白里透红，身材修长健美，再加上一身艳丽的服装，整个就是五彩缤纷！难怪白种人看上去生动，首先人家色彩绚烂，仅一张脸就是就能找出赤橙黄蓝！他们发育得如此之好，是不是与物质条件及精神面貌有关？看人家的物质多丰富，人家的精神多精彩！将来跟着他到英国去，英语还是问题吗？其他就更是人上人的享受！哼！胡大龙向隅而泣去吧！吴计等辈羡慕加嫉妒去吧！

只两支舞曲，罗杰斯就彻底被俘，他认定巴娜娜正是他期待的，于是热情约巴娜娜去宾馆看他家的相册，反正也不远，二十分钟一准返回。逢桂桂比较了解罗杰斯，向巴娜娜介绍说，罗杰斯家境很好，西亚有他家的石油公司，他是专门到中国学习油田后期采油的，而且是公司唯一的继承人，绝不存在上当受骗一类险情。

巴娜娜随罗杰斯进了宾馆，罗杰斯掏出磁卡去开房间的门，不知为什么巴娜娜突然感到紧张，仅仅几十分钟的相识，总不能像对胡大龙那么信任。罗杰斯的汉语也不是很好，只能几个单词地蹦，而且发音也不准，巴娜娜突然有一种独闯虎穴的感觉，像跟随山妖来到他的洞穴。她开始后悔，不该跟他到这个高深莫测的大宾馆，可罗杰斯已经开了门又将磁卡插进卡座，顿然室内一片辉煌，罗杰斯很有礼貌地一伸手，示意她先进，“Please make yourself at home.”

罗杰斯想在中国落脚，极想找个中国姑娘做朋友，他可以向她学汉语，最后达成合作关系，能做夫妻更好，不能做就做一般朋友也没关系。

巴娜娜弄懂了他的意思，觉得他诚恳而坚实，于是也将自己的心思慢慢说与他听，她是想继续读书深造，可由于贫困她暂时不能实现自己的愿望，于是就去那个俱乐部演唱赚钱，等钱攒足了她就去上学。

罗杰斯也弄懂了她的意思，钦佩地伸出拇指。他又问想学习为什么不马上行动？他还用了句中国的成语，时不我待！

巴娜娜回说，她当然同意这说法，可没有钱学校是不会收她的。

罗杰斯听后这才恍然大悟，他到壁橱拿出一沓美元，说让巴娜娜先拿这些钱去上学，日后他会源源不断地供给她，直到她学成毕业。

巴娜娜打眼一看，足足有一百张，面值均是一百元，那可是一万美元！不过这么重的人情债，她可如何还得上？俗语说世界上最大的债就是人情债！于是一口回绝，说她不能接受他这么重的馈赠。

罗杰斯搂住巴娜娜的纤腰，在她脸上印了一个吻，用生硬的汉语表白，“嫁我就不用还了！我所有的钱都是你的！只要你教会我说汉语！”

28

胡大龙带着满面春风归来，令胡昌稷喜悦不已。这个年胡昌稷是独自度过的，历经了从未有的孤寂，见到胡大龙春风得意的样子，就更增添了几分喜兴。胡大龙秉承了父亲的耐受和母亲的善良，一向是报喜不报忧，快乐分给大家问题自己扛。此次外出他自觉志得意满，于是先向父亲报告大政方针。今后一个时期，是把可持续发展放在十分突出的地位，国家对林业经过系统整合确立了六大工程，大龙决定抓住这一难得的机遇大干一场。过几天，筹措些资金他将再次南下，正式签订林木经营合同。接下来再在欢乐园举行一次盛大告别宴，之后就将园子兑出去，一部分作为自己的启动资金，另一部分给弟弟小龙出国留学，他建议父亲绝不要接受任何人的馈赠，他不希望弟弟背上人情债！

胡昌稷看到大龙如此长进甚是欢喜，一切尽是由着胡大龙定夺。

此次外出也是天公不负，怎么就无意中遇上他的同学，他这个同学就在南方搞林业，政策规划东扩、西治、南用、北休，他这个同学种的正是用材林。用材林是用来交易的，那可是持续再生资源，什么最值钱？当然是资源，又能再生，岂不是人在家中坐，钱在树上长！那种钱赚起来多踏实多过瘾！利国、利民，利己、利他！

同父亲商定好，先确定了宴请名单，多以市内名流为主，又补以他自认的人情债主，却没有了吴纳西万向权一干渣滓。

佫恪也在邀请之列，他是想一探胡大龙的底细才应邀出席，四十分钟的行驶，出现了一片灯火辉煌的亭台楼阁，那便是欢乐园。可窗口没透出一丝光，一种人迹罕至的感觉。司机正要寻找入口处，一位保安上前引导，“先生这边请，门在这。”刚踏进门，电感灯便亮了起来，门旁的礼仪小姐向他索要请帖，佫恪出示，司机却没有。礼仪小姐极严肃地，“司机请回，午夜零点来接。”司机只好打道回府，佫恪独自一人被一位红衣女郎引导着进了大厅，厅内也绝无喧哗。

佫恪被红衣女引至一张空桌前，随即将他的名牌放了上去。一盘菜和一杯酒，同时由一位白衣男士送到眼前。红衣女解释说，“第一道菜是阿拉伯烤牛肉。这杯是血玛丽鸡尾酒，如果对酒不感兴趣，还有二十多种鲜榨果汁。”红衣女将她的和言细语送到佫恪的耳畔，又将一个小型耳机递给他，示意他戴上。

佫恪戴上耳机，立刻响起古筝曲《高山流水》，十秒钟后，一个清脆圆润的男声传了过来，“佫局长，你好？欢迎你的赏光！我是这里的东道主胡大龙，请往主席台上看，这里没有别人。”

一束不显眼的追光随即打在胡大龙的脸上，灯光辉映下显出一个魁梧健美的青年男子，似笑非笑的后面隐藏着不露声色的顽强与自信，棱角分明的脸展示出好莱坞影星的风采，绝对是女孩子追逐的偶像。他定了定神，“今晚是风采人物大聚会，你我都不能算风采人物，你是政客我不过是个体户，你我就是由这些风采人物才联系起来。他们中有名作家庞贝、名编剧欧阳涓涓、文化领袖陶韬，还有一些名画家、收藏家等等。他们都是我的朋友，我是想拿他们做个参照，人家怎么就能把自己打造得那么尖端，都在自己的领域称王称霸的。所以我是将饭店当作艺术品来打造的，比方一道菜我是将它当作一幅画，画讲究色彩对比，我就在菜的味道、颜色、形状上搞对比，像创作一幅画一样，让大家赏心悦目，请你在用餐时细细体味。我不喜欢政客，可这世界没有政客还不行，所以我请了唯一的你，因为你是极有准则的政客，尚未泯灭是非界限，所以我想拜托你多多接近我父亲胡昌稷，千万别让他忘了这至关重要的界限，我相信你的影响力！好，一会儿休息时再向你讨教！”追光灯熄灭了，胡大龙消失在混沌中，耳机仍然响着优美的《高山流水》。

佫恪摘下耳机，细细品味胡大龙的用意，许久没弄清所以然，又细细品尝他的菜，果然色香味形别出一般，画的色彩、画的造型、画的神韵！恍惚间佫恪又闻到淡淡幽香，仔细察看，桌下吊着一盆夜来香。

花香、酒香，追随着音乐这酒神艺术，佫恪全方位跌入混沌。在这里他被多元意绪拉扯着，找不到自己该攀附的中心，也不知道该在哪条轨道上运行，一个优秀分子的良好感觉飘然远逝。难道就应该是多中心多轨道？泡利不相容原理也指出，任何系统都不能有两个粒子处在完全相同的状态，各自寻找自己的轨道又有什么可非议？在宇宙学的尺度上，空间的任何一点及其任何方向，都具备完全相同的物理特性，因而宇宙无中心。无中心就是多中心，一如银河、太阳、地球，都可以是中心，又都是别人的外围！在广电局佫恪习惯于以自己为中心，在这里就得以胡大龙为中心，而他们各自的圈子也不能同日而语，自己的圈子不过是些普通的小记者、小编辑、小摄像师而已，而且这个圈子整日里是吵吵嚷嚷、争争抢抢、一派芸芸众生的悲天抢地。而以胡大龙为中心旋转着的却尽是些风采名流、商贾富豪乃至国家官员，更有甚者还有七品以上大芝麻官，诸如厅局长一类。看人家的圈子温文尔雅礼让三先，一派高朋满座的深情厚谊！胡大龙凭什么？就凭这点吃吃喝喝？佫恪绝对否定，他一定有另外的强大引力场，引力场可使时空弯曲光线都不能直线行进，心理引力场是不是也遵循这个规律？耿直正直刚直这些概念就有待商榷了！见怪不怪那得有囊括四海，包举宇内的大视角！

细想想胡大龙也没什么不对，用大家的钱把大家吸引在身边，通过这个强大的引力场，携手并肩去共同完成某一个目标，这多壮观！社会心理学有一个重要命题，就是合群倾向，本能、内在的特性，学习和需要的满足，是人类为什么要合群的全部解释，在人群里可以全方位获取自我价值，成就、赞赏、情爱、尊敬和权利，离开人群这一切就没有了意义。胡大龙对双文明建设是有独特贡献的，至于众说纷纭的暴发户一类，是不是也包含嫉妒的成分呢？成功者的光辉会置小人于黑暗。

恍兮惚兮，佫恪在无序的畅想中意识到，眼前的酒菜整整更换了十次，可惜他只品尝了一块阿拉伯烤牛肉，其余连形状都没看清就被撤了下去。他只知道菜量很小，面前总是保留一盘菜一杯酒，眼下上来的是一盘鸡丁沙拉，一杯曼哈顿鸡尾酒。心中不免惊赞，世界上七大传统鸡尾酒竟在这里集体亮相，这里会有这么好的厨师、调酒师！于是对胡大龙的敬仰愈加深切，他将目光移向主席台，希望在混沌中再看到胡大龙的身影，就在这时顶灯壁灯刷地一齐亮了起来。

胡大龙没在台上亮相，音响里却传来他的声音，“诸位贵宾，现在休息一小时，一会儿我就下去拜见大家，当面聆听诸位的高见。”说完音响里又响起舒缓优雅的管弦乐《友谊地久天长》。

一对对舞伴都下舞池去了，俗恪却原地没动，他下意识地搜寻杲昊的身影，尽管他知道杲昊不会到这种场合。突然一只手搭在他肩上，惊回首竟是胡大龙。总算有机会近距离赏析这位伟岸的青年，最显著的特点，就是他过剩的精力在一刻不停地周天散射，一如宇宙射电。

胡大龙虔诚地于俗恪对面落座，“我在耳机里说的那些话你一定莫名其妙，那现在告诉你，我要离开欢乐园到外地去谋求另一种生活。可抛下父亲我又有些不放心，所以我想将他老人家托付给你……你是聪明人，拜托了！另外一定要珍惜你现在的格局……”说完起身走了。

俗恪没去追，因为他还没与胡大龙达成心灵共识。他可不想悬浮于玄机的钓竿，只想于混沌中找到自己的轨道。

29

在通往郊外的公路上，杲昊缓步徐行，细细欣赏这大自然合成的奇特色调。路很远像是一直伸向天的尽头，她想就这么一直走下去，向着天尽头融进那灰黑色的烟霭，那里一定不会有倪莳萝的凄苦、俗恪的缠绵、方自珍的忧伤……日已偏西，远处的烟霭不断地浮动扭曲，将偏西的日光全部遮掩，天暗了下来。路已不是那么真切，天地间霎时变为快速旋转的调色盘一片灰白，杲昊已看不清人们规范化了的路，于是就在她意象的路上走着一脚深一脚浅。突然她听到雪的咯吱声，一如音响中的延时周期越来越短，与她脚下的咯吱声叠为混响，最后混为一体，同时感到身边有生人的气息于是转头探视，出乎她意料的竟是丹青。

“丹主编？怎么会是你？”杲昊带着几分惶惑。

“屈子集的文稿快阅完了，很累。这几天我一直都到这里散步，想放松一下，不想碰上你……”丹青极为关切，“你这是要去哪儿？这么晚了，还独自一人走着……”

杲昊在丹青的扶持下，费了好大劲儿才走出那片逸出公路的雪大地，待他们上了公路已是伸手不见五指。

“文学便是人学，搞文学的一定懂人的心理。你如此善解人意，其实我就是心里觉得闹，才想找块清静地，就走到这儿来了。我希望能像你那样成为一个智者，不再被无知所困，我能吗？”杲昊半清醒半糊涂。

“当然能！曲扭的心态，主要是错接的意象所致。当你能正视你所经历的一切，不再将头脑里的意象随意组接，你就会跨越误区。当你渐渐学会有意识地把世间的种种意象摆正，你的心态也就不再曲扭。接下来就能从容开掘你的潜智能，成为一个智者不成问题！”丹青的开导中携带着鼓励，一派堑山堙谷。

“可我心不由己，总是沉不下来，像是有旋风搅着痛苦不堪，树欲静而风不止的样子。”杲昊仍处于无奈。

“是啊，你现在之所以痛苦彷徨，主要是没有沉下心面对自己，你的意念全在外部跟着别人走，所以就像身置旋风！另外你过剩的精力无处宣泄就一再压抑堵塞，久而久之将你的神经曲扭了成为一种病态。”

“那我该怎么办？总不能这样放任自流！”杲昊极诚恳。

“创作，投入创作！这是你最可靠的伙伴！你内心封闭着的秘密大宝库在创作中被打开，那里面的奇妙故事和绮丽画卷，一股脑被释放出来，在你的作品里安家落户，从而筑起一座可以看得见的宫殿，它们不再隐蔽不再私藏，就那么被堂而皇之地公之于众，在世人的惊赞中，你可以再度领略它们的壮丽和辉煌！你的情、你的爱，在现实中因种种障碍而未能得到，可在那辉煌的宫殿里你获得了！你作品里的人物、境界、意象、感受，会使你全方位得以满足，那是一种空灵的高品位享受，世界上没有比享受自己更令人快慰！何必把自己丰盈的心灵大宝库关闭起来，回头去追寻另一些欲得不能的诱惑而发神经呢？”丹青鞭辟入里。

一如伦琴射线扫描，杲昊的五脏六腑都被暴露于光天化日之下，虽有些难堪，可她完全折服于丹青的精辟，于是又想起首次见到丹青时他的神机妙算，“咦？上次你说我不叫杲昊，也不姓杲，那我该叫什么？”

“杲和昊都与日有关，日最红，就该有个丹字，能与丹相互增色的只有彤，你也许就叫丹彤……”丹青有些神秘。

杲昊惊诧万分，只觉似遇仙缘，神情开始恍惚。

丹青看到杲昊有些疲劳，便打了一个顺路的车，杲昊说她还想这样多走一会儿以聆听教诲。丹青告诉她，他的工作一完成就要回省城，再见的机会不会很多。根据她的病情，让阮经纶又给她配了几服丸药，本想临走前送过来，正好现在就回去吃上，以试试效果。若好就再配上几服，杲昊没有反对，他们一起上了车。

在丹青的带领下，杲昊又进了他那个清静的单间，屋里弥漫着一种奇异的香气，杲昊闻后顿然消除了六小时跋涉的疲惫，她感到一身轻松头脑也格外清晰。她第一次展露着由衷的微笑，“这屋子好香……”

“这是你的药发出的香气，它能使你的大脑生长新机能，自动调节错乱的信息。用到一定程度你的病自然就不会再复发，而且会使你显得更年轻。”丹青将一个银质药盒打开，里面并排摆着三个小匣子，小匣子里分别是红黄黑三粒药丸，打开药匣药味便以十倍的冲击扑面而来。

杲昊顿感身心畅爽，言不由衷地，“世上能有如此灵验的药！这造药的人也称得上是神仙上帝了！”

“不然怎么能算祖传秘方呢！那可是几代人智慧与汗水的结晶，这正是中医药的博大精深！人是万物之灵，只要用心专一，就什么奇迹都能创造出来，若是一味地耗散，也只能耗成芸芸众生了！”

杲昊顿觉惭愧不已，神情又呈沮丧，不免长吁连连。

丹青也没有劝就让她叹去，能有一个深切的反省倒是好事，于是回以浑然，“这三丸是一服，红的分别贴在两面的太阳穴，黄的贴在颈骨的第二节也就是枢椎，黑的吃下去。来，现在就实践看看药效如何。”

杲昊按照丹青的指点，先将红黄两剂分别一一贴好。

十秒钟后，杲昊眼前突闪金光，将她内视觉那些不真切的画面全部照亮，色彩斑斓格调清新，但一直在无序地移动就像影视中的叠印，画面不真界限不明。“这么好的药为什么不多造些，让大家都受益？”

丹青沉思了片刻，“一种药不是对所有的人都管用，凡是药都要对症，这药是专为你制的，你又没有报复意向更没有嫉妒心理，只是游弋于一些怪圈，因而你没受真正意义的致命伤。而对那些充满嫉妒和怨恨的人，其反馈的回击力都是正反馈，致使他们的受伤程度成几何倍数增值，他们的内在已是千疮百孔，任何药力都起不了什么大作用。你仔细观察，那些未老先衰的黄脸人，多是嫉妒狂，或是怨恨狂！另外你的‘受益大家’的理念，又是一种正推动。换一个人，也许就会反着想，千万别再造这种药，大家都用了，都年轻了，我可怎么办？潜意识里滋生出深深的忧患，这种忧患最伤元气！所以你就可以接受药物治疗，经药物扶正固本，使你那些被压缩了的精气神释放出来，紧张的神经充分得到缓解，你就会熠熠生辉了！”

杲昊感到空前轻松，她为丹青的提醒而感动，此前，没有人能像丹青这么深刻地解剖她的心理，就那么压抑着憋闷着，以致神经严重曲扭。

“来，再把这粒黑的吃下去。”说着为杲昊倒了水。

杲昊又依要求服下丸药，一分钟后，内视觉那些叠印着的画面渐渐聚焦，其中一幅渐成特写，正是她置身数年的黑洞。

“别再看那些画面了，那是精神分裂的思维方式！”丹青提醒，“这说明你失去的记忆已开始恢复，现在该明白那黑洞是什么了吧？那是一片树叶！当你看到佫恪从崖上跳下，极度的恐惧使你晕过去，就在这一刹那，一片落叶正从你眼前飘过，而你的视网刚印进去的血红还没有消失，红绿混合那叶子就形成了一个黑洞，现在想起来了吧？”

杲昊确认丹青说的完全正确，可现在佫恪已经有了家室，再坚守那些往事，就毫无意义了。她应去做更有意义的事，可该做些什么呢？

丹青循循善诱，“解决这一问题需要借助转移，将得不到的东西转移到你的作品里去，到那里去获得！到了这种境界，命运就对你无能为力了，与艺术为伴是你的福气！”

30

出了欢乐园已是下半夜，佫恪蹚着一天的阴云回了自己的窝巢。一盏八瓦的日光台灯，将他的半壁房间照得像个荧光螺。先锋音响回荡着民乐合奏《夜深沉》，凝重辽远的古筝主旋力压群雄，昂奋于佫恪的耳膜，鼓荡着他心灵后院的一汪隐秘泉水，清风徐来，水波涟涟。那波经过多层衍射，形成了奇特的环虹，他在那里解剖自己。

秋天到了，枝头添上了几许红叶，微风中，彼此撞击着绚丽的心灵之花。他们都考上了大学，就要启程去报到，总算能有机会敞开胸怀相互倾诉深切的恋情。这意绪带着核电般的强力，推动他们又来到了那块大石板，他们相对盘踞在那大石板之上，凌空昂天，像一对世外仙人。

“我外出读书这几年哥哥待你好吗？”杲昊显得极为关切。

“当然……可我一生只有一个愿望，如果他不能满足，那就白救活了我，也白费了他的一片养育栽培之恩……”佫恪一派誓死。

“这么严重！看来你是舍生忘死了？那是个什么愿望？”

“就是眼前的这个……”佫恪紧紧拉住杲昊的手，“这么多年我装作对你疏远，就是怕引起他反感把我从你身边赶走，他把你送进城里读书，我看就已经有这个意思，现在我可不怕他了！”

十八岁的花季，朦胧中他们的心弦被悄悄拨动，倾情弹奏的一曲恋歌，战栗于绚丽的青春祭坛。幸福的大门从此大开四敞，往日储存的爱恋支票一股脑儿飞出来，到阿弗洛狄提斯的银行去兑换现金！热切的恋不再是神秘的酒仙女，外在的力不再困扰他们纤巧精致的心，一种粗犷的突爆式的强磁，将他们推向恋情总释的峰巅。云在翻展山在旋转，意绪带着他们的灼烫将世界融为一体，分不清哪是天哪是地！混沌中，他们发现有一百条路未被开凿，一千种智慧尚未发掘，一万种生命之岛还无人勘查，这里太旷达太寥廓，他们生活的大地原来竟是如此丰富！只有爱的光环映照，才能显示如此丰富多彩，这却是人类独享的特权！

佫恪的力饱和了，他要去开凿那充满荆棘的路，他得去发掘那潜藏着的智慧，他必须去勘查那隐蔽的生命之岛！他的能量是如此过剩，以致驱动着他不停地驰骋，他的心神驰于四宇之外，又带着无穷信息回到自身，从而对世间万象最神奇的构成，发出他最初的探求！

他松开杲昊望着她被吻红了的脸，那是大动荡后最惬意的休憩。山风飒飒，外在的舒爽，终于与他万花筒般绮丽的内在达成新的平衡。

一片红透了的枫叶小精灵般插在他们中间，与青石板形成强烈的对照，像一团火像一滴血，一个突显的咒语：不是生得辉煌就是死得壮烈！

杲昊捡起来轻轻捻动那条红尾巴，形成了五个层次的圆环，“它为什么正在此时落到我们中间？是不是象征我们的热恋会像一团火？”

也未必，佫恪却预感到不祥，他感觉到倪莳萝那双鹰隼眼，早猎物般看护着杲昊，那总是个强大的障碍，佫恪怀疑倪莳萝超常的兄妹之情！

“你怎么不说话？你喜欢这红叶吗？”杲昊急于印证。

“哎……总是个霜降的象征！”这话是从他潜意识里蹦出来的。

两人都沉默了，因沉默而造成的空白中，突然投进一道影子，不约而同，他们发现那正是恩重如山的倪莳萝。

“我已不是小孩子了……哥，你过分的关心会使我感到束缚！”

倪莳萝痛苦地咬着牙，这就是他得到的全部回报，尽管他君子施恩不图报，“束缚？你先回去吧，我有话对佫恪说。”倪莳萝有些严厉。

“什么话？别对我保密！我也想知道……”

“没什么保密，你若真关心他就别管！”倪莳萝愈加严厉地命令。

杲昊无可奈何，只得顺从地下山去了。

见杲昊远去倪莳萝欲拉佫恪坐下，不祥的预感却驱使他立在那里以随时应战，“我知道你毁灭我永远是问心无愧，我的一切都是你给的！”

“不完全是毁灭，你得不到杲昊固然很痛苦，但我必须告诉你，她对你不合适！”倪莳萝出示没有回旋的余地。

五雷轰顶，佫恪几乎招架不住，可他还是调动起全部力量支撑，以争取最后的胜利，急难中好歹凑起一个意念，“那你觉得她对谁合适！”

“她可能对谁都不合适！除非有人为她付出一切……”倪莳萝被痛苦震动得破天荒泪腺失控，同样是以生命底线去诠释男儿有泪不轻弹。

“你什么意思我不懂！可我会以万倍的努力去为她付出一切！”

“她小时被抛在荒郊野外被狼咬过，盆腔重度感染破坏了她的生殖系统，她没有生育能力了！”倪莳萝被他的崩溃所感，不得不开诚布公。

“我不在乎！我不在乎！”佫恪发疯地。

“现在你还小，等你大一些，就在乎了！这对你应该是个悲剧！而在我的字典里，已经把‘悲剧’二字删除了！”

“可我会把悲剧当喜剧演！在我的字典里，悲剧和喜剧都是一样的壮丽！”佫恪没有一丝让步的意向。

“爱情像团火，虽热烈却不可靠！你现在正置身爱的峰巅可以不顾一切，可那火一旦燃尽悲惨的结局就不可避免，目前你还看不到……”

“不！我看到了，我能看到！可我绝不会让悲惨的结局发生，我别出一般，相信我！”佫恪声嘶力竭，像被摘了心。

“我怎么相信你？你还是个不谙世事的孩子！上帝都不会给你打保票，我绝不会拿杲昊的幸福做赌注！你现在还不懂时间会舔舐记忆，记住，时间是最伟大的清洗剂，具备永恒的改造！你会平息，会改变！”

“不要！我什么都不要，我只要杲昊！”

“我把她从小带大，我这里有父女之情、手足之情、师生之情，亲情、友情、恋情！要什么有什么，她可以随意挑选！而我却不要她任何回报！你行吗？

你有什么！只清一色的热恋！一旦失去她就太惨了！我不想再让她蒙受一点委屈……”倪莳萝同样像在保卫心肝。

佫恪冷静了，凑上前距倪莳萝只有十公分，声音充满力度，“你糊涂！她爱我，你却让她离开！你不觉得那才是最大的伤害、最大的委屈吗？你有亲情、友情、恋情，可她不爱你！那你给她的就是最大的痛！”

倪莳萝突遭原子弹的轰炸，全身心塌方，顿觉眼前一黑找不到了去向。他呆呆地面对大山，呼天不应号地不灵，略顿便发狠，“我会让你母亲接你回德国，那里有众多让你心仪的女孩儿，你一准改变主意！”倪莳萝的语气仍保持恶狠狠，抛下这几句话便下山去了。

急火攻心，这回该轮到佫恪找不到自救的路，正当他辗转反侧，却看到崖下的羊肠小路上杲昊正向他招手，他便从那块大石板的边缘，扑向了那个美丽的幻影……翻飞腾跃，自由落体的加速度，带着他比生更辉煌的求死冲动，向着山涧俯冲下去。

世界翻转，全身心失重，往事的回忆令佫恪又一次体味生与死的失衡，他不得不负着心灵的累累伤痕，肯定人生的全部！时间这伟大的冲洗剂，到底带着永恒的改造使他削足适履。果不出倪莳萝所预言，在理智的缎带、责任的绳索束缚下，他束手就范。生命的责任赋予了他另外的使命，也许他不该再沉湎于个体情绪的体验。

由于承受不了心脏的载荷，佫恪从床上爬了起来，关掉早已完毕的《夜深沉》，先锋音响这才得以将息。他走到壁镜前，二倍的距离处出现了一个瘦削的身影，无可奈何的神色，挟着半脸痛苦半脸困惑，看来他与那个美丽的倩影只能是形影相吊，共享竹篮打水，镜花水月。

31

春节一过，春天迅速来临。新年伊始的第一次聚会，大家都显得精神格外振奋，加上新春节日里的新装余韵未减，如此内外叠加，满会议室的男男女女，构成了一个斑斓世界。

佫恪端坐于主席台，他的意识、感觉，被这流光溢彩烘烤着，一阵震撼一阵飘忽。云蒸霞蔚中，几经寻找都没发现杲昊，那是因为他先验定势，在他眼里杲昊就是灰和晦的集合，由她构成的悲剧氛围，常常令人置身毁灭的恢宏。此番，佫恪之所以没在众人堆里挑出她，是因为她破天荒换了色彩，被这斑斓的海洋淹没了。

众里寻她千百度，杲昊终于跃进了佫恪的眼帘。她烫了发，麦穗般的发卷直披肩头，她的脸从未有过的光洁莹润，没有化妆，正宗的素面朝天。但气色空前地好，一改往日的煞白，竟然有些白里透红！用这张脸来为人面桃花作注，也不失为确切。以往在她容颜的字典里只能翻到灰白、惨白一类。可目前，她的眼睛、嘴唇也都有了透明感。她穿了件奶白薄呢大衣，越腰度膝直垂小腿，脚上也是一双奶白色皮靴。两寸高的毛衣衣领使她脖颈显得细长，这不好，给人一种纤弱感。毛衣是淡黄色的，与她脸色形成强烈烘托，令她愈加鲜嫩。在她身上没找到飘带饰花一类小物件，飘逸间又透着庄重，总之她焕然一新，令人眼花目眩。

佫恪纳闷几天之间竟能换一个人，她得了什么仙术秘方？竟有脱胎换骨的改变？佫恪的猜度不无道理，杲昊自得了丹青的精神疗法，又辅以阮经纶的祖传中药，她确实受益匪浅。首先换了思维方式，不再钻牛角尖，不再单向思维。丹青的开导让她另辟蹊径，她可以思可以恋，但这思和恋必须建立在空灵的意象中，也可以塑造在可见的作品里！从此她有了自己的山头有了心灵的栖息，她不再是浮着的漂蓬随风舞动，也不再是大众的跑马场任人践踏！这令不知情的佫恪百思不得其解。

局办公室主任见佫恪神情恍惚，提醒道，“佫局长，我们开会吧？”

佫恪这才尴尬地收拢了目光，他发现杲昊也在尴尬，前排竟有人回头，寻找佫恪锁定的目标。瞬间形成连锁反应，目光探照灯般射向杲昊。

“有些人反差太大把大家给吓着了，希望就这样稳定下来，别再反差回去。同时我也希望大家从此都靓丽起来，女的如花男的似玉！”佫恪轻松地开了个玩笑，把一切都遮掩过去了，却于台下留下一片议论。

“好！言归正传！”佫恪开始宣布他的政令规划。

他说，此次会议有两个议题，一个是近期的另一个是远期的，两者都很重要，先布置下去，然后大家分头讨论。谁的责任谁负起来，大家同舟共济，把这一年的工作做好。远的也好近的也罢，又不外是两个方面，一方面是创优，另一方面是创收！创优是责任和义务，创收是基础和保障。随着改革的步步深入，事业单位将实行自收自支，目前的拨款正逐年减少，兵马未动粮草先行，所以才先有一个短期规划。

这个短期规划，首先就是搞一台时装表演晚会，宣传一项科技含量很高的产品，是刚刚研究出来的鹅裘，要按一台大戏那样去准备。

长期规划中最重要的是创优，这个就由他佫恪亲自挂帅，他会与各台长、各中心主任组成一个核心常年进行研讨，随时制订计划，随时修改方案，紧跟时代步伐，把握时势动向，将新闻导向做得锦上添花。另外文化娱乐也不可小视，也要搞成系列，有计划有步骤地将我国五千年的文明史讲述给大家，其中要有创意又不失历史真相！这同时也是大家展示才华的舞台，有本事有能力的尽管展示！

长期规划的另一大支柱就是创收，在为各大企业、各社会团体做宣传的同时，把广告这一块抓起来，各种晚会，各类特色文艺板块就有了用武之地，这一块由副局长万向权挂帅，各路做好配合形成一个拳头！

佫恪对万向权的重用，完全是出于委之以重任以观其志，施之以诱饵而看其行。他若是就此做得好，就算因材施用。他若在歪道上越走越远，就算给他暴露的机会，就看他如何选择。

佫恪不喜欢开长会，分派完任务就散了会，可大家的热情已被他鼓荡起来，于是又议论了一阵，才各自散去。

经过一段紧锣密鼓的筹备，长规划短安排都一一得到落实。鹅裘广告晚会剧组，也乘着全局的热气流迅速诞生。万向权全面负责，杲昊负责脚本创作，吴计负责表演编排，还特聘了市内冉红模特队助阵。初步策划整台表演以冉红模特队为主，在裘装表演中穿插歌舞，形成一个载歌载舞的欢快局面，摄像播出就责无旁贷地落到了方自珍的肩上。

主会场设在广电演播大厅，又在各大剧院设九个分会场，十家会场之间，各自准备了接送车辆，以便在十个场地交叉巡回，巡回路线按不同的演出顺序统筹调度。

晚会一条龙规划基本形成，佫恪亲自督阵毫不松懈，规划确定，他就找各路负责人谈话，同时签订合同，谁也别想偷懒耍滑。

轮到方自珍，他请求此次先不全面负责，他的理由也很客观，因为搞技术他是行家，可搞统筹协调他还是个门外汉。术业有专攻，隔行如隔山，佫恪觉得也很有道理，就依了他。不过晚会上的一曲演唱他并没推辞，这倒令佫恪欣慰不已。

接着又去找杲昊，以检查她的脚本进行到何种程度。想到杲昊的突变，佫恪感到无比兴奋，如果就此稳定下去，那才是柳暗花明！崛起后的杲昊，会以什么方式接待他呢？是居高临下还是情深依旧？怀着各种预测，他敲响了杲昊的门，得到允许便踏进了她的办公室，她正伏案修改脚本。一米的距离，他终于将杲昊看了个仔细，近来虽有改变，可长年累月的积累，使她的忧患凄苦依然不减。

佫恪注视了好一会儿，“为一个广告脚本，也不致如此劳神……”

“唉，何止一个脚本之故！改变得需要一个过程。”杲昊如泣如诉。

“这许多变故，都是你独自去扛……对我说点什么吧。”

杲昊控制不住，泪水又一次在眼眶集结，那些辛酸怎一次倾诉了得！可她仍强力控制着，这就造成一种塌陷感，这塌陷足以令人肝肠寸断。

“别这样！曹健承诺适当时机同我离婚，那也许是柳暗花明……”

杲昊内视觉顿然升起一道诡谲的彩云，托浮着她汪洋恣肆的往事与幻梦，渐渐将她带回绚丽无比的青春岁月，浓重的醉将一切伤痛都掩盖了，十几年的苦苦等待，终于露出一线曙光，哪怕只是一种假设！恍惚中，似乎她又一次踏上那块承载她倾情的大石板，打破一切禁忌无怨无悔地投进了佫恪的怀抱。情绪的总释关闭了理智的大门，一任其向记忆的源头漫溯，在那里他们又一次领略了心灵交织的壮丽，惆怅激动，两颗带伤的心在一个不确定的假设中得以暂时修复，原始冲突和体验再次得以全景展示，久经压抑的畸形痛苦，彩墨般泼向人生永恒的画卷……

突然一声响动，他们发现门开了一道缝，佫恪随即跟了出去，看到是方自珍正步履蹒跚地向走廊尽头走去。佫恪又折回房间，惶惶然望着杲昊，他在考察杲昊的意向。

“是谁？”杲昊率先沉不住气，而且有一种不祥的预感。

“一只可爱的小猫。”佫恪尽可能轻描淡写，回答得很俏，他不想让杲昊知道门外是谁，因为那是个致命的隐患。

“在哪儿？”杲昊已觉察出其中的隐情，愈加急切。

“逃走了。”为息事宁人，佫恪不得不布下迷空步障。

32

这个春节对于扈黎来说是太累太长了，因为他遭到了许童和曹健的轮番轰炸，人家都在享受长假的天伦之乐，而他大年初一就被许童调到办公室上政治课，初二又被曹健叫去上了改变观念的思想课，一向自诩看破人间的扈黎，一时间竟成了小儿科，少年儿童般被教导训斥，于是郁闷晦气一直在绵延萦绕，时至今日仍挥之不去。他仔细分析此番自己的劫难，绝非是自己的过错，完全是许、曹不和所致，他不过是夹在中间受夹板子气而已。由此可见一个人的功过，并不完全是由于自己的所作所为，完全是凭借定夺者持着一杆什么样的秤！

如今都争着去学那个卖烧饼的教授，他扈黎作为搞政治思想工作的书记，还得带头这样去转身，真有些难为！类似他刚演完一台戏，带着满脸的彩妆，到观众中去显摆演出成功，在一片欢呼声中他一定就含糊了，这欢呼是给角色的呢，还是给他自己的？

针对这一系列攸关政治生命的大事，扈黎怎肯一旁袖手？无论如何他得助佫恪一臂！起初他还以为，佫恪会仗着他组织部长的太太为所欲为，可没几天就看出佫恪的诸多优秀本质。看人不能只看他与自己的关系如何，得看他与周边的人如何相处，当面钱背后人嘛！从他这一段工作，对几件事的处置那是相当有水准！有这样一个部下得省多少心！起码在他退休前，他得将佫恪留在身边，就算是个伴那也是个好伙伴。扈黎原本是不爱管闲事的，他自认早已是个看破人间的人，世态炎凉，人心叵测，已是司空见惯，因而是是非非，好好坏坏，他可不想伸手，以免弄脏了自己。多少年来他都是只管自己门前雪，不管他人瓦上霜，所以他是飞不高跌不重，守着自己的一亩三分地，他绝对相信善有善报恶有恶报，多行不义必自毙这类原则。可此番不同，他必须得帮佫恪，大有两肋插刀的冲动，为什么呢？士为知己者死！

当然他不能将其中底细说与佫恪，那不是搅家不亮吗？

如此一个佫恪，为什么屡屡碰壁？为什么不能清醒地规避风险？根本原因就是不懂国情，不知人心险恶！大家都是拿自己的尺度去度量世界，佫恪拿他的率直诚恳、大度笃实，能量度出什么那是可想而知！

想好了策略就电话约请佫恪，而且破天荒设在一个不起眼的小饭店，又叫了几样农家菜，一派乡巴佬风格。

佫恪正忙于鹅裘的晚会筹备，可扈黎传又不能怠慢，便硬着头皮赴约。此举实在匪夷所思，于是一脸的戏谑，“扈书记，你也太有创意了！”

“别看不起这小店，一水儿是绿色食品！原汁原味的好吃得很！我自己做主先点了两菜一羹，一个葱爆筋头巴脑，一个清炖敖花鱼，再一个是猪血羹。特别是这个猪血羹，那是天下第一美食！”

说话间菜已上齐，佫恪先尝了天下第一的猪血羹，确实非同凡响。

“怎么样？不虚此行吧？”扈黎也在卖弄。

“扈书记怎么有如此闲情，是不是赋比兴地要教训我点什么？”

“你脑子不也挺好使吗？一到实践就腿肚子转筋，纸上谈兵了！”

“听到小道消息了？”佫恪放下了羹匙，拉好迎战的架势。

“你还是做错什么了，不然怎么会此地无银的样子？我找你来是要向你征求意见的，心里没鬼怎么会如此心虚？点火就着是什么概念？因为你是火种！”扈黎极力弹压，他可不想让佫恪牵着鼻子走。

“啊……”佫恪又拿起羹匙享用猪血羹，不再言语。他知道扈黎一定是有事，不然不能将他调出这么远。他开始自省，为什么那么沉不住气，把什么都写在脸上，让人家一下就看穿，现在可是事事讲机密的时代，商业机密政务机密技术机密人际机密，而他却总是操着一张白纸！

“怎么不作声了？被我说中了吧？”明显的两头堵。

佫恪笑笑，以示他没什么错。他接着享用美食，等待扈黎另起一行。

“想知道向你征求什么意见吗？”扈黎终于沉不住气。

“当然想！不过你这血羹也太诱人了！本想等过了瘾再问……”佫恪目光闪烁直视扈黎，明显的迂回战术。

好！这小子终于会点弯弯绕了，也不想想，扈黎会有什么意见向他征求？不过是想教他如何做事而已。这小子还有些悟性，一点便通。他若能沿着这条路线走下去，很快成为战略专家！他扈黎能走出这一步应该是逼出来的，他面临的是比他强大的上司，欲顺不能想逆不敢，怎么办？就得搞迂回！大事小情都逃不过这个原理。佫恪若能熟谙这个原理并能熟练操作，一个处事圆滑的政治家就诞生了！什么是政治家？就是能为自己的团队有效生存而百战百胜！佫恪恰恰缺少的就是这些！他只顾自己汪洋恣肆的骄傲和快意，却不知这会毁了他的大政方针！

“我就想在这里找个地方落脚谋生，你看怎么样？”扈黎说得恳切。

“这是怎么了？一个堂堂的市委书记，竟然要下乡落脚谋生？这是要辞职还是被罢官哪？”率直的佫恪认为扈黎遇上了致命打击。

“唉……只为壮志难酬啊！”扈黎一咏三叹。

“什么意思？别吓我！快告诉我怎么回事？”佫恪急切切地摇着扈黎的胳臂，出示他对扈黎的一片赤诚。

“唉，其实也没什么大事，就是对路上的磕磕绊绊心里觉着烦！你看这里多好，无挂无碍，无烦无恼……”

“错！凡是有人的地方就有矛盾！时间长了矛盾就来了！再者，如果你没有了市委书记的身份，混同于他们中间，马上就有人踩你了！”

“可我怎么能保证，永远不混同于他们中间呢？”

“您这么有战略眼光，何必庸人自扰，坏了自己的定力！”

“不是你想象的那么简单……这么大一个社会，我们既不是中心也不是边缘，我们被夹在中间，稍有动动身就是磕磕绊绊，想前进一步都得耗去多少精力！那叫一个累！对那些阻挡着的人又不能赶尽杀绝，硬挺着吧人生有限又耗不起，面临这种两难处境，没办法！”

“说到这我也有同感！我全仗年轻初生牛犊不怕虎地硬顶着，一不小心就挨一刀，所以年纪轻轻就伤痕累累。您就没找出个解决办法？”

“你看，人群密集，想从人群中前进一步该怎么办？”

“找缝隙呀！又不能踩着人家的头翻越！”

“好，思路正确。可你了解这缝隙有什么特点？”

“什么特点？弯曲，狭窄，阻力多多……”

“所以先要学会弯曲着走路，不然就会撞倒一大片，人家联合起来还不灭了你！这个弯曲不是意味着欺骗，而是顺其自然。顺乎天，而应乎人，革之时大矣哉！目前世上是人才济济，就算平庸之辈也是不甘人后。大家都挤在一条狭路上，磕磕绊绊就在所难免，我们的高招就是学会在缝隙间穿行，这样才能迅速占领高地，在有限生命里攀得更高。另外你想过吗？在这么众多的人群中穿行，最忌讳什么？”

“很多啊！一时也理不清。您说，我就想听你的！”

“最大的忌讳就是吵吵嚷嚷，你一吵，人群就会受到惊扰，因惊扰就会乱起来，这一乱缝隙就找不到了，那还怎么前进？所以，一旦找准了缝隙就要迅速穿过，等人群反应过来你已经通过了。就这样，一蹿两跳就攀上高峰了，下面的人只有羡慕的份，谁也拿你没办法了！至于能攀多高就看各自的志向和能力！这是个综合素质，也是不可强求的！”

“妙极，妙极！真真是不虚此行！”佫恪已是五体投地。

33

得了扈黎的妙招真传，佫恪将全部精力投入到新一年的工作，鹅裘晚会筹备也正火爆进行中。他将有关人员都集中在广电大厦，专门腾出几个小会议室分组研讨休息，排练场也设在演播大厅，一派欣欣与顺畅。

由于演出在即，倪莳萝与魏洞天也进驻了广电大厦，魏洞天筹备鹅裘现货，倪莳萝准备技术报告，演前准备工作正有条不紊地进行。

就在大家各司其职忙得不可开交之际，一个破衣烂衫的老爷子闯进了广电大厦，不由分说就要往里闯，门卫将他拦下问他找谁，他一声不吱仍挣扎着往里走。门卫又问他有什么事，他张开没牙的空旷大口，高声吼道：有什么事你们也办不了，找你们头儿！那怎么行？广电大厦岂是闲杂人等可以随便进出？于是拦着他不许他进，他便大吵大嚷。闹得实在出格，门卫便找来了佫恪，佫恪一看是个典型的乡下老农，又口口声声要电视台为他做主，佫恪心想老人家一定遇上了难题，于是将他带进了自己的办公室，准备一问究竟。进了屋佫恪给老爷子冲了一杯加伴侣甜咖啡，老爷子可能从未喝过，一个劲地嚷嚷好喝，同时穿插着对新闻媒体的夸赞，竟将佫恪比作青天大老爷。佫恪便顺势询问他是谁，来自何方，有何事？老爷子答道，他来自丹家崖，叫田坤，指名道姓要状告丹家崖村干部魏洞天等人，说是他的老宅、田地一总被村委会霸占了去，他已是无家可归！佫恪听后便说，魏洞天正搞鹅裘产品为村里创收呢，是很为老百姓谋利益的，怎么会干出这等损人不利己的事？

其实田坤告状只是个由头，那天在丹家崖他看到了倪莳萝，就想找个机会问问，他捡到的那个女孩丹彤还在不在，他对她怀着深深的愧疚因而一直惦记着。他的歉疚源自几张钱，那几张钱本是为丹彤疗伤买药用的。他在大雪地里捡到丹彤发现她被狼咬过，幸亏他当时敲着铜盆将狼吓跑，不然那女孩也就没命了。带回家后，那女孩因惊、冻、伤一直昏迷不醒，他便到处借钱讨药为她治病疗伤，渐渐有了起色。后来他又到街上卖了土改时在地主家里弄到的银镯得了几个钱，正想为她买些药，不想被那败家的孩子剪了个粉碎，他是再没能力弄到钱了，没了钱就没了药，没了药还不就是等着死吗？与其等死不如将她让与别人，可那个艰难岁月谁愿意捡这个麻烦？想来想去没了辙，就将她扔在大雪地，他相信总有好心人会收留她，就在这个当口他迷迷糊糊睡着了，待他一觉醒来已是深夜，起身出门看看那女孩已没了踪影，看着漫天大雪他心里好生惭愧，不知那女孩是不是会冻坏，他一直就这么吊吊着，很久以后他才知道丹彤被一个劳改大学生捡去了，这才稍有放心，可挂念之情一直搅扰着他，已历数十载！此番见到倪莳萝他当然就想了解那女孩，费了很大周折，才打听到倪莳萝和魏洞天都在电视台，便闯了来。

田坤见偺恪还在等他的回答，又不想将他的本意透给外人，就顺着此前的话茬说：这些人披着马列主义的外衣，干着许多他田坤想象不到的事，养鹅的那片湖就正是他的领地！他绝不甘心就这么受愚弄，于是打点起精神到处告状，结果告状不但得不到支持，反而遭到了反击和讥笑，后来干脆就说他疯了！他田坤原本也是老革命，哪肯就那么善罢甘休，所以这才告到了电视台。说到此，田坤是老泪纵横泣不成声。

偺恪便好言相劝，说他一定让记者下去调查，为他讨回公道。

田坤一听说调查就显出极不托底的样子，说现在都是官官相护，调查来调查去不了了之，说着又是泪流满面，而且大有耍赖放讹之势。

偺恪一看田坤没完没了，就取出一千元钱给他，说这钱让他买些好吃的养养身子，又让田坤先回去等着，很快就会派记者下去调查。

田坤见了钱，立刻精神百倍，他还想问倪莳萝与那女孩的事，可见偺恪一脸的逐客令，只好千恩万谢地回身走了。

送走了田坤，偺恪便去见魏洞天，将田坤的言谈、行为说予了魏洞天，又问其中原委以及田坤所言是否属实。

魏洞天骂道，这老不死的！未等偺恪收尾，便开始进行反控诉。说这都是自己老爹魏乾造的孽，当初老村长魏乾与这疯老头田坤是好朋友，从小一起长大，又一起斗土豪分田地，好得跟一个人似的。乾为天坤为地，两人俨然一天一地，天地大合一统故里。魏老村长擅组织长于领导，于是当了村长，田坤是个游手好闲的把式，闲下还学着看风水择好田。土改时他选了块好地，几百亩土地旁一眼温泉绕田而过，又形成一面大湖，一年四季保持同一个温度呈冬暖夏凉态势，被田坤宣扬得天下第一风水宝地，引起众目睽睽，可谁敢跟他这个天下第一革命争！他便据为己有。果然有些灵验，无论天下出现什么大灾，大旱也好大涝也罢，他那片地总是大丰收。尤为殊胜的是，那眼温泉还能治百病，风湿啦，心血管病啦，肠胃病啦，一喝一洗，不出个把月，一准有奇效！

后来搞合作社、人民公社，这块宝地就归了公，魏老村长就把村委会盖到了这块风水宝地，拢着清泉种着花草，自是仙境一般。自那以后田坤正式与魏乾反目，成为不共戴天，而且变着法地骚扰。

十年动乱期间，田坤成为造反派头头，魏老村长便沦为反动的当权派，生生被田坤给斗残了。魏老村长一残，田坤便疯了，有人说这是报应，也有人说他是装疯卖傻，更有人说他是愧的，因老村长一向待他不薄，他还不悔青肠子，疯了也是便宜了他！此后，田坤虽疯疯癫癫却也消停，吃着救济粮，游手好闲不再闹事。老家伙生性怪僻终生未娶，恰好也省去了家庭子女的拖累，就这样，他赌赌逍遥了十余年。

三中全会之后，农村实行联产承包，不想田坤突然不疯了，正正经经向各级领导申请，要讨回他被村委会占的那片沃野。谈何容易，魏老村长是花大钱建造了这群房舍的，他是想千秋万代扛着人民公社的大旗。为了一个田坤，还想改弦易辙不成！虽说田坤一再寻衅滋事，可众里却没有支持他的，大家一致认为他游手好闲惯了，不想哈腰出力，就找这一借口勒索点饭钱，明知道村委会是不能毁掉那片青堂瓦舍再搬家，那岂不是吃白饭的最好遮脸布！到如今他仍然拿着公家的救济，当然他年事已高又没有亲属，本该享受公款救济。那就消消停停享受待遇算了，偏不，一年四季上访告状，从村里到县里，从地方到中央！多少人下来调查、审判，最后都认为田老头无理取闹，再无人问津。

田坤又疯了，尤其他魏洞天当选了村长后，田坤就更疯得一发不可收拾，闹得村里上下不安。魏老村长当初就把那湾温泉圈在村委会院子里，用水泥砌成池子，村里人时不时可以进去泡泡，又祛病又卫生不用再设浴池。魏洞天上任后怕外来人多无端添乱，索性为村委会专用，也算是一项福利待遇，因此取消了村委会一干人的卫生费。这样一来，田坤更有了理由，说魏洞天等村委会一班人腐化堕落，必将其置于死地而后快，于是又加大了折腾力度，那才叫一个出格！

佫恪虽对魏洞天的两难处境报以极大同情，但对田坤的闹腾还是觉得不妥，这样无原则地闹下去，若一不小心闹到演出现场那可就不好收拾，于是就将他的担忧说给魏洞天。

魏洞天这才意识到问题的严重，其实田坤的放肆都是老父亲魏乾给惯出来的，若早早加以收敛，他断不敢如此胡作非为！可他如今已是放任成性，又仗着他是长辈，也不把他魏洞天放在眼里，大有无可奈何之势。不过为了以后的长治久安，魏洞天不得不决心采取有效措施，于是向佫恪郑重承诺，此番活动他绝对能确保万无一失！

34

吴纳西煽动的蝴蝶效应业已成势，正向着飓风阵容稳步提升，目前的势态，无论深度还是广度都属势不可当。

从深度看，胡昌稷、许童都被他煽乎得转了向。

尤其是年前，他拿着从翁折东那推销走私彩电赚来的十万元，去见许童，其蝴蝶效应竟然大幅度提档升级。他当然不会开口就言送钱，那也太贿赂化，他是绕了个大弯，先表白市场经济让一部分人先富起来的伟大，大家终于从破衣烂衫的苦难中走出来，如今好歹穿有穿相吃有吃样。自鸦片战争以来，中国人就没有了自己的特色，一派秋风落叶随风飘零，眼下总算有了自己的模样，可以一展自己的风采。说到此许童乐不可支，大赞时代的巨变，其中不无夹带着对自己治理功绩的自诩。吴纳西赶紧趁机深入，颂扬许童的治理有方，接着又续上自己在许童引导下，所创下的第一桶金。吴纳西说，他身先士卒亲自去闯市场，结果屡试不爽每每大赚，只几天工夫就赚下了十万余元。说到此，配合着将十万元取出，奉献在许童面前以示创收功绩。

许童从未一次性触摸这么厚一沓子钱，于是稀罕巴巴地抚摸着，体验着市场经济带来富裕的兴奋。吴纳西审时度势见时机成熟，便说就把这沓钱留下来作为样板，许副书记若觉得谁在闯市场中有畏难情绪，就将这钱拿出来示范给他们看，一准就动心，不用再费劲去号召！许童果然就将钱留下了，吴纳西没费什么劲就将许童煽乎转了向。他只说将钱留下，并没说将钱送给许童，这就免去了贿赂之嫌，这钱许童是不是自己留下，就看他的素质！

从广度看，达生已被他的蝴蝶效应罩牢，翁折东就没那么牢靠，自贩卖彩电赚了他一笔，翁折东似乎就与他拉开了距离，不即不离的，说明他已察觉了这一内幕。吴纳西当然不会买他的账，赚他那点钱有什么不应该？首先他为翁折东办下了执照，这是多大恩德？起码一半的功劳！没有他吴纳西，靠他自己去办累死他！另外，那些彩电是他吴纳西帮着销售的，这就又该分得一半！按常理，翁折东早该箪食壶浆前来犒劳，可他死眉瞪眼等在那里一句感谢的话都没有，反而还跟他拿倔，是可忍孰不可忍！既不可忍就得找他理论，起码得把另一个钱袋子搞定！

想好套路便电话寻找，电话中吴纳西隐约将他的意图透了过去，意思是让翁折东备好箪食壶浆，他要与他讨价还价！其强硬态势不容置疑。

翁折东听完电话心律难以自控地开始提速，凭他的商场精明瞬间认为这是敲诈！此前还以为是遇上了贵人，原本打算等业绩大起来，分一个股份给吴纳西让他吃着干股，年节的再另外孝敬，这样，换得他照应着也好稳步前进。不想这小子比黑社会还狠，这不是干等着绑票吗！

贩卖走私彩电，吴纳西的确还了他十倍的利，他还觉得吴纳西很够意思，心里正琢磨着如何报答。接着就有朋友对他说，近来从电视台买了进口彩电，十分昂贵，但质量也是上乘，画面清晰得很云云。翁折东心里就打起了鼓，怀疑是不是自己的那批货，若按三千块一台只能算中等也不能算昂贵，于是开始留心询问价格，回说是九千三百元！翁折东又佯说要看看画面效果，就看了货样，果然是自己倒腾的那批彩电！简单一算就出来了结果，除了给自己的那十倍，吴纳西这小子净赚了二十倍！原也想赚就赚了，反正自己也是赚，至于吴纳西的瞒天过海就由他去，只是从此看透了他，与他保持距离便罢了。不想他倒找上门来，大模大样地实施敲诈，是可忍孰不可忍！既不可忍那就给他些颜色看！

翁折东打定主意，找了几个商场哥们儿，向他们说明了来意并授以秘计，又准备好服装道具，便出发去赴吴纳西的鸿门宴。

吴纳西是要与翁折东一对一谈判的，见来了这许多人，又在衣着神态上各显怪异，不免惊诧，暗忖翁折东的用意，一番精细剖析便感到翁折东已与他分心，但分到何种程度一时还拿不准，还得进一步勘查。

“翁弟，这都是你的朋友？”吴纳西开始第一轮试探。

“什么朋友！商界无朋友！有的都是利害关系！”翁折东说得冷酷无情，有些恶狠狠，令听者不能不毛骨悚然。

吴纳西面呈不悦，他自认自己毕竟是翁折东的恩人，最起码是起步的助推，何至于冷酷如此，“那这些人与你结的都是什么关系？”吴纳西是将自己立为人际中心的，聚散离合的尺度得由他来定夺！关键时刻吴纳西绝对舍得一身剐，没有这个弯弯肚，他也不敢吃镰刀头！

“哦，这是我的保镖，都是少林功夫！如今钱多了，得注意自身的安全……”

翁折东特意强调了“钱”字，那是一个多维多层次的提示。

吴纳西深知翁折东的老底，就那批彩电而言，只不过是自己份额的三分之一，那也叫有钱？不过是招摇而已！于是出示一脸的不屑，“哎呀，这样张扬起来倒是招贼了！这年月还是收敛些比较稳妥，乱糟糟的。”

“正是因为乱才雇保镖，平时做保安，关键时除暴安良！”翁折东一派大侠气概，以加大挑衅力度，他是成心杀掉吴纳西气焰的。

吴纳西半信半疑，“哟，有那么厉害？”

这一问正中翁折东下怀，总算找到极好的表演机会，于是令他的保镖们展示各自的绝技，有铁砂掌碎砖、头断木板以及刀枪不入等等，都演绎得惟妙惟肖。其实这些表演均属魔术类，所用都是他们自带的道具，事先做好手脚，表演起来以夸大、张扬为主，一时骗过了吴纳西，其表情就是最好的注解，他是一会儿讪笑，一会儿失落，一会儿局促，一会儿惊怵，脸是红一阵白一阵，绝对是全身心入戏。

表演完毕，吴纳西有好长一段语言断流。不过作为命运的主宰吴纳西很快调整好姿态，他没有屈服的意向，依然操着居高临下的态势，“这样的人才固然难得，不过在法治社会是无效的，你这一套适合在动乱时代，可惜目前提倡法治了……咦？你让他们先回去吧，我这里没预订他们的饭菜，以后添人吃饭一定先知会一下！”

该轮到翁折东尴尬了，他不知是不是该打发掉自己的所谓保镖，打发了吧，那也太软弱，他是干什么来了？不是向吴纳西示威吗？就这么灰头土脸地撤了算怎么回事？示弱了？招安了？还是承认自己的恶作剧？可他还想得知吴纳西此番的意图，于是硬着头皮打发了他的保镖。

什么叫主宰？就是关键时刻抢占上风头！只要有一线希望就要重新派生、弥合、编织，再生一张大网，罩住所有的猎物，然后再去精挑细选。主宰永远是吃供尖、永远是高屋建瓴，永远是牵线的操手！吴纳西认定自己是主宰，他必须将主宰的戏份演绎得饱满、充分、顶级！他原本不过是个平民，满打满算再回到原始状态！有这样的心理状态垫底吴纳西一向是无所畏惧，就那么一路胆大心细地播种、守护、收获！

翁折东打发了那些保镖，对吴纳西徒生忏悔：唉，人真是怪物！竟是得陇望蜀、得鱼忘筌这些劣根的集大成者！跟着人家干一段，就觉得那是自己的能耐，自己也成了那一水准的人，于是觉得有愧于吴纳西。

吴纳西早从翁折东的肢体语言读出了他的忏悔，忏悔的真正原因是还想有求于他，可吴纳西深知雨后伞不须支、怨后情莫要送，于是阴着脸只管让服务生上菜。当然他不会整治翁折东，看在小旅馆同室的分儿他也不会，只是不会再帮他就够了，是好是坏由他去吧！

到底是翁折东沉不住气，“吴兄，你不是找我有事吗？”

“是啊！这不是找你吃饭吗？顺便看看这些西洋景！”

35

一段精心筹备，鹅裘时装广告晚会如期举行，盛况空前。事先广播、电视、报纸等同时发了广告，几万张门票被抢购一空。

筹备期间方自珍一直病着，这样由他担纲的男声独唱便落了空，为不使节目减彩，佫恪决定自己顶上去，事先也不声张，节目单仍印着方自珍的名字。另外，在佫恪的再三动员下，杲昊也承担了一项服装表演性质的双人舞，由冉红配合。她的服装是天鹅绒芭蕾舞裙，一尺六寸的纤纤细腰，将这一款鹅裘招摇得美不胜收。巴娜娜外披三角大披肩，内着一身水粉连衣裙，但她不做时装表演，只做节目主持。

晚会大幕终于在朔风呼啸的背景音乐中徐徐拉开，精心设计的灯光布景，在激光技术的配合下，推出满眼的冰天雪地，纷飞的大雪欺瞒着观众的视觉，就那么沸沸扬扬地飘落，一派光怪陆离的北国风光。

一束追光将美艳绝伦的巴娜娜推到台前。淡妆，高高的发髻，毛茸茸的天鹅绒披肩，簇拥着她白里透红的脸，又配以摇曳的水粉长裙。她先是简单介绍了天鹅绒制品的优点和制作过程，等于又做了一次广告。

此时，冷气已悄然开放，北方的春天乍暖还寒，大厅经过严冬超低温的长期浸泡，与外界的温度交换又比较缓慢，原本就冷飕飕，再配合着开放的冷气，其冰寒雪冷可想而知，观众已渐渐进入严寒氛围。

第一个节目是冉红领衔的集体表演，十种不同款式的鹅裘时装，分别穿在十名体态婀娜的模特身上，飘逸着颤抖着，抖出一天的洁白，宛似一群白天鹅在幻化翱翔。天幕上配合着映出正宗的北国风光，冷气也渐渐加大，防冷的条件反射，渐渐攫住了每一个观众。

一个节目下来，竟有人打起哆嗦。模特队撤回后台，冷气悄然关闭，灯光趁势全部打开。探照灯的高温又给大家带来一丝暖意，冷暖对比令观众产生一种错觉，正像广告里宣传的那种御寒的条件反射。冷冻之余的观众，看到那些毛茸茸的鹅裘服装，已是购买欲大增，竟到了欲罢不能的程度，瞬间就将柜台的成品抢购一空，当场没买到的也都签了预购订单。外宾预购数量更为惊人，一人就有上百件的订单。

又演过四个节目就该佫恪上场，巴娜娜按节目单报出了方自珍独唱。佫恪没穿正式演出服，上着一件略显肥大的丝绸白衬衣，外罩缀满金丝和铂片的天鹅绒马夹，下着黑色芭蕾紧身裤，手戴一双洁白的尼龙丝手套，手持话筒，神采飞扬地上了场。金铂马夹在灯光映照下，如同闪烁不定的石瑛精灵，丝绸衬衣随着气流的浮动，一如徐徐舞动的白蝴蝶，那步伐那神态，深度诠释了一个白马王子的风采，刚一上场就博得了雷鸣般的掌声，观众先被他的气度所服。

他随着前奏缓步走到舞台正中，转身给了观众一个剪影造型，此时灯光也配合着渐渐暗下去，天幕出现了湖水、瀑布、悬崖，这布景是他亲自设计的，当然，只有他和杲昊最理解期中的内在含义。接着一束追光打过来，他又是一个突转身，给了观众一个戏剧性的亮相，涂了发膏的卷发蓬松闪亮，轻妆淡抹的容颜生动灵秀，他对观众淡淡一笑，场内掌声又掀起了一个高潮，直到前奏收尾掌声才平息下去。

佫恪演唱的是晚会主题歌，杲昊作词，佫恪谱曲。前奏一结束，歌声即刻抛珠滚玉般向剧场大厅抛洒开去，他温馨的气流甜润的行腔，形成了一个强有力的振源，使每个观众都为之一震。歌声里镶嵌着沉重的回忆和明丽的憧憬，这是一支行进在人生之路的牧歌，那战栗于绚丽人生画面的旋律，形成高端审美陶醉，牵引着人们沉思世界赏析人生，使净明的思考闪耀出超越的光华！

“好！”炸雷般的喝彩将佫恪从沉醉中惊醒，心灵的通融又为他注入了新的激情。他沉思的明眸展示着一腔惆怅，微蹙的双眉托浮着满腹幽思，随着旋律的推进，他一会儿微闭双眼，一会儿又轻悠地转身，汪洋恣肆的表演已将他同歌与乐融为一体，当他激昂地放开喉咙，那响遏行云的歌声便会令人心潮滚沸，当他娓娓地含情低吟，那如诉如泣的行腔又会令人魂牵梦萦。轻盈的舞姿随歌词转换而彼此映照，凝重的情思因音符变幻而相互烘托，千种灵秀溢于仪表，万端浓情流于歌喉！行动敏捷，洒脱自如，精力充沛，神采多变，一副精灵样式，一举手一投足都牢牢地抓住观众，于有意与无意之间，统摄着观众的心灵！

一曲终了，掌声又一次潮水般咆哮奔涌，佫恪已回后台足足半分钟掌声仍未消减，不得已又出来谢幕。谢幕时他发现曹健坐在第一排，正起劲地为他鼓掌，旁边陪同的竟是热情洋溢的吴纳西。时而向曹健介绍着什么，虽听不到，却可以看出他的每一句话，都博得曹健的诚挚点头。

谢完幕佫恪又一次返回后台，发现万向权正惊慌失措地拉住巴娜娜，一时不知发生了什么，他便凑了过去。

“哦，原来是佫局长……出大事了！方自珍服毒了！生命垂危！”

佫恪得知了万向权的信息，迅速抓起一件外衣赶往医院。

扔下的场面，还得感谢吴计，她轻松自如地调度着，最后一个节目是杲昊与冉红的双人舞，内容是展示丑小鸭成长为白天鹅的艰难历程。

背景仍是佫恪演唱时的那幅，只是向上调整了一下，以湖水为主体。杲昊身着灰鹅绒超短裙出场，这是一只刚出壳的小天鹅，迈着笨拙的舞步，在淡蓝色追光下，于湖边怯怯地探视，不敢越轨。毛茸茸的服装和软嫩嫩的舞步，将天鹅幼雏的形象渲染得淋漓尽致。变幻的舞姿给人以空灵的启迪：自信是成功的第一秘诀！

小天鹅渐渐长大，怀着勇敢强健的心，坚定地翱翔在生命的领空。翻飞腾跃，逍遥于天宁的阳光下，踯躅停留，沉湎于大地的细雨中。

薄薄的烟霭从侧幕徐徐升起，景色朦胧苍茫，一派月迷津渡。随即追光缓缓地暗下去，雾霭渐渐浓起来，将杲昊掩藏于缥缈的云乡。

音乐戛然收尾，舞台一片静寂，只有飘忽的烟霭悄然散去。

出奇的静，这是大裂变后的沉寂。经过一番疾风暴雨的抢救，方自珍的生命终于重新启动，佫恪悬着的心这才落了地。就在佫恪万般庆幸之际，王大为却说，两天之内判断不出方自珍是不是会脱离危险，这就给方自珍的存活留下极大的不确定性。

面色苍白形容枯槁的方自珍，深深嵌进了佫恪掌管痛苦的神经，他将终生背负这一沉重的折磨。他知道那天杲昊投进他怀抱，方自珍就在门旁，佫恪确信那情景一定全息摄进了他的视网。方自珍每向自己表白他对杲昊的深情，都流露着一种痛楚的哀求，其潜台词是乞求他高抬贵手，而深陷妒火的佫恪给他的暗示却是绝不退让！那种冷酷他自己都不寒而栗，何况一个尚未成熟的小青年，可见是他害了方自珍！

护士给方自珍换上了病号服，他原来的一身衣服，因洗胃而脏得一塌糊涂。看着奄奄一息的方自珍被护士推走，佫恪的心又一次像被狼抓过，殷红的血将他的思维淹没了，他想不出该如何正视这件事，也看不到今后的路该怎么走。他呆呆地注视着方自珍被推进特护病房，这才六神无主地收拾着方自珍的脏衣服，他将亲手为他清洗。

突然，方自珍的衣袋里滑出了身份证还有一封信，那信正是写给自己的，他将信打开看到这是一封绝命书，更是一篇讨伐他佫恪的檄文！方自珍活过来便万事大吉，若他真是一命呜呼，他佫恪就在劫难逃！那可是人生的一大转折，仅仅是因为一次小小的幽会，也许他就得在监狱住上几年！命运的骰子在他眼前旋转，诠释着一念私欲起，百万障门开！

36

看到佫恪急匆匆离去，台下的倪莳萝便感到有变故。

倪莳萝绕到台后，将万向权叫到一旁，询问刚才发生了什么事。万向权绝不会放过给佫恪制造负面影响的机会，他夸大其词地说，佫恪与方自珍争夺杲昊，方自珍哪是佫恪的对手，方自珍服毒自杀正在医院抢救，生死未卜。又问杲昊知不知道这情况，万向权答，若知道了还能在台上演戏吗？其实杲昊对方自珍也是情深意长的。倪莳萝当机立断，决定在演出结束之后将杲昊接走，以实施隔离。

怎么接？以什么理由接？面对这棘手的突发事件，倪莳萝还是没有主张。于是电话急传屈子集，同时派了自己的专车前去接应。急急风般将屈子集接到了演出现场，杲昊的表演正近尾声，对此，屈子集是一百个不解，没有在煞戏的时候才请人看戏的，这又是演的哪一出？

看到倪莳萝一脸的伤痛与求救，屈子集这才感到事情的严重，为了尽快弄清事情的原委，屈子集只有直奔主题。

“这又是怎么了？跟塌天似的！”

“对！很确切！就是塌天！我现在只觉无可奈何，无能为力，无力回天！教授，你说我们每天都在传经布道的，又是传道授业解惑，又是什么人类灵魂的工程师，看上去冠冕堂皇高大伟岸，可事情到了关键时刻，却是什么问题也解决不了！这是不是典型的纸上谈兵？还是我们这个职业真就这么惨？”倪莳萝的神情深度诠释着他的无力回天。

“先把事情说出来……也好具体问题具体分析！”

“杲昊又遇上了难题，我这个毫不相干的人，又想救她于水火，却没有有效手段，而且我从旁插手，也有伤一个大学校长的光辉，这才有求于你，万望协助想出一个万全之策！”其实倪莳萝的难，只有他自己明白，他与佫恪、杲昊的隐约三角，才真正是他的心理障碍，这是唯一有损他光辉的核心，而他与杲昊的私下解约，又使他成了一个毫不相干的人。对此，屈子集绝对是局外人。

“又是小妹的事！怎么能说毫不相干？小妹无论发生了什么事，我们都应该无条件地伸出援助之手！”局外人就是局外人，因为是无挂无碍，很快就拿出了主意，所谓没有办法，就只能归结为投鼠忌器了。

“有你这话，我就有了底气……小妹那有了麻烦，目前她还蒙在鼓里，我担心她一旦得知，就会旧病复发，目前我只想让她躲开一段，若是能动员她彻底离开这里，调到另一个地方工作，也许有望彻底解决她的问题……可小妹是不是同意？能不能买我的账？弄不好我倒成了跳梁小丑！”倪莳萝真真是到了山穷水尽的境地。

屈子集这个局外人，倒觉得是极容易解决的，于是大包大揽，“这好办，我马上动员我的弟子伊腾飞，让他找一批同学，扮为杲昊的超级粉丝，等她演出一结束，就将她接到联合大学，连夜为她开一个庆祝会。第二天，让她休息一整天，然后再安排她从美学角度讲解鹅袭时装的魅力，让她在联合大学逗留一段。这期间我会向丹青求救，他也有意将杲昊调出这个是非之地，重打鼓另开张。他说心理疾病只要稳定三年五载就会康复，若就此康复，我们不是再造了一个杲昊？人类灵魂的工程师岂不名副其实？那可不是纸上谈兵了！其实我们再塑灵魂，就等于再造一个世界，这正是登高而招的举措——臂非加长，而见者远！”

倪莳萝终于有些释然，可要彻底拯救杲昊，却仍是任重而道远。重塑灵魂谈何容易？杲昊毕竟是快近而立之年，虽总是神经兮兮，却有了自己的世界观，而且还配合着大厚的外部世界，一个蝴蝶效应都可以形成一次飓风！不过杲昊已化为他的心，伤了杲昊，就是伤了他的心，就算是为了保卫自己的心，也不能一旁袖手！

看到自己的上司如此为难，屈子集是义无反顾，“倪校长，您请放心，这事我是责无旁贷！没有其他指示，那我就行动了？”

“好，好……尽量做得天衣无缝……别让那些盼着事大的人有理由幸灾乐祸……”倪莳萝的无奈终于嵌进一缕曙光。

屈子集带了倪莳萝的专车，先回到联合大学，夜半钟声地敲开了伊腾飞的宿舍，伊腾飞受惊不小，还以为导师发生了什么意外，于是惊慌失措地询问发生了什么事。

屈子集一路早编好了得体台词，“我们学校搞的鹅裘研究，已获巨大成功，销量空前！时装表演也大获成功，我想让你们去现场感受一下，然后再搞一个美学讲座。美充斥生活的每一个角落，可我们却是视而不见。殊不知靠了艺术靠了美，人生就不再是一种永恒的缺陷，何不去大大弘扬一番呢？”屈子集放大了他的号召力。

“好啊！”同学们一窝蜂地起床穿衣，都想一睹为快。

屈子集觉得去的人太多，就会有招摇搅扰之嫌，于是不得不又重编台词，“太晚了，交通又不便。我建议，只伊腾飞跟我去，你们在家等着，同时备好一桌饭菜，我把主演给你们请来，连夜先举行一个小型庆祝会，届时一并讨论美学讲座的内容，你们看这样是不是更妥帖？”说着掏出了一沓子钱交给舍长，“你负责准备！”

小青年们一看半夜有饭吃，都兴奋起来，吵吵嚷嚷提建议，有的说就在宿舍买些零食，有的提议到教室，免得搅扰了左邻右舍。最后伊腾飞建议，就到附近的昼夜小吃吧，既免去了劳顿大家，又热乎随意，想吃什么就点什么。各路定妥，屈子集便带伊腾飞出发，一路上屈子集将自己知道的信息，都说与了伊腾飞，又将如何行动也布置下去。伊腾飞心中有了底，善解人意的他，行动起来只会增色，绝不会减彩。

返回先见了倪莳萝，他听说有那么多人相助，先赞了回团队精神。

对于倪莳萝的信任，屈子集很是受用，因为倪莳萝为他出书的大恩尚未报答，虽说是君子施恩不图报，但知恩图报还是中华民族的美德，美德不是美学的重要议题吗？于是屈子集又大包大揽，“放心，这个美学讲座我们一定认真去做，令妹的讲稿我会亲自撰写，她需要讲多少次我就给她写多少讲，直到她讲烦了，或是又有了新课题！”屈子集一语多维，他相信倪莳萝会解出其中之味。

倪莳萝当然理解，他感慨万千地又派生了一个思路，这思路就是究竟什么能使人们最终达成统一目标？为什么有些人就那么心甘情愿地围着你，为你肝脑涂地，而另一些人却永远是命中的克星，这其中绝不仅是一个施恩的问题。他对杲昊的恩惠应是唯天可表，可杲昊还是与他分道扬镳，而佫恪就只能冠以命中克星了。

敏感的屈子集一眼看出倪莳萝的困惑，“校长还有什么觉得不妥？”

倪莳萝稍加思考，“你这个讲座的形式很好，可以调动很多人的积极性，大家共同探讨一个问题，这比只在课堂上填鸭式的灌输更有意义。既然搞起来了，这个形式就该保留下去，一个专题一个专题地搞，不妨更宽泛些，古今中外天文地理，凡是我们能涉及的课题都搞一下，既锻炼了教师的演讲能力，又历练了学生的思考潜能，将来一定会为社会培养更有用的人才，何乐而不为？”

“到底是校长，领军人物就是不一样！这个提议极为重要，从此改变我们的教学方式！方法论的更新，可以促成质的飞跃！我们学校的走向，已呈无可限量的趋势！”一个大弯，屈子集好歹把倪莳萝绕回了正常轨道，使彼此心灵的偏差安全软着陆。

37

万向权原本只想出人头地，以博得家人的欢心，尤其是父、母、妻、儿。他自认有个贤惠妻子，还有一个可爱的儿子，在严父慈母面前已够争脸，可自己却没做得人上人，这在父母那里就算不上达标。他一而再地努力，就是想让父母能因他而引以为豪。好歹行政上弄了个副处级副局长，这才稍有宽慰，无论如何可以从容面对家人。但他绝对不会就此止步，他还会继续努力，直至坐上广播电视局的第一把交椅！另外他还有更大空间，可以晋升为高级编辑，那可是教授级，不像妻子由于工作性质所限，中小学里最高职称就是高级教师，那不过是副教授级。

可自他被卷入吴纳西的蝴蝶效应，无论是眼界还是胸怀都陡然大长，原来世界竟可以这样不断拓展，人生还可以如此继续打造，他原来的努力，原始的设想，都从中找到了坚实的依据！他可以更富有，更有权势，而金钱与权势又可以互换互补，就像滚雪球越滚越大，直至像胡昌稷那样说一不二！尤其进入了吴纳西的圈子，等于是一步踏上了直通车！将来儿子上大学，不是任他选任他挑吗？

万向权自觉眼界和胸怀的拓展，首先体现在对金钱和权势的认知上，此番为吴纳西倒腾彩电，原没想去赚钱，只想为吴纳西效效力，博得他的欢心，以结成生死同盟。不想事成之后，吴纳西竟给了他五万元的小费，致使他拥有了自己的第一桶金！

关于对权势的向往，也还是建立在金钱的积累上，因为有了权，就会有自己的一亩三分地，有了自己的地盘生起钱来也就方便。像眼前的样子，有个佫恪挡在前面，屁大个事也得看着人家的脸色，这不仅是办事坎坷，简直就是心灵的摧残！原始还只是停留在碍事这个层面，可眼下就是芒刺在背了，已经侵扰到深层意识，不剔除就不足以平心痛。也就是说，原始是疾在腠理，如今已是痛在骨髓！

真是老天有眼，佫恪也总算有栽跟头现眼的时候，眼下的麻烦就够他抖搂的！方自珍的自杀，那可是他们争风吃醋的铁证，若方自珍从此走上黄泉，看他佫恪还有什么撇清的理由，无论如何那也该算是一桩命案！就算调查取证也够他折腾一阵，还想坐在那里指手画脚装老大，是万万做不到了！做领导是要有威信的，威信又不是硬性指标，那是深藏心底的东西，一旦失去那就是不可挽回的坍塌！

鉴于种种有利因素，万向权决定两条腿走路，首先将方自珍自杀的事件、原因、后果，都进行重新编辑、描摹、夸大，发动吴计等好事者暗地里大造舆论，造得无人不知无人不晓，一旦将来法律部门介入，那就是众口一词，证也证死他佫恪！还想赖在那里做领导那脸皮得多厚！

另一方面，他还得在上级那里大造舆论，让上级领导觉得广电局已是天下大乱，必须重新组阁，不然一个堂堂宣传媒体成何体统！广电局无论如何应该是个门面，有这样一个道德败坏的掌门人，还怎么在大众中树立可信形象！这舆论他不但要大造还要频繁地造，每天都定时给上面送上一些信息，直到让上级领导明白尽管他是省组织部部长的丈夫，也不能再姑息纵容！滚出广电局已是指日可待！

想好整治佫恪的路子，心中便渐渐升起飘飘欲仙的快感，同时伴生一种一吐为快的欲望。他自己也纳闷，如今怎么会变得如此歹毒，原始他并不是这样，遇事他都能以孔融让梨为榜样，从而他会赢得一份好口碑，随后他还会获得众人的尊敬和信任。就这么一路凯歌地走着，走着走着就走上了有出息的路子。写文章、当带头人，随之同样是换来高人一等的尊敬，还伴有物质上的优厚。所以他才赢得了好女人的青睐，娶了木子华，生了天赐骄子万木竞秀，更是拥有了上级领导的信任，连升了正科级、副处级，坐上了广电局副局长的宝座！

可自他进了吴纳西的视野，心境就渐渐翻转，觉得只靠小恩小惠是打动不了大人物的，那些小表现小让梨之类的举措，只能哄哄民间的百姓，或是眼界不大见识不多的人，而对于那些高需求大视角的人，就得利益空间要大，出手要狠，这才能博得人家一乐。就像对待宠物犬和野生大鳄，你送给宠物犬一块小干粮，虽不是很起眼，可那知情知义的家伙，也会冲你摇尾巴表示感谢。而你送给了野生大鳄尽管是一头牛，那大鳄也还是不满足，下一次要吃的指不定就是你！对象不同欲望自然也不一样！得个宠物犬，充其量冲你摇尾巴，若是得了大鳄，那收成可就是一张昂贵的鳄鱼皮，一条鳄鱼皮腰带值多少钱？一张鳄鱼皮能制多少皮腰带？这个账谁都会算！

其实付出多少全看你想收获多少，既然明白了这个道理就不必再兜圈子！可对于这个上级的选择，也还存在技巧问题，不能随便乱跟，那可不是剜筐里就是菜，更不是谁大就跟谁！俗语就说县官不如现管，首先得是同一个行业的，另外得是紧靠着自己级别的，就是行业主管，顶头上司！若是跨行或是越级，那不还得回过头来向人家主管求情？这一求，就坏事了！其结果还会有两个，一个是搪塞，另一个就是直接灭了你，因为这可是攀高枝，越俎代庖的恶行！是官场上最忌讳的！遇上心胸宽一点的，人家懒得理你，只是从此产生厌恶。若是遇上个心胸狭小的，当场就会将你消灭掉，别想再起死回生！所以，为今之计，只跟紧吴纳西就一定是一步一个台阶！

那就将佫恪的恶行一股脑倒给吴纳西，让吴纳西去拿大舵自行裁决，岂不是省事又省力，而且相当于借刀杀人！可怎么向吴纳西说才能收到最大效益呢？向上级反映问题也存在技巧，既要说到要害，又不能让人家看出你是在为自己谋私，可自己的这个位置不好，一开口就有谋私的嫌疑！不过细想想，接受汇报的人也有所不同，有人喜欢直截了当就说这是真诚直率，也有人喜欢绕弯兜圈就说这是策略。据观察吴纳西就喜欢直截了当，这倒很合自己的胃口，不过具体措辞还得讲究。长期的交往中，他发现吴纳西也是很主观很自我的，哪容得下别人的四棱八翘！目前他之所以博得了吴纳西的欢心就是听话好使，他从未在吴纳西面前表白过自己的主张，凡事他都是表现得一切行动听指挥，或是逢问必答而已。此次，对佫恪的问题可是要拿出自己的意见的，这就不能随心所欲，更不能信口开河！那可是省组织部部长的丈夫！

咦？何不先向家庭参谋木子华请教？于是将妻子叫到身边，把自己的想法和疑虑都说与她，又诚诚恳恳地要她出点子。

木子华说，你得先理顺你的终极目标是什么，是想独树一帜搞个什么思想体系，或是什么发展观之类的，为全社会谋福利，那你就去争那个一把手！若只想得些好处占些便宜，那就完全不必去争那个一把，当二把就很好！不操心不费力的，有事还有人在前面屏着，完全可以只管自己门前雪，不管他人瓦上霜！说到此，木子华戛然而止。

万向权看到木子华似乎画了句号，可听上去却很不受用，“这不是毁辱我吗？虽弄不出什么思想观点的，大丈夫怎么也得建功立业呀！”

“怎么样？面对面还产生歧义呢！更何况前面横着那么多大前提小前提，怎么能不错位！你还敢多嘴多舌？”

万向权彻底折服，那就听妻子的，以静制动！

听说胡昌稷的次子已决定留学，还得借机有所表示，就送他个松下摄像机！狡兔三窟古已有之，那可是规避风险的最佳保障，况且胡小龙私下里跟自己的交情不错，正好为儿子万木竞秀将来出国铺铺路！

38

千山万水的联络紧锣密鼓地筹办，胡小龙利用陪领导出国之机，蹚好了自己留学的路子。他联系到美国一所州立大学，属社会科学。胡小龙立志走仕途，可特殊的家庭条件，特殊的历史环境，将他的好梦粉碎得七零八落，此番出国让他大长了见识，从此明白一个硬道理那就是一切问题自己扛！留学费用他也不想跟父亲要很多，只要个启动资金，日后他也会如数奉还！大学旁边就有个罗森清洁公司，专卖一些高精尖的清洁产品，由于产品前卫而且环保，所以卖起来也很畅销。他打算课余就去推销这些产品，佣金是百分之十的提成，完全可以保证他的学杂费和日常消费，若努努力还会有更大的赚头，成为小富也是指日可待，同时他还可以借机对美国社会做全面调查，这也是未来搞管理的最大财富！一番积极筹备，胡小龙办齐了一切出国手续，不日将择机启程。

面对即将开启的新生活胡小龙一派欢欣，兴奋之余满大街闲逛。正在他辩证反思之际，忽听有人喊他，循声望去却是广电局副局长万向权。

“小龙，这回可真要远走高飞了！以前我们千百次地幻想，这回总算变成了现实，心情空前地好吧？”万向权不由自主地近朱者赤。

“没看我毫无牵挂地穷逛吗？我得把每一条街、每一个角落都印在脑子里，这一去不知多少年月才能回来，弄不好就永远再也见不到了！”胡小龙兴奋中透着伤感。

“怎么会？指不定日后出国就像一次平常的出差。你看我给你带来了什么？”万向权挥挥手中一只精致的小箱。

“索尼？一定是小型摄像机！”

“好眼力！最新版的掌中宝！何不将这些景全录下来带走，不是可以随时抚今追昔？”万向权随即将摄像机取出。

“太好了！还可以把老爷子的形象录下来，想他老人家了就放出来看，你真是想得太周到了！朋友多了，就能弥补生活的缺欠，到外边没有了你们的关照，我会很孤独！”胡小龙带着几分伤感几分失落，“你若能跟我一起去该多好！”

万向权一听，觉得这可是个极佳机会，于是以极随意的方式透露了自己的愿望，“好啊！再过几年你在国外立足已稳，我儿子万木竞秀也长大一些，让他跟你去国外留学，然后我就去看你们，这也是轻而易举的事！再者，像你这么优秀的小伙子，走到哪儿都会有人情愿帮助！”

两个人突然都变得严肃了，一种重大转折面前的崇高感，使他们从自卑琐屑的囹圄中跳出来，责任感、使命意识一如迎风的大帆。他们先是来到了最繁华的香港街，胡小龙当然不会知道，他伟大的父亲就在这里跌进了吴纳西的蝴蝶效应，未来的席卷尚不知会出现多大的塌陷！他的出走也许是祖上的阴德，他终于可以安全逃逸不用为塌陷所累。

胡小龙轻蔑地环视着眼前的群氓阿斗，庆幸自己生来就高出他们一筹，不用混同于倾轧与哄抬，这得感谢自己伟大的父亲给他搭建了这个登天的平台。如今愈加天上人间，他就要介入的美丽天堂，更是他们永远不可企及的。胡小龙又将目光投向乱糟糟的现实，不由感叹唏嘘，悲天悯人，唯独替自己庆幸，一时竟与万向权的步调错位。

“想什么呢？快开摄吧！一会儿太阳下去，摄出来色彩也不饱满！”万向权见胡小龙迟迟不动便催促着，“咦？不如我来为你摄，连你一同摄进去，拿到国外还可以给新朋友欣赏！”万向权说着打开了摄像机。

摆好架势两人一前一后，胡小龙的形象以街市为背景全景式摄进镜头，胡小龙做演员状，完全像个身负重大历史使命、胸怀国家兴衰的志士仁人，于街头缓步徐行，一会儿仰天长叹一会儿又低头沉思。万向权像个忠实的御用史官，将胡小龙的光辉形象完整翔实地记录了下来。

几条主要街市都摄录下来，天色已是渐暗，天边又浮上厚重的阴云带着雨的气息。有人认为春雨贵如油，有人却认为春雨让人愁，胡小龙站在苍天黑云下，品味着同样的天气不同的感受，又弄懂一个道理，那就是感受不过是心境的衍射！谢谢上帝，让他永远都是好心境！面对表层的轰轰烈烈，实际上却是物价飞涨的格局，胡小龙感慨万千，内券外债，贪污腐败，这是看不见的内伤，运动员外流，大明星外嫁，这是看得见的外伤，似乎这个国家就与他们无关！此番他外出留学，是不是与这些人是一路货色？是啊！他到了一个世界上最富庶的国度，浏览幽深的科罗拉多大峡谷，观赏壮观的尼亚加拉大瀑布！那种天之骄子的良好感觉，真真是太惬意了！可他会用智慧和汗水，给国人一个答卷！给国家一个惊喜！他会以实际行动宣称，他不同于那些只顾自己的人！

“天黑了回去吧！”万向权看到大雨将至，收了摄像机交与胡小龙。

“谢谢你的厚礼……等万木竞秀到了留学的年龄就去找我，我会好好待他，让他成才！”胡小龙一派发誓。

苍天大地皆无意，万向权所要的就是这句话，他死死拉住胡小龙的手，每一个细胞都张扬着再生意向，他只说了一句大恩不言谢，然后就是涕泪涟涟，一派别无所需。

告别了心满意足的万向权，胡小龙急匆匆回了家。

一进门便看到父亲正在为他烙肉菜大馅饼，嗞溜溜的抽油烟机下顶着一头大汗，眼镜因有汗水已滑到了鼻尖。这一市之长，为了儿子竟弄成这副狼狈相，胡小龙不免一阵心酸，“爸！你何苦做得这么辛苦！”

“儿子回来了？我老早就开始烙馅饼，你小时候专爱吃爸爸烙的肉菜大馅饼，有好多年不做这玩意儿了，现在可能做不好了。不管怎样你要走了再给你烙一次。”说着泪水打湿了镜片，这影响了他的视线，用带面的手擦了一把，镜片上又挂上了面，不得已把眼镜摘了，满脸的泪痕便暴露给胡小龙，一派风萧萧兮易水寒的凄楚。

“爸，你可是过五关斩六将的，现在是怎么了？婆婆妈妈的，叫人看了多揪心！”胡小龙也泪光闪闪，那是游子对老父亲的由衷牵挂。

胡昌稷咬牙把泪水咽了下去，他烙好了最后一张饼，关了火，把饼摆上餐桌，桌上琳琅满目已有十个菜，胡昌稷耗去了一天的宝贵时光。

“爸，我们就俩人，做这么多菜能吃得了吗？”

“今天得空闲，临走前爸亲手给你做十个菜，你妈就喜欢十，她说十象征着十全十美。”胡昌稷略顿，“这也算她给你的一份祝福！”

“爸爸，你这不是挺在意我妈的吗？”

“我怎么不在意！是她太闹腾！来来来，尝尝爸爸的手艺！爸爸是官差不自由，你想吃我也顾不上做！”胡昌稷说着带头上了桌。

胡小龙打开摄像机为父亲摄像，连同他做的菜肴和肉菜大馅饼。

“唉，录这个干什么？过几年我化了灰，你看着不害怕？”胡昌稷又是一派伤感。此后他将独自面对一切，包括他的最终化灰。

“爸爸，怎么净说些丧气话！我出去留学是好事，你应该高兴才是啊！”胡小龙一阵心碎，为父亲也为自己未卜的前程。

“孩子，只有你好了我才会觉得好，你浮着我的心就吊吊着……也许这是我为你做的最后一顿饭了！”泪水又一次雨帘般覆盖了胡昌稷的脸，“你出去可要好自为之，你看国内还有多少青年没有书读，你却得天独厚跑到国外去……咦？你手上的摄像机哪来的？”

“万向权送的，到国外想爸爸了，就可以放出来看！”

胡昌稷沉吟良久，破天荒没有表态。

39

屈子集的救助意识是深藏骨子里的，也许是雕琢、塑造这些概念的长期积淀，一见到不成规矩方圆的，潜意识里便张扬起救助意向。

接回了杲昊，屈子集便马不停蹄，将杲昊交与伊腾飞接待，自己连夜为杲昊编写讲演稿，以便在杲昊休息好就能备课，择机安排讲演。同时发信息向丹青求救，第六灵感告诉他只有丹青能从根本上挽救杲昊。

心里有了底，便全神贯注于讲稿的运筹。让她讲些什么呢？当然最好是一箭双雕，既教育别人也教育她自己，那开题就让她先讲人生。

人生——其实这是个大主题，人人都在关心可谁能彻底诠释呢？叔本华的悲观人生、尼采的强力意志、弗洛伊德的精神意识、荣格的性格心理、马斯洛的人本主义、阿德勒的个体心理、海德格尔的自我设计以及萨特的有意识创造自身，都没能包打天下！那就不去引经据典，就纯纯地讲述自己的感受，既经济又实在！

纯谈感受又容易流于肤浅，那就得精心设计，从逻辑和流程结构上多下功夫，来一个不引经的引经，不据典的据典，感受中透着哲理，哲理中推出感受。得别出一格这才能引起重视，引起了大家的重视，反过来又对杲昊是一种强刺激，强刺激下她就会更好地接受关于人生哲理的引导，这样才会形成一个一箭双雕的良好格局。

想好路子，屈子集便开始下笔。

人生之路要历经三个阶段，第一阶段是奠基，就像大家的现在，学习、积累、储备，铸造足够的一技之长，能独立作战又能独当一面，若能有所发明创造就更好！

有了这一技之长就要开始选路，要与自己的一技之长挂钩，否则就会造成人才浪费！人生苦短稍有浪费就有可能泯然众人！这是第二阶段。

第三阶段，攀登。选好了路一直攀上去，这才有望达到光辉的顶点！

怎样才能达到光辉的顶点，成为天才巨子呢？天才的造就需要三个条件：最前沿的新鲜信息、最新式的方法论、最多元的强刺激。

最前沿的新鲜信息，就要求天文、地理、人文、科技无所不涉，比方天文，你得知道10－维膜、11－维超引力、超弦、黑洞这些概念等等。

方法论的更新，可以促进质的飞跃，计算机的出现横扫了一切旧秩序，世界为之一新！致力思维方式的更新，就会拥有一片湛蓝的天！

刺激为什么要多元？为什么要超强？因为接受了强刺激的人，头脑中的苯乙胺会骤增，苯乙胺是脑细胞活跃的昂奋剂，兴奋点需要在共鸣的前提下产生，所以这是个共鸣和振聋发聩的问题！

攀登这一环最为重要，需要决心、勇气、定力！为什么很多人都在攀登，可到达光辉顶点的却寥寥无几？重要的就是决心、勇气和定力。

上帝对亚当说，说了什么？一会儿再说，先说说上帝。

上帝是谁？公元前568年巴比伦人将大批犹太人劫往巴比伦。被俘期间犹太人不甘心侮辱和虐待，便形成一种救世主思想。后来巴比伦被波斯所灭，犹太人回到家乡耶路撒冷建立神权统治，上帝耶和华神便得以确立，可见上帝耶和华便是犹太人中的大英雄！

怎么又发展为耶稣基督了呢？公元66年，巴勒斯坦的犹太人不满罗马帝国的残酷统治发动起义不幸失败，基督耶稣被犹大出卖钉在十字架上。可见，他是个伟大的战斗英雄！那么上帝是不是万能？且去问问伊甸园里的蛇！这条蛇是上帝造的？还是外来的？为什么恣意恶行？上帝造的？那他不善！外来的？那他无知！没扼制蛇的恶行，那他无能！

好，下面接着说上帝对亚当说了些什么。

上帝对亚当说，“我没有给予你特别的形式，你是唯一不受限制的并能采用和选择你的意志所决定的东西，为了你的荣耀你应该是自己的主人和建造者，你可能退化到动物，也可以上升到神性的高级阶段！”

这就是说，人能成为自己希望的东西！因为人的非完善性、开放性、内在的无限以及不可把握，同时并存于人的活动和变化过程！

那很多人为什么没成为自己所希望的东西呢？那是因为外面的世界太精彩！那就充满太多的变数！稍不留神，就是落花流水春去也！

爱因斯坦说，上帝不掷骰子。史蒂芬·霍金却说，上帝不但掷骰子而且在看不见的地方掷。因而宇宙是个极随机的大赌场，一个蝴蝶效应也许就会将现成的格局弄得面目皆非，因而，命运的无常就在所难免！

这就临近了关键问题，就是如何面对命运的无常，如何把握无常的命运！这就需要道、德、能的全方位储备！有了这些刀枪剑戟，才能迎战来自四面八方的拉扯，包括不易被发觉的蝴蝶效应！

为什么《礼记·学记》强调，燕朋逆其师，燕辟废其学？就是因为教之所由废也！为什么荀子在《劝学》中也指出，君子居必择乡游必就士？那是为防邪辟而近中正！这就是防微杜渐，这就是抗拒蝴蝶效应！

孔德之容，唯道是从。道之为物，唯恍唯惚。

唯恍唯惚的道，谁能把握得了呢？谁把握得了，谁就能得道！得道者才能无所不能！夫唯不争，天下莫能与之争！

人生最为重要的首先是立志，因为开放、内在无限，所以每一个人都无所不能！可那得坚信最终的成功，不能轻言放弃！是为信心！

然后是把持，是防微杜渐，拒蝴蝶效应于门外，不为外力而半途偏离目标，那叫差以毫厘失之千里！是为勇气。

最后就是定力，始终不渝地坚持……

写到这儿电话响了起来，屈子集看看来显，知道是丹青打过来的，丹青说他收到信息就从省城出发，眼下已进了城区，很快就到联合大学。

出门见了丹青，如同见了天降救星，心中一派开释与解脱，急切中突然想到门前就有个昼夜小吃吧，到那去吃碗热汤馄饨或是热汤面，都不失为一个好选择，于是带着丹青去了昼夜小吃吧。

“叫你来！就是商量呆昊调到哪儿才合适，比方若能调到你们出版社，将来很可能就造就一个极好的作家！”屈子集开门见山。

丹青善意地笑笑，“出版社是造就编辑的，天天埋在文字堆里为他人做嫁衣裳，恰恰就扼杀了一个人的创作！另外，目前出版业正处于低谷，影视的发展大大冲击了纸质读物，没看社会上大多是刘项生来不读书！我自知没那个能力去力挽狂澜，所以正打算归隐山林呢……”

“归隐？不好！我们得掮住魔鬼的闸门，怎么也不能让青少年遭受蛊惑！我们不是灵魂的工程师吗？”屈子集特急。

“掮住自然是好，可各人条件不同，需要出示的力量也不同，你是教师，很多人等着你去塑造那是硬性的，不存在开不出工资的问题，那是悠然见南山的事！而出版社则不同，就算是掮着塑造的任务，那也是软性的，重要的是得合人家的口味，还得自谋生路，那就是厄然见南山了！人生苦短，就想到转型换一种活法，到深山老林去著书立说，走曲线救国的道路。恰好家乡又在包山包地，包下一块经营着就不用愁吃愁喝，腾出手安心地著书立说！”丹青将事态分析得特透，前景也规划得十分靠谱，一派稳坐钓鱼台的定力，唯独没有再提呆昊的事。

这令屈子集十分惊愕，想不到他心中的偶像居然也是满心装着自己！凭屈子集的思维速度，顷刻间漫天的自私、自我、自恃、自得、自负、自封、自居、自命旋风般紧急集合，将丹青全方位覆盖！被一种陌生感驱使，屈子集起身走了，连账都没付，万般无奈地去另想他的辙。

40

从医院回到办公室，佫恪开门吓了一跳，里面坐了一个人，昏暗中佫恪第一反应是向他索命的方自珍，可开灯一看是省组织部部长曹健，她正坐在靠背椅里打瞌睡，见佫恪打开灯才清醒过来，她定定地看着佫恪不再像以往的热切温柔，几乎淡化了夫妻概念，完全一种高官态势。

“怎么才回来？晚会不是早散了吗？”一派母训子。

“我又有一些事……”佫恪的沉重就像癌扩散，将他整个毁了！

“你哭了？别难过，你就要解放了！”曹健冷冷地。

佫恪一震，他迷惘地盯着曹健，一时没弄清她的意图。

“你就没看出我有什么变化？”曹健声音有些颤抖，那是一种强者的跌落，具备极大的碎裂感，这感觉冲击波般四处扩散，佫恪难逃波及。

佫恪极力压住阵脚，“好像只是胖了些……这与解放有什么联系？”

“我怀孕了，我信守诺言，给你开解放证书……”曹健满眼泪痕。

佫恪一如打碎了五味瓶，酸甜苦辣咸顿然潮水般将他拍进窒息。解放？用自己的自由换取自己骨肉的沦陷！这表示一个无辜的小生命起步就先天不足，心灵的、行为的乃至牵连着外部环境的，生来就必须在泥潭里挣扎，而这泥潭正是由他父亲亲手布下的！父亲，这概念应该承载着什么？远不是原始想象的那么简单！重大的责任感、使命意识几乎将佫恪压垮。他下意识地拉住曹健的手，另一只伸向曹健的腹部。

曹健恨恨地，“你别碰！别让孩子感应到你的气息，我可不想让孩子也像他无情无义的父亲！”说着曹健呜呜咽咽，其悲情感天泣鬼。

到这会儿，佫恪的泪才找到了突破口，一发不可收拾。

佫恪颓然退到床头，泪线难断。为自己的过错，为这过错累及的无辜——方自珍、杲昊、曹健，还有自己的骨肉。

众多的因素中，最为重要的就是方自珍，至今他尚未脱离危险，是不是能从死神那里逃回还是个未知，就算是成功逃离，是不是能留下后遗症也很难预料，面对生死相许的方自珍，怎么能再忍心去与他争夺杲昊呢？他只有速速离开这个是非之地！等方自珍一出院，又证明没有任何后遗症，他就立刻离开。

另一个因素就是对杲昊的牵念，他看出杲昊的心只装着他佫恪，十几年如一日，她的悲切、迷失、伤痛、跌落，没有一款不是因为与他佫恪的聚散离合！此一去他还能再见到她吗？在没有他的日子她会怎么样？还会完整地活着吗？是不是会像他那样，整个就是一个玉碎！

再一个就是为自己的骨肉，他居然在不经意中做了准父亲，父亲这伟大的概念，他配吗？一开始他就玷污了这高洁的名词！从内涵到外延整个都是在亵渎！一个最根本的原因就是他的松口！如果当初他下死决心，不跟妈妈走，就死守在杲昊身边，这残酷的错位还会发生吗？如果他的调查再彻底些，或是再延长些，他一定会发现杲昊还活在世间，一切就会是另一番天地！如果他再坚定些，不为曹健的纠缠所动，就不会有今天的后遗！那活鲜鲜的小生命，似乎正嗷嗷待哺，他仿佛看到那满负荷的期待，期待他的呵护，期待他的父爱！一旦同曹健离婚，这可怜的小东西就只能有两个结局，一个是生来就没有父亲，另一个就是被活生生扼杀在妇产医生的刀钳之下，取而代之的却是一摊血肉模糊！那可是他的精血、他的基因、他的骨肉！

最后就是曹健，他之所以将曹健排在最后，就是因为她比较强，用不着他的眷顾，也用不着他的呵护，更用不着他的怜悯。离开他，开始她也许会有些伤感，可那伤只是浅层的，就像擦破点皮，很快就会在各种拍马强手中得以康复！如果她杀了他的骨肉，腾出地方她还可以再怀孕，只要这世界上还有男人，她就不会寂寞。如果她高抬贵手，放了那小生命一马，她还会独享天伦之乐，独享做母亲的伟大豪情。他对曹健什么都想过了，唯独没想到她也有杲昊一样深切的爱情！

“得了，别那么悲悲切切的，我这不是已决定还你自由了吗？你还有什么要说的，趁着我还有理性……”曹健完全一种赴死的冷彻。

佲佲对这冷彻十分不解，是嗔，是怨，还是恨？

凭曹健的细致入微，佲佲的每一丝微妙变化，她都会明察秋毫。嗔怨恨固然是有，可在曹健心里绝对不是主旋。世人都用自己的尺子去丈量世界，可见你佲佲对曹健自然是满心的嗔怨恨，可曹健的回应却完全是否定，不然十个佲佲也灭你没商量，何必还要温良恭俭让地去还你自由！这世界多数人都是以一己为圆心，以一己的利益为半径去画圆，而且又将这一原则辐射出去，自以为是放之四海而皆准！

唉，罢罢罢，这些话一旦说出来就变成了强词夺理，谁还会依你的立场和感受去理解问题呢？尤其是那些心中没有你的人，当初她是负着多大的委屈去巴结佲佲，就她的心性、她的自尊、她的高傲，哪一项都不允许她低三下四，可为了自己的心，为了那一点点至诚的爱，她觉得怎么做都值了，这才感化了佲佲。可那一点点爱，却是融了她生命的全部才凝铸出来的，就那么毫无条件地给了佲佲，她没指着报答连换取都没考虑，就那么无私无畏，那么无愧无悔！

由他去吧，只要做到问心无愧。当初的付出，总算换得与他同床共枕，这也算值了，况且腹中还有了他的骨肉，日后能与他的骨肉相依为命，也该是一种欣慰。当她见佲佲的第一感觉就是魂飞魄散，不然她也不会从高处跌落下来。更为糟糕的是，那以后她就陷入朝思暮想，昼夜不得安宁，有一段她竟是精神恍惚，自觉快要魂归离恨天。原本打算就那么克制着，暗自吞下所有的苦，等待时过境迁。可潜意识里却跳动着无数佫恪的精灵，搅扰得她几临崩溃。也许是她的强力意志令她奋力一搏，她想出了用冰激凌一激的策略，不想一举将佫恪降伏。沿着这条路终于走上了有情人终成眷属，只可惜那是单向的，她来不及考虑佫恪的感受。那以后，她是高浓度享受幸福，高密度品尝爱情，一时跌入蜜糖的浸泡。也许是过度靡费，出现了消费空头，一夜之间，出现了最长的瀑布——那是一落千丈，遭遇了最反常的天气——绝对的晴天霹雳！杲昊居然还活着！曹健不愧为强者，关键时刻她可以迅速转身，情急之下她能够杀伐决断，瞬间便做出决策，放他去见杲昊！

这首先是个考验，看看佫恪心中的砝码，是曹健重还是杲昊重！当她确认自己已经怀上了佫恪的骨肉，她又设置了此次考验，在佫恪那里是杲昊重还是他的骨肉重！若两次都输给杲昊，她就认了，从此敬重佫恪的用心专一，毕竟杲昊是他的第一情人，若他能置亲骨肉于不顾，仍痴心不改地守候他的爱情，那也是令人肃然起敬的！

至于她曹健的苦难，以及自己骨肉的沦陷，就由她一个人来扛，心中有了大爱，便是顶天立地的擎天大柱！曹健自认自己是！她能为数以千万计的人谋福，就不能呵护自己的区区骨肉？

做好一切准备，她将自己的棋盘端给了佫恪，原以为佫恪会兴高采烈，会一刻不等地去同她办离婚手续，不想佫恪竟是悲天抢地，其沦陷程度不亚于她的初始状况，可见自己也是拿自家的尺子去量世界的。

为了确认佫恪的态度，曹健又发起新一轮试探，“此次前来就是为了实施诺言，明天就去把手续办了，你就可以轻松上路！你可以不必再回省城，凡属于你的东西我会派人给你送过来，从此天各一方……”

佫恪没作声，曹健上前推推他，他已含泪睡去。

41

成就感、成功意识，于幻象中将杲昊送上峰巅。她抖搂了有生以来的积尘，空前轻松地翻阅了自己的履历，她认定那是一份宝贵财富，有了这样的苦难垫底，她还有什么可畏惧的！那里有经验、有教训、有借鉴、有助推，刀枪剑戟样样齐备，退可防守、进可攻坚，这些本钱是花巨款都换不来的！不然怎么就会有身在福中不知福的告诫、吃亏是福的劝慰、福祸相依的辩证、塞翁失马的提醒，这些高论都是为具有她这样阅历的人准备的，千万不可等闲视之，更不可靡费、轻慢，以辜负了这些宝贵的人生警示！车到山前、物极必反、苦尽甜来、天公不负这些黄金视景，似乎为她铺排了一路锦绣，她必须抓紧时间在这锦绣征程迅速攀登，以挽回往日无谓浪费的青春韶华，她毕竟快近而立之年了！

一觉醒来，睡梦中的意念，似乎已经固化为坚实的座右铭，杲昊空前昂奋，她准备以此为界，忘掉过去重新开始！

忘掉过去虽有些难，但她也必须得忘！细想想，过去所谓放不下的就是一个情，她承认佲佫是她的唯一，在没有佲佫的日子，她活得天昏地暗，她过得如同烂泥，可她毕竟度过来了，有了适合自己的工作，可以展示自己能力，可以确立自己的丰碑，那不也很自我也很自尊吗？况且佲佫已有了归属，论能力、论地位，曹健都高出她一大截，这对佲佫的发展绝对是铁板保障，他可以在曹健为他铺排的锦绣前程上一路扬帆！佲佫的发展不正是自己所期望的吗？应该承认，在曹健的势力范围内佲佫绝对是宏图大展，在曹健的影响范围内他又可以得心应手，有了曹健他铁板平步青云！可到了自己手里佲佫的路就会变得曲折坎坷，即使能登上高位，那他也得亲自去奋力拼杀，很可能就有一半的精力耗在披荆斩棘上，就算成功了人也耗空了。她怎么能以一己的私利置他人于不顾？既然是倾心相爱就得为对方多考虑！再者，她看出曹健的爱也不比自己的差，从曹健的关心程度就可管中窥豹。离开佲佫的日子，她是不是也会天昏地暗？既然如此，不如一切问题自己扛！

正恍兮惚兮思前想后，伊腾飞给她送来了屈子集一夜草就的讲演稿，这又是一个强刺激，原来她并不乏关心的人，只是她一心用在佲佫身上，就将一切都屏蔽了！仅仅一夜，这位才华横溢的教授，就铺陈出如此有分量的华章，那是多少心血的付出？那一定是他生命琼浆的挥洒，那一定是他精湛才智的凝固！于是用心阅读起来。

一经纵心跃入便是一派教化！杲昊的心田忽如一夜春风地长出了一畦畦鲜活与葱嫩，人原来竟可以这样活！可以重塑，还可以换一种范式！

以前她心里没有这个概念，她几乎确认一切都是命运的安排，命不可违，她生来就是受苦，就是为别人垫底，象牙塔尖永远属于别人，她便紧紧抓住佫恪这个唯一，于是她偏执、她迷惘、她单向思维。为了捍卫这概念性的唯一，她倾了生命的所有，那巨大的耗散，削弱了她的智慧，衰减了她的潜能，凋零了她的青春，荡平了她的锋芒，就那么死去活来地炮烙着，顽固偏执地坚守着，只等生命末日的到来！

后来，经过岁月流逝的伟大冲洗，她的痛渐渐平复，她的伤在悄悄愈合，没有佫恪的日子她也能挺得过，能思维会创造，由此派生的金碧辉煌的硕果，滋养了她几近干涸的心，之后就形成一个良性循环，她的智慧、她的潜能、她的青春、她的锋芒，这些生命中的重要元素，随即开始次第复苏，在这个良性轨道上趋于正常运行。

不想佫恪再次意外出现，从而打破了她艰难建起的平衡，瞬间她又跌进生命的低谷，向着最底线俯冲。炮烙、煎熬、折磨、摧残，这些负面意向吃水海绵般鼓胀，又一次将她挤进无间道。幸亏还有诸多友情托浮，更有各种高端哲理的提升，她这才能在光明与黑暗中往返沉浮，这才还能时明白时糊涂地坐地沉思，没有很快被毁灭。

而自她结识了丹青，他推心置腹的劝解，更是令她振聋发聩，往日被多层包壳裹着的灵识，似乎瞬间得到了全方位解放，超脱、顿悟、遥感、禅定，这些非常规潜能一夜之间发挥了作用。这些潜能托她见了苍天，当她俯瞰大地才看到人间竟是个万花筒，瞬息万变苦乐难定！这些力量推她立足大地，当她仰视虚空才知道宇宙是个能量场，万法归一同出而异名！于是，她弄懂了酸甜苦辣都是营养，喜怒哀乐均为情感，聚散离合皆属缘分，成败荣辱悉系体验！

如今她终于能收了分别心，一视同仁地去看待人间芸芸，察今则可以知古，察己则可以知人，罢罢罢，从此放下佫恪，重选自己的路！

她匆匆阅读了屈子集的讲演稿，又是一个振聋发聩，似乎每一个字都是为她专设的，如同一剂通窍的汤药，处处针砭她的弊病，又如一汪醒脑的甘泉，时时养疗她的心神。她顿然有了脱胎换骨的萌动，这萌动推着她翻飞腾跃，去尝试天空，去验证大地，去体察生命，去品味人生！

她抬眼看到伊腾飞仍站在那里，心中有些不忍，"只顾看教授的华章了……劳得大家一夜不得消停，请坐啊！"杲昊指指旁边的椅子。

"我们最大的幸运就是选择了屈教授，他会用他的智慧托浮你一路飙升，几天就换一个人！什么是大师？大师就是能改变别人的一生！"

“是啊！人为什么会有如此之大的差别？”

“其实人原本是一样的，只是后天的打造千差万别，于是逐渐地分道扬镳，老师的论点正在于此！关键的关键就是对目标的坚守！你想成为神性的精灵吗？那你就可以驾驭命运，你甘做芸芸众生吗？那你必须听从命运的安排！”伊腾飞斩钉截铁。

“畯？那你是什么目标？”杲昊早把栏杆拍遍，欲说还休。

“仕途！我毫不掩饰就是要做官，哪怕是个微不足道的公务员！我就是要蹚这道水了！”伊腾飞满负荷强力，一派置之死地而后生的样子。

“匪夷所思！时髦文人都在效仿郑板桥之类，不屑与官场为伍……”

“绝对假清高！那都是碰壁之后的假戏真唱！就没见一个因提了官而满心沮丧的！都是被贬了才声称归去来兮，那是不得已而为之，或者是吃不到葡萄就说葡萄酸！当然也有不愿意做官的，那不是不屑，而是没有为官之能！就算老子也是一样，他是无能为力于当时的乱世，只能纸上谈兵地说了他的道！他为什么不拿他的道去匡时济世？是因为当时的局势做起来很吃力，那就不如找个更适合自己的事去做！”

“这说法是不是有些偏激？”杲昊不以为然。

“绝对切中要害！所谓不屑不过是掩盖虚荣，是败阵的托词！你那个郑板桥为什么不与人家为伍？嫌人家下作卑鄙是不是？那何不掀翻他，自己去占领那个位置？那不就可以高扬他的高品位了吗？何必还要犹抱琵琶半遮面地假唱什么不屑，不齿的！”伊腾飞一路宣泄。

“有时是寡不敌众！一时又形不成强势……”

“是啊！那不就是败阵吗？哪里是什么不屑！我不想遮遮掩掩，就是想做官，败北了就认输！绝不说不屑！”

“为什么有那么强烈的做官意识？”杲昊出示疑惑。

“展示自己的高品位呀！只有坐上一把交椅才有可能全面实施自己的高端蓝图，不然就只能随帮唱影！目前的领导状况极为参差，时局亟须一批优秀带头人，我必须当仁不让重整河山！修身、齐家、治国、平天下！一半为自己，一半为国家！”伊腾飞继续着他的慷慨。

杲昊总算逃出心灵的阴影，渐渐走上正轨，从此驱除一路的曲折。

42

送走了胡小龙，胡大龙也去了南方签约，两个儿子都有了各自的归属，是好是坏就看他们的造化！胡昌稷自觉满心轻松，他可以腾出手全心全意投入工作，他毕竟是这一市的掌门人，大家都在等他的锦囊妙计！

他率先去了精神病院，看望了他病中的妻子杨飞燕。一段折磨，杨飞燕完全失去了昔日的刚愎与跋扈，绝望中夹杂着幽怨，挣扎中掺和着无奈，那是非分之想的后果。她大概也知道这样的后果绝对是她咎由自取，容不下胡大龙也就罢了还以装疯相要挟。胡昌稷也不是吃素的，干脆将计就计将她送进了疯人院。杨飞燕最大的错误就是找不准自己的位置，她不知道自己在胡昌稷的心理天平上，究竟有多大分量，一开始胡昌稷就没拿她当盘菜，只是无可奈何地凑合着。可这个不知天高地厚的小妇人，竟然敢在太岁头上动土，在胡昌稷心病上撒盐，那不是自取灭亡吗！好在胡昌稷还能看在她是小龙他妈的分上，虽是断然将她送进疯人院，暗地里却是呵护着，没受一点委屈，等于是休假疗养。

胡昌稷深知杨飞燕不是成大器的料，她满心都是享乐与虚荣，追随他胡昌稷也是为虚荣。如今混进疯人院，安排她享受也就对得起她！疯人院为她辟了单间，行走坐卧有专门护士陪护着，服装道具也是通常所用的，只是没有了工作的繁忙，这对毫无进取的杨飞燕，绝对是一种解脱。她既不怕虚度年华，又不怕碌碌无为，更不怕毫无建树，只要有享受虚荣她就心满意足！虚荣是被胡昌稷剥夺了，享乐却是分毫不差，胡昌稷自觉也算对得起她。

一见到胡昌稷，杨飞燕顿时泪如泉涌，满负荷的愧悔幽怨交织在泪水里，一股脑儿奔涌流泻，愈加佐证她意识的清醒。胡昌稷一时大发慈悲想接她出院，毕竟是小龙他妈，如今两个孩子都各有归属，已是四海平宁，只要她能记取前车之鉴不再胡闹，日子还是恢复正常的好。

胡昌稷正要与她说明此意，不想吴纳西率部下也尾随前来探视，一见到熟人，杨飞燕立刻疯态大作，竟然将枕头摔到胡昌稷的脸上，将他打得流了鼻血，这使胡昌稷下死决心，就让她终生囚住疯人院！

随后一个部下建议说，疯人院条件不好，疯人们聚在一起，相互影响病情会加重，路途又遥远，探视起来也不方便。不如转到中心医院开个高间，有王大为照应着，既不受疯人间的相互干扰，又方便探视。胡昌稷觉得此法不错，交给王大为就可以一交了之，由他们照应着，从此便与杨飞燕形同陌路！这个不知高低深浅的混账娘们，活该找死，别想再得到他的一丝怜悯，就让她在这暗无天日的环境里了此余生！有耐性你就耐着，有扛性你就扛着！反正与他胡昌稷的缘分，到此就算了结！

生命是多么美好！每个人都只能有一回！若按宗教的说法那是十分复杂，得经过多少劫的磨难，又得经过多少劫的历练才能托生为人！就算不是这样，纵观宇宙人的生成也是极为不易！宇宙是从原始奇点爆炸而来，是什么力能使这个奇点突然爆炸呢？这个概率能有多少？开始的那一瞬究竟发生了什么？然后就那么无可阻挡地演化着，以普朗克时间为起点经过三十万年的沉降，终于逃出辐射时代，宇宙变得足够冷，这才进入物质时代，渐渐形成各大星系。一百五十亿年后宇宙才艰苦演化到了今天的模样，有了银河系，银河系生出了太阳系，太阳系又孕育出地球，而地球竟是那么得天独厚，占据了太阳系的有利位置，有条件使各类生物得以诞生，经过四十六亿年的进化，这才有了智能的人！这样的偶然，这样的漫长，这样的复杂，这样的难能，作为智能的人，该满足了，甚至是应该无比满足！能冲破如此众多的偶然、漫长、复杂、难能，站上人类这个台阶，而且会思想能创造，会享受能奉献，这是多么神奇多么美妙的事！这个傻娘们怎么就不知道珍惜、不知道满足呢！

各自的揣度制约就那么心照不宣地交织碰撞，胡昌稷终于觉得没有任何意义，他还有更多的事等着他，于是携着吴纳西一干人等离开了中心医院。由于心情郁闷，胡昌稷觉得回到办公室也干不出什么彩，不如带着心腹吴纳西外出遛遛，吴纳西是最能为人排忧解难的，至于眼下的境况，他已是看在眼里记在心上，对他就完全不必保留，由他排解排解指不定会柳暗花明！出了医院大门，胡昌稷便打发了司机，自己亲自驾车带着吴纳西出了城区，一路狂奔。

郊区的视野天高地阔，胡昌稷的心与天高地阔成复调式运行。他将车停在一片防护林开门下车，面对蓬勃的大自然他却出示一脸的惆怅。

吴纳西没有下车，他得沉降一下，如何同胡昌稷进行心理博弈，在强者面前必须处处表现为弱势，比方吴纳西也会开车，可在胡昌稷面前就绝不能展示这一长项，无论如何他都得比胡昌稷低一筹，这才不致引起妒意，他认为世界上最大的破坏力就是妒忌！一旦遭了妒忌，其后果不堪设想！对胡昌稷的劝慰也得等适当的时机，等胡昌稷问了再答，绝不能问一而告二，他只默默地将一切收进眼底。

借着深茶玻璃的单向屏蔽，吴纳西肆无忌惮地解剖着胡昌稷，他看出胡昌稷的惆怅纯属为赋新诗强说愁！目前他是老汉王进北京心满意足，一个儿子顺利地出国留学，又是人家靠实力走出去的。可吴纳西心里跟明镜似的，有实力的多了去了，谁能那么轻易地走出国门？没有他这个当市长的父亲，胡小龙再加上一百种智慧也是白扯！另一个儿子胡大龙，拿着在市长父亲眼皮子底下捞到的第一桶金，转而占领了最新兴的森林资源，森林那可是取之不尽的可再生财富，占领了这块高地，就等于拥有了芝麻开门！人生财富先入为主，胡大龙应该算是新中国建立以来，首批森林资源的拥有者！至于胡昌稷跟老婆闹的这出小插曲，纯属油盐酱醋一类调味品。这样闹一闹岂不更有滋味，让大家都知道他胡昌稷的不幸，对不幸者尽心关照历来是国人的美德。殊不知美人吴计就摆在那里，美艳温柔聪明乖巧，又极难得对胡昌稷是一见倾心。

此番得天独厚被胡昌稷约出来，可见是有要事相托，足见对小小吴纳西的信任是与日俱增，从中也可以看出胡昌稷正乘着他布下的蝴蝶效应稳步运行，将来能运行到哪一步，就看如何对风向进一步引导。吴纳西看看胡昌稷仍没有上车的意思，知道他是等自己下车，这就不能再装矜持了。他看了看表，不过是两分钟的光景，现在下车正是时候，此前若是人家接手还不宜冲撞呢，两分钟之后就不同了。下了车，吴纳西故做惊异状，“哟！城郊也这么美！从小生在乡村野甸，见过的野景多了去了也不觉新奇，住了几年办公室，对这些树呀草的便渐渐疏远，也淡化了其间的好，如今看起来多亲切！以后还得多出来走走，这可真叫神清气爽，怎么能不延年益寿！”

“唉……像我这种情况，别短寿就不错了！”胡昌稷一咏三叹。

“胡市长也是大风大浪过来的，眼下不过是个小小的插曲，全当换胃口提神！眼下青年人当中就流行着，海里的鱼还多着呢，个个鲜美可口！只要你备下了足够大的网，还怕没有鱼捞？”吴纳西的蝴蝶效应开始变奏，以有利于对胡昌稷的煽动。

“好，以后，你就来做我的外交大使！我这个人你不了解，一脸的爱面子，见了上司就是一本正经，除了工作还是工作。到了讲人际关系的时代，就有些不适应了，巧不巧？就遇上了你这个千里马……”

吴纳西的蝴蝶效应愈加成势，他先做了一个如见再生父母状，然后是热泪盈眶，最后拉住胡昌稷的手，久久，久久。

43

胡昌稷进行了一段紧锣密鼓的筹划部署，市里的工作便进入良性循环，各部门都在四平八稳地运行着，唯独他自己被置于蝴蝶效应，更可悲的是他对此竟然毫无察觉。眼看着四围都在良性运行，满心兴致的胡昌稷便想起倾城美人吴计，于是电话传唤。

吴计有好长一段没被传唤了，她知道那一定是胡昌稷没有空闲，做大事的男人都是在闲暇之余才想到女人，不然怎么能是大人物呢？老婆孩子热炕头那是小人物的专利，拿破仑在会情人的时候，就只给十分钟的时间，大事完毕顶多再给一个热吻就去参加战斗了，这才是大人物所为，人生的标准不就是做大人物吗？胡昌稷就是！虽说胡昌稷是有家室的，可佫恪不是也有吗？杲昊在那里苦等，佫恪却什么忙也帮不上。而自己则不同了，她是胡昌稷的掌上明珠，想要什么只是一句话。可就这一句话她也很少说，她读过《渔夫和金鱼的故事》，人切不可太贪，太贪就容易只剩下一个破木盆，这教训是切不可忘记的！

其实，她只有胡昌稷就足够了，胡昌稷首先是王者，一身的威武雄壮，在他身边一站就没有了危机感，他能化解天下的一切险情！他就是屏障，他就是堡垒！另外，他还有一脸的大度和高贵，在他面前不用局促拘泥，不用谨小慎微，有了缺点错误，他会坦诚相告，或指出来让你改，或轻描淡写一笑了之。在他面前一坐就不再有沮丧，他会抹平人心所有创伤！令人振奋，让人东山再起，那感觉真好！

胡昌稷还有一点不可忽视，就是人漂亮帅气，看上去也不比佫恪差多少。人人都说佫恪是美男，可在她眼里佫恪就缺少厚重，愁眉苦脸尖酸刻薄的样子，第一印象就没有安全感，果然与他沾边的人都受到无辜牵连，杲昊不用说一辈子栽到他手里，方自珍也随之掉进了阴沟，是死是残还很难确定，一旦有个三长两短岂不是被佫恪所害！而胡昌稷的美却不同，充满高贵与豪华，一派无人敢在太岁头上动土的威严。他从不愁眉苦脸从不尖酸刻薄，一向是微笑宽容关爱大度，顶多情急之下，露出些许绵里藏针或是笑里藏刀的迹象，那也是一回首、一举目的事。

这就够了，一个普普通通的乡下女孩，不是遇上胡昌稷又得到他的关爱，顶多在大酒店里当招待，久而久之，是个什么结果很难预测。如今就不同了，身居总编室，每天深居简出的，就连副局长万向权都得畏她三分，谁敢在她面前胡作非为？只要她在胡昌稷面前一句话，那他的前途就不堪设想！细想想，虽说她的命不算怎么好，可她的运却是一等一的顺，就那么信马由缰地踏上了登天的路。

得到了胡昌稷的传唤吴计极为兴奋，她自觉离天堂又近了一步，这令她想起算命先生的一些预言，如今看起来还真有点意思。那算命先生曾说她的星座好会成为政治家或金融家，还可能是深刻的思想家，若不是她命不好，落草于那样的穷乡僻壤，成长于那样一个穷困潦倒的乡村教师家庭，她一定就成了政治家或是思想家。还说她将会出息为不可思议的人物，因为她具备天生特有的智慧，她一定会交好运！现在是绝对应验了，要知道那可是全市第一人在向她召唤！

她自信自己是一个神秘主义者，爱听名曲、爱吃美味食物，她爱生活中所有美好的东西！她将这些美好神秘地珍藏着，从不与人交流，宁愿相信自己的臆想，也不愿接受他人建议，可她总是正确的。她喜欢思考喜欢盘算，并能系统地理顺自己的走向，但她为了达到一个重要的目标，无情无义也是闻名的，她会铲除任何路障而问心无愧！其实预言她会发展到什么程度那是徒劳的，她计算机式的大脑从不停止策划，绝不原谅毁约的人，她会给她的敌对势力致命一击，并能等待时机成熟再实施报复。她的喜怒从不外现于色，每个行动之前早已是精心策划，她的意志坚强，坚守阵地死而后已！危急时刻她会轻而易举抽身逃走，因为她安静的背后，隐藏着一颗时刻警惕的心。这就是她为什么能毫不畏惧地，跟随一无所知的吴纳西进了城的原因。

她觉得应该打扮一下，那样会更具魅惑，于是拿起了镜子，这才明白为什么胡昌稷离不开她。她冷静安详无与伦比的美貌，她坦然自若充满自信的气质，也许都是胡昌稷急需的饮品，有了她胡昌稷就不会感到焦渴。胡昌稷说她是一个多情的恋人，眼睛总是在暗送秋波，其实她在渴望得到最大利益时，眼睛也会闪出同样的光芒。

她的皮肤极好从不长丘疹和瑕疵，就算不去刻意保养也是如此。她拿出了胡昌稷赠送她的珍珠项链，佩戴在她洁白的颈项上，真正是珠联璧合相得益彰！她特别喜欢这些货真价实的珠宝，绝不容忍一文不值的假货，就像她选择了胡昌稷，那可是顶级权力的象征！她不在意是不是能与胡昌稷时刻厮守，更不关心他们之间是不是男女平等，她从不为妇女权利问题而苦恼，因为她能轻易地诱使男人们按她的旨意办事，胡昌稷也不例外！这就足够了！按眼下的流行时尚，吴计从里到外装饰了一番，果然一派诱惑。她飘飘若仙地出了门，然后按图索骥找到了胡昌稷的车，果然只有胡昌稷一人等在里面。她以迅雷闪电之势上了车，那是为了躲过繁杂的目光，不致坏了她的大事。

胡昌稷将车开进一片防护林，二人终于进了自己的伊甸园。

来不及问候，顾不上抚慰，胡昌稷将吴计拉下车，便双双进了万木丛，仿效百姓故事进行了一次开放式的野合，疾风暴雨过后，二人又回到车上。胡昌稷这才告诉她，这条线路是他带着吴纳西踩出来的，于是焦点又集中到了吴纳西身上。胡昌稷说，此后一些政务要交与吴纳西料理，他可以腾出手多陪吴计缱绻。吴计惊呼：万万不可，防人之心不可无，大权切不可旁落，不然会有一天悔之莫及！胡昌稷怜香惜玉地拍拍她的肩膀，夸她不以一己为重，是难得的贤内助。又说她要想上天，他就会给她登天的梯！这正是吴计所企盼的，可她没喜形于色，为了抑制情绪外露，便说应该找个地方吃些美食，以庆祝二人久别后的聚会。

胡昌稷欣然从命，就在他倒车之际，突然发现山坡上有间草房正炊烟袅袅，于是建议到那草房去讨口乡村野餐。以前他在地质队踏查，就经常到老乡家吃野餐，给些钱就可以随便吃，那也是别具风味，这样还免去了到饭店被人认出来的尴尬。吴计是不喜欢什么乡村野餐的，她最心仪的地方是豪华酒店，可为讨胡昌稷的欢心也就默许了。不过她要胡昌稷先去打探，觉得不错再向她招手，若是一般般就打道回府。

胡昌稷进了茅草屋，一眼认出女主人是前油田标兵孙纹，她是前副局长寅君的红颜知己，寅君因涉嫌贪污受贿跳楼自杀了。孙纹为他守灵，弄得凄惨诡异无人不知。她仍是独身还是嫁了人？他从孙纹的目光中看出，孙纹对他并不熟悉，于是借口说路过，想找口水喝。

孙纹给他倒了热水，胡昌稷便借机询问，是夫妻同住还是独自一人？孙纹指了指柜台上的一个方匣，胡昌稷立即认出那是个骨灰盒，又看到盒上大书亡夫寅君，心中不免一悸。又问孤零零一人如何生活？回说她已买断工龄手头倒是有几个钱，这里还可以自己动手种些菜，生活倒也没问题。胡昌稷便指出，何不开个饭庄一类，过路司机很多，一定有钱赚。孙纹说，缺少本钱无法开张。胡昌稷被她的专情深深感动，于是下决心帮她走出阴影。不过眼下他可没兴趣吃野餐，暗自庆幸自己先上来视察，不然还不吓着吴计！只觉此处不可久留便出了门。他没给吴计介绍草屋里的情况，迅速跳上车逃离现场。

44

吴纳西自接受了胡昌稷的重托，工作愈加兢兢业业，胡昌稷想到的他想到了，胡昌稷想不到的他也能想得到，这令胡昌稷大为欣慰。欣慰之余胡昌稷又想到该扶持孙纹走出困境。身处困境的人很多，为什么单去扶持孙纹呢？这就成了拿不到桌面上的议题，既然拿不到桌面，就得不到大家的认可，得不到认可，就得不到及时解决，一时间长吁短叹。

时刻盯着胡昌稷动态的吴纳西，自然是敏感到明察秋毫，于是极为策略地近前打探。先是询问是不是对他的工作不满意？这是明知故问答案当然是否定。又问是不是自家有了难唱曲？吴纳西早就承诺，无论胡昌稷有了什么难唱曲，只要吴纳西在，就算移山填海也会帮他解决。胡昌稷被切中要害，推心置腹地承认：难唱曲是有，不过不是自家的，接着就将孙纹的惨状如实做了描述。吴纳西一听便觉机会到了，原本打算对胡昌稷采用欲擒故纵之计，用上十年八年的放长线钓大鱼，现在看来是不用了，眼下就可以对他下手。他终丁可以在胡昌稷身上套上一根巨缆，不用费力就将他带进飓风眼，蝴蝶效应的进程可望大幅度推进。

扶持孙纹不外是拿一笔巨款，帮她建一座饭庄。其实吴纳西早为胡昌稷备下了丰厚的资金，他的两个铁哥们达生和翁折东就是他的两个钱袋子，他可以随用随取。原本在胡小龙出国之际就该派上用场，老到的胡昌稷还是留了一手，没那么轻易就掉进他的飓风眼。可蝴蝶效应对胡昌稷还是起着相当大的作用，那是因为他吴纳西即兴诗人般的魅力，以及善于调动他人积极因素的号召力使然，他自信胡昌稷永远不会看透他的多面品质，胡昌稷只看重他的冷静他的进取。

吴纳西有着强烈的自我优越感，由此派生出很强的嫉妒心理，不过他不认为这有什么不好，这恰恰是推动他上进的原动。每看到别人的进步或是拥有什么好东西他就嫉妒得心痛，于是便奋起去竞争去夺取，只是他极善于背后制订狡猾的行动计划。在寻求出人头地之路、制订周密计划、显示自己力量方面，他从来是无与伦比！

吴纳西的自我保护意识极强，因此派生出他凡事都精打细算谨慎从事，每件事都要制定几套方案，既能确保目标的实现，又能做到狡兔三窟，他的精明总是给人一种缺了他不行的感觉。此番，他只做了简短的思考就拿出了计划表，大约得需要一百万左右。首先灶间、库房、餐厅是必须建的，另外还得有员工的宿舍，孙纹的寓所，更得有配套的取暖和防暑设施，又做了仔细推敲，吴纳西将料表一并做了出来。

这令胡昌稷双倍的惊诧。一惊，这么一大笔钱以什么名目出，从哪里出！虽说他是一市之长，也没权动用这么一大笔上不了桌面的钱！岂不是画饼充饥！二诧，是吴纳西的才能，这么快就能预算出如此精细的料表，那得具备多深厚的建筑知识，拥有多全面的市场信息！得了这样一个人的辅佐，那也算是三生有幸！

胡昌稷的复杂表情，早在吴纳西的意料之中，他就是要制造这样一个惊心悬念，让胡昌稷觉得难于上青天，然后再替他解决掉，才能显出他吴纳西的办事水平，更为重要的是，才能形成蝴蝶效应的持续！于是以他战略家的风范，试探着迂回前进，“孙纹不曾经是标兵吗？在她身上多花些钱是值得的，这愈加证明政府的不忘功臣！”

“问题是没人给孙纹定功臣，反而有犯属的嫌疑！”

吴纳西出示诚心，“去找民营企业赞助，其实，他们巴不得找个靠山，大家都被不测风云搞成惊弓之鸟，特别希望能有个同盟，以抵抗不确定因素。其实这个心理大家都有，只是或强或弱而已。”吴纳西抬眼看看胡昌稷，以提示他不是也在找许童做靠山吗？他看出胡昌稷的心领神会，于是趁热打铁，“不过这个赞助是有回报的，等孙纹发迹了再还给他们，不妨再添些利息，岂不两全其美！”

胡昌稷觉得已是美不胜收，简直是一道亮丽的人间风景，重塑一个人生高地，那就是春满人间！于是兴致勃勃地，“等你的好消息！”

别了胡昌稷，吴纳西直召他的两个铁哥们，达生和翁折东。

吊足了两个人的胃口，吴纳西将孙纹的故事讲给他们，同时附加了浓重的悲剧色彩，最后又缀上了些自己的点评，他说，像这样的义气女子，绝不会亏待她的恩人，一旦有了起色她一定是先图谋着回报，而且作为国有大型企业的标兵，一定是不甘人后的主儿，东山再起是举手之劳。

翁折东心中却打起了鼓，不甘人后？那怎么会落到这个地步？那个年代的标兵确有虚假之嫌，领导头脑一热就抓几个典型做样子，这些典型多数是些没头脑的马屁精！这种事比比皆是，再者，孙纹不是寅君的铁姘吗？树假标兵就在所难免！为这种人垫背那也太孙子，他是绝不会干这种亏本买卖。不过他又不想为这点事去得罪吴纳西，于是装作极认真的样子去听，以等待他的同伙达生表态。

“是够可怜的，也很令人敬佩！”达生听得入了戏，帮扶的意向扬帆似的张扬，“这个孙纹是胡市长圈子里的，帮她即等于帮市长！”

翁折东依然没表态，他继续等待最后的结果，承受得起就参与，承受不起他会找各种借口逃之夭夭。

“开个价，需要赞助多少钱！”达生快言快语。

“初步算了一下，得一百万左右。”吴纳西抖了底。

数字确实够惊人，翁折东干脆取消了援助的念头，趁着紧张气氛的节节攀升，他私下给一个挚友发了短信，要他打电话过来实施营救，就说有要事请他过去帮忙。果然电话很快打过来，翁折东被顺利调虎离山。

这里只剩下了吴纳西和达生，吴纳西很快意识到翁折东的背叛，顿然陷入人情的黑洞。他率先冒犯罪的风险，为翁折东推销走私彩电，差一点成了偣恪的政绩牺牲，可翁折东这小子不够意思，关键时刻他撤梯子，今后再想得到他吴纳西的援助，那是万万办不到了！可眼下的烂摊子他可怎么收拾？就达生一个人承担，也确实有些吃力。怎么办？他可是在胡昌稷那里立下了军令状，这可如何复命？

达生也感觉到这一趋势，认定翁折东的临阵逃脱不够意思，为了证实翁折东的行为是否确切，便给翁折东通话，结果关了机，翁折东这里已是封了门。转而他又想，这未必不是件好事，此事若算建功的话，有了翁折东，这功就得打对折，翁折东一撤，这功可就百分百归他一个人了！从此他在胡昌稷心里是个什么位置，那是不言而喻！再者，出些钱也就等于出点血，割个口子出些血，一时间确实会很痛，但过了十天半月的，口子就长上了。可这会换来主人的心疼和关爱，人生总要有得有失，好处就那么点，人人都想要，除了抢夺就得交换，不付出如何能获得？能有交换的机会也不容易，交换总比抢夺要好，抢夺是得付出高昂代价的，弄不好就要流血牺牲。交换则不同，那是件平等公正、友好文明的事，何乐而不为？他看了看沮丧的吴纳西，断然力挽狂澜，“这事就交给我吧，一个月内让孙纹的饭庄开业！”

“一个月？”吴纳西空前惊愕，“如何开得起来？”

“滚动式！趁现在季节好先买个野营房，平平场地就开业。同时再造个砖瓦结构的大餐厅，秋天就可以搬进去，野营房改做宿舍。接着再搞第二期、第三期，这期间营业不停地运转，守着个高速公路，还不发死她！”达生一板三眼。

“真是个精明的经商脑袋！”吴纳西一咏三叹。

45

经过近一个月的治疗，重度昏迷的方自珍，终于睁开了眼。看上去他愈加苍白消瘦，行动迟缓精神木讷，可他终于脱离了生命危险。

方自珍重病期间，大多数时间是由俗恪陪着，俗恪自知这严重的后果都是由他造成的，因而他难辞其咎，他责无旁贷，他深知这其中的严重！真情感动上苍，在他近一个月的看护下，方自珍还是醒了过来！

方自珍睁开眼，率先映入他眼帘的自然是俗恪，便将脸侧过去，也许是心结在作祟，也许是不想让俗恪看到他的狼狈相。

方自珍的意识恢复正常，那可是俗恪最为企盼的，于是排除万般干扰，亲切地拉住他的手，“你醒了？想吃点什么？我亲手给你做……”

方自珍没作声，似乎对眼前的情景一时反应不过来，可他心里却明显地在作痛，这痛鼓荡着他的泪腺，于是泪水便扑簌簌流了出来，他又闭上眼，抽回自己的手，吃力地翻了个身，将背对着俗恪。

俗恪看到他的背在一抖一抖的，他知道方自珍在饮泣，并以最大的抑制力控制自己的痛楚。这令他想起自己当年坠崖被救活的那一瞬，也是像方自珍那样，心里搅动着超级旋风，肝肠寸断的样子，全身心的液体都拧成了泪。此时俗恪竟像传染了瘟疫，泪腺顿然不能自控。他从方自珍身上，看到了自己年轻时的影子，那稚嫩的可怜的至诚！事到如今竟有人在重演他的旧戏，是轮回还是报应？

听到泣声，方自珍转过身，苍白的脸被泪水浸泡着，他看出俗恪的真诚，“怎么每次醒来看到的都是你？其实这不关你的事，你的泪是为自己还是为别人？若是为别人就大可不必，天下值得落泪的事太多。若是为自己，就不必选择在这里落，这会让别人感到负疚，双倍的情感损失，当事者都没像你那样伤心……”

俗恪猜想他指的是杲昊，不知哪儿突现的魔力，“她来过，可你一直昏迷着，她的身体状况很差，看到你的样子她会旧病复发，就没让她见你。”俗恪撒了谎，他不忍心再在这个笃实的年轻人心上扎刀。

“这不合乎逻辑，其实这真不关你什么事，自己的伤自己医。伤好了又是一条好汉！好不了就勇敢地去死！”方自珍出示冷冷的淡定。

佫恪被方自珍的通透所震惊，小小年纪竟能悟得如此透彻，“想得开就最好，人生其实挺难得，多伟大的偶然，才能合成一个像我们现在这样奇妙的个体，还是再成为一条好汉更明智！人生要做的事很多，只陷入儿女情长，就太辜负那伟大的偶然……”佫恪在劝慰方自珍，也在劝慰自己，因而显得铿锵。

方自珍看到佫恪瞬息万变的情绪，猜想他正经受空前的心痛。他原以为做大官的人都是钢浇铁铸，经得起十二级台风的席卷，具备上帝一般的定力，自他与佫恪近距离接触，才感到他与自己也没什么两样，同样是复杂多变的情绪，不堪一击的心理，稚嫩脆弱的承受，易于颠覆的底线！经过病中时断时续的思辨，方自珍确认他与佫恪的矛盾不存在任何附加，只是个道德底线问题。他可以将幸福让出去，也可以蛮横地据为己有，不去理睬佫恪的感受，可他的天性却不停地作祟，他不能无视佫恪的痛苦。他天生喜欢平和、安静、惬意，如果一意孤行地抢占了佫恪的幸福，他将会终生负疚，哪里还有什么平和、惬意！他深邃的思辨和周遍的思考，无不使他执著地坚信，人与人之间的友好是件极容易做的事，只要一让，便是海阔天高！

他天生不喜欢兴风作浪，就在大家疲于奔命的时候，他深信世界的明天还会来到这里，他完全不必那么匆忙，他可以坐下来稍事休息，给自己泡上一杯香茶，以便忘记身外那些疯狂的竞争。他自信自己是个真正懂得生活的人，而且很能体谅他人的疾苦，从不做别人行动的纪律检查员，总是努力地去保全双方的面子，绝不使对方难堪。对方不是错误到不可救药，他绝对会出示谅解，那对佫恪为什么要例外呢？

他深信自己可以做的事很多，他的心性很高，对艺术有着极特殊的嗜好，有幸的是他占据了当今最火爆的艺术殿堂——电视台！他心灵手巧，对技术有着极敏感的通透，更为有幸的是，他当上了最稳定的摄像师！他可以躲在最不引人注目的角落，打造他的艺术精品，他可以不受任何干扰，平心静气地推进他的技术不停顿地精进。

他为自己设计了一整套完美计划，在今后的岁月里，将自己打造成精品人物，那就得天文地理无所不知，自然人文无所不晓，人情世故通明练达，专业技术纯熟谙练。

在方自珍的人生棋盘上，最令他头痛的就是这些人文大戏。他的自成一统，他的安逸宁静，与这些复杂多变的世间琐事都大相径庭，而躲在幕后工作就更为

有效。他敏捷、伶俐，善于躲避伤害，此番以生命为赌注，就是为逃逸
俗恪的尖锐伤害。他不是一名战士，因而对冲突不感兴趣，他抗争的目标只是为了保存，在俗恪强势逼迫下，才出此下策。

既然俗恪能从死亡线上将他拉回，又给予他如此厚重的关照，忍痛割爱就势在必行。他决定从杲昊搅起的旋涡中逃逸，为了安逸宁静，他绝不会再与她藕断丝连！

看到方自珍木木的样子，俗恪还是担心他的神经会出问题，觉得尽早宣布他的决定是必要的。可如何开头呢？弄不好就会引起歧义，他充分领略了方自珍的敏感脆弱，他绝不能再掉以轻心，在设置了几个方案之后他试探着，“我就要调回省城了，如果愿意你可以经常去看我……”

“你完全不必，我能体谅你，你不像其他领导……”

“其他领导？其他领导怎么样？”俗恪一时懵懂。

“就像万向权，吴纳西……原来我以为凡是能做领导的都是他们那种样子，可你是个例外。所以这一切都不关你的事，你只管走你的路完全不必在意我的存在。”方自珍确信自己会越过道路上的障碍，即使他被抛下悬崖，也会双脚着地，他有卓越的能力从灾难中崛起。

“你我之间若打了死结，就太遗憾了！”俗恪出示至诚至笃，因为方自珍的抉择，在他心里引起了歧义。

“怎么会！我把你看作另类，就饱含无限崇敬。所以才将大路让给你，我宁愿在羊肠小路上缓步，听懂意思吗？”

俗恪还真没弄懂他的意思，他崇敬另类？他所谓的另类指什么？是他的宽宏大量充满生气，还是偏见武断异想天开？抑或是他的骄傲清高刚愎自我？这些评价都是以大哲自居的倪莳萝送给他的，其实他勇挑重担、承担重要责任的秉性倪莳萝并不了解。俗恪自知自己潜能很大，有足够的力量移山填海，凡事都喜欢大刀阔斧、大张旗鼓，也许正是这些特点给人造成狂妄自大的错觉。他急躁、渴望、几近宗教式的热情，总是不能抑遏地燃烧，这也正是他常常被化作青烟的内在理由。他过于自信，在力量对比十分悬殊的情况下也拒绝撤退，他勇往直前，以致忘记后方和侧翼，这才将自己置于目前的尴尬局面。凭他的自信、勇挑重担和责任感，对于方自珍的让路，简直就是匪夷所思！为不使方自珍的脆弱神经遭受意外，俗恪破天荒抽刀断流，“一切都听你的！目前你还有什么要求？说出来我会尽量满足你……”

“给我几天假，我只想回老家看看父母，也许再去浏览一下祖国的名山大川，借此散散心。”方自珍带着几分企盼。

“那没问题！”佫恪一言九鼎。

46

杲昊近一个月的讲坛苦旅，令倪莳萝颇觉不安，这种权宜之计总不是长久，弄得三方四国都疲惫不堪，尤其是屈子集，除了正常授课还得加班加点给杲昊写讲稿，长此以往肯定影响他的正常授课，借杲昊当传声筒还不如让屈子集亲自上台，偌大一个正规大学，让一个业余人士做二传手实在是有违常规，况且大家都知道杲昊是他的妹妹，这让大家怎么想，是为了赚几个课时费，还是为了炫耀她的不凡？阕大德就等在那里盼着你犯错误，居然将把柄就那么明晃晃地送给人家！

思来想去倪莳萝觉得十分不妥，便去找屈子集。屈子集正挥汗如雨地为杲昊写下一章讲义，这情景使倪莳萝着实不落忍，“唉，这么辛苦何时是个尽头？”

“教师的天职，到了尽头不就意味着下岗吗？”屈子集看出倪莳萝的歉疚，于是调侃着以淡化倪莳萝的歉意。

“更为严重的是写了这么多离题万里的东西，岂不浪费了你的有效时间！人的有效生命是个常数又是稍纵即逝，这代价也太昂贵了！”倪莳萝想将话题引向正轨。

“怎么能是离题万里？这可是美学课最好的延伸，目前我们学校的美学还是个选学课，我正思谋着将它变成必修课，以后的社会趋于整体审美，我们应该引领潮流，将审美水平率先提高一个台阶，这很必要，这些讲义积攒起来又可以成为一本教材，经过实践加以修改就可以固定下来，作为永久性教材使用，岂不一举两得？”

屈子集的积极肯定，令倪莳萝无以言对，可倪莳萝要表达的主题并不是这个，他是想促使屈子集半途撤梯，终止杲昊的延续，可他一时又不好表达。倪莳萝的进退滞涩，主要是他的心理淤塞，因而取舍两难。

聪明敏感的屈子集早将倪莳萝的难言尽收眼底，他的积极和奋勇都是为倪莳萝的淤塞在分流，他对倪莳萝是怀着深深的崇敬和感恩的。在刘项本来不读书的年代，在知识分子成堆、人人都亟待一展成果的特定地界，为他那本书的出版得承受多少压力是不言而喻！正是倪莳萝帮他将一个难于实现的梦想变成了现实，其间的衷曲何止一个感恩？简直就是宗教式的五体投地！为倪莳萝分忧，对屈子集来说应该是除了责无旁贷还是责无旁贷！屈子集深知倪莳萝的压力主要来自杲昊，其实让杲昊到学校讲学，绝对是名不正言不顺，杲昊既不是持证上岗，又不能全方位透彻地诠释美学，为了让她躲避一时才采取了权宜之计。可佫恪那边却是马拉松战术，经久不息地耗在那里，尽管他使出全身解数，为使局面保持平衡，可时间一久总要出现偏差。水不平则流，人不平则鸣，若真到了群起而鸣的地步，倪莳萝是难辞其责的。为防患于未然，倪莳萝的担忧，倪莳萝的防患都无可厚非。

经过一番权衡，屈子集终于委婉地，“我也觉得杲昊的讲学该到收场的时候了，当然绝对不是为教材的问题，她的讲学对教材倒是一个促进。可惜人心不都是一个尺度，若到了众说纷纭的程度，就不好收场了。”

倪莳萝的目光为之一亮，“我也是这个想法，可我一时找不到很好的解决办法，所以才来找你，也有讨教的意思。”

“讨教谈不上，我觉得可以找佫恪谈，作为见过大世面的人，一定会正确理解。若他能尽快理性撤退，杲昊就可顺理成章回广电工作，天下太平指日可待！”屈子集一板三眼，“不然我去找他谈？”

倪莳萝抽刀断流，“不妥，此事不宜扩大，要去也得我去，毕竟是我把他带大的，我的话对他还是有分量的。”

得到同道的印证，倪莳萝终于迈出了风险的一步，他得冒着佫恪不买他账或是打下死结的风险，他得顶着再次拆散苦命鸳鸯的罪过。他全然不知此番前行的后果，就那么义无反顾地出发了。

到了佫恪办公室，正巧佫恪也从医院刚刚返回，幸亏方自珍的康复给了他极大的安慰，不然倪莳萝现身绝对不合时宜。倪莳萝的咄咄会令他进退两难，指不定十年前的悲剧又会重演，那可是慧木大碰撞的杀伤。

“倪校长……”佫恪没叫他大哥完全是一种下意识，是因为在单位还是为保持一定距离没有确切概念，总之是脱口而出。但他知道倪莳萝一向是无事不登三宝殿，此番前来不是兴师问罪，就是以牺牲他佫恪的利益为代价，因为杲昊还在他手上，这么长时间不归队确实不成体统。

倪莳萝对此深为介意，只觉一股寒流直穿心髓，这么长时间未曾见面，又替他背着心灵的黑锅，他一句感谢的话没有倒也罢了，连句热情的称呼都没有，可见他们的关系已到了冰点。也好，这倒不必担心欠他人情，也不必过多地去顾及什么面子，于是以牙还牙，“佫局长……”

佫恪顿然傻了眼，情同父子的大海深情就要画上句号，原本如纸单薄的心理防线轰然垮塌，佫恪完全失去了招架之力，“大哥，你好无情！”

“投之以木琼，报之以桃李……”倪莳萝原本不想与他理论，只想给他最高的轻蔑——无言，可他被佫恪的坍塌所震惊，他看出他在佫恪的心中还是占有很重的分量，所以才暗示他细节决定成败。

“那不一样，我的称呼是尊重，是以小见大，而您的称呼就是在骂我了！我自知欠您的越来越多，可这都是难以预测的，绝对是不可抗力！谁想到方自珍会服毒自杀？而且会那么突然，那么充满险情！若不是抢救及时，他也许就一命呜呼！这等人命关天的大事怎么能一旁袖手？我知道老师是来兴师问罪的……”说着给倪莳萝深深鞠了一躬。

见佫恪至诚至笃，倪莳萝的气也就烟消云散，没再说什么，自己找个位置坐下了，而对佫恪的程门立雪，就那么熟视无睹地放任自流。

当倪莳萝基本理顺了自己的思路，抬眼发现佫恪仍原地恭候，心中有些不落忍，“怎么跟个小学生似的，还不快坐下！也许我会跟你谈很久，别指着我会蜻蜓点水。”

“敬请老师指点！”佫恪边说边回到自己位置坐下。

“你打算什么时候让杲昊归队？”又是一个直切主题。

“等方自珍走后。”佫恪小心翼翼地等待倪莳萝的反馈。

“方自珍不再回来了？”

“不可能！他热爱自己的工作，我没权让他换岗。”佫恪剖腹掏心。

“那就是让这个三角依然鼎立着？谁能确保方自珍不再作乱？杲昊能暂避一时，却不能躲避一世，她早晚会知道这一严重事件，谁又能确保杲昊不出问题？问题的症结就在于这个三角的存在！”倪莳萝出示威严，以示他的论点不容置疑。

“老师的意思……”佫恪想验证倪莳萝的泰山压顶。

“及早拆除这个害人害己的三角！时至今日，还鼓荡少年维特之烦恼，你觉得值吗？该是收心的时候了，建功立业去吧，时间有限人生苦短！”倪莳萝转为苦口婆心。

对倪莳萝语气的微妙变化佫恪极为敏感，他深知此时的倪莳萝绝不是当年的意向，这里已没有为他自己的成分！当年却不同，那时倪莳萝的泰山压顶，绝对是对他自己情感的捍卫，那是一种歇斯底里，那是一种宁愿玉碎，对！就是这种射电般的高压，将他推下了悬崖！

“能听我一劝吗？你是成功事业的料，如果白白浪费就太可惜了。”

“感谢老师的偏爱！等曹健帮我办好手续就交班！”佫恪一言九鼎。

倪莳萝顿然泪光闪闪，上前紧紧拉住佫恪的手。

47

听说佫恪要调回省城，这可乐坏了早等在那里准备接替局长的万向权，心里乐颠颠喜滋滋，看什么人都顺眼，因而求他办什么事都相当顺当。他的喜形于色，明眼人一看便知，尤其是那些想寻隙谋私的人。

巴娜娜在老外罗杰斯那弄到的一笔钱，一直没派上用场。她早有意外出深造，可一直没找到适当的机会，极善于察言观色的巴娜娜，率先看准万向权的微妙变化，于是趁着人际纷乱、时局动荡，便找到了机遇而开明起来的万向权。她小心翼翼地向他提出带职深造，不出所料春风得意的万向权竟然毫无障碍地答应了她。好风凭借力也好，好运适时来也罢，总之巴娜娜迈出了世上最大的步伐——一步登天！从此，她将改变自己的命运，去接受高等教育。

为了自己的一系列好运，她准备好好庆贺一下，首先去饭店享用一餐美食，然后再去商店买一身好服装。到了京都外包装也很重要，那里人多眼杂，什么水准的人都有，诸如嫌贫爱富的、狗眼看人的、以己度人的、找不准位置的，她想让这些人闭嘴，那就得事先下一番功夫。

巴娜娜原本是一个事事追求顶级的人，只因各种条件的限制，她尚未弄清世间到底顶级到什么程度，也没搞清世人顶级的标准，就那么意向性地姑且而已。目前的程度她只知道服装得时尚、发型得另类、面目得姣美、形体得可人，总之要惊艳出奇，使回头率达到极致，所到之处必须是一派拉动！此番外出深造还有一个硬指标，那就是每次考试都得拿前三，她得在众多艳羡的目光中生存，仅此而已。

带着这些初级标准，巴娜娜出发了。她选择了一家海鲜餐馆，她认为世上顶级的美食就是海鲜，她出生于内陆，见过诸多山珍已不觉特别，至于远距离的海味那就倍觉新鲜了。她点了一盘红烧鲟鱼、一盘海蛏、一盘扇贝。过足了一顿馋瘾之后，又乘车准备去选几件好衣服。

中途经过一座正觉寺，巴娜娜见众多信男善女在排队进庙，便联想到自己突走红运，一定是佛祖暗中保佑，于是临时决定下车去烧香拜佛。

随着人流她进了庙门，触目所及竟是一个巨大的香炉，四周站满了人，手里都拿着十厘米直径、两米长，一百元一支的高香，非常有秩序地将香点着插到香炉里。被庄严肃穆笼罩的巴娜娜，情不自禁地效仿着大家的举措，也完成了一个循环，她是花了三百元买了三支，因而在这个圈子里，也实施了一次拉动，引起了众人的注目。带着众目睽睽的自豪，她又随人流进了大雄宝殿，这里更是人满为患，一个五百平方米的大厅跪满了数以千计的人群，巴娜娜想进已是无立足之地。举目四望，看到台上一位袈裟在身的大师正带领大家诵经，她便向身边的人询问，他们是在读什么，却遭到众人的一片嘘声，不得已只好坚持着进退两难。

恰好又来了一位年轻姑娘，同样遭遇了进退两难的境地，巴娜娜问他们在读些什么？回答，《金刚经》。她是闻所未闻，便问读这个有什么用。那女孩惊异地，这都不知道？消灾祛病，保佑万事如意！巴娜娜又问外面烧香有什么用，女孩回答，那只是表示个诚意，只有读了《金刚经》才有殊胜功能！那女孩还告诉她，若想有灵验还得捐些钱，这叫施舍，只有舍才能得！另外还得经常放生，就是买些将要被杀的动物放掉这叫积功德。最后女孩告诉她，最重要的还得持五戒。巴娜娜又问什么是五戒，女孩答，不杀生、不淫邪、不偷盗、不妄语、不饮酒。

巴娜娜听后觉得很麻烦，首先读《金刚经》她就无法坚持，她有很多事要做，哪有时间读这些生僻的东西，刚才在大厅她一句没听懂。再者只读这个《金刚经》，任何事都不做大概也不会有什么成功，所谓事在人为，就是凡事都要积极进取。佛教不是主张与世无争吗？可要想取得成功就得争！要站就站排头，要争就争第一！不争一点马列主义也没有！总之与世无争她是做不到，读经她也没时间！

再者，放生也是自欺欺人！想吃肉就得杀，放只是一小部分，大部分还是被杀，全世界的肉食店，每天都得有肉类来供应，若是都放了生肉食店还卖什么？想到这便问那女孩吃不吃肉，那女孩迟疑了一下说吃，巴娜娜暗自好笑，吃着肉放着生，这叫什么放生？再说被放掉的动物，还是会被人抓回来杀了吃，岂不是自欺欺人！

巴娜娜认为，五戒不过是拿来做门面的，只要吃肉就必定杀生，这一戒是戒不掉的。淫邪的定义是什么？只要有男女间的事，就少不了淫邪，结婚算不算？情爱算不算？这一戒也是说着玩的！于是她又问那女孩结没结婚，女孩回答正是因为结婚才闹得走进佛门，她男人有第三者！

巴娜娜在无头案中思谋了半天，终没能得出定论，又问那女孩，信佛的人为什么这么多？那女孩思考了一下说，也许是问题人群，就像她自己，心中的问题太多又解决不了，便到庙里寻求出路。

巴娜娜可不那么认为，社会问题归根结底是人们的素质问题，她也身处同一个社会，怎么就没觉得有那么多问题？她一向是生机勃勃，积极向上，想要得到什么就积极去争取，一努力就成功了，她并没觉得社会有什么问题！只是觉得自己的力量不够，才决定外出深造，她自信深造一段回来她会更有力量、更有眼界、更有胸怀，更具备解决问题的办法！到了那时，她定会如鱼得水，活就活它个龙摆尾，活就活它个虎生威！巴娜娜不屑地笑笑，于是将这里的人一概斥之为弱势，抖抖精神重新上车，去商场为自己购买时髦服装。

进了商场，琳琅满目的时装大有铺天盖地之势，巴娜娜愈加坚信社会没有什么问题，目前物质是极大丰富，能不能拿到手属于你自己，就看各自的道行，各自的能力！若有几个亿的存款，岂不是可上九天揽月可下五洋捉鳖！还是要看各自的素质和能力，生物学就讲究优胜劣汰！

巴娜娜为自己挑选了一身紫檀烫金的蝴蝶裙，交了钱，就穿着新买的蝴蝶裙出了商场，果不出所料，行人的回头率绝对百分百，这就反馈出她的外部形象，已经趋于恒星的标准。此后，她还得陆续配备各种道具，诸如汽车、昂贵的首饰一类，以与恒星身份相匹配。有了罗杰斯的赞助，外包装绝对不成问题，剩下来就是专心打造她的内部，尽快成为实质性的恒星，尽管这是个漫长的过程。

恍兮惚兮，巴娜娜来到了广电大厦广场，她停下脚步伫立于广场中心，首先感受着中心的广博。举目天空太阳明晃晃地照耀着，那是太阳系唯一一颗恒星，眼下她坐地日行八万里，就绕着这颗恒星在转。

巴娜娜又将目光停留在广电大厦，通体浏览着这座全市最高最华丽的建筑。这里面包容着诸多精英，都以各自的方式攀登着他们滑溜溜的成功之柱，于不同的位置展示着自己的华彩，无形中给她施加了沉重的压力，就是这个压力驱使她不停地寻找出路，以增加抗压能力。幸运的是她终于找到了机会，成功失败就在此一举，接下来就是全力拼搏、极尽努力，能不能掀翻头上的层层重压，就看她此番充电的能量！

就在她极力权衡各方利弊，忽听二楼窗口有人喊她，抬眼发现恰是吴计，吴计告诉她，嫂子逄桂桂来电话，说是罗杰斯在回国探亲的途中遭遇空难，让她去外事办一趟。

晴天霹雳，巴娜娜转身向外事办跑去，经过一段百米冲刺，巴娜娜速度突然骤减。她想既然罗杰斯已葬身空难，去外事办还有意义吗？不过是让更多的人知道她的不幸而已！海里的鱼还多着呢！于是给逄桂桂回电话，说她已在进京的路上。

48

胡大龙之所以那么容易引起大家的非议，绝对是因为沾了父亲胡昌稷的光，正是为了改变这一局面，他才决定远离父亲去南方发展。

世上最珍稀的就是资源，而林业是可再生资源，资源的最可宝贵之处是利用，只南方被辟为用材林区域。他马不停蹄去南方考察，也许是时来运转，也许是心想事成，就那么顺利地签下了一百万亩的用材林基地！尽管累些，尽管疲惫些，他总算百川归海，找到了自己的归宿！

“喂，来咖啡还是牛奶？”

恍兮惚兮，胡大龙无意间进了一家西餐馆。对，当初就是在这家西餐馆他见到了父亲胡昌稷，那时他正陪一个什么客人饮咖啡，似乎是省里的一位要员，很可能对他的工作表示满意，总之他的情绪很好，也给胡大龙要了一杯。胡大龙是第一次品尝咖啡的滋味，那叫一个享受，他便一连喝了三杯，于是遭了这家老板的几度白眼，当时他的表现一定很贪婪，这种场合需要的却是文雅。

后来胡大龙的资金，一如汛期的潮水渐渐涨上来，不知要比这个西餐馆高出多少倍！欢乐园一次大型聚会，他还特意约了这家西餐馆的老板，着实戏弄了他一番，让他品尝不知人上有人、天外有天的狭隘。

真是冤家路窄，怎么会身不由己又进了这家西餐店？目前他一身的疲惫会给人一个错觉，人家也许会认为他犯了事，若是产生了这样的效果，他解释还是不解释？解释就有欲盖弥彰之嫌，不解释又会留下一团负面迷雾，指不定又编出一个新天方夜谭，于是躲瘟疫般躲了出来。

胡大龙是刚下火车，还没用晚餐，他在最繁华的街市走了一圈，居然没选到可口食物。他吃惯了自家厨师甄诚做的饭菜，其他店里的食物就没了胃口。欢乐园是没人给他做吃的了，由于他急着兑园子，早早停了业，大厨甄诚已经回市直机关主灶，园里只留了两个守护的。

当初他建欢乐园，是想展示一下他的卓尔不群。他从富豪榜上看到一个个闪烁的明星，心里就产生与他们一比高下的冲动，别人能做到的他为什么做不到？同样是人，他也不比他们少什么。也许是身上流着太多父亲的血，一派强力和不甘人后，就那么拼尽全力地舞动，欢乐园瞬间就在他的疯狂舞动中扶摇直上。可在那一时段，大家都认为私营者不过是社会的疣赘、变革中的怪胎，尽管他已经舞动得首屈一指，也没能赢得众人的敬仰，他仍被掩映在父亲胡昌稷的光环里，动辄胡公子云云。这对他是个极大的压力，干好了是市长的笼罩，一旦有问题就只能给父亲抹黑了。他苦心经营的富豪计划，就那么一如泥牛入海。

太阳的余晖已被乌云抹去，继之以暮云暗几重，路上的行人已渐趋稀少，所剩也是三三两两。此时的胡大龙绝对是茕茕孑立形影相吊，晚风轻轻卷动树叶，发出沙沙的响声，加上远处的蛙鸣，徒增一曲将尽的寂寥。此时他的内负荷很大，启动资金的筹措，欢乐园的出兑都是个棘手问题。他的原始积累，在百万亩基地购买中只算了个首付，欢乐园若能尽快出兑，还可以购置设备和苗木，好在政策好他可以贷款，此后又得是一次艰苦卓绝的搏命，那天文数字的贷款，绝对是拿青春赌明天！

目前首当其冲的要务，就是寻找买主尽快将欢乐园盘兑出去，当然还得盘个好价，他原本不很在意钱，因为钱是人赚的，只要有人在钱就是个附属。带着这些棘手问题，他不想马上去见父亲，他不想将自己的问题形象带给父亲，他只想让父亲见到他光明的一面。他觉得应该找个饭店，约几个朋友，让他们帮着找找买主，哪怕只给些定金，只要将合同签好，日后再将资金分期打过来，那就是胜利完成任务。

就在他沿街寻找可心的饭店时，迎面碰上翁折东，胡大龙知道他是吴纳西的人，此前倒腾走私彩电还想拿欢乐园当他们的周转平台，当时他知道这些人难缠便绕着弯地回绝了。如今的人都是功利主义，自我利益高于一切，因为父亲是市长才会千方百计对他小恩小惠，他可不想将自己的阴影投给父亲，所以一直对这些人不咸不淡。

“哎呀，大龙？好久不见，去哪了？”翁折东热情洋溢。

“这么巧，在这遇上你！”胡大龙依然不咸不淡。

“没那么巧，这几天我一直在这转悠，是在考察项目也想开个饭店。哎呀，论起饭店，顶数欢乐园火爆，你使了什么妙招儿，能把个饭店经营到那种境界！来，我请客，向你取取经，也沾点喜兴，将来也火爆一把！”说着拉胡大龙进了一家饭店。

胡大龙原本没有兴趣与他搭讪，可听说他要开饭店，就有意将欢乐园盘给他，也就顺水推舟了。进了饭店，翁折东点了这家的当家菜，觥筹间便与胡大龙套近，不外是要胡大龙在市场上多多照应。胡大龙趁势说他已转行，怕是帮不了什么忙，接着就将出兑欢乐园的意向说与翁折东，不想翁折东竟然如获至宝，一口盘下欢乐园，都没讨价还价就与胡大龙签了合同，第二天办理交接，而且一次性将现金打到胡大龙的账户上。胡大龙知道自己办事如此顺畅，绝对是父亲的光环效应！于是便问翁折东，如果他不是胡昌稷的儿子，还会有如此优待吗？翁折东极为坦诚地告诉他，如果是因为市长的情分，还不如就走吴纳西的路线，吴纳西与市长的关系不亚于亲父子，可与吴纳西交易的第一个回合，就遭了吴纳西的暗算！他是看在胡大龙的诚信与强力上，才想交胡大龙这个朋友，这叫君子造路后来走，并恳求千万别拒他于千里！

翁折东解决了胡大龙的燃眉之急，胡大龙便对他进行重新审视，虽说他骨子里不乏攀龙附凤，可这个热血青年也是有一份雄心的。欢乐园总算易了个好主，他深信在翁折东手里，欢乐园将会从此得以重生。无论如何欢乐园是自己心血的凝聚和智慧的投入，能将欢乐园经营到如此程度，正像翁折东所说他是用尽了心机的，若说那是胡大龙心血的结晶一点不为过。出让合同一签订，胡大龙顿觉像是剜了自己的心，他自知无力抚平，也无力改变自己性格的悲剧！他天生不甘寂寞，他生来好大喜功，因而不惜耗尽内在去付诸外在，内在无人知晓，外在却能得以展示，也许他太在意世人的评价了，可也有人管这叫建功立业！别了翁折东，他迫不及待地回了欢乐园，他必须在尚未易主之前进行最后亲密接触，再抚摸一回自己的心血！在承前启后的辉煌中，完成一次华丽转身。

在月光灯光的交相辉映下，欢乐园呈现一派荒芜，人工小品尽皆被荒草掩盖，湖水浑浊鱼也不见了踪影，院落也是杂草丛生失去了昔日的繁荣。仅仅几个月，就是天上人间，看来人间的繁荣昌盛，没有不是智慧的投入和汗水的浇灌！

来到门前发现已是铁将军把门，两个护院的也各自寻求方便，充分体现了世态炎凉，人情薄如纸。窗口展示着黑魆魆的怪影，母亲去世他一个人守灵的那天夜里就是这种感觉，那种无助那种惊悸，他太需要一个人的陪伴，可没有！他伟大的父亲正陪另一个女人，将世间一切问题都委托给他，他只好一切问题都自己扛。

翁折东接手还得有一笔装修费的投入，胡大龙的要价已经很高，再加上这笔装修费，翁折东是有些亏，这令胡大龙心中很是不安。既然翁折东拿自己当朋友，是朋友就得二月当空相互映照，他不能率先坏了原则，于是决定给翁折东减去一成。虽说解决不了什么大问题，但那毕竟是自己的一番心意，这世界上的人谁能包打天下呢？只表现些诚意就算不错了。唉……既以为人己愈有，既以与人己愈多！

49

就在杲昊的去向游移不定时，丹青竟然极为适时地突现金身，说他有一个国际学术研讨会，可以带杲昊一起参加。这样杲昊的心理问题，就可以安全软着陆，至于是否能从根本上解决，还得有待长长的未来。

丹青之所以如此热心，除了一份社会责任感，还有一个更重要的原因，那就是在见到杲昊第一眼，就觉得她特别像一个人，这个人就是他的亲生母亲。他又经过多方核实，最终锁定杲昊疑似自己失散多年的胞妹，为了有一个确凿的证据，他必须带她去做一个基因鉴定，国内还不具备条件，带她到国外去走一趟就势在必行。

距离会期还有两周，为不使方自珍的信息扩散给杲昊，他必须先将杲昊带到省城，这就势必先做好她的心理铺垫，于是到联合大学找到了正被闲置困扰的杲昊。

丹青陪着她上了公路，拐弯进了正放芽吐绿的防护林。

“听屈子集说你美学课讲得不错，为什么情绪不好？”丹青试探着。

“感觉好像发生了什么大事，每到深夜便会梦到许多可怕的景象。”

“日有所思夜有所梦，你是在折腾自己，哪有那么准的感应！比方你能感应到我为什么来找你？我可绝不是单纯来找你解闷的！”

“是啊！你知道他们出事了，就来劝慰，对吧？”

“错了吧！我是来告诉你，你那篇关于智力开发的文章写得很精彩，我准备带你去参加一个国际研讨会，指不定会引起轰动……”

“我？真的？”杲昊很激动，眼睛格外闪亮。

丹青看出她满心的积极上进，觉得有必要为她换换环境，不然她的智慧真会被曲扭，以致全盘荒废。他有能力拯救她，为什么不呢？于是极为肯定，“是啊！千万别小看了自己，每个人都有可能成为大师，前提是必须迅速搬掉路上的障碍，因为生命的短促不允许你浪费每一秒！”

“我明白了……去哪儿？”杲昊继续燃烧着希望之火。

丹青愈加觉得自己的决策是对的，对于杲昊的恶劣处境必须抽刀断流，“加拿大的苏圣玛丽，不远处就是世界闻名的尼亚加拉大瀑布！”

“太好了！我也能成为特殊领域的探险者！”杲昊愈加自信。

“当然，人是万物之灵，什么尖端都能攀登，就看谁是有心人，还得看谁更不被人间琐事所干扰！你该振作起来投入创造，永不凋谢的花是事业的成功！没人在意你的儿女情长，更没人犒赏你的长泣涕泪！”

“可我是不能自拔……”

“那也是一种思维习惯，长期沉湎于情感体验，就抑制了创造的热情，反之，整个身心都塞满了创造欲，就将会愉快地面对世界！”

“可就算如此又能怎么样呢？人人都必须面临永恒的毁灭，生命终究是要终结的……”杲昊突觉力量不足。

“现代哲学无不为生命的意义而争论不休，悲观主义者始终都在探讨人生的痛苦，面对人生做出了无可奈何花落去的答复。若能将每个人的创造意识调动起来再接续下去，生命不是可以很有意义吗？”

“老师，这观点真是太好了！这也许就是我生命的分水岭！我认为这观点是当今哲学以及心理学很有意义的命题，应该广为传播，以推动人类对自身的认识。人类对自己太不了解了，有时竟像原始人对雷电一样茫然！和您在一起我总是感到振奋！”杲昊果然逃离了痛苦。

“我旨在你能将这振奋持续下去！”丹青继续鼓励。

“可我是游离的，常常是孤立无援……”杲昊有些沮丧。

“这正是你的致命弱点！你看光粒子具备很大的能量，当它游离时就显得毫无意义，可当它附着于光电效应发生器上，诸如光电显像管之类，就会发挥巨大的作用。彩电就是利用这个原理，让大家看到了光怪陆离的大千世界。在彩电尚未问世以前就有千里眼之说，千里眼的含义不就是将千里以外的物象搬到眼底吗？从千里眼之说到现在电视机的成功利用，得经过多少生命意识的接替努力！而从古至今这些意识的目标却是如此一致！其实物质的生命是不是永恒并不重要，关键是意识的永恒，意识的永恒就使创造的接续有了可能，这才是最有意义的。”

“我懂了，终于弄明白了你为什么那么超脱，从不为世俗的琐事所累！老师，到了你这种境界，是不是就无所不知无所不晓？”

“不能这么说，时至今日还有众多未解之谜，说明人类的总体意识尚未达到极限。比如金字塔效应就是一个难解谜团。金字塔诞生于四世纪，却被现代人称为科学之塔，其间数学可达今天先进水平，顶部锥角五十二度，这是自然倒塌现象的极限角或叫稳定角，地震不受影响。磁力线偏向可以使建筑、高山倒塌，而金字塔的中心正处于磁力线中心部位，它可以随磁力线的运动而运动。更令人惊奇的是金字塔内的防腐保鲜作用，在塔内种植的青菜，比正常情况下大四倍，叶绿素多四倍，虫子不吃它的叶子。放在塔中的糖，蚂蚁见而不食绕道而去。放置了四千年的花仍然鲜美不败！你总结了吗？其中很多项目都与四有关，这个四到底蕴含了些什么？”丹青出示了一个天问状态。

“这能说明什么？”杲昊完全排除杂念，精神高度集中。

丹青善意地笑笑，“我在想，假如一个人纵身跃入这样的思考，还会给世间琐事留下插足的余地吗？”

“老师你真伟大！你旨在说明专心致志的重要！”

“是啊！世间可以做的事太多，如果平均分配你的精力就将一事无成。反过来，如果将精力集中在一件事上，就一定会有所建树。当一个人有了建树，他的成就感就会战胜一切烦恼，尽管有时也会有烦恼，可这烦恼就像落在身上的沙尘一抖就掉了，然后就又进入自己的主旋。如果你能有所感同，我的目的就达到了。”

天飘起了蒙蒙细雨，将天地置于一派水汽滃然，杲昊的思绪浸润着弥漫的雨丝，一如春草在思维的大地上蓬勃蔓延，“老师，到了这种境界，是不是就不需要爱了？”杲昊在与她最后的黑暗告别。

丹青将目光送向遥远的地平线，在天与地的接壤处徘徊了许久，他本来不想回答她这个问题，可回避毕竟不是最好的选择，他终于还是回答了，“需要……当然需要！可那是一种大爱，不求报答只求回应，让对方能有所感知，仅此而已。这种爱给对方的不是束缚与痛苦，而是辅佐与托浮，一如苍天般的开阔，白云般的深远……”

“老师，你至今还是孑然一身，你有自己的爱吗？”

丹青不由眉头紧蹙，“不爱正是大爱，其实爱是一种束缚，有了它就不自由了，爱所散射的力量没有方向也没有节制，其中伤害与曲扭不可估量！你看佫恪与方自珍不是都在死去活来地爱，可他们无意中将你的神经曲扭了，让你也跟着死去活来，那是因为你承受不了那种重磅意念的摧残，才到了今天的样子，无力回天的样子！爱也苦不爱也苦，学会爱自己吧，把你的爱镶嵌在探索和创造的果实上！”

丹青的沉重，让杲昊觉得那是一种爱的涅槃，她感到了其中的酸涩与痛楚，更感到其中的伤害与摧残，“老师你的遭遇一定很坎坷……”

“岂止，不仅仅是爱情！父母、同胞、青春、前程都曾经是血肉模糊！我的两个妹妹至今下落不明……可我挺过来了，终于柳暗花明！”

雨越来越大，将天地混为一片。浑然与滃然中，他们躲在浓密的树伞下，倾听宇宙意识弹奏的春之歌。

50

杲昊走了，留下一片空旷。这对佫恪无论如何是个沉重的打击，如果他能听听丹青的上课，也许经过沉降还会趋于涅槃，可他没有这个机缘，只好别无选择地面对曹健。

为新局长选任的操劳，为佫恪不确定态势的担忧，竟使曹健的胎气为之大动，这令她全身不爽，肚子时时感到阵痛，医生说那是流产的前兆，她吃了保胎丸，打了黄体酮方觉得安稳。这才一路辛苦跋涉，好歹坚持着进了佫恪的办公室。

“为了你，我一次次往返于省市之间，医生说我快流产了！”

“干吗跟自己过不去！这不是闹得四邻不安吗！”

“是啊！为了大家都平安我们该分手了，就为这，我才来做一个了结！”其实曹健是在做最后的试探，她强行将离婚证书塞到佫恪手里。

佫恪顿觉四水绕门，他一时找不到出路，是聚还是散那是个责任问题！他该为谁负责？为孩子？为方自珍？为杲昊还是为曹健？谁都得为，唯独可以不为他自己！在他还是孩提的时候，谁为他负责？就那么孤独无援地与死神抗争！他最后的胜利确实得感谢倪莳萝，可为了杲昊他背叛了他，也许是世俗所说的阴私报应，阴差阳错中又插了个曹健，贴黏糕一样挥之不去！站在生命的悬崖，是跳下去还是回过身？若是杲昊不走，他也许一咬牙就会跳下去，不计一切后果将别人推上绝路，尽管是绝情的不道德的，可对杲昊总算有个交代！而如今就算他跳下去也毫无意义了，杲昊已不需要他，她另有蓝图，丹青也许是她最好的选择！

佫恪从绝路上转过身，他看到所有的人都不希望他孤注一掷，只要他能理智地转身，大家都会因此而平稳着陆，风起的狼烟也将从此尘埃落定，尽管他永远地失去了杲昊！殊不知他的选择又一次面临历史性错误，他若知道丹青是杲昊的胞兄，也许他还会义无反顾地跳崖。不过这个错误挽救了他，他无奈选择了自己的骨肉，那个尚未出生的无辜小生命！他必须为他负责！一时间佫恪肝肠寸断，他不能自持，放声大哭起来，那是对往事的吊唁也是对自己命运的送葬，从此他将为责任活着！

过了好一会儿，曹健才缓缓地，“杲昊归你了，这是你最后的机会！”

佫恪慢慢展开了那张离婚证书，呆呆地看了半天，然后毅然将它撕了个粉碎，泪水雨帘般覆盖了他的脸，那是盖棺论定的最后抉择。

曹健被他的悲恸扯得七零八落，又不知他出示什么花招，于是断然拦截，“你把它撕了，就等于同杲昊决裂！我不会再给你开第二张了！”

佫恪将曹健揽于怀中，“我亏待了一个最真挚的你，而你却依然一如既往地真诚！我要我的孩子，他不能没有爸爸……”

“我可给足了你选择的余地，以后绝不会再有这个机会了！你完全不必为道义所累……”曹健下了最后通牒。

“那就算从现在开始……凭你的真挚，就算铁杵也磨成了针！”

曹健似信非信，“看你的爱多吝啬！我知道你在爱但绝不是我！爱这东西一旦说出来，那就不是真的！你对杲昊可能一个字都不说，那却是海枯石烂，天塌地陷的绝对！磨成针有什么用？只能用作刺伤……”

"就算为了我们的骨肉，你就委屈点吧……"佫恪确实很吝啬。

沉默又一次在他们中间摆开阵势，佫恪足足等了十分钟，曹健实在忍不住，"如果你有诚意跟我混一辈子，马上就跟我回去，你不适合当领导，婆婆妈妈的，哪里有杀伐决断！回去还搞你的理论研究，我生了孩子你也好替我照顾！"

"为什么说混？"佫恪觉得与自己的诚意不符。

"怎么不？当我傻？你嘴上说一千个该回省城了，可心还是留在这里！你暂时抛下杲昊，不外是为了成全那个方自珍。所以我要你马上跟我走，不然这里还会好戏连台！起来吧！收拾一下马上出发！"

"那这里的工作……"

"放心，我累成这样，都干什么了？选拔、考核，多少个日日夜夜！这里已经找好了合适人选！起码不会像你那样添乱！"

"是万向权吗？"佫恪不托底。

"他不是与我老公作对吗？只要你还是我的老公！"

佫恪没有理由再问，开始打点自己的行装。

他的行装很简单，行李、生活起居用品、几件换洗衣服和一把永不离身的吉他，那是他情感宣泄的工具，可纷繁的世事逼得他连宣泄的机会都没有，挂在那里几乎成了灰尘的集散地。他拿起毛巾轻轻擦拭，像是在擦他的心，每碰一下都发出经天纬地的宫商角徵羽，不过那是内在的，只有他自己能辨出哪一处是伤痛哪一处是欢欣。循着他走过的脚步回头凝望，欢欣不多伤痛却是累累，少年失去母爱，青年失去情爱，时近中年连自己喜爱的事业也失去了。

他环顾自己的办公室，突然觉得这里才真正是他灵魂之所系，每天早早起床就策划着一天的工作，采访、录制、合成、播放，他的心血与他的劳动，就在那小小窗口得以全线展示。他的是非标准，他的善恶基线，就通过那个小小窗口得以广泛传播！每当他拿着编辑记者送来的稿子，他大笔一挥行使着生杀大权，一种驾驭感指挥感，就令他足足享受着无冕皇帝的荣耀！每当他守在合成间，指令裁裁剪剪，那种选择那种审美，使他真真感受着潜能与智慧的灵动，他才是上帝，他才是万物之灵！就算是吴纳西的盖顶，万向权的排斥，也都是一种曲线式乐趣，虽说是弯弯曲曲磕磕碰碰，那种行进中的抗争以及最后的征服，绝对是力的展现，智的高扬！没有这些来回，没有这些闪烁，也许他永远不知道自己的能量，永远体会不到一个智者的光辉！

每天到了上班时间，他就会站在窗口，眺望街市的车流与人流，自家的通勤车缓缓驶进大厦广场，看着礼花般绽放的员工从车门散开，赤橙黄绿青蓝紫，然后再从万绿丛中辨出那一点红，杲昊就这样被圈入他的黄金视野，大致判断她的喜还是忧。

其实他就是这点奢望，每天能看到她平平安安，快快乐乐，然后就去享受无冕皇帝的杀伐决断，再将自己的是非评判广布天下，去收获智慧与力量的灿烂！可就这点奢望，就没人能理解，更没人能满足！大家都有自己的运行轨道，该死的泡利非弄出个不相容原理，每个人都遵循这一原理，孤独地在自己的轨道上行进，偶尔相遇也只能是以碰撞的形式，有时还可能是连环碰！可悲？可怜？可憎？可叹？

是命运的无常吗？是运行的不可操控吗？不！分明是自己的无明，是自己的不够严谨！在意识可感范围内，事态应该是可控的，之所以酿成今日的后果，那是没把握防微杜渐，没在意蝼蚁之穴！

门外吵吵嚷嚷，他知道那是曹健的光环套来的一大批马屁精，完全不顾他的自尊和感受，就那么公然对他的人格进行肆无忌惮的挑衅——走了？为什么？背后一定是一大堆不光彩的诠释！是可忍孰不可忍！

盛怒之下，佫恪决定重磅回击，尽管那是免冠徒跣之举！他从后门溜出去，打的上了回省城的高速公路，将一切都甩给了曹健和她的马屁精。看在未出生孩子的分儿上，他给曹健发了个短信，说他先行出发了。

哆来咪发唆拉西，赤橙黄绿青蓝紫，声光同步质能互换，人们跃动着的本质力量在新一轮相对稳定期，于人文星空沉降为一个个星体，至于能排到什么位置，还得看各自的引力场，那又是星位与场指数的辩证。

卷二

位与场

冷漠的星空从来就不寂寞，纠结、并吞、再生，而星团的显要位置是由大尺度引力场决定的，那一定是星团的中心！

1

每个人都有特定的星宿，要想在人文星空占据一个显赫的位置，还得看各自的引力场，这便是星位与场指数的辩证。

大牌记者杲昊被吊销了记者证，她头上的七色光环轰然坍塌。列缺霹雳，惊涛拍岸，顿然于全市卷起了千堆雪。骄傲、清高、自命不凡的杲昊终于栽跟头现眼了！这对那些惨兮兮集困厄与忧患于一身的人，无疑是一种振奋，至少他们会觉得自己的生活还是可以忍受。暗淡的生活中，没有比看知名人士出乖露丑更令人心满意足，这也是他们从中获得优越感的唯一途径！遭此报应那也是她咎由自取，谁让她总操着洞穿一切的目光，撇着不值一谈的嘴，又不搭帮不结伙，整天独行侠似的东奔西走，这种犯大忌的事她竟浑然不觉，更不懂帮着说话的人越多才越安全，结果把自己置于风口浪尖，这般下场也早在意料之中。事件的触发点是她聚焦了头号民营企业——霓彩化工公司的命案，致使广播电视局局长也受了牵连，当即被罢官免职，回家抱孙子去了。在大大张扬了一回她的狂妄之后，便红巨星般塌缩为一个奇点，一直被关班房般独居办公室。百无聊赖，涂抹了一张谁都难知胡底的赫罗图。有人说这是一张人际关系图，也有人说那是她的战略部署图，更有人指出这是她狂妄心理的大展示，其中隐藏着一个“大”字，不就暗指她自己吗？而有些明眼人却看出了杲昊的危机，霓彩的命案是为杀人灭口，杲昊参与其间同样有被灭口的可能，这赫罗图难道是记录了命案的内幕？

人生的悲剧便是性格的悲剧，杲昊对此尚未上升到理性认识，作为强者她一直以为自己抓着命运的阄，可在此次突遇的挫折面前终于认清自己的悲剧个性！在体验了上百次情感的磋磨，上千次心灵的阵痛，上万次意志的砥砺，她悟到正是这样的经历才是求强力的人生，因而又无愧无悔！面对众口种种评价，她努力做到禅定般的接纳，混沌圆通无二无别，评价本身就是被评价的宝贵财富，评价然后才能出价值！于是便心安理得在这独居的班房打造她的赫罗图，她将在这一特定的位置上描摹她心中的群星，赋予他们以自己的色彩和亮度。她的奋起是因自己的黄金搭档方自珍那一则绝密信息，说是新局长是省里派来的，绝不是大家猜测的原副局长万向权，这就为她东山再起平添了信心，因为当今人际关系裙带缠绕，像她这样一个从不结盟的独行者新总比旧好，新可以客观，而旧就意味着多重主观，如此会省去与多重主观意识的较量。偶一回首她发现伴她多年的金心龙血树开花了！她从来不是宿命论者，而这偶一回眸所触目的，竟是一个物以稀为贵的启示，她瞬间想到人只能活一回！W·海森堡的测不准原理实现了经典物理学的革命，它清楚地表明，微观物理学的事件是无法被完全确定地测知的。不管我们的愿望如何，在很大一个真实范围内事物只能以概率来断言！掷骰子通常被认为是预卜的手段，而大科学家伽利略总结了骰子下落的各种模式为赌徒得出一组方程式，机遇概率初具规模，费特曼就是把这些方程式变换为概率理论的。谁能确定偶然不是暗示着自然法则背后的某种机制呢？宇宙意识在执拗地调度一切，时常将人生的走向隐含于某些显性符号，命运不是机遇的双关吗？

为再度启动新一轮运作，她必须蓄足最原始能量，面对信息时代和横无际涯的经济大潮，人际关系应该是重中之重，可这恰恰是她的薄弱环节。经过仔细搜索可供充电的不多，除一支磨得平庸的秃笔，她一无所长！人际关系是要靠交换的，不像总编室主任吴计，表面上谐音着无计，其实她计谋多着呢！随便拔根汗毛就够破译一阵子！不然就凭她那点学识水平，连标点符号都搞不明白，就能混上偌大广播电视集团的总编室主任！总编总编，总得拿出广播电视节目的总体策划方案，可每次编委会她都属聋子的耳朵，足见其人际关系的硬实！更不像主持人巴娜娜，天然生就一身狐媚子，变魔术般就将达官贵人绕得眼花缭乱，又出去读了传媒大学，攥着硬硬实实的大学文凭。至于副局长万向权，就更不能与之匹敌，人家是男子汉，在这个父系社会他率先握有主权，不管是伦理规则还是思维习惯都处于高势态，稍示俯冲就携有巨大的能量！只有摄像师方自珍还算一个人际关系资源储备，可方自珍最为致命的是其性格懦弱，一派阴柔，不是他摄像技术高出一筹，早就泥菩萨过河了！一个人的成功，只有百分之十五靠他的专业技术，他是靠百分之十五活命的那一种，指望他助一臂纯属异想天开！扳着指头历数，人际关系这一档，可供开发的实在不多。

为不使东山之举落空，杲昊只能靠内部挖潜，向自我要效益！经过百般折腾，杲昊确认她最具实力的还是那支秃笔！若能将霓彩化工公司的命案弄个水落石出，曝光于天下，岂不是冷门！咦？被罢的老局长临行前给了她一些材料，说对她会有点帮助，他建议局势稳定些，再利用适当的形式写出来，会有一定的社会效益。指不定那一着棋顺了还会重整旗鼓，那不是爆冷门的通天之路吗？

接下来就得仔细阅读与之相关的所有材料，被罢局长临行前给她的那份手稿应该是首选，另外每次到席的市府党政会议笔录也得细读，更得做广泛细致的社会调查，算起来没有半年的准备是很难动笔的。细细策划的同时大脑便复调式运行着各种理念，诸如从现在开始啦立刻行动啦等等，于是起身去寻找昔日的笔录，翻箱倒柜找出了她所有的Note Book，一一翻阅，每一本都浓缩着她的敬业和使命，笔录之后还夹杂着她的感慨和评论，可以看出那是在钉子精神或挤海绵劲头的驱使下进行的，到处是毁灭性的删除和变动很大的嵌插，那些尚未来得及誊清的手迹连她自己都难以辨认，可一旦纵身跃入，在那些混乱不堪的表层下就会发现极为严重的社会问题和险情四伏的人际关系！这是她全身心投入才洞察到的天机。多少年来她一直保持着这种十足的忘我，也正是这种忘我才铺陈了她浩瀚的学识，也正是这细微的洞察才铸就了她锐利的思辨，从而积淀出她以往的辉煌。有人说她的新闻是投枪，也有人说她的新闻是艺术，就这么一路过五关斩六将地冲杀不想一朝走了麦城！此一时彼一时，如今，荣誉、梦想、业务自信、光环效应都一齐从她的黄金视野消逝！尽管大家好心规劝她应该改改范式，可她仍摆脱不掉与生俱来的孤傲和自持，更有些精明者小心诱导她别把自己弄得迷津一般，可她还是改不了游移与混沌，这些致命缺陷正是造成她悲剧人生的主要原因。其实，她并不是孤傲，更不是成心混沌，她总是担心自己的行动不够力度，于是就全力地搏命，十过了头还浑然不觉，结果就与众人拉开了距离，招致了小人的嫉妒！因而杲昊的戏外功夫，在新的历史时期具备相当大的落差。成功也是分阶段的，以前的成功，那是在单打独斗的大环境下促成的，如今需要联合、需要团队，杲昊那一套个人奋斗经验就显得太薄弱。如今的人际关系是里三层外三层，连环套式的结构，靠单打独斗是自诒伊阻，况且四伏的杀机已经见了血腥，就算她有天大的本事，弄全了所有与此案相关的材料，在尚未公布之前也许就身首异处了，这样想过杲昊感到了不寒而栗。

突然房门洞开，一道冷光闪进。

2

“毛遂自荐，还是我先来看你……”

如一首凄楚的歌，那绕梁的旋律将环境、天气、人物、色彩，甚至千百种感触一齐抖搂出来。惊回首杲昊随即跌进一个大轮回的涡流，记忆铺陈出往事的画卷，挟裹着她向十年前的岁月漫溯，一路凄风苦雨。

佫恪门也没敲径直冲到杲昊面前，经过十年的荡涤，这冲击波似乎很弱，原本凝固着的空气纹丝没动，一双冰冷的眼睛伦琴射线般直戳他的面颊，佫恪感到寒气浸骨，同时感到那颗被强力意志包藏的心依然在颤抖，十年如一日。

"我知道你不会谅解我……"对峙中，佫恪出示自己的无奈，这无奈牢牢地钳着他。人生本身也许就是个无奈，它是那样短以致许多事都来不及重来。人生分出许多路，每次只能选择其中的一条，留下其他的准备改日再走。可每条都绵延无尽，一旦选定就不能再回头，从此决定了一生！当初他艰难地离开了她，那是她率先随同丹青不告而辞，后来他才弄清丹青是她的胞兄。此番前来，却是想救她于水火。

杲昊下意识抬起头盯着他，脸靠着内功没有特别变化呈一个正宗的定格，蓝窗帘的缝隙透进一束白光，照得她半个脸白半个脸蓝，显得惨兮兮，杲昊心像被狼抓过，她意识到他们的生命有一半就这么毁了。杲昊眼前的这个形象与她意识底色板上的那个完全不同了，尽管那明眸依然浮光流转，但加了许多阴郁和过分的成熟。牙齿还是那么白，可似乎有了缝隙，谁知道呢？他的牙很难外露，这使人想到"咬人的狗不露齿"之类，他瘦了，眼角有了鱼尾纹，可当年的风采不减。

"我执拗地找上门，是得知你面临险境……如果我能助你一臂，那是我后半生的大幸，我愿为此付出一切……"佫恪剖腹掏心，他想证实人生可以重新再来。

杲昊再也控制不住，顷刻成了泪人儿。合成泪的成分很多，她带着被他撕碎了的心又苦熬了十年，他终于还记着她为她前来，无论如何应该算是一种幸福！可这十年的耗散，她献出了全部最美好的年华，她背负着孤独失落和深切的伤痛，却永远没有结果，她得承受最可悲的下场！她怕失声，她不愿让他知道她此时的心又在绝境上徘徊，于是将目光移向窗外。阴冷灰暗的调子扯出她一声长叹，叹人间情为何物？直教人生死相许……恰在此时，合成间传来姜育恒的《梅花三弄》，那低沉苍凉的宫商角徵，魔影般幻化着昔日的旧梦，那是一个长长的镜头。再回首，背影已远走，再回首，往事已模糊，不干的泪眼中，只有无尽的长路……

佫恪从她的泪中看到了玉碎宫倾，看到了心灵之路的断裂，也许他们永不会再通融了，因为不同的人会感受不同的相似和相似的不同，这是他当初决策离开她所始料未及的！不过他坚信，女人是需要男人坚实臂膀的，尤其像杲昊这样事业型的，她的世界应该是多极的。十多年她仍孑然一身，那份等待那份笃实，又是一个令他始料未及。人始终一如赫尔库勒斯站在十字路口，人必须选择他的生活模式，而且越来越以新的自我面对世界。俗恪此番的选择是建立在重塑人生，因而需要更大胆、更变化、更执著地反对命运！他确信，人该是永远无畏的，永远具有未来的，而由于自我的推动，又永远是无法再现平静的，面对新一轮挑战他无怨无悔！再三阅读了杲昊的泪他出示劝慰，“也许你会以为我们之间的情分永远地消融了，可情的概念不能更广义些吗？让它拓展到事业的浇铸，甚至人生的重塑！”

杲昊如遇响雷贯顶，这该死的，他永远知道她最需要什么，这也许是她不改初衷的最强硬理由。她拭了泪，将目光再度聚焦，站立在她面前的恰是她的另一个自我！对同道的选择，也许正如审美，具备外观的幻觉，是一种生命力在对象上的投射，其中囊括着自我肯定，强烈欲求之所系，以及强力意识的形象显现！格式塔心理美学家鲁道夫·阿恩海姆认为外部事物、艺术样式、人的知觉组织活动以及内在情感之间存在着一致性，这均属于力的作用，一旦在这几个领域的作用模式达到结构上的一致，就可以激起强烈的共振，这趋向具有赴死的决心，正是他为什么会让她以生死相许！可此番怕是徒劳，她捅了权力中心的马蜂窝，她正被哄起的群蜂所困，他单枪匹马，想杀进这狂阵不死即伤！“我可能被清出新闻队伍，你怕是力不从心！”

“那就试试看，我就不相信正义会输给邪恶！尽管那是个伦理范畴的概念……”俗恪张扬起壮志，展示他的与邪恶不共戴天。

杲昊一声长叹，叹他的势孤力单叹他的壮志难酬。她对十年后的俗恪一无所知，面对如此脆弱的人文生态，他能有多大回天之力！广播电视集团的横空，首先就是对巨大习惯势力的逆转，那是个大厚层，人人置身其间，人人自相惊扰，碰碰谁都有强弩之箭的危险。为了自救谁还去细分是非曲直？再说搅浑清水那也是布衣之怒的最后一搏！机会主义者更是瞄准一切时机制造事端，于烟幕下为捞取极值利益而战！况且他们要直面的是遮天蔽日的权力网！他柔嫩的肩能扛住这沉重的闸门吗？

“你怀疑我的决心？还是能力？”俗恪看出杲昊的游移。

“那个命案事关重大，权势者气急败坏，那极富破坏性的冲击，其反作用必然是十万马力，我不想让你插身其间，遭受无辜的牵连……”

“牵连不是同舟共济的代名词吗？那可是合力的象征，对于此案我正愁无从下手，有你做先遣岂不是开辟一条通道！”佫恪愈加昂奋，为自己战略的确立，也为完成上级交予的使命，找到了最好的切入点。

“你同意我将此案调查下去？”杲昊露出一丝粲然。

“虽然我们不是法律部门，但舆论上可作为先导……”

这真是一次命运的修正！杲昊又充满昂扬，“这不会是梦吧？”杲昊喃喃，是鼓舞也是自勉，肯定人生的全部连同它的苦难！

“君子一言！”佫恪与她紧紧相握，是承诺也是誓师！

一轮心理大角逐，杲昊预感到前景并不像佫恪鼓荡的那么乐观，将希望寄托于别人等于签了卖身契，她不想降格以求。方自珍的谏言不无道理，做一个自由撰稿人，既能活命又活得有质量。心中一静反而乐天知命淡然自逸，信手拿起前任局长留给她的那份材料，这才是送她上青云的正道，又是一番凝神敛气她渐入佳境。那作品仿佛是作者一挥而就的魔幻精品，只将一本本词典放进他智慧的魔盒倏地就抖出了这篇大作。这位可敬的事事都模棱两可的老局长，居然腹中藏着如此奇才，从那副窝囊样，无论如何看不出他是这样一篇文章的缔造者！也许他总是戴着假面具，将真实情感隐藏得讳莫如深，而要大家慧眼独具！文章的题目名之曰“‘狐虎’的较量”，行文开门见山直现较量，过程极为曲折隐晦，绝对匪夷所思。咦？狐谐音着胡，虎谐音着扈——虎步啦！是胡扈之争？结尾处一声巨响推出一个承蜩的佝偻！佝偻承蜩？那不是“达生”吗？达生可是霓彩化工公司首席顶梁！难道命案与胡昌稷有关？由于事件极为机密，当时她只是道听途说霓彩化工公司出了命案，可详情她一概不知，为制造新闻效应她才抢先报了出去，结果捅了马蜂窝！

市长胡昌稷连夜召开紧急会议，首先封锁了全部消息，然后调集所有职能部门，对广电集团进行闪电式大洗劫，第二天清晨就罢免了老局长，责其领导不利，制造虚假新闻，老局长居然没有任何反抗悄然离了岗，接着便不知了去向。接下来，就对杲昊进行无情封杀……

3

理好思路杲昊打算直面达生，同他做推心置腹的交谈，先从他那打开缺口。做好采访提纲，正准备轻松上路，门却被推开，进来的竟是很少与她搭界的吴计，一向以老大自居的吴计，此时却空前低调，原来是她家中出了问题。吴计的家，纯属概念性的，实际没有多大意义，自哥哥吴畏娶了媳妇逢桂桂，这个家庭便有了小小变化，一个和谐的三人世界，转而成为以嫂子逢桂桂为首的母系氏族酋长国，时不时闹出些翻云覆雨的故事。先是逢桂桂容不下这个来路不明的小姑吴计，便几次指桑骂槐，吴计只好搬出家门进了集体宿舍。稍有消停，又开始对退休在家赋闲的公爹挑三拣四，她知道这老家伙不能像吴计那样，轻易就被扫地出门，因为买房子老家伙也出了一部分钱，那可是倾了他毕生辛劳，口里省肚里挪积攒起来的。其中粘连着声声血字字泪的，断不敢对他轻举妄动，再者孩子总是老家伙的骨肉，由他照应着总比别人托底，就在这种宽容政策下，老家伙总算保留了家籍。

逢桂桂不算难看但绝不属美人系列，为了引人注目，不得不在美容服饰一类外道上下功夫。珠宝首饰一应俱全，服装道具一概名牌，手提包都必与服装协调搭配，就是随身携带的宠物也是极名贵的。正是这些附属品常常博得一派啧啧，她就在这啧啧中自以为升为极品了。逢桂桂容不下小姑吴计，主要是吴计过于美艳，只要吴计在她面前一站，她便感到无地自容，尤其不能同时在壁镜前出现，妹妹一件随便什么不值钱的服饰，就会令她昂贵几倍的美服黯然失色，这曾使她好生苦恼。静下心来细细追究，有人提醒她是她小姑子的社会地位使然，人尊物贵，人贱东西也就不值钱了。逢桂桂从此转轨，向身份要效益。逢桂桂原本是中学教师，当今外语时髦，她拣了拣中学时的微薄老底，又上了几天速成班，便于中学教起了中国式的英语，糊弄初中小孩还能抵挡一阵。不久她又瞄上了外事办，怎奈功底太差，不得已又到联合大学进修。得知联合大学校长倪莳萝的同学在外事办当主任，便展开了全方位攻势，上劲、奋斗、奉献，这些状态她都做到了极致，终于感动了倪莳萝。更为重要的是，感动了倪莳萝身边的一个重要人物杲昊，因她与杲昊同居一个宿舍才得以向她倾诉自己的志向，杲昊一向对奋斗着的女人抱以敬佩之心，于是一句话定乾坤，请倪莳萝亲自出马当说客，说服了外事办主任楚暮鼓，逄桂桂便正式调入外事办。由于英语不过关逄桂桂并没当上翻译，而是被安排在机关当宣传干事，这倒遂了她结交名人权势的愿。

有了这层关系，家里有了事，找杲昊去调节也是顺理成章的，尤其事因出在逄桂桂那，吴计也有孩子哭抱给娘的意思，要杲昊好好做做她嫂子的工作，为取得一劳永逸的效果，吴计这才屈尊搬动杲昊。吴计为使杲昊消除同自己的隔阂，先推心置腹，向她讲了家中的基本矛盾，后又添枝加叶描绘了此次矛盾的中心根由。其实也没什么大不了的，只是家中成员心态偏移，个个都揣着自己的算盘致使芥蒂日益加深，因而每句话、每个举动都会引来巨大的意识角斗，原本极脆弱的人文生态愈加显得荒漠化。只要有一丝风就会搅起一场沙暴。此次的起因尤为令人忍俊，仅因公爹偷吃了一块宠物狗的香肠。逄桂桂先来了句没出息跟狗争食。老爷子便号啕着狗都不如，闹着寻死上吊！尽管是父亲的恩情比海深，老婆的感情比火热，可夹在水深火热中的哥哥吴畏却一筹莫展，憋了半天说了老婆一句，逄桂桂便闹着离婚，说在他家的炼狱中，早晚会发疯，哥哥吴畏没了主意又找了妹妹吴计，此番吴计真真是无计，这才来搬救兵。吴计的屈尊还真叫杲昊看了个透，除无计可施外还夹着一层与佫恪套近的馅儿，她知道佫恪此次前来很有来头不得不慎着。

惜话如金的杲昊收起桌上的资料，抽屉上锁跟吴计一路去了无畏的家，可逄桂桂恰恰不在，只吴畏陪着老爹眼空蓄泪泪空垂。见吴计一到老爹顿时来了精神，跟见了翻身队似的，没遮没拦地控诉起逄桂桂。

就冲这房子她也不该对我这样！我一个退休老职工，现在是上不靠天下不靠地，半空中悬着，掏出了一辈子的血汗钱给他们买了房子，我手里现在是分文没有啊！老人家一路号啕，时而泣不成声，时而如鲠在喉。你们说说，就他们那点工资，不够这条狗消费的，哪还有钱改善生活！我这有病刚好，口里发淡，不怕你们笑话，闻着狗吃香肠那味，我馋得整夜睡不着！狠狠心吃了一小块，就叫她闹成这样！我苦我难谁管我！老人家是痛极、伤极，真真是断尽江南刺史肠！吴计也随之哽咽悲怆，竟失声痛哭起来。吴畏想起昔日的生活也是如此拮据，半生以来就没像人家有钱人那样要什么有什么，顾影自怜，悲从中来，瞬间涕泪涟洏，三人不管不顾在杲昊面前上演了一曲悲怆三重奏。杲昊细细察看了老人家，身体还不错，年龄刚过花甲，看出他还有很多余热可利用，于是建议老人家出去再找份工作，这样既有精神寄托又可赚份钱，何至天天泡在家中酿造悲剧。不想一下捅了马蜂窝。那多丢人！咱是国家正式职工，响当当的主人！怎么能去当雇工！那还有主人身份吗？老爷子率先攻其不备。让老爹出去打工？那让人家多笑话！吴畏于中路杀出，像我们虐待老人似的。吴计也不甘落后，擦擦泪，再说老人家辛苦了一辈子，就剩下这点儿自尊了……

坍塌、跌落，一家人的精神支柱瞬间化做齑粉，杲昊似乎被无边的粉尘笼罩着，憋闷得难以透气。还能说什么？在这怪胎丛生的家庭，谁还能准确指出什么为是非曲直！瞬间杲昊看到吴计的另一面，也许她真是无计才练出了那样一身自卫的本领！如果刚直不阿宁折不弯能对每一个人都施以同等尺度，那么那些顶天立地的汉子也不必慨叹，站人屋檐下，焉敢不低头！一种冰消雪融的鼓动令杲昊走向理解，于是出示了自己的真挚，紧紧拉住吴计的手承诺一定劝逢桂桂向老人家赔礼道歉，在一派举手长劳劳中杲昊离开吴家。

从掷骰子到概率诞生，就那么神奇地将杲昊推向逢桂桂。透过人群杲昊看到逢桂桂蓬头垢面，抱着宠物狗正目光失神地于街头游荡，外部形象的沦陷说明她内心正经历着难以排解的煎熬，其实内心的火炉本是自己设置的，只是不知道如何熄灭，只好任劳任怨地接受它的炙烤。

“桂桂！”杲昊使出全身解数释放自己的友情，百般煎熬中的逢桂桂自然如遇救星，不管不顾地扑向杲昊。

杲昊抓住契机，深入浅出向逢桂桂阐述了立足之地的重要，立足之地的建立取决于心理素质，这一点远超过形成这一素质的外部条件。心理素质决定了人们是否能获得较高生命价值的能力，而外在条件则不会将大家带到这个较高层次。最高境界是心灵有所归属，就是有自己的领地。面对错综复杂的人际关系和包罗万象的社会环境，如果没有自己可以休憩的领地，那就一定得累死！

杲昊见逢桂桂出示至诚至笃，于是又一次小示引导，建造家园首先得选地界，精神家园也是如此，必须想好自己的目标和自己所具备的长项，目前逢桂桂的长项是外语，若下一番苦功再提高一个档次，或能到国外再去熏陶一下，做个专业翻译是不成问题的。这样，在事业上就有了立足之地，一个出人头地的逢桂桂就将横空出世！

自信、自立、自强给了逢桂桂人生意义一个回答，到国外深造将是她的首选，而这一目标的必备条件，一个是资金的保证，另一个是领导的批准，为达目的她会尽全力去奋斗！

4

接到杲昊要再次采访的电话，白茜惶惶然，她不想让她的病人再置险境，那惊心动魄的余波一周后仍挥之不去！

达生刚入院时的状态，对白茜绝对是空前刺激。玉碎宫倾、日落星陨、红消香断，这些风马牛不相及的词地壳变迁般惨烈而悲壮地交织融合，那一瞬竟将白茜的内视野沦为非洲大裂谷，震极、惊极、诧极！半麻木半痴呆中，她又扫了一眼手术单，绝对是他，没错！正是霓彩化工公司董事长达生！资源城未雨绸缪，于产量递减之前便决策将其由资源型推向综合型，霓彩化工公司正是在这一战略大转移时刻横空出世！一亮相便底气十足，靠着资源型名牌化工企业的无形资产，股票于国内外发行了一亿股，每股十元，其概念为十个亿！其实那个小化工厂砸出骨髓不过一千万，却成了转轨之际的重头戏！当然，这与大力招商引资的鼓噪有关。市长胡昌稷亲自挂帅满世界张扬，东起韩国、日本，西至美国、加拿大，北自独联体，南至新、马、泰！一个声势浩大的招商引资几乎席卷了全球。当然，领导们的足迹也趁机遍布全球，不是这个资源国企做强大后盾，大概他们连路费都无着落。得天独厚，最占便宜的还数市广电集团总编室主任吴计，她以随团记者的身份，也使自己的足迹遍布了五大洲，全市人民都羡慕她的好运气，殊不知这该归功于她的好脸蛋，漂亮永远是价值昂贵的介绍信！随后又出台了规模宏大的招商引资系统工程，从科级、处级直至局级都有一定比例的份额，算是岗位业绩，不然便有落聘的潜在险情！不想就在这样一个大好形势下，达生竟吃了枪子儿！CT检测子弹正嵌在他的心脏上，真是天大的耐力，他居然还在呼吸！急诊室简单处理，马上就该上手术台了，能否从死神那里夺回他的生命，就在于主治医生白茜能否妙手回春！白茜是乘着留学潮出国深造，又乘归国潮来到本城中心医院就职的，因一手胸外绝活，很快就名噪一时，电视台为她做了专辑，所派记者便是杲昊，两人有了一面之识，杲昊自以为靠着这点儿人际关系就能抢到第一手新闻。幸好事先院长王大为就告诫白茜，手术要在绝密中进行，因为当事人绝对不能在众里曝光，达生中弹后，是司机将他送到医院的，知情者似乎只限于四到五人之间。杲昊绝无幸再成为这一圈子里的人！白茜很快做好术前准备，心中却没了谱，完全惊呆于这个突发事件。

“白茜……”这次院长完全抛开了一己的得失，绝对站在客观立场展示一个院长对部下的体恤，“别紧张，子弹已嵌到心脏，可以认定百分之九十九的死亡率，只要尽心去做就是了，其实也就是将子弹取出有个交代罢了……上面也有意思不一定搞什么确保……”说着手指配合着戳向身旁的一个陌生人。达生是她的病人，她当然要尽百分之百的努力！又是一个下意识，她震惊了，这人是谁？怎么会有这种暗示？达生的命案是不是与此人有关？

“哦，不……”院长大概看出了她的惊愕，又补充阐明他是为解除她的心理负担，最后出示了一个折中的导向，出了问题，可以推给他院长，潜台词依然是不必确保达生的成活率！活动手术车终于将奄奄一息的达生推了过来，依然呈现着英俊飘逸超脱，只是脸上失去了血色。

达生的美是美学概念的。白茜在第一次见到他时只觉石破天惊，艺术联校、审美观照、格式塔效应，他可以同时诱导多种感官，给人一个全方位，因而使所到之处顿然开辟一片湛蓝的天，尤其是女性天空。那是在他刚建厂之际，办理许可证、联系市场、组织土建队伍，上面限定半年之内投产，他累出了急性尿道炎，市长胡昌稷指示，医疗要全方位绝不能留下后遗症。院长便将白茜推荐上去，介绍白茜是留学归来的医学博士，为确保市长的掌上明珠，院长也献出他的掌上明珠，以达成珠联璧合。白茜便在达生的光环效应中战战兢兢进入医疗程序，诊断、判断、推断，她断定他患了性病，当然是他那个雄性标志提供的数据，私下白茜向院长做了汇报，院长谈虎色变，那一时段国产性病尚属凤毛麟角，院长巧妙暗示，要按市长的指示不惜一切代价治愈，而且要列为一级保密，当然是为保全新型企业家的荣誉，不然这会牵连到市长择人有误，那是溃堤之举。白茜当然轻松，美国留学的她自然见过大世面，治愈性病不过囊中取物。说也走脸，美国正有个同学与她预谋在大陆兴建性病医院，说他研究出了基因特效药，除艾滋病，皆可药到病除。白茜回说大陆尚没有市场，刚刚改革开放中的平头百姓尚不知何为性病，同学悻悻然，预言不久将打破这一禁区，性病医疗将会像比尔·盖茨的数字化让白茜成为巨富！白茜仍不为其所动，那同学不管不顾，一任其主观意识张扬过太平洋，将他的科研成果由美洲寄到亚洲，表面是希望得到她的赞同，实质上是诅咒她率先以身试之。白茜当然不会进他的超级圈套，无辜地去当他的试验品，而让他去做性病领域的比尔·盖茨！歪打正着达生为他的科研成果开辟了第一例市场。此药果然特效，第二天症状缓解，第七天恢复正常，两周后康复如初。从那以后白茜的医术被炒得神乎其神，大力度的炒作得归功于杲昊的妙笔生花。达生的前列腺本该手术，白茜却令他悄然痊愈。她始终得益于她的沉默是金，从小就似乎很有定力，而且凡事不想从别人那里得到印证，因而就省去了许多不必要的交流，语言也就显得多余，久而久之便形成了沉默是金。白茜的沉默保住了她同学那剂特效药的秘密，而将金也就贴到自己脸上，从此她名声大震，并成了院长的医疗主打。当然掌上明珠、中流砥柱一类，那是“铁姘”的代名词——不过是梦寐以求想得，而得不到那些人的想象力的宣泄！达生刚入院，第一道程序是要为他导尿，他那个雄性的标记竟那么虚弱地瘫软着，已被衣原体、支原体、梅毒螺旋体等菌类吞噬得千疮百孔，绝对失去了底气，而白茜的妙手竟在一周之内使他回春，且至今从未复发过，怎么能不令圈内人士妒意丛生！当宣布达生行将出院时，院长带着市长前来探望，问及什么病，院长用了一句老百姓最通俗的术语，工作太忙上火了，这不很快痊愈了！转念间又怕降低了白茜的医术水平，赶紧补充，没有我们的医学博士也不会康复得那么快！两箭双雕，既掩盖了达生的丑，也弘扬了白茜的高，市长听了很动情，指示要掀起两个宣传高潮，一个是达生的敬业精神，另一个是白茜的医疗水平，稍后这两位便双双被新闻媒体潮水般挟裹。不过那次采访达生的记者却是吴计，正是那次报道有功她被擢升为总编室主任。

白茜之所以能成为院里的中流砥柱，还有一个秘密武器，那就是猫眼儿监护，她居高干病区，办公室就设在病房隔壁，为二十四小时将病人置于自己视野，她私下于墙壁装了猫眼儿，可以全天候监护病人。她对病人了如指掌，院长还以为她神机妙算，这自然也是她成为中流砥柱的一张王牌。为确保吴计的独家采访，病房竟挂起了“请勿打扰”的警示牌，致使医护人员都不得靠近，采访进行了两昼夜。在挂牌的两昼夜期间，猫眼儿绝对上演了世纪性的大戏，记者与企业家的苟合。

正在两种喃喃中欲仙欲死之际，又闯进一个男人，白茜在可见视角只能看到那人的背影。狗男女，看大老板怎么收拾你们！达生面如土色向他求饶。那人倒爽快：以后全听大老板的！不然你的下场难以预测！

难以预测？如今果然应验了，可见达生有违于大老板！当时被那画面惊得魂飞魄散的白茜，却有一个亮点于散乱中聚焦，大老板是谁？

大作的人生鼓角中，门被敲响了，白茜知道那一定是杲昊。

5

方自珍拉好架势，打算用一天的时间等他的黄金搭档杲昊，以帮她重新构架未来的走向，新局长佫恪的出现，从根本上打乱了他们的原定规划，这该死的命中克星，水蛭般挥之不去。十年前，为了这个乌龟王八蛋，他方自珍差一点儿魂归离恨天，十年后他又找上门来，这次怕是来者不善，肯定是听说杲昊遇上了麻烦，又来上演英雄救美的闹剧，难怪人们都愿当官，他们永远握有命运的阄！现在他只能眼睁睁落在佫恪手中，等待他的随意搓磨。越是这样就该越冷静，不然十年的苦苦等待岂不一朝化为泡影！他知道杲昊心中只有佫恪，可方自珍会用自己真诚去置换，精诚所至，金石为开，就看杲昊是以人格为重，还是以浮夸的假象为重！佫恪一个娶妻生子的人，仍不忘展示他的孔雀开屏效应，在伦理道德面前，他就先输了一筹！美以真为基础以善为前提，一个不真不善的家伙就无美可言！若杲昊能降格以丑为伍，那也无话可说。

他们共同打造的《顶级珍闻》栏目，共分三个系列，分别为天、地、人。拣最前沿的新鲜信息报道，只报现象，不究实质，只要与事实相符即可，因而不必那么严格地层层把关。老局长万没想到，霓彩化工公司只报了条消息，便被砸了饭碗。原设计：天，是展示一些天文奇观，诸如，黑洞吃掉大于银河系二十倍的星团啦，史蒂芬·霍金的新发现啦等等。地，主要介绍世界考古的某些疑团或最新成果等等。人，只报道一些突发事件和奇闻逸事，这对生活在经济大潮中心地带的城市人来说有些边远，但为提高大众素质，拓宽平民眼界，老局长觉得也很必要。在杲昊的极力倡导下，便开辟了这一栏目。从此《顶级珍闻》办得有声有色，深得广大观众的喜爱。不想一条霓彩化工公司的消息使他们全方位翻船，老局长人去巢空，杲昊停职反省，《顶极珍闻》宣告倒闭，方自珍侥幸未受太大牵连，但也一半时间赋闲。好歹杲昊尚能靠强力意志支撑，竭尽全力投入霓彩命案的调查，若能探出些端倪，《顶极珍闻》有望恢复。既然佫恪有英雄救美的意向，那他何不就此假舟楫，乘机策划更具力度的传媒蓝图，让他们的《顶极珍闻》在“天、地、人”中扶摇而上，以达无极之外复无极的效果。瞬间，方自珍创造欲空前，一百集“天”、一百集“地”、一百集“人”在他脑海形成最原始奇点，只待杲昊一记神奇外力，从而使其太极生两仪，两仪生四象！在一百集“天”中，让大家粗略了解宇宙的概况。爱因斯坦的广义相对论预言，时空于大爆炸奇点处开始，并会在大挤压奇点处或在黑洞中的一个奇点处结束。大爆炸宇宙学认为宇宙起始于一个高温高密的原始奇点，这个奇点在一种力的作用下发生大爆炸，这一爆炸发生在两百亿年前。在中国，诞生于伏羲时代的先天八卦，似乎就已将宇宙的诞生和演化描绘得十分精确，仅一个太极图，便可显示出它刻画时空、原能、阴阳、虚实交变中的对称和谐与数学美！那么在“天”这一栏目里，为什么不去大力弘扬中国的顶极文化？而在“地”这一栏目中，就该唤起人们对地球母亲的倾情关注，人类已经知道四十六亿年前，小行星相互撞击拼合，逐渐形成了原始地球。在这一漫长的演化进程中，地球活动奉献了多少奇妙的作品！创造了雄伟的名山大川、绮丽的江河湖海，还养育了种类繁多的飞禽走兽，更为重要的是它造生了奇异的万物之灵——人类本身。仅在南北纬三十度一线，人类就创造了历史上最久远的古代文明。北纬古埃及墓中飞机、古玛雅水晶头骨、巴格达古代电池、古印度象头神像、土耳其的古地图……南纬三十度一线，秘鲁、智利的大地上，纳斯卡的巨大地画、神秘的马丘比丘城堡，南太平洋群岛、复活节岛、南美大陆、澳大利亚、新西兰、南部非洲都残留着有关飞行器、宇航员的壁画，难道地球在远古时代存在一块巨大的太平洲？然而，一场突如其来的灾难，太平洲沉没了。这一切无常变故，难道都是因地球的沧桑巨变？这些都该在“地”这一栏目中一一研讨阐释！至于“人”这一档，就更该花大力气去探寻和解答人类自身存在的意义，因为最高问题的思考正是人类本身，作为形而上的活动永远源于人类家园并必然返回人类家园！人是一切价值的尺度，哲学家们倾其毕生都在为人类生存进行思考。是的，如果没有了人类，那曾回荡过牧童笛声的田野小溪，那曾留下情侣足迹的林间小路，那山川草木、日月星辰，除了存在之外还有什么意义！天地之间之所以有善与恶、美与丑、欢乐与痛苦的冲突，都是因为有了人这万物之灵！欲使《顶极珍闻》栏目再度辉煌，必须先备足丰富的节目内容，他得去资料室，将一切能用得上的录像资料查好，以备剪辑。临渊羡鱼不如退而结网，这样想过方自珍便起身要去资料室，不想正在此时杲昊竟极为低调地进了屋，大有兵败之相。

“这么快就回来了？”方自珍小心翼翼，因为低调下的杲昊会保持十天之久的无语言交流期，那是他充分领教过的，尤其目前正处于东山之举的前夜，若是惹得她这一旧病复发，还怎么商讨新蓝图的构架。

“什么也没做成，还不快！”杲昊破天荒实施一吐为快。

这对方自珍倒是好兆，“为什么？你不是跟白茜很熟吗？”

“正是白茜死看硬守，跟守和氏璧似的！我连达生的面都没见着。”

“当然，病人是医生的作品，尤其像达生这样的危重病人，若能救活那就叫起死回生，那不是杰作吗！”方自珍强调一切都是理所当然。

“唉……人生就是一个蜀道！”杲昊的感叹之后续上一个长长的休止，大有跌入闭关休整的态势，沉默中她可以进行周密思考。

“没那么严重吧？”方自珍赶紧力挽狂澜，“如今空中有飞机，地面穿隧架桥，就算是蜀道也没那么难！你可用小说替代新闻报道！”

杲昊透着踌躇，“可惜我学的是新闻，隔行如隔山术业有专攻啊！”

“那不是问题，像你这样冰雪聪明完全可以触类旁通，找个内行稍加点拨即可驭马上阵！”在鼓励杲昊勇往直前上，方自珍一向不乏力度。

“点拨？找谁？”杲昊一脸的渴望，她正需要高端点拨。

“作家协会主席庞贝！”方自珍没征得杲昊的同意便操起了电话。

电话先是拨到办公室，没人接，又拨到秘书组，对方询问找旧主席还是新主席，这才引起方自珍的高度注意，新主席、旧主席？难道作协易了帅？为不使自己陷入新旧荣辱的旋涡，方自珍直接拨了庞主席的手机。果然，在两天前的作代会上，他已被罢去了作协主席的头衔。方自珍深知这位庞主席是外温内强属绵里藏针一类，因而不必为他担心，于是提出要为他送去位学生，趁着这段空白，学者可以敞开地学，教者也不致在这段空白中太寂寞。不想被庞一口否决，他说决不在赋闲时收学生，首先他不想贪图任何怜悯，另外更重要的是他不想拿自己的晦气去蹂躏无辜的心灵，以免使受众心灵走向畸形，他用了一个媒体常用的“受众”，以示他的新潮，随即斩钉截铁地挂了电话。方自珍不甘心，又一次将电话拨通，说是无论如何得去看看他，以示关怀也好。对方又绝情地回答，关键时刻他从不依赖朋友，他正于一个角落举杯邀明月，对影成三人，已够喧腾了，万望不要添乱！随即挂了电话关了机。

杲昊突感运势蹇蹙时局乖舛，以往张扬起的强力意志顿然垮塌，任何挣扎都是徒劳。如果她有足够的能量，就该端坐悲剧命运的看台，细细谛听那支遥远忧郁的歌，它的主旋永远是幻觉、意想和痛楚。苏格拉底式的时代已经过去，只有大胆地跟随悲剧人物的行踪，从古印度一路游荡到古希腊，也许那样，笔下才会创造出奇迹！

6

正当杲昊与方自珍面面相觑，暗自赏析悲剧的咏叹调之际，扈黎给方自珍打来电话，说火车站等一些公共场所，近日有人将那些沿街乞讨“丐帮”中的老弱病残，尽皆不分青红皂白，拖上车便运走。书记担心他们会被谋杀，因为常有人向他汇报，现在有些养貂专业户，用人尸喂貂。得到市委书记的信任，方自珍便向杲昊晓以大义拉她一同上路。带上摄像设备，由方自珍驾车先去了车站等公共场所。果然，以往那些盘坐或满地匍匐乞讨的老弱病残多数不见了踪影。方自珍与杲昊沿街巡视，不出半小时，一辆镶着深茶色玻璃的213吉普于闹市区停下，下来两个壮汉，没容分说便架着一个跛脚丐上了车，随即发动马达，由于玻璃颜色过深，里面的情形方自珍他们已无从探知，瞬间，213吉普便掉头而去。方自珍拉着杲昊也迅速上了车，凭着记者的敏锐快捷，穿过街市的汽车阵，很快尾随上了那辆吉普。方自珍调整好适当距离，既不丢失目标，又不让目标觉察出他们是在跟踪。一路追赶，奔驰了近四个小时，以平均八十公里的时速，他们已行驶了三百二十公里，汽车早进入无人区，下了高速公路，向一条三级公路驶去。由于路面不平，那辆213吉普减了速，又行驶了近半小时，似乎已经发现了后面有情况，于是又加快了车速。方自珍开的是日本大吉普怎甘落后，紧紧咬住不放。渐渐进了山区，路面愈加凸凹不平，可213吉普使出全身解数，仍不见有减速的意向。山林越来越浓密，路途也呈现出九曲十八盘，接着是一个大回旋，213吉普竟然眼睁睁消失于视野。功败垂成之际，方自珍只得一路紧赶，转过山头，又是一条大河，河上有南北向的桥，而桥头竟是东西各一条路，在这三岔路口之前，方自珍失去了判断，真正是不知该选哪条路了。这一迟疑，目标早已逃逸得无影无踪，再想追赶已是天方夜谭。两人下了车，仔细辨认、判别，可无论如何拿不出确定方案，只好凭直觉又上了桥，一路逶迤前进。总算天公不负，没走多远前面出现了村庄，为不使此行徒劳，两人商定于村庄过夜，再行调查寻找。

经过几番询问总算找到了村委会，村长接待了他们，村委一干人介绍这位村长叫魏洞天，是位难得的带领全员农民致富的好干部。方自珍顺水推舟，说他们正是为采访这里的先进事迹而来的。原本是一脸妄自尊大的魏洞天，顿然笑逐颜开上前与方自珍握手，喷泉瀑布般数起家珍，方自珍投鞭断流告诉他杲昊是记者，而自己只是个扛机器摄像的，魏洞天便毫不掩饰地出示弃旧图新，上前拉住杲昊的手，灌注式向她倾吐自家的业绩。这状态一直维持了近十分钟，直到方自珍觉得杲昊的纤手不该被那双粗糙大手长时间搓磨，便提议各自落座，杲昊才逃脱了进退两难的尴尬。杲昊并不想了解魏洞天的业绩，但转而一想，这却是可以得知这里是不是用人尸养貂的好机会。于是她循序渐进，沿着各种副业的线索一直深入到养貂业的细节，可话题又不能转得太快，谁知道这位眼观六路、耳听八方的精明村长，是不是那种以人养貂的支持者！就在魏洞天向杲昊汪洋恣肆地灌注之际，杲昊突然发现一个疯老头闯进了院子，张着他没牙的空旷大嘴，冲着她和方自珍嚷嚷起来。

"哎呀，是记者吧？找焦点的？我可是焦点中的焦点！他算什么焦点！"一只干瘪的老手直直戳向魏洞天，"他是个把屁股坐到地富反坏右那边的蜕化变质分子！"

杲昊被这扯破嗓子的干号吓了一跳，因其内爆发力极大，那干瘦虚弱的外壳绝对令人担心，他是否能承担得了这爆发力的撕扯，就像那种充满了臭气的变蛋，一不小心就会被那极限的鼓胀所爆破。疯老头这概念是在杲昊目击的头一秒内瞬间形成的，是一种格式塔心理效应，毋庸置疑他一定神经不正常，加上他的言谈，杲昊更加确信疯老头的疯。下意识审视：一头蓬乱的长发黑白间杂，成球的发丝间夹着木屑草末斑斑点点，一脸松垮皱巴的老皮被油泥汗渍填充，只有一双清澈的眼睛尚未出现老眼昏花的迹象，这对心灵的天窗透着对不公平待遇的憎恨与抗拒，似乎又不像是痴迷疯傻那类。极不搭调的破衣烂衫，一看就是东一家西一家凑起来的，鞋已经露了脚趾，腰上扎了一条鲜艳的红腰带，这说明应该是他的本命年，这又是一条他并不疯或并没疯得那么彻底的佐证。极短时间内在杲昊心里形成一个极大的反差，疯与不疯的反差，她到底该相信哪一面呢！

"这死老头，怎么又跑出来了！"魏洞天气急败坏，"一有重要场面你们准让他跑出来捣乱，是不是你们串通一气有意放他出来！"

"哪敢……"跟在疯老头身后的汉子战战兢兢，"他的眼睛那才叫尖呢，一看见有汽车进村他就挣死泼命往外跑，我怕他这一手，用铁丝捆了他，没看铁丝都给他挣断了！"

魏洞天上前看看，疯老头的臂弯上还真拧着一段铁丝套，气便消了一半，"以后再用粗点的！看让他再跑！"

“妄想！只要我活着，我逢人就告！总有一天会有人替我打抱不平！”疯老头的气流很大，仍是极限地冲击着他的声带及五脏六腑，胸腹大幅度起伏，爆炸险情依然不减。初见他的人没有不由衷担心他这副单筋薄骨是怎么承受过来的，又是铁丝绳的捆绑，又是极限式的呐喊负荷！内外交困，何止一个极限了得！

“还不快把他弄走！”魏洞天也濒临极限，可他对疯老头的镇压一直无怨无悔。没容分说上来五六个壮汉，跟绑架犯人似的，将疯老头架走了，零乱的脚步一路远去，屋内才暂时恢复了平静。

这静只持续了三十秒便被魏洞天率先扯破，他并没像被揭了短的“问题领导”，而是理直气壮地破口大骂，这老不死的！八十多岁的人还那么死爹哭妈——邪拗种！

魏洞天的反控诉呈流水踪板式，很难容人插嘴，直到他觉得田坤的劣迹被暴露得差不多，又实在是太累才收了口。可杲昊的心却一直吊吊着，她真怕那风烛疯癫老头，不知何时经不住壮汉们的搓磨，而一命呜呼，他毕竟是耄耋老人了。于是自语，那也不至于用铁丝捆绑，跟对付野兽似的！魏洞天赶紧解释，那是不得已而为之，不知何时那老家伙又闹出格，所以才捆了他，用麻绳根本不顶用，他会将绳子一点点破开，再一条条扯断，针对他这种绝活才换了铁丝。

“出格？”杲昊大惑不解。

“是啊！”魏洞天为证明自己千真万确，最大限度地瞪大了眼，他说这老不死的，经常以疯盖着脸闹得忒出格，有一次开全委会，里面当然有女同志，他竟然当着大家的面，脱得精光跳到村委会的温泉池去洗澡，说那是他家的想什么时候洗就什么时候洗，有人喊他不知羞，他却大言不惭地说他那个东西早已不管用，就当手脚一样的东西看吧！

正当杲昊半信半疑，田坤又突然飞奔而至，口中大喊现在包青天都死绝了，就是记者有时还说点人话，为表达他的话是天下第一真，他愿以死明志！说着一头撞上门框，额头刷地血流如注。顿然乱了阵脚，魏洞天火烧连营般电话调度汽车，说这里出了人命，令汽车速到现场送人去医院。汽车果然风驰电掣赶了过来，众人七手八脚将田坤抬上车，魏洞天却极不搭调地询问司机，化肥为什么没拉回来？司机说，等回来再汇报。乱石穿云中，杲昊发现这辆车正是运丐帮的那辆——深茶色玻璃213吉普，她正要问丐帮的去向，汽车已经远去。

7

于谜团与人命交织之际，杲昊只能选择退避一时，既已寻到老巢那就跑了和尚跑不了庙！带着半成功的踏实杲昊一行折回大本营，一路的劳顿与强刺激，杲昊久久不能跳出那个混乱灰色的圈子。既然做了新闻媒体的一个成员，就有责任将那些晦暗不明的怪圈彻底曝光，多年炼就的火眼金睛也是一次实地验证！人类始终都在设计自身的伟大形象，可自我解释、本质和命运的概念影响了日后所成的事实，她有义务将这潜在因素揭示给那些蒙昧者，以期人人都将自己塑造得更完美。也许只有人才是真正的社会动物，随时都得照应着群体的所作所为，曝光的目的正在于剔除其非本质的东西，以相对正确的范式去影响他人，为此她付出了一己的安宁，披一身普罗米修斯的悲壮！

恍兮惚兮，正当杲昊于散乱中运筹之际门被敲响，她真想拒来者于门外，她一向懒于同人交谈，交谈嘛就是想获得一些新鲜信息，可往往对方总是兜售给她一些信息垃圾，污染了视听，更浪费了宝贵时光。还没来得及决定是否让来者进门，造访者已不请自进。

"哟，你在呀！我都找过你一百多次了！"来者是《顶极珍闻》的主持人巴娜娜。杲昊的坎坷早已使她看破人间，绝对有底气张开大漠般的胸怀，接纳任何核试验的轰击，"一百多次？至于吗！什么要紧事！"

"我一个最好的朋友从外地刚回来，带了几件衣服，请你帮我挑挑……"巴娜娜每欲求助，总是先挤出些献媚。

"你穿衣服干吗要我挑？"

"别那么冷眉冷眼的，我可是拿你当度量衡的！我那位朋友也是尖子人物，顺便让你开开眼！"说着勾肩搭背愈加亲昵。

杲昊被疯老头搞得身心疲惫，可屈于巴娜娜的恳请，只得随她去了。

一见面，杲昊甚感意外，巴娜娜这位朋友竟似一株参天乔木立于眼前，一米八的个头，令她只能举目仰视。不艳不骄不媚不俗，纯正的出水芙蓉，童稚般的微笑将她的淳朴真挚渲染到极致，通体展示着单纯透明，美学意义的造型因其日神的确定性和明朗性，令人瞬间便能感受到她最深层的本质，不免惊诧通往本质之路竟如此之近！“不虚此行，真是不虚此行！”杲昊下意识地喃喃。

“我就说嘛，绝对不会让你失望！”巴娜娜出示欢欣鼓舞，“来，我给你们介绍！”她先面向杲昊，“这位是群众艺术馆模特队长冉红，省内小有名气的当红模特！曾参加过我们的鹅裘广告表演！”又转向冉红，“这位就是我常向你提起的大牌记者杲昊，你大幅度走红还要她为你铺路！”

杲昊这才想起那场广告晚会，正是冉红撑起半边天，于是与冉红握手，这是一双柔软而细长的手，但很有力度，一切仰慕尊敬之情都由这双手传导过来，温馨而坚实。

巴娜娜一半为激将一半为试试自己在杲昊心中的位置，“够朋友就挑一件穿上！一会儿是我请客，到镜花园去品尝特色菜，一为小冉接风庆贺，二为有事求着你杲昊，给不给面子，够不够朋友就在此一举！”

杲昊真被两位的真诚所感，还真选了一件羊绒披风披到肩上，金丝银线立刻使她熠熠生辉，诠释了一回人是衣服，马是鞍。

“杲老师的审美观是经典的，绝不是过眼烟云的时尚！”冉红惊叹。

“哟，小冉也懂拍马了，经典时尚有什么不同？现在可是最讲究时尚！”巴娜娜觉得冉红只是个高中生，谈论经典与时尚不过是鹦鹉学舌。

“当然，做个好模特必须学习美学，不然怎么领导时代潮流！经典和时尚差别可相当大，经典经得起时间考验，是得到价值认可的权威之作，而时尚只是某一阶段的流行，既未得到普遍认同又未经过历史的淘漉，是金是沙尚在模棱，这不是大相径庭吗？”冉红体察到巴娜娜的些许不屑才开始辩驳，她的争辩不是为了证明自己高出一筹，而是怕自己水准的差异失去两位朋友，她的朋友都是永久牌的。

面对冉红的侃侃而谈，巴娜娜有些尴尬，尤其在杲昊面前。她虽受过高等教育，可在求学期间太乐道于外面世界的精彩，对所学知识只是囫囵吞枣略知一二，面对杲昊的渊博深邃，要是冉红也跟她较真就有些吃不消，“好了，别咬文嚼字了，我们还有更重要的事要商量，快走吧，我与饭店约好半小时后就到，这都多长时间了！”

冉红听出巴娜娜的抱怨，知道自己犯了小公务员之死的毛病，有些事就不能太较真，而应该点到为止，不然真就与巴娜娜僵上了，“巴姐姐，不然这样吧，这些你都拿过去，每件都在镜头前试试，合适的都归你，穿着不合体的再给我送回来！”

巴娜娜前嫌尽弃，“还是小冉懂事，那我们先去吃饭，回头再来取。”

大团圆结局，三位丽人一行去了镜花园。见有客人来，呼地上来一大批服务员，将一大堆菜单推荐上来，巴娜娜讲究排场最喜欢有人围着转，让服务员一道道地介绍菜，有些说不清，干脆拉她去了备料橱柜前。

巴娜娜一走，冉红便恣意向杲昊表示崇敬，“真羡慕你，一派大家风范！我只是个高中生水准不高，但我可以继续深造，不断提升……”

“你我哪有那么大的差距……咦？那你为什么没读大学？”

“高中时母亲病逝了，继母容不下我，将我赶出家门。没有了生活保障，哪还谈上读大学！幸亏群众艺术馆招模特学员，我才有了着落！”

“原来是这样……那你现在……”杲昊升腾出深深同情。

“现在不同，我可以赚钱了，只要一上 T 台，大把大把的钱就来了……啊！挣钱的感觉真好！”冉红难抑兴奋，“现在我已有上百万的存款，我找你们来，就是想请你们帮我策划着成立一个模特学校，专门把像我这样的苦孩子培养出来，既改变了她们的命运，又能为社会做些贡献！像你一样不虚此生！当年刚出道，我才十几岁！苦啊！”

正当两人谈得深入，巴娜娜点好了菜，风风火火落了座，“告诉你们好消息，一个重要人物即将出现，刚才他来了电话……”巴娜娜用了好长一段时间才压抑住自己的兴奋，她认真调整了心态，才说出她最近结识了一位商界大老板，他拥有一个商贸中心，是本市数一数二的大富豪，就是不倒翁商贸中心董事长翁折东！目前市里正搞希望工程捐助活动，他准备出资建一所希望小学，市里要求电视台搞一次大型义演以配合宣传，届时翁折东要做号召性的讲演，讲演的关键是演说辞，巴娜娜便向他推荐了杲昊，杲昊的文笔是尽人皆知的，保准一炮打响。

冉红听说要来人毅然起身告辞，“二位大姐，既然另外有事，我的事过后再商量，反正巴姐姐还要去我那取服装，来日方长！”

“干吗推荐我？写这样的讲演稿，实在是写出不来什么彩……”杲昊一脸畏难，“不然我也走，你另请高明！隔行如隔山，开玩笑呢！”

“别！还有下文呢！翁老板还要开大超市，正为租房扯不平，他要与房主打场官司，还要你为他写诉讼状！”

“诉讼状？那得需要丰厚的法律知识，不然官司很难打赢！”

“你只管按要求写，赢不赢是当事人的事！”

正当巴娜娜与杲昊摊牌之时，翁折东已出现在她们面前。略加寒暄便于鼎足之处落座。杲昊仔细审视来者竟是位翩翩青年，干练帅气敏捷睿智，令杲昊一惊的是那双顾盼流转、略呈三角的眼，那是难斗的象征。

“好！正是我希望的！”翁折东未做阐释便一吐肺腑。就在尚未弄清他希望什么，手机响起了悦耳的音乐，他有急事不得不暂且告退。

8

在手机悦耳音乐的掩护下，翁折东巧妙退席，面对业已成形的世界观，他深知改变就意味着剧痛，因为欲望对目的的记忆是如此牢固，无时不跳出来改变他性本善的心，而突现的觉醒又在极强力地逼迫他离开无底的欲望，重新回归一个高尚的境界！就像刚才，未曾被曲扭的最原始自我，在杲昊圣水般纯正的洗礼下神奇地重现了，在一种对象化的观照中，他看到了真实的自己，若不是被欲望所异化，他也应该是那样的本质！杲昊令他此前视野中的世界黯然失色，一如酒神歌者萨提儿，凭空制造了一个高踞芸芸众生之上的大界，以形而上的慰藉，令他深陷苦难中的灵魂得以解脱！过去的、现在的人与人之间的龌龊、错位、裂痕被这大界吸纳、化解、重新展示出人类本该固有的最高本质！通融、和谐、款洽，驱使他的心重新复归大自然！

翁折东沉醉于空前的仙升羽化，此前已过而立之年的他，实在是太累了。自从学了《厚黑学》，他道行大长，且于市场经济大潮中屡试不爽，也许那是大潮的衍生物。在颇具力度的大潮愈加看涨的态势下，翁折东以厚为经、黑为纬，编织了一张大网，上自政界要员下到劳改释放犯，无一不是他网中的猎物，吴纳西是他网中的一个大饵。因靠着吴纳西，翁拆东结识了一大批上层社会的头面人物，工商、税务、金融，凡是能往经济杠杆加砝码的，都被网罗到自己的帐下。这使他超越了资本在原始积累阶段的艰辛，一蹴踏上平步青云的康庄大道！

在众星捧月的态势下，他对市场太熟了，什么时候餐饮热门，什么时候服装火爆，真可算是运筹帷幄决胜千里！一个篱笆三个桩，一个好汉三个帮，更何况各路精英都有为他观敌瞭阵的。他很快改造了胡大龙的欢乐园大酒楼，吞并了大千世界服装一条街，代之而起的是翁折东持照的王上王美食宫、霓裳羽衣时装城。那两块举世垂涎的黄金地段，就那么轻而易举地被他贪天之功据为己有，同时他还创办了醉翁亭酿酒厂。随着时间的推移，市场热门不断更迭，仓储超市又异军突起，每天招揽着蚂蚁般贪小便宜吃大亏的芸芸众生，等于天上飘钱，翁折东岂能坐视！加之上面发狠一刀切了公款吃喝，他的美食宫便开始门庭日见冷落，时装城更因花样翻新太快，品牌有所滞后，因而也出现积压，商业意识极强的他怎能坐以待毙，于是他一眼瞄上了市中心那个半死不活的金座大厦。十层结构，每层都有千余平方米，稍加改造便是上好的大型仓储超市，一方面开启超市，另一方面他还可囤积居奇，比方他手头正有一大批化肥，等春天一到他就可在农民那儿大捞一把，简直就是芝麻开门那种取之不尽的宝库！翁折东在那儿整整转了五天，一看那半死不活的情景便感到有空子可钻，那里尚属公有制，随着私有化的深入，下岗在即，人人都是泥菩萨过河，谁还有精力去管什么金座银座！天时地利只差人和，被厚黑学神化了的翁折东出手打快拳，旋即找到了金座经理，对他晓之以利动之以币，三下五除二便使他动了心。加上吴纳西从旁悉心照应，时不时提炼出个把政界商界巨头，金座经理渐趋春风中的冰河，表层的坚硬早被潜流泡酥，翁折东趁势开出大马力破冰船，一路乘风破浪，只以五百万的租金一举拿下五年的合同！私下他给了那经理二十万小费，公薪半生的金座经理哪见过这么厚的礼金，当场做见再生父母状，觥筹交错之际便签字盖章，合同即刻具有了法律意义。为防意外，翁折东还特加一条自合同生效起不得擅自附加条件，否则由违约者承担全部责任。他是左看右看、上看下看绝对天衣无缝才盖上自家大印的。合同一生效，他便大马力高效率开始运作，一面装修，一面组织进货，他准备半年内全面挤垮现存的几家超市，凡事他都愿意独霸一方。

他周全运作、小心布阵，唯独忽略了天有不测风云。金座经理这个不中用的软皮蛋不知得罪了谁，他的操持运作才进行了一半，金座经理的头衔竟被拿下了！换上的经理新官上任来势不小，先抓住金座盯死不放！金步米，瞧那该死的名字，听上去金不迷，看上去小米加步枪，令蒋匪帮都得退避三舍，这不整个是翁折东的克星吗！第三天便下了通牒勒令停止装修，金座收回另做他用，还夹了个偏方，说签订的是一纸卖国合同！翁折东全然不信那个邪，该进货进货，该装修装修，乒乒乓乓装修的交响通宵达旦，当然潜台词是给金步米眼罩看！这家伙硬是道高一尺，居然断了电，装修剪剪裁裁全靠电来玩活，没有了电岂不釜底抽薪，只有停摆！无奈，翁折东不得不扬言打官司讨回公道，合同白纸黑字，是金座违约，得由金座负一切责任，翁折东踌躇满志，率先抛出杀手锏。想不到对方回音竟是，你不告，我也要告，这官司打定了！说是卖国合同倒也不冤，上万平方米的大楼五年租金才五百万，终因心中没底翁折东先是从精神上败下阵来，可他已骑上马背，这场官司无论如何得打下去，不然已给金座原经理的二十万好处费，岂不是打了水漂儿？幸亏当初他多了个心眼儿，在合同上加了条谁违约谁负全责，如今是金座违约，这倒占着先机，也许就能拨乱反正。

天公不负有心人，命运之神竟为他送来一个登天的机会。胡昌稷为增添政绩，暗示工青妇倡议捐建希望小学，救助失学儿童，并指令电视搭建平台以配合宣传。如今谁若能在电视台那个窗口亮相便会一举成名，翁折东深知名人效应，那是价值连城的无形资产，有如拓扑学的微分同胚，无论在任何条件下都具有绝对价值！天公有眼，负责募捐晚会的万向权率先找到了他，而且带来了巴娜娜，让巴娜娜给他细诉赞助的好处，并指定巴娜娜为联络员。巴娜娜果然不负重望，首先为他辩证了二十万元人民币与名垂千古的关系，那是个活广告，只要有人光顾那所小学，就会牢记“不倒翁”商贸中心，王上王美食宫也好、醉翁亭酿酒厂也罢，都会因此而销路大开，那不比花钱做广告划算得多！三十秒的广告做一个季度就是五十万，一所希望小学仅用二十万就可达千秋万代！另外金座超市若是到了手，更是在大震的名声里可以满世界飘钱！

自见了巴娜娜，他便觉他的鸿猷有了可以实现的契机，于是决心先抓住巴娜娜，承诺为她办个广告公司。一则，可以为他的商贸中心常年做广告，二则，一旦有了创收，他还可以坐收一杯羹，更为重要的是要她为募捐写一篇演说词。随后巴娜娜又为他举荐了杲昊，说那是市里数一数二的顶尖笔杆子，凡事都要顶尖的翁折东没有理由拒绝，杲昊若能加盟那个小广告公司，搞搞创意岂不更是顺天应时！不想巴娜娜给他带来的这位杲昊竟是披着一身芒刺，其神态气质令他不敢造次。那份高雅那份圣洁，一如老叔本华博大目光中的悲剧主人公，那是一种有因无果或是有果无因的非理性意象，其总体是如此五光十色而又错综复杂，格格不入的冷静、多愁善感的迷离，尽皆游移于有意无意之间。

面对这位以诗与酒造就的冷美人，翁折东顿觉自己有如可怜的苏格拉底之于万花筒般的诗歌，这位伟大的哲人唯一能理解的诗只有《伊索寓言》，而且还必须附加一种将就，就像《蜜蜂和母鸡》中的老好人格勒特为诗所唱的赞歌，“从我身上你体会到诗有何用？对于不具备多大智力的人，请用形象来说明真理……”这一偏激行为，某种意义又多米诺式地毁了一位伟大的造诗天才，致使青年悲剧诗人柏拉图为了能做苏格拉底的学生，断然焚毁了自己的诗稿！

经过几分钟的沉降他清醒过来，翁折东起身洗了把脸，带着饱满的精气神，重新又驱车返回了镜花园，两位女士正等他来买单。

9

佫恪走马上任，无间道般挡住了万向权的升迁之路，于是他决定改变策略——不再折腾只需静观其变！而静观期间又不能干耗，他又制定了一个副本，那就是捞钱，捞钱嘛就不能死守一个网眼儿，大鱼小鱼一齐捞才是原始积累之道！

副本中万向权规划了三个层次。第一层当然是面向资金优厚的企业，不管是公是私，转轨之际利用双轨并存，正好打时间差。伙同私营企业家可以在公有制那里大捞一把，比方利用市长胡昌稷的一支笔可以批来计划经济下的低价物资，尤其是紧俏的化工产品一类，因为胡昌稷是集人财物于一身的实权市长。批过来再以市场价卖出去，这个差价就能肥死一大批！另外，这可用做广告、拉赞助一类由头，大刮私营企业家的油。多亏他占了这样一个好位置——新闻媒体！谁不想在社会上混个脸儿熟？出名，那就是本钱，脸熟，那就是通行证，办事就一路绿灯！

第二个层面就是搞各种大赛。那浩浩荡荡的妄图靠大赛一夜成名的傻蛋大军，单是报名费就能被淹着。就算每人二百元，全市连同周边县城不下三百万人，有十分之一能参与进来那就是六千万元，一年搞十次就是六个亿！他万向权只稍动动勺子，那就是锅满碗漾。这种假公济私的契机不会很多，历史长河也可能唯此一瞬，就像苏梅克——列维投向木星那伟大的怀抱，其巨大的光亮只于太空瞬间一闪，那可是永不可重复的光耀！必须抓住这一契机，尽可能伸长勺子柄，能捞多少就捞多少！

第三个层面就是目光对内了。广电集团有数以千计的职工，每人每月进贡五十元，那就是五万！就算三班倒，每月净进一万八，那也很可观！而对于他们每个人来说，每年才出手二百元！如何才能使这些精英顺利慷慨解囊？万向权也做了精打细算。他搬来全局职工花名册一一仔细浏览，大体上属于老中青三结合。老职工最大的弱点就是对电脑发憷，玩了大半辈子笔杆子，对于电脑这新玩意儿那还是首次面对。各种键钮、程序、命令，早将他们搞得眼花缭乱，有道是三十不学艺，这些老职工均已进入知天命之年，加上高科技这一光环效应的震慑，据说他们已得了恐惧症，未学之前先产生屏蔽感。那就在电脑上做文章，一夜之间将录制、播出、资料、编辑，全部电脑化，会操作者上岗，不会操作者或下岗或待岗。工资调到百分之五十，其余部分定为效益工资用来浮动。这些老家伙，特别看重那点工资，其中经济效益还在次要，最主要的那是一种象征——荣辱的象征！风光了一辈子到老了工资削半人又待岗，这在心灵上的重创是无以言表，因而不愁他们会在私下里用钱来通融，没有个三百五百是拿不出手的！中年职工的弱项是时间，他们上有老、下有小，家务生活就占据了他们大半个生命，这就要在工作量上找平衡，编、播、录一条龙，一档节目没有五天的时间是完不成的，每人分派一档节目，一周就够他们喘的，家里再有点私事，包他们叫天不应哭地不灵。如今社会风行拿钱打点，谅他们也不会太死脑筋！青年一代就更好拿捏了，他们均是在聘用制下到岗的，为使这些初生牛犊乖乖就范，万向权早就布下了陷阱，一直未同他们签署正式合同，将考查一拖再拖。为了保住各自的工作岗位，这些新生代青年真是极尽了溜须拍马之能事。送钱送物者有之，搬大官说情写条者有之，卖弄姿色取悦者亦有之。万向权真是受尽其益，就像地里的韭菜越割越旺，送钱物几乎形成了制度，每逢节假日就像进超市一样，排着队为他送钱送物。搬大官的，正好顺水推舟，万向权可以提出自己的各种要求，其中有公事也有私事，他可以要风得风要雨得雨。有的领导干脆许愿要帮他提上一官半职，万向权才不稀罕，官？得看在哪儿做！那些清水衙门里的官，顶着空名儿有什么用！万向权早将自己分析得很透，自己已是近知天命之年，如今干部年轻化谅他也升不到哪去，就是提拔一格半格的也还是与七品芝麻官不相上下，铆足劲挠扯也当不了市长，何苦费劲卖力去做无用功！眼下最要紧的就是守住原有的摊子，好歹自己占了个好地界，做买卖还讲黄金地段呢！因而他下死决心蹈常袭故，守住这个大本营，捞到锅满盆流他就急流勇退，造个安乐窝颐养晚年！人生一世不过七八十年，有效时间也就三四十年，因而凡事不能太贪，一定得定准目标选好路子，不能风光一生也得舒坦一生，绝不能被别人牵着鼻子走！总之不管多大一方天多大一块地，都得是那个地盘的老大！只是人愿难遂，偏偏挤走了老局长又出现了个佫恪！下一步就是竭尽全力，让佫恪在自己眼皮子底下消失，十年前不是一使劲就把他赶走了吗！

万向权收拢了万千感慨，又将意念投向自己的一亩三分地。对于那些卖弄姿色的小女子，万向权更是物尽其用，只是万向权特别重视自己的家庭，特别是儿子万木竟秀，他才看不上那些烂货，于是一个个被带给那些下海走红的小老板。什么货对什么客，虽说万向权看不上眼，可那些混迹江湖的小老板，一听说是电视台的主持人，竟然个个如获荆山之玉，都肯出高价享用。万向权便可以从小老板那里，稳稳捞一笔优厚的中介费！最近他又将目光盯上了巴娜娜，当初他就有意将巴娜娜赏给胡昌稷的长子胡大龙，可惜胡大龙没看上眼，后来他又去了南方。巴娜娜是台里的顶尖主持人，自然能卖出个好价钱，于是他将巴娜娜推荐给了翁折东。这可是一举两得的绝活：一方面可以从翁折东那套来大量的广告费，并为胡昌稷搞定巨额希望工程基金。另一方面，巴娜娜还可以为他赢得取之不尽的中介费！赚钱得赚得俏，像那些呆头傻脑的所谓老板，拼死拼活最后以亚健康换几个臭钱，而他万向权却是变魔术般于娱乐中就将大笔的钱变到了自己的腰包，这可是万氏的独家绝活！不想巴娜娜出道便是硬手，此番筹办募捐晚会，她不仅挂住了翁折东还饶上了杲昊。杲昊是何等人？博学多才、洁身自好，而立之年仍孑然一身，真不知她如何练就的一身定力！若是巴娜娜能将她拖下水，与翁折东挂连上，那可是市里头号新闻，让踌躇满志的佫恪也尝尝蒙羞的滋味！

万向权为自己设置的精神支柱很多，除了为自己建造殿堂，毁坏他人的家园也是他一大乐趣。看着那些即将建成的精神大厦，他在暗中轻轻一推便呼啦啦垮塌，真是比看彗木相撞还过瘾！思绪漂流到此，万向权便极想落实巴娜娜工程进展如何，于是拨通了巴娜娜的手机，回说与翁、杲两位当事人刚刚于饭店分手，杲昊对写演说词的事并未推辞，且与翁折东进行了交谈，万向权觉得这已足够了，凡事只要一搭界，在他万向权这里就没有不成的，于是连连称赞巴娜娜办事爽，以后会在事业上委以重任，巴娜娜回以连声感谢。虽说万向权的口碑不是很好，那也是仁智之说。在巴娜娜眼里他起码很讲义气，只要对得起他，他绝对会有木琼桃李之报。在这把大伞底下何不假舟楫以绝江河！

恰在此时翁折东电话邀约，万向权亲自驾车前往。途经万佛寺，发现成千上万的人跪了一路，致使汽车阻塞难以行进，不得不放慢车速。

突然一辆警车呼啸着逆向而来，又与一群年轻人纠缠在一起，万向权好奇上前打探，原来是联合大学的学生也在跪拜之列。警察是奉市教委之命前来驱散他们的，闹腾好长时间没有结果，警察便要带人，一声要带人，却呼出一个大人物，正是联合大学校长倪莳萝，声称学生的尊严不可辱，宗教信仰自由！警察也有硬道理，这样十里长街的，既阻碍交通也扰乱社会秩序，新时代大学生绝不该是如此形象！什么形象？这叫深入生活了解民情！真真是秀才见了兵有理说不清！

你的星座………

10

经过激烈的据理力争，警察答应放了跪拜祈祷的大学生，却将倪莳萝带给了市长胡昌稷。这种结果绝非偶然，在胡昌稷眼里，联合大学校长倪莳萝虽一身正气，为人师表第一人，可倪莳萝却透着些许执拗，一向与他胡昌稷保持一段距离。这使胡昌稷感到别扭，正好有人报说联大学生有参与邪教嫌疑，于是胡昌稷抓住这一难得契机，派人盯了他们三天，终于将倪莳萝缉拿归案。

倪莳萝见了胡昌稷露出些许赧色，因为这毕竟不是安定和谐的音符，更为难堪的是又与邪教挂上钩，领头的竟是他的得意门生博士后伊腾飞！市长毕竟是市长，一眼看出拿捏倪莳萝的关节，当然其中的尺寸胡昌稷还是能掌握得准。他没来下马威，而是极谦和地询问邪教与正教的区别，并向倪莳萝请教各教派的要义，最后出示了个偏方说他也在乞求佛祖保佑。胡昌稷的偏方并不是信口开河，自他落入吴纳西的蝴蝶效应已历十载，他被推动着一路飙升，如今正式进入蝴蝶效应扇起的飓风眼，想逃逸已是不可能，于飓风眼干了些什么他自己最清楚，因而有意无意间也在祈祷佛祖的保佑。倪莳萝暗忖，百姓们祈佑那是面对多舛命运的心理自救，而像胡昌稷这样的大人物也求保佑，那就只能理解为对自身行为的畏惧！难道与霓彩命案有关？

倪莳萝手下有几个高才，对时下一些社会现象常常大发议论，倪莳萝怕他们误入歧途，便鼓励他们多搞社会调查。偶然间，他们发现很多人都供起了佛像，万佛寺的佛事也渐趋活跃，十里长街竟跪满了祈祷的人群，他们对宗教的要义又一窍不通，便对这一现象进行调查。倪莳萝也是接到了市教委的电话才赶过去的，不想警察竟是黄雀在后，就这样他被带到了市长的面前。市长的暗中盯梢实在令他不以为然，于是大车以载，“你算找对了人，我们联合大学，还真有几个高才生正在研究宗教，若市长不嫌弃，倪某愿随时效劳！”

“那太好了，先给我谈谈宗教最原始的含义。”

“总体上看，是一种社会意识形态，是一种对人生自身存在的解释。人的起源，人类死后灵魂的安置，人的毁灭与拯救，都是最原始宗教学的范畴。人在生活中，作为人必须完成的和社会现实所赋予人生意义的工作，对早期人类来说，都是由深厚的宗教传统加以描述的。那时，人们试图将人限定为与宗教相关联的唯一存在。”

“嗯，这才是一个学者对宗教的解释。你说多可笑，各种教派的人也都对我发出邀请，佛教、基督教、甚至伊斯兰教。我无法拒绝，是因为我对此一无所知才姑妄听之。现在好了，我拜了真正的大师，以后我也可以对他们谈经论道了。”

倪莳萝无奈地笑笑，“我不是什么大师，充其量是个学者。各教派的教义也是讳莫如深，国家也提倡保护宗教，赞同信仰自由，每件事的存在都有其存在的理由，我作为凡夫俗子只是从旁鹦鹉学舌而已。”

胡昌稷对倪莳萝的谦虚深表满意，他不喜欢在他面前张牙舞爪，哪怕暗示他们的高峡出平湖也会极度反感，日后的前途无形中就遮上了阴影。倪莳萝本来属学术界，在胡昌稷眼里秀才造反十年不成，学者就是学者多数是纸上谈兵。为官的则不同，其职责就是摆弄人，所有的人都像棋子一般在他手中搬来挪去。让倪莳萝任联大校长，其实胡昌稷看重的是倪莳萝对政事不感兴趣，原以为像倪莳萝这样的学者好摆弄，打狗撵鸡不过是一句差遣而已，不想倪莳萝常以一个原则将他拒于千里之外。像联大这样的高等学府，胡昌稷岂能大撒手，因而规范倪莳萝就势在必行，“鹦鹉？好哇！那就不妨做我房里的鹦鹉，闲来为我解闷。”

这严重伤了倪莳萝的自尊，安能摧眉折腰事权贵的怒火顿然于胸中燃烧，转而想到他暗察的使命又咬牙忍住了，但不能自控地蹙起眉。

胡昌稷的敏感当然明察秋毫，“不愿意？唉，你们这些人哪，有事了来找我，可我有事了都躲得远远的。”其语凄凄。

倪莳萝吃软不吃硬，胡昌稷的凄凄打动了他，“只怕时间不允许。”

胡昌稷多维地笑笑，“我不是已经声明闲来无事吗？”

倪莳萝只得顺水推舟，“宗教派别很多，最主要的还是佛教、基督教和伊斯兰教，他们的经典分别是《佛经》《圣经》《古兰经》。”

“接着说，怎么起源的？”胡昌稷出示急切的样子。

“自佛祖释迦牟尼于菩提树下觉悟成佛即创立了印度佛教，从中国历史上看，比较盛行的主要是天台宗、禅宗、净土宗和密宗等四派。”

“我听说密宗更为神奇殊胜？”

“我只是从历史的角度进行研究，不过有人这样说，释迦牟尼既不是上帝也不是神仙，他是一位悟得了人生真谛的哲学家和思想家，也是传播这些真谛的教育家，是从颠倒迷惘中唤醒众生的觉悟者。因此，佛是觉悟了的众生，众生是尚未觉悟的佛！”

胡昌稷露出了一个轻若云朵般的笑，“看来人人都有佛性，人人都能大彻大悟，人人都能回归圆满，人人都能离苦得乐……”

“是啊，觉海慈航安抵人生的彼岸。从对人生博大精深的探索到对生命大彻大悟的圆觉，就能做到静观人生勘破寰宇！”倪莳萝洋洋洒洒。

“其他教派亦是洞明相照吧？”胡昌稷兴致不减。

“也可以这么说，殊途同归而已。”至此，倪莳萝戛然而止，将探究的目光在胡昌稷脸上绕来绕去，他想找出胡昌稷对宗教感兴趣的胡底，一种解剖刀般的犀利。

“伊斯兰教也是如此？”胡昌稷似在躲闪。

“大同小异，创始人穆罕默德自七世纪创立伊斯兰教，他的说教后来辑录成为伊斯兰教的经典《古兰经》。”

“与学者交朋友就是不一样！”胡昌稷又是一声幽幽慨叹，“鹰隼凌翔，松柏沉思，真是天高地厚的引导！”胡昌稷感到要制服倪莳萝还不能强加，他会用一百个理由将施压者置于被动，在心理战术上胡昌稷自认输他一筹。倪莳萝若是轻易就被制服，那历届政治运动早将他碾为烂泥，看来欲取倪莳萝尚得先取其心。正当胡昌稷翻动扶摇之际，秘书来报省里来人，胡昌稷正好找到台阶，与倪莳萝体面作别。

胡昌稷心理上的败北倪莳萝已明察秋毫，对宗教恰如其分的阐释正是对胡昌稷的震慑，更是对他的挽救。那种超然的力量足以使心灵对人生的无序视而不见，从而置身深涧幽谷去创造生命的灿烂，绚丽的极乐世界便会在心中闪耀，那才是永不言败的教化！倪莳萝带着心理上与胡昌稷角斗的胜利打道回府，心情破天荒开释。不想杲昊与伊腾飞正于巨大的塌陷中苦等，于是感慨万千，“唉！人生能有几回搏？这才只搏了半回，就把你们吓成这样！”倪莳萝表现得空前轻松。

“您被革职了？”倪莳萝的轻松，竟然被他们认为是回光返照。

“革职有什么不好，那可是大解脱！可惜呀，没这么幸运！还得为胡昌稷继续拉车……”倪莳萝不得不摊牌。

“士可杀不可辱，不能就此算完！”又是异口同声。

不算完又能怎样呢？倪莳萝无奈地笑笑，他深知与胡昌稷的较量永远是拿鸡蛋碰石头，能像刚才那样打个平手已属顶级。当然教化就不一样了，他是人类灵魂的工程师，他会在看不见的战线全力去打造，在力所能及的范围内重塑花样年华，诸如杲昊、伊腾飞都是他的杰作。

11

省里来的人绝非等闲之辈，不然怎么能让胡昌稷喜跃至极不能自禁！来者竟是省委副书记许童，是专门来参与胡昌稷展示政绩——希望工程募捐晚会的。一切安排停当，佲恪说让大家去吃晚饭，由他一人在此守候。大家走后佲恪便走到侧幕旁，准备关了顶棚探照灯，这一小时的耗电量也不是小数，不想发现侧幕里还坐着一个人，这人正是他一别多年的杲昊。自上次办公室一面再就断了联系，偶尔路上碰着也是万千感慨尽在不言中。没有直接业务联系，更没有改变杲昊的命运，佲恪一直怀着深深的歉疚，此刻正是难得的好机会，别情歉意也该通通气了。

杲昊当然看得出他讪讪覆盖下的勉强，他们的会面注定是永恒的沉重，怎么可能轻松得起来呢！在那沉闷凝重的往事氤氲里她窒息了二十年，没有中介、没有过渡、没有预兆，除了她的事业，没人告诉她在通往漫漫未来之路上，什么才是她的终极目标，就像一次无始无终的环球旅行，满眼都是陌生的景观，却不知哪一片属于她自己。

有如被黏的蜩，佲恪被一种黏稠拉向痛楚的深渊，世界翻转全身心失重，往事的记忆又一次使他失衡，他不得不负着心灵的累累伤痕面对人生的全部，时间这伟大的冲洗剂，到底是带着永恒的改造使他削足适履，在理智的缎带与责任的绳索束缚下，他早已束手就范，因为他深深懂得，若在平凡人生的历程中放进一点新东西，就会激怒所有遵循习俗法规的人，好在生命的责任早已赋予他另外的使命，他不能只沉湎于个体情绪的体验。他应该把这告诉杲昊，让她也逃出往事的阴影，于是试探着，“这么多年了他为什么还没娶你？当年他可是用生命做赌注！”

杲昊知道他指的是方自珍，如果偶像历历可见的个性无非是投在暗壁上的光影，她宁可去探究光影背后的神话！她曾强迫自己去直视眼前这位太阳式的偶像，可由于太刺眼不得不掉过头，而那日斑却永远留在了她的视网上，形成一道障碍，以致任何彩光都射不进来了。他毁了所有的神话，她早已习惯了踽踽独行于没有神话的隧道。此次前来难道是想将她引出隧道？不过她似乎不再需要编织神话，她有了足够的定力。

极敏感的佫恪已感应到她在想什么，是她那双会说话的眼睛把什么都透出来的，“我猜你一定想证实一个传言，说我又在英雄救美，可那传言有另外的目的，必要时我会告诉你。只怕受伤害的又是你……”

杲昊似受了毁辱，“为了实现目标，你以为只有你会赴汤蹈火吗？”

佫恪真心诚意，“伤害多重叠加……也许我为他考虑得太多了！”话一出口，佫恪便感到自己不够君子，于是又将万千慨叹尽收不言中。是的，当初他若为方自珍考虑得少一点，也许不是今天的样子，可话又说回来，如果没有组织部部长做他的夫人，他也许不会从政，顶天做个记者。如今看来记者有什么用？还不是得在权势者的指挥棒下冲锋陷阵，指挥棒沾着正义还好，就像胡昌稷这样的指挥棒会把大家指向何处呢？他把一切都揉碎散发到空气里，你只能闻到其中的烟尘气味，却什么也抓不到。他不是正在烟尘的掩护下肆无忌惮地运行自己的机制吗？无论如何眼下应该助杲昊一臂，就算能还她记者的资格也好，不然她就将从此中断记者生涯，那似乎太残酷。一日不再晨，生命多苦短，某种意义她已过了生命的一半，他有责任使她下半生能够在事业中获得辉煌！

“是方自珍吗？”酸楚的泪在她心中汪洋恣肆，那是对佫恪声讨。

不是吗？佫恪不得不揭开记忆的伤疤，重新去品尝那些血沃的日子。既然那段往事对她仍属谜团，他为什么要去揭开这千古之谜呢！于是宽容地笑笑，“传统，主要是我太传统了！不能夺人所爱，这是传统道德的基本原则……况且大家都有另外的使命。”

“那你现在不想坚持了？看来海枯石烂也可以打折！”

与生俱来的精致感官和趣味，佫恪习惯于精选最优秀的精神产品做日常食粮。他当然愿意选择杲昊做他的终生同道，可那得凌驾于约定俗成的游戏规则之上！尽管他陶然于自己那颗强健无畏的心，时刻准备面对意外事件如同准备过节！“杲昊，你知道我最感谢什么？”

“什么？”杲昊被置于五里云雾。

“哈勃望远镜！”佫恪毫不迟疑。

这离题万里的嵌插令杲昊目瞪口呆，她首次对交锋显得如此呆滞。

“别那么解剖刀似的！是哈勃望远镜让我们观测到了时间的过去！这个史无前例的天眼于一九九六年一月为我们拍摄到了有史以来最深处的太空，显示了早期宇宙的景象，那是一个多么浩瀚辽远的鸿篇巨制！”

“这能说明什么？”杲昊被提升起来，与苦难的深渊拉开一段距离。

“偶然、概率、巧合这些极不确定的因素，居然就像千锻万冶的钻石，就在那里闪闪发光，它们不再是酿造痛苦的专利！以前我们不知道宇宙是密集在一个奇点内，后来在某种力的作用下产生了大爆炸，这才形成了星系、星球。这一偶然的力对于那个奇点可能算作一场悲剧，可对于我们这个星球就不能不说是幸运了——生命由此诞生！一种大尺度上的辩证，使我们深切体验了祸兮福所倚……”

一种由衷的微笑浮上杲昊的脸，这正是佫恪目前所期待的，他若能将这微笑永远凝固于她的脸，那就不虚此行。一个人的能力有限，谁期望包打天下那是愚蠢的，他只需要进步一点点。

杲昊再次将目光锁定在能探测到他深层意识的心灵之窗，强力、镇定，这些能化解艰难困苦的快乐因子，永远射电般从那窗口逸出，令所到之处顿然开辟一片湛蓝的天！这就是她终生期待的唯一理由，她有太多的苦太多的不幸，正是他的这些强力和镇定使她一步步趋向光明，眼下她感觉到这光明与她又近了一步。

“我早从老庄那里吸取精华，不然我怎么会坚持到现在？而且一直坚定地走着……”杲昊开始意识聚焦，那可是给佫恪最好的回报。

“我们是现代人，应以现代人的尺度去框架生活，那样你就不会像现在这样惨兮兮地独坐幕后，令人看着心碎！”

“不，我不是在做凄苦状，我是在等一个人，我替他写了会上要用的讲演稿。”杲昊首次极力表白，为的是不给人以乞讨的印象。

“是翁折东吧？你最好不要参与他们的事……”佫恪一派谆谆。

“为什么？”杲昊对他的谆谆不以为然。

“这是特殊时期，法律尚不健全，双轨制还在继续，很多事我们也拿不准。可不给温床，贪欲的种子就不会发芽，希望你别去蹚那个浑水！”

“我也没那么傻，我只是写了捐助希望工程的意义，还写了民营企业搞赞助的必要，先富起来的那部分人有责任担负起社会的进步。”

“这些在演说词里都写清楚了？”

“当然，我才不会堆砌那些含混不清，甚至无关痛痒的辞藻，我总不能给他当御用！他得跟着我的思路走！”

“他若是不同意呢？”佫恪不无担心。

你的星座………

“所以才给他这么晚，马上开会了，除非他重写……如果他有这个能力。”杲昊出示自己的杀伐决断。

正在此时，吴计风风火火，身后粘连着翁折东，声称再找不到杲昊翁总可就要报警了！话里话外透着对杲昊的抱怨。

“我这不是坚定地等在这里吗？”杲昊出示强硬理由，令泡利、荣格非因果原理顺利软着陆，将愚蠢、木头一类贬词一股脑甩给对方。

12

鹅毛大雪在缔结中散失着它的原始热量，使大地温暖出稀薄的氤氲，一种云遮雾罩的朦胧，调动着人们意绪深处的万千情结，国画般渲染着惨淡与惆怅。然而这灰调子为主旋的背景，经过人的本质力量对象化，便折射出不同光谱的色彩，于是形成了一个缤纷世界，这缤纷正在广播电视局演播大厅律动。为希望工程募捐的大型义演挟着时代的大旗与鼓角款款行进着，各种高调门的广告词铺天盖地，与经天纬地的鹅毛大雪成复调式运行，洁白中透着寒气，谁也说不清谁会于其中获利，谁会在其中受损。市委和市政府五大班子的各色轿子载着它的主人，于铺天盖地和经天纬地间穿行，逶迤来到会场，自然忙坏了负责接待的吴计，她将一个个领导介绍给东道主俗恪，又指挥着主持人巴娜娜向观众介绍。待市政府秘书长吴纳西进厅时，吴计更是显示十分的热情与乖巧。她歪着头、仰着脸，一副撒娇的小少女状态，“哇！一家子来了，吴大哥可要多关照哟……”边说边配合着伸出纤纤小手与之相握。

站在一旁负责摄像的方自珍实在看不下眼，便凑到她耳畔，“咦？吴三桂是不是你一家子？”“吴三桂？”吴计丈二和尚，她根本就没听说过吴三桂，自然也不知其为何许人，“是哪个科室的？到会场了吗？当然是了，一笔写不出两个吴，凡是姓吴的都是一家子！”不想这段黑色幽默竟然被吴计胸前的微型话筒传了出来，于大厅周天回荡，众里爆出一派哄然，吴计被这哄然弄得顿然找不到北，于是操着怕慢待了客人的窘迫伸长脖子四处张望，“到底来没来？”这更加激起一阵哄堂。

俗恪怕在众里丢了广电的声誉，强压住自己的哑然打了圆场，“好了别开玩笑了，你们这些年轻人真是疯过了头！”这才使闹剧渐次平息。

“怎么就不能疯点？”市长胡昌稷于闹剧收尾处异军突起，“这才体现年轻人的活力，哪能都跟老头子似的，你看人家吴计多有水平！既不失幽默，又体现自己的大度。若换了别人还不急眼？看人家，不急不躁，将幽默感渲染到了极致。我说好，年轻人就该有这样的涵养，大家都跟吴计女士学着点！”大领导的话无异于一道圣旨，尤其面对他们的父母官，从此吴计在众里树立了幽默和大度的形象，而方自珍不过是个尖酸刻薄的小人，佫恪也只好听之任之。

吴计是个凭借风力的好驭手，她才不管东南西北风，只要能送她上青云。她从不在意如何忽悠，更加带着一脸的得意去行使着她的接待权，同大小领导扯着不同的距离，将各种关系摆得一溜匀！杲昊在一旁看着煞是羡慕，诚然，谁能不说这也是一种才能？如今愈加趋向社会分工，专家也只专自家一技之长，这类摆平关系的领域也需专家去料理，这场面不是吴计这样的专家去扼守，岂不是乱了套，经她这一拉扯居然云蒸霞蔚！广电集团也跟着沾了光！

恍兮惚兮间，杲昊忽觉有人扯她衣袖，惊回首见是翁折东，便担心是不是不满意她的演说词，其中没有只字带有褒扬倾向，清一色是翁折东该尽的义务，还有向社会承诺他的不折不扣——决不以募捐的名义捞取任何资本。不想翁折东向她伸出大拇哥连称棒极，便去了贵宾席，与两个男人热情地招呼着，夸张地做着久别的缱绻，然后于两人中间落座，跟献和氏璧似的翻弄着他的讲演稿。杲昊仔细察看桌上的名牌，一个是银行行长邸地，一个是税务局局长高天。毫无疑问，这是翁折东的圈子，从他如鱼得水的畅爽就略见一斑，因为圈子里总是蒸腾着旺盛的人气。

这场合更是忙坏了万向权，他胸前戴的红绸条署着总编辑，副局长的头衔破天荒不再主打，并竭尽全力与主管新闻宣传一路的副书记、副市长等周旋，这些人在评职称时都会起关键作用，因为事业单位的工资职称高于官衔，他准备在新一年把高级职称搞定。

正当许愿还愿合约渐趋缔结之际，主持人宣布大会开始，先由佫恪介绍了各方阵及各领导，接下来由一市之长胡昌稷致开幕词，瞬间人气冲开各自的小圈子，百川归海向着以胡昌稷为核心的大圈子汇合，壶口瀑布般的汹涌澎湃。在一种高动能的冲击下胡昌稷空前亢奋，调动一生的经验、能量、智慧用以回应，激荡出灿烂的意识火花，“同志们，虽然目前大家都不大用这个词了，代之以先生、女士，可我还是要用，我总觉得只有这个词才能表达人与人之间的无私和挚爱！

我们遇上了千载难逢的好机遇呀，政通人和百废俱兴，百废俱兴意味着什么，意味着到处都需要人才！人才哪里来？人才是培养出来的！几亿人口的广大农村就藏龙卧虎，今天这个大会就是具体行动！作为政府官员靠那点工资去大庇天下，只是杯水车薪，可我把你们这些先富起来的模范企业家团结起来，那就不一样了！据我所知，仅一个不倒翁商贸中心就捐款二十万元！二十万，这个小小的商贸中心得流多少汗！令人敬佩呀！我建议在市志上为他写下浓墨重彩的一笔！银行、税务，是不是在贷款和减免税上考虑给人家一些优惠！”胡昌稷的讲演又搅起一阵排山倒海的掌声。

人是群居动物，意识深处潜藏着严重的攀比倾向，听说翁折东捐了二十万，其他企业家也纷纷修改捐款数额，尤其低于二十万的，都临时将数额提高了一个档次，十万的改为二十万,二十万的改成三十万。依此类推，都以十万为基数纷纷上调。最激动人心的企业家捐款演讲也拉开了序幕，第一个发言的自然是翁折东，他将杲昊为他写的讲演稿渲染得淋漓尽致，又使会场掀起了一个情感大潮，那是奋进，那是昂扬，那是虎生威和龙摆尾的交织，一派救世的豪迈。在翁折东的引导下，企业家们个个不甘落后，虽然演说词没有翁折东的那么精彩，可个个都是注满了真挚和豪情，其中精神价值远远大于金钱本身。此刻作为精神的人也许是无知的、质朴的，然而一种形而上的力量，将这些精神的人推动着，使他们成为上帝之子。像上帝莅临神殿一样，精神的人永远高居自然人之上，这些大把挥洒着金钱的款儿，就成了时代精神的象征，一时间成了精神家园的主宰！一路雀跃，一路喧嚣。

山呼海啸的誓言、回环相生的激励将会议推向高潮，胡昌稷又乘着潮头拉了翁折东一把，指出翁折东的发言最为务实，是引领时代精神的号角，指示要将这个演说词发表在报刊上，并加上社论，推荐到每个人手中。翁折东却于潮头投鞭断流，说那是广播电视局记者杲昊所写，若说引领时代那也得算在杲昊的账上。这一鞭竟将大潮抽出一个巨大的涡流，涡眼处静得惊人，上千人的演播大厅居然噤若寒蝉，一时竟不知自己的精神支柱该向何方倾斜。

几秒钟的沉淀，许童率先跃出涡旋，“谁是杲昊？请站出来一睹尊容！”杲昊身处角落正想找机会逃之夭夭，不想被俗恪献和氏璧似的献了出去，他将杲昊硬拉到台前做了简短介绍，当然是业务上的，至于对霓彩的曝光以及被吊销记者证都只字未提。许童一直正襟危坐不苟言笑，一派压大轴的厚重，但一见杲昊竟有些不能自持，咂嘴吐舌像审视外星人，半天才凑出了所要表达的言辞，“哟，真是天外有天，这还是巾帼不让须眉！她父亲是做什么的？看人家把女儿打造的！大才大智啊！演说词里的前瞻性不比你胡市长差！我看当个市长助理也拿得起放得下！”许童不管不顾一路宣泄，“宁静致远淡泊明志，我算见了活样板！”

就在许童修补旋涡眼之际，吴纳西递过一张字条，许童刹那间判若两人，憎恶随即跃然脸上，于是发号施令，“嗯，好！演讲继续！”

杲昊竟像一条死鱼被晾在台前，再无人问津。

13

许童虽说淋漓酣畅地直抒了胸臆，可毕竟被搅扰了兴致，因而义演后的聚餐他竟没给面子，直接驱车打道回府。

胡昌稷是归省委副书记许童和组织部部长曹健双重领导的，而曹健正是佫恪的妻子，为给佫恪挽回一些面子，更为个人关系不致搞僵，当众聚餐套牢了所有的与会者，胡昌稷令吴计通知佫恪杲昊于冰雪大世界另开小型聚餐，名曰专门款待新闻功臣。胡昌稷之所以带上吴计，他自认为这是一个对等的格局，是真是假里外透着他的真诚。往光明里想，佫恪和杲昊都是会上的受辱者，而吴计得天独厚受了许童的褒奖。往阴暗里说，在情感的天平上胡昌稷与吴计也在另一端为佫恪与杲昊做做平衡。

开始是吴计自称东道，不停地为每个人夹菜斟酒，而酒过三巡，胡昌稷便当仁不让抢过了东道权，最先频频为佫恪斟酒夹菜，弄得佫恪倒有些不自在。胡昌稷这才敞开胸怀，小佫，你的到来，会使我市大大改观，以前，我夹在各派之间不好做事，尊夫人在省里身居要职，对省的意图吃得比较透，通过你从中斡旋，这样就好干多了。别看我是身为市长，目前各种法律、法规尚不健全，大家都摸着石头过河，难哪！谁也不是三头六臂，所以大家都需要各方面的扶持，我当然也不例外。

一直做可人状的吴计心里别提多舒坦了，她一直自诩自己的人际关系，凡是能为她铺路搭桥的她一概充分利用，她确实觉得一个人的能力太有限，若是将那些有能力的人都利用起来，做起事来会有多省力！于是满怀城府地瞥了杲昊一眼，尽管杲昊似乎高自己一筹，可她独自在那卖死力，就算她干成几件事，也耗得差不多了！

正当吴计扬扬自得时，胡昌稷将注意力转到她这边了，“吴计，你今天的玩笑开得也太过了头，知道的好，不知道的还以为你是白帽子，连吴三桂都不知是谁，多没面子！”

吴计真就不知道吴三桂为何许人物，听市长指责她没面子心里先没了底。她希望自己成为天下第一女，怎奈许多因素限制了她。首先投胎就投错了地儿，不知是贫妇还是荡女，将她生下来就扔到马路边。若是被好人家收养也罢，命运的第二关她又败走麦城，被吴家这样的寒门卑舍拾了来，致使她的起跑线就低了几个档次，别说高等教育，就是启蒙教育都极为勉强，好歹读了个高中。而她读高中那一段，学校教师都是各行业抽调出来的，教学水平极为参差，别说高考，就是课堂教授的东西都不成系统。另外她出生地也极为偏远，若是生在城市还好些，也许启蒙教育不会那么差！后来多亏碰上了好邻居吴纳西，通过他的举荐一步步进了城结识了市长胡昌稷，这才有了出头之日，她能有今天已实属不易！当然她还会为做人上人去拼搏终生。这样想过心里一阵酸楚，因为她的付出远远超过了她的收获，何止是一本难念的经！谁了解她的酸甜苦辣呢，眼中随即现出闪闪泪光。

胡昌稷看到吴计眼含泪水，心中有些不落忍，于是半嗔半劝，“看看，女孩子心眼儿就是小，我又没批评你只是提个醒嘛。”转而又看到杲昊的刚毅，“女孩子也不一样，看人家杲昊那么大压力都挺得住，一派胸有成竹，人家牢缄金口城府深深，先从气度上给人成大器的印象。”

吴计听到胡昌稷如此大张旗鼓地夸赞杲昊，心中甚为震撼。杲昊本来是岗位难保的，只因广播电视局长的位置一时空着，没人出头去下那个逐客令，都指着将这个难做的题推给新任局局长。不想新任局长佫恪的到来竟使杲昊时来运转，连胡昌稷也轻易倒戈了？难怪杲昊总是强调等待，原来等待能改变一切，杲昊到底是改变了她倒霉的格局！于是妒忌之火腾然而起，她绝不会让这一格局成为事实，可她必须事先将各方的力量做全面权衡，这样才能确定依靠谁、联合谁，最后达到铲除杲昊的目的。就目前看，胡昌稷为使乌纱帽戴得更牢靠，自然得投向佫恪，因为他有一个省级高官的老婆，这位组织部部长正是胡昌稷的顶头上司，看情形投向佫恪是势在必行。杲昊又是佫恪多年难以割舍的红颜知己，自然是向胡昌稷讨价还价的一个筹码。想在两位权势身上打开缺口是不可能的，直面与杲昊竞争吴计又自觉不是她的对手，那就只有用计，让杲昊自行退却，退出权势的哄抬圈子，几年她也就走下坡路了。

心中有了谱便定神于杲昊，只听她正高谈阔论宇宙与夸克、黑洞与裸奇点、粒子与反粒子，这些概念对于吴计简直就是天方夜谭。从不多嘴饶舌的杲昊突然谈兴大发，足见其大鹏一日同风起的意向。一种紧迫感催促着吴计急于采取补救措施，可一时又无从下手，急难中，她操起酒瓶换了大杯，号召大家来个饮酒比赛！她知道自己的长项就是饮酒不醉，自上酒桌以来她还从未尝过醉酒的滋味。

果然奏效，立刻得到了佫恪的响应，因为他尚未领教过吴计的饮酒道行，于是不知深浅地随了上去。胡昌稷也觉得，难得有这样的通融款洽，更是举杯把盏，只杲昊一如既往地保持冷漠，稍有些扫兴。吴计并不在意，因为她一旦胸中有谱，就决不介意外在因素的干扰。她可以利用杲昊的这一弱点，将她挤出竞争舞台。

这令在承难中的杲昊很不受用，一如被犹大出卖的耶稣，无奈地参与了这最后的晚餐，于是焦躁不安极力寻找逃离的机会。看到杲昊的不安，吴计愈加得意，她意识到一个人的能力总有死角，杲昊虽能写出那样一手好文章，修得如此一副好品行，可在她吴计面前就只能做热锅上的蚂蚁！吴计认为那些不竟之业都是因为一开始就没入门，后来又缺少持之以恒的历练。能力是练出来的，像她这一身功底，完全是来自她自幼就无依无靠，早早在人世间自谋生路，加之她意志坚定，这么一路走来，不承想越走越上道，不信就干不过独往独来的杲昊！这叫人各有志或者叫各生一段才，如果人人都一个样，那还成什么花花世界！

在吴计热浪的蒸腾下佫恪感慨万千，不自主地一咏三叹，“唉，其实事件本身并无所谓逆与顺，关键是如何面对，杲昊若能像吴计这样乐天达观，情况会好得多！”杲昊对佫恪的褒奖并不以为然，什么叫乐天达观？那简直就是厚颜无耻！从此，佫恪的形象在杲昊心里蒙上了一层阴影，她不想再与这些社会怪胎周旋，推说要去洗手间，吴计看到有机可乘，便拉着杲昊去了地下商场。

封闭自我的杲昊由于长时间沉浸在灰色王国，对迅速变换的外部世界很少光顾，面对商场的金碧辉煌不胜感慨，恍若进入另类世界。这才几天时间，天下已是如此花样翻新，难怪人们的心态会是如此浮躁，也许是这大环境令他们心性迷乱失去了定力。吴计察言观色，早看出杲昊的惊叹感慨，在她眼里都什么年代了，谁还相信守节是值钱的玩意儿，怂恿杲昊守节，不外是希望她就此画地为牢，终生别参与吴计花花世界里的竞争，于是又添油加醋：“像你这样冰清玉洁的好女子，可得好好把握住自己！”杲昊感于她的真诚也来了句反规劝：“那你呢？

就不怕人家攻其不备？”吴计似被揭了短便有些讪讪：“我和你不同，既没有一技之长，又没有亲戚一类的后顾之忧，可我知道该怎么应酬，即使让人占了便宜，我也会从别的地方捞回来！”吴计无意中透出了与胡昌稷的暗箱交易，这令杲昊感到一阵恶心，难道佫恪如今也变得如此混账了？谁知道呢？如此浮躁的年代，什么事都可能发生。杲昊心中有了底，她该离开这个是非之地，于是断然掉转方向。吴计一时没能理解，“你要干什么？”杲昊喃喃，“我该退席了，不是吗？”

14

逃离了冰雪大世界的人文怪圈，杲昊看看表，觉得时间尚早。上次采访达生被白茜巧妙地挡了驾，杲昊暂且放弃了采访，眼下也不知达生的情况如何。据悉，消息仍封锁得极严，但达生总算还活着，只要活着这惊天大案就能破，那只是个时间问题。既对达生封锁得严，医生白茜总能见上一面吧，于是驱车去了医院。

不想千呼万唤，白茜只与她打了一个照面，一张大口罩与一顶大白帽，将其笼罩得只剩下两只眼睛，不愿沾任何麻烦的白茜，自然不会与专惹麻烦的新闻记者挂连。但是碍着面子，又看着杲昊一脸的求救，便拿出一张报纸，上面刊了一张大幅市政招商引资的图片，其中有一位大侧面的人，白茜指问是谁，由于脸侧得太大，杲昊也没认出，白茜正好借坡下驴，让杲昊给查查，便打发了事。

打发了杲昊，白茜又觉不妥，这岂不是已将麻烦交给了新闻界，会不会给达生带来新的危险？那次手术她就有所察觉，很多人对达生的存活都表现态度反常，连院长都概莫能外，于是眼前又浮出手术的情景。

“白茜！还有什么问题？”院长如履薄冰。她知道院长的担忧包含多维，医死达生他有责任，治活达生似乎责任更大，这些潜在的险情只有白茜能从院长王大为瞬息万变的神色中辨别得出。她有猫眼儿里的信息做依据，另外那个陌生人当时就等在院长办公室，似乎非拿到达生的死信才甘罢休。她发现那人与报纸上那个侧面人极像，所以才让杲昊去查。手术那天她怀疑院长会乘人不备做些手脚，所以那天她极尽了眼观六路耳听八方之能事。她如此誓死捍卫达生当然也有她的私下目的，首先她必须向世人证实她的医术属一流，不然院长王大为对她的偏袒就为“铁姘”做了注脚，无缘无故王大为何以视她为掌上明珠？而医术绝伦那就顺理成章了。这是个多好的澄清机会！那颗子弹是嵌在达生心肌上的，等于是从死神手里夺回他的命！另外当达生挟新生命重返人世，也好弄清他的案子。如此诸多缘由，那天她的心也像嵌了子弹，鲜血在汩汩流淌，木然对着推过来的活动病床竟然举步维艰。

就在她要进手术室之际，一个黑衣人出现了，不过这次她看清了那似曾相识的眼。那次达生与吴计的丑戏被捉了奸，捉奸者与两位当事人似乎达成了什么协议，吴计被捉奸者带走达生陷入崩溃。就在这个当口，那个黑衣人便闯进了达生的病房，然后进行了一段肝胆相照的对话。

“早就跟你说过，别让人家给算计了。当初多完美一个达生，如今让人施了美人计，失去了贞操……此后你事事得让人家牵着鼻子走！”

“不入虎穴焉得虎子！”达生极力辩解，“要下海就难免呛水！”

“你已不是呛几口水的问题了，杂务缠身，抖搂不开就是麻烦！”

“那也算见到大海了，总在岸上能知道大海的奥秘吗？纵然被淹死，也给后人提供了前车之鉴！为了人类的超越，我不下地狱谁下地狱！”

“你还不认账！跟当官的一沾一溜皮！犯了事先把你推出去垫背！”

“那不也是赚了大钱……全仗着从人家口袋里捞呢，这可是发财的捷径！现在正鼓捣一部分人先富起来，何不假舟楫以绝江河！”

“你搞颠倒了吧！我们设圈套要他们进，你却先进了人家的圈套！”

看来这个黑衣人很知底细，白茜觉得必须抓住那个黑衣人！可就在节骨眼儿上王大为大吼，“白茜，还不快上手术台！”白茜这才定了神，发现王大为也穿上了手术服，他也参与这次手术？糟了，达生性命难保！

“这是个大手术，我有责任一旁监督！”院长大概看出了她的惊异，他够敏感的，是不是心中有鬼？不然怎么拙劣到此地无银！白茜用余光扫描着王大为，他驱赶着助手列队手术台，一助、二助、三助、四助，而王大为并未进这个行列，的确只是在行使他的监督权。白茜这才松了口气，只要不靠近达生他便无法动手。可这四助里会不会有卧底的？在取子弹时只要手术刀有一纸之差，便会造成大喷血。就 CT 提供的资料看，子弹与达生的心室只有一膜之隔，他的生命就在白茜手中，只要她稍有疏忽，就会将达生送上不归路！唉，人有时又是多么弱小！然而在他们把自己当作实现非人手段时，却又是那么强大！

“白茜，开始吧！放松些，再放松些！”王大为轻柔的催促在静谧中回荡：

“站在这里就是想给你们个定心丸，成功了是你们的功绩，失败了我责无旁贷，谁叫我是院长呢！”院长王大为的定心丸很有力度。白茜又不自主地觑了他一眼，他的眼神似乎不再飘忽，只有一种鼓舞于中心地带聚焦。可在那个陌生人面前，他却暗示了不必确保百分之百！她又觑了一眼分立两侧的四大助手，个个绷着一脸的紧张严肃，那是与死神一决胜负的展示，哪里还有什么卧底之说？但愿是自己先验定势！

“白茜，动手吧，达生的生命就在你手中！”院长又是一颗定心丸，着着实实砸在白茜的心坎上，她有恃无恐，锋利的手术刀轻轻打开了达生完美躯体的第一道封锁线。似乎经历了一次否定之否定，曾几何时人们为拯救伟大的灵魂而牺牲了多彩的生活，而如今某些人又为世尘的多彩去牺牲伟大的灵魂，达生若不是在这个交易场上充当急先锋，何至于铤而走险拿青春赌明天！或是听那黑衣人一句劝也不致如此！

收敛了万端思绪，白茜的注意力开始聚焦，四大助手向她报告，该打开达生的胸膈膜了。天啊！肌内、胸骨都是什么时候被打开的？作为一个主治医居然在这样一个大手术之际精神溜号！这可是大忌！白茜定了定神，到底是医术老到，片刻便调整好状态。下刀！白茜一声令下，胸膈膜终于在一助的锋利刀刃下被打开，达生被撤去最后一道防线，一颗鲜活的心怦然跳动在天使们的眼前。腔内积了血，但是很少，二助仅用了一团棉纱便吸附殆尽，达生好强力！凝神敛气的白茜已进入特异状态，似出现透视功能，每濒临危险时刻她总有这种超常功能，于是两指轻轻一拨，便将嵌着子弹的创面翻了出来，子弹是从右肋斜着射入的，恰恰一根肋骨做了栅栏，高速旋转的子弹，经诸方能耗到这里偏偏将杀伤力减到近乎零，剩下一点点余力正嵌在达生丰厚的心肌上，她几秒钟就判断出心室心房完好无损，只伤了些毛细血管，达生造化不浅！白茜长长舒了口气，这才一块石头落了地。松弛下来的她开始审视达生的心脏，硕大而健壮，就像他那个造生后代的性别标识。他全身两件最宝贵的东西，都在她手中起死回生！她伸开五指轻轻地抚了抚这颗健壮的心，这是达生生命的大本营，没有它达生也就归为零，而她却可以随意摩挲观赏，令他生则生令他死则死！这便是医生的特权，她可以使自己成为天使也可以使自己成为魔鬼！带着满负荷的自豪和责任，白茜轻轻地将刀尖于子弹与心肌间游移，轻到使心肌几乎没有刮带感。人真是有惊人的自愈能力，那心肌在竭尽全力去包容那颗子弹，直到为它主人耗尽最后一丝能量！感叹之间白茜操起一柄精巧小镊，轻轻插进手术刀拔出的缝隙，左手按住那柔韧而坚实的心体，大马力高速度，几乎是以迅雷之势，断然取出了那颗索命弹头！

哲学人类学是从可见的人类特性开始的，而费尔巴哈则用宗教之镜发现了人类遮蔽的本性，她该相信哪一方呢？叔本华、尼采、弗洛伊德和马克思都曾清楚地表明，真正驱动人类的力量是与理性相悖的！尼采还巧妙地揭示，人们习惯于掩盖自己的真实本性，通常他们总是表现得太人类了，因而呈现了一个虚伪的外观世界。那么要想真正了解达生的胡底，就只有等待他的非理性大展示！

15

杲昊在白茜那里吃了闭门羹，怏怏不乐地打道回府。

“我还以为完了，我们的水晶玻璃人儿，从此陷于污淖！你逃了出来？我就知道你属于被迫无奈……”方自珍等在杲昊的必经之路上。

杲昊反感地思忖，她是不是陷了污淖，与你方自珍有什么关系？她生性恬淡，追求绝对自由，可她深知，这一切都不过是个假设。

“你以为我监视你？我不会那么下作！是庞贝来电话，说他这会儿有时间，上次不是约人家拜师学艺嘛，人家还真当回事了，这我才满世界地找。有人告诉我你陪市长去了，还与吴计那个贱货为伍，我知道一定是佫恪那厮胁迫的，不然你怎么会丧权辱国跟他们走一遭？”

杲昊宽容地笑笑，“还不快带我去！”

其实庞贝并无心收杲昊为弟子，是方自珍多次游说才勉强答应。他给女人的定位，不过是世界的一个点缀，给男人做个陪衬以证实这世界阴阳平衡而已。至于当作家，只是抒抒小感情讲讲一己之见，古今中外一流的作家还得男人担纲，像杲昊这样的，仗着自己当过记者能写两刷子，就自以为是作家的坯，实属不知深浅！不过见见也无大碍，一旦她能有一两笔出彩的，也少不得严师高徒之说。

门铃撬开了庞贝的房门，当杲昊从方自珍身后被隆重推出，庞贝着实倒吸了一口冷气，造型、气度、神采，以格式塔效应瞬间调动了庞贝的艺术联觉，冷艳、睿智、深邃、散射着汪洋恣肆的悲怆情调，一如悲剧英雄泰坦力士，似乎背负着整个世界的不平。庞贝下意识地认识到这才是一块作家的好坯，一旦带她进入创作的轨道，不知她会快速运行到哪里，那时他这个曾经的作协主席也只有瞠乎其后的份儿！于是他迅速调整了策略，转身去沏茶倒水，不过那是个缓冲，他可以利用这短短的一瞬，考虑该如何应对这样一个对手。冷？那就以冷回敬！庞贝倒完茶就冷冷地正襟危坐，营造了一个绝对冷场。

杲昊于冷场中端起热茶，倒是一个舒适的反差，于是将目光于周天巡游，这是庞贝的书房，门楣上一块牌匾，大书着“致远斋”，东面一排顶天立地的通体书柜，那是他合成各种形象的资源，西侧是一只电脑桌，这便是他合成各种典型的无边界加工厂，正中是一张大写字台，在电脑面前显得有些多余，那一定是昔日的遗产，以前的作品一定是在那上面手工合成的。门旁还有一个精致的玻璃酒柜，不过这里并未放置什么酒，而是摆着各种玉雕、奇石。仔细看，奇石中还掺着化石、矿石等等，杲昊很想上前欣赏，可被庞贝冷冷的目光锁定。她从那双冷眼中读出了压力、折磨和不平衡，这神情她在万向权、巴娜娜尤其是吴计那儿多次读过，一个萍水相逢的人怎么也会有？难道是她误解了？不会、绝对不会！她太熟悉这神情了，因为在各种场合，只要她一出场就会或多或少地领略这种神情，然后便是防不胜防的诋毁、排斥、迫害……

“这是杲昊的简历，你看了也好因材施教。”方自珍空前热忱。

这一举措杲昊并不知道，她有点不自在，面对眼前的情境，她已不想与庞贝深交。首先就出现了不谐和音，再让他那么全方位地去了解自己，简直就是一种尴尬，于是下意识蹙起眉，硬着头皮等待庞贝的下文。

庞贝遭遇空前芒刺，他当然不能不认真阅读，当看到年龄一栏他豁然开释，下意识地啊了一声，这啊负载着一种自我完美的抚慰，杲昊已近不惑之年，俗话说人过三十天过午，三十不学艺……他从十几岁开始就在感悟写作，可以说毕其半生都在打造他这块品牌，如今还没什么大影响，只是在本市还能算个排头。目前他正以作协的名义搞了个创作基金，准备以此也为自己铺铺路做做广告，如今虽说各种炒作降低了作品的含金量，那也成就了像他这样靠实力永远也登不了天的，若有炒作从旁鼓噪那就不一样了！像他这样的尚且指着外力，杲昊那种水平也没什么后劲可言。后生可畏，那得是黑马式的后生，屈指算算杲昊不过比自己小了四五岁，在短期内想超越他庞贝还嫩点儿，瞬间找到了平衡。

“既然以我为师，那就以师卖师了，有不当之处，恳请谅解。”庞贝的语调抑扬顿挫，那是底气十足的外现，不再有黑障的抑郁。

“首先得克服一大障碍，术业有专攻，隔行如隔山，别看你也写了这么多年，可绝对是两个路子！大手为什么大？就是因为他们有哲学和美学的托扶，才洋洋大观才苍天厚土！而文学概论则是带领你踏上文学正路的指南，这是创作的必修课。另外，心理学尤其是文艺心理学，还有逻辑学、政治经济学，也得略知一二，这样才具备了一个作家的基本素质，不然你就只能抒抒自家小感情、拉拉世俗平常话，那至多是个写匠，永远成不了作家！”庞贝戛然而止，然后做大师状。

“这些书就由你来提供！钱由我来付！”方自珍又是一个抢先，可惜他太兴奋，忘了杲昊学的是汉语言文学专业，这些早是她的必修课！

杲昊稳稳坐在一旁，她当然不认为这番教诲属多余，可庞贝恰恰错在一个作家只具备了这些基本素质是远远不够的，作家最重要的任务是尽可能向人生高峰攀登，在那里俯瞰大千世界，以思考人生的最高问题，然后用整个生命为世人铺出一路锦绣！

庞贝抬眼扫瞄杲昊，他并没收到预期的效果，于是又一次陷入了失衡。他调动起全方位支撑出示了一个勉强的和颜，“我这儿有市图书馆的阅读卡你可以到那儿去找，那儿什么书都有。目前图书市场如此活跃又有网络图书，谁还收藏那么多资料！”说着在写字台抽屉里取出借书卡交给了杲昊，“就这样吧，先读些书同时试着写，越写就越会写，实践是最好的老师。”潜台词已下了逐客令，同时将莫名的郁闷推向极致。

“就这么简单？”方自珍却是意犹未尽，于是越俎代庖。

“悟性就在脚下！”庞贝干脆关了门。

杲昊极为知趣地起身道谢告别，一路怏怏不快。此次运作她认为绝对是自取其辱，庞贝的每个眼神每一种状态都水晶玻璃般透给了她，她恨自己的敏感，恨自己的洞明，多少人都警告她难得糊涂，可她道行就那么浅，什么事都盛不住，首先自己内里先造了反。若能像吴计那样凡事都顺着来，顺水推舟也好，讨好逢迎也罢，那得省多少力！

“庞贝不像话，耍什么牛 × ！平时见了我跟孙子似的，见了女人玩深沉！”方自珍愤愤然，“我还想号召你给他做个专题呢，看来泡汤喽！”

杲昊可不想将事态扩大，“牛吗？是出于对我们的慎重吧！”

“你这样看？那你为什么阴着脸！跟吃了狼牙棒似的！”

杲昊的郁闷除了自家受辱，还在庞贝的心灵深处探出一种塌陷，双倍的痛中又隐约生出几分同情，“唉，怕辜负了人家嘛……”

“就凭你的阅历、文化、底蕴、思想深度，还担心写不出什么鸿篇巨制！我看作家也没什么了不起，你就铆足劲往死里写，哪怕牵强附会无限夸大，只要能把读者镇住，让他们接受，那就算达到目的！不就是借人物形象灌输你的哲学观吗？没看有些舞台剧都没了台词，就几个脸谱在台上绕来绕去，居然有人为之叫好！”方自珍一路歪批。

杲昊没同意也没反对，的确，一些新锐作品也就是追求一个震惊和震撼，给沉闷的生活划开一道闪电，打造有别于前人的亮丽风景。

“咦？我听说，成功作家的一条重要的标志，就是让那些自命不凡的家伙痛苦了、暴躁了、不断撕自己的稿子，贬斥评论界和读者……”

杲昊不屑地笑笑，她似乎看到了不断撕稿子的庞贝。

16

通常成功需要三大外部条件，最前沿的新鲜信息、最新式的方法论和最多元的强力刺激。这三大因素为杲昊平添羽翼，她搅动起以往岁月的浮尘，排除万般干扰，轰轰烈烈地飞升！在那里她仰望苍穹、俯视大地，提炼浮尘中的珍稀微粒，以镶嵌灿烂的人生！迷蒙的微粒中，突然闪出疯老头田坤，他那里一定有取之不尽的创作源泉，就凭他那双树皮般的老手和一双深不见底的眼睛！在他那种年轮一般都呈现出老眼昏花的症状，可他却仍保持一汪清澈！明辨的是非、明澈的事理、明白的人伦、明了的世故，在他那对心灵的天窗里时隐时现，将他的阅历提炼出来，也许就会改变落魄者的一生！为此，杲昊驾车直奔丹家崖。

皑皑白雪已将丹家崖封存出一派银装，远远望去只有那池温泉腾绕着袅袅白雾，杲昊担心疯老头的衣食住行是不是能经受得起这残酷的严冬，另外还有村长魏洞天的钢绳铁锁！看来要见到疯老头还得颇费一番周折。思虑间，车子已进村头，出乎意料疯老头正在村头闲逛，杲昊靠上去下了车，上前拉住他亲亲热热叫了声田大爷。

田坤惊回首见是杲昊便惊喜万分，“孩子，我就知道你能再来，我知道电视台专为贫下中农抱不平，就天天等在这里！魏洞天这混账王八羔子，自上次你们来后，就再不敢为所欲为，没看给我发了棉衣，每月还给我二百元钱，还说要给我房子。我才不稀罕，要了他的好处就封了我的嘴，只可惜十来年了，也没告出个头绪！”

“你住哪儿？”杲昊见他思路清晰根本没有疯的迹象，看来完全是被迫害的，这是一种严重的人权侵犯，她一定要帮他弄个清楚摆摆平！

“有好住处！到我家去看看？我把新故事老故事都讲给你听！”

杲昊跟着田老头一路上了山，峡谷里面也腾着雾气，云遮雾罩的。

“看，到了，这就是我的家！他们都不知道，村里那个温泉发源地就在这儿，我占着上风头，这里可是仙境呢！”说着带杲昊进了山洞。

“泉水就在石板下，这是源头，刚出地面，都能煮熟鸡蛋，原来我打了野兔就是用这水煮熟，再蘸着酱油吃，现在国家给了我二百元的生活费，就赚现成的了，我现在是老汉王进北京心满意足了！”田老头边说边拿出他的食品放进蒸锅，掀开一块小石板，蒸汽便从一个小孔中蹿出，将蒸锅放上，“这就是我的灶头，又干净又方便，你看多好！咱俩先吃饭，吃完饭再慢慢给你讲，我知道的事比史书上的还多呢！”

杲昊要的正是这种野史杂话，一顿寡淡无味的野餐草草收了场，田老头便缓缓拉开了历史长卷，杲昊与他共品恩怨情仇调制的鸡尾酒。

丹家有个丫环叫玉凤，是专门侍奉老太太的，生得花容月貌，伶俐乖巧，田坤一到丹家便看上了玉凤。老太太下世，在外读书的儿子丹霓回来为老太太送终，老太太丧事一完，他就带着玉凤去了上海，此后不久两人便成了婚。田坤苦苦傻等，直到解放前夕才知道被人夺了妻。自那以后，田坤无心做事开始胡混，渐渐得了二流子的恶名。

好在解放后，打土豪分田地，才分了温泉那块好地。那时他真想借着斗地主打土豪之机，将丹家夷为平地以报夺妻之恨。不想丹家突然出了桩怪事，丹老爷子遭遇狐狸精，每天晚上都有一群狐狸到丹家吃喝玩乐，从此丹老爷子病得一塌糊涂，翻身队也就停止了对丹家的斗争，一直在外的丹霓也带着玉凤和儿子回了家。

田坤听说丹霓回来了，带上长矛冲了过去，竟被魏乾半路截住，说万万去不得，一旦沾上狐狸精可不是好玩的。田坤当然不信，共产党的翻身队怎么还能迷信？魏乾便说不信晚上看。到了晚上，丹家果然来了七八只狐狸，比狼还大，跟人那么高，进了丹家又吃又喝，到了半夜鬼哭狼嚎十分瘆人，田坤也半信半疑，只好回去歇息。第二天全村便传开了，说丹家一家老少都被狐狸精带走了，丹家大院空空如也，只剩下几间空房，从此丹家便销声匿迹了。

可到了土改纠偏后，丹家又出现了，魏乾也给丹家分了房和田。丹老爷子已经下世，丹霓便带着玉凤住进了那间破草房。只是丹霓时常不在家，玉凤已不再有昔日的光彩，而且疾病缠身。出于关心，田坤就常到丹家去看玉凤。之后，玉凤生了个女孩，丹霓那混账王八蛋硬说那女孩不是他的，就将那女孩扔了。后来丹家又添了一个女孩，生得跟玉凤一个模子雕出来的！接着各种运动又接连不断，像丹家这样的家世是首先要挨斗的，玉凤哪经得起这般折腾，几天就命丧黄泉。此后丹家又闹起了狐狸精，这次田坤可要去看个究竟，远远就看到几只大狐狸拖着丹霓一家向深山跑去。田坤撒腿去追，又是魏乾拦下了他，这次田坤可不信邪挣脱出来继续追，追出去好长一段，听到有孩子哭，循声找去是丹家将那女孩丢下了，只几个大人被狐狸带走，田坤便将那女孩带回来养着。可那女孩总是病着，又把给她治病的钱剪了个粉碎，那钱可是他叩头作揖讨来的，没钱治病就是等着死！没招就把她赶了出去。凑巧村里来了个劳改反动大学生能医会药的，此后女孩又归了那个大学生。

改革开放，大学生平反返回城里工作，那女孩就不知了去向。那以后丹家人再也没露面。三中全会后农村实行联产承包，丹霓的儿子又回来了。这时魏乾的儿子魏洞天也接替了村长，魏洞天比他爹还敢干，居然将丹家崖那片山全包给了丹霓的儿子！

直到现在田坤才明白，敢情这一出出大戏都是魏乾那老混蛋弄出来的，“他们可把我老田头坑苦了！你说这不是与地富反坏串通一气，打击贫下中农吗？”田坤又鼓胀起一腔愤怒，大有爆炸的险情。

“丹家儿子在山上都搞了些什么？”

“花果山！还有搞绿化的树苗、草坪什么的。前些年到城里混了一阵，又写书又卖文的，听说也赚了大钱，这一阵书不值钱了，他又跑回来，搞什么旅游、疗养，又扩展到养殖，那山叫他搞花花了，你说现在是不是地富反坏反攻倒算？人家有钱的还是有钱，我这贫雇农还是贫雇农！你说那王八羔子魏洞天是不是没了阶级界限！”

杲昊心中一动，咦？那些残疾人是不是都被丹家喂貂了！

田坤沉思了半天，“哎？姑娘你还是帮我出主意打官司吧！”

“还打官司？玉凤不是已经不在了吗……”

“还有那块温泉地呢！人民公社时归了公，三中全会后别人家的地都要回来了，我的怎么就不还！跟你说吧，我活一天就跟他们没完！一辈子的希望一个也没达到活着还有什么意思，有时真想撞死算了！”田坤的无助和无望已达极限，有如一根上紧的弦稍稍一碰就有断的危险。

杲昊叹尽人间不平，将栏杆拍遍，终于想出了一个暂缓之计。他还能活多久，十年？二十年？八十岁也差不多是人的生命的极限了，看他干瘪瘦弱的样子，指不定哪天支持不住就倒下去了。她还可以找魏洞天商量，给老人家在温泉边盖间小屋，岂不大圆满结局！于是劝解道，“打官司需要很多证据，您老别太着急，趁着这个机会，您也帮着弄弄清楚山上的情况，看他们有没有养貂，最好带我到山上去看看，看他们是不是三头六臂！”杲昊看看天已不早，她该回去了。

田坤依依不舍，眼泪汪汪地一直将杲昊送上车。当杲昊发动好汽车将要离开，田坤疾步上前送来一句话，“姑娘，你知道玉凤她长得像谁？”

“谁？”杲昊正想有个具体感观。

“像煞了你……”说完扭头走了，带着饮泣渐渐远去。

17

杲昊刚进广播电视局大院，巴娜娜便小燕子般飞了过来，“去哪儿了？连方自珍都不知你的去向，好神秘呀！”巴娜娜携着一脸的探秘。

杲昊带着满负荷倦意，“我有那么神秘吗？不过是不需要摄像而已，当然用不着告诉方自珍。又有什么事？跟火烧连营似的！”

“狭隘！就知道火烧连营，这次是天上掉馅饼！”巴娜娜只在有利可图时才这样亢奋，这令杲昊确信有馅饼可捡。

“愿洗耳恭听。”杲昊出示轻描淡写，那是对巴娜娜的敷衍。

“没看现在一个劲儿地鼓噪中国加入世贸，那是什么概念？那说明二十世纪末全面走向市场，全面遵循世界经济运行规则，到那时能者都率先抢到自己的一块地盘，在新的游戏规则中人家有足够的经济实力，控制着大多数失去自身地盘的人，若是跌落到这一弱势群体中，你就得跟着人家的指挥棒转，下岗、失业，随之而来的是拮据、贫困，那到时再想翻身可就是蜀道之难了！中国之大、人口之多，人才肯定是后浪推前浪，正所谓是江山代有才人出，到那时你我的知识相对落后，人也人老珠黄，岂不是束手待毙自甘沉沦！如果我们现在下手，打造一方自家的沃土，经过五六年的运作到下个世纪初我们就会羽翼丰满，命运就会奈何不得，我们就会以新世纪强人的形象站在时代的潮头，挥舞着命运的指挥棒去指挥别人，做一个新世纪精品女人！”

杲昊被煽乎得云山雾罩，“把自己的事做大做强，不也是路子吗？”

“懒！这是懒人哲学！墨守成规、安于现状，可你想到没有，这岗位是公家的不是你自己的，你就得永远仰人鼻息！要知道铁打的衙门流水的官，局长一茬茬地换，跟割韭菜似的，你知道会换上什么人，有人格的我们还能苟且偷生，若换上个没人格的你就是人家刀俎上的肉！好坏标准由人家去定，你干得再好人家也可以一语否定，那你就是下岗在即！目前你就是活生生的例子，曝光霓彩化工公司有什么错！不就是揭了某些领导的伤疤吗？他们不想完就得让你先完！怎么样？到现在我们的《顶级珍闻》还风雨飘摇，幸亏眼下还保留计划经济的风水宝地，我们还有工资拿，若真进了世贸走市场规则，我们就得挨饿！这叫什么？叫下岗，叫失业！还不早做打算！木头吧，你！”巴娜娜层层推进。

“那你如何打算？不是纸上谈兵吧？”杲昊空前失落。

“纸上谈兵？”巴娜娜精气神空前，“别以为我是来找你卖关子取乐的，我有实质性的运筹！所以才来找你落实！”

“是吗？刮目，刮目！何不说来听听！”杲昊感到震惊。

“好，我请你吃饭，边品尝美食，边策划我们的鸿猷大计！走，跟我来！”没容分说，巴娜娜将杲昊拉出车门，替她上了锁，又拉她去了广电集团后院，直奔一辆奶白色原装桑塔纳，这车富丽、优质、流线造型，一眼就看出高一个档次，“这是我的车……你若是拿我当朋友，它也有你一份！来，上车，先体验一下精品女人的第一感受！”

“你的车？不是芝麻开门吧？”杲昊又出示了一个惊心动魄。

“先上车，到了餐桌上我们再细细谈！”巴娜娜从另一边坐到驾驶席，将精美小钥匙插进锁孔，挂挡、加油，奶白色桑塔纳款款启程，上了世纪大道便一路疾驰，于新落成的最有气派的凯旋大厦落了脚。巴娜娜将杲昊带到此，无疑是向杲昊展示她的消费前沿，或暗示她是本市最了得的精品女人，杲昊却是表现浑然，除不想让巴娜娜太得意，更重要的是她对此不感兴趣。

“想吃什么？点！”巴娜娜颐指气使显示她的主人派头。

“随便。”面临对峙杲昊一概实行战略撤退，在自己不受伤的前提下，就使对方不战自败，让对方品尝不达目的的愤懑和未决雌雄的懊恼。

果然奏效，巴娜娜有些吃不住，“别总把自己束之高阁，这样你将朋友也屏蔽了，要牢记一个好汉三个帮，我可是以诚相待……”

“言重！你知道我对吃一向很淡，只讲营养不讲形式，饭店的菜再花样翻新，也不过是鸡鸭鱼肉，不过多些香料而已！”杲昊感于巴娜娜的诚，不好再义无反顾地实行自己的折磨政策，转而回报了自己的真。

巴娜娜低头略加思索，“我对营养学是一窍不通，平日里只拣可口的，大家都是这样凭感觉择食，不自觉营造人生七十古来稀的悲剧。”

“没那么严重，是我哥哥为我制定的食谱，总之以素食为主。”

“你哥哥是做什么的？为我也制定一个食谱！”巴娜娜急切而认真。

“联合大学校长，搞教育的……你可以随时造访。”

“联合大学校长不是倪莳萝吗？是你哥哥？你们怎么不同姓？”

“好了，先讲你的实质性运筹吧，我急着听呢！”

巴娜娜不慌不忙先将菜点好，才对杲昊描摹她的天上掉馅饼。由于杲昊的演讲稿，不倒翁商贸中心老板翁折东一炮打响，市长在第二天便召见了他，赞扬了他的高风亮节，还给了他许多优惠政策。此后他可以随便拓展自己的经营项目，如果资金不足还可以向银行贷款，有些项目一时周转不好，就可以让税务适当减税，并答应在适当时机把他介绍给银行行长和税务局长。总之，翁折东这只大鹏可以一展羽翼了。老板一高兴就把那辆新车赠给了巴娜娜和杲昊。

“君子施恩不图报，何况那只是个讲演稿，是举手之劳，连恩都谈不上！”杲昊避世离俗，清身洁好，“再说我有公车，出门极方便。”

“听吴计说马上就要车改了，以后怎么分配使用还说不清楚，公车毕竟是公车，它永远也不能属于你自己，这车可就属于咱私有了，什么时候用那是咱说了算！”巴娜娜极力渲染前途未卜和机不可失。

“这辆车起码得四五十万，砸碎骨头也偿不清这笔人情债！那个老板就那么慷慨？一篇稿子换一辆车？以后不知还要为他做多少呢！若是法律不容的，你做还是不做？记住，拿人家的手短！”杲昊郑重推辞。

巴娜娜有如捕蝉的螳螂，从不顾及在后的黄雀，经杲昊一剖析，才感到危机的存在，不过在未证实之前，她还是宁愿相信到手的利益，她总不能将这样一款漂亮新车拒之门外！用了好长一段时间她才将心态摆平。接着，她又告诉杲昊，这位老板有意创办一个广告公司，希望巴娜娜做他的代理，而广告公司最关键人物当是创意和策划，老板认为杲昊是最佳人选。若这项工程得以确立，她们俩便可以成为公司股东，私营老板也不是个个都黑，巴娜娜出示自己的见解。

呆昊听完淡淡一笑，“那不是需要股金吗？工薪阶层哪来余钱？”

“老板说他先垫上，等分了红再还，这辆车就是用来跑业务，我们只出劳动和智慧！”巴娜娜一诺千金，似乎她已经是三分天下的股东。

“今天找我就是为这事？”

“当然，一生的路走好走坏也许就在此一举！人有多大胆地有多大产，年轻没有失败，你怕什么？即使是失败了还可以从头再来！”

一串哲理令呆昊顿开茅塞，要创作精品之作还真得有这些切身体验。她必须扬长避短，她的长就是写，记者生涯已给她积累了丰厚的生活素材，只差发掘深层生活本质。巴娜娜的广告公司正可以为她提供成败得失的生活底里，于是半推半就，“不一定参股，可以给你们打工嘛！”

“太好了，这总算周公吐哺天下归心！”巴娜娜兴致勃勃，手机向翁折东报告了与呆昊协商的结果，皆大欢喜的样子。饭菜业已上齐，两人对酒当歌，真真是二人同心，其利断金，同心之言，其馥如兰。

18

接到巴娜娜的电话，翁折东正与金座下岗职工支未绸谈判，希望他能到不倒翁商贸中心任职。这是他打足了底气铆足了精神，满世界调查才在被逼下岗队伍中筛出来的一张王牌。将其列为王牌绝不是突发奇想，首先他是金步米上任一刀裁业绩的产物，他对金步米的憎恨毋庸置疑。第二他有一个女同学，据说是他的初恋，如今是市面上最抢手的经济律师。官司只要她接手没有不赢的。第三他终生不得志，现在若给他块跳板，他一定会铆足劲跳！怎么不？就冲他那倒运的名字便可管中窥豹，支未绸，他爹给他起名时一定喝了大酒，一半清醒一半醉，他一定是想用名字来提醒儿子未雨绸缪，竟未料到却谐音出个志未酬，命运果然应了这倒霉的走向。他出生于封建地主之家，这便铸就历史上的黑五类标签，又因生性轻嘴薄舌，反右斗争中他出落成右派，四清运动中又被当作反动学生清理出校，尚未毕业就被押解到五七农场劳动改造，文化大革命又雪上加霜天天陪着当权派上台挨斗。落实政策后，他好歹爬上岸，怎奈年事已高，抖起百般精神筹划了个系统工程，可未等启动便改了市场经济体制，单位宣告破产，好歹流动到金座当了计划员，转轨改制之际，命运蹇蹙的他，又被追求年轻化的金步米一刀给切下岗，真真成了壮志未酬！据说他拿到买断工龄合同那天，俯身在那个系统工程图纸上号啕大哭了一昼夜，因为那是毕他一生心血打造出来的唯一一项成果，直到翁折东见到他眼睑似乎还肿着，可见已落下了毛病。

翁折东像买马那样细细观察了他的眼神、牙口、关节以及腰身，断定他正经能干一阵好活，毕竟他才五十多岁。功名本是真儒事——当翁折东讲出这一至理名言，他看到支未绸目光为之一闪，有如惊雷前的闪电，趁热打铁，翁折东赶紧利用伦理道德的蒙蔽性，为支未绸阐释了敬业精神，当然“厚黑学”是排斥伦理学的，甚至大有水火难容之势，而翁折东总能找到两者的契合点。翁折东于水乳交融中向他交底，他们联手将金座搞定建一个大型超市，那是个巨富工程，而这工程的总设计师就任命支未绸，而且可以入股，他将从中提取一定份额的股金。支未绸当然会算，他为公家干了一辈子也不如金座超市的年收入。支未绸惊呆了，经过几秒钟的木讷，泪水扑簌簌落下来，稍示平静他才喃喃自语“再生父母、伯牙遇钟子期”云云。翁折东又为他做了最后的鼓动，世俗所谓的狠毒、不道德，不过是无利可图罢了，只要站在圈外去看，事事都沾染着功利色彩，所以对金步米绝不能手软，空闲时完全可以给他制造些麻烦，让他也尝尝新桃旧符危机的阵痛！

接了巴娜娜的电话，翁折东觉得应让她们与支未绸见个面，以后他们同属自己麾下也该算是同事，彼此在对方身上还可以折射翁折东的光辉。巴、杲体现了时代标准那叫顶尖叫前沿，目前已归翁折东所辖，这会让支未绸明白他这个伯乐的水平，而支未绸这个处于最底层的时代落魄者，眼下也被他翁折东收入帐中，这又会向杲巴二位展示他的救世胸怀，二者相得益彰，却彰显了翁折东的高风亮节。略加思索，便决定邀请支未绸去赴宴。不料支未绸却说，家中还有糟糠妻他不忍独享。翁折东巴不得德洋恩普，于是接上他的老伴儿，一同去了凯旋大厦。

见了面正像翁折东所预料，双方都吓了一跳，支夫妇像见了海外来客或是歌星影星，巴娜娜的靓丽，杲昊的高雅，令夫妻二人有些手足无措。两人轮番谦让，让对方挨着两位靓女，好久没有定局。杲、巴二位被支未绸的措大习气所震，还以为是孔乙己再世，因而也没敢造次。这倒给翁折东留足了空间，一一向双方相互介绍。他指着支未绸向二位女士夸张，支未绸，未雨绸缪，看出天下大势必趋私有，所以率先从公有制岗位下来进入二次创业，什么是英雄？第一个敢尝螃蟹的人就是！走出公有制大门首先带着一笔买断工龄工资，再交十年八年保险，到了退休年龄他就可拿养老保险金，腾出手一身轻松地再找份工作，又是一笔额外收入，这叫什么？狡兔三窟！真是深深为之敬佩，岂不是冯谖一类的人物！又指着二位女士向支未绸夸耀，两位是本市顶尖巾帼女杰，用个现代流行词那叫精品，一位是主持人巴娜娜，另一位是记者杲昊。翁折东用指点法将她们区分开，给支未绸夫妇一个明确概念。今后，为了一个共同的目标走到一起来了，大家可以扬长避短优势互补，共同完成转制时期的宏图大业，现在叫弄潮儿，将来在历史上那就叫功臣！翁折东倾泻了个淋漓酣畅这才注视菜肴，一看满桌子素菜，于是不管不顾地批评了巴娜娜接待客人的缺欠，无形中向杲昊透露了原来这一席的幕后竟是翁折东，不想杲昊为广告公司效力的积极性先消了一半。翁折东一路张扬没发现杲昊的轻风微澜仍持流水板式，虽为一个壕里的战友，但今天长者为尊，二位兄嫂请点菜，就捡你们最爱吃的千万别客气！

很少进饭店的支未绸根本报不出什么菜名，就连桌上这些素菜都不知该叫什么，老伴早看透丈夫的本意，于是舍己为人挡了过去，她是专拣支未绸爱吃的来点，支未绸更是心知肚明，便诚心诚意拍拍她的手。

被两位山炮吓得目瞪口呆的巴娜娜这才感慨万千，“支夫人，真是敬佩你，你是怎样将老伴拴得这样牢？都到这个年龄了还能相敬如宾！”

支老太笑笑，“首先在他遭难时你不要嫌弃他，另外不要对他管得太严，给他足够的自由，最后就是不要常夸他。”

“前两条好理解，不要常夸是什么意思？”巴娜娜紧追不舍。

“惯子如杀子！听说过吧，其实一个道理，听好话听惯了，就听不得反面意见，时间久了那不让他独断专行了？他会反过来认为你是胡说八道，所以万万不可娇惯纵容！”一席话逗得四座哄然，气氛渐趋通融。

支未绸好歹从赧然中解脱出来，“别听那些，婚姻维持多久，全取决于双方的道德品质。说到底，是她遇上了好爷们儿，我这个人讲信誉知疼爱，最能从对方的利益着想，就说我原先的单位工程科研所，将我精心设计的系统工程一棍子打死，按理说他们得赔偿我全部损失，可我却想这是社会大趋势，也不是哪个头头能决定了的，所以一咬牙算自己倒霉，这一咬牙不要紧，又流动到金步米手下，接着就更加倒霉，让他一刀给切下了岗，才到今天这一步……”

“今天这一步怎么了？”翁折东抽刀断水，“只要我们同心协力将金座的事搞好，就将会把你终生的损失都补回来！勤奋、努力固然很重要，可没有机遇，不给你登天的梯子那也是白扯！是龙得盘着，是虎得卧着！”整个席间，翁折东都在为大家掰扯人生大道。

一路九曲十八折，最终是想将他认为有用的人全部套牢。可他知道这对杲昊不管用，于是采取欲擒故纵法，他没给杲昊指点迷津。

见大家都放了筷，翁折东便呼服务小姐过来买了单。

就要散席的光景，支老太连连惋惜菜剩得太多，同时还出示浪费是极大犯罪等警句，提议应该打包。于是又让服务小姐打包，支老太也不闲着，率先将水晶肘子装进餐盒，由于难为情而产生的小小失误，竟将肘子的肉核滑出盒外，她不管不顾，上去用手抓起来又放进了饭盒，嘴里还喃喃配合着，精华，精华，这正是肘子的精华部分！服务小姐将其他餐包一并递给她，本该离席而去，支老太回身又将几包剩下的餐巾纸和两个手绢抓进了衣袋，这才心满意足跟了上来。

巴娜娜轻声在杲昊耳边嘀咕，吃饭带着她，都不用拾掇桌子了。

杲昊倒是一声长叹，虽有丝麻，勿弃菅蒯！

19

自佫恪上任，万向权便觉如芒刺在背，不过要拆除这一黑障，尚且为时过早，他正稳步实施他的第二套战略。这对他只是个缓兵之计，总不能干等着，插空干些零星小事，免得空度了光阴。人生怎样才能硕果累累？那就是不能闲着，阴天有阴天的干法，晴天有晴天的安排，早午晚都不能出现空白，哪怕除除杂草，还赚个地头清洁！义演之后，他马上就策划了个主持人招聘。如今主持人这行当正如火如荼，以电视台为排头，接下来，就是有线台、经济台、音乐台、广播电台、交通台，一轮轮招下去，光是报名费就很可观，初选一百元、复选二百元，最后一轮因为要化妆出镜，每人收五百元不成问题。另外还有些想走门子的，那真是遍地是钱，就看你去不去捡！

不出所料，报名者一如朝潮，随着旭日东升，广电大厦屋里屋外都是帅男靓女，不管实际形象如何，先从行头上找齐。考核在大演播厅进行，第一轮只是朗诵一首诗或讲一段小故事，其间充分演示了一回人与人之间的差别，吴计没有多少理论依据，只是凭感觉，时而摇头、时而点头，有时竟是啼笑皆非。巴娜娜喋喋不休地在万向权耳旁嘀咕，她居然将物种的差别拿来赋比兴，南美有一种蜘蛛有巴掌那么大，而最小的只有小米粒那么大，同种生物也会有天壤之别！

恍惚间万向权似乎看到了儿子那张稚气的脸，正笑盈盈地向他靠近。待他抖去幻象的迷障，发现真是儿子万木竞秀，身后粘连着的是他班主任卢淑君。一走一闪间，身后又闪出一靓女，明显的浓妆艳抹，三人串珠式鱼贯到他眼前。见到班主任有如见到上级领导，本该毕恭毕敬打招呼，可被儿子牢牢钳住，附于耳旁，说他班主任的妹妹特别想当主持人，希望爸爸能给以照顾。万向权顿然心花怒放，首先怒放的是，儿子总算不辜负老子的期望，竟在人际关系大潮中，迈出了如此坚实的第一步，他才仅仅是初中生！今后的岁月，人际关系是第一位的，清正廉洁、孤芳自赏，那都是进步的大忌，谁愿意毫无代价地去拉扯一个毫不相干的人！刚谙世事的儿子，如果沿着这条光明大道走下去，其前途终会无可限量！另外令他心花怒放的是，儿子的班主任终于有求于他。对于她们姐妹而言，这可不是件小事，这是关系到前途命运的大事，也许就从此改变了她的命运！而作为班主任的卢淑君，又该怎样尽心去培养他的宝贝儿子呢？这真是件连环链式的大好事！万向权回身叮嘱巴娜娜照应局面，自己带着卢氏姐妹携儿子回了办公室。凡是牵涉到人际关系的大事，他都愿意让儿子亲历其间，因为这是最切实的亲身历练，经过实实在在的言传身教，就算是块榆木疙瘩也得开窍。

进了办公室屏去了局外人，双方都进入轻松和谐状态，万向权拿出了最好的铁观音，真真是人生交际无老少，论交何必先同调！

“局长你看她行吗？”卢淑君先沉不住气，她知道妹妹并不顶尖。

“什么行不行，现在主持人有张嘴就能干，没看南方的主持人，普通话都没说好，那不也人五人六地频频露脸吗？”万向权对此颇为耿耿。

“我是担心卢淑女她不能胜任……”

“有什么不能胜任的，就像跟朋友唠闲嗑，自然些就没问题。主要是胆要大别怵镜头，镜头前越放松越好。”万向权真诚地传道授业。

“可她只是个中专生，你们登的广告上，可是要求大专文凭！”

“文凭还不好办！你是搞教育的，报个成人自考帮她弄个大专文凭不是小菜！然后我再送她去传媒大学进修，弄个本科文凭不就齐了！”

卢淑君听后喜不自禁，一再让妹妹感谢局长，万向权更是做谦谦君子态，一个回合总算落了底，双方又是一轮热茶。

“咦？我们学校最近要搞个十佳学生评选，我想借机把万木竞秀推出来，将来考学，这可都是加分的事，能不能在电视台文教节目里搞个专栏？这样我们的小竞秀可就成为独秀的名人了！”卢淑君经过激励又突发奇想，搞十佳之事有之，可搞专栏却是她的即兴发挥，若真能搞起来，在校长那儿她也算立一大功！

“好哇！这个栏目就让小卢去主持！”万向权果然透心乐，当下拍板，“机会不错，再有一个多月就到元旦了，配合年终改版，这档节目就加上去，咦？不妨就叫《蓓蕾竞秀》，卢淑女马上就可以登台亮相！”

“马上？淑女的水平怕不行吧？节目如何策划，她还不熟。再说学校那边还没跟领导说……”卢淑君有些急，她万万没想到事情会进展得如此迅速。往这来时，她还是抱着投石问路的心态，能不能参加初选都是问号，她知道妹妹的水平，除了梳妆打扮再就一无所长。好在父母给了她一副好模样，修眉俊眼，苗条颀长，本想做模特，可模特哪有主持人火，于是趁这次电视台招募主持人，姐妹俩便想贸然一试。

“那不成问题，我会给她配个最好的编辑，另外，我这儿还有一个顶尖的主持人巴娜娜！开始几期先由她主持，淑女先跟她学，觉得有把握了再上。唉！世上无难事，只要肯登攀！”万向权一板三眼。

“哎呀，我的天！我还以为不知得过多少关呢！”卢淑女大出一口气，“这比登天还难的事，看来有了人就这么简单！下周我就能上电视了！我可以干最神圣的事了！”

“是啊，电视台若是你家的，别说主持人，台长你都随便干！”万向权一半感慨一半抚慰，“其实一个人想干自己喜欢的事并不难，那就是先筑起自己的基地，你们看诺贝尔奖够难的吧？可对诺贝尔本人不是太容易了吗？所以必须建立自己的领地！小卢你一旦入驻电视台，就争取把主持人这一块管起来。当了主持人的头儿，以后再选什么样的主持人不是你说了算吗？那你想干什么是不是很容易呢？”

“哇！万局长，你真是太伟大了，你讲的哲理真是太深奥了！”卢淑女喜不自禁，她似乎甩掉了一生最沉重的包袱。

“通过十佳生的宣传，万木竞秀能更上一层楼！”卢淑君口出誓词。

“咦？现在就把巴娜娜叫来，让她带小卢先去选主持人，小卢你也给把把关！”万向权说着用手机调来了巴娜娜。

巴娜娜一进办公室，定神审视就猜出了八九分，这俩人一定是走后门的，这样的主都附着钱。可又想万向权的河满了，她巴娜娜的小流还怕没水吗？于是瞬间转向，“呀，一定发现奇才了？我一看就不凡！”巴娜娜将目光在卢淑君姐妹身上绕了两周，硬撑着刮目的状态。

“真是心有灵犀！喏，把奇才交给你，你可得把人家给带好啊！”

“我带？指不定谁带谁呢！我还想攀个奇才也好脱胎换骨！”巴娜娜致命的战术就是拼命地将自己缩小，以便在无人察觉的缝隙，钻进她所趋附人物的生活核心。其中除去索取还可以找到挟持的把柄，这是她不甘沉沦为人文殖民地的第一秘籍，怀着把柄与裂痕她带卢淑女走了。

卢淑君见事已办妥准备适时撤退，“万局，竟秀留下还是带回去？”

“还是让他回学校吧。”万向权应酬着，心里总觉得缺了点什么。

得到明示卢淑君起身要走，随即在衣袋掏出了一个信封塞给了万向权，接着快步出了门又随手将门关上，口中配合着免送免送。

万向权空落落的心，突然满负荷鼓胀起来，他都顾不上打开，便用力将信封抠了个眼儿，见到里面红彤彤一沓子百元人民币，又用拇指和食指捏了捏大致有一百张，他迫不及待想证实是不是一万元，于是扯破信封，坐在那一五一十地数起来，这才感到缺失得到了空前的补偿。

20

自从市长胡昌稷那回来，倪莳萝一直像吃了个臭虫，凭他的资历声望，遭遇这样一场盘问查询，简直就是奇耻大辱，他居然还一字一板地给市长诠释宗教，那潜台词不是承认自己在搞宗教传播吗？不想事后市长又将推波助澜反扣给了他，致使全市几乎无人不在议论大学校长带头搞宗教迷信！尤其他的副手阕大德，近来别提有多得意了，似乎他马上就可以进驻校长的办公室，接替他校长的职务！

阕大德本来有机会担此重任，只因学生联名告他多收了学费，而账面上又没有显示，再加之有人反映他愿意提拔女教师，这才屈尊坚守原阵地。此次倪莳萝被传讯，阕大德随即一反常态，似乎是翻身农奴得解放，一脸的灿烂！他正等着奇迹发生，可几天过去一直没什么动静，阕大德又日见焦躁，不过其得意之色却一直张扬着。

就在倪莳萝准备从心理上摆脱这片阴云，阕大德扯着很大的张力蹭进了他办公室，很明显他是有求于倪莳萝。他讪讪地在倪莳萝对面的沙发上坐下来，本想找话套套近乎可见倪莳萝一直阴着，便没敢造次，就这样尴尬地静坐了近两分钟。

“年终了上面让报劳模……”阕大德能屈能伸，目的是最大的动力。

“这好办让大家推选，充分发扬民主，就不会出问题。”

“可不排除有人恶作剧，专门和领导对着干，结果弄得良莠颠倒！”

“所谓良莠也是见仁见智，既然是想在群众中起个带头作用，不如就让群众去推选，那岂不更顺理成章？”倪莳萝不想在这些小事上绕扯。

倪莳萝觉得事小，可在阕大德那却是唯此为大，他是承了胡昌稷的意旨才前来充当说客的。佫恪的入驻是在胡昌稷不知情的情况下进行的，因而瞬间打破了一市人际关系的平衡。本来胡昌稷上面还有扈黎屏着，怎奈在吴纳西的蝴蝶效应中扈黎已今非昔比，如今他已不是省委副书记许童的圈里人，胡昌稷攀上了高枝，行使着一市至高的权力，致使领导层各种关系严重失衡。佫恪是省组织部长曹健的丈夫，他的突然出现代表什么意义胡昌稷一时吃不准，为使关系维持现状，胡昌稷动足了脑筋，在各个角落寻找缆绳，便在梦天这打主意，便派阕大德见机行事。

“你这人最大的毛病就是滴水不漏，吝啬得很！”阕大德一派逼宫。

“好，这次就听你的！”倪莳萝一咬牙认了，不就是推荐个先进人物嘛，就算有些偏差也仅此一次，也许阕大德有他的道理。

“其实你不必下那么大决心，跟上刑场似的，我这个决定，对你我乃至全校都有百利而无一害！”阕大德似降落伞着地，一百个踏实，“其他人选群众推举，只全国劳模我想内定梦天，因为只给一个名额。”

“梦天？”倪莳萝一听就太离谱，她既没有获奖的科研项目，也没带博士、硕士，只是个普通的副教授，就是那些正教授都不会答应！若只是评个先进个人倒也罢了，全国劳模，必须得有顶尖业绩才有资格获取，况且还有连升两级工资的奖励，一百双眼睛盯着，不经过群众选举就偷偷内定还不得闹翻天，他这个校长就别想睡安稳觉了！

“看把你吓的！跟踩了地雷阵似的！让我给你说理由！”

“那屈子集呢？人家一周十来节课，又带着博士生！而且最近论文频频获奖，已经出了三个专著！梦天有什么？就单说课时才有屈子集的一半！工作量都不够！”倪莳萝没容阕大德说出半个理由，他知道阕大德的每个理由都带着上方宝剑，他一旦听了就会塌方，于是一口气先将反驳的理由摆到前面，似乎会助自己一臂。

“别急，听我慢慢说，我听出你不是疑问就是感叹，等我说完你一准坚冰自破！”阕大德不依不饶。

一到这个份儿倪莳萝便没了辙，可他心中谙于为官之道，大王是一定要管小王的，“好，你说，说服了我就依你！”

“梦天的丈夫刚死，人家生前对学校做了很大贡献，从教学经费到扩招名额，从科研项目到科研设备，都是人家跑前跑后，你我坐那干睛着！对他家人多一些照顾，别让人家在九泉之下感到心寒！”

阕大德的一番贯注，倪莳萝确实找不到回击的理由。梦天的夫君的确是个好同志，与他共事期间人家就从没提过异议，班子里最难为的事都由他去为，人际关系有解不开的死结，都是他将各种关系给理顺。尤其像生源、资金这样的撑天大事，都是他一手操办。回头想想，他得破除多少难关！每经历一次大事，他都呈现明显的憔悴和倦怠，那是以牺牲巨大精力为代价，看来他的夭殇与他的身体透支不无关系！他的累他的难，都是他一个人扛，从不要人分担，他这个做校长的真是欠他的太多了，以致在他的葬礼上，倪莳萝居然哭得昏厥过去。想到这儿，倪莳萝又难自控地泣下如雨，真真是近泪无干土，低空有断云。

待倪莳萝的悲泣稍有平和，阕大德赶紧插足上来，“看看，我说我们能达成共识吧！我早就知道你最敬重梦天的爱人，现在人家走了工资去了一半儿，梦天还带着俩孩子都未成年，最是要劲的时候，尚有公婆父母，四个老人也是她一肩挑，这样一个弱女子，怎堪担此重负！你是没有家，饭来张口衣来伸手，你可不知道有个家那是多大负担！老的要吃，小的要穿，更要命的是你病他病，老老少少哪能没病没灾？若有人住院更是扒去一层皮，送饭守候不说，那种精神压力一点不比山崩地裂差！等病人好了，好人也累趴下了，所以梦天她不容易！”

经阕大德一煽乎更激励了倪莳萝的内模仿，涕泣已转为呜咽，再无回话之力，只有听阕大德一言堂的份儿。

“节哀顺变吧，人已去了，再哀痛也无济于事。哀大伤身，看你这样忘我地恸哭，真担心你会伤着自己！”阕大德恳恳切切，尽可能保持悲凄态，以与倪莳萝达成共鸣。又给了倪莳萝几分钟的沉降，阕大德进一步逼宫，“千虑不如一动，我看就这么定了，定梦天为全国劳模，若真有人追究起来，就按我说的去解释，我看没有不奉出同情的。再者自她丈夫去世，梦天的工作愈加勤勉早来晚走的，课也讲得颇有起色，以前迟到早退的，与她照顾病人也有关，她丈夫的病也没少拖累她。若以后再有指标那一定是屈子集的，怎么样？”阕大德最后出示了交换条件。

“你先去忙吧，待我考虑考虑，也和班子其他成员通个气。”倪莳萝好歹从涟洏中做出自己的决定，因为内定的事还从未有过，他不想破这个先例。梦天毕竟不是她丈夫，再者大学是培养人的地方，净化空气尤为重要。一个举措、一个决策都会给全员带去或多或少的影响，只要他在，他就要营造一方净土！

“唉！都到这份儿上，你还是滴水不漏！”阕大德嘟嘟着出了房门。

阕大德一撤，世间不幸一股脑儿冲向他的内视野，令他悲恸不已。

倪莳萝的失控恰被博士后站的伊腾飞撞了个正着，这给他一种塌天的感觉。伊腾飞属见仁见智，在他眼里世界上的事都太审美化，没有什么能使他会像倪莳萝这样跌落！他年轻强力，本、硕、博、博士后，一路走来，十年的历练和储备，正于夿内待时飞！“老师，你这是怎么了？”

“小伊，你说屈子集和梦天谁更优秀？”

“当然是屈教授！人家那叫人格！人格是什么？是拓扑学里的微分同胚！无论在任何环境都具备绝对价值！”

“咦？为什么阕大德一心推梦天当劳模？”

“一定有背景！你待我细细去查！”

21

过分伤怀竟使倪莳萝一病不起，最希望能来看他的当然是杲昊。十年前，他发现俗恪弃她而去，本以为她的精神导师丹青会取而代之，可他们开完国际学术研讨会，丹青却悄然失踪，而那个曾以自杀为诱饵的方自珍也进入十年休眠！唯独白白苦熬了形单影只的杲昊！多方信息证明，杲昊的心灵领地，只给他倪莳萝留下了兄长、老师至多再加上朋友的席位，况且目前的大环境，她再也无需他的多余关照。为了大家都活得更顺理成章，他残酷地将杲昊赶出了家门，他希望在离开他羽翼的日子，杲昊会成长得更坚实。结果她还是出了岔子，正当他为杲昊的停职而备受煎熬，偌恪又再次现身，这倒令他稍感心安。他此次病来，事实上是长期忧思的结果，对梦天的两难抉择，不过是个引子。

冬日的朝阳七点钟才懒懒爬上窗棂，外层窗玻璃挂满霜花，看来天气已是相当寒冷，翻开床头柜上的日历，又快到圣诞节了，那是一岁将除的象征。圣诞一过元旦随后，寒假亦是不远，学生、老师都各奔东西寻找自己的快乐，唯有他依旧守着空空的校舍，与打更老头为伍，至多还有些值班的科室长，年复一年他已历数了十载。满心的淤积只是杲昊两个字，唉……爱者，憎之始也；德者，怨之本也！面对管子的哲学倪莳萝只有以楚语应之，唯仁者可好也，可恶也，可高也，可下也。好之不逼，恶之不怨，高之不骄，下之不惧！

正当他慨当以慷清理岁月的乱卷，门铃被按响，他想那一定是伊腾飞，因为他们约定双休日出去散散心，于是没穿外衣便开了门。大出意外，来者竟是杲昊与偌恪，这令他不解、不悦与不爽。不解的是，已有家室的偌恪怎么可以与杲昊出双入对，不悦的是，偌恪二度回返竟然第一次来看他，不爽的是，他不愿将自己低潮的样子献给两个小冤家，尤其像眼下这样，蓬头垢面衣冠不整，于是一言不发连坐都没让，自管穿衣、叠被、洗漱。在他们面前，他应该威严、强力、高洁，因为那才是合格庇护者的形象。当初他就是以这样的形象将他们一个个放飞，他不想改变这一形象。一如杲昊，偌恪同样是被遗弃丹家崖的一个病孩，他用自己微薄的工资为偌恪求医买药，吃饭穿衣，读书求学，一直到他的德国母亲将他接走。他本该就在德国寻求发展，可偏偏在获了博士学位后又回到中国，上演了十年前那幕闹剧，将杲昊差一点送上精神分裂的不归路！眼下，平息了十年的他，不知又会带来什么新花样，更不知他要将大家置于何地！洗漱完后，还得直面两个命中注定的克星！对他们说什么？向他们诉苦？抱怨他们的不遂？还是无聊地同他们一起翻旧账！目前他们已不需要他的什么教诲，更不存在任何因果！

“本打算寒假再过来看望老师，那样时间上可以从容些，不致意犹未尽的……可听说老师病了，只好提前！”偌恪喜笑颜开无挂无碍，一脸的灿烂与满堂的朝阳相激相荡，构成一个无影世界。

“寒假你也可以不来！”倪莳萝似被白炽照得不辨南北。

“我不信这世上只有怨艾，我必须来！我知道老师一定蕴藏包容！”

倪莳萝果然冰消雪融，脸上渲出一丝愉悦。

正当三人扯着很大的心理张力，伊腾飞推门进来了，“多好的聚会啊！是我打电话约他们来的！我们大家都该换换模式了！”伊腾飞招摇着，刚出土的嫩芽，当然不知道暴风雨和龙卷风，“今天我要带校长去滑雪场，让校长重温昔日的乐趣。他说你们小时候没什么好玩的，就做雪橇拉你们玩，他亲自充当老黄牛！”

伊腾飞无忌的童言有如重磅催泪弹，令杲昊率先欲止不能，瞬间渲染出一天的阴雨。记忆之所以可恨，是它不仅将美好片段镂进脑海，同时也将辛酸和残破全息记录下来，这就不能不使亲历者一千遍地品尝！

还是佲恪率先从凄恻中逃离出来，“杲昊，我对你说了什么？此次前来最忌眼泪，而且你没有权力再悲再病了！要回忆过去，也只应选择那些令人快慰的！你赶紧把泪收起来和伊腾飞一起去买老师最爱吃的三鲜水饺，刚才过来时我看校外就有一家饺子馆，让他们煮好给送过来！”

伊腾飞没响应，却向倪莳萝突示一个风马牛不相及的神秘，“倪校长，刚才我得到一个重大线索！你猜是什么？”

倪莳萝还萦绕在过去的岁月，“这里有客人，别卖关子了！”

“梦天是扈黎的外甥女，扈黎是梦天她舅！这我就不懂了，阕大德干吗那么积极跑里跑外？有点错位吧？他不是胡昌稷的人吗？这可是犯大忌呀？”伊腾飞鞭辟入里。

“好了你们去吧……”倪莳萝不想在这个时候谈梦天。

“我还有更多的信息呢！”伊腾飞欲罢不能。

倪莳萝挥手示意他们出去，伊腾飞这才带着杲昊走了。

撤去了屏障，两人必须直面彼此的恩恩怨怨，他们同时跌入已逝岁月的凄风苦雨，在那领略生死大界的跌落与辉煌！

时空翻转全身心失重，往事的残酷使当事者又一次失去平衡，他们不得不负载着心灵的累累伤痕去肯定人生的全部！时间这伟大的冲洗剂，到底带着永恒的改造，使每个人都削足适履。还是佲恪有足够的定力，率先跳出往事的阴影。

“刚才你们说梦天是怎么回事？”

倪莳萝尚于往事徜徉，因而有些迟钝，“哦，这事说来话长，大家都知道市长胡昌稷与市委书记扈黎不和，刚才伊腾飞说梦天是扈黎的外甥女，而我们的副校长阕大德与市长胡昌稷属莫逆，最近他积极推举梦天为全国劳模，这一错位举措还真颇伤脑筋！我却主张推举屈子集……”

“哦，是这样！那我建议你就推举梦天。”

“为什么？”倪莳萝不解。

“不然你的乌纱难保……”

“扈黎可不是那种人，他不会那么做！”

“据我所知，胡昌稷最近正找各种机会与扈黎弥合，这也是个交换的条件，你挡了市长的路，他不拿下你？”

“拿下就拿下！我正想去建个世外桃源！”倪莳萝一派归去来兮。

“难道你甘心将权力拱手让给那些社会蛀虫！为了明天，我们也不能放弃！而眼前作为一种策略你必须放弃屈子集，以后还有机会嘛，况且梦天也需要扶持，她母亲一心希望她有所造就，何不借此退一步天高地广！况且她舅舅扈黎也正盼望她的进步。”

倪莳萝同意仔细考虑再顺天应人，不过那也得是各方都得到平衡。

“我此次二度返回，绝不是来寻找旧日梦的，而是肩负更重要的任务，适当的时机我会告诉你……”佫恪一脸的确定，旨在告诉倪莳萝他已不是昔日的佫恪，“其实社会的无序仅存在于历史的特殊关头，像目前的机制转轨就属其一，沉渣泛起人心浮动是必然的。一个有历史责任感的人就应该振作起来，把历史的车轮扶上正轨，这绝不是唱高调！人生不过是介于两个永恒之间的一瞬而已，正像老师所教诲的那样，生命的幸福与困厄，不在于事情的本身，而在于我们如何面对！希望我们都不要把这些理念只放在案头作为格言来欣赏，而要把它们作为行动的指南……”佫恪略顿，见倪莳萝没反对，又至诚至笃，“有人夺权是为谋一己私利，而我们拥权是为担负社会职责，好好珍惜手中的权力！”

就在佫恪一路引导时，电话响了，伊腾飞叫他们去饭店用餐。

22

送走了佫恪和杲昊，倪莳萝只觉一幕悲喜剧散了场，他在那里领略了惊心动魄的戏剧冲突，然后就被挟出门外，不得不面对冷冷关闭的大门。悲剧意识将壮丽的智慧赐予人生，而他这个辛劳的园丁，却只能在智慧之路踽踽独行，独自回味种种冲突的惨烈与壮丽。

冬日下午四点半就已华灯初上，一个电话铃将他从夜幕中扯出，那是市长的司机吴畏打来的，说他就在楼下，市长要接他去共度周末。倪莳萝的心境与这种格调大相径庭，本想找个托词推了，可又想起佫恪的劝告，留得权力造福一方，市长毕竟掌握着他的命运，只得下楼赴约。

汽车一路将他送到市长住宅楼，白色二层小别墅，两户一栋，胡昌稷正与市委书记扈黎为东西二居。倪莳萝突觉不爽，因为在进楼时他有些鬼祟感，他怕不意间被扈黎撞个正着。在官场他虽不属于哪个圈子里的，可被扈黎看到在人格上就会打折，生命中最重要的就是人格！

倪莳萝下意识的窥视，已被胡昌稷全息摄入视网，他心头一喜。仕界都说倪莳萝属学者型不很在意为官为宦，可他那小心谨慎的一瞥正说明他很在意，只要有这种心态就好，这就是给他套枷锁的薄弱环节，梦天的事看来得抓紧促成。他对梦天的关照纯属是为扈黎设网，他不是板着脸做廉洁秀吗？此后就让他再难扬脖吹喇叭！倪莳萝的一瞥还坚定了胡昌稷的另一个决心，那就是套住佫恪的夫人——省组织部部长曹健，这位女部长属时尚新贵，连对她的后台省委副书记许童都想烧上一把！

胡昌稷好礼好面将倪莳萝让进客厅，一进门倪莳萝便失去了方向感，有些找不到北。墙面通体一幅电动山水《漓江晨雾》，不通电是通常平面画，一通电画面即可立体化动起来，群峰倒映，流水潺潺，晨雾缭绕，岚烟飘移，宛如置身真山真水。倪莳萝仔细辨认，原来这大厅是一正圆，山水画通体环绕，不露一丝空地，一派迷宫效果。市长很少找人到这深宫秘宅议事，此番破例将他招进宅邸，看来一定是非同寻常。

胡昌稷淡淡一笑，"用不着一脸警惕，不会差遣你们去上刀山！让你们上刀山，我就得下火海！只是有些新悟，找几个有识之士切磋而已！"

倪莳萝这才舒眉展眼，"愿洗耳恭听。"

胡昌稷定定神，"以前都讲阶级斗争，把人与人之间的关系搞得十分紧张，人人都相互猜忌，关系日趋恶化。我这个做市长的，对左邻右舍也缺少应有的关爱，近来看了一些官场恶斗的案例，突然觉得应该改善这种局面，那就从我做起！比方隔壁的扈书记，为人正直忠厚，就是少了一些灵活应变。听说他有个外甥女就在你们学校，很小就没了父亲由母亲拉扯着，最近又失去了丈夫，真是霜打独根草，这命也是够苦的……扈黎那老家伙，只顾自己做官，就不去拉扯她一把，那可是他亲妹妹的女儿！这次全国劳模给我市下了两个指标，其中一个我想就给梦天，劳模不像学术带头人，需要业务高精尖。找你来就是想同你协商一下，你们学校尖子人才多，我也是担心众人不服，前几天我就跟大德说过，不知他怎么跟你传达的，想想还是亲自跟你说更好些。”

有了佫恪的铺垫倪莳萝极爽快地应和，“市长言重了，这类事市长下令我们照办就是，或者就由阕大德去办，我怎么能忤了市长的好意！”

“咦？此言差矣！要把好事做好就得多方平衡，不然闹得很别扭还不如不做。另外，我怎么好直接下命令呢，选举劳模本来是群众自己的事，上面压下来，他们会产生逆反心理。再者，还关系到扈书记，下面的人会怎么想？如今人际关系都很敏感，你这样做，他会那样想，简直就是一百八十度！唉！害人之心不可有，防人之心不可无，这类事都要防患于未然！不然一个劳模闹得鸡犬不宁，那就得不偿失了！我的原则是大胆假设，小心求证。”胡昌稷论点鲜明论据充足。

“那市长的意思是要我们去做？”倪莳萝也小心求证。

“要不怎么叫基层干部，基础工作扎实了大厦才能稳固嘛！”

“我会尽力将这件事促成！”倪莳萝依然以佫恪的告诫为依据。

胡昌稷觉得事已到了这份儿，再无须赘述。稍停片刻，又加了个偏方，“提你当校长那时很多人都说越位，那时你连处级都不是吧？一步到了正局！我就主张不拘一格降人才！怎么样，事实证明你很称职嘛！”

“唉，还差得很远……”倪莳萝轻描淡写。

“其实我对你的信任还是建立在动乱期间，那时我在丹家崖找矿就知道你的许多逸事，敬佩之情油然而生，只可惜纷繁的世事将我们割裂为天各一方未得深交，这不能不算一大遗憾，好歹目前有了一些补偿。”

“所以为了感恩，也得把市长交给的事办好！”

“好，好！咦？佫恪去看你了？听说你们以前关系非同一般？”

“市长真是消息灵通……”倪莳萝有被揭秘的尴尬。

“那当然，我是干什么的？专布棋子的！一盘棋走好走坏，全在于我的总体布局，不了解每颗棋子的方位和作用，那不是一盘输棋吗？”

“当然！”倪莳萝嘴里应酬着心里却闪出阕大德，那天他与佫恪往饭店走，就看到他伫立窗口鬼祟眺望，当时他真没想那么多，不想他竟充当耳报神，“佫恪曾是我收养的一个病孩子，如今已全方位茁壮！”

“咦？这就是教师的神圣！没有你的教化，他断不会出落到现在的样子！听说他夫人要来我市，是微服私访吧？”

“没听说，我们很少谈及他夫人。”倪莳萝艰难迂回以躲避胡昌稷。

“不必那么紧张，我也是觉得咱们关系不错才顺便说说，人家是组织部部长，有对干部考核的义务，我们也不能太冷漠，为官就是这样，大家都照顾着左邻右舍，我们也不能太孤芳自赏！”胡昌稷现出从未有过的和颜悦色，“如今商家有句话很值得借鉴，和气生财，引用过来，我们政界不就是和气生威吗？所以我现在特别注重亲和力，以前我把你们这些基层干部只当工具去使用，不知道关心照顾，现在则不同，我拿大家当朋友、当亲人！所以每逢遇事都找有关部门的头头来商讨。”

静了片刻，胡昌稷将话锋转向自己，他恳恳切切、笃笃实实，讲自己是地质学院毕业，从此就与山川大漠打上了交道，有十多年的时间都在找矿中度过，不过那也是极豪迈的事，每天看着地壳运动如何塑造壮美山川，地球活动如何孕育奇珍异宝，那真是一种不可名状的快感。后来随着现代工业的飞速发展，他加盟高科技勘探开发研究，在大自然与人类沟通的进程中搭桥铺路。也许是天生我材，也许是与命运共轭的机遇，他一路攀升为一位铁腕管理者，他的领导潜能远远超过科研才智。

政企分家之际，他荣任资源大市的市长。宏图大业以它囊括四海的大气成为强力意志者的首选，胡昌稷俯瞰大千世界的霸气也随之相辅相成。原以为社会性管理能与大自然一样无私回报，人可不一样，多付出一份心血，也可能就招来无端的祸事，正所谓是德者，怨之本也！胡昌稷感之深深，将官场的酸甜苦辣都兜给了倪莳萝。他说他的许多雅好就是用来排解人世无奈的一种手段，那奇宝异石，有的是他搞勘探时采集的，有的是朋友送的，由此派生出交好的朋友也是一道美丽风景！

绕了几个三百六十度大回旋，最后绕到俗恪的夫人有什么嗜好，此次前来不好让人家空手而归，送个不对路的又会产生歧义，若是也喜欢奇宝异石的话，他那里正好有现成的，又是亲手采集，岂不万全之美！

倪莳萝被绕得眼花缭乱，于是顺时达变，“女同志可能对珠宝玉器都不太反感……”说完又后悔自己的轻嘴薄舌，不过话已出口再难收回。

23

杲昊处境的日益提升，令吴计妒火中烧，上次义演后的聚餐，她就觉察出市长太过殷勤，幸亏自己略施小计才离间了杲昊。像杲昊这种人一旦投进保护伞那她就会成精，好在她不谙此道。只怕她一旦尝到了甜头，也是一发不可收拾，吴计自知永远不是杲昊的对手！最好是能将杲昊赶走，以达无对手境界。霓彩命案已将她赶至出局边缘，可俗恪一到她倒是有惊无险，如今再想赶走她怕是要费些周折。咦？现在正兴出国热，嫂子逢桂桂已办好签证，让她对杲昊进行一些点化，指不定就会动了出国的念头，那才叫不赶自退。嫂子出国有些不想张扬的意思，可告诉一下杲昊还是不会闯出什么大乱子，因为杲昊对任何事都能守口如瓶，对嫂子也不会有什么危害。她自知比自己强的女人多得很，可只要她们不在眼前绕扯，就不会对自己构成威胁，她只想打扫出一片清静之地供自己使用。人生虽说极短促，她也要使这短暂的一瞬天天辉煌！谁让她们不知趣，偏往自己身边凑，那就怪不得她要狠下一条心，将她们赶走！杲昊你就自认倒霉吧！这样想定就去了杲昊的办公室，一进屋她就换上了另一副嘴脸。垂眉低眼，一派惨兮兮。

杲昊被这深度低调吓了一跳，吴计一向斗志昂扬，除非遇上伤筋动骨的大事。可她没有挖掘别人隐私的习惯，便愣在那里等对方的下文。

“嫂子要出国了……”吴计变色龙般将低调转为无奈。

“好事！应该祝贺呀！”杲昊的语气透着不解。

“只怕我那可怜的哥哥从此要守寡了！”吴计随即编出理由，她在即兴编造上绝对造诣非凡，正所谓是实践出真知。

“那你的意思是……”杲昊终于将吴计的错位捋直。

“去探探她的口气，是不是有另攀高枝的想法，但一定要策略，更不能让她听出是我的主意，若是人家没有岂不是诬蔑人家了？你就与她探讨国外生活有什么好，然后再以开玩笑的方式问她还想不想回来。你们是好朋友，这些知心话她一定会透给你！”吴计愈加有鼻子有眼。

那不是侵犯人家的隐私权吗！杲昊心中突然一闪念，再说她就是探出些秘密也不会对吴计讲！沉思了片刻杲昊应酬着，“那倒是应该去见她，但能不能探出底细可没把握！”杲昊表现得极为认真。

“那当然，天要下雨娘要嫁……”吴计根本就不是这个目的，可叹她红口白牙先将屎盆子扣到逢桂桂头上，“所以我想你若是能同她一起出国也好有个监督……咦？现在出国热得很，你怎么就不动心？”

杲昊抬眼透视吴计，试图弄清她的新软件，出国？那么容易！关心逢桂桂倒很必要，“她在哪儿？”死心眼的杲昊拿棒槌当针（真）认。

吴计手机与逢桂桂联系，她说她正在超市买些旅途用的小商品。

几分钟后杲昊与逢桂桂见面，超市三楼设有各色小吃店，她们捡了纯正家乡口味的入座，逢桂桂说，她临行前要吃顿家乡特色饭菜。

“那你真打算一去不返了？”杲昊先验定势。

“怎么会！我不过想出去镀镀金，移居国外并不是件轻松的事！”

“即使给事件指定一个绝对空间，同样也会出现差异，不再那么绝对，所以没有理由以为一个处境会比另一个更优越！”杲昊平静而诚恳。

“你已达悟的境界，又无牵挂，何不到国外去走走？”

“十年前我去过，感触极深。每个人都有自己的路子，国家也是一样，各有自己的套路。先进也好落后也罢，不过从不同角落看罢了，美洲一些岛国，虽然现代化工业几乎没有，可那里却是一片世外桃源，原始生态没遭任何破坏，人们过着慢节奏的纯天然生活，世界上许多濒危物种，在那里繁荣兴旺！而那些先进国家，像疾风暴雨一样，蚕食鲸吞着太阳系唯一能供人类生存的各种资源。沙漠化、石漠化、荒漠化，还有疾病、人害、仇恨……大家一窝蜂地去抢、去争，就像活了今天没有明天，一生也没弄明白到底为什么活，就糊糊涂涂进入下一个轮回！”

“那我们走啊！去找世外桃源，在那里慢节奏、纯天然和无争无斗……”逢桂桂眼睛一亮，似乎一步跳进伊甸园。

“不，我是搞文的不像搞科技。科学无国界文化却是泾渭分明，我生在中国长在中国，经过三十多年的文化熏陶，五千年形成的独特中国文化早令我趋向化道，我已将自己定位为文学工作者，文学即人学，就是要研究反映这一独特文化风采，离开本土岂不是无源之水！”

鉴于杲昊的诚挚，逢桂桂将自己的计划和盘托出。每次随团外出当翻译，她就留心国外各大公司，看哪些业务她能做得来，而且可持续发展。最后她瞄上了美国专搞环境清洁的罗森公司，专利产品就是纳米吸附，对清理各种油污有特效。逢桂桂看到，井喷原油会使环境大面积污染，黏糊糊的原油清理起来相当困难，但用上纳米吸附就简单多了，由于是纳米材料对油污只吸纳而不黏着，清理起来极为方便快捷。

这个公司还兼搞污水处理，若在城内再搞个污水处理厂，就可以将环境清洁垄断过来，只要油田存在，污油污水就不可避免，相生相伴这是个永久牌产业。

她可以名正言顺做总代理，那叫什么，叫大老板！何苦当个小翻译任人差遣不说，小翻译间也是明争暗斗，每遇上去个好地方，大家争得头破血流，平日里为打好基础，都使出全身解数去讨好那个秃顶外事办主任，日后关键时刻才能派上好差使。

杲昊又问，凭什么取得罗森公司信任让她做总代理？逢桂桂答，就凭中国的大市场，各地都有大油田这就是最好的后盾！最后她又神秘地透露，她与公司总裁有过接触，他说她很有魅力，总裁早有任她为总代理的意图。此次外出是以留学的名义，还真得感谢她老公和小姑，自他们攀上市长的高枝，她也跟着处处平步，而且那位秃顶主任虽然仍是面带淫邪，却不敢轻举妄动。某种意义，这也算借了吴家的光。

心领神会，心照不宣，二人从不同角度理解了罗森的良苦用心，可事情还没发生谁也不能先做预言，不过杲昊的担心却跃然脸上。

“不想给我些忠告吗？”逢桂桂按捺不住，未来毕竟是单打独斗。

杲昊沉思了片刻，“忠告？那也是痴心者的一点诚意罢了，塞翁失马焉知非福，没亲身经历过谁也不敢妄加评判，指不定你从此一路辉煌！”说到辉煌杲昊徒生悲怆，绝对是对逢桂桂吉凶未卜的担忧。

孤独、凄惶和前程未知，早已将逢桂桂的心蓄得满满，杲昊一个突破令她全线溃堤，一时间二人的心灵领地，被铺排得一片阴雨。

过了好一会儿，逢桂桂才收起泪水，“从此我们天各一方，也不知道你一个人的路何时是尽头，真有些挂念……”

“哥哥曾对我说，其实每个人都集忧患困厄于一身，可怜兮兮一直到死，要获得快乐那就要看每个人的心性，心性决定我们是否能获得较高的生命价值和精神享受，健康的体魄、明澈的理智、善良的心地、坚忍的意志，这些美好的气质都是取之不尽的原动。”杲昊略作调整，还是出示了她对逢桂桂的指点，“要说忠告就只有一句，千万别把心灵的巢筑到别人的领地，一定要自成体系！”

逢桂桂没完全理解，但想到杲昊曾帮她求倪莳萝，将她从学校调进外事办，从此平步她自认的青云，她确信杲昊永远不会有错，她会遵从杲昊的忠告不会完全依附罗森，适当的时机她会离开威廉·罗森，以保持自我的完整。逢桂桂终于没有开口，她确信她与杲昊的境界隔着几个层次，经过一段历练，她也许会攀上去看个究竟。

24

经过二十多天的精心护理达生终于从死亡线上回归，面对恩重如山的白茜，达生除了感恩就是道歉，他说他白白浪费了她的宝贵时光。

白茜静静地听全方位接纳，她属情绪型，一旦接受那就是全部，连同缺点和劣根！白茜知道所谓“白白”，一定就是指他的致命错误！

“从你的眼睛可以看出，你什么都知道了。”达生痛苦于被人探了秘，于是全身心浸着血泪，“可我认定你会赐我一根拐杖，我很需要搀扶，我整个废了！”凄然、憾然、惨然，达生像个嗷嗷待哺的弃婴，“他们神通广大像个大蜘蛛，而我是他们网上的猎物，只是这个猎物很大他们一时还吃不下，留着慢慢享用……而终将被蚕食殆尽……”

达生的故事，就在这哀乐似的和弦中开了头。

他不甘命运的摆布所以才扯开生命极限的网，可他捞到了什么？最原始仅仅是大泡子里的原油。大泡子是盐碱死水浑浊腐臭深浅难测，属正宗魔鬼沼的翻版，常常是全身溃疡，达生就是在这种条件下捞到了他的第一桶金——二十万！记得第一场春雨融开了北国的冰雪，碱泡的水汪洋恣肆，将一层可怜兮兮的原油扯成满泡子的油花，达生带着他雇用的那几个社会闲散户，驾着救生圈满泡子打捞，每个人都被裹成了油猴子，博学才子与社会闲散户油水交融，人与人的价值在这特定条件下无条件扯平！也许这种扯平还不够过瘾，季风又乘着春的升腾，旋为龙卷式，横无际涯的冰水，向这几个贪婪的捞油人发起了无情的进攻。一个闲散户的救生圈放了炮，扯着一串气泡向泡底沉去，达生舍却了救生圈随即跟了下去，他抓住自己的雇员拼尽全力向岸上带。怎耐水域太大春水又寒冷似冰，很快便耗去了他全部的热和能，游至半途又被黏稠的原油包装上厚重的盔甲，体能终于趋向极限，他挟着那个雇工无可奈何花落去。也许苦难还只是个开头，偏偏有两个过路人救了他们，由于肚里盛满了腐水，十几分钟才从离恨天回归，那人为他们拍下了那个场景的写实，从此那张照片成为达生的座右铭，以成大事者不恤小耻而自勉。

白茜看出照片上留有圈圈点点，那一定是达生的泪，一阵酸楚又蛮横地勾出了她的圈圈点点，她转回办公室依偎于黑暗的角落，与他拉开一段距离，才看出他的强力是升腾于血泪之上。他强力、足智，却也得在血与泪中迂回，这前车之鉴令她彻夜未眠，以细细品味多舛的人生。

“白茜……”飘忽中白茜似闻一声惊雷，回眸看见是院长王大为，这才意识到已是日出东方，又一个工作日开始了。

“你真是看三国掉眼泪，看把自己折腾的！就算是你丈夫也不至于这样！医生最忌讳这个，干吗那么多情善感、爱憎分明的！你认为好的就痛就悲，就全身心投入，你认为坏的呢？你就不给他治？让他死？甚至去杀了他！为医之道便是人道，不管他是领袖还是罪犯，你都得付出同样爱心，把他们救活！”王大为慷慨陈词，“我还是那句话，别去参与那些人际关系！医生就是医生，它是个中性词，不存在左中右！”

白茜知道那是王大为对她的关怀，可她并不领情。

王大为又下令，“快去收拾一下，跟我去出诊……”

“出诊？”她不能离开达生，除了医护她还有保安义务。

“快去吧，别把自己当做包打天下的救世主！”王大为理解她的意思，却一意孤行地将白茜拘到了自己的车上。

经过四小时的疾驰，汽车进了丹家崖，白茜当然不知其胡底，便糊里糊涂地被带进一个御寒山庄，随人群进了楼门。王大为这才告诉她是参加上层领导的一个聚会，主要议题是表彰她的医疗业绩。

似被绑架了的白茜只好随王大为入围，这是一个装潢得有如圣彼得堡琥珀厅一般的建筑，通体金碧辉煌，她知道那些装潢材料都是以假乱真，但也不失其精美华贵。他们在二楼一座圆形大厅止步，厅内正中的圆形餐桌前已坐满了人，见他们一到便起立鼓掌表示欢迎。白茜被王大为强力牵引入了席，她发现自己竟然是正座，两厢有认识的也有不认识的。王大为毕恭毕敬向白茜介绍了市长胡昌稷、市政府秘书长吴纳西和税务局长高天、银行行长邸地。接着还有财政局长、公检法要员……这些风马牛不相及的人，不知被一种什么力聚到了一起，一时间白茜被置于五里云雾，雾里看花，她似看到倒在血泊中的达生。

“大家都是达生的挚友，救活他的正是白衣天使白茜！”院长王大为向各方奉献着他的和氏璧——白茜，显得坦然自得。

不出所料，飓风眼果然是达生！白茜顿然被血泊中的达生同化为血人，哪还有余力面对这些风马牛！于是木然、呆然，心里却切齿于王大为，达生已濒死亡的边缘，他还能欣欣然弹冠相庆！

胡昌稷又将话头接上王大为，“大为他们才是真正的救世主，人生有三个集合点最没等级，一个是学校，一个是医院，一个是火葬场。第一个塑造人才，第二个起死回生，第三个送大家去天国，谁也离不开哟！”

哇，呀，啊，哈！几大巨头百分之八十为捧场，百分之二十为慨叹，真正的中心是市长，随声应和却如百川归海。

“第一个圈子，我们都走过了，那时，大家都被称为八九点钟的太阳，都在一个起跑线上，没人歧视没有高低！老师每天扯着耳朵给你灌输夏商周秦、ABCD，可是就在默默之中差距在一点点拉大，小学、中学、大学，一轮接着一轮地大浪淘沙，淘去沙子留下了真金！今天在座的，都可以用金子这个词儿来替代。我们之所以将白茜摆在中心，就因为人家是足赤！为什么？人家历练得好，一手绝活，可以起死回生！尤其是她使另一个足赤起死回生，那就是功臣企业家达生！”胡昌稷动用了一腔激情，“人家足赤是24K，而我们这些18K呀，22K呀，都得向人家学习！第三个圈子离我们尚远，暂且不去讨论，这第二个圈子可是人人都得光顾哟！五谷杂粮吃着，谁能无病无灾？这个圈子可是由人家王大为和白茜把持着！一进了这个圈子，顿然失去等级！管你18K还是24K都在人家白茜手里攥着，让你死则死，让你生则生！”

“否！我们现在可是法治国家！”白茜懵懂着抢过去，“院长指示我们要实行革命的人道主义！这可不是我们说生则生，说死则死！”

白茜的话引起一片哄堂，王大为高峡出平湖，“这就是白衣天使的形象！多直！市长那不过是个比方，这不过是要树我们的前奏！”

又是一阵哄堂，将白茜夹袭得东西难辨，她用力定了定神，竟然发现巨头中间又多了个吴计，顿时觉得这个分赃聚会又多了几分淫邪。

极度夸张的哄堂之后，财政局长挥着他肥墩墩的五指补充，“是啊……大家结识了白衣天使，生命就多了一份保障！”

“今天我们借丹青一方宝地，来表彰白茜的业绩！给你写专题的记者都请来了……”胡昌稷伸手指指吴计。

白茜出示明显不屑，这表明胡昌稷在吴纳西的蝴蝶效应中，已走上不归路，当年他那份强力、那份尊严，已被悄然消融，吴纳西却在他亲自创意的“转乾坤”壁垒中，等待偷梁换柱。

丹青率着他的部下，齐刷刷将酒菜上齐，随着古琴曲《高山流水》轻轻奏起，丹青深深鞠了一躬，“菜齐了，请开宴！”

“好，我们先敬白茜一杯！”胡昌稷起立。

清一色高脚杯刷地举到白茜面前，一如面对冲锋枪她岂肯示弱，于是一连干了十杯，顿觉天柱折、地维绝、乾坤东南倾。

25

“达生的宣传正大张旗鼓，你何不借机探查，怎么放弃了？竟让吴计给抢了风头钻了空子！”方自珍闯进杲昊办公室一派声讨。

“放弃？上面点名要吴计跟踪采访！”杲昊空前的无能为力，“这次我去找白茜，她连面都没露！我用报上的吴纳西为诱饵，她说她已知道那是吴秘书长，随后电话关机，堵塞了所有的联系通道！”

方自珍比杲昊还急，“为什么不去找佫恪争取？这是最后的希望。”

“争取？就是他通知我不要去采访达生的，说怕我笔下有误！其实还是怕误了他的乌纱帽！没一个好的！”杲昊愤懑中透着无奈。

事已至此方自珍一筹莫展，其实他也是背地出歪点子的高手，真拿大主意付诸实践还不如杲昊，于是陷入沉默。偶然间他发现了杲昊的文稿《赫罗图》，顿时来了精神，“动手了？‘共军’进展迅速！”顺手操起细读。

“你不是说文学作品比新闻报道更容易表现生活吗？就先写着。”

“这题目拟得好！一看就知道是在给不同层次的人定性，想不到你还真有两刷子！”方自珍全神浏览，顿然产生了绵延不尽的共鸣，“你真该改吃文学饭，庞贝的反复无常，是不是看出了你的潜质？”

“是吗？”杲昊半信半疑。有一点她确信，文学作品这东西一经搭手便割舍不下，那种本质力量的释放、自由时空的选择、审美情怀的展示都太适合她了！至于庞贝的思路就很难确定，她的反问纯属一个印证。

“一种直觉！你想啊，如今人际关系如此恶化，就凭你的单纯直率肯定处于劣势，劣势是什么？就是失败的代名词，新闻工作正是人际关系的风口浪尖，你肯定干一回折一回！霓彩命案马失前蹄就是铁证，佫恪上演英雄救美，事实证明是他亲手扼杀了你的采访权，这说明你又折一回！总之是性情使然，你就不适合这个工种，像你这样的人就适合躲进小楼成一统！作家是什么？是无冕皇帝！你完全可以在你的精神领地指挥千军万马，他们的命运全然由你确定，最后的产品还能潜移默化千千万万个痴迷者！文学创作完全是个体劳动，不需要各部门协调，更不需要人际间的互助，你就在那里一意孤行地展示你的独特，义无反顾地宣泄你的本性！你看人家庞贝就是这样，罢了作协主席，在文学圈他还是主席，精神主席！他一句话，文学圈就闻风而动！而那个新主席却整个一个孤家寡人！眼下庞贝已是化屈辱为神奇，正实施司马迁发奋，听说每天有几千字出炉！你就该走这条路子！”方自珍慨当以慷。

望着方自珍尚存一丝天真的脸，杲昊深深为之感动，也许正是这张稚嫩的脸，于十年前就确定了她今天的走向！那时她正陷于同佫恪的情感大战，意志薄弱的她几临精神分裂，不觉身边多了个方自珍，她从他的眼睛里读到了同情和理解。最深的印象是她刚冲出记忆黑洞，抬头便看见这张稚嫩的小脸，似乎是黑洞里豢养的小猫，当她刚抖去昔日的梦魇于角落发神经，那小猫就定定地看着她，有时还特意调整角度，一定要处在她的正对面，端坐在那儿死死盯着她，以窥视她心中的秘密。一对黑黑的圆眼睛，瞳孔由小到大，再由大到小，他终于累了，趴在一旁打呼噜，一阵呼噜过后，又打起精神盯着她，这时那瞳孔总是达到极大值，黑溜溜、亮闪闪，这状态便伴着不可抗拒的精气神，雄性十足野心勃勃，就那么痴心不改地守着她，直到她确认那是方自珍。因而往事的记忆，也那么永不消逝地在她心头萦绕。

方自珍于静谧中审视，她虽没有那种健康的美，可她有一种令人欲近不能欲弃不舍的魅力，那对忧郁的眼睛，严峻深邃，万端情丝被她强大的克制力扼杀了，这给人以深切的怜悯感，微微翕张的嘴总像是满腹心事欲吐不能，惨白的脸，预示她一旦承受不了命运的重压，就会舍弃这美好的世界回归宇宙本体，凡此种种都在迫使他情愿为她赴汤蹈火！于是开了个秘方，爱的火焰在哪里燃烧，智慧的光芒就在哪里闪耀！

“爱？那也得是菩提式……”不是吗？十年的辛苦历程说明狭义的爱永远是不对等的，佫恪已筑起自己的爱巢，从此与她天各一方，丹青自同她一起参加了那次国际会议，回来之后便是一去无消息，她连遭残酷的背叛，不得不惨兮兮踽踽独行。而爱她的倪莳萝已近花甲之年，仍独立于夕阳西风，是坚定地等她还是设局怄她不得而知。眼前这位痴迷者，竟以十年的青春陪她一路同行！孤独寂寞，他们虽近在咫尺却是鸡犬相闻，如此长久地守望，他到底为了什么？

你的星座………

方自珍最是心有灵犀，他早就读出杲昊的天问，他自然无法回答，其实他也不甚清楚。为了什么？是为一个自我肯定，还是生命力的投射？是强烈欲求之所系，还是强力意志的形象显现？总之应该是外观的幻觉与内在本质的高度共鸣！他就是为追求这个共鸣而宁愿赴死！之所以他能付出如此一个久长，那是因为他在等待对方的共鸣，其中包含刻骨铭心的爱怜和天高地厚的敬仰！他已用死明示誓言，再无须加注！

“咦？最近我从网上下载了很多资料……”方自珍看起来在大幅扭转话题，实际他是顺着自己的思路匍匐前进，因为他一时很难驭情绪的野马，“全是天文的，要不要跟我去工作间一睹？”

杲昊自然明白他的用意，“好啊，《顶级珍闻》的内容又可丰富了！”

“十年前我曾给你讲要紧跟爱因斯坦，可爱因斯坦也出现了局限。”

得到些许证实，杲昊不忍再悖逆一颗诚挚的心，怀着万端感激，随他一同去了剪辑合成间，重新审视果壳中的宇宙。

方自珍轻点鼠标，画面清晰呈现，“你看，银河系在六十亿年后将与仙女座相互作用，合并成一个更大的星系。几万亿年后，这些星系团将合并成一个巨大的超星系，然后进入简并期。宇宙中氢元素一旦消耗殆尽，新的恒星就停止了再生，这时充斥的将是白矮星、中子星、黑洞和部分褐矮星……”画面将二人带进苍天般的迷惘和云朵般的飘忽，他们在为人类的命运担忧，挟裹于宇宙的人，原来竟是如此脆弱！

几经沉降，方自珍率先于迷惘中逸出，“爱因斯坦对量子力学的不确定性表示不信任，因而声言上帝不掷骰子。但他的相对论，就像牛顿的万有引力在绝对空间面前一样，同样于宇宙常数面前不得不止步，相对论在另一个空间，诸如黑洞，是不适应的。这说明，爱因斯坦犯了双重错误！当代科学家史蒂芬·霍金提出了无边界设想，结果，上帝被摈弃！纵观科学发展史，从哥白尼、伽利略到牛顿、爱因斯坦、哈勃等众多科学巨人，都站在地球上认识宇宙，带领着人类朝两个方向进军，一方面是无限大的宏观宇宙，另一方面是无限小的微观世界，却没有找出它们之间的联系。史蒂芬·霍金在发现探索黑洞的过程中，找到了无限大到无限小之间的联系及其演变规律，终于使人类对宏观与微观的认识找到一个科学的会合点！大部分科学家都忙于探究宇宙为何物，而不去过问为什么成为此物。以寻根问底为己任的哲学家，又跟不上科学理论的进步，因而最高问题的思考缺少了科学依据。”方自珍终于刹住思绪之车，他略作调整，“人活在世上为时不多，以至于连一个完整的理论都来不及完善，只能是分阶段进行。你若是从此以文学为己任，就不要再为身边小事所累，跃上峰顶，敞开胸怀，去唤起普通人一同参与人类最高问题的思考，我会为你提供最前沿的科学信息！”

坐地日行巡天遥看，方自珍传达给她的全部信息，不过是拿宇宙来作赋比兴，那就是高起点大视角，别再像朝菌与蟪蛄！杲昊之所以为杲昊，就是在艰难险阻中翻了十番，仍能以超人的坚韧指挥自己重新启程。

26

面对人生的立交桥，杲昊大踏步四路并进，人格全新修整、学识全面充电、工作全力拼搏、创作全速奋笔。为此她又驾车去了丹家崖，那既是一个很重要的新闻由头，又是创作的极好素材。田坤老头的身世命运，丹青其人的由来谜底都是她魂牵梦绕的奇点。

丹家崖已是正宗的千里冰封，大地全方位被冰雪包容，似乎一切都凝固了。直到进了村才看到攒动的人群、热烈的叫卖，这一切都标志着年关的临近。田坤老头怎样了？这个年他会怎么过？杲昊先为他设计了两套方案，一个是接他进城到哥哥倪莳萝那儿，另一个就是利用休息日过来陪他。她直观感觉那老头不会有几个年好过了，她决心让他最后的岁月升起些许朝晖。这样想着便直奔田老头的家——山腰暖泉洞。到了山脚下，根本找不到登山的路，厚厚的积雪上连个脚印都没有，大雪封山早已改变了原来的面貌，即使有路她也找不到那个洞口了。她又试着转了几个山口都没有人走过的迹象，瞬间她意识到田老头出问题了，这样的数九寒天，他怎么下山？不下山吃什么？是不是早已离开人世！进而迁怒于世风日下，哪谈得上雷锋精神，起码的人道都不复存在！最后将一腔怒火撒向了污吏魏洞天，她早就将他划为污吏，不然怎么会出现田老头这样的悲剧！理清思路，想好纲目回身进村去找魏村长。

踏进村委会，各部门都在开会，有的总结有的算账，唯独找不到魏洞天的身影。杲昊不得不亮出记者身份，这才有人将村长找来，村长自然不高兴，因为他正与会计商量打点各路年礼，数量、质量、样式，都得因人而异，从省到市凡是有关的头头，他都得给备出份子来，他当然不用直接与省里的头头搭界，可他得替市长备出份子，市长得与省里搭界。他想当好村长得靠市长的支持，市长欲立稳脚跟就得有省里的硬手撑着，市长腰直了他这个村长才好直腰，所以这礼必须一层层地备，谁让他是先富的典型呢！好在丹家崖有直属的优越，不用与县里的头头搭界，不然他还得被扒一层。这一点杲昊当然不知，别说杲昊，就是他这个村长的下属，也只有会计大人才略知一二。

见到杲昊，魏洞天才想起这是市长特别关照过的那位记者，就是她把田老头的旧案翻到市长那儿的，由此田老头变成了丹家崖的“太上皇”，连村委会都得腾出来用作“太上皇”的行宫，幸亏“太上皇”偶染小恙，于县医院治疗，不然这个年他们都过不好，都得忙着为“太上皇”搬家。有人捐资为村里建了希望小学，腾出来的旧校舍就是未来的村委会，市长答应出资另建新址，何时兑现不得而知。如今先装大个儿作政治秀，谁知市长是不是属于这类，反正苦的是魏洞天，拉好架势忆苦思甜吧！面对这样一位能翻天覆地的记者，魏洞天怎敢怠慢，脸上早堆起了由衷的笑，将杲昊让进自己的办公室，端茶倒水分外殷勤。

“田坤老人还在吗？”杲昊太关心老人的生死，认为有殡天的可能。

“你把情况反映给市长，没给你答复？”魏洞天被逼得亮出底牌。

“市长？市长都知道这事了？”杲昊惊中带喜，田老头终有峥嵘日了，但这信息绝不是她透给市长的，那就一定是方自珍，他仗着有通天的优势，总是先将情况兜给老帅，为此他得罪了众多中层领导，致使某些采访受阻，不过倒也痛快，这也是她长期与方自珍搭档的契合点。

“你不知道？看来这不是你捅上去的？”魏洞天骤然换上满脸的真诚，“管他谁捅的呢，反正眼下已经是坏事变好事了！”

“我若知道何苦再跑过来，三九严寒的，坏事怎么变好事的？快说来听听，也好与你们分享！”杲昊同样付以真诚。

“市长知道了这件事，就下令让村委会搬出去将房子腾出来，让田老头住进去。从此，这里变为旅游点儿，那池温泉辟为疗养院，让田坤任院长，市旅游局帮着规划，三两年就将这里开发为旅游胜地！除经济效益，还会借此改变村里的风貌！”

“为什么不早这么做？何苦逼得田老头半疯半傻！”杲昊不管不顾。

“逼？是他自己作死！”为扭转杲昊观点，魏洞天又细述他的劣迹。

田坤、魏老村长魏乾，还有丹青的父亲丹霓，当年是一起进私塾读书的，大家都读得很用心，只有田坤受不了，没到半个月就逃学回了家。

一生懒散的田坤，唯独土改时表现最积极，斗丹老爷子他最卖力。

解放后，田坤一直以斗土豪有功为由东游西逛，荒了田地废了青春。

十年动乱期间，田坤又有了用武之地，将斗争矛头直指丹霓，吊、打、跪、斗一条龙。此次他不再逼丹霓离婚，而是将玉凤一起批斗，给玉凤挂上各种不同型号、各式不同名分的牌子，到处游街，从一个村游到另一个村。魏乾看不下眼劝了田坤几句，结果将矛头转向老村长，名分是充当历史反革命的保护伞，斗得比丹霓还厉害，老村长气得一病不起。大联合后，老村长又进了革委会，见老村长又当了革委会主任，田坤不再猖狂，仍然拿着他的固定工分，一如革委会头头的工资。

一晃十年过去，田坤成了花甲老人，一生无所事事，一无手艺，二无勤奋，早养成了游手好闲劣习。新官上任三把火，魏洞天首先烧去了田坤的固定工分，命令他劳动致富。可游手好闲了一辈子的田坤哪里听这个邪，魏洞天给他分派的活他是一概不尿，久而久之，田坤没了饭碗东讨一口西混一口，成了正宗的流浪汉。再后来，农村实施了联产承包制，丹青从城里返回包了丹家崖那片山，从此绿化、养殖全面铺开，没几年成了先富起来的典型，魏洞天也成了模范村长。

就在丹青返乡包了红石崖之后田坤闹疯了，先是闹着讨回他的固定工分，说他是土改功臣，决不能辛辛苦苦三十年，一步退回解放前！又说地富反坏反攻倒算，将他这个老革命打下地狱！闹腾了好一阵没有什么结果，田老头似乎也累了，就开始装疯卖傻。后来，又闹着要回他的田，就是盖了村委会的那块温泉地。就这样疯一阵、闹一阵，田坤终于闹到了耄耋老人。魏洞天只好背地下指示，田坤不论到哪家都要给他口饭吃！村里本来也给他分了房，可他拗着非到山上去弄了个白石屋，魏洞天去看过，造得跟仙人洞似的，所以也就放心由着他！一幕历史剧近了尾声，可与上次田老头亲自讲的却是两个截然不同的版本，杲昊一声长叹，她该信谁的呢？历史本来就是个百衲衣，罢罢罢，还是多关注一下现实吧，她又想起街头那些被收走的流浪汉，“你们村有养貂的吗？”

“貂？好像上次来，你也问养貂的事，什么意思？”

“近几天城里的乞丐、残疾人，被人一批批运走，听说有用人肉喂貂的！”杲昊觉得魏洞天不像杀人喂貂那种，因而对他开诚布公。

魏洞天得意地笑笑，“收养弱势群体是我们一项社会福利，先富起来了嘛，就要考虑为社会做点贡献，这里有现成的地热，冬天取暖不成问题，夏天有山洞，降暑不用装空调，冬暖夏凉遮风避雨，住的问题先解决了。这里的温泉有极高的医疗价值，一些慢性病泡泡温泉就不治自愈，医药费解决了一半，剩下就是吃饭问题，有劳力的自食其力，无劳力的村委会全额补贴，吃住医全解决了，还有什么问题？”

“你真是个好村长……能让我见见他们吗？”

“不是村长好，是丹青好！这点子都是他想出来的！”

丹青？是十年前失踪了的丹青还是纯属重名？杲昊想马上一见。

“近年关了，大家都很忙，丹青正搞年底结算，不如等诸事忙完了我再带你去见。”魏洞天出示了个斩钉截铁。

27

目的是行动的第一要素，冉红为使自己尽早踏上创造的舞台，她以迅雷般的速度搞定了办学执照，几乎是双轨并行校址也同时选好，装修已近尾声。这个赤胆忠心的潮头小女，用她柔弱的双臂擎起了时代的大旗，冉红模特学校横空出世！

成功的喜悦催动她必须一吐为快，她最先想到了杲昊和巴娜娜。

就在即将起飞之际，冉红请来了杲昊和巴娜娜，为分享也是为求得关照，她把两位名人真正当作了朋友。校舍面积不大四百多平方米，被分为三块，一个排练大厅、一间更衣室、一间办公室。大厅经过精心装修造足金碧辉煌的气势，迎面是冉红获奖时手持奖杯的巨幅照片，两厢为两米高的落地镜，背面是十张世界名模的小幅照片，辉煌中托浮着本质力量对象化的神圣！杲昊和巴娜娜绕场两周都无言可发，她们完全被一种丰盈的生命力震惊，从此确认创造的无限和潜能开发的无限可能。

“请两位名人指点！”冉红再度坦诚地大敞胸怀。

“好神速啊！”巴娜娜凝出一天疑惑，“你一定靠上了大权威！”

“巴姐姐说哪去了！目前国家提倡民办教育，有四十万的注册资金再加一个内行管理者，就可以办下执照！虽说我算不上合格的内行但毕竟多次获奖，在模特这一行也算小有名气，巴姐姐若有四十万资金申请办个主持人学校也不成问题。”冉红极认真，大有昭雪耻辱的意向。

“我又没傍大款，哪来那么多钱！”在巴娜娜看来，一个年轻女孩有机会一夜飞黄，一定背后有支持者，别看冉红纯之又纯，那也可以做出来！她低看了冉红的自身能量，暗中抱怨自己没碰上这样的好运。她开口相讥，一半出于妒忌一半因为懊恼，因而她把冉红当作了出气筒。

杲昊觉得两人有些走板，抢上去力挽狂澜，“朋友的朋字怎么写？”

“两个月字吧？”天真的冉红率先作答。

“是啊，两月当空相互映照，彼此都有了光明，这是多好的事！冉红，带我们去看看你的办公室！”杲昊大幅度转移话题，以求息事。

单纯的冉红瞬间解脱出来，“我可无意伤害朋友，我会像爱护眼睛一样去爱护我们的友谊！放心，我会珍惜朋友带来的光明！”随即带着杲昊和巴娜娜进了办公室。

一进门，一张冉红的大特写头像以三米高、两米半宽的篇幅坐落于屏风架，这张美若天仙的脸给人以女娲补天的印象，天柱折地维绝，东南倾的乾坤会因此得以匡正。而四米长、两米宽的老板桌，又是一个撼山易撼冉红难的象征，看来她是下定了义无反顾、勇往直前的决心！屏风后衬着一道纱帘，帐幔帘笼后一定隐藏着温柔富贵之乡，进去一看果然是冉红的寝室，温柔富贵尽在不言中。不足二十平方米的小小卧室却感觉不到一丝窒息和憋闷，温馨舒爽铺陈出一派自由元素。在这里，会以立法者的决断，支配着一个伟大的关系——只要把狂暴的欲望驯服成坚定的意志，把散乱的幻象梳理为有条理的节奏，创造的成果便会瓜熟蒂落，然后再精心耕耘耐心等待，不用气喘吁吁就会一路奔向目标！

“啊！真是太美了！这里是美的集散地，是审美者的天堂！还到哪去寻找天堂，眼前不就是吗！”杲昊如醉如痴从未有过的神魂颠倒，“还有什么会比拥有自己的一方领地更值得欣慰呢？何况这是一块凝固你创造成果的圣地！我怎么就没有这样的胆识？这就是人与人的差别！”

“杲老师，你太夸张了，这可不是什么胆识，是艰难曲折给一步步逼出来的！我若是有你们那样的位置，有你们那样的能力，也绝不会走到这一步！这有什么？一个租来的四百平方米的房子，几张能遮住水泥秃墙的照片，几块用作练功的大镜子……以后的岁月，可是除了辛劳就是风险，真担心我柔弱的肩是不是能担起这副重担！”

杲昊感慨万千，同一件事，各人用不同的尺子一量就会得出天壤的结论，在她看来，有一方自由创造的天地，就是生命最极致的奢华，而冉红看到的，却是责任和风险，也许冉红是最现实的，不管现实对她是否严酷，“真羡慕你的杀伐决断……”

“那是我的冒失，可我乐于承担这冒失可能带来的一切后果！”强激励令冉红走上智能核裂变，“我知道这得付出生命的全部！”

“你这么年轻就背负如此重大的社会责任，令我感到汗颜……”杲昊被她的庄严所征服，“这会牺牲你青春时期的浪漫和享乐。”

“我会为长远的利益而放弃眼前的利益，即使眼前的利益会很迷人，会具有强大的吸引力……这是我登黄山天都峰得到的启示，当你登上那险绝高峰再向下俯视，就会感到刚从你眼前掠过的许多美景，原本是你不需要的，而且只有抢占了制高点，才有权力去选择，那才是极值的欣慰！”冉红仰着她稚嫩的小脸，一派挑战极限的坚毅。

杲昊再次被掷入沉沦，她自觉无权再在这小女子面前说三道四，尽管她多年来都以高标准去打造自己，可快近不惑之年的她依然是两手空空，别说险绝高峰，连个可怜的山头都没能占得。多年来，只会端着铁饭碗饭来张口衣来伸手，根本失去了创造力。月初只等着市委的宣传提纲，周末便听取集团领导的总结，一切都在现成框子里划定，稍有越轨就会像报道达生那样，被定为某某新闻事件，本人停职反省不算还得饶上老局长罢官免职！而对于另一些人也许是进了保险箱，只按照预定程序操作就有饭吃。至于是否完成任务以及完成的质量如何，那就是领导一句话，领导说好就好，不好也好，领导说不好就不好，好也不好！

“杲老师，干吗感慨万千的样子，是担心我会马失前蹄吧？”冉红觉得自己有些班门弄斧，“是不是好高骛远了？”

“初生牛犊嘛！”巴娜娜抢过去，“干上一段你就知道了，有没有生源，生源有了能不能交得起学费，另外学校的规章制度是不是能个个遵守，学生间会不会闹出什么乱子……在学校读书时出过多少事，打架斗殴迟到早退，一不小心还会弄出人命。公办学校好说，几个校长担担责任就糊弄过去了，你可是私立学校，什么责任不是你校长的！别说出人命，伤着一个就够你赔的，那点学费还不得都搭上！别高兴太早，只看到赚大钱出风头，难唱曲多着哪！要记住，出头的椽子先烂！但愿你这块新料能禁烂！”巴娜娜的冷水实际也是泼给她自己的，翁折东让她办的广告公司，至今尚无着落，这事一直是她的一大心病。另外或许是职业病，主持人一出现，必须得有万众瞩目或众星捧月的效果，这格局已形成了定势，她不能容忍在她眼皮子底下再出现中心，冉红明显在造自己为中心的势，杲昊一再为这个中心助阵，巴娜娜实在是忍无可忍！

“咦？你怎么这么说！”呆昊颇为惊诧，“她可是你朋友啊！困顿时刻，朋友必须伸出援助的手，怎么能泼凉水！”

“她的话很有道理！”冉红抢过去，“这倒提醒了我，应该把困难想到前面，凡事多做逆向思考！要不怎么说多个朋友多条路呢！”

冉红的宽容和谅解更加激怒了巴娜娜，有一种水蛭附身的感觉，虽然又小又软，却奈何不得，瞬间凝聚了满心的妒火，凸透镜聚焦般将火点燃至白炽态，“按我说，做你的模特算了，办什么学校！没学会走就想跑，什么时候摔断腿你才肯罢休！”

本来脆弱的情感链条瞬间出现裂痕，日后的征程很难再牵手，看来自己的路还需自己去走，走好走坏就看各自的道行，所谓的朋友也是此一时彼一时而已。葶苈似菜而味殊，玉石相似而异类。

28

受了强刺激的巴娜娜，决心以广告公司压倒冉红，自我意识极强的她妄图每个领域都拔头筹，可她没那么深的道行只好去寻靠山。此前与翁折东计议的广告公司，因金座之争曾一度搁浅，应该主动出击争取早日促成，也好于商界争得一席之地，近来也不知翁折东在忙些什么。

翁折东正宜将剩勇，催支未绸请来了他的初恋——女律师劳燕。劳燕分飞她至今未嫁，也许心里一直为支未绸留着巢，不过外貌却修炼得森严壁垒，一派母系氏族的威仪。先是半垂着睑，说是不愿与公有制有瓜葛，秉公办事吧就得罪了朋友，昧着良心吧又对不起共产党。翁折东赶紧大江截流，“怎么见得为朋友办事就一定昧着良心？”劳燕做泰山压顶态，“人性使然，人性中最大的隐患就是自私，这是马克思不愿承认的，不承认也是事实。怎么不！私人与公家打官司，最终大多是公家吃亏，个人若认吃这个亏，他就不打这场官司了！”翁折东又附加了个何以见得，劳燕以狼牙棒接招，“个人的事有主人呵护着，不打出个鱼死网破决不收兵，公家的事呢，因为是公有，大家都睁一眼闭一眼，乐得省些力气。”她还说她决不忍为赚几个诉讼费，而去做那种数典忘祖的事。劳燕的表白，倒令翁折东着实感动了一阵，因而出现了一段交流上的空白。趁着这段空白，翁折东又从厚黑学的角度，策划出了一套新思路，叫欲擒故纵也好，算投石问路也罢，他想先试试这位大律师到底公到何种程度，然后再因势利导，“精彩！像劳燕律师这样的正人目前不多了！”接着又大张声势，“这场官司宁愿不打了，请你做本公司的特聘律师怎么样？年薪五万！”翁折东话音未落便看到劳燕为之一震，可她还是能端得住，并没像涉世极浅的傻蛋马上喜形于色，可那种时隐时现的亢奋，足以证明她已被这五万年薪深深打动。什么是特聘律师？就是帮着观敌瞭阵，关键时刻传达法律条文免得企业受损，对律师来说只是空闲时间的举手之劳，这举手之劳就可得到五万年薪，无动于衷是不可能的。劳燕的那种绕弯儿大概也是欲擒故纵，随即又出现了一个交流上的飞白，情绪似露非露，似空非空，从那些似断似连的缝隙，劳燕也很快觉察出翁折东的动机，于是很快从飞白处崛起。“既然老总这么看得起，那还是为公司打这场官司吧，算是招聘考核，胜诉了那就加盟贵公司，终生为贵公司服务，让公司也有个好开端！败诉就算练兵……”

一个回合，劳燕成了翁折东的战俘，看来本性终究抗拒不过重磅诱惑！在翁折东这边，终生不必要，为他打赢这场官司倒是关键，别说她不是世界上最好的，就算是最好的他也不会终生打官司，况且他的公司一直在打擦边球，雇个律师天天在耳边聒噪，天上的馅饼也会溜走！他的原则本来就是张网捞大的，他的网眼儿又很大，想要在网中存留也不难，只要是特大的，那就要看落网者各自的道行了！至于劳燕，就算是律师界的大姐大，她的虚伪也是翁折东厚黑学难容的，当然手电筒是用来照别人的，他翁折东可不吃这一套。既然这位大姐大已经上钩，他没有理由不趁热打铁，于是闪电式订了协议、签了合同。接下来，劳燕就该调查、罗织，以确保胜诉。胜诉也不一定全依据事实，只要法律条款认可，那就是百战百胜，这是翁折东在学了厚黑学后才悟出的真谛，而且监狱里也有活生生的注脚！

既然如此，翁折东觉得必须先为劳燕上一堂生动的诉前课，先验定势虽说对律师作用不大，那也得先入为主，先得在她尚属一张白纸的意识底色板涂上自家的颜色！于是翁折东将案情细细诉说给了劳燕。

金座说实了不过是个杂货店，既不成体系又不算名牌，职工几个月开不出支。市委扩大会明令大家摸着石头过河，改革宁可改错了也不能改迟了。可怜的原经理也许被大潮席卷得晕了头，早早就稳不住神，便将金座出租以便坐收渔利。翁折东是肝胆相照，这才出手打快拳，帮着解决了金座的燃眉之急，不想时过境迁，房屋租赁一夜间火了，租金一路上扬。正在这风云变幻之际，金座换了经理就是刚上任的金步米。

新官上任三把火，第一把说这是一纸卖国合同，租金没见有那么低的。想租也不难，租金起码得翻五番，这个数字刚好是金座职工五年的年薪。另外得补交从合同生效之日起的取暖费，掐指一算仅取暖就得补交二十万。第二把是揪住合同不放，为什么租金定得那么低，指控其中有猫儿腻。第三把若达不到金步米的要求，就将金座收回另做他用。这三把火，竟把翁折东烧得焦头烂额，若能将这场官司打赢，按原合同执行，翁折东会厚报劳燕。劳燕看重的是年薪五万的特聘律师费，她现在已为两家企业在做，若再加上翁折东，那将是年薪十五万，重赏之下必有勇夫，劳燕没有理由拒绝。布好了劳燕的牵线，她便成了翁折东手中的木偶，一切均在翁折东的操纵和指挥下运作。

翁折东拉好架式与金步米决一死战，第一个回合就充满杀气，为了将杀气推向极限，他没敲门便冲进了金步米的办公室。此前，在支未绸的鼓捣下，那些下岗工人日见胆肥，近来时不时跑到金步米的办公室骚扰，有的声称给他吃弹丸，有的说要让他终身残废，更有甚者扬言与他血战到底！是真是假弄得金步米惊魂难定。在这种前提下，翁折东操着决一死战的凶煞，强闯金步米办公室，着实吓了他一跳。

经过半分钟的沉淀，金步米这才认出了翁折东那双三角眼，认知能力豁然卅启，“翁折东！你要干什么？威胁国家干部是违法行为！”

“害怕了？这是理亏的显著症状！”翁折东换上一脸的得意，两军交锋就讲究个气势，很明显，金步米先在气势上输了一筹。

认出了翁折东，金步米顿然消除了恐怖情绪。他是市长派来的，虽未明侃，但话里话外的诸多潜台词就是让他来制服翁折东的。在金步米的意识网仍然是公有制一统天下，社会主义的显著特征就是公有制，这是马列主义的精髓，目前正运行的也是社会主义特色，因而他认定自己是正牌、是主角，私营企业毕竟是配角、是点缀！他身为共产党员，又是正式国家干部，他才是百姓的父母官，当官不为民做主，不如回家卖红薯，因而他是底气十足。另外在人格和资历上，他就从未瞧起过私营者，他认定那些一夜暴富的私营老板，当初都是社会渣滓，不是劳教释放犯就是单位里的混混，占了改革开放的先机，到处钻社会主义公有制的空子，这才捞得脑满肠肥！他作为公有制的守门人，岂能容忍这些蛀虫横行肆虐，“理亏？决不允许金座毁在你手上！”

“交给我两个月就大变样！不然我们就试试？那叫起死回生！”

“试试？什么意思？你想当金座经理？好坏那也是国家干部！你还不是公务员吧？这个岗你这辈子上不了啦！”金步米笑傲江湖。

“理解有误，按原合同将金座租给我，我让它两个月火起来！照章纳税，那不也是贡献吗！决不会像你们，大米饭养着一批废物点心！”

“原合同？还没追究原经理的责任呢！折腾了半天跟你逗着玩？”

“给你一个股份，让你年年坐收红利！”翁折东的三角眼开始闪光。

“我说好端端的共产党干部怎么都纷纷落水了，都是你们这些混账王八蛋拉下去的，我跟你们不共戴天！”金步米开始大火力强攻。

“狭隘，看问题太片面！那是他们天性本质和所处环境所致，若大家袋子里有的是钱，谁也不会贪图这点蝇头小利而坏了一生的英名！另外，国家若是有坚实的法律制约，也不会使他们纷纷落水……”

“别跟我扯哩咯儿啷！你不是能打官司吗？咱们就衙门里见！”

29

招聘节目主持人，万向权大大捞了一把，他又将最后录取的定夺一拖再拖，留足了充分的受贿时间，尤其那些削尖脑袋一心想在屏幕上露脸的，那是比着赛地送钞票，最后他按送钱多少排队取了前十名，当然多数是白做贡献。为了掩人耳目，他让巴娜娜组织了一个专题，凡是进入决赛的都在专题里露了脸，而且按送钱多少分配了时间的长短，钱多的自然露脸的时间就长，事后也就风平浪静。

包装好“税金”万向权便与胡昌稷电话相约，胡昌稷心领神会，让筱晓守门，他于办公室套间接待了万向权。每当这种时刻胡昌稷都是百般慈爱、眉舒目展，让万向权高质量享受一回做主人的快感。万向权的野心令他从不甘于摧眉折腰，可各种因素制约着他还必须屈居人下。不过他牢记着想当老爷就必须先当孙子，为了这一目标，他常常低三下四做孙子状，每年只有为胡昌稷纳贡时才能直直腰，享受一回居高临下的甘美，那滋味确实非同凡响，能让一个掌管百万人命运的大市长，屈尊向自己嘘寒问暖，将做人上人的尊严推向极致，那真叫过瘾！这时胡昌稷会不顾原则向他小透一些绝密，并向他密授天机，直到与下一个环节链接，他都会浸泡在陶然中，使等待不再是一樽难咽的苦酒。视察了一下环境的安全程度，又从胡昌稷的神色中得到验证，他便急不可待地从皮夹子里掏出了四万元，四沓红红的人民币往胡昌稷眼前一推，便进入超级爷的享受。他看到胡昌稷定定地盯着那摞钱，瞬间散落了久端的架子，人格飞流直下三千尺，真真是贵贱易位、正邪反串，人鬼大比拼！

绕扯了好一阵，双边交易才进入正常化。胡昌稷先向他透露秘闻说是工资要改革，以后都按不同行业、不同岗位制定工资标准，为鼓励专业技术人员多做贡献，这些人的工资可能要高出行政管理人员一个档次。这样看来，局长的头衔就远不如技术职称值钱，局长那个位置可以徐图之、技术职称却不能等闲视之。胡昌稷问万向权是什么职称，答主任编辑。主任编辑是个副高职，这样不行还要更上一层楼，用一年时间将正高职拿到手，在新闻系列就是高级编辑。教授级、副教授级工资要相差四百多元呢！只是一个月倒也没什么可计较，这可是长年累月一辈子的事！工薪族就指着那点工资，决不能掉以轻心！

“正高级？”万向权出现空前畏难。

“有问题？名额我让人事局到省里去要，你只备好必需的材料。”

“都需要什么材料？”万向权生怕有所遗漏。

“哎哟，你这个业务局长这么关键的业务都不熟，记好了，一篇国家级一等奖论文或一本著作，大学本科文凭，另外外语考试还得及格。”

万向权听后，吭哧半天才把情况报过去，“首先，我只有个大专文凭，外语连个字母都不认识，获奖作品就更难了！一时到哪去倒腾！”

看到万向权急巴巴的样子，胡昌稷暗自庆幸，幸亏没把他安排到广电局第一把，若叫这样的人把持全局，他不知会闹出多少乱子！可他对自己好，这年月知己难找，有了就应该呵护，只好给他指点迷津，“文凭的事等让联合大学给你补办一个，外语让人事局给想想办法，是替考还是让人给你递答案，到时候再说。至于获奖作品可以发动群众嘛，让他们去搞，你是主编，最后都要由你做监制，总是要签字的嘛！此番你就不要签到监制一栏，而签到编辑或作者一栏不就齐了？万众一心精致打造，再给评委上个大态度，不信就不能获奖，获了奖你不也沾光了！”

万向权立刻做见再生父母状，“胡市长，我有句心里话憋在肚子里多少年！之所以一直没说，只怕说出来太俗，今天到这个份儿上我也无所顾忌了，从我认识您就拿您当父亲待，每年定期给您送点小礼也是儿子对父亲的孝敬，只是儿子能力所限，我若像大富翁那样有钱，我将用钱把您给包起来，让您二十四小时看到的全是钱！”

“又说傻话！若真是那样饿也饿死了，人是精神动物，需要精神和物质两个方面的滋养！有些东西钱是买不来的！唉！钱、钱、钱！说穿了也是中国人太穷，自鸦片战争以来中国人就一直没得好，大家都给泡在穷水里，精神物质两空白！若大家都像大富豪那样，满世界都是子公司，谁还会抠抠缩缩拿钱当回事！像欧洲共同体、美国、加拿大、亚洲四小龙，人家老百姓过的什么日子！像我这样的市长还用得着你们送几个小钱！薪水都用不了！”胡昌稷嘴上说着，心里却琢磨如何引导万向权往业务上靠，眼睛不要老盯着那个局长的位置，首先他的素质、品行都不称职。另外，此番佫佫可不是随意起得走的！扯着骨头连着筋，他可是牵扯到省里诸多大人物。于是速战速决，“好了，以后多琢磨职称的事，局长的工资肯定不如高级编辑多，你不是兼着局里总编辑吗？再自报家门就报广电局总编辑，总编辑理所当然就得是高级编辑。”

“那局长这个位置就放弃了？”万向权有些不甘，他心中局长的头衔可重要得多，第一把交椅一直是他的一个梦！

“那也不是……”胡昌稷绕了个弯儿，“那得慢慢等机会，是瓜熟蒂落的事，眼下职称是关键，据说下个世纪一开始就要搞工资调整，你得先把系列称谓都理顺了，准备好必备条件，到时候便是顺理成章！”

万向权感到自己的局长梦有些遥遥无期，那就先抓些钱也是硬道理，于是有心无心地说，“好，就按市长指示办。”

万向权的顺从令胡昌稷颇感欣慰，于是又添了些温馨，“小万，每年送这些钱，有出处吗？可别难为着你！”

“当然有，比方这次就是招募主持人弄到的，还有广告一块，那是个无边界数额，说它多就多，说它少就少。谁能蹲在那天天数播了多少条广告？再说播广告又极活，黄金段和非黄金段不一样。首播重播还不一样，包月和插播更不一样，价格、总额都活得很，就我们那些搞广告的，都背着我不知捞了多少回扣，肥大了！”

“那好哇！你就把广告这块控起来！我让税务减免你们的税！将来恐怕你们还要变为自收自支单位，这回你可是掉钱堆里去了，睁开眼就全是钱！”在吴纳西布下的蝴蝶效应中，胡昌稷终于习惯成自然。

“有市长的话垫底，我们的日子就好过了！”万向权欢欣鼓舞，这才是他的长项，给他一块山头他就能造出个花果山！占山为王是他与生俱来的天赋，这回他可是英雄有了用武之地，“这次招募主持人，就是想多办些优秀栏目，听的人多了，广告也就上来了，以栏目带广告，那可是相得益彰，既有了上乘的精神食粮，也有了雄厚的物质基础，这叫两个文明一齐抓！”万向权扯出主旋律。

“那好哇！咦？不妨将阵线扩大些，让每个栏目都挂上广告，适当地给大家些提成，这样内部就不容易鼓包。再者若与政策有了抵触，你也会有藏身之处，大家都拿，那叫法不责众，你也不致陷入经济问题！”

“这样搞起来，那可真是满天飘钱，天上掉馅饼了！”

“反正改革也没什么总谱，大家都是摸着石头过河，尤其是广告费无疆无界，哑巴吃饺子肚子里有数！以后社会大趋势就是钱字挂帅，可不像我们这一代讲究荣誉奉献，目前一切都虚化了！那些酒吧女本来是些下九流，可人家兜里有钱，就可以乘飞机坐软卧，过去行吗？那得讲级别！”胡昌稷一路发着牢骚，满负荷九斤老太生八斤嫂的慨叹。

万向权终于得了胡昌稷的江湖秘籍，哪里还听得下他的聒噪，敷衍了几句便急急离去，打造他的飘钱小舰队去了。

30

三天不到联合大学便通知万向权送两张照片，照片要直接送到副校长阕大德手中，以免节外生枝。正在做广告规划的万向权一时没转过弯儿，不知这举措有什么特别意义。这几天，他一头扎在天上飘钱的规划中，居然也有了废寝忘食的忘我行为。他停下手头的运筹，沉思了几分钟，便意识到一定是胡昌稷牵的线，心头不由升起几分感激，转而又剖析这是胡昌稷的饵料之举还是真心对自己的关爱？

万向权带着满心的慨叹进了阕大德的办公室，如今的大学是小皇帝们的殿堂，决不用做广告，所以阕大德很少与万向权往来，只是个别会议上能见见面，所以比较生分。万向权之所以显得不卑不亢，首先是有市长的令牌，再说此生可能就用他这一次，犯不上摧眉折腰献殷勤，另外自己的儿子是决不上这类三流大学的，更用不着与他套近乎，他的原则是与无关紧要的人，最好是保持一段距离，过密容易被人抓住弱点，他的弱点只在胡昌稷那儿稍有暴露，那纯属无可奈何，不过他也抓住了胡昌稷的诸多弱点，那叫以牙还牙的公平交易！不过交谈中万向权看出阕大德有明显的巴结倾向，是胡市长亲自给他打电话，为他万向权办文凭。

大学文凭可不是轻易出手的，若是别人至少得勒他二万块，三万五万也是它，可这是市长亲自委托，那就得另当别论。阕大德的观念与万向权有所不同，他认为成就一件事，必须有众多同道相互拉扯、彼此帮扶，要做到这一点，就得剖腹掏心士为知己者死，于是向万向权大倾衷肠，“你这事办得正是时候，文凭马上就要进微机统一管理，以后只凭一纸文凭已说明不了问题，得在网络中有记载，能调得出查得到才算生效，所以接到市长的指示我便闻风而动，争取在进微机前将证办妥，等进微机时一并把你的也输入网络！照片带来了吧？”阕大德一板三眼。

“多谢校长……”万向权将照片递过去。

“唉，我只是个副的，校长在隔壁呢！”阕大德的潜台词明显有觊觎之意，“咦？你也是副局吧？咱们不能总是安土重迁，得想法子向高处挪动挪动，你离市长近不像我这天高皇帝远的，你得勤沟通着点……”

万向权对于阕大德的坦诚感到震惊，这在机关可是最为忌讳的，大家都小心谨慎谨小慎微，仅那种挖地三尺的眼神就能把人累死！万向权心存感激便正色劝导，“你如此坦诚，就不怕有人暗算你！”

“交人嘛就是一个诚，不然谁还敢跟你交心？那种虚假朋友我是绝对不交的，要交就是一个铁！”阕大德信誓旦旦。

“佩服，你怎么能将朋友交得那么铁？”万向权敬佩中夹着怀疑。

阕大德稍示沉思，“我也不是没有选择对谁都这么诚实，首先对方也得有诚意，人家根本就没有诚意，你跟人家掏心窝子，那不是神经病吗！再者，那得是利益共享扯着骨头连着筋的，他动了我的骨同时也得伤着他的筋，这不就是一个铁吗？只要不是神经病，谁也不会那么傻！”

万向权遭了绵中之针有些不是滋味，但又不好即刻表现出来，于是淡淡地没有作答，但对阕大德却有了防范。

阕大德要的就是这种效果，他出手的利益没有不收报酬的，万向权不明不白就拿走最低价两万元的毕业证，他还从未做过如此之大的亏本买卖，于是先行精打细算，或要他在胡昌稷那美言几句，或有事让万向权也得出出血，他知道万向权是不会给他两万块的，堤内损失堤外补！

淡漠了好一会儿，阕大德采取主动式，“来，把照片给我，马上你就拥有一个正式本科毕业文凭了，我不能麻烦您再来一趟！”

“马上就拿能到？不用到省教委？”万向权又是一个吃惊，那不是大学文凭就成他们家的了吗？想给谁就给谁，比文凭作坊还方便！

“到省教委？让人家随便开文凭？想进局子了！”阕大德开始虚张声势，“这空白文凭是过五关斩六将才能弄到手！”阕大德顺势接过万向权的照片，转身打开保险柜，在里面取出了大红烫金证书，故弄玄虚地打开将照片贴好，又极神秘地将钢印盖好，做了一个大功告成状，但并没立即交给万向权，而是在手中把玩。

万向权一时没了底，他开始怀疑这文凭是不是假的，费了这一把子力气拿到个假文凭，那可坑苦了他！“这文凭到哪都好使吧？”

“你怕是假的？冲着胡市长我也没那个胆！若是换个主得交几万元不等，人家拿回去个假的，还不剥了你的皮！”

万向权这才放了心，有一种坐山雕遇鸠山之感，真是天外更有天外人！于是感慨万千，“这文凭是怎么弄出来的？”

阕大德沉吟再三，一派舍不出孩子套不着狼的样子，“唉……不瞒你说，这文凭可是声声泪、字字血呀！每年只能弄这么一个，不是最要紧的人我是决不能给的！是利用走钢丝的学生，他们可能只差一分或两分，我就据理力争，说做学生的多么不容易，这关系到一个人的终生等等，直到说得省教委动了心，就可发可不发地发给了我。这种文凭就是空白的，我承诺他们回头再补考一次，及格就发不及格就原样送回。当然最后对省教委一定要说及格了，而对毕业生却说差一分也不能发，就这样，空白毕业证就被节流了。以前大家对文凭也不是很重视，直到行行都要文凭才热了起来。现在再弄这种空白文凭就比上青天还难了，因为文凭全上网了，谁也别想再钻空子！你总算搭上了最后一班车！”

万向权早听出其中的要义，不过是向他要人情！殊不知重赏之下必有勇夫，只要有足够的钱，电脑也是可以修改的，都是中医就别玩那个偏方！此刻，万向权倒是为那个被扣了文凭的学生难过，辛辛苦苦耗时伤财最后却被他这种硕鼠给盗走，若遇上个想不开的还不得出人命！近几年为考学拿文凭也没少出自寻短见的，若拿了这种人的文凭可是晦气，于是感叹唏嘘，“唉，这才叫把自己的幸福建立在别人的不幸之上呢！那个被扣了文凭的当事人，还不知有多痛呢！”

“你若是心疼羚羊，老虎就不用活了！从另一个角度看，也是件好事，没有老虎在后面追逼，羚羊能进化出那么好看的流线型？能有那么快的速度吗！这就给那些学习不用心的低能儿提个醒，要么去拼命要么去受苦，谁让他们瞎胡混呢！就差那么一两分，就改变了一生的命运！”

万向权还想发点感慨，可阕大德隐约听到隔壁有人正与倪莳萝争吵，其间夹着“阕大德没安好心”几个字，可见与自己有关，于是将搞好的文凭递给万向权，速速将他打发了。

送走了万向权，阕大德推门冲进了倪莳萝办公室，看是伊腾飞便放了心，绕地三匝才皮笑肉不笑地，“说说看，什么事我没安好心！”

“推梦天当劳模！”伊腾飞寸土不让。

“懂不懂各司其职的道理！你的主要责任是出了博士后站，到社会上成为一个有用的人！学校的事有老师校长管着，这是我们的职责，你何必多费心思呢！”阕大德摆出为人师表的尊严。

“可我也懂国家兴亡匹夫有责！”伊腾飞更是初生牛犊的威风，“你以为校长就包打天下！那得是好校长！否则，就很难说将学校引向何方！”

阕大德开始气急败坏，“有本事你当校长，你当市委书记！”

“我当了市委书记，第一个就撤了你！”

“怕是你有那个心思，没那个德能！”

对抗的声浪惊动了心存疑虑的莘莘学子，人血馒头被伊腾飞一腔热血炮制出笼，不知能不能救华小栓们的沉疴。

31

当一个漂泊者独自面对漫漫长夜，为责任和挫折所累而依然心存激情时，那一定会千百次地怀着热切重新投入创造，杲昊便是一例。通宵达旦的狂欢拉扯着数以万计的人群，从平安夜越过圣诞夜直至狂欢夜，而杲昊却将狂欢与孤独凝为猝死的幽灵并将它们置于身后，毅然奋笔打造她的作品《赫罗图》，其笔端的结晶必将体现出人类的思想构架、品位层次以及精神境界和文明程度！她不屑于那些欲望泛滥的精神快餐，更不想混迹于作秀、招徕、迎合与炒作，力争找回文学的尊严！她把她的作品分为一小块一小块，读者品尝之余，在他们头脑中再重新组合起来进行整体思考，从而带上他们的个性色彩。

正当杲昊被她笔下的千军万马所牵动，屋门被轻轻推开，一张清秀混有日耳曼血统的脸，随即于敞开的门中定格。几秒钟的沉降，杲昊才摆脱了众多虚拟形象的萦绕，看出那是她的顶头上司佲佫。彼此在疑惑不解中定格了好一会儿，来者才怯怯地移步进屋，“没打扰你吧？”

打扰又怎么样呢，这不是明知故问吗？自上次约定他们不再旧事重提，佲佫便从未找过她，只是在必要的公开场合例行公事，这么晚了他岂不是违约！或者是另有要事？“必要的交流不能算打扰，你请坐吧。”

“整栋楼就你一个人，今天我值夜班……大家都去过狂欢夜了，你还在苦战……”佲佫透着无限缱绻。

“我笔下也正进行着狂欢夜，而且是天堂意义的，在那里圣母玛丽亚正为她刚降生的儿子耶稣基督洗礼……”杲昊洋溢着宁静与安逸。

“真佩服你的定力，你居然能于心灵的刀丛中自由行走……”

“我之所以刀山火海之后还依然活着，就说明心中仍然有一道亮丽的风景，是世外桃源给了我疗伤、喘息的平台，更何况有了自己的领地。”

世外桃源的大门紧闭着，佲佫已无从深入，对峙了好一会儿佲佫才鼓足勇气，“其实我就想知道桃花源里是否桃花盛开，若只是些枯枝败叶那就太惨了，这一直是我的牵挂……就算桃花盛开也该有人分享。”

摧心裂胆的冲击，终于令杲昊不得不正视他的一片赤诚，无论如何他们该算是两小无猜。他刚闯入她的意识阈就病着，亏了倪莳萝的救治他的病才渐渐好转，就这样，佲佫正式加盟了他们的小圈子。这样的悲欢离合，这样的生死相依，是几句话就能了断的吗？她不忍连他最后一点牵挂也拒绝了，“所幸我能将枯枝败叶当鲜花一样欣赏！”

“真是如此那可太好了，我只担心那些重大的变故，你是否能承受得了……如果有人分担，那就可以减半。”

“事情本身并无所谓轻重，哪怕是轰轰烈烈的地球变迁，雷霆万钧的星球碰撞，甚至是整个人类全部毁灭，这对于历史来说，都跟微风吹絮也没什么两样。只是旁观者目睹事件的爆发，暗自担心而已。还活着就说明我够格，而且一切都逝去了！”

“好一个够格！这足以使所有的弱者拿来参照。不，应该是所有的受事者！”佲佫受了极大的鼓舞，他不再怯生生，坦然缩短了他们的距离，“白天的工作已够辛苦，晚上还写得这么晚，能告诉我在写什么吗？”

“不过是一些琐事的感受而已……”

佫恪上前拿起她的手稿，翻回开头看到了题目，“《赫罗图》？有点意思，是小说？第一感觉就有些深度……”

“首次尝试，只怕还停留在通讯的水平上，练笔而已。”

佫恪读了几行，觉得有些深奥，他硬着头皮读了一个章节，第一遍如坠五里云雾，第二遍初见端倪，第三遍才是茅塞顿开，看到其中的哲理之光穿插闪烁。又觉得那零零碎碎的拼凑，原来是她有意安排的，她操纵笔下的人物全然像扯着线的木偶，随意、主动、自如，语言一如彩蝶纷飞，“嗯……真是太缤纷了，这得倾注你多少心血！”

杲昊一时吃不准他是表扬还是讽刺，于是慌忙辩解，“生怕落入新闻通讯，才竭尽全力文学化，矫枉过正了吧？”

“好，好！难怪你有如此定力，看来你真是找到了自己的世外桃源……有了境界才会练达，练达才会有好作品。”佫恪看到旁边尚有一张迷津般的彩图，图头注着《赫罗图》，于是追询，“我刚到就有人向我反映，说你在策划一张秘密联络图，不知是人际关系图，还是自我野心大暗示，据说其中隐藏了一、人、大，指的就是这个图吧？”

杲昊无奈地笑笑，“各人都有自己的尺度，这世界的喜与哀、善与恶、美与丑都是人赋予的，你相信原始的，还是经过加工的？”

“当然是原始的！”佫恪义无反顾。

“那我告诉你，这是我这篇小说的创作提纲，红色的就是主人公的行动轨迹，这轨迹由一和人构成一个大，宇宙中没有比人更大的，人能知道有关宇宙的历史、宇宙的来龙去脉、宇宙的构成和形态！目前人类已掌握了大到宇宙小到夸克间的联系和构成，当时间往前走宇宙就膨胀，反之时间向后退宇宙便收缩。由于存在着不服从 T 对称的力，当宇宙膨胀，这些力更容易将反电子变成夸克，当宇宙冷却反夸克与夸克相互湮灭，过剩的夸克便留下来构成物质世界，也构成了我们自己。恰恰是人类发现了这一奥秘，他们从夸克一直走向宇宙天体！你说人大不大？再者，一人大还可构成一个天字，我所说的大，绝不是自我意识大膨胀！事实证明我没伤害过谁，而是处处被伤害。”杲昊戛然而止。

听到伤害二字，佫恪为之一震，他知道自己给她的伤害怕是终生无法弥补，其根本原因就是他们都太在意道德规范，这个人类用来圈定自己的价值尺度，人类有史以来就在不断完善、更新这一衡量标准，其中包括共同认定和历史淘汰，具备极强的权威，它会让人知道自己是人还是非人。只有在这一充足理由面前，他才会达到心理平衡，他深信杲昊也是如此，“但我必须告诉你，我对你的伤害纯属无奈……”

这的确是佫恪的肺腑，在那个艰难的岁月，每个人都得在血与火中经受锻冶，佫恪何尝不是一路声声泪、字字血？尊严、荣誉、权力、资格，一切都被雨打风吹去！偏偏概率同他开了一个极为残酷的玩笑，将他的一生彻底转了向。万分之一的可能他遇上了曹健，又是万分之一的可能丹彤改名为杲昊！就是这些万分之一，才酿成十年前的那场夺目悲剧。方自珍自杀未遂，杲昊再次精神失常，曹健险些流产……而这一切均由他的割舍才力挽狂澜。方自珍的绝望、曹健的失望、杲昊的无望将他推进炼狱，他只有牺牲自己，誓死将牢底坐穿！不过又经过十年的洗礼，他的割舍和牺牲没有徒劳，大家终于相安无事驶进各自的轨道，好歹还能“苟富贵，勿相忘”！就算隔山隔水也是好！于是鼓足勇气，“我知道我对你是伤害最大的一个，但万幸的是我们都还活着……好歹我们的世界观都已定形，不会去破坏神圣的道德尊严！”

杲昊终于有所开释，那是共识和认可的佐证，也许这才是献给不惑之年最珍贵的礼物！于是她的作答，永远是具备无限含义的空白。

空白却是一种刊山堙谷的效果，佫恪的红河又一次被尘封于千古寂寞！“好……那就用这平衡的力量把人生放在肩头……哦，还有件小事需要你帮忙。”清理了情感的战场，佫恪才想起此次前来的主旋，他将这主旋降为小事是不想再添波澜，“评高级职称需要本科文凭，万向权是大专生，竟然在联合大学弄到了本科文凭，你向倪校长问问清楚……”

“有这样的事？”杲昊于惊愕中定格。

32

元旦之夜，曹健打算抽出极宝贵的几小时，前去看望佫恪，过一夜夫妻生活，第二天一早就赶回去。做了领导，尤其是大领导，时间就基本上不属于自己，可见她对丈夫的一片深情是唯天可表！曹健是强力意志者，潜意识便张扬着最好的都应该属于自己，尽管各种规范准则无处不在教化她，可她仍属于不给就动手去夺取那种，其中包括最广阔的舞台、最精彩的事业、最优雅的男人，佫恪就是在这种格局下落了网。

曹健的爱情观绝不同于那些弱者，希求爱我的，而曹健只追求我爱的，至于佫恪是不是爱她，她一点都不在意。她知道爱她的人太多，不管是冲着她的权力，还是冲着她的人格，再说她又不算丑，虽没有杲昊的千娇百媚，没有杲昊的华彩冷艳，可她母仪天下的尊贵是无人可媲美的。自信宽容也许是对佫恪的第二条锁链，她什么都估算到了，唯独低估了佫恪的道德观，更低估了杲昊的人格价值。就这样，他们匆匆抛开了十年前的纠葛重新走向平衡，正像杲昊所说，失去了佫恪她并没死。

曹健决定带着儿子佫子健，不通知任何人便直奔倪莳萝的住处，再电话调过去佫、杲二位，大家在一起吃上顿团圆年饭。之后，再让倪莳萝将自家三口秘密安排在学校宾馆休息，第二天一早便可踏上归程。

隆重接待一回曹健是胡昌稷蓄谋已久的，于是早早布下眼线监视曹健的行踪，省里的内线直到下午五点才报过信来，说曹健的车已驶出省城，满打满算才两小时的路，也就是说，胡昌稷必须将各大要员在两小时内布阵到位。这几大要员都是胡昌稷精心选定，接待程序先是汇报招商引资的政绩，再请曹健夜上电视塔，俯瞰城市建设市容市貌，最后将她引进珍宝店，以文化娱乐为由赠她以厚礼。人心换人心八两换半斤当然是最好，若是换不来，那也是逼她就范的重磅炮弹！参加人选早经过深思熟虑，扈黎是必须通知的，他知道扈黎属于曹健线上的，不过有些错位，扈黎本该是许副书记的下线，经过吴纳西一撺掇，许童渐渐疏远了扈黎，而扈黎那老家伙又太死心眼儿，还死守马列那一套，这都什么年月了，简直就是堂·吉诃德或孔乙已那一伙的。许副书记是改革先锋处处追求新潮，怎么能看得上扈黎这样的绊脚石！而自己也是在吴纳西的点拨下，才划归到许副书记的下线。在安排二级单位干部上，自己几乎取代了扈黎那老朽，当然他胡昌稷也是很讲战术的，每个要害部门的一把手他都安排扈黎的人，二把手才是自己的人，这样一路绿灯上上下下都找不出破绽，还以为这是扈黎的主意，而且扈黎也心中暗喜，还以为各山头都是他的人，也就高枕无忧了。这一策略决不意味着胡昌稷甘处下风，上面有一把手屏着，自己人干点过分的也不太引人注目，这可是扈黎那个老笨蛋一辈子也想不出的绝招！不想这位省组织部部长曹健竟是扈黎的大保护伞，不把这阴凉拿下，岂不是太听之任之了吗！

得知曹健已经出城，胡昌稷便马不停蹄地通知有关人员。扈黎是率先要通知的，到不到是他的问题，别日后谈起来他来个不知道，就会将他胡昌稷卖到屠市任人宰割了。倪莳萝一定得到，那是曹健夫婿佫恪的恩师情同父子，爱屋及乌曹健也得敬他三分，况且正是倪莳萝提供了女人都对珠宝感兴趣的信息，安放在珠宝店的重磅炮弹，就要由倪莳萝亲自去发射了。招商引资就由扈黎来谈，这是显示目前大政绩的事，大功就要大人物去谈，一是显示重视，二是让上线的人听着舒坦。到了塔顶当然要由佫恪抛砖引玉，广电大厦、电视发射塔是一市标志性建筑，就由这辐射开去，沿着那条通向新世纪的大道进入城市建设网，接着再由负责城建的主要领导，给这位部长指出哪是工业区、哪是科研区、哪是商贸区、哪是居民区、哪是开发区、哪是娱乐区、最后将落脚点锁定娱乐区，顺理成章地便将大部长带进娱乐区。接下来，由文化局长陶韬带队，让部长视察文化娱乐场所，再由文化娱乐场所引进书法、摄影一类书画社，书画社一出来自然就是珠宝店了，以雕刻民间艺术为由头，最终与珠宝玉器接上轨，就在那儿安排倪莳萝将一枚价值十万的铂金钻戒送给佫恪之妻——组织部长曹健，让倪莳萝说得尽可能轻松，只说是一个小小纪念品，代表全市人民的一片心意。经过仔细推敲，将钻戒命名为一滴水，因为钻石的造型酷似一滴水，这一滴水可理解为城市的任何一种元素，真是又高雅又切题，让部长接受得无咎无憾。

按照这一思路，胡昌稷令秘书长吴纳西将各大要员集结于市府小会议室，这里华灯齐放，各种精美小吃、饮品早于桌面百花般铺陈。小灶食堂由扛鼎大厨甄诚备下晚宴和夜宵，其丰富多样一如满汉全席。时间在兴奋的等待中一分一秒地溜走，三个小时过去了尚不见人影，于是手机联系。然而，最关键的几个人，曹健及曹健的司机，还有佫恪、倪莳萝均已关机，无疑是当头一棒。就凭胡昌稷的狂傲和霸气，哪里吃得消这等轻慢，连一个小小的倪莳萝与佫恪也敢在他门前作妖，这不杀杀他们的威风日后还了得？岂不是纵虎为患，太岁头上动土！有什么呀，佫恪、倪莳萝不就是仗着个臭娘们儿曹健，一人得道鸡犬升天！

胡昌稷是越想越火，越想越气，先将怒气撒向负责接待的，没问青红皂白就是一通臭骂“你们都是死人！事到如今连个鬼都没拘来，大米饭养出贼，专和我过不去是不是！”胡昌稷瞋眼圆睁，一派金刚怒目。

接待处长诚惶诚恐，“我们早就在公路上候着，连眼珠都没敢转！”

“放屁！眼珠不转那是死人！电话联系上了吗？”胡昌稷步步紧逼。

“联系上了，曹部长亲自接的，她说不必劳顿大家，她只想见丈夫一面，纯属私人活动，而且第二天一早她就得赶回去开会。不过我们已轮番向部长阐明胡市长的热情和准备的盛况，部长说若是时间允许她会来看望大家，不过不必专候！然后就关了机。”接待处长战战惶惶。

“蠢！按时间早该到了，当时就应该把地点敲定！”

“电话已告诉她，我们就在世纪广场等，方位很明确！”

“方位明确管屁用，人家就不想来见你！什么也别说，天生的废物点心！”胡昌稷越骂越上瘾，接着又把其它部门的头头骂了个遍，数落他们直眉瞪眼，缺少应有的主动，什么事都等市长身体力行！他数落了将近半小时，才发觉自己在做无用功，于是将目标锁定了倪莳萝，“吴秘书长，今天上天入地也得把倪莳萝给我挖出来，让他连夜到我办公室报到！了不得了，小二鼻子也想造反戏弄起大王来了，我让他秀才作乱终生无成！你们这些废物点心统统给我滚！”瞬间人群做流云散鸟态。

胡昌稷再怒也从不将怒气撒在秘书长吴纳西身上，他一直沉浸在吴纳西的蝴蝶效应中感觉越来越好。心心相印也好，卤水豆腐也罢，总之胡昌稷信得过。一声令下，吴纳西没用半小时，就把倪莳萝拘到胡昌稷眼前。胡昌稷盛怒不减，“你是死人！她人到了，怎么不电话报信？”

“那可不对！”倪莳萝知道，胡昌稷最恨跟他玩虚，“事先您可没让我通风报信儿，第一，您身边有那么多耳报神，我若报了还不骂我抢头功？另外大家都这么突发奇想，各自通风报信，岂不是乱了阵脚？”

“我不过是想招待招待她都这么费劲，这若是有事求她还不知摆多大谱！这么多人都集中过来等她一个，连个回音都没有，搁你身上你气不气！”倪莳萝的诚恳已使胡昌稷的怨恨转向，矛头直指曹健，“她有什么了不起，不就是个臭部长嘛！论级别谁也不比她低，我弄得如此隆重是高看她一眼，她倒端起了架子！大家都是老江湖，谁不知道谁！真他妈不识抬举！”胡昌稷一通畅快淋漓地大骂，终于使怒气锐减。

33

吴计对名分待遇分外敏感，听说要报正高职她就成了斩尾巴猴，上蹿下跳打探上报条件，询问审批资格。自己于四年前在杲昊的作品上签了个名，混了个国家级大奖，结果破格定了副高职——主任编辑，这才人模狗样坐在总编室充大瓣蒜，名之曰总编室主任。如今掐指一算在年头上她还真占着先机，整整四年，下来就看她的文凭等级、著作或论文以及获奖作品。这几项她都空缺，于是先找了她的玫瑰后台胡昌稷，无论如何要给她弄个大本文凭，自称干爹的胡昌稷自然会为她上天入地挖弄到手。论文好办，胡昌稷会找名人写篇论文将吴计的大名签上，找个报纸杂志一发表就算大功告成。最后是获奖作品，她又想到了杲昊，经过一番精心策划，一个超级圈套初步形成。带着有了充分准备的精气神，她敲开了杲昊的门，甜蜜蜜的微笑早将杲昊置于五里云雾，“哟，忙着呢！你看那些人不是打麻将就是玩扑克！至于节目不开天窗就不错了！”

杲昊知道吴计一笑准有计谋，不知又有什么花样，便默默等待下文。

吴计也觉出尴尬，于是迅速扭转话题，“有好消息啊，你想不想听？”

“好消息谁不想听！”杲昊以为是她嫂子逢桂桂有了什么好消息。

“局里要报正高职了，你是首屈一指够格的，年后正好有个节目大奖赛，咱们好好做个专题，再拿个头奖也好为评职称添添分量，我知道了这个信息，就早早告诉你，这叫抢前抓早！”吴计使出全身解数。

杲昊仍未作声，她在猜想吴计的底牌，她为什么会把这个顶级新闻率先告诉她呢，局里觊觎着正高职的人可不是一个，正高职是有名额限制的，再者目前人人都看重职称，哪个单位不是当头头的率先抢报，哪里轮上普通百姓！就连万向权那样的职业混混，也正积极筹备正高职的必要条件，毕业文凭已从联合大学弄到了手，这事她一通报给哥哥，差点儿没把倪莳萝气死，本想将此事捅出来立案调查，可佲佲却建议先按兵不动，正好将此事作为一个线索，也好抖落暗中的人际关系，最后理清各自的脉络！杲昊恨恨地想，什么时候明文规定政客不许在职称上兼容，行政与专业技术绝对分开，也许哄抢职称之风才能真正刹住，职称的含金量才有希望货真价实！不然就是滥竽充数！

“咦？你的表情不对呀！”吴计看出杲昊一脸的憎恨，就算她矜持不愿暴露内心的喜悦，也不至于如此恨之深深。

“这有我什么事？那么多人都候在那里，再者你又不是发证单位。”

“那当然，但我们得争取，先把节目搞出来，争取年后拿大奖，省评委透露，节目做得好可以推荐欧视联参评，届时还可以随团出国，总部就设在德国，咦？佲佲的母亲不是德国人吗？若佲佲愿意去，还能见见母亲，你这个主创人员也可以借光见上一面。”吴计一语多维，她知道节目获大奖，与佫佫的母亲见上一面，也许都是杲昊的最爱。对人心险恶一向估计不足的杲昊，又一次落入了吴计的圈套。

“人出国不是目的，节目出国才是正道，想好选题了吗？”杲昊终于归顺吴计的意识潮，全身心推波助澜。

“选题不是问题，关键是这个节目一定得让它过江跨洋，从省城直指欧视联！你想想，作品到了这个份儿上，正高职还能给谁！”

杲昊又一次震惊于吴计的深谋远虑，有这样的人在前面铺路，那走起来岂不是容易得多！屈指算来她所走过的半生之路真是太难太险，以至于使她举步维艰、生死几度！此次不妨就跟她走一回，若真能假一回舟楫，何必一定要舍命去趟那条生死冥河！她随即做出承诺，“那我争取作品本身不虚其名，确保你的过江跨洋！”

一对极端对立的思维者，在极特殊背景下携手联袂了。

得到了杲昊的应允，吴计便开始了迅雷般的运作，回到办公室先给省评委那边打了电话，汇报了选题，当然是她虚拟的，多年的历练她也基本上掌握了参评标准，便照葫芦画瓢地凭空拟了个大概。省评委主评郑迪虽听得如坠五里云雾，却听明白了他被聘为特约指导，既是聘就不能不涉及聘金，郑迪还端着几分计划经济的奉献精神，没好意思狮子大开口，只是一个劲地应酬着可以帮忙，但见缝插针地强调就怕时间不允许，因为找他的电视台很多，若能排得开一定前往。吴计一听其他台也请，那不是把竞争的成功率留给了别人吗？于是铆足劲投了个重磅炮弹，说给他一万元人民币的酬金！真是重赏之下必有勇夫，郑迪的口气马上一百八十度大回旋。吴计宜将剩勇追了上去，询问有没有希望打进欧视联参评，对方毫不掩饰地回答，无论哪级评奖最后都由他来把关定向，潜台词透过来，能不能打进欧视联那就是他一句话的事！吴计心花怒放，又询问自己作为节目主创有没有希望去一次德国，对方回答去是可以但经费没有着落。吴计回答，这不是问题她可以自筹资金。对方一听还是资源大市来头大，出手如此大方，他还正愁省里能不能批他这份经费呢！其实去欧视联是他私下跟欧视联主席申请下来的，外国人框框少，谁都可以参评，可获奖的标准就很高了，你可以参评，但能不能获奖就是另一回事了。而郑迪却恰恰相反，能不能获奖不是主要的，重要的是参与，他还有两三年就该退休告老还乡了，趁着尚未退休，手里把持着评奖这个敛金天平，他尽可以谋几件大事，出国逛逛便是首选。时下各台又都奔着职称，作品获奖更是芸芸所需，于是争相邀请，以做节目当指导为名，他就可以赚双倍的钱，一份是真正的劳务，另一份便是评奖过关的买路钱。这样下来退休前他就会捞个几百万，起码可以实现游遍世界的宿愿。于是试探着能不能帮他解决出国费用，吴计一听更加喜不自禁，一连说出十个没问题，一份损公肥私的卖国合同就这样敲定了，又约了具体时间和接待方式，放下电话吴计便直奔佫恪的办公室。

自佫恪进了这个广电大门就给吴计定了位，素质注定她兴不起什么大浪，也就是胡昌稷那样多年守着个疯老婆，才把吴计当成了上乘，因而对她顶着诸多诽谤与诋毁，佫恪倒是抱以几分同情。

满意识充斥着功利主义的吴计，当然不会看重别人对她的褒贬，她只求获取。不论用什么方法，只要能弄到她所需要的，她才不在意人格品质一类的东西。她哪里知晓她所获取的正是别人丢弃的垃圾，纯属“朝菌不知晦朔，蟪蛄不知春秋”一类！对于佫恪的宽容，她从未想到那是同情，反而认为那是自己魅力所致，于是每个细胞都鼓胀起挑逗的热情。

这令佫恪困惑不已，立即起了一身鸡皮，“有事直说吧，不必那么大伤元气！”佫恪以棘刺筑起防线，有些给力过狠。

虽说吴计有足够厚的脸皮，用以抵挡佫恪的刺痛，但她还是大幅度收敛，转而一脸正色，将事情的原委说了个通透。

佫恪听后做了一个较长时的沉降，最后得出自己的结论。一听得包下省里人的经费，就知道路子不正，不过反过来想，倒是探测暗道机关的极好机会，顺着这条藤也许就摸出些问题，于是出谋划策，“不管是省级还是冲出国门，获大奖都是我们电视人孜孜以求的。可路子有些不顺，干吗一定要为省里的人打包？作品真正够格跨海越洋，那也代表省里嘛，他们完全应该自筹资金！况且出国是大事，目前我们局还没权力批，经费数额也是一大笔更是出不起，这一切都得由市长去定夺。打个报告，通过正规渠道报市里，批了你们就去，不批我也没办法！”

吴计一听报给市长批，一如充过头的气球，乐得有爆炸的危险，不过她最后的坚持，足够找到下一个主子。

34

达生手术的成功引起了各大媒体的关注，市长随即下旨进行大力度炒作，由于吴计曾对达生做过专访，便由她出面深入一线，采访对象是白茜和达生两个主角。白茜是杲昊百般争取的新闻选题，竟也被吴计调了包。率先采访的是白茜，吴计便东拉西扯地说，一定将二位当事人捧红，捧出一个超级白衣天使，捧出一个英雄企业家。白茜对她的表白不感兴趣，因而连口罩都没摘，达生一直被列为特级护理，白茜自然也不会给她采访的机会。吴计不胜恼怒竟打出市长的旗号，声称务必将达生的英雄行为宣传出去，以击溃改革大潮的逆流，而白茜作为拯救英雄的天使，就更有义务回答吴计的提问，明显的以强凌弱，殊不知她面对的白茜竟也是宁愿玉碎不愿瓦全！白茜自然不会给市长面子，幸亏大口罩将这一意向屏蔽着，并没将这信息透给吴计，她只能将白茜视为木头疙瘩。万般无奈吴计只得将她的一家子吴纳西请来助阵，白茜终于近距离审视了这位曾暗示她不必救活达生的陌生人，吴计也从旁给白茜介绍了个清楚。吴纳西可不同其他人，他是训练有素的温良恭俭让，下意识流露着的风车意向，因而必要的寒暄之后，便对白茜细诉达生的发家史。

达生不简单，绝对的时代闯将，他白手起家，从捞落地油一路捞出了个企业家，有些人出于妒忌就对他下黑手，宣传他的目的就是要为他正名，为社会正气，以确保改革的胜利成果。吴纳西在介绍了达生的事迹之后，又重申了市长爱护企业家的宗旨，鉴于达生尚未脱离危险，希望能通过白茜的口舌之劳将达生宣传出去！正当白茜不知如何回绝吴秘书长的绵里藏针，极为幸运的是院长王大为前来救驾。白茜这才暗自庆幸，每遇危难院长总能及时赶来充当她的挡箭牌，由此观之院长还真拿她当掌上明珠。院长毕竟是院长，大手笔高起点，在总结了白茜的医德医术后，又将达生的坚韧、强力和无畏拔上了绝对高度，然后对吴计指点迷津——总结拔高其实是记者的事，敞开想象放飞文笔，撒野地去写就是，一旦遇上什么麻烦就由他院长兜底，更何况还有吴秘书长和胡市长做后盾，一番肺腑将吴纳西和吴计高高兴兴打发掉了。

这时白茜才体验到院长王大为的屏障作用，院长的作为着实令她感激涕零，于是不由自主地摘下了口罩，口里喃喃地感谢着院长。院长王大为将惊喜的目在她脸上定格了半分钟有余，也报以喃喃，“难得，难得！夔一足矣，夔一足矣！”也许是达生的起死回生太过重要，为了这白茜居然接纳了院长，破天荒向他述说了自己的担忧，告诉他达生目前仍然不安全，需加保安护理。王大为向她透露了一个绝密信息，达生的发迹绝非只捞点落地原油，他做的是石油大盗的营生，早于公安部门挂了号，可为什么一直未事发东窗，院长未做正面回答，只绕弯夸白茜聪明，对事应该有透视的本领。最后王大为做出结论，保安护理是既没必要也没用处，设了也是虚设，只需稍加留神罢了。王大为戛然而止再没有细说的意向，白茜也不便追问，保安护理终于没有设置。此后便苦了白茜，只能精心守护达生的病房，片刻不敢怠慢。白茜是从大西洋彼岸的同学那里讨来了特效止血药，达生的胸腔、心脏才得以迅速回转。在此药的呵护下，达生以惊人的速度逃离死神囹圄，他能吃东西、能讲话了。消息一传出，市长便第一个前来探视，院长王大为居然替他屏去左右，白茜只好退至隔壁的猫眼儿处进行监视。

“多谢市长关照……”达生虽虚弱却透着激动。

“市里正指令加速破案！”市长斩钉截铁，“我们的事没透出去吧？”

“怎么可能！市长对我的大恩大德……怎么能以怨报德？”

“这些套话就不用讲了，知道吗？这是杀鸡给猴看，明摆着是布阵给我看的！他们是先吃车马炮，再直逼老帅府！我没那么好吓唬！”

达生流了泪，双手紧紧握着市长的手，久久。

市长又重磅真情抚慰了一阵之后，便离去了。

市长一走，白茜便装着查病房，“你好幸运，有市长亲自关照，案子很快会破。”白茜一半抚慰一半探询，因为他与市长的对话扑朔迷离。

“白茜……”达生破天荒直呼其名，而未冠以医生，“是你给了我第二次生命，这才是真正的幸运。”达生又流着泪。

“市长不是对你更好吗？”白茜扭转话题。

“你都听到了？”达生一派谈虎色变。

“听到什么了？”白茜机警地布下第一道防线。

达生经过迅速调整，极敏感地越过了白茜的防线，“哦……”达生支吾着，但明显松弛了他的担心，“市长对我确实太好了，可以说是再生父母，没有市长的呵护，就没有霓彩化工公司的今天。”

今天两字内涵极为多维，白茜步步深入，“如何赢得了市长青睐？”

“不，应该是……”达生欲说又止，“你可以做我的知己吗？”

“只要你需要！”白茜出示了一个斩钉截铁。

“那我愿把隐私全告诉你，一旦有什么不测，你便是最后的见证！”

达生的隐私呈复合色，大有埃斯库罗斯悲剧风范。他的发迹史曾经沾染过污点，为保持他的贵族气派便做了小小修整，他从小夜曲开始。

一次受了奇耻大辱就决心找最高权力讨个公平，他懵懂着闯进市长办公室，市长正发大闷，他一看来得不是时候转身要走，却被叫了回来。

“你好像受了委屈？”市长像个知音。

“是啊……到底是一市的父母官！”达生于深海抓到了救命的舢板。

“有事尽管说，我为你做主！”市长慷天下之大慨。

达生便把他的委屈诉了个透，不想市长竟为他流下了同情的泪！二人促膝谈心通宵达旦。此间，市长先是夸他有胆有识，是块建树功业的好料，便把改革大政的底全兜了出来，要达生将霓彩化工公司做大做强。

又一次达生去市长办公室，市长不在门却开着。进屋探视，竟发现吴计于套间端坐，达生对此百思不解，日后他才知道，那正是吴纳西安排的陷阱。而当时达生还觉得是从未有的顺，因为到晚上还有四小时的时间，正好接受吴计的采访，四小时完全可以编一个绝好的故事，市长回来还不耽误办事，于是二人锁了门开始了心与心的碰撞。

吴计告诉他，她是吴畏年三十从路边捡来的，生活条件所迫根本就没读过什么书，只是读完了高中，随后又在各种小说杂志中吸取了些营养，虽无笔下生花的本领，却也能把事件理顺。刚到电视台时那可是语不成句，每出一篇稿，万向权就得给她重写一遍，在万向权手把手栽培下才有了今天的本领，可见万向权是下了大力气。万向权之所以能出那么大力，自然与市长亲自拜托有关。几经撞击，吴计为达生打造的专访总算有了基本框架，二人都为完成这项重大任务而激动不已。不想吴计竟将他拉到床上。就在这无力回天之际，门锁扭动，闯进了市长胡昌稷和秘书长吴纳西。市长什么也没说只做震惊状，在这状态下定格了足足一分钟，回身走了，吴计也随着溜之大吉。

屋里只剩下了秘书长吴纳西，竟是一脸的阴沉，似乎是留下来执行最后枪决的样子，可他一开口却完全是怒其不争，“好在市长对你爱护有加，我再从中周密斡旋，指不定就谅解你了，那就看他是否还想有求于你，一旦有用得到你的意向，你必须全力以赴！”吴纳西秘授天机。

此后吴计还是时不时前来纠缠，直到他患了性病住院，又一次被捉了奸。小夜曲尚未结尾，又有人敲门，达生不得不暂告一段落。

35

庞贝获了首届省精品工程小说类金奖，而且将因此被载入省文学史册，方自珍听后比他自己获奖还兴奋，于是强令杲昊拿着她即将成形的长篇小说《赫罗图》，绑架般将她带到庞贝跟前。出乎意料，获了奖的庞贝依然是阴着脸，并透着通常那种文学贵族式的傲慢，只勉强与方自珍打了招呼，一眼都没看杲昊，然后就一言不发地静坐。

经过半生风雨敲打的杲昊，对这小小的冲击自然挺得住，因为她早已有了是非的尺子，她知道什么事该扪心自问，什么事该无动于衷，什么事该嗤之以鼻。像这种满怀敬意前来探望，又饱含恭敬拜师学艺，竟也遭受冷遇，这怎么能怪她自己呢？只能说明对方不是不知自量就是心理变态，因而只能赐他个嗤之以鼻。心到意到，不觉中脸上已浮出几多不屑，目光随之隐去恭敬之意，并以牙还牙地一言不发。

庞贝多敏感，瞬间感应到杲昊的不屑，明显的回应，是一阵焦躁不安，完全失去交谈意向。按以往的杲昊，完全可以起身就走，连招呼都不用打，可现在的杲昊已有了足够的定力，她可以忍受任何重量级的屈辱，她将自己隐藏于谜和五光十色的未知之后，静等方自珍的定夺，同时也想考察庞贝的定力。庞贝终于招架不住这强大的攻势，收敛了他无序膨胀的意绪，为释放内角斗力的重压，下意识地一声长叹。

“人生之乐莫过于金榜提名，得了这么大荣誉还长吁短叹！”方自珍属正宗的无挂无碍，自他视野出现了杲昊，再就很少在意世间长短。

“你们是只知其一不知其二……”庞贝的慨叹挂着杲昊。

“其二是什么？说来听听，让我们也长长见识！”方自珍穷追不舍。

“唉！一言难尽……对于圈外人不知也罢！”

“咦？杲昊可是你弟子！而我凭多年交情怎么也得算半个圈里人！”

“弟子？”庞贝这才正眼看了看杲昊，心里为杲昊的前景打分，只见过一面的杲昊早将她的冰清玉洁、深邃辽远刻进他的视网，这样的人想出人头地是不容易的尤其是一夜之间，除非她有锲而不舍的意志，还要看她最终修炼的道行能有多深。在文人堆里能写的人不少，能写出个所以然来的却不多，这需要先天的灵气、后天的锻冶，除此还要看她生活的视野、思想的起点等诸多因素。比方他自己就先天缺少灵气，很多东西跟在别人之后惊呼伟哉，自己却不能率先发现。眼下所取得的点滴成就，全在后天的勤学苦练，由于不能率先发现世间奇崛，这就注定不能成为大师级人物，后天练碎乎了，也只能是拾人牙慧，不过拾得精妙些而已。单就生活视野一项就天生残疾，既没有“红楼”的高端，也没“三国”的横跨。生活圈子就把你限在那里，自己既不知国家领导人的私密，也不了解思想家们的作为，连省长、大亨这样二流人物都没接触过，每天只是混迹于芸芸众生，怎么能有大师级的眼界！首先就没有最前沿的新鲜信息，又没有大师级的思辨，自然也就无法产生最新的方法论。就算是先天高出一筹，也难免是世人皆醉而我独醒的遭遇，如今你写了屈原那样的赋，又有几多懂赋人呢！所以杲昊那样的自恃清高，首先就失去了阵地。如今想成名没人捧是没门儿，市里不捧你，省里何人知？省里无人知，全国就更无从谈起！你的书写得再好，没有名气就没人看！如今的书浩如烟海，怎么那么巧，就能从万绿丛中选出你那一点红？于是又一声长叹，“唉！一个被罢潦倒文人，配给谁为师呢！”

“我一直不明白，为什么平白就罢了？”杲昊终于被庞贝的声声长叹撬开缄口，不再计较庞贝的无视和傲慢，“我一直为老师鸣不平！”

杲昊的江湖义气令庞贝为之一震，“唉……鸣不平就没必要了，若鸣不平能解决问题，起初也不会被罢！千言万语一句话，小胳膊扭不过大腿！为人不外两个选择，要么小胳膊任人扭，要么修炼成大腿无人敢扭！鲁迅说，猫吃老鼠吱吱叫的总是老鼠！”庞贝做了半分钟的休止，“为什么？其实都不用问，就是没摆正自己的位置，不知道自己是猫还是老鼠。不是伤了人家的要害，能那么处心积虑地祸害你吗？既然你们如此笃实，不妨透一点信息给你们。我爱人是霓彩化工公司的会计，当初实行股份制，我们是倾其所有入了股，员工本该持原始股，可原始股不翼而飞！我便凭着一支秃笔写下了万言质疑书，发给有关的人士。不久便事发东窗，说我挪用作协公款为自己出书做宣传并立案审查。当时出书是经过口头申请，得到了主管领导批准，只可惜也是口头的，不然我非与他们对簿公堂！公堂重证据，而我却没有！此次获奖我也是老太太不吃馒头，为的是争口气！我要让他们知道人生大道千万条，条条都能通罗马！更让他们明白世上总统千千万，而贝多芬只有一个！”

庞贝一次大幅度的吐纳，终于宣泄了心中的郁闷，这才有了些精气神光顾杲昊，接着便为杲昊指点迷津，告诉她不要急着出东西，要厚积薄发，不鸣则已，一鸣惊人！要达到这个效果，就得在那苦修，修行到大师级水平再出山。他语重心长地教化着，“上次见面我已替你分析过利弊，这次就不再赘述，但我还是强调两点，一个是个性化，一个是审美观。有了这两点才有望独树一帜，才不至于成为芸芸之作。另外，就是要向经典靠拢不要去追逐时尚。为什么经典就那么重要？因为它涵盖了价值观、方法论还有审美尺度，经得住历史的淘汰，是人类公认的精华！”

心灵的碰撞，情感的交流！至此，杲昊对庞贝的成见已彻底冰消雪融，无论他的冷漠还是热诚，都在理解中得以升华。她看到这是一颗孤独的心，是一颗寻求理解而不可得的心，散射着浓浓的悲剧色彩。最孤独的心灵往往蕴藏最炽烈的爱憎，因而他的忽冷忽热也就不难解释了。

鼎足之势于静默中持续了片刻，方自珍终于扯出自己的主题，“庞兄，杲昊的作品即将成形，希望你给予指正，主要是下一步如何修改。”

经过一段磨合，庞贝的欺生意识有所减弱，有意无意地接下方自珍递过来的手稿。当目光触及题目，心中便为之一震，即刻将有意无意转为专注，想了半天没想出所以然。赫罗图是个什么图？心中想着，口里下意识地叨叨着，还真有闻所未闻的尴尬，庞贝对天文知识知之甚少。

“是赫茨普龙与罗素的缩写，用来标识恒星星等与色指数的。”方自珍看出庞贝的不知，赶紧补充上去，“老师觉得不妥，尽可帮着改！”

一个帮着改彻底平复了庞贝的失衡，这才留意正文，几行过去便令他纵身跃入，似有一道寒气自天幽幽而降，力透纸背的塑造，倾其所有的渲染，使人物通体闪耀着哲理的光辉和悲剧的色彩，不禁令人苦苦追问，世间为什么会有这么多悲惨的事，人生的意义何在！产生痛苦、荒谬、矛盾的根源是什么？一种天问式的思索始终牵引着人物命运一步步演义。由人物行动营造的氛围也相当惊心动魄，字里行间体现着一种被扭曲了的变态和颠倒，而对于这些变态和颠倒，人们竟听之任之浑然不觉！其创作手法也很独特，最独特之处是将情节打碎，让读者逐一品味。

庞贝看到此又是一声喟叹，“唉，谁还能说古往今来的作家已把小说的形式写尽！”随即附上一个江郎才尽的沮丧。

你的星座………

方自珍终于听懂庞贝的评价，“咦？什么时候再评奖？怎么参报？”

“我从不过问，我的参评作品都是他们给报的！”庞贝眉头紧锁。

方自珍和杲昊都看出那是一种不耐烦，可没读懂其中的要义，是表示自己清高不屑于名利角逐，还是不愿为杲昊推荐，以使其成为自己的竞争对手？文人的多变源自他的品位等级，其中既有独尊的自私，也有清高的不屑，此番究竟是自私还是不屑，那也只有庞贝具备最终解释权。

36

元旦后第三天，杲昊便接到魏洞天的电话，说丹青极想见她。杲昊便驾车一路急驰进了丹家崖，随后去了御寒山庄。

二楼琥珀大厅正中的大圆桌前，正端坐着丹青，杲昊触目所及果然是她十年前结识的心中偶像。岁月的画卷一如飞流直下的瀑布，如果不把病痛、踌躇、延宕算在内，他们分别的时间应该相当短，一切都似乎是昨天的翻版，尽管经过十年风风雨雨的严酷砥砺，她依然能描摹出当时的每一个细节，绝对达到摄像机都望尘莫及的逼真。

十年前，那时她正病着时而清楚时而糊涂，是哥哥倪莳萝和她的导师屈子集为她找了心理医生，实际上他不过是由各种知识武装起来的一个学者，能从哲理的高度去指点人生而已。似乎也是这样一张桌子，他也是像现在这样端坐脸上没有任何表情，喜怒哀乐酸甜苦辣，在他那里不过都是些微不足道的调料，真正的营养大餐是他与生俱来的生命潜能，只要按下创造的按钮，这些潜能便会核裂变般取之不尽用之不竭！当她的目光第一次扫过他冷冷生辉的脸，便感到有无数根银针刺向她的脑神经，高度混沌的大脑瞬间有如雪后初霁，明晰通透，云山雾罩的视像开始慢慢聚焦，视界清澈无比。这时她才发现摆在眼前的一碗清茶，嗅觉也空前灵敏，一阵阵清醇馥郁的茶香引诱着她的品尝欲。就这微妙的变化也能被他捕捉到，他的反馈竟是寓安慰于知识，“请品茶，这是正宗的黄山毛峰，喝茶清肾，肾壮而养肝，肝强而保心，脾肺也受益，茶是生命的良友，不可须臾弃之。”他淡淡一笑先端起了茶杯。这时杲昊便凝神专注，她注意到他很年轻，还有满心清洁、一身轻松的外观。光洁的脸，凤眼微挑、剑眉倒立，齿白唇薄、鼻直额阔，满负荷仙风道骨火眼金睛。杲昊顿觉那是自己的全方位投射，如果宇宙真正存在反物质的话那一定就是反我，而她无疑也是他的反我，不过他们绝不能接近，接近的结果只能是化光。当时杲昊觉得这简直就是同一个神经网，所有的信息都在共享，飘忽的意绪终于有了附着很快沉降下来。

就在尘埃尚未全然落定，他又取出琥珀色药丸样的东西投到她茶杯中，让她摇匀再喝，并加注说那是神医阮经纶配的药，杲昊照做了。丹青得到认可又投下一剂猛药，“所以你该断掉那些扯不断理还乱的情感之丝，腾出心去从事伟大的创造，你智慧的光芒就会普天照耀！”杲昊心中更加明亮，她可以透视整个世界了，是丹青把她从累累负债中解救出来，她该多感谢他！可此后不久他就从她的视野消失，给她留下的只是些禅定般的信念，此后她便踏上了独攀险峰的路！

一个轮回似乎又回到了起点，不过那却是另一个层次的。这个生命的极致精华，又这么偶然地出现在她的面前，正如希腊人所祈求的，让美的事物再出现三次！在吝啬的运气面前，大家完全有理由如此向众神呼吁，因为幸运往往只有一次，要获取它，只靠知识和愿望是远远不够的。那得将云翳遣散，令阳光照耀其上，又恰好处于与之交臂的有利位置，一如时空交织的特定坐标点。而这一切却是很少同时凑齐，幸运对于多数人都是隐藏于金缕面纱之后，而杲昊却能像希腊人所祈求的那样第二次面临！熊熊燃烧的希望，令她有如扑火的飞蛾。

极为冷静的丹青却竖起了坚不可摧的屏障，“我曾经告诉你，你不叫杲昊，而叫丹彤，还有印象吗？”丹青严肃而郑重。

“其实叫什么并不重要！”杲昊依然抱定扑火的信念。

“很重要！因为我叫丹青，你不觉得这两个名字有着丰富的内在联系吗？”丹青的如火信念，完全是另外的意义。

“还有重名的呢，这能说明什么？”

“看到你成长为钢铁战士我很欣慰，说明十年前的一面很重要，你在对面坐吧，那有一碗茶。”丹青未作答而言他。

杲昊在圆桌的另一端就座，缕缕茶香扑鼻而来，恰似是十年前的版本，“你只喝一种茶？不喜欢品更多的新鲜滋味？”

“茶就是茶，没什么不同种类，所谓的品种都是人附加上去的，比如种植的地点不同，可分黄山毛峰、庐山云雾以及西湖龙井等等，因制作方法不同，又分红茶、绿茶、花茶和乌龙，我只选原汁原味的，其差别微小，所以你才觉得它是一成不变……”丹青持永久牌的高屋建瓴。

一杯茶压住了杲昊满心甚嚣尘上的杂念，渐次沉入静谧，沉思与遐想似乎比探知实情更富审美意蕴，就这样相对无言近一刻钟。

“那我要告诉你的第一件事就是，你是我的亲妹妹，我们是手足同胞！还记得我曾说我有两个妹妹失散了吗？”静谧中丹青又掀巨澜。

杲昊腾地站起来，瞬间营造了沸反盈天的心里氛围，一派撕心裂肺。

丹青伸手做阻止状，她便收拢了结驷连骑的思绪，等待丹青的下文。

“十年前我带你出国，实际就是要做个基因鉴定，你还记得在一家医院做体检吗？那就是做了亲缘检测，结果我们属于同一血统。回国后我急匆匆回了丹家崖，将这信息告知了父亲，说他的宝贝女儿还在，他放心了，只是流了许多愧悔的泪。”丹青的这个下文有些凄惨。

“父亲？他在哪儿？”杲昊急不可待。

丹青又做了一个制止手势，“一个钢铁战士最大的特点就是有自控能力，感情用事那是普通人的专利，看在骨肉亲情的急迫，我告诉你父亲他还活着，当然活得很好，只要有我在就会让他老人家活得好、活得优质！因为我有这个愿望也有这个能力。供养老人得有两个因素，有些人有这个能力，可没有这个愿望，就是说他们心中没有老人的位置，巴不得他们早早死去，因而伴有虐待轻慢、漠不关心等行为。还有些人有这个愿望没有这个能力，自己都泥菩萨过河，温饱问题尚解决不了，就是供养也是低水平，因而常伴有饿馁困顿、贫病夭折等情形。我们的父亲则不同，他首先受过良好的教育，胸怀眼界都高人一筹。为了父亲能健康长寿，我专修了中医，另外得天独厚的是，我们的祖辈为我们选了这样一个好地方，山青水秀，这里是植物的基因库，因而有上好的中草药，除治疗的还有保养的，都是我亲手为他老人家调制。眼前这座豪华山庄就是我专为父亲建造的，让他失去的重新得到补偿！”

“那父亲就在这楼里？”杲昊已是按捺不住，“那母亲呢？为什么不谈母亲？”杲昊已难控泪水，涕泪涟洏的样子。

“自控，别忘了自控！”丹青再次强调，“母亲在第二次大逃亡中去世了，某种意义是为了你，逃亡中唯独丢了你，因为担忧，再加上世态重压，不久便去世了……她若能看到你今天的样子该多高兴！”

“我想见父亲，难道他不想见我？”

丹青略作沉淀告诉她，父亲尚未公开露面，仍住在一个偏僻的山洞中，因为田坤那老索命鬼，一如既往地认定是父亲抢了他的心上人！

“你是说玉凤？那到底是不是？”杲昊急于证实真相。

“没人告诉我，父亲从不为自己辩解。唉！现在好了，我们又能得以团聚，只是少了母亲和另一个妹妹……你能成为现在这样的钢铁战士，一直是我和父亲的期待……”正当丹青百感交集电话响了，市长胡昌稷约他规划周边县镇的致富蓝图，与杲昊的会面只好暂且告一段落。

“啊？你怎么能与胡昌稷来往密切？”杲昊一时吃惊不小。

“若没有胡昌稷和魏老村长护佑着，我们一家早就灰飞烟灭了！钢铁战士的意义何在？就是不屈不挠地用伟大的思想去感召世界！”

37

在冉红的成功面前，巴娜娜感到无地自容，当然有成就的女人不止一个冉红，可其他人都无可比性。尤其专业相去甚远，就像杲昊。在巴娜娜眼里，杲昊无疑是成功者，可杲昊做的事，就是绑上金条她也是干不来，不是她文化底蕴不足，而是她就是干不了。比如看画家写生，活生生的现实明明都是三维立体的，可画家们就能用线条和色彩将它们变为二维搬到纸上成为一幅画，而且栩栩如生！别看只是动动笔，东涂西抹，很多人就没这个能力，不管你有多大学问有多渊博的知识，就是使出全身解数也画不来！因而对杲昊的成功，巴娜娜只能瞠乎其后。

冉红则不同，巴娜娜认为首先文化修养就低她一筹，另外冉红所干的不就是动动身子迈迈腿吗？这可是巴娜娜的强项，这一点她深信自己绝对高出冉红一筹，将嫉妒的坐标锁定于冉红那是再自然不过。嫉妒也许会产生动力，巴娜娜竟以十万马力的初速度冲向竞赛跑道，因为心理准备不够充分，一开始就显得杂乱无章。本来想与杲昊合搞一个广告公司，可翁折东竟因金座官司缠身，翁折东的兴致一时很难提起。

转而又想到了吴计，虽然她鄙视吴计的所作所为，可眼下这良莠不分的时代，谁还讲什么道德品行？只要能达到预期目的，那就是时代英雄！况且如今大家也弄不清什么是好品行什么是坏品行，只要你拥有一方天地，能展示自己独特的风采，那就会引动世人的眼球！何不学学吴计呢？既不用像杲昊那样使拙劲还不落好，也不用像冉红那样冰霜雪雨搏激流！吴计靠的是胡昌稷，一市的顶尖人物，而自己去靠谁呢？胡昌稷可不是想靠就靠得上的，即使有幸能贴上去，那也得找机会，机会可是个慢活得徐图之。或者就傍大款，得大到拥有几千万或上亿，绝不能像翁折东那样抠抠缩缩，今天贷款明天讨债，不累死也得闹死！下决心满世界找，只要有决心铁杵磨成针，非得爆出个冷门震震这小小寰球！

这样想过巴娜娜上路了，一条通向地狱之门的不归路。一出门便沐进冬日的烟霭，灰蒙蒙、阴沉沉，就像她此时的心境，她不知道自己要干什么，也不知道未来会达到什么样的目的，总之是一种由仇恨筑起的疯狂擂台，她要打败一切对手，于血泊中高峡出平湖，尽管这极具破坏性，但由她搅起的沙尘一定很壮观！一路行走一路追问，自己为什么突然爆出如此激烈的情绪？只要回眸就知道，她被压抑得太久、太重！

自她传媒大学毕业归来，实指望能改变命运做个人上人，不想文凭一夜之间遍及四野，人人都有了不同级别的文凭，人家可是坐地日行就文凭到手，也没像她那样吭哧憋肚出去学四年！如今仰目所及达官贵人为所欲为，平目视之八仙过海各显其能，大家都在用一技之长搏出个前程似锦，唯独她处在人群的最下层。自从在自己下层朋友圈子里跳出个冉红，她能从一个毫不起眼的小丫头片子成长为当红模特，引动千万双羡慕的目光，巴娜娜才下决心改变自己。尤其最近冉红空前了得，办了模特学校，成了社会上独立门户的大腕，巴娜娜更是感到形势急迫。她之所以唯独与杲昊亲近，是杲昊从未看低她，尤其《顶级珍闻》这样的名牌栏目，是杲昊万绿丛中挑出了她这一点红，可如今杲昊也走了麦城！

一路追问着思辨着，初步策划了一个简单的生命线路图，第一步先寻一个立足点，靠上个大领导也好，傍上个大富翁也罢，仗着青春美色这是最理想的选择。第二步，在保护伞的庇护下，迅速建立起自己的根据地，广告公司或是主持人学校之类，能够自立门户让社会瞠目。第三步，扩大成果成为社会顶尖人物，最好是能握有生杀大权，回头定点清除万向权、吴计之类，不排除将卢淑女也包括其中！总之她得复仇，让所有鄙视过她的人都付出昂贵的代价！

巴娜娜首先选择了一家高档美容院，做了护肤改变了发型，打造了一个当今最前沿的新锐派靓女，对镜一照将她自己都吓了一跳，靓如天使、美若天仙，再加上最现代派的渲染，又加了些疯狂和野味，麦当娜不过如此！她给自己打了九十九分，剩下的一分留给了气质，她自认没有杲昊那种高雅深沉、那样海涵地负，但她认为杲昊属于学者型，用于社会交际并不合适，事实证明杲昊也确系不为社交所容，只能在角落里钻她的象牙塔，那可是一点经济效益都没有，顶多是许多年以后，得到社会认可，赢得个生前身后名，可那都是虚的，至多在虚拟中自得其乐。

恍兮惚兮，人造美女烫手出炉。下一步她觉得应该去填饱肚子，享受美食也是人间一大乐事，连悲剧大师叔本华都不舍却美食，他还兼着美食家呢！这样想着，出了美容院就去寻找大饭店，既然自定这是她的改变日，何不就走一回极端，选一个顶级大酒店去痛饮一回，于是去了金海岸大酒楼，这是专门接待外宾的是有钱人的专利。巴娜娜自知囊中羞涩，可她还是决定进去体验一回，只要一杯热咖啡、一块牛排、一个面包，再贵能贵哪儿去，花一回大头钱图个体验，没容多想便钻了进去。

一层整个是一个自然博物馆，山水草木，飞瀑流泉，只在正中有一个螺旋式楼梯通向二楼。二楼开始才有电梯，各自通往中餐部、西餐部。巴娜娜选择西餐是因为西餐不拘一格比较自由，自己又是一个人，因而吃什么都没人在意，就是说，吃什么都说明不了你的身份。刚坐定就看到进来一个团体，听口音是粤语，一定是港台同胞。另外还有几位属本地口音，看样子也不是一般人。当他们落座后彼此介绍，才知道是一位台商欲与本市联手，搞一个垃圾处理厂，领衔的是一位台商和招商部门的领导，随行的很多，各方都有二十多人，是一个近四十人的团体。

听到他们要搞一次小小联欢，可缺主持人，巴娜娜便自告奋勇要求承当主持。当地人中，有人询问她是不是电视台主持人，巴娜娜竟然一口否定，由于巴娜娜新改了装，大家似信非信也未深做计较。征得了主管的同意，问清了主持程序，节目便在大餐中拉开序幕，边吃边谈，边喝边唱，巴娜娜将场面调度得热烈火暴，看样子台商十分满意，当场拍板垃圾处理厂立即破土动工。席间就毅然签了合同，而且不要城管方面投资，只他独家建厂，开工后厂家按章纳税，并承诺资金翌日就可到位。

由此联欢瞬间进入高潮，宾主均乐不可支，碰杯相庆者有之，引吭高歌者亦有之。其间巴娜娜也高歌一曲助兴，这一曲不得了引得众人纷纷点唱，巴娜娜一发不可收拾，成了她的独唱音乐会。更有甚，一首歌一杯酒，一杯酒一沓钱，巴娜娜怕闹出事当场编了个理由，说电视台要为她录像，现在就得去电视台。台湾老总最后给了她一张名片，让司机送她去电视台，那位一直不离老总左右的秘书，上前帮着把桌面的赏钱装进塑料袋，说是给巴娜娜的酬金，巴娜娜一看也有四五万元之多。临行前，台商又从皮夹子里拿出一万美金送给巴娜娜，说她若是愿意，可以到他未来的垃圾处理厂工作，这个数额便是她未来的月薪。

巴娜娜当然舍不得自己的岗位，对“垃圾”二字也颇为反感，将来那不就成了垃圾商吗？这名字就够她消受的。于是没立刻答应，但对台商的钱却颇感诱惑，嘴里便有一搭无一搭地叨叨着，垃圾处理厂？把垃圾处理到哪去了？台商赶紧为她解释，最后出来的是肥料，决不像一般化肥既单一又伤地，这可是富含氮磷钾的复合肥。巴娜娜突然想起杲昊曾说她去某农村采访，说是为化肥之事与霓彩化工公司还有翁折东都闹得不可开交，都提升到工农商之间的冲突上了。若是这么好的肥料一出来，岂不是解决了大问题！想到这，不禁由衷一笑，大呼好极！并积极承诺将来可以帮他们推销肥料，台商老总说那倒不必，她只需当形象大使！

38

巴娜娜改弦易辙说明她极为敏感，因为她曾一度瞄准的翁折东已露出弱势。在强硬的金步米面前，翁折东感到无能为力，对金步米的强硬更是百思不得其解。自己的靠山是吴纳西，吴纳西的靠山是胡昌稷，眼下胡昌稷该算老大，老大怎么也会受制于人？于是决定同吴纳西深谈一次。当初达生、翁折东、吴纳西桃园三结义，立志干出一番大事，几经商榷研讨终于得出结论，只有工商官一条龙才能形成鼎足之势。三点确定一个面，面既是广度又是稳定的象征，工业出产品，商业去销售，官当然是一堵挡风的墙。吴纳西除自己为他们遮风避雨还靠上了大老板胡昌稷，应该说是万无一失，可达生到底还是出了问题。此前霓彩化工公司生产的万吨化肥，被他一次性买断，等到春暖花开就可以翻到两至三番，那可是两三万吨，凭空生出两三倍的产品，什么叫天上掉馅饼！不想达生这个笨蛋竟半途出了事，为使这万吨化肥不至于不翼而飞，他必须弄到一个能存放这些货的地方，察来观去就是金座最适合，表面上搞超市，私下里囤积化肥，这楼可是最合适的仓储！可半路却杀出个金步米这不是要他命吗？三结义分手时决定各干各的，只在暗中联手，所以一般情况下三人是不轻易联系的，给外界一个风马牛不相及的印象，只在极特殊情况下才互通情报，彼此出点子。眼下应该属特殊情况了吧，翁折东电话约了吴纳西。为避开众人耳目，他们在边远地带的一个小餐馆会了面。要上一桌农村杀猪菜，两人对斟清谈。

所谈第一个话题自然是金步米，翁折东率先汇报了此前与金步米过招的情况，“金步米是王八吃秤砣铁了心，油盐不进，一心想在金座上做足文章，或勒个高价租金，或收回另做他用，起初可是得了大老板的承诺！”他翁折东不是出大血为市里希望工程捐了二十万吗？而且原经理又勒索了他二十万！等于树叶打漂儿无声响，这样算起来，那批化肥也赚不了几个钱，况且身后尚有一个连的人在等着他这点钱分红！翁折东便巧妙迂回，“再说桃园三结义也不能吃空头！”

吴纳西听后，心中自有另一条轨道，当初桃园三结义不过是社会关系结盟的一种策略，早有人指出，不论是政界还是商界都要有自己的圈子，以抵御外来的风险，实际上，每个圈子都拥有无数共同的利益。仇恨、分裂，既然是利益冲突的产物，那团结友谊说穿了也不过是利益牵手的代名词。自他踏入政界，就开始对胡昌稷实施蝴蝶效应，以待将来扭转乾坤。此后他便独步在那瘴疠密布的生死角斗场，心里再也没有友谊、真诚这些概念，他与达生、翁折东的关系，只剩下利益的均沾。对于胡昌稷他从不关心他的对与错，而只关心他的成与败，胜者王侯败者贼，他已将自己的缆绳搭在胡昌稷的船上，就得关心这只船的沉浮。他当然知道胡昌稷比翁折东重要，他只能将翁折东的信息报给胡昌稷，而不能将胡昌稷的秘闻透给翁折东。当然了，为使三结义在关键时刻能派上用场，这层关系也得保持着，将胡昌稷一些擦边内幕透点给他，就够他受益匪浅。金步米那是胡昌稷棋盘上的一颗重要棋子，派过去替下原金座经理就是为扼制翁折东的，翁折东买断一个年度的化肥，是与达生私下定购的，没经过大老板胡昌稷的应允。虽然事先达生找他吴纳西商量过，他也对达生说了自己的意见，告诉他霓彩化工公司既是胡昌稷的基地，上万吨化肥不是个小数，不通过胡昌稷不太好，况且像这种囤积居奇哄抬物价本身就是问题。当时达生和翁折东两位还同他争辩，强词夺理地说市场经济自有一套规律，东西是自己生产的，爱卖给谁就卖给谁，私下就订了合同。殊不知那点化肥早给丹家崖的魏洞天看在眼里，一听说被翁折东买走，便去找了胡昌稷，当时胡昌稷还没有看出问题的严重性，并没过问。后来丹家崖的丹青向他指出这属工商联手垄断，严重坑害农民，这才引起胡昌稷的注意。他又从原经理那得知，翁折东要租金座以用做仓储，掐指一算这才算出翁折东的暴富。于是派出了金步米，打算拖上个把月，将达生的问题搞清，直接将化肥调进丹家崖。可是翁折东这小子脑袋快半拍，又抢先捐了希望工程，这可是胡昌稷向省里邀功的重头戏，又不忍薄了翁折东，于是就这么拖延着，上演手心手背都是肉的闹剧。这么重大的内幕吴纳西是万不可泄密的，只透了点猜测式的意向，就看翁折东的悟性。

“对于金步米我也不十分了解，”吴纳西从细嚼慢咽中腾出半张嘴像是很随意的样子，“只听说他不太沾人间烟火。我这话的意思是指他效忠于自己的领导，胡昌稷指哪他打哪，毫无折扣可言。长时间的实践你也该看出些门道，胡昌稷是很会布阵的，每个单位的一二把手都是死对着的，为什么这样做？明眼人一看便知，那是为了相互牵制，胡昌稷才可以高枕无忧。因为是死对头，双方都巴不得对方出问题，而一旦有问题马上就会向胡昌稷汇报，胡昌稷等于有了透视眼。同样双方行事也都得谨慎着点儿，不能为所欲为一手遮天，这岂不是又等于为每个人都设了督察！胡昌稷笃信一条格言——制服两条咬人的恶犬，最好的办法就是让它们彼此相斗！这一招厉害吧？”

翁折东沉思了半天，“这么说派金步米出场，就是冲着我的？”

“你与金步米毕竟不是一条道的车，看样子是为扼制原经理的，他们之间到底有什么瓜葛就只有他们自己清楚了！”吴纳西含沙射影，为的是一试翁折东。原金座经理出手大方，早引起胡昌稷的怀疑，加上翁折东与达生私订化肥合同，胡昌稷对翁折东更加印象不良。眼下听翁折东的口气，与原金座经理确系暗中猫腻儿不小。

顺着演绎推理的思维模式，很快进入第二个话题，那便是胡昌稷的为人。翁折东对吴纳西的笃信竟投射到胡昌稷身上，可经吴纳西这样一剖析，他倒觉得不托底了，于是试探着，“咱们可是生死哥们儿，以你近水楼台的目光，胡昌稷能帮我们多少？”

“俗话说一分耕耘一分收获……”吴纳西不再那么精嚼细咽。

“我为他耕耘也不算少，他帮我把金座搞定，大家都有油水捞，搞不成就只能看着肥水外流，而且这还不是一时一事就算完，今后的日子长着呢，每年我们都把霓彩的化工产品包下，转手就是两三倍的利！你转告胡昌稷，这事办成了，让他坐着吃！”

提到霓彩又转到第三个话题，那便是达生的罹难。

吴纳西是绝对内幕人士，因而他心里跟明镜似的。现在关键的关键就是达生在吃枪子儿的那一瞬，是不是思维清楚，若是惊恐慌乱下他关闭了认知大门，那这案子就成了千古之谜。若他遇事不慌，仍保持清醒的头脑，他就一定会认出杀手，破案便是囊中探物，那将会牵出一大串罪犯。目前达生正向康复迈进，但同时也是向新一轮险情靠拢。可这些他更不能向翁折东透露，因为这义薄云天的江湖义气会使玉石俱碎，于是沉思了半晌才迂回前进，“达生的事很玄妙，还是多关心你自己吧。”

“我可不能坐以待毙！找你来，就是讨个对付金步米的绝招。”

“贷款满足金步米的要求，你不是万无一失？”吴纳西指点迷津。

“贷款？羊毛出在羊身上，最终那还不是我受损！”

“傻！贷款需要抵押，你用什么抵？金座呀！赚了你坐收其利，赔了让银行把金座收了去，你来个金蝉脱壳，岂不仍然是旱涝保收！”

翁折东总算得了吴纳西的祖传秘方，买了饭单，挥手作别，去筹谋他的新一轮战机，成败乃兵家常事！

39

电视专题片是集体劳动的产物，获奖了大家都得有份儿，做砸了人人脸上无光，这叫一荣俱荣，一损俱损。万向权拉着架式要做一个参赛专题，动用了台里最优秀的编、播、录，而且已约了省里的专家、大赛评委郑迪。世界本来就不大，像广播电视局这样针眼大的地方，有点信息就能震个地动山摇，何况评上奖还有出国的机会，更要紧的是为评职称做铺垫，因而人人引颈以待。优中选优，主持人却恰恰不是顶尖的巴娜娜，万向权擅自定了上岗不久的卢淑女。

就在举台一派哗然、探究万向权伊于胡底之际，巴娜娜从两昼夜的沉醉中醒来，清理了自己的思路，一板三眼地踏进了办公室。当她得知卢淑女担纲评奖节目支持人，一心改变现状的巴娜娜顿然找不到北，于是翻腾着满腔热血，不计任何后果冲进了万向权的办公室。

“评奖节目的主持人，你想定谁就定谁？”巴娜娜完全失去了恭敬。

“你这是跟谁说话呢！领导定工作还得找你商量？”万向权开始怒火中烧，一个小小的巴娜娜也想翻他的船，于是语气以十万马力的震慑。

“你以为你是谁，老虎屁股摸不得！今天我就要摸摸，看你怎么吃了我！”巴娜娜以十倍的反弹，先将万向权的气焰横截过去。

万向权顿然升级为爆炸式，“这都是谁惯的！我先开除了你！”

“开除？”巴娜娜一阵狂笑，“我是由传媒大学正式分配的国家干部，你说开除就开除了？也不照照镜子，你以为广电局是你家开的！”

万向权恨得咬碎牙，他真是恨透这计划经济下的管理机制，当了头儿，可什么也说了不算，铁饭碗一旦确立就谁都拿它没办法！看人家那些私营老板想用谁就用谁！好在眼下搞的集团试点就有这个趋向，有朝一日实行了聘任制第一个就裁了巴娜娜！“别着急，聘任制很快就会实施，你靠着机制先乐几天，铁饭碗不久就被砸掉，你拉着架式好好乐！”

“到那时，还不指不定砸谁的饭碗呢！我不是铁饭碗你也一样！指不定先被辞的还是你呢！”巴娜娜伸着她的纤纤细指直指万向权。巴娜娜也在暗想，有朝一日她靠上个大领导，第一个就先裁了万向权！此前她与台商的交易，就铁一般证明了她的征服潜质，女人一旦征服了男人那就可以征服世界！再者，她已赚了五六万人民币，再加上台上给的一万美金的保底，她怕什么？青春没有失败，巴娜娜简直是肆无忌惮。

被辞？这可是万向权最忌讳的话，眼前突现了一些零散画面，制度全方位转轨，胡昌稷因不适应而下台，自己身处冰冷世界，人人都自身难保，自己也许真就控制不了那种没有了人情护佑、没有了保护伞的局面，而一点点下沉最后葬身大海……一切都有双刃性，既然他能随意裁巴娜娜，他也就能被另外的人随意裁，还真不能憎恨公有制，正是公有制养育了他使他高枕无忧！于是有些泄气，“被辞不在乎谁先谁后，而在乎为什么被辞，我现在就可以辞你，那就是你的耻辱！”

“耻辱？可笑！就是因为被你辞？别说你做不到，就是做到了，我也会揭开你的盖子让大家看个究竟！你不就是靠着阴谋诡计敲诈勒索吗？你会干什么？连标点符号都弄不明白！”急难中巴娜娜头脑突然闪出这句话，接着就将它载入声波送了出去，这可是万向权用来埋汰吴计的话，巴娜娜管不了那么多，什么解渴就说什么，“咱俩都被辞了，我可有好饭吃，你就未必！你也就占了公有制这块地苟延残喘，等进了市场机制咱再看，你这样的社会蛀虫、马屁精，狗屁不是，一文不值！”

这下可捅到万向权的要害，刹那间使他痛得失去了理智，抓起桌上的水杯摔到地上，随着一声爆裂般的巨响，巴娜娜一声惨叫，万向权再看，巴娜娜满脸是血，他心里纳闷，杯子碎在地上她脸怎么会出血？这可真是天理报应，这个以美诱惑人的骚娘们儿破相了！那才叫解恨！其实他万向权从未把矛头指向她，虽然他心里对她一百个不感兴趣，但在与杲昊以及后来佫恪的斗争中，他还是采取了联合巴娜娜的政策，可这个给鼻子上脸的小娘儿们，竟死心塌地与他作对，若真给她破了相，那可是大快人心之事，看她还拿什么资本去诱惑人！

一声巨响和一声惨叫将隔壁的佫恪惊动过来，进门便看到一地的碎杯碴和一脸血的巴娜娜，“这是怎么了，还不快去医院！”一时招来了一大群局外人，佫恪便分派护理和调车，巴娜娜属杲昊节目组，于是佫恪又派人叫来了杲昊，后面粘连着方自珍。

“领导打群众啦！”方自珍不放过任何有可能整治万向权的机会。

这一句提醒了被惊呆的巴娜娜，于是取爆发式放声大哭，“万向权打人了！竟把我伤成这样！谁给我做主啊！”

佫恪怕巴娜娜破相，更怕她染上破伤风，“先去医院！我给你做主！”

“叫警察！等伤治好，他就不认账了！”巴娜娜哭号着不依不饶。

“找就找，我根本没打她，是杯子的玻璃碴子崩上去扎伤的！”万向权来了精气神，“对！弄弄清楚！好，你等着咱们叫警察！”

这一句又从另一角度提醒了巴娜娜，她心里有数，万向权确实没打她，欲讹上他必须将事态搅得扑朔迷离，于是又大叫伤口痛。这时杲昊被叫了过来，一看巴娜娜的脸惊了个魂飞魄散，她知道，巴娜娜最珍视她那张脸，若落下疤痕还不得痛死，没容分说拉她去了医院。

万向权瞥见地下的几滴血渍，仍然鲜红刺眼，这才感到不能等闲视之，必须得先发制人，于是进入人际关系网快速检索，突然想起卢淑君的舅舅就在法院，随即操起电话先找到了卢淑君，说他被本局的主持人讹诈，目前当事人要找法医鉴定，为保万无一失，求她出面找她舅舅帮帮忙，对方感恩戴德一口应承下来，说十分钟后回话。

捺着性子好歹等了十分钟，对方果然守信按时来了电话。卢淑君说巧得很，法医正归她舅领导。还说此前她舅也接到一个医院的电话，报说广播电视局有个主持人被破了相，要求法医帮着诊断，更是要讨个公道。当时她舅正要派个医术高超的法医前去，幸亏卢淑君的电话拦得恰到好处。卢淑君便对她舅说，伤了主持人的当事者，正是广播电视局副局长万向权。她舅经过一番深思熟虑，自然懂得孰轻孰重，于是一百八十度大回旋，他决定委派一个最有应变能力的法医前往。电话里卢淑君一再向万向权强调，舅舅是个最懂得维护领导权益的人，一定能将事端摆平，请万副局长千万放心。接着又问妹妹卢淑女表现如何，万向权这才告诉她，正是因为让卢淑女担任参评节目主持人才引起的风波，被伤的人正是那个竞争者巴娜娜。卢淑君听后，万般感激，声称一定帮他摆平，而且附加了一个誓言，“有我在就有阵地在，决不失守！”

万向权这才感到四海平宁，放下电话，嘴里不由哼起“千金难买是朋友，朋友多了路好走……”这一哼，又悟出许多道理，千金难买是朋友，为什么朋友就千金难买呢？这说明做了朋友就要为对方付出，一次重大的付出岂止是千金！若是没有千金的人又靠什么呢？无非一个是出力，靠血肉之躯去拼争，另一个就得靠权力去交换，天下哪有不出本钱的买卖呢！卢淑君之所以能为他如此出力，还不是他万向权为她妹妹安排了好位置，因而他万向权靠的就是一个权。

看来天下最硬实的还是一个权！钱算什么？一堆破铜烂铁！而权却是吸铁的磁石，有了磁石还怕吸不来那些破铜烂铁吗？万向权从此更加坚信权力的至高无上！他得尽快把高职问题解决了，然后就全力以赴赶走佫恪以夺回这块失地，打造一个天下最牢固的营盘——铜墙铁壁！

40

非完善性、开放性、内在的无限和不可把握，决定了人类行为的多样化。不然怎么会有“人一上百，形形色色”之说。作为社会动物，人在与外界打交道中，又多用自己的尺子去衡量世界，这样就又有了“以小人之心度君子之腹”一类。正当万向权咬牙切齿欲置佫恪于刀俎，佫恪却正为他摆平骤起的风波而努力。

开始巴娜娜一口咬定是万向权将玻璃杯摔到她脸上，造成严重毁容。看上去着实伤得不轻，伤口有一定深度，特别是长度，由左下颏一路向上直至颧骨。可经过法医和医院医生联合诊断，确认是从地面弹起的玻璃碴所伤。法医先向佫恪阐明，法医的依据是重证据、看事实，绝对来不得半点虚伪。又向巴娜娜宣告，作伪证是要受法律制裁的，那样有理会变得无理，巴娜娜气势便渐趋平复。法医又重申，此前巴娜娜已作了伪证，巴娜娜首先得负有诬陷罪。巴娜娜像霜打的茄子蔫了，不再有先前的张力。法医事先是得了上级内部指示的，又加之他一向以“眼中形势胸中策”见长，于是不失时机进一步阐述，法医最终是要有结论的，这结论如何下，要当事人巴娜娜先拿意见。从没跟法律打过交道的巴娜娜哪里还拿得出主意，只有无以言对的份儿。

佟恪想，这事起因应该说巴娜娜无理，在确定参赛节目主持人时万向权向他征求了意见，其间也想到了巴娜娜，可到处都没找到她，后来发现她喝酒过量，已睡了两天。万向权本来就对她有看法，便定了卢淑女，理由是培养新人。自己也认为这也未尝不可，评奖机会毕竟不是这一次，以后还会有，巴娜娜可以另寻机会表现，自己就没当回事，由万向权去定夺。不想巴娜娜一觉醒来，竟无理取闹去找万向权争吵，在隔壁他隐约听到了气氛紧张，可万万没想到会出伤人事件，更不可谅解的是巴娜娜竟然耍赖作伪证，惊动了法律部门。满心君子气的佟恪当然不会想到万向权先发制人，对法医施以先验定势，所以他便想尽快了结此事，以免给广播电视局造成更坏影响，于是越俎代庖接过检验单让巴娜娜签字，至于万向权的阴暗，他是万万想不到的。

巴娜娜一向敬重佟恪，在她心中佟恪便是是非的天平，他绝不会出手对她不利，再说对法律一窍不通的巴娜娜一听说起诉便怵意四起，于是接过单子就要签。杲昊迅速上前拦下，大呼，“先不能签，等巴娜娜伤好，看看是否落下疤痕再签，目前得保留上诉权！巴娜娜是节目主持人，形象至关重要，如果因此破相，那将会影响她的一生，因此决不能等闲视之，万向权得负全部责任！”“好，那就等着你去上诉！”法医昭示着一脸的必胜回身走了。

医院抛下了佟恪率着的一群法盲，一时间陷入六神无主。佟恪虽主张依法维权，可他尚不知处理这类事件的具体法律条文，一时觉得无所适从。就算杲昊这样的名牌记者，亦是跟着感觉走，她的每一篇精彩报道也未必都是依据法律版本。再者，那一时段法律尚不健全，仍然是党指挥枪，权力高于一切。佟恪经过几分钟的沉淀，觉得杲昊的提议不无道理，至多等上一个月，巴娜娜的脸便会见分晓，若真留下疤痕，万向权吃不了兜着走！那叫破相，法律总不能听之任之。

心里有了主意佟恪不再犹疑，决定按杲昊的意见办，可表面上却不能轻嘴薄舌，第一，他此番任职还担负着更重要的使命，绝不能因小失大，第二，与万向权还得在一个池子里搅，由自己出面去与万向权对簿实属万难之举，不如就让杲昊去做。凭记者的敏感，相信她一定能将此事办妥，他只暗中做她的后盾，这样想过也起身走了。

佟恪一走粘走了所有无关紧要的旁观者，这里只剩下了杲昊和方自珍，因为他们同属《顶极珍闻》节目组，杲昊关心的事，方自珍自然得陪着。巴娜娜又是本栏目主持人，岂能丢下不管？医生精心为巴娜娜进行了缝合，处理完毕便进了高间病房。此事虽不属工伤，但比工伤还得尽心，所以佫恪特批，为她公费定了高间。

进了高间，便成了无法无天的三人世界。本该敞开大骂一通昏官枉法，可谁都没作声，似乎都被一团黑云所囿，各自承受着黑云压城的悲壮。实指望佫恪会出面摆平，可他竟一言未发悄然撤退，这天下还有讲理的地方吗？就这样三人默默相对，持续了近半小时。沉默中三人的思绪有如漫天飘洒的飞絮，杲昊首先决定了断她与佫恪近三十年的恩怨情仇，从此与他恩断义绝。现在她才确信哥哥丹青、恩师倪莳萝以潜台词透给她的——佫恪的为人，他一向以自己为核心，把名声、荣誉看得比生命还重要，他活着就得有这些东西做陪衬，就像马离不开鞍！在这样的官与民水火难容的关键时刻，他自然会选择官官相护！杲昊决定将利用一切有效手段为巴娜娜讨回公平！

方自珍却觉得是不是继续当主持人无关紧要，五彩大千世界，大家不过是沧海一粟，大界微尘那点小事就大动干戈，实属高射炮打蚊子。

巴娜娜比较实际，她先自省了自己的过激，又想到万不该拿鸡蛋去碰石头，更不该去争一块自己本想扔掉的臭蛋糕！她原本是想在局里逞一回能，不是都认为万向权老虎屁股碰不得吗？她就想在大伙面前露一手！咦？她还就碰了！怎么样？她就是挫了万向权这个老虎的威风，就算自己伤了点儿皮肉也值！想到此她哈哈大笑。

这笑倒令杲昊一惊，她怕巴娜娜气迷心窍，或是痛极发疯，于是出示了一个愁愁然，方自珍也呈丈二和尚状。狂笑了一阵，巴娜娜大呼自己饿了，要吃东西。杲昊知道她最爱吃汉堡包，于是派方自珍去买。剩下了杲昊和巴娜娜，杲昊以为她能跟自己交实底，到底为什么跟万向权吵，可巴娜娜岂肯泄露天机。其实不过两条，一条是想斗斗万向权，另一条是想找茬儿休长假，以便去体验一下台商垃圾处理厂的生活，若是适合自己，就跟着那个垃圾老总华瑾去走南闯北也不错，指不定终生坐享其成！可这是不能向人透露的，尤其杲昊这种清高之徒，还不从此看不起自己，更对不起她眼下对自己的一派赤诚！从杲昊的眼神便可以看出，她是拉好架式要为自己打抱不平的。巴娜娜越是沉默，杲昊越是想为她讨回公道，于是电话打到了联合大学，搬动了她的导师屈子集，因为他是搞社会科学的，对法律一定不陌生。

二十分钟后，来的却是伊腾飞，年轻气盛的伊腾飞草草听了杲昊的叙述，便急不可耐地声言要帮二位女士打赢这场官司。因为再有半年他就要出博士后站了。之后所选工作，一是公务员，二是律师。反正他打定了整治社会风气、清除贪官污吏的主意，一派“我以我血荐轩辕”的豪迈。此次正是他练兵的好机会，初生牛犊也好，年轻气盛也罢，伊腾飞下决心蹚这道浑水，以此开始他的兴利除弊生涯。

“得，这场官司就交给你了！”杲昊得知伊腾飞的意向断然拍板。

伊腾飞愈发来了兴致，“巴姐姐真落了疤痕，从此不能再出镜当主持人，万向权可赔偿大了，至少五十万！一次不能付清，就让他按月支付，每年按一万算，他得付五十年，让他后半生天天不得安宁！”

“给我们当法律顾问吧！以后我们拜小伊为师……”杲昊从未有过的昂奋，挥动着的助姿手臂，差点打翻了刚进屋的方自珍手上的饭盒。

方自珍举目于杲昊欲拜师的小伊，恰是刚亦不吐，柔亦不茹，毋纵诡随，以谨罔极，一身浩然的大气！瞬间，一向自恃的清高和骄傲轰然坍塌，方自珍闪出的第一个念头就是，他该退出杲昊的历史舞台了。

41

杲昊继续打造她的作品《赫罗图》，她真得感谢哥哥倪莳萝的谆谆教诲，作为社会的人，每个行为和意念都受社会意识的制约和牵动，仔细想想胡昌稷也好，万向权也罢，都是中了现代流行病的邪，即使揭露其本质，制裁其恶行，也不过是头痛医头脚伤疗脚，都不能从根本上解决问题。她必须按哥哥说的那样，从整个社会意识着手，对全民思想理念实施教化，这才叫根治。伊腾飞的表现无疑将给她作品平添亮色，这是一个多好的典型形象，他会为世人树一面镜子，让大家都去照照各自的面孔，就连佫恪也该对照这面镜子好好查查自己。自他娶了曹健应该说他退化了，不然巴娜娜的事他就不应该那样冷酷地袖手旁观！一时间她眼前一个个人物形象都那么活生生地站立起来，《赫罗图》的内容将会更加充实，思想性也将更加富有力度。她不会再像以前，面对社会的丑陋一筹莫展或无能为力，她会拿起舆论这个武器做殊死的斗争，伊腾飞才是未来的希望！新闻毕竟有它的局限性，它本来就是在权势的监督下报喜不报忧，文学作品则不同，仁者见仁智者见智，直杀得魑魅魍魉无处藏身！转而她又觉得热血奔涌灵感升腾，笔端一路狂泻，一如堑山堙谷，负载着她的恩怨情仇，浇铸出了个火树银花的虚拟世界，她在这世界里尽情挥洒她的一片教化。

正当杲昊于愤懑与绥靖坐标系昂奋，屋里恍惚进来一个人，举目观望正是佫恪。杲昊首次出示恩断义绝的冷漠，若说这之前她还能理解佫恪的所作所为，可目前就有一种不共戴天在潜生暗长，于是她一言没发。

毫无心理防范的佫恪，怎么也想不到杲昊的矛头会指向自己，还以为她是在对万向权泄愤，因为他已知道她将万向权告上了法庭。此次佫恪就任局长，可不是仅为拯救杲昊一个人的，他是带着省组织部的重托前来暗察霓彩化工公司命案的，正好杲昊的落难是个极好的掩护，早在大众间造成一个英雄救美的错觉，所以他才没有引起真正当事者的关注，目前他的调查正在向纵深发展，而与万向权的纠缠无疑会影响他的调查进程，于是采取一旁袖手的策略。

“你把万向权告下了？”佫恪对杲昊的转向毫无思想准备。

“不应该吗？”杲昊神色严酷，她开始锋芒毕露。

“他不过是个卒子，干吗去逗扯他？”佫恪仍无挂无碍。

“伤害巴娜娜，就不是什么卒子！”杲昊严气正性，覆折而已。

“巴娜娜受伤应该怪她自己，不就是没加盟一个参评节目嘛，以后这样的机会还多的是，何苦急急相逼！她的言辞也太过激进。”佫恪的本意是想让杲昊撤诉，所以极力相劝，以使杲昊心悦诚服。

“不对，他为什么用了一个刚上岗的新手？不就是万向权的亲信吗？这叫任人唯亲！巴娜娜的力争完全合理！”杲昊一路上扬。

“什么叫合理？你知道本来也找过她，可她喝得酩酊大醉，整整睡了两天两夜，换下她也是对她的一种警告！”

“别忘了他万向权是领导，是大家心目中的父母官，就这样对待他的子民？看来你真倒向他一边了？现在我才知道什么叫官官相护，你这一护还真坚定了我的信念，这状我告定了，不获全胜决不收兵！”

杲昊的斩钉截铁将佫恪推向无奈，实际上他何尝不是疾首蹙额，向万向权讨一个说法！可眼下不行，他不能因小失大，他得置身其间，将这条线运行着，直到他拿到了铁的证据。于是他循循善诱，“告状的事应该交给巴娜娜自己去做，那是她依法维权。而你是以什么名义？抱不平？拔刀相助？说服力不大！其实你有更重要的任务，一是千方百计调查霓彩命案的内幕，二是做好参赛节目，人家都在为高级职称全力准备而你却舍己芸人！另外，你不是还在搞小说创作吗？那可是为世人树镜子，这也是功在千秋的事！”佫恪的剖腹掏心是想从根本上说服杲昊。

“我算是领教了什么是近墨者黑！”杲昊将恩断义绝推向极致。

佫恪瞬间读出她所说的墨指的就是曹健，于是不能不感慨万千。世界上本该很简单成功的事，却偏偏千差万错支出些岔路来，而在曲折迂回的行进中一切都走了样。他们在起点上，本该很简单地携手共进，可偏偏遇上那样一个时代，不是倪莳萝因担忧而实施逼迫，自己也不会急中坠崖。就在他险些命丧黄泉，他的生身母又突现金身，硬是将他拉出国门。留学归来又听到误传，说杲昊已不在人世。在报到的时候，他阴差阳错，偏偏又走错了门，这才遇上曹健！淅淅沥沥，那漫无边际带着血腥味的往事，将他记忆全方位覆盖，只能在追忆中寻找柳暗花明。

他读完博士回国，先去丹家崖故地重访，很多人给他讲，他走后不久杲昊便精神失常，常常一个人跑到他坠崖的地方徘徊，也有人说她曾从上面跌了下来，之后就再也没见到她，倪莳萝也不见了，二人悄然潜踪匿迹，因而推断她已不在人世。带着满心伤痛他去人事部报到，神差鬼使却进了组织部，人生的偶然就这样从根本上改变他的命运。当时他若是抬抬头，看看门牌，事情或许就是另一番天地。

想到这，佫恪无奈地长叹一声，“唉，世上究竟能有多少真正的心心相印呢？大家都在错位中寻找自己的理由……”不由泪光闪闪。

杲昊被这闪闪泪光冲击得溃了堤，“我还以为是一堵多坚硬的墙壁呢，致使大家都万众一心地认为我有了强大的靠山！只是这点微风细雨就坍塌了，别说遮风挡雨，不被砸着就不错了！”

还有什么可说，佫恪沉默了。作为人，他是男人，男人就该为女人遮风挡雨，作为官，他是好官，好官就得为民撑腰做主！当官不为民做主，不如回家卖红薯！他目前正是行使着这一义务，可这他暂时还不能对杲昊说，这也是造成他们心理错位的一个重要原因。

至于万向权，他只想通过他的所作所为，牵出案子更多的内幕，若早早搬走了这么一个卒子，岂不断了与老帅的联系！若说万向权与霓彩化工公司命案有牵连，初听起来有些牵强，可杲昊的一个采访，竟然将老局长连累下台，这说明什么？说明万向权起码了解一些内幕，若霓彩的命案只是一般的民事纠纷或是被普通劫匪暗算，何至于牵一发而动全局！万向权又何必那么急先锋，令杲昊停职反省，佫恪再晚到几天，她很可能就被开除公职了！另外，老局长被撤的内幕，万向权肯定了如指掌。可作为省组织部的特使，这些没有证据的事，是绝对不能乱说的。

佫恪深知，省里有两条线，一正一邪，作为丈夫，他更了解妻子曹健的反腐决心，这一历史性利民举措，他何以能一旁袖手？他风雨兼程二次返回，为的就是先找出些有证有据的端倪，然后再报给有关部门立案侦查。曹健只给了他几个月的时间，在这短短的时间里他必须快刀斩乱麻，而最薄弱的突破口就是万向权。他准备先与他搞好关系，让万向权觉得他是自己线上的，再搞清老局长被撤职的内幕。假如杲昊能很好配合，再透出些霓彩化工公司的内幕，基本上就能弄清那条邪线的来龙去脉，因而杲昊的配合举足轻重。

“是啊，一个人的能力是有限的，希望你不要把我估计过高，那样你会憎恨我，也不要把我估计过低，那样你会瞧不起我。应该看到每个人都需要帮助，这才有了合作、协同等等。我希望你能做好两件事，一个是摸清霓彩化工公司的内幕，董事长达生已经能下床走动了。另一件就是做好此次参评的节目……对，还得加上一件，认真写好你的《赫罗图》。”佫恪至诚至笃，这令杲昊失去了回旋的余地。

42

早习惯于虎踞龙盘的胡昌稷，怎么也想不到脚下竟是一片蝼蚁之穴，何时能溃千里长堤，就看他的行为走向。吴纳西的蝴蝶效应早将他送进飓风眼，行为总是伴着惯性，他被挟裹着想改变自己的走向已是很难。比方他的雅好，遇上风雅就想附庸，见了雅物就想收藏，这几乎已经成了癖，真正到了欲罢不能。随着达生伤势日见好转，作为市长，胡昌稷提出了保护民营企业家的口号，一时民营企业家们都感激得涕泗滂沱，纷纷敬献新淘换来的字画、古董、珠宝，以表达各自的谢意。

时下一家新兴起的服装厂——雅美服装有限公司，正想找窗户挖门子靠上个大领导，假着保护民营企业的大潮终于起锚了。董事长是位小女子，曾学过工艺美术后专攻服装设计，见过世面也赚了些钱。听说油城招商引资，便来到油城搞了个小服装厂，没几天便发了迹，接着又扩大生产规模，雅美服装有限公司横空出世。小女子名曰筱砉，听说市长正在召见有业绩的民营企业家，筱砉便打足底气直奔市长办公室。而市长要接见的民营企业家，实际上都是市长的座上宾，早有电话通知才能过门卫和秘书这两关。筱砉初次出马自然不懂这些规矩，第一关便被门卫拦了下来。在门外踟躇好一会儿她又想直闯一回，闯到市长办公室不信就好意思不接待！筱砉对自己的外交能力一向充满自信，首先她有花容月貌，她有学识技能，又见过大世面，最重要的一条是她有钱，见不到的人那是她不想见。她想见市长，不过是想将服装厂做大做强，乘着市政府这棵大树的阴凉，她可以更加枝繁叶茂，于是下定决心去见胡昌稷。她回头又转到门卫，改说去工商局，只要不直接见市长门卫便会一路放行。筱砉直奔二楼胡昌稷门前，不想马上又遭遇秘书筱晓拦截。

“找谁？”筱晓警惕而傲慢。

“找胡市长，我是民营企业家，市长不是说要听汇报吗？更想讨教市长的指点！”筱砉尽可能使自己的声音高亢纯美，以打动屋里的市长。

“你叫什么名字？”筱晓怕出纰漏便翻阅手中的册子。

“筱砉。”小女子歪着头，对丑陋的筱晓小示抗议。

“小花？市长召见的花名册里没有小花这个名字，市长见的是名牌企业家，不是有个小厂就见的！”筱晓义正词严，坚不可摧地封了门。

屋里的胡昌稷正闲着，一听“小花”二字倒也觉得鲜嫩，就想起了电影《小花》中的两个美丽小花，再者胡昌稷一向怜香惜玉，听到甜甜脆脆的女人声，便想一睹芳容。于是踱到门口开了门，筱砉果然一派花模样。

“小花？姓花吧？”胡昌稷认定不会有人直名小花，便想即刻印证。

“噢……对不起，我是筱俊婷的筱，象声词那个砉，呶，鸟儿砉地飞走了。”筱砉极乖巧地做了个鸟飞的动作，优雅而俏皮。

胡昌稷被一种格式塔审美所攫，他惊异于这样一个小小巧巧的小女子，竟也出落成私营企业家，这得耗去她多少精气神！又将目光瞄向筱砉那张脸——这个表述人类特征的标识，一个人的品位首先就写在各自脸上。这一瞥不得了，小女子竟然具备勾魂摄魄的魅力，一张洁白如玉的脸不施任何粉黛，就那么素面朝天，就那么直情径行。一双深潭般的明眸，蕴藏着苍天厚土般的谜底，微微翕动的薄唇，隐含着史书画卷似的神话，真真是晓梦春心、玉烟珠泪，适、怨、清、和，占尽先机！就算他最看得上眼的吴计也不能与之匹敌，吴计是过艳，将一张好端端的脸愣是用七色油彩包裹起来，仔细想想他还真不识她的庐山真面，就那么望风捕影地面对一张假脸，哪一天她卸了装，指不定就形同路人。最近又认识了一个杲昊，倒是有些品位，不过又太冷，一脸冷漠、满眼杀机，那么一个柔弱女子，怎么也能把自己搞成冷面杀手！与这样的人在一起，也只能是冰霜雪雨搏激流了。感叹唏嘘之余，将筱砉带进了办公室，自他当市长以来，首次亲手端茶倒水。

“唉，说起来容易干起来难，真是难为你了！”胡昌稷极尽爱怜。

“其实只要是爱干的事就没那么难，就像打麻将、跳交际舞，大家都觉得那是一种消遣、娱乐，谁也没觉得有什么难为。可在我眼里就不同了，单说打麻将，有多难！光是记牌就得花多少精力，玩法又有千差万别，就算搞懂了，还得有个精益求精的过程。再者，一坐就得是大半天，有时竟是昼夜不眠连轴转，你说这些人是不是得有一不怕苦、二不怕死的精神！搞个服装厂比这可容易多了！”筱砉到底出口不凡。

“嗯……这叫各生一段才，人各有志啊！”胡昌稷随帮唱影，完全被卷进筱砉的思维轨道，从未有过的杨柳轻飏，“那你的志向是……”

“创自己的名牌呀！不是中国没人才，各行各业都藏龙卧虎，只是这几十年被压抑了，是龙盘着是虎卧着！前几年有人穿喇叭裤，不是还被人拿剪子满街追着剪吗？一个没有人性、没有审美的意识，会给社会带来什么？必然是劣质、落后、腐朽！”筱砉慷慨激昂。

“有点儿意思，你还是个满腹经纶的思想家！”胡昌稷为之折服。

“言过！不过话说回来，做思想家那也不是没可能，只是我的志向不在此！我是考虑到要先对社会有贡献，然后再将思想啊主义呀，孕育到这项事业中，让事业去体现我的理想，再潜移默化地去感染大众，让大家在享受中体验各自的人性化和审美理念！你看那多好！”

“哟，不得了，这是要成精啊！”胡昌稷完全忘了一市之长的矜持。

“仔细想想，什么思想啊、主义呀，最终目的不就是叫人认识世界也认识自己吗？为了产生正确的世界观，就创生了哲学，为了使人际关系更和谐顺畅，便确立了伦理学，为了使本质力量对象化，又设置了美学，为了能让某一观点得以确立，又有了逻辑学，为把文章写好，就创建文学概论等等。人家都说一辈子能干好一件事就不错了，咦？我就想多干几件，齐头并进，因而有了寓教于服装！”

“好，这很好……倒想听听你如何寓教于服装？”胡昌稷虔诚得像个小学生，内视觉将所有的珍藏查遍，也抵不上一个筱碁，这简直就是个活艺术品，哲理、伦理、审美、逻辑，她不是齐具一身吗？如果将她收藏了，那些字画、古董一应万物均黯然失色！一盆花、一只鸟、一条犬、一匹马，不是都有人在珍藏吗？一路拓展，人怎么就不能珍藏？胡昌稷下决心，从此他将珍藏人，将收藏的人分成几个圈子，政治的、经济的、思想的、情趣的，像字画一样，分成工笔重彩、水墨丹青……

“首先在于品牌的确立，一个品牌就是一种文化。什么是文化？美国人类学家艾尔弗雷德·克罗伯定义：文化，包括各种外显的或内隐的行为模式，它们借助符号被学到或传授，构成人类的出色成就，包括人工制造品的成就。文化的基本核心包括传统观念，尤其是价值观念。文化体系虽可被认为是人类活动的产物，但也可被视为限制人类作进一步活动的因素。这就包括了价值观、方法论，人是人文化的创造者，还是人文化的创造物的辩证等等。通过对服装品牌的确立，全方位展示民族服装的演化，让大众了解民族文化的博大精深。”筱碁一气呵成。

“那我能为你们做些什么？”胡昌稷满脸踌躇。

“马上带我们出国考察，掌握世界最前沿的服装信息！让我们亲眼看看世界上的服装到底发展到什么水平！路费由我们企业家出，你只做导向性链接，我们这些企业家就权且拉大旗作虎皮了！”筱碁步步莲花。

胡昌稷听说路费有着落，断然决定近日就动身，令吴计通知她正在美国深造的嫂子逄桂桂接待，至此，他的雅好又确立了一项珍藏女贤士。

43

听说胡昌稷要率团访美，逄桂桂看到了无限商机，首先可以确保报销她的一大笔留学费，另外她若代表罗森公司与油城做成一笔买卖，她便可以坐享对半的利润。其实逄桂桂的留学纯属一种风险提速，她嫁给吴畏是在方向盘、听诊器当红的年代，随着改革的步步深入方向盘也失了灵，于是产生厌倦，又在杲昊等诸多强女的激励下，逄桂桂决定出国镀金。她的保人是威廉·罗森，此人是在冰城雪雕比赛中结识的。那时罗森清洁公司为一个雪雕队提供比赛资金，他得以为企业做广告，代表队获了银奖，便随队进油城观光，逄桂桂被外事办指定为接待翻译，短短五天的陪同便结下深厚情谊。五十岁的罗森说他特喜欢逄桂桂的干练，若在美国将是上好的推销员，逄桂桂便有意无意开了句玩笑，说等她混不下去的时候就到美国去给他当推销员。一天她整理办公桌，无意间罗森的名片突然从乱纸堆中赫然跳出，于是便试着给罗森拨了个长途，巧中又巧罗森刚离了婚，极需一个人填补他心灵上的空缺，逄桂桂的电话无疑雪中送炭，罗森久埋的情感火花瞬间擦出熊熊烈焰，便一口答应逄桂桂赴美国留学。逄桂桂留了个心眼儿，怕半生不熟的罗森说话不算数，又怕丢了目前的公职，她便申请公费留学，至于罗森她只字未提。通过吴畏、吴计兄妹的斡旋，胡昌稷同意了逄桂桂出国，可费用得由外事办出。外事办领导看在市长胡昌稷的面子上同意她带职留学，不过有条件限制，学得好，回来经过考核合格则报销经费，不合格则列为自费，费用从工资中扣除。所以逄桂桂是冒双风险，同时也是凭双保险出国的。正所谓是东边有雨西边晴，总有一边保着，就看她如何运作了。

电话里得知胡昌稷出访并非公费，而是随行的企业家出钱，逄桂桂便精打细算，将他们的消费降到最低值。接待车由罗森清洁公司出，住宿就安排在公司一个仓库，虽说是仓库可比中国的宾馆还舒适。胡昌稷一行八人只腾了五个房间，稍加整理放上沙发床，又置八套新行李。胡昌稷、筱砉各单间，其他每两人一间，没费吹灰之力，便安排得极为妥帖。罗森亲自出面到机场将胡昌稷一行接到厂，由厂餐厅用典型西餐接风洗尘，几位民营企业家多是第一次吃西餐，可算过足洋餐瘾开了大眼界。逄桂桂告诉他们这里一应吃喝住行都是免费的，开始他们还有些不信，担心其中有诈。直到罗森称他适当时机也想到中国去油城访问，希望能得到诸位接待，这才平了各自的担忧，在自家，别说一个罗森，一百个罗森也接待得起，于是四海平宁天下归心。

餐后，逄桂桂避开罗森与胡昌稷一行进行了座谈，各企业家都倾诉了自己的愿望，都想参观与自己有关的企业，以找出自己与世界一流企业的差距，另外也可拿些产品订单。一听订产品，逄桂桂便来了劲，卖产品为老板创收那可是大好事，首先这种参观学习就会一路绿灯，没一个老板会把财神拒之门外。另外，她可以做美方代理，这一代理就会赚一笔可观的差价，于是座谈搞得生动火爆。畅所欲言中大家都讲出了自家的希望和要求，逄桂桂承诺，一定使大家高兴而来满意而去，随后各自在这希望的霓虹中安然入睡。

逢桂桂却是满负荷精气神，彻夜策划她长线大鱼的蓝图。首先得根据各自不同的职业去安排对口参观学习，比方筱砉就得着重参观几个名牌服装厂，能参观一次时装表演就更好，其他以此类推，最后共同参观罗森清洁公司，将订货事宜落实。另外还要带他们参观好莱坞影城、尼亚加拉大瀑布等等，这样，她也算是尽心尽责了。

当灿烂的阳光带着东方神韵，跨过国际日期变更线，逢桂桂的完美计划便华丽启动。前十天一直是按部就班顺畅运行，逢桂桂为讨胡昌稷的好，每个参观点的每项产品，她都细致通透地为他讲解诠释，胡昌稷也不想走马观花，所以，每遇事他都要向逢桂桂讨教，有时还要详询细问，逢桂桂也是每问必答，而且剖析得入木三分。胡昌稷不免为之惊叹与夸赞，说逢桂桂没白出国留学，承诺归国后一定重用。

这种小小积淀，到了第十天夜里有了重大突变，待大家都已入睡逢桂桂开始历行夜查，当走到胡昌稷门口，听到里面有女人说话，她细听竟是筱砉。开始还是情深意切，转而有些风起云涌，再一转出现电闪雷鸣，由于情绪失控，声音便高分贝穿墙越门，竟然与她逢桂桂有关。

“我对你还不够好？对人总得有起码的信任。”胡昌稷急切切。

“我不过是个成衣匠，怎比得上人家逢翻译！”筱砉开始声音颤抖。

逢桂桂听出胡昌稷除了应付就是信口开河，起码的信任，他有吗？对筱砉明明是在欺骗，那个妖女吴计，整个是他包的二奶，还在那里愣充死撑！逢桂桂因为是吴计的嫂子而感到无限耻辱。看来，她把吴计赶出家门是无比正确，吴家怎么能捡来那么个败类女人，她的出身就不地道，准是秉承了她浪荡父母的基因。回国后一定登报同她脱离关系，吴畏那软盖儿王八，怎么就能忍受这般奇耻大辱！转而又想，不对呀，只有自己不正派吴畏才是王八，不免暗自好笑，这一笑带动嗓音，控制不住发出一串干咳，屋内顿然鸦雀无声。

第二天再出游，逢桂桂发现胡昌稷不再与她接近，不知是因为筱砉的管束生效，还是他听出了夜里的干咳是她逢桂桂，目光再与胡昌稷相遇便显讪讪的，不再有往日的信任与坦诚，却看不出究竟是怨还是愧。

参观访问仍一路进行着，在美利坚富有与强大的震撼下，每个自我都噤若寒蝉，于见所未见、闻所未闻中勾画自己的印象。很快半个月过去了，还有最后一个景点——尼亚加拉大瀑布，参观后便与各公司签订购买合同，再买上机票就返程了。可就在这最后一程，不想又掀波澜。

当汽车行至一城市，胡昌稷莫名其妙大叫停车，由于胡昌稷与筱砉越来越走板的微妙关系，土财神们已失去对胡昌稷的尊重，于是也大呼反对，说有天大的事到了尼亚加拉再说。胡昌稷便大吼，责骂大家没有阶级感情，细问才知筱砉身体欠佳，必须下车就医。车停下了，逄桂桂指令司机找医院，司机又绕了几个弯，在一家妇科医院门前停下。胡昌稷将筱砉扶下车，大家这才发现车座已染得一片殷红，筱砉的白旅游裤已沦为红河谷，所走之处尽皆血迹斑斑。逄桂桂责无旁贷陪筱砉进了医院门诊，余下的人也都下了车议论不一。有的说这叫大流血，不治将有生命危险。还有的说，没什么，是“例假”多了点，多垫些卫生巾就好了，如此等等。胡昌稷竟难以自控地发了火，他严肃地指出，出来了大家就都是兄弟姐妹，一人有困难八方来支援，大家都得为筱砉负责，检查没事儿则已，有事大家都得陪着！又有人说，哎呀，外国医药可是贵得惊人，可不比在国内。胡昌稷厉声喝道，就是这样才不能再去尼亚加拉，省下钱给筱砉治病。土财神们一派哗然，都说到美国也许人生只有这一次，谁都不肯为筱砉付出代价，胡昌稷有些歇斯底里嚷道，好，回国后什么事也别找我！真正是一语中的，瞬间噤若寒蝉，没有再敢做乱的，静等胡昌稷调遣。半小时后逄桂桂探出头，胡昌稷赶紧跟过来，急切地询问筱砉的病情，首句便是有没有生命危险。

逄桂桂狡黠的讪笑藏着无限揶揄，“医生让我转告她丈夫，例假期间要克制，绝不能做爱，不然毛细血管破裂，会有生命危险！”

胡昌稷的脸顿然异常阴沉，尼亚加拉终于没有去，各路的订货合同也终于没有签，尤其与罗森公司的合作意向成了永久性的定格。当筱砉止了血，胡昌稷断然率团打道回府，留下一道正宗的多米诺风景。

44

胡昌稷出国期间，达生似乎除却了许多精神压力，身体迅速趋于康复已能下床走动了。关于达生康复的消息不断见诸报端和广播电视，这里当然有吴计的一份汗水。市长一走，其他人也疏于光顾，无人打扰的达生显得空前轻松。白茜看到达生进食日渐增多，体力也逐渐加强，面对自己的杰作陡生些许自豪。可她始终挂念着他为什么会吃枪子儿，而且日后的事也并不乐观，于是时时都想破译这巨大谜团。私下估计着他有了足够的承受力，便绕着弯地进行探询。

“市长不是承诺很快破案吗？可事到今天连个调查的都没有！”

“市长日理万机，哪顾得上我个小萝卜头！他不是出国去了吗？”

“公司这么多天没人料理，岂不成了一团乱麻！”白茜顺比滑泽。

“唉！这世界缺了谁地球都照转！”达生调侃中泛着无奈，也许他为避开白茜的追问，便轻描淡写地讲了一段吴计的成长史。

吴计是从周边一个极贫穷的小村镇打入城市的，为使资源型城市转为高科技综合型城市，决策者实行招商引资，吴计就是被这股潮流挟进油城的。在吴纳西的撺掇下，吴计成了胡昌稷的金屋藏娇。

市长到底是大手笔，很快给广播电视局副局长万向权打了电话，说给他送去个顶尖人才，可做主持人也可做记者。

万向权知道电视台那活儿不需要太高的才华。能把话说溜了，不歪鼻子瞎眼就能当主持人，能把事儿写明白便能当记者，开始差点，过几年就能下笔有神。只要市长推荐，他没有不收的。

吴计进广电局，某种意义拯救了两个人，一个是吴计本人，从此改变了她青楼女子的命运。市长与吴计属烈火干柴一触即发，成了忘年之交。在吴纳西的教唆下，吴计弄懂了只有征服了男人才能征服世界的道理。另一个便是办公室主任吴纳西，一夜间被提为市政府秘书长，从此他可以呼风唤雨做太上皇。吴纳西以秘书长一角与市长对阵，进则与市长亲密无间，钗于奁内待时飞，退则可以抓住市长的把柄，挟天子以令诸侯！此后他与吴计暗地沆瀣，终于使胡昌稷落入陷阱，吴计与吴纳西双双得以平步青云，而胡昌稷对脚下的陷阱却丝毫没有察觉。

在一个静静的夜晚，吴纳西竟使市长束手就擒！他从胡昌稷被窝儿里抠出了吴计，并以老乡的名义狠狠对吴计加以管教，说她不该拉市长下水，当然那是周瑜打黄盖苦肉计的翻版。此后，二吴算是得了阿里巴巴的密咒，需要什么只需喊一声芝麻开门。吴计在吴纳西的指点下，向胡昌稷要了房子，将养父和哥哥接进了城，吴畏也成了胡昌稷的小车司机。达生随即加注，那买房钱是他达生出的，吴家只象征性地交了一小部分，吴计一家从此安居乐业。吴纳西转而又为胡昌稷献计献策，吴计属穷人家的孩子，只需给些钱，什么事都可摆平。如今号召一部分人先富起来，那些个体暴发户是最难得的猎物，首当其冲的就是达生！朝令夕改正铺出一路金光大道，市长何不趁此良机大踏步迈进！

讲到此，达生已不堪重负便进入休止。其实这段故事是吴计兜售给他的，再加上达生的演绎已是真假难辨。不然，怎么就需要察传呢？否则就有狗似玃，玃似母猴，母猴似人的谬误，人与狗则远甚矣！殊不知这一切，都是乘着吴纳西的蝴蝶效应，进入他转乾坤计划的。毫无心理防范的胡昌稷，竟是一路落花流水！

白茜循循善诱，“一切都会过去，痊愈后你就可以重新上岗……”

达生没表达他的喜怒哀乐，却是一派无家可归的样子，“那个岗还能上吗？苍天有眼，能让我隐姓埋名，后半生过上安稳日子就不错了！”

白茜一直想探出他吃枪子的隐秘，“是谁向你下了如此毒手？”

达生没作声，他当然不会透露这一绝密，白茜也不好再作深究，不想他又给白茜续了些零散的天方夜谭。他一直对白茜戒备不足信任有余，不知是来自白茜的生命张力还是人格魅力。其实，再坚强的人也需要心理拐杖，这是达生与白茜话题转轨的桥梁。当夕阳西下，若是拥上来一百多人，大家都告诉你这是东升的旭日，那么西下的夕阳，就会被你当作是旭日东升。这种当口，心理拐杖就显得异常重要！越过这一桥梁，达生又将他的隐私细雨般绵绵于白茜心灵的天际。

刚踏入社会达生交了两个朋友，一个是吴纳西，一个是翁折东。达生是学理科的，因而从未在意文科老祖荀子的教诲，“君子居必择乡游必就士”，也不知“燕朋逆其师燕辟废其学”的道理，只知吴纳西的恩情似海深，翁折东的友谊比火热，而他却被夹在水深火热之中。此状况愈演愈烈，直到他出事前，吴、翁还为化肥之事向他步步紧逼。吴纳西声称包下他所有的化肥，调给丹家崖的魏洞天，以讨得大老板胡昌稷及其上司省委许副书记的欢心。翁折东没容分说封存了他的化肥仓库，说在他手中转一圈，到了明天春上，他就会使达生肥得流油！事到如今两人的争夺战尚未休止！

之所以令达生感到水深火热，也正是他们不同的个性使然。翁折东外向，外到在别人心灵上宿营，在他人意识里寄生。吴纳西内向，内到一如包吞万象的黑洞，上食无垠碧落，下饮莫测黄泉。在二者中间，达生的中庸之道完全失却历史效应，惨淡得有如一张白纸。起初三人均为小人物这些特性尚未得以展示，只是茶余饭后，摆起人生大界的谱，大言不惭地侃谈哲学，无形中都以大哲自居，狂妄地等待着钗于奁内待时飞！好在小人物从不引人注目，其鸿鹄大志亦无人问津，三人间的同分异构更无人知晓。直到机制转轨，三人方显出英雄本色。契机是电视台播出一个大学教授卖烧饼，三人正在用餐，便对此大发议论，翁折东慨叹有钱能使鬼推磨，一个烧饼的价钱居然推动大学教授为之折腰。吴纳西的观点则是官本位，权大一级压死人，若没有权势人物号召，这位大学教授再不能寡廉鲜耻充当跳梁小丑！二人为权、钱谁居首位争了个通宵达旦，直到二人要达生从中公正，他才裁决以身试之，实践是检验真理的唯一标准，自己也随即纵身跃入。三人均舍却青春年华，趁着大潮乍起，共同验证权大于钱还是钱大于权。吴纳西当上了政府公务员，翁折东办起了商贸，达生则创办企业搞起了化工公司。三人粉墨登场，却不想一句戏言竟铸就千古遗恨！

故事运作至此似乎已有了结局，可船驶向深海就身不由己了，他们不再一起谈哲学，不再切磋实现自我，渐渐真枪实弹地演练，最终进入实战。实战毕竟不同于演练，达生就这样落入陷阱！白茜想知道陷阱内幕，达生又一声长叹，曰一言难尽。也许他确实需要心理拐杖，又向白茜透了一些支离破碎的细节，能不能凑成完整的故事，就在于白茜是否心有灵犀！达生那次去找市长讨公平，其实这是吴纳西给他的点子，后来他与吴计的龌龊，应该也是吴纳西精心安排的。当时有一事达生尚且不明，与吴计的龌龊胡昌稷非但没向他发难，反而加大了对他的扶持力度。在市长的指示下，银行行长为他大批贷款，致使产值直线上升，税务局长竟然也声称，对达生这样的模范企业必须减免部分税金。现在想想他们是拿他当生蛋的鸡，多撒几把米无非是想让他多生些蛋，他的悲剧命运就这样一步步定了格！悲剧总是令人动情，因为是把最美好的东西撕开给人看，而痛苦则能磨炼意志，激发生机！

白茜被这悲壮的剧情所震撼，全方位为之移情。此时一护士敲门，说是有个叫杲昊的记者要见她，她哪还有兴致去见记者，于是断然回绝。

45

又一次遭遇闭门羹的杲昊，只得满负荷气恼地打道回府，一腔愤懑正无处可撒，想想还有一档节目未做，便一脚踢开了合成间的门。

不想方自珍正在里边审片，这一粗鲁行为令方自珍大为开眼，秀女性情也狂躁？自佫恪二次出任局长，方自珍便预感到自己前景不佳，以耐力编织了十年的情感之网破碎在即。他知道杲昊是颇具定力的，她决不会因那些虚无缥缈的人间烟火，而轻易改变自己的心性。她对佫恪的忠贞唯天可表，这无可厚非。

十年前他之所以胆敢插足杲昊和佫恪之间，有两个充足理由，第一佫恪是有了家室的，第二便是自信会给杲昊医治心灵之伤。可他太幼稚了，他的总体力量是如此绵薄，以至于连自己都挽救不了，那时也全仗着他初生牛犊的底气，一直坚持到今天。一路走着一路长见识，他渐渐认清自己在杲昊那里不过是精神垃圾。就像《地道战》，虽说也能在公众间放映着，可如今谁还拿它当精神大餐呢！十年来之所以能扯成平衡维系着，也实在是因为自己坚韧不拔地坚持，再加上在杲昊那里确实是没有替代者，将一堆垃圾姑且当做土丘欣赏，仔细想想自己是太悲哀了。

当佫恪再次现身，方自珍便自知这道不起眼的土丘风景快被扫地出门了，随之他加大了自慰的力度，他选择太阳毁灭、星系重组、黑洞蒸发这样大尺度上的无常事件，来印证人生的无奈。如此辩证确实给他带来无限慰藉，看开了，在宇宙的长河中，人不过是不知晦朔的朝菌或是不识春秋的蟪蛄，况且无极之外复无极！这样想起来，一切就不必太在意！可偏偏人这万物之灵能思想、会创造，包括创造他们的自身！

这样想过，瞬间鼓胀起生命意义的帆，十年的孤军奋战，他已将自己塑造成极端独立者，他不愿意同任何人结盟，哪怕是与自己前程有关的统一战线，他就是喜欢独往独来，做自己想做的事。巴娜娜事件，证明他连杲昊的阵线都难以加盟了，尤其杲昊身边又多了个伊腾飞！是他的青春活力，或是他的人格魅力，竟以十万马力的冲击将方自珍的自信摧垮。是该离开杲昊的时候了，他不能一生就那么像垃圾一样无人问津，任凭风吹雨打！既然人必须自我完善，必须自我决定进入某种特殊的境界，必须凭借自身努力去解决自身出现的问题，那他还等什么，他该以全新的自我，去重新面对世界，并以自己的努力去谋求新的位置——一个举足轻重的中心位置！当这中心具象化，必将是一把照亮众人的火炬！

方自珍这才抬头去看杲昊，竟然令他大吃一惊，杲昊的泪正似散珠般飞落，为不使她难堪，自珍采取转移式，“不好！网上有重大新闻！”

杲昊明显被震，瞪大眼睛等方自珍的下文，内视屏渐次清除令她感伤的世俗风景，一派入戏的样子。强劲外力的拉扯，断线泪珠已被收回。

方自珍见这一招有效，又加大转移力度，“网上新闻报道，哈勃望远镜拍到了距地球一千万光年的半人马座A射电源的中央存在一个黑洞，这黑洞正在吞噬由恒星构成的一个螺旋形星系，这个星系含有数万亿颗恒星，可能比银河系还要大五十倍，天体又在无常运作！”

“哎呀，你绕得我眼花缭乱！”杲昊开始自惭悟性不足。

方自珍只想分散一下她的注意力，免得在伤痛中长时间逗留，不想话题一开就有些收不住，随着意识的流动便不知游到何处。由此又联想到，有些恶性争斗，开始并不是为什么大事，都是双方相互哄抬相互挤对，就愈演愈烈，直至你死我活！佛教里有句“一念嗔心起，百万障门开”，绝对应该引以为戒，尤其是不想将关系维持下去，就更不必去哄抬！可事已挤对到这儿，就再给她掰扯一回，也算分别前的一个交代。

“其实我也是信口开河，觉着不过说些小曲样的东西寻开心，当然也包含某些劝告，不外有三层。第一，宇宙是随机的无边界无始终。物质的构成又是多样的，而且瞬息万变，就像银河系，我们曾认为是永恒的东西，六十亿年后它就要与仙女座纠缠，不知会闹到何等地步。你说那时，我们博物馆陈列的一切史料，还不全部付之一炬！人类辛辛苦苦绞尽脑汁拧出来的精华，也许就会被那些十维以上的波所取代。这样看来，人们苦苦追求、代代创造的所有文明、财富都毫无意义！就像那些悲观主义哲学家们所思考的，命运反复无常，人对命运无能为力，因而生命毫无意义，人生是永恒的悲剧。第二，就在这些随机的毫无把握的碰撞融合中，偏偏就产生了人这万物之灵！他们能思想、会创造，能通晓过去未来，会理解宇宙这不可理解的东西！世界之所以有善与恶、美与丑、欢乐与痛苦的冲突，都是因为有了人这万物之灵！就这一点，人又是最值得骄傲的。上帝对人悄然耳语、密授天机：你是唯一不受限制的，你可以退化到动物，也可以上升到神性的高级阶段，云云。从这个意义出发，即使是到了毁灭重组阶段，指不定又会生出新的人，只是换一种形式！第三，当人知道了自己是自身的主人和建造者，就该动手去建造你意志所选择的一切。其中最重要的是你不要在意结果，只在意一个劲地干这个过程。比如种豆角，你再怎么苦苦追求，最后也不过是个豆角，豆角能有多大意义？意义就在于你怎么开荒、怎么播种、怎么施肥、怎么除草，更重要的是那份期待！还有你的智慧之光，如何使豆角从无到有，由于你智慧的投入，一个活生生的豆角就那么诞生了，这多奇妙，多生机盎然！可你若只限于豆角，它也只是豆角而已！”方自珍又是一个强音休止，以给杲昊一个大落差式的冲击。

杲昊确实感到了那份冲击的力量，于是不自主地喃喃，“我在干什么？我差在哪？”这禅宗参公案式的疑问，令方自珍一震。

“问得好！你最大的缺憾就在于，你把自己的精神家园当作别人的跑马场，任其思想的野马随意践踏，因而它荒芜了！”

你的星座………

“有那么严重？”杲昊半信半疑，底气显得严重不足。

“怎么没有！不然你干吗落泪！分明是一派创伤！你所崇拜的几个老师就把你的精神家园给毁了！”方自珍出示置之死地而后生的绝招。

“哪几个崇拜的！”杲昊有些气急败坏。

“倪莳萝、佫恪、丹青！还有什么屈子集……个个都想闯进你精神领地去溜达溜达，然后，再将他们吃剩下的果皮果核丢下，可以说一地垃圾！眼下是不是伊腾飞也要加盟？那可是个未经调教的儿马！”

人人都在自己的轨道上独行，多重概念的错位和不同意向的交叉，有多少能达到百川归海呢？杲昊对方自珍的误解有些受不了起身要走。

方自珍一把将她拉住，力气之大令她难以脱身，“既然说了，我就要把话说透，今生只此一次，以后想听还没有这个机会了！我说的不无道理，就巴娜娜的官司，干吗要你挑头去打，佫恪是干什么的？这都是他们官爷玩的猫腻儿！还有伊腾飞、屈子集直至倪莳萝，他们都站在一旁看热闹，他们怎么不出头？现在外面多险恶，要你这么个弱女子挡在前头！当然了，巴娜娜的公道不是不讨，是要催促佫恪出面去讨，或者干脆就让伊腾飞去讨，他不是准律师吗？”

“我有那么弱吗？”杲昊挣脱方自珍的拉扯，“我自觉早已成为钢铁战士，十年磨一剑霜刃未曾试！”杲昊一派断脰决腹，不成功便成仁。

杲昊的飒爽倒使方自珍大为吃惊，“不过我还想提醒你，霓彩化工公司不可碰，那可是当权者们的生死战场，老局长率先牺牲了！”

“排云叫阊阖，披腹呈琅玕。公若登台甫，临危莫爱身！”杲昊反给方自珍上了一课，能不能达成共识就看方自珍的悟性。

46

方自珍的跑马场之说，令杲昊感到无限羞辱。不过静下来仔细思考也不无道理，她之所以曾经精神失常，于非理性世界一度徜徉，都是他们对她心理的干扰太强，险些不得回归。方自珍何尝不想插一足，也在她的心灵领地筑巢建窝！可惜他晚了，她的精神家园已经成形，再想改建已是蜀道之难！她只想做披坚执锐的战士，勇往直前，义无反顾，早成为她运行的两个轮子，想停都停不下来了。

仔细想，谁的精神领地未被别人当过跑马场？那也不算什么！当她构筑了坚实的篱笆就该为弱者屏风，就像身处最底层的田老头！咦？田老头！他现在怎么样了？魏洞天会为他营造一个什么样的生存底线？哪怕是温饱型！对，何不去看看他，上次他就生病住院，虽说无大碍，但毕竟是耄耋老人了。这样想过便驾车去了丹家崖，进村便发现村委会大院的温泉池建起了一座俄式小楼，就凌空在温泉之上，一池雾气腾腾的热水由楼底进出，营造了一个童话世界。进了村委会已是空空荡荡，只有几个守门人，仔细询问，说村委会已搬进新房，这里腾出来归田坤，算是落实了政策，更为主要的是还要重新装修，来年春天便辟为旅游景点。那幢木结构塔楼就是为田坤造的新居，看上去很讲究实际上特简单，两层纤维板中间夹上保温材料，用钢筋螺丝固定好，内部简单装修，再架一张大床，就成了。田老头现已住在里面，并派了一个民工悉心照顾，总算大圆满结局。

杲昊听后心中暗喜，这就是斗争的结果，没有多方面力争协调田老头还得住山上的岩洞，别说偶尔添灾闹病，就是下山买生活用品也是相当不便。还是哥哥丹青思想最为透彻，他一生斗得多有理有节，保存了一家子的生存权利，一个人的能力不仅要看他独立完成任务的水平，更重要的是看他对全局的部署以及人际关系的协调。就像眼下的竞争上岗，有人担心领导不公又怕群众偏见，这一切归根结底是素质问题，是前因种下的恶果！这种竞争正是个全方位考核，哥哥丹青就是考核得住的人，面对不同时代不同条件他都能应付自如，还能对老弱病残爱护有加。咦？田坤怎么除外？是他闹得太狠，还是真存在夺妻之说？

杲昊抛开一切成见进了塔楼，楼内共设三层，最上层为观景台，墙体的钢筋骨架尽皆镶嵌钢化玻璃，光线充足视野开阔，将四周景色尽收眼底。中间一层为田坤的卧室，依房间造型设了张大圆床，蓝窗帘，绿地毯，洁白的床罩，一派温馨富贵。底层钢筋水泥镶瓷砖，一半为厨房一半为浴室，这一层是嵌入热泉中的，因而形成地热供暖，浴池的水也是取自热泉中，整个为浑然天成。沿着螺旋式楼梯上下参观之后，才进田老头的卧室。近来这里已成为参观点，田老头对此颇为生厌，不管谁来他都懒懒地躺着，来者是谁全不在意。杲昊进来也不例外，他依然持懒散态没将来者收入眼底。杲昊静静地站在他床头达一分钟之久，也许田老头下意识觉得有东西碍事便睁开眼，这一睁不得了一跃而起，全无病态老人的迹象，拉着杲昊坐于他身旁，竟然如同见了亲女儿。

“病好了？”杲昊拉着田老头的手。

“什么好不好的，其实我并没有病，只是觉得心里不痛快……”田老头汪着泪，一派委曲求全的样子。

“这不挺好吗？你想要的都给你了，官司没打就赢了！”

“还不是你到处奔走？现在没有地位就是白扯，像我原来样子的孤寡老头得拉一个专列！我这走了步好运，是碰上了你这样的好心人！”

“不管怎样，你率先得到解决就该高兴起来，铆足劲地活！”杲昊希望找回那个生机勃勃，拉架式告恶状的田老头，那时他多蓬勃。

田老头半天没作声，满眼的若有所失，呆坐了好一会儿才慢吞吞地倾诉，“唉……有什么值得铆足劲？那时铆足劲是为了向魏洞天讨个公平，每天我都多吃些饭，尽量让自己多长些肉，好有劲儿同他们斗，再说我东奔西走也得有体力！所以夜里就琢磨，什么吃了最顶饿，什么吃了最长劲，第二天一早就出去寻，寻来，再仔细加工又多多地吃，还真有效，那时我觉得满身是劲！吃饱喝足我就琢磨同他们斗争的道道，想了一条又一条，脑筋也灵活得很，就觉得给我个国家都能治理，那是真有点子！每次我把魏洞天他们闹得没了辙，别提心里有多痛快！”

“现在多好！有吃有住，不用再到岩洞去受罪！尤其是大雪已封了山，你可到哪去寻吃的！”杲昊极力劝慰。

“你哪知道，那山洞可有意思去了！那叫天堂！解放后不久就搞人民公社，把什么都归了公，可我就没归，把土改弄到的东西都藏在那个山洞里，谁也不知道。地主家的那些好玩意儿，我保存了多少年哪！”

杲昊一听那不是文物吗，“那些东西还在洞里？那可是宝贝了！”

“这几年，让我拿到城里全卖了！我是见钱就卖，也没卖几个钱。”

杲昊感叹唏嘘，她惋惜那些宝贵文物，不知落在谁的手。

“嗨！这算什么，还有更好的呢！人民公社后就大炼钢铁，秋天庄稼躺在地里谁也不去收，我就到地里挑最好的收了放到洞里，有十多麻袋。什么粮食都有，玉米、大豆、稻子、小麦、绿豆、杂豆，没事坐在洞里搓皮去壳，蒸着吃也煮着吃，三年自然灾害，他们饿得眼蓝，而我这却是锅满盆流！还时不时抓只山鸡，套个野兔，那是荤素搭配，干稀调剂，神仙一样的日子，那日子，还就我一个人享受！”

田老头说，最可气的就是丹家反攻倒算包了丹家崖的地，听说后他就蒙了，刹那间晕头转向找不到北。可他决不甘心受愚弄，于是打点起一百种精神到处告状，结果越告越糟糕，后来大家干脆说他疯了。说到此，田坤是老泪纵横泣不成声。是啊！他用了近一个世纪铸就的自成风格的荣辱与苦乐，就这样万念俱灰地与声泪携手，全方位沦陷。一个疯老头的形象，在机制转轨的历史关头赫然定格！

杲昊听到此，几乎将自己与这里的恩怨纠葛全部接上了轨，人生一如宇宙的演化，既无明显的边界，也无固定的始终，就那么随意、那么无常，上帝不但掷骰子，而且在看不见的地方掷。好在人类有自己的意志，可以选择自己的生活方式，同样是既无边界也无始终。

田坤在疾风暴雨地宣泄之后，又找到了新的平衡，这平衡使他认识到，他一生的不幸，其实有一半是魏乾父子给他造成的，于是对杲昊谆谆教导，“最表里不一的，就是那些官僚，他们表面是正人君子，背地里尽是男盗女娼！就说魏洞天那小子，口口声声为贫下中农办事，实际上呢，却是一心向着地富反坏。丹家眼下又发迹了，地主还是地主，贫农还是贫农！没有你为我讨这个公道，现在还不是仍旧流落街头！其实我一辈子都没翻身，更没有什么当家做主啊！一直就住在山洞，和杨白劳、喜儿没什么两样，真正当家做主的，还是旧官僚魏家和地主老财丹家！就算刚解放那阵把穷人当家做主喊得山响，可满天下的贫雇农谁能坐飞机、住宾馆？旧官僚魏乾父子就能，地主老财的儿子丹青也能！我这个真正的贫雇农，还不是照样吃糠咽菜！”

“打土豪分田地的时候，你可是走在最前面！三年困难时期，你有吃有喝不是也挺辉煌吗？”杲昊有意揭他的底。

“是啊！那可全是我自己努力得来的，这都没有他们什么事！我弄那点粮食，若是让他们知道了，不开我的批斗会，四清运动也得被打成四不清！”田坤一声长叹，惊落了满天飞雪，小寒大寒又一年，田老头于时间隧道跌落，一脸的苍老衰弱。

47

一脸的青春灿烂，那是正值人生起跑线上的冉红。作为特约嘉宾杲昊参加了冉红模特学校的开学典礼。尚满脑子田老头那一脸苍老衰弱的杲昊，似于时间隧道穿梭，一面是朝晖，一面是夕阴，览物之情得无异乎！这大概正是叔本华悲剧哲学的最原始因素。不过强力意志者又当别论，眼前的冉红就是最有力的注脚，一个不到而立之年的女孩儿，竟能独自撑起这样一份大业。三年之后就能送出去一批像她那样的模特，为装扮亮丽人生奉献力量。她没有资助没有靠山全然靠自己的一双手，进行最原始的资金积累，实施最独立的经营管理，一切问题都自己扛。

典礼在有条不紊地进行着，工作人员都是学校成立之前她收下的老学员，可以看出，她是有意使这些学员于管理和术业两个轨道去迈向成熟，将来都像她那样，不是身后必须有个经纪人的花瓶，而是样样精通的行家里手。嘉宾陆续到场，杲昊仔细察看，文化人居多，以文化局的欧阳涓涓扛鼎领衔，真真是流派纷呈争奇斗艳，令路人都不自主地驻足观看。举目四望，红旗猎猎，彩球高悬，整个校园笼罩于大气派、大举措之中，首先在气势上就令人为之一振。九点五十分典礼正式开始，杲昊悟到，大概是取九五至尊之意。好是好，不过有点狂，黄帝、炎帝才称得上九五至尊，一个小小的冉红，也可以自诩九五至尊吗？幸亏没多少人懂她的用意，或者就没人往这上面想。不过杲昊又一转念，有什么不可以？在不同的领域里，只要做出了开辟鸿蒙之举，就可以与炎黄齐肩，佛与众生原本是无二无别！放得下、跳得过，杲昊这才将注意力投向主持人。天！那不是文联副主席吗？冉红可真有面子！在这位副主席一句“冉红模特学校开学典礼现在开始”之后，便是礼炮与大地红的交响。交响中，有送牌匾的，有送字画的，亲情友情，又为冉红模特学校平添温馨。千呼万唤，隆重推出校长冉红，在鼓乐的开道后，进行她的办学演讲，这个满心功业、一腔赤诚的青年创业者，自然有她独到的见解和郑重的承诺。潮水般的掌声中，气势随即推向极致。冉红的演讲之后，副主席便调度队伍，开始了红红火火的文艺表演，看来是文联副主席在鼎力助阵。忙里偷闲冉红与杲昊小作交流，她让杲昊去照应着报名处，别怠慢了那些报名的准学员，那可是学校的重中之重。

杲昊遵意旨便去了报名处，这里早有冉红的老学员分兵把关，有发表格的，有收学费的，有作简介的，有端茶倒水的，已是井然有序。报名的人群渐渐排起了长队，多数是社会青年，待业的、下岗的、自由职业者，其素质极为参差。有些素质较好的见到这种状况便有些踟躇，不久队伍便有些乱，三五结伙议论纷纷，有的说是学校水准不够，有的说是乌合之众大聚会，更有甚者说纯粹是为了骗学费。随着议论的深入报名停了摆，报了名的也在商量着讨回报名费。

杲昊看到这情形岂能坐视，于是上前拦截，“人是可以塑造的，为什么要办学校？学校就是为重新塑造人，若一开始就什么都会，谁还用去学校？别看现在不成器，经过一段学习，就可能成大器！”

在杲昊的宣传鼓动下，随后报名的人又排起了长队。

“我们报四个！”一中年男人带来四个女孩，都是上好的模特料子。

杲昊一看条件不错，心中涌动着兴奋，亲自发给她们每人一张表。

中年男人似是献了和氏璧，“咱给你们选的苗子将来会出大彩，不是她们以学校为荣，而是学校以她们为荣！这可是难找的好料子！”

在杲昊的指点下很快填好了表又被带到收款处交学费，可四人都说没带，她们是来试读的，好便读不好便退学，说也用不了几天顶多一周。

杲昊听后觉得太离谱，至多是退学退款，况且目前尚不能确定学校的优劣，于是愤愤然去找那位中年男人，“请把学费交上来……”

“不瞒你说，送这几个学员来，就是有几分考核你们的意思。还不赶紧收下她们！不然就搅得你们开不了学！我一句话就能让那些报名的人都散了，你信不信？不信试试？”中年男人十分嚣张。

杲昊一看是有备而来，一时失去了主张，便去表演现场向冉红说明报名处的紧张局势，不想冉红不慌不忙，不急不躁。

“稳住，别怕，这样的事我见得太多了！目前凡是有一点势力的都想捞一把。要想使他们没法向个体户下手，只需掌握住两条原则：一条是不违法乱纪，另一条是把事业做强做大，一旦树大根深他们就无能为力了！哪件事不是从小到人从弱到强做起来的！若一开始就被吓住哪还有大事可成！所以我们得稳住阵脚，这就要靠极限的耐力！”

杲昊被冉红的一番剖析彻底说服，她扫了一眼满志踌躇的冉红，心中无限感慨，真真是人有多大胆地有多大产！自己一直成就不了什么大业，也许正是因为没有那么大的胆识和眼界！自己已是快到不惑之年的人，面对冉红的这些本事绝对是望尘莫及！还指望成就什么大业？感叹唏嘘了好一阵，才想起找冉红的目的，“四个学员收不收？”

“收！当然收，来者不拒！”冉红斩钉截铁。

“那大家都学着不交学费怎么办？”杲昊不无担忧。

“那就先不交，让她们先上课。等她们觉得学校好，这个学值得上赶都赶不走，那时候学费就不能不交了！什么事都存在个攻坚啃硬的过程，你搞新闻应该更有体会，就算采访一个人都不会一帆风顺！”冉红稚嫩的小脸儿写满自信，一派荡气回肠。

“不过你也得想到，有些人也许就不给你交费，最后你的学校成了难民救济所，而且还会有抖不掉的麻烦，”杲昊再次提醒。

“麻烦我不怕，至多是白教，那不也是出人才了！可这就是我的贡献！我愿以毕生的心血，换得栋梁之材成荫成林！”

“别忘了，没有钱会让你寸步难行！”杲昊接着提醒。

“有了人才就会有钱，我会带着成绩好的去参加比赛、表演，拔了头筹，还怕没有钱赚！”冉红一脸的自信，“到那时学费还是问题吗？”

面对冉红的义无反顾，杲昊还有什么可说？回头去了报名处，大喊一声，“要！没学费也要！学费以后再说！”一声令下学员又排起了长队。

就在杲昊喜忧参半之际，校舍房主又来到面前。杲昊便随房主进了租赁办公室。喝了一轮茶，房主便绕着弯地打听冉红的社会背景，开始杲昊并未介意所问必答，直到对方说“这小女子道行不浅！”这才提醒了杲昊所问不能必答。凭她的新闻敏感，她已嗅出其中的硝烟味道，于是觉得再不能毫不设防，就将冉红的内幕呈上去。再得不到什么信息房主便直奔主题，说他们近来经营不善出现赤字，想借点钱。不多，就两万块，眼下这不正收着那么多的学费嘛。

学费还没到手就惦记上了！杲昊知道其中有蹊跷，又起身去见冉红。

冉红一听房东欲借两万块钱，便知道那是下半年才应该交的房租费。一个小小房主也敢给她没陷阱，这次就同他对阵到底，看看这陷阱到底有多深！于是让杲昊去回复，就说冉红目前没有钱，借钱去找别人！

半小时之后，典礼节目尚未杀青，街道市容办又传下指示，说冉红学校的广告牌不合格，有碍街道市容，必须立刻整改。还未问清如何整改，早有人拿着焊枪将广告牌的两条铁腿切断了，咔嚓一声广告牌应声放倒，冉红巨款打造的火爆氛围，就这样惨兮兮泡了汤。冉红一咬牙一跺脚，“不就几块牌子吗？包子好吃不在褶上！威风锣鼓敲起来！”

冉红一声令下，鼓角齐鸣。声震大地，响遏行云。

48

在新一轮战机的谋划中，翁折东感到危机渐浮水面，原来他也不过是初生的牛犊！当初，在三结义誓师之时，他是多么强力，那时的心态完全是无敌天下。若不是考虑到三点成面的稳定性，他可能连三结义都不要，单枪匹马地冲杀才最合他的口味，这样，既不会使自己的格局破碎，也不会遭受同盟者的背后牵扯。当初就因他将三结义的誓词视为人生真正的主宰，这才将他拢进那个极具张力的小圈子。

这场官司的必然，仍是源于三结义的辐射，吴纳西已明确指出是达生的恶性牵连，可背地里谁知道他在胡昌稷那里又加了什么盐？吴纳西更想做王上王，实际上真正控制着胡昌稷的是吴纳西，吴纳西是不是将他们的三结义作为了垫脚石，只有鬼知道。不过这一切还都是翁折东的直觉，一种毫无根据的猜测，至多也是防人之心不可无那种。可直觉告诉他，吴纳西才是最具危险的。不过人这东西是宁肯相信错误的理性判断，也不肯依赖正确的直觉启示，因为人是文化的、理性的高级动物。

翁折东转了一个大圈，还得按吴纳西的指点去干。首先全力以赴投入诉讼，本来不想走这一步，私下捅点钱优惠优惠金步米完事，不想金步米这混账王八蛋油盐不进，率先拉了装修的电，随即又揪出原金座经理，非挖出翁折东给了他多少好处，拉着不达目的誓不罢休的架势。而翁折东唯一指着的就是劳燕了，可几个照面，几次议和，劳燕渐渐露出败势，说是罗织的一大堆理由没有吃硬的。翁折东当然咬死合同上任何人不得擅自附加条件，否则当以违约论处，由违约者负全责。金步米拉闸、加租，属明显的违约行为，这是赢定的官司！不想金步米雇的律师儿马般横冲直撞，随即出示翁折东违约的证据。在合同生效之后没交取暖费，一夜之间翁折东成了被告！既然劳燕是块白给的料，不如先打发她去卖红薯！追根溯源，根源还在支未绸那儿，送神还需请神人，让他去充当送神的角。于是电话传来支未绸，准备重锤响鼓给他施压。支未绸竟是一脸的唯命是从，可这在翁折东眼里，那是窝囊废的典型。

“知不知道，我是冲哪条聘你的？”翁折东无遮无掩将自己的不满全挂在脸上，唯恐支未绸读不懂还做了夸张处理，这令支未绸为之一震。

“是冲着……冲着我可怜吧……”支未绸被震得心中没底，其实他一生中有底的时候很少。但凡他做事都是全心全意，可每运行到半途准出岔子，接着是便翻车坠沟或是停滞不前。就这样，跌跌撞撞走到了今天。实指望转轨到另一种机制会有新进展，可同样屡遭翻车的险情。他对翁折东的忠是唯天可表，他与劳燕本已多年没有往来，可为了翁折东的事他破脸去求她，那种人格上的屈辱，一点儿不比翻车的滋味差。他对劳燕的初恋也是将一颗心全交上去的，劳燕为了能进重点大学竟与一个大官的儿子好上了，最后还是被人家给甩了。那时他就决心永远不理劳燕，可山不转水转，为翁折东他竟然去求她！劳燕那一脸的不屑和满心的居高临下，表示她自认当初就目光深远，早就看出他不成器，直到他说出翁折东会聘她为法律顾问，年薪五万，她才勉强接了手。

“可怜？笑话！你当我这是慈善机构呢？残疾的、乞讨的、老弱病贫的我怎么不聘？告诉你，我这是高看你一眼，希望你能发挥余热，为企业争光添彩，懂吗？”翁折东取醍醐灌顶式，以做最后的挽救。

“多谢……翁总……”支未绸点头哈腰，还配合着作揖。

“多谢顶个屁！得有实打实的行动！”翁折东不依不饶。

支未绸顿然目瞪口呆，这个双文明的典范居高临下的翁总，怎么也会跌落到平民的台阶？这与左邻右舍的百姓有什么区别？一口咬不到豆也是歇斯底里！唉，古今一也，人与我同尔！一时不免慨叹不已。

“傻愣着看什么？还不快拿出行动作有效弥补！”翁折东水漫金山。

“我的行动还不够吗？为了你，我竟然闯禁区去求劳燕！”

“人与人都讲个交换，你没权没钱有力也行啊！你可以用你的力气与人家做交换，慢慢地你就会换来一个五彩世界。你说你闷着头瞎干一气结果都是无用功，出产的都是废品谁还与你交换？记着，一个人的彩都是大家捧出来的，是权威们帮着描出来的！没人帮你，没人合作，还有个屁彩！幸亏劳燕没嫁给你，若嫁给你，她得窝囊一辈子！”

“这不对！我还不稀罕她呢！我老婆跟了我，她也没觉得窝囊一辈子！她满意着呢！逢人就夸我一辈子靠得住！这就是诚信！就像拓朴学里的微分同胚，到什么时候都具备绝对价值！”支未绸被激怒了，使出了他的看家本事，句句透着哲理真谛，“你叫我去泡那个厚颜无耻的臭娘儿们，我还嫌掉价呢！”他索性发泄了个淋漓尽致。

翁折东这才正眼去看支未绸，他发现这个看上去窝囊之极的废物点心，做反向努力却是那么强硬！难怪他一生平平，这大概就是命运！若人人都有好运气谁去抬轿子！想到这他又多了些宽容，“看来你很有见地也很有骨气，这一点倒是达成了共识。那你去辞了劳燕，就说既然她打不赢官司，索性就不劳她大驾了，让她回家卖红薯！”

这个结果是支未绸万万没想到的，那叫律师呀，是你呼之即来挥之即去的吗？当初是他说了多少好话，劳燕才勉强答应，那时她就预感到这是场难赢的官司，她说她了解金步米的背景，那不是一般力量能搬倒的。他把这意思传达给了翁折东，可他竟然大言不惭出示激将法，说是越难赢的官司越要赢，那才叫见功夫！又许以聘她为法律顾问，有事没事年薪五万，这才搬动了劳燕。劳燕也不含糊调查取证多方努力，这才有了今天的结果，只要翁折东松松手，将取暖费补上，这也算个赢定的官司。折腾了三百六十度，居然要辞劳燕！不劳大驾？那是说说就了事的吗？况且已劳了人家的大驾，工钱怎么算！想到这，便不知是哪来的勇气，“辞？那得给人家赔偿费！官司已到现在的程度！”

“赔偿？谁赔谁呀？如今都讲究打风险官司，官司打不赢律师一分钱拿不去！她耽误了那么长时间，我找谁去算账？”翁折东操流水板。

“不赢？那也不能算输！不是裁决补交了取暖费就成交吗？劳燕争取到这一步已是不容易……”支未绸在维护劳燕利益上，不知哪来那么大的动力，完全是潜意识里升腾起来的，几乎忘记他是在与谁对话。

翁折东谅他也没有与自己做对的胆，便又一次出示宽容，“我说你一辈子没干明白，原来你在表达上存在重大障碍，你的歧义就让人往反向理解，那还不铁着辞你！好了，先去把劳燕辞了，回头我自有主张！”

支未绸这才感到自己已被置于悬崖，没有任何挣扎的余地，不然他随时会坠崖。原地踏步了半个时辰，这才战战兢兢地去见劳燕。到了劳燕办公室又酝酿了好一阵才挤出一句话，“情况有变……”

“有变是正常的，不变才不正常！”不想劳燕高峡出平湖，丝毫没有大惊小怪，不过对支未绸的态度愈加冷淡。

“你想到他把你辞了？”支未绸出示满负荷愧疚。

“当初我也不是为他出山，他那个官司明摆着是个输！”

“都是我的错……那我该负什么法律责任？”

劳燕抬眼细细观察支未绸，还是那一脸的木讷，这让人觉得他的每句话都不过是一种客套，其实他内里藏着无限的关爱，这是她用了近半个世纪的观察体验才得出的结论，“当然是劳动改造！若在翁折东那干不下去，就到律师事务所来端茶倒水，这里正缺个勤杂工！”

支未绸目瞪口呆，比猜灯谜还迷惘。

你的星座………

49

一场鱼死网破的争斗，万向权终于逃脱了伊腾飞的诉讼，倒不是理由不充足，而是万向权暗中加大了反诉讼力度，使官司成为马拉松。意志薄弱的巴娜娜实在熬不住一轮又一轮的调查取证、法庭辩论，主动提出撤诉，硬是将一个快见分晓的官司泡了汤。事实上巴娜娜已厌倦了主持人，而对台湾垃圾商更感兴趣，便觉脸上是不是有疤痕已不重要，再者只要有了钱，这只是个小小的整容，何必大动干戈闹得鸡犬不宁！巴娜娜一向喜欢趋易避难，于是大刀阔斧拉闸关电，息事宁人。

万向权可是取十万马力的反弹，面对这次意外沦陷，尤其得知有杲昊从中撺掇，就将十万马力的反弹瞄准了杲昊。他得让杲昊付出终生的代价，让她终生背负这个重压！在他看来这重压莫过于下岗，他一定要让这个小有名气的记者在改革大潮中下岗，将她钉在丢失饭碗的耻辱柱上——从此既失去生活保障，又无颜面对江东父老！

想到这万向权别提多感谢改革大潮，这才是真正的万向节，转到哪都有充足理由！接下来就将原岗位打乱重新设定，广播综合中心、电视综合中心、新闻中心……人员由各中心主任挑选，只要各主任都不去聘杲昊，她就下岗无疑！佫恪就是三头六臂也没辙！按常规他应该先找佫恪将方案定下来，可他实在不愿与佫恪搭界，那叫话不投机半句多。

恍惚间，吴计正从他门前闪过，于是急切切将她喊进办公室，“忙什么呢？”万向权并不想知道她在忙什么，而是急于将一盘异想天开的邪恶大杂烩兜售给她，因而显得文不对题，这给吴计造成了感觉错位。

“做参赛节目呢，这可是你指示的一定得夺魁！三分诗七分读，主持人也很重要，卢淑女差点火候，巴娜娜又上不了镜，我想到省台请一个，可那得一笔钱，现在不是佫恪一支笔嘛，去找他批……这可是你建功立业的工程项目……”吴计竭尽全力表白，这是因为所涉及的人均与万向权有嫌隙，她可不想将自己置于万向权的对立面，因为在胡昌稷那里，他们早算一个大旗下的人，而且她事事都得靠万向权撑腰。

“这不矛盾……我是找你有别的事。”万向权终于摊牌。

“说说看，只怕我的能力有限耽误了大事，一定不是小事！”

“聪明！”这倒合了万向权的胃口，于是将改革大局向吴计全盘描绘了一遍，“改革势在必行，机制要转轨，机构随即就得跟上，目前的机构还是大锅饭那一套，不管干什么都得是拿档案工资，干多干少一个样，干好干坏一个样，这怎么能大踏步前进？这一局面必须打破！”

“打破？那以后怎么办？”吴计开始心中没底。

“先将岗位分出三六九等，准备搞五个中心，按工作量及难易程度定五个等级，这样工资就拉开了档次，新闻最重要，新闻中心就要拿第一等酬金，其他人按能力大小各就各位，多劳多得少劳少得不劳不得！”

“那大家不都抢着干一等的了？”吴计怕她被甩到最末一个档次。

“讲得好！接着就要在队伍上下功夫了。老一代的编辑记者普遍趋于老化，马上全盘走向数字，我看没几个能摆弄得了微机的，这个队伍就需要大换血，说明白了就得有一大批人下岗！”万向权斩钉截铁。

“你是让我带头下岗？”吴计出示提心吊胆的样子。

万向权这才领教了吴计的自我保护意识，难怪她将自己紧紧拴在权势人物的身上，就算是投鼠忌器，谁也奈何她不得！于是略顿便抚慰地一笑，“想哪儿去了！若下岗那是下你没商量，还有提前预告的？像吴计这样兢兢业业怎么会下岗？是让你去选下岗的！谁该下就你一句话！”

“这可是赴汤蹈火！选到谁还不得跟你拼命？”吴计愈加战战兢兢。

“擒贼先擒王，把王先给清下去，其他就易如反掌！”

“王？谁是王？”惊涛骇浪面前，吴计已是手足无所措。

“杲昊！”万向权恶狠狠，鹰鼻鹞眼空前狰狞。

“杲昊？”吴计如闻旱天雷，“本子是她写的，还指着她获奖呢！”

“吴计也有死心眼的时候！可以打时间差，又不是马上让她下！节目先做着，等方案一出台，你的奖也评完了，懂吗？”万向权指点迷津。

“可若获了奖，那她不是拔尖人才了吗？而且她懂外语，会微机！”

“咦？吴计什么时候成慈善大使了？社会就是这样！什么时候说什么话，不然怎么才有适者生存？”万向权愤愤然。

“你的意思？请指示我决不走样！”吴计第一次被绕得找不到北。

万向权一向比较谨慎，可他看到其他小团体内都在推心置腹，没有这样的心心相印，怎么能达到同心同德？于是极为诚恳，“其实咱也不是跟谁过不去，时代就是这样，大环境也是这样，处处都张扬着优胜劣汰，优劣这个问题从来就没有统一标准！只要你能守住某个阵地，将异己赶出圈外你就是优，你就是强！包括你能拢住多数人去投你的票，那就算本事，就是德才兼备！老百姓都知道胜者王爷败者贼！就拿刘邦和项羽来说，你说谁更优秀？”万向权戛然而止，等待吴计的评说。

吴计的思路属流水式，正等着万向权自问自答，况且她也不知道谁是刘邦项羽。可她有自己雷打不动的原则，在领导面前决不能随便表白自己的观点，这样既可以确保不出差错，又可以给领导一个好印象。

此时的万向权是在做启发，要求的是吴计心有灵犀，“说呀！”

“啊？说什么？”吴计盘山路急转弯，大有坠崖的险情。

“说刘邦和项羽谁优秀！”万向权急赤白脸，怨恨金无足赤。吴计若有杲昊那样的头脑和才能，金无足赤这个词在辞典里也无处立足了。

“那得怎么看……”吴计当然说不出谁更优秀，可在万向权的迷魂阵里总算抓住些许意向，尽管一直在错位。

“讲得好！”万向权对这个回答十分满意，他要的就是吴计的万向意识，于是又来了兴致，“就说南美洲的食人鱼吧，繁殖迅猛，所向无敌，最近听说走进中国了，这鱼的肉味道鲜美、营养丰富，可这么好的鱼硬是被国家禁养，而且下令全方位捕杀！”

“为什么？”吴计瞪大眼，她怀疑是不是有坏人作祟。

万向权无奈地笑笑，他对吴计的浅薄，实在已是无肠可断，可眼下又不是指正她的时候，只得咬着牙顺着她的意识流下去，“这种鱼太强势，强到容不下别人生存，为保护物种多样化只好掐尖了。所以说世界上万事万物都无所谓好也无所谓坏，符合利益的就好，反之则坏。”万向权半感慨半自谴，他知道吴计永远不会对他心有灵犀。

“我明白了，就是凡事不必多考虑对与错，只要对自己有利便可以放手去做，比如对杲昊就是想方设法把她挤出新闻队伍！其实我早有这个想法，只是以为领导站在高处，对部下都一视同仁，才没敢多嘴。杲昊对新闻队伍应该说是个祸害，多少事都是她擅自做主，影响极坏，尤其是对霓彩化工公司的曝光，明明是破坏新闻纪律嘛！就是在国外，你违背了大财团的利益也要遭追究，大米饭总不能养贼，吃里扒外！”经万向权一番启示，吴计终于大有长进，虽有些直白露骨，但总算与万向权的宗旨接上轨。略顿，吴计又一板三眼，“先在新闻中心选一个硬实头头，让这个人咬死不聘，两轮聘不上她的档案就得交人才交流中心！”

“这个人不好选……”万向权投石问路。

“重赏之下必有勇夫……让他咬死不聘，看杲昊怎么上岗！”

上贵见肝胆，下贵不相疑，上下错位的思路，终于在共同利益的沆瀣中百川归海，是不是能融为一体，就很难说了。

50

一杯干红，一杯干白，觥筹相对的痛饮，却是在极具恐怖感的山洞里进行。洞外是大如席的飞雪，凝固散热效应与地下温泉交织，使洞里洞外都温煦润泽，这倒使恐怖显得不那么遮天蔽日。一直被败阵困扰的伊腾飞，突然被导师屈子集莫名其妙地带进山洞。向来循规蹈矩的夫子这一突发式怪异举措，实在令伊腾飞为之震惊，几乎忘记了此前失败的伤痛，甚至连对万向权的憎恶都涣然冰释。

弟子三千，贤人七十，屈子集的施教理念，虽未离开鼻祖的象牙塔式，可他决不只停留于阳春白雪，而是让这些佼佼者汇入俗流，一任清浊巨流的挟裹，就在泾渭难分的渠道里去润泽苍生。当初，倪莳萝将他妹妹杲昊交到他手上，几乎就是神经错乱的废品，经过他几年的精心调教，杲昊起死回生，如今已是蜚声全城的名牌记者。千淘万漉选出的伊腾飞，更是要将他打造成金栋玉梁。伊腾飞与万向权的较量，不过是一幕小小的过场戏，居然使这个初生牛犊大伤元气。栋梁之材就要禁得住千锤百炼，木受绳则直，金就砺则利，对伊腾飞的打造尚待多层次，因而狂欢之夜屈子集将伊腾飞带进狼窝，准备对他进行另类打造。

待酒至半酣，他觉得伊腾飞该有一定的胆量了，便带他进了隔壁一个狭洞。弯腰进去里面豁然开阔，在屈子集大功率手电的光照下，伊腾飞看到三对绿莹莹的光点，接着便是令人毛骨悚然的嗥叫，到底道行不够伊腾飞下意识地一颤，雕塑般固化。

“不用怕，这是三只狼崽，它们的妈妈出去觅食了，这大雪天也够难为它……”屈子集轻轻柔柔，有如面对老友。

“这玩笑开得有点过了吧？”伊腾飞着实惊吓不小，“一旦老狼回来，我们怎么办？这不是拿生命作赌注吗？”

屈子集没多解释，从塑料袋里取出碎肉，分别摆到三个小家伙的面前，此时的狼崽与狗崽没什么区别，上前便大吃大嚼，嘴里还发出护食的嘶吼，其吃态证明它们已是饥饿难耐，可见很久没有饱餐了。屈子集索性蹲下来，喂了一轮又一轮，五六斤生肉，一会见了底。这时小狼不再饕餮，有的舔着唇边的血渍，有的伸伸懒腰，那只最小的干脆绕到屈子集面前，在他腿上蹭来蹭去，俨然一只可爱的宠物狗，瞬间弥漫出一派祥和。惊魂渐定的伊腾飞也觉得煞是可爱，便上前抚摸，小狼顺势仰起头，眯起眼犬坐于前，用小嘴巴蹭着伊腾飞的手，毛茸茸暖乎乎，伊腾飞的恐怖烟消云散。这一次他不能再静思老师的苦衷，他百思不解眼前的事实，更是千思不解屈子集的高深，与狼共舞，那得具备多深的道行，更有甚者他是何时修行而成？心心相印的屈子集很快感应到伊腾飞的疑窦，“这些道理不过为了佐证，重塑的最高境界是潜移默化。”

接着屈子集便细雨般，编织着他与狼共舞的故事。十几年前，他为了寻找走失了的杲昊无意闯到了这个山洞，那头老狼当时还是狼崽，它母亲被猎人的铁夹夹住了脖子，若按常规他应该将老狼打死，消除这个害人之兽。可它面前正匍匐着一只幼狼，还不时钻到它怀中吃奶，奄奄一息的老狼哪里还有奶水，屈子集真真看到了那老狼的泪水，那种求救那种无助，绝对是撕心裂胆的冲击，屈子集将夹子打开看到老狼还有一口气，但伤得不轻，趴在那没有动的迹象，屈子集发现了这个洞，便把老狼小狼一起拖进了山洞，老狼一定是伤了颈椎，呈现高位截瘫。此后屈子集便担负起这一老一小的喂养，肉是喂不起，屈子集便弄些肉汤泡馒头，饿急了老狼也开始吃了。三个月后，老狼总算康复，小狼也长大了些，能捉些鼠兔一类的东西吃，屈子集便离开了它们。几年后，杲昊的病彻底康复了，屈子集心里高兴，又想起了那两只狼，于是便又到这洞来查看。看到洞外有一堆狼骨，洞内便是现在的这条大狼，它业已长大，为狼之母了。这三条小狼，显然是本年度刚生的，这是屈子集上一周才寻到的。为了给伊腾飞一剂强心剂，便冒险带他前来。

正当屈子集津津乐道于狼的故事，洞外突然传来凄厉的狼嚎，母狼回来了。荒郊野外，势孤力单，伊腾飞清楚地知道他与他智慧的导师都不是狼的对手，一种垮塌感令他不由自主脱口而出，“怎么办！”

“我带了猎枪，绝对确保你的安全！”屈子集一扫往日的斯文。

“不行，狼是国家明文规定的保护动物。”伊腾飞为狼维权。

“那就招安，让它归顺人类！”屈子集完全一种临战的大家风范。

“行吗？那你试试……”伊腾飞下意识地说。

屈子集取出袋子里的肉骨扔给母狼，母狼真正是狼吞虎咽，瞬间将肉骨下了肚，舔舔嘴，犬坐于屈、伊二位面前，绿莹莹的凶光不见了。

“招降还真好使！老师，你真是神通广大！”

“没有百分之八十的把握，我是不能带你来冒这个险的……这不是什么神通广大，是多年的磨合教化，别忘了我救了它妈妈，它几乎也是我喂养长大的，刚才它的嗥叫完全没有凶意，而是一种感恩。通过嗅觉它早感知到自己的三个幼崽已经饱餐，这么大的雪它很难找到食物，没看它饥肠辘辘，不是万不得已它不会伤我们。”

“老师为什么要给我如此深刻的教训……”伊腾飞依然惊魂难定。

“经过这样一次短兵相接，还有比赤手空拳面对狼更可怕的吗？”

伊腾飞稍示沉思，“你是指与万向权的较量吧？”

“你能赶尽杀绝吗？你知道我们不能灭绝一个物种！天下正是因为有了这形形色色的物种，才显得五彩缤纷生机勃勃……没有了狼，黄羊和草兔就会泛滥，大地岂不走向荒漠化？”屈子集铿锵反诘。

“老师，你的意思是，万向权也有他的合理内核？”

“既然不能赶尽杀绝，就得合理地去相处，这就需要我们的教化与引导，这一历史重任，就落在你们这些精英身上了。我对你抱有极大的期望，未来的走向，就看把握航向的舵手！你不能气馁，不能出让，更不能自甘暴弃……要学会用自己的力量去影响社会，滴水穿石！”屈子集晓之以理。他看到伊腾飞有些困惑，又出示无限感慨，“唉，世界总是在不断磨平每个人的棱角，这是进步还是退化呢？”

奔突冲撞，伊腾飞感到惊雷般的震撼，老师带他夜闯狼窝虎穴，原来竟是一次经天纬地的教化！他懂了，真正懂了一颗海涵地负的伟大心灵，绝对是苍天般的高远，大地似的厚重！更难能可贵的是，他居然冒着与狼对峙的生命险情，“老师，你觉得我还不够听你话吗？”伊腾飞酸酸楚楚，“何至于搞得如此严重……居然拿生命作赌注！”

“你是个很自我的青年，听话那只是对老师尊重，而老师的观点就不一定刻骨铭心！为了让你能牢记老师这点苦心，我才出此下策……”

伊腾飞倏地跪在屈子集面前，“一日为师终身为父，老师的话我从未打过折扣，我会以老师的教诲作生命的蓝图！”

“如果在智力上能与人和谐共处、相互通融，在交流中更多地吸收和采纳他人的真知灼见，你就会有双倍的智慧！”屈子集戛然而止。

六合之外圣人存而不论，六合之内圣人论而不议，对于屈子集锲而不舍的教化，能不能融会贯通就看伊腾飞的悟性！

阑阑深夜，漫漫长路，交织出一幅迷离的人生画卷，屈子集以深邃的哲理高洁的品格，于画卷上画龙点睛。播种一种品格，收获一种命运。

经过一番显形争斗与拉扯，人文天空进入相对稳定时期，星体以不同的场指数标识各自的位置，实现着星位与场指数的辩证！

卷三

等与色

宇宙是个大赌场，星体的命运极为随机，大胆假设，小心求证，搏命求解属于自己的方程，千万当心蝴蝶效应！

1

经过一段简短休眠，人文星空的大戏又开始轰轰烈烈地上演，此番积蓄的能量超过此前的两倍，因而其爆发的场面空前壮观，绝对是双倍的震撼！由于此前的种种较量，各大星体都经过了各自的排序，对自己的星位与场指数有了清醒的认识，接下来就是拉好架势，去展示各自星等与色指数的辩证，同样是双倍的闪亮登场。

阅读了满世界关于爱的概念，杲昊终于有了自己的诠释，那是在伊腾飞顾问巴娜娜一案败诉之后确立的。爱，不过是一种需要。当初，佫恪的爱是炽烈的，那可以解释为生理的需要，或者纯属无意识的生物类最原始的传宗接代的需要。后来的重逢，佫恪所表现出的那种刻骨铭心冈布里奇式的恋情，又不过是自我投射而已。那一段，他正值人生的沙漠期，面对精神失常的杲昊，刚好印证了他那一时期的心绪，枯萎、败落、无望。这一偶然的投射，使他对他自己的模糊印象变得清晰，他们在轮廓上极为相似，以致略加修改便成为他所希望的样式，于是他把自己的恐惧或希望都投射到杲昊这个对象上，正像解释一幅画就等于动员一切有关的记忆来核实自己的创造，从而达到心有所系。而如今，他已跃出沙漠，登上了辉煌的创造期，他所需要的自然不再是杲昊这样的弱者，而是强有力的助手或是更强悍的靠山，于是他找到了省组织部长曹健，无论是实现自我还是建树功业他都感到得心应手。况且男人之于功业犹如马离不开鞍，他们需要这些装备，不然怎么能勇往直前呢！意识到了这些，生死相许、相约今生、铭心刻骨、地久天长这些意念，便渐渐远离她的黄金视野，代之而起的是万念俱灰、痛心疾首、摧肝裂胆和切腹断肠。这绝不是空穴来风或无中生有，在与万向权的较量中，佫恪没有提供任何援助，杲昊认定这便是铁证！今后她将面对梦断蓝桥的岁月，所能做的也只有司马迁式的发奋了，将自己的经历、感触、想象乃至梦幻都用文字固定下来，也许会给同样境遇的人一点参照。

感应若真能百分之百准确，世上大概就不存在误解和错位了，感应也许至多是心理观照而已。佫恪对爱的理解却是五彩斑斓，他不否定杲昊的观点，尽管流于偏颇，因为杲昊只对了一半。爱情作为人类独守的一种精神产品，除了基于生物性的原始色彩，更应具备人文性的附加特征，尤其应是审美人生的重要支柱。既然其中包含投射，那首先就该是一种自我肯定，同时还应该是强烈欲求之所系，更是强力意志的形象显现。通过这种审美式的投射，就可以沉浸于外在事物的赏析之中——沉浸在梦之中，忘掉可怕的现实。人生太多的痛苦、太多的失落，总是在审美中得到补偿，就算浮生若梦，也该精神饱满地将梦做下去。靠着审美、靠着爱，人生不再是一种永恒的缺陷，从而有理由认定人生连同它的苦难都是一杯美酒！即使面对悲剧，这种形而上的慰藉也会使人逃脱世态变迁的纷扰，在短暂的瞬间成为原始生灵本身，同时感觉到生命不可遏制的生存欲望和生存快乐！

既然爱是一种投射，它就应该遵循审美规律——距离说，这是瑞士心理学派美学家布洛提供的。审美需要一种超然，距离太近容易激起功利欲望，失去审美感受。距离太远当然不可能被主体感知，无法获得审美愉悦。布洛强调了审美与功利的分离，也许是对审美的一种净化。宋代的秦观更是一针见血地指出，两情若是久长时，又岂在朝朝暮暮。爱情本该是一种观照效应，那是一种凝神专注，是一种移神夺目。彼此令对方感受到一种强烈的吸引和诱惑，从而忘却人生的悲剧因素。这种高附加值的驱动，会使人在完成人生使命的进程中，不知疲倦地奋进。

鉴于这种心理感受，佫恪从没有舍弃对杲昊的观照，他把握着适当的心理距离。若不是多舛的命运，他连这点距离都不必保持，是曹健让他必须保持这段距离的。组织部的邂逅，本该事过境迁，可曹健却绝对没有放手的意向，也许曹健在佫恪这里也找到了自身的投射，感到了强烈的观照效应，那种痴迷、那种专注，竟使她不择手段。

当时曹健的“君子一言，驷马难追”，佫恪只当一句戏言，从未与发誓、宣告一类挂钩，那次奇特的遭遇随即被存到记忆的陈列馆。世界不大又天天与曹建见面，足智多谋的曹健竟导演了一场冰激凌闹剧，就这样，几度迂回，几经折腾，他终于成了曹健的情感俘虏，半对有情人就这样凑合着结为连理。接下来，佫恪于偶然中又遇上了杲昊，他曾天真地暗中感谢命运，可在多方世态纷争的夹击下，又不得不惨兮兮再次别离。十年前那场别离大戏，应该是曹健一手导演的，可此次再聚却有所不同，他自认不只是肩负情感的担子，他还有另外的重任。

举目望去，对面坐的竟是杲昊，不过远远地要对话都有些吃力。每逢节假日，大家都出去狂欢，而他这个局长还得坚守阵地。每遇这种特殊时刻，他都得在岗位上值班，想不到食堂里还有一个人，那就是自成一统的杲昊。他多希望杲昊能像曹健那样，端着碗坐到他的对面，他知道那是个白日梦，这才是性格悲剧的真正诠释。

宁静致远的杲昊，早将这一切读懂，可她无怨无悔。这世上，每个人都是一道独特的风景，她宁愿坚守。她的意志创造了独一无二的命运，正是这样的命运才是她生命之所系。她没有向他靠拢，也没有目光上的交流，她将目光投向窗外，街灯照出由冰雪构造的琼楼玉宇，洁净而纯粹，就像她一无色彩的内在，她终于体验到清冷宁静的独特。其实内心的喧嚣，完全是由一种索取争斗欲造成的，如果她早早就不想向佫恪索取，也就没有了一场场争斗的狼烟，那样佫恪也许会更加天高云淡。他是男人，是这个世界的核心，把事业和成就看得比生命还重要，他活着就得有这些东西陪衬，就像马离不开鞍。她为什么一定要闯进他的世界去改变这一格局？假如她真地同他生活在一起，她会给他些什么帮助呢？无非是咬文嚼字，无非是空谈人生，该还给他一片安宁了。想到此杲昊起身想撤退，可佫恪正扼守在大门的出口，那是必经之路，就一定得向他寒暄，并一定得集虚假、虚伪、虚空、虚张于一身，她不堪这虚浮情调的重压，便转身进了伙房，她知道那里还有一条华容道可供她撤退，于是走麦城般落荒而逃。不想出得门来，一个高大的身影，正正拦住她的去路，正是一脸困惑的佫恪。

“干吗躲着我！是把我当成洪水猛兽，还是怕我有求于你？”

“不会吧……”昊杲结结巴巴，一时想不出更合理的应对。

“是为了巴娜娜的案子吗？”佫恪步步紧逼。

“怎么会……”杲昊现出明显撒谎时的尴尬。

“那我来告诉你，你的行为有些像小孩子打群架的意气，我觉得我不太适合参与……况且我还担负着更重要的任务，希望你能理解，别把自己硬往牛角尖里送！其实我早就对你阐释过，人生的任务很多，想把每项都完成得出色，这就需要协同作战！目前我势孤力单，需要很多人的帮助，更需要你的帮助……”佫恪的请求很恳切，唯独没察觉他们的意向已严重错位，人与人交流的悲剧莫过于此。

帮助？她能给他什么帮助？杲昊倒觉得她不再需要佫恪，只感到自己热血退潮、青春不再，她更需要一块净土去养伤，一切问题都自己扛。

2

回国后胡昌稷觉得第一大幸事，就是摆脱了筱砉的搓磨。筱砉，不过是个私营时装企业老板，怎么就会有那么深的道行？当时她出钱让市长陪同去美国考察，胡昌稷还觉得是个难得的奇女，不想美国期间，胡昌稷被筱砉勾引成奸，生平他首次领略了女人的难缠。从精神到物质从心灵到肉体，他都被过量榨取实在是精疲力竭。筱砉说他体魄伟岸，是女人难得的泄欲工具，此后，她会经常来找他解决问题，包括身心两个方面。如今社会日趋复杂，她的事业想冲出突围异军突起，就必须仰仗他的呵护、扶持。为确保这一走向不变，她要胡昌稷签字画押，日后这便是取之不尽的核能，要风得风要雨得雨。另外，她还告诉胡昌稷，她眼眶很高一般人入不得她的眼，自视极高的玉体，除了她丈夫还无人有福消受，此次胡昌稷的偏得应感谢缘分。既然属于缘分，那就是苍天所赐，他们得终生相守绝不能有厌倦之意。她要胡昌稷对天盟誓，不然她会同他玉石俱碎。就这样，胡昌稷无条件地被拴到了一个名不见经传的糙女破船上，而且一切都得听她的发落。回国后，胡昌稷又回到了权力中心，总算甩掉了挥之不去的筱砉，心中感到一些轻松，但一想起那些签过字的生死合同，心中就有说不尽的懊恼。

此番赴美，是由胡昌稷的小车司机吴畏之妻逢桂桂接待，吴畏想知道妻子在国外的情况，可几经点化胡昌稷都表现漠然，于是不得不单刀直入地询问逢桂桂的情况。这才使胡昌稷注意力集中，他首先夸赞逢桂桂的机智能干，又仔细介绍了逢桂桂已被一家大公司聘用，很受老板重视，很可能回国做公司代理。吴畏一听喜不自禁，有胡昌稷当后台，这个代理可是大有干头，他心里明白，所谓代理就是帮着外国老板捞中国的钱，然后再从中索取一定份额归自己，若是在外国老板那得脸，这份额的比例就大些。如果在中国能找到突破口，在外国老板那得脸就易如反掌，而这个突破口就在胡昌稷手里，这可是个肥差，胡昌稷若能助他一臂，将来他们也会跻身大款的行列，上千万元的存款、汽车、豪宅那都是唾手可得！他立刻意识到改变命运的机会就在眼前，而哄好胡昌稷才是重中之最！眼前突然闪出妹妹吴计的脸，这真是苍天所赐，当年除夕夜，他竟然将吴计这个弃婴捡回家，又加上二十多年的养育，想不到在这儿派上了用场。他还以为，借妹妹的光当了胡昌稷的司机，已属祖上烧了高香，不想还有更大的幸运等着他，弄顺了，一夜暴富那可就在眼前！吴畏觉得不能怠慢，得马上将胡昌稷理顺，得让他觉得非他吴畏而无可寄托，于是信口编起芝麻开门式的童话。

“这些日子您不在，妹妹多次打电话询问您的归期，她对您的情感是唯天可表！听说您回来非要到机场迎接，我考虑到影响就没让她去！”

“多谢你们惦着，叫她快过来吧。”胡昌稷早想冲冲筱砉的晦气。

吴畏顿然心旌招展，暗自庆幸运起青萍之末。经过几分钟的仔细盘算，便编织了一个极好的规划，他建议胡昌稷去冰花寨，那里清静恬适又没有熟人，包下一两间客房，让妹妹吴计陪着好生玩儿两天，过过美好的乡下生活也未为不可。再者目前正值严冬，观观雪景也是难得的享受，再让乡下人添些笨鸡野兔更是别开生面！

得了应允，吴畏便调来吴计，又带上胡昌稷，一路去了冰花寨。

冰花寨主是个下岗女工，曾当过女子作业队队长，又是模范标兵。

一天胡昌稷与吴计野合，看到山头有一户人家正炊烟袅袅，便想寻些吃的。胡昌稷上去一看竟是他熟悉的标兵孙纹，又是自己副手寅君的情妇，便下决心帮她一把。这任务就交给了吴纳西，此后便淡出了胡昌稷的视野。吴纳西决不会放过拉动蝴蝶效应的机会，经过他的巧妙运作冰花山寨很快得以确立。当过作业队长的孙纹胆大力壮，精心经营着这个山寨式的旅游度假村，由于特色显著，不久就火了起来。

由于事先电话通知，一进寨孙纹便迎在门口，身后率着排列整齐的迎宾队伍。胡昌稷触目所及的竟是满脸阳光的孙纹，这才想起自己的一念功德，真正是一分耕耘，一分收获，他只一个小小念头，就拯救了一个人！记得寅君火化时只有她一个人押车送葬，胡昌稷脑海里，那是对孙纹最后的印象，一双哭得红肿的眼，一张苍白无色的脸，一副如丧考妣的落魄，一派举步维艰的瘫软。现在再看眼前的孙纹，真正是判若两人，完全是主宰乾坤的大牌强女！他的一念拯救，其实也是对孙纹的一份敬重。胡昌稷满怀感慨，口里下意识吞吐着赞美词，“哎呀，真是天涯何处无芳草，守寒窗终有峥嵘日啊！有道是落配的凤凰不如鸡，可是有一天得了地，凤凰还是凤凰，鸡还是鸡！”

孙纹便指挥着属下，将市长一行拥进室内。为胡昌稷准备的是一套豪华间，上下两层贯通着，一层是卫生间、洗浴间、餐厅，二层是小会客厅套着卧室。纯白松装修的墙壁和地板，还透着木材的芬芳，十分考究的布艺帐幔尚散着棉质的馨香，第一感观就是清、洁、爽！举目映入眼帘的是正面墙挂着的那枚硕大的塑质雪花，自然是冰花寨的标识。服务生一路引导上了二楼，小客厅淡雅别致，根雕式茶桌、茶凳之外别无家具，四壁挂着精致的水墨丹青，尽皆是冰花寨的写生，第二感观又是雅、文、秀。卧室一张天鹅绒铺就的双人沙发床，被圆顶金丝帐幔簇拥着，微气流中闪闪烁烁，大有转侧看花花不定的韵味，这第三感观更是温、馨、柔！以雅好多著称的胡昌稷，此时只想能将整个山寨都据为己有！更是暗叹寅君的好眼力，当初就能于万俗丛中，窥探出这等内秀的孙纹，她竟然也能如此智慧，营造出这般世外桃源！

一边观看一边惊叹，胡昌稷早已心荡神摇。他本已被筱砉闹得心灰意冷，认定唯小人与女人为难养，世上只有利益哪还有真情云云，可孙纹就为他做了强有力的注脚，她对寅君的情不是与日月同辉吗？看来女人是有等级的！退休后若能到这里享受这世外桃源，岂不老有所乐！

第六灵感告诉胡昌稷，孙纹绝不是筱砉式的女人，俗语说，人一上百形形色色，果不余欺也！细细算来，他见过的女人多了去了，两头拔尖的不多，平平庸庸的不少。最宠爱有加的要数吴计，年轻、漂亮，极富诱惑，是他见了就放不下的一个。而吴计又很够意思，为了他硬是不嫁，而且从无妒忌之心，就算她亲眼看到有其他女人从他房里进出，她也全然像是没看见，从不过问，从无怨言。而筱砉就应该算是负面顶尖的，短短半个月她便水蛭般挥之不去，而且还将她的毒汁传导于他，令他心神难宁。回头她还不知会闹出什么乱子，他已给了她三个合同，而且都有他亲笔签字，真是活见鬼，在筱砉面前，他怎么就身不由己，糊糊涂涂答应她那么多条件！而眼前这位孙纹却又是一身侠肝义胆，冲着她对寅君的天高地厚，也一定是个侠义之士。此番他再次见到孙纹，倒有一种依附感，很想要她出点子、拿主意，尤其恨不得马上将筱砉的劣迹倾诉给她，让她解除他的后顾之忧，可他知道这些都不过是自己的一厢情愿而已，他只能默默忍受诸多无奈和屈辱！

孙纹很快备齐了一桌精致的山珍海味，恭敬虔诚地前来陪餐。席间孙纹是诉不尽的感恩戴德，将胡昌稷的无私资助炒了一遍又一遍，最后抛出她的杀手锏，"生死朋友一定要交！就冲你与寅君多年的交情，我们也应该结为生死同盟！况且，胡市长你又再造了一个孙纹！"

感于孙纹义薄云天的江湖义气，胡昌稷一声长叹，"唉……浇风易渐，淳化难归，像孙纹这样的醇厚奇女不多见了……"

3

餐后孙纹飘然而去，吴计也拉着哥哥吴畏去看雪景，剩下胡昌稷顿生百般失落，他身边不是围着男人就得陪着女人，这样孤零零一个人的时候还是第一次。这令他突然想到退休的日子，细想想还有两三年的时间，前半生五十多年都是弹指一挥，何况两三年！如今人际关系如此复杂脆弱，退休后的生活是什么样子还很难想象，他自知没有几个贴心朋友，围着他转的也是冲着他手中的权，没有了这个权谁还会围着他这个糟老头转呢！仔细想想，像筱砉这样的女子，为了能靠他办些事，竟不惜牺牲了自己的女儿身，那么白白嫩嫩、苗苗条条的一个身子，就让他这个糟老头随意作践，倒也是挺可怜。而他靡费得倒有些厌倦，一旦退了休，一定就会像眼前这样，云山万里别，天地一身孤！这样想过，又对筱砉心存一丝感激，完全没有了制裁她的意向。

其实以前他并不怕孤独，十几年的野外地质勘探，他并没有很多的人陪伴，多数时日是独在异乡为异客，甚至是夜耿耿而不寐，魂茕茕而至曙。什么时候养成了要人陪的恶习？那一定就是有了权之后，有汇报的、有请示的、有求于他的、有傍于他的，久而久之，就形成了这种前呼后拥的格局。小惑易方，大惑易性，于是令他安久移质，如今没人拥着，简直就是一种残酷，这样的冷清，他会变态甚至发疯。

正耐不住孤独清冷，吴畏带着吴计梦幻般飘了进来。真真是悲莫悲兮生别离，乐莫乐兮新相知！胡昌稷大有乐而忘形之嫌，当着吴畏的面就在吴计脸上亲了又亲，像对女儿更像对宠物。识相的吴畏推说去看车又溜了出去。胡昌稷抱起吴计上了二楼，来不及寒暄来不及抚慰，先脱下吴计的上衣，两朵鲜艳的花蕾率先于胸前灿然，一派青春气息。胡昌稷赏析着，与其他佳丽们进行对比。难怪十几年来他都割舍不下，吴计确实高出几个档次，最难能的是她为他至今未嫁。

“凭你这么好的条件，就没想正儿八经地嫁个人？就这么无怨无悔地，跟着我这个糟老头子混！”胡昌稷一咏三叹。

“我这不是正儿八经地嫁你了吗？不就大几岁嘛！”

“唉……真是太亏待你了……”胡昌稷一派赤诚。

“不能那么说，目前的荣华富贵都是你给的，连哥哥一家都跟着鸡犬升天。只要我活着，就是你的人！”

“你不在意！”胡昌稷盯盯地看着她，“你对其他男人也无怨无悔？”

“其他男人！不就是达生吗？那不全是为了你！不是为了替你拿到把柄，我会随意让人糟蹋？”吴计感到满心委屈呜呜咽咽哭了起来，满负荷的性热浪顿然退了潮，“早知如此何必当初！我也是舍命陪君子的！”

胡昌稷见她动了真便抚慰，“别那么认真……我是在考虑，有一段达生怎么就患了性病，那就只有你携带了性病菌，你的病菌是哪里来的？”胡昌稷一派追根问底，他一直对此事耿耿于怀。

“你呀！当然是你！”吴计斩钉截铁。

“我？我怎么没感觉？若是，应该率先有感觉……”

“你知道王大为给你配的是什么药？大败毒！你当然没感觉……”

“他对你说的？”胡昌稷满心狐疑。

“达生对我说的！达生得病时我也下身不爽。达生就把他吃的药分了些给我，说那是国外回来的白茜医生搞出来的，吃了几次就痊愈了。”

“这么说他们都知道了？”胡昌稷顿然陷入满负荷不适，已经渐趋熄灭的心病，余烬又悄然扬起火头。最近自觉身后有了更强硬的许童做靠山，就忽略了这溃堤的蝼蚁。自吴纳西从中精心运作，他便有恃无恐。

“知道什么了？”吴计不解，因为她从胡昌稷脸上读出了惶恐不安。

是啊，知道什么了？讳莫如深的胡昌稷，觉得自己愈加走板，他认为吴计知道得太多了，于是改换口气，“咱俩的关系呀！”

“那有什么，这已不是什么秘密，如今谁没有情人那叫木头！情人是浪漫的代名词，再说我也没丢你的面子！”

“侍奉一个比你大二十岁的男人，就不觉得吃亏？”胡昌稷被幸福浸得五体仙升，嘴里飘忽着言不由衷的心曲，虽有意无意却是至诚至笃。

“当劳模苦不苦？克己辛劳，只讲奉献什么都不图，还得打点所有的人都满意。因为赢得多数人的认同，这才能推举你呀，可以说失去的要比获得的多几倍。图什么？就是图个认可，图个人群里如鸿如鹤，别像鸡那样任人宰杀，任人圈定！其实这比当劳模容易多了，只让你一个满意就得，世上哪有不需耕耘的收获！”吴计侃侃而谈，自觉是一种思想家的范式。什么是思想家？就是有自己独到的见解，而且可以向别人布道，她总算找到了握有灵蛇之珠的感觉。

“就那么百分之百心甘情愿？”胡昌稷仍属信口开河。

“怎么不？我正在搞一个世纪性的大举措，还要与世界接轨！听说你有需要，就不顾一切地抛下他们跑过来，你说是不是百分之百？”

“世纪性大举措？比港澳回归还重要？”胡昌稷有意夸大，他知道在吴计那里不过是些柴米油盐的问题，至多是向他提要求的前奏。

“对于我个人来说，不比那些差！”吴计继续扯着张力。

“哦？说来听听？”胡昌稷注意力开始集中。

“我正在做一个获奖专题，争取在国家级赛事里拿个大奖，给你这个当市长的也争争光！然后再评个高级职称，最后可能还要参加欧视联的评奖。”吴计满脸争强，一改往日的依赖和乞讨。

“哟，长能耐了！三日不见刮目相看！”胡昌稷确实有些吃惊，环境真能改造人？曾几何时还是个靠色相吃饭的三陪女，如今也要拿大奖、评高级职称！难怪大家都说如今的学位、职称不值钱，眼前就有验证的了！连吴计这样的三陪女也要荣获高级职称，这职称的水分可见一斑！于是下意识长叹一声，其酸甜苦辣只有他自己才有解释权。

“不相信？省里的专业人士亲临现场指导！已内定为获奖作品！”

胡昌稷未置喜怒，他知道又要有一大笔钱流失，不然怎么能成全吴计之流的心愿？人人都有权以不同的方式，爬上那滑溜溜的成功之柱。

吴计见胡昌稷没作声，以为他没认识到高级职称的重要，“我得趁你在位之际把我日后的路子铺好，人总是要退休的，按现在的形势，再有几年你就会退下来，那时我就得靠自己了，职称既可以让我立足又能带我致富。指不定还能为你带来些利益，到那时我就是你的靠山了！”

胡昌稷一时间感慨万千，人生真是瞬息烟云吗？细想想，奔波辗转了近半个世纪，只不过弄了个市长，刚刚将诸事摆平试图大干一番，又要考虑退休了！不是吴计提醒他还以为自己是钻天杨呢，转而陷入两种不可控制的夹持之中，那便是希望与现实。在两者不断的较量中，他感到一种保持不变的伟大必然——二者的矛盾与不确定性。这里始终流淌着成长者的痛苦，每个人都会面临既无力支配又必须遵守的规律，甚至眼睁睁等着流水落花春去。他本想成为地质学某一领域的科学家，可不知何时就溜达到权势这个轨道上，他原本是个洁身自好、心比天高的热血青年，更不知为什么就滑落到世俗劣习的大染缸，如今他想超度已是不能自拔，因为他被无数根绳索绑缚于良知与需要的十字架上，不知该选择横坐标还是纵坐标。于是又一声长叹，“你就不怕被带到深渊？”

“胆小不得将军做！人在跳远方面不比老虎差，虎跳峡为什么老虎能跳过去，人却跳不过去？就是人的顾虑太多，我就是要超过杲昊！”

4

吴计妄图超越的杲昊，仍一如既往地刺探达生中弹的内幕，此前主治医白茜一直拒绝杲昊的采访。精诚所至金石为开，在达生脱离了生命危险之后，白茜终于接纳了她，而且可以将杲昊带到最隐秘的战略要塞——猫眼儿处，同她一起观看最前沿的交锋盛况。达生，吴纳西三结义的金兰弟兄，在创办霓彩化工公司过程中，不知触动了社会上哪根神经居然吃了枪子！在海归胸外神医白茜的精心治疗下，终于起死回生。正巧，吴纳西的另一个三结义金兰，达生的战略伙伴翁折东前来探视，猫眼处一定会有内幕大戏被揭秘，于是两人集结于猫眼儿处静观其变。

果然，翁折东带着满脸神秘与达生对接，一派黑云压城。

“大老板回国了，可又不见人影，众里传说不一，是不是出事了？”

“出事？天灾还是人祸？他那种人能那么容易就出事！”

“天灾不至于，若是那样早曝光了！是不是上面先揭盖了？”

“上面？怎么知道？有可靠信息吗？”达生惊疑。

“前一阵听说上面派来了奸细，何处落脚尚不清楚，大老板的上司正秘密查询，目前也许查到了，就下手……”翁折东又略作调整，“先下手为强啊！上面若先动起来，指不定我们就渔翁得利！金步米那混账王八蛋也不战自败！吴纳西那小子损不损？给我出了一堆点子，后来品品全对我不利！还是三结义弟兄呢！关键时刻，还是切身利益第一！我从旁了解到，正是他操控将化肥卖给丹家崖！”

“不外钱在作怪，谁让你只顾自己！就那么天马行空！”

“这年月谁顾着谁？你倒顾着他们，竟落得这般下场！”

达生没作声，当他们的交流再度接上轨，便透露了一段惊天内幕。

霓彩化工公司剪彩庆典是在市政俱乐部举行，是作为改革开放的样板操作的。庆典资金用不了多少就由市政拨款，齐聚了全市各部处室所有的精英。胡昌稷做中心发言，总结过去，展望未来，霓彩一时确系满天彩，因此照亮了一市的每个角落，为市场经济张起了耀眼的大旗，当时达生着实荣耀了一回。大会后又是一次小型聚会，那是公司开张半年之际。在胡昌稷的暗示下，工商、银行、税务，凡是为公司出过力的都分得了达生的一杯羹，达生获得的优惠是免税三年。

一周年庆典仍是小型聚会，除接受达生备好的份子，又提出去黄山等地旅游，达生欣然允诺，这次达生得到的优惠是无息贷款改进设备。

二周年庆典似乎就形成了套路，一切都是约定俗成，其中有些微小变化就是给胡昌稷的份额呈逐年递增态势，不然就很难看到他由衷的笑脸，达生似乎落下了病根，看不到胡昌稷舒心满意的笑便寝食难安。这次，众要员提出的条件是送子女读自费大学，孩子们都差不多到了升大学的年龄，由于家长忙于事业没将孩子管好，成绩普遍欠佳。若出上一笔可观的赞助费便可以进名牌大学，时下正盛行文凭热，硕士博士满天飞，不赶上这个潮头，领导们岂不后继无人！在这股浪潮的推动下，连银行行长的傻儿子也进了联合大学就读，点着名要名牌教授屈子集亲教，怎奈屈子集一身傲骨，不肯做小丑跳梁之举，后将该生塞给了先进教师梦天，梦天又是市委书记扈黎的外甥女，才平了那位行长的气。在那之前公司已经出现赤字，个别环节就已开始负债经营，达生便没有以往的爽快，沉思了良久才勉强允诺，结果那次庆典宴，竟失去了往日的欢欣鼓舞和笑逐颜开，整个席间基本上鸦雀无声，连碰杯这个最简单的程序都一概全免，弄得惨兮兮有如日暮途穷，下来达生便大病一场。

三周年庆典，达生不敢再等闲视之，大病初愈便开始策划，这一次他主动出击。此次达生之所以能底气十足，是因为吴纳西从旁助阵，他为达生献计献策，可以将公司变为股份制，以便股票上市。这样就可以满世界融资，又有油田做后盾，谁不知油大头货真价实，仅这个无形资产就是重磅弹头，射到哪哪开花。达生言听计从，不想一申请便得到多方支持，很快注册立项，一路绿灯办好了各种手续，因为有胡昌稷鞍前马后呵护着，达生又着着实实过了一把主人翁的瘾。吴纳西确实神机妙算，一夜间股票竟于国内外发行了一亿股，每股十元，十个亿摆到了庆典宴席上，光闪闪、金灿灿，赢得满堂彩，达生同时又过了一把时代英雄的瘾。他像恺撒大帝一般被众人簇拥着、爱戴着，胡昌稷竟然当众同他拥抱贴面，跟国际首脑会晤似的。这次达生出示的条件是送诸要员出国考察，并承诺银行行长的傻儿子大学一毕业就送他去美国留学，不拿回博士证誓不罢休！达生得到的优惠是免税十年！后来不知是谁将内幕透给了市委书记扈黎，胡昌稷怕事发东窗，便指派将原始股从地方一直送到省城，这叫法不责众，有那么多顶梁柱擎着，胡昌稷便可以过河有矬子、天塌有大家了。这是他被吴纳西的蝴蝶效应送进飓风眼后，所做的最为大胆的一次举措。不想刚稳下神，众里又掀巨浪，因为原始股是属于本公司职工的，他们左等右等没见票据，才知道自己那份竟被蛮横侵吞，于是沸沸扬扬闹开去。胡昌稷又暗示达生自己把问题扛起来，达生出现畏葸之色，不久便吃了枪子儿。抛下那些公司员工，纵然百般力争，亦是属于免冠徒跣之举，弄得一派惨淡。

翁折东被这段内幕惊呆了，沉降了好一段才浮上来，“那还不赶紧逃走，知道吗？什么试验都可以做，唯独人不可以，人是唯一不适合任何公式……”翁折东一字千钧，像是对达生，更像对自己。

“不对，有个公式就通用！”达生有进无退，“以害人开始，必以害己告终！这适用于任何人！”达生一派大彻大悟。

“那就更应该远走高飞，你种下了罪恶的种子，已经在收获！”

“走？往哪儿走？再者我伤势严重，走也得基本康复。”

“我不是制造恐怖，走晚了怕是全尸难保！”

“别想得那么天真，一场雨还得三两天的过程呢，决不会因为你要出门就云开雾散，想见阳光那得等！现在是上上下下串通着，你我怎么能斗过他们，没听说法不责众吗！”达生的底气严重不足。

“现在看来吴纳西绝对高出一筹，他用活生生的事实证明了他的论点，不过残酷了些。一切都在按他规划的路线走，达生，应该承认你输了，亡羊补牢尚不算晚，我看就此打住，换个地方，重打鼓另开张！”

达生好久没作声，认输是一种痛，失去阵地更是一种剧痛！达生是不甘人后的，自然不能轻言放弃，“好在上面有市长，中间有税务、司法、金融，而且省里部分头头也沾了光……他们都有份儿，是他们在喝我的血！股东也好股民也罢，还不都是我养着他们！”

“所以枪口先对准你！你若不撒大块肉，能引来白眼狼！我早就劝你，不能与官宦沾边，一沾一溜皮！你觉得被他们看上是好事？只要你落进他们的网，就只有等着他们来慢慢吃！就说反右、四清那阵子，原则就毒得很，说什么引蛇出洞，你跟他们交了心，转而就将你一棍子打死！这套路如今还在个别地方流传，大喊一部分人先富起来，一旦你富起来就先杀你吃肉！一边投掷肉骨头一边设置圈套，没有不马失前蹄的！”

“不能这么看，假舟楫、登高而招这些策略你总该懂吧？”

翁折东怕他断弦，于是起身准备逃逸，“好，我等你的结局！可别说没给你提醒！到最后让我替你收尸……”说完摔门而去。

翁折东走后，白茜将杲昊带到门外，只作意会式的告别，转身回了达生病房。也许她真能做达生的监护，以确保他的生命安全。

5

“不好！你老师失踪了！你还在外面逍遥！”

杲昊刚回单位就碰上方自珍大呼小叫，一脸的大难临头。这回杲昊确信他不是恶作剧，可对老师这一概念却有些懵懂，能称得上她老师的个个大智大慧，与“失踪”二字根本对不上号，“老师？我哪个老师？”

“唉！这年头真是没知音了！像杲昊这样的性情中人，居然也如此薄情！庞贝呀，带你登文学殿堂的庞作家！”方自珍半脸嗔怪半脸提醒。

“那还不先去他家看看，是不是会写下留言或是别的什么信息。”

方自珍听后觉得有道理，于是携杲昊去了庞贝的家。一进门就看到庞夫人正在清扫垃圾，大片大片的碎块，好像是电脑残骸。见到方、杲二位便哭诉起来，说前几天他情绪十分不好，独自一人反锁于书房，有时还骂骂咧咧，见到家人也不说话，两眼直直，以往在创作中常有这种情况，所以还以为他进入创作状态。前两天突然不见了，是趁着她出去买菜溜出去的，庞夫人还以为是创作中打了什么结，出去绕几天，把结解开了他就会灵感来潮。这时他常常会一天两天不吃不睡，然后便一气呵成。他的作品在省内也还算有影响，时不时还能拿上奖。

可这并不能使庞贝摆脱自卑，因为他心比天高，总想高人一等成为顶级人物。由于思想的局限，他不可能成为顶级大师，一度也曾想走仕途以改变他的灰色命运，不料仕途也是八仙过海，想成为顶级领导也不是那么容易，更需要为人处世的技巧，社会各界力量的鼎足，于是又败下阵来。一个处于行业顶端的作协主席，眼睁睁被人夺了去，好在众多文人墨客为他打抱不平，省里文史组织还给他留了方寸之地，终究也算进文学史了，这曾给他带来了不小的欢愉。

平日他是不许别人进他书房的，所以庞夫人没敢造次。由于三天不见踪影，还是忍不住进了他书房，结果是电脑已被他摔碎。电脑可是他的至上爱物，这一反常举措不是什么好兆，于是认定庞贝失踪了。为不草率行事，因而庞夫人没大张旗鼓地报案，只是向他的几个要好朋友打探，因为方自珍是搞新闻的，信息会灵通，就将其中的险情报告给了方自珍。方自珍听后亦是一派茫然，他无论如何想不出庞贝的去向。

正当三人无计可施之际，庞贝回来了，手里攥着一团塑料绳，小指粗细，看上去质地结实，杲昊第一感观就是个不祥之物，因为那是结果性命的常用材料。她常在幻象里无端形成这种意象，记得她与佫恪第一次分手，头脑里就合成过这种意象。十年后佫恪从国外回来，第二次见到他，她也突发癔症又合成了那种意象。是神医阮经纶的祖传秘方，才使她摆脱了那个困境，知道在那期间，佫恪曾为她跳崖被挂在树上，那白色的绳也许是佫恪的肠子，但愿这意象不要预兆庞贝的不幸。

就在杲昊于记忆底色板胡乱涂鸦之时，庞贝拉着方自珍进了他的书房，对杲昊竟然一言未搭，可一种莫名的牵挂，还是令她捺着性子坐下来等待最后的结果。书房里只静了几分钟，大段的对白便从门缝挤出来。

“这几天去哪儿了？快把夫人急死了！”

“躲灾去了……”庞贝显得有气无力。

“什么灾？”这语气令杲昊感到方自珍一定是瞪着惊异的眼，因为实在想不出庞贝会有什么灾。杲昊一直认为庞贝这名不好，那是个凶兆。

“一个十六岁的女孩子开始拿笔写长篇小说，写就写吧，非拿来让我提修改意见，说是要参加什么评奖。一天之内找我两次，你说这是不是严重骚扰？更为严重的是半夜又来电话，说马上要听我的意见，你说要不要命！我推说我得休息好才有明晰的思路，建议她第二天再来，你猜她说什么？居然骂我是糟糠，是一棵提不起的烂谷子，难怪写不出什么好文章！又不容置喙地侃侃论证，大智大慧从不在意休息，甚至不在乎任何外界条件，随叫随到，智慧之波就像大海一样涌动！凡是摆谱讲条件的都是庸碌之辈。又举例说那些唱歌的，凡是一上台就感冒就哑嗓子的，永远也成不了天王巨星。天王巨星是从不哑嗓子的，即使是感冒也能唱出别具特色的鼻音，你说气不气死人！我就斩钉截铁让她另请高明，她居然恬不知耻，说她一定要用她智慧的核能击碎我的愚昧，还要轰开我潜智的大门，使我成为大智大慧！我当然嗤之以鼻，可对方又强制性灌输，她说智能退化一如自由落体，无论是伟大还是渺小，同样都是一放手就往下落，只有自由落体，没有自由升体，要想上升就得施加能量！能量是什么？就是智慧加勤奋！勤奋是什么？就是艰巨的劳动加辛苦的汗水！千淘万漉虽辛苦，吹尽黄沙始到金！随后便告诉我，她的名字叫凤飞飞。这女孩儿越说越离谱，最后居然勒令我离婚！我怕枕边的老婆听了引起误会便挂了电话。不想天刚亮她又来电话，说不必劳驾了，她的手稿已被一位香港出版商买走，让我好自为之！”庞贝的控诉戛然而止，之后又是一声无奈的长叹。

方自珍的一句调侃，“那也不至于兴奋得连电脑也摔了……”这语气又令杲昊确认，方自珍一定是一脸的坏笑，因为其中没有一丝同情。

“唉！”长长的休止之后又是一声长叹，庞贝完全进入一种悲怆的状态，“摔电脑是一个抉择，那是两个小时以后的事。”

“抉择？不是就此辍笔吧？”这回该方自珍惊异。

“有什么不能辍笔的？什么人都能写长篇，那还有什么意义？”

“是不是过激了？”方自珍有一搭无一搭。

“过激？我是以此明志！决不与丑类为伍！一个十六岁的小女孩子懂人文还是懂历史？懂哲学还是懂伦理！鹦鹉学舌，学了几句淫词艳句就随意涂鸦，这也叫创作？那创作也太低俗了，我看简直是对创作的亵渎！最可恨的是那些舆论媒体也跟着哄抬，你说这社会还有是非标准吗？将这些精神垃圾也给抬到人类文化的圣殿，这怎么能不是误导？还有外面那位多年的神经病，居然也拿起笔写小说，你竟然还把她领到我这儿来！”庞贝越说声音越大，看来他是有意识将这些信息送出门缝。

“嘘！”这是方自珍在叫停，可惜庞贝并不买他的账。

“咦？神经了这么多年，她还能当记者！一个新闻岗位给她作践还不够，还要挤到创作的圣殿写什么小说！听说疯了一回又一回，不是知情人还真没看出破绽，你说她怎么就那么强力，简直一个东方不败！”

“求求了，口中留德！她容易吗？她能坚持到现在的状态，你非但不惊赞，反而说三道四，你的心理也太阴暗了吧？”方自珍真急了，第一他怕门外的杲昊受不了，第二他确实不想看到一个曲扭了的庞贝，于是又循循善诱，“我说庞作家，前作协主席，你知道艺术是什么？是人的本质力量不同材质的凝固，凝固下来干什么？用来鼓舞人教育人，给后人一片光明！你怀了这样阴暗的心理，怎么能凝出光明！有人说男人不嫉妒女人，是因为女人通常比男人弱。可如果在同一领域，遇到比自己强的女人，对她的嫉妒往往会超过对男人！这话倒在你这找到了注脚！反证法，这说明你着力攻击的人已在你之上，虚心向人家学习吧！”

这一冲击着实不轻，庞贝顿时哑然，没听到他解释，也没听到他争辩，接下来似乎有嘘嘘的啜茶声，之后又空白了几分钟，突然听到茶杯清脆的掼地声，与之同步的是庞贝的逐客令：“方自珍，你可以走了！”

杲昊不想与方自珍的尴尬接轨，于是空前灵敏地逃出了庞宅。触目所及是满眼的冰与雪，空前的冷冻，似置身荒漠空谷。她侧耳聆听天地间的奥秘，瞬间向她洞门齐开，幽幽邃邃，一如混元三教九流图。

6

杲昊刚上楼便听说有人在办公室等她，问是谁都答不上来，只是戏谑地用手势做出腰系麻绳那种，言下之意是山炮进城。杲昊急急进了办公室，出乎意料竟是丹家崖的村长魏洞天，于是极为热情地嘘寒问暖。

“我看了电视广告，说有个垃圾厂能将垃圾生产成有机肥？”

“是啊，是个台商投资搞的，不伤土质，粮食蔬菜也是无公害的。”

“好！我那就需要绿色的，绿色食品就得从源头抓起！怎么能联系上这位台商？若是产量不大村里全给他包了！”魏洞天狮子大开口。

杲昊转念间想到巴娜娜正与那位台商拍拖，这倒是个极好内线，于是去了播音部。播音部的人说，最近除了播稿她一直不在，有事就手机召唤。杲昊又手机联系，果然在垃圾厂，杲昊便带着魏洞天去了工地。

一路上，魏洞天一直在讲绿色肥料的重要意义，那是他营造全民健康的重要保证。接着又讲，“民以食为天，什么食物最好？当然就是谷、豆、菜！谷类最上乘的当属玉米，玉米国际上叫黄金作物！玉米含大量的卵磷脂，还有类固醇、维生素 E 和亚油酸，常吃老玉米的人不得动脉硬化和高血压。你看旧社会，我们丹家崖就是以老玉米为主，个个活得健康滋润，没有得高血压的，这个结论在美国医学会也得到了证实。现在香港、日本、澳门、广州一带，加上欧美，都抢着喝玉米糊！”

杲昊刮目相看，“这是哪得来的信息？很具体呀！”

魏洞天回答是丹青说的。他得了这个信息就开始喝玉米粥，每天早晨一碗结果受益匪浅。他夸赞自己体力充沛精神饱满，而且嗓音洪亮脸上没有皱纹，都是喝玉米粥喝的！他接着说，“大豆里有胰黄酮，胰黄酮是预防治疗癌症的。普查乳腺癌发现天津发病率最低，为什么？天津人爱喝豆浆和豆腐脑儿！豆制品有五种抗癌物质，比牛奶还好！牛奶含乳糖，世界上三分之二的人吸收不了，而豆浆所含的寡糖，全世界百分百的人都能吸收！豆浆里含的钾、纳、钙、磷比牛奶里的多，牛奶没有抗癌物质，而豆浆里有五种，特别是胰黄酮！明年开春，丹家崖将大面积种植玉米和黄豆！庄稼一枝花，全靠肥当家，能用上好肥，就能有好粮食，这样全民健康才会落到实处！”

杲昊由衷夸赞他是内行，具备绝对专业水准。

魏洞天密授天机，“这些全得益于丹青，丹家崖历尽沧桑始终保持富庶安宁，都是丹青父子在背地支招。三中全会后，丹家崖更加山青水秀，山上是花果山下是粮菜。前几年稻米少丹家崖一色种水稻，如今水稻普及了丹家崖要改种玉米大豆啰！还要引进先进技术设备，搞粮豆深加工，仅大豆就可加工出二百多种食品。玉米除一些传统吃法，还要加工玉米点心等不同样式的熟食。这些高科技信息，没有丹青怎么会那么快就传到丹家崖？近半个世纪的风风雨雨，丹家父子审时度势，哪些该紧跟潮流，哪些不该乱赶时髦，都是他们见得远拿得定。什么是好？能使大多数人不受苦就是好！如今看得更清了，丹家父子那是功臣！”

听他的口气，杲昊断定他还不知道她也是丹家的根，大概他也不知道她叫丹彤，丹青真能守口如瓶，这么知心的朋友也还留有绝密，因而魏洞天对丹青的褒扬打了折扣。也许是分别得太久，或是精神病变后的扭曲，杲昊遇事总爱换个角度思考，如今除想见一眼自己的父亲，对其他人都退为君子之交淡如水。

魏洞天见杲昊神情平平，以为自己的演讲力度不够，经几分钟的调整又加大了油门，“你不信？就这次的绿色肥料，也是丹青抢先得知信息才决定盯住不放！可不能像上次霓彩化工公司的化肥，本来是被我们丹家崖全部包下，只是想到距播种时间尚早，早早拿回来还压资金。这么一犹豫，结果化工公司出了事，一把手吃了枪子儿。原以为他不死化肥就飞不了，不料还真给它飞了，半路蹦出个翁折东！这小子够黑，比我们低一半的价全部吃进。本以为那也没关系让他赚一倍，谁让咱慢半拍呢。前一阵跟他谈判，谁想他竟高出三倍的价，那我们说不要了，他不但没怕，反而说这个价他还不想出手，等到明年春能翻四倍！这些商人可真是黑了心！这回真就不要了，看他去哪销售！近处丹家崖是用肥大户，将来他外销，仅运费就够他受的！这叫以害人开始，必以害己告终！”魏洞天一脸的得意，有如打败了蒋匪帮。

“翁折东与胡昌稷关系不错。”杲昊想从魏洞天那得到证实，同时也想试探魏洞天是不是了解霓彩的内幕，这是个不错的引子。

“关系不错？”魏洞天先出示了个大大的问号，“若真不错就不致派个金步米去钳制他！”顺着这一结论的思路魏洞天又铺开剖析，“凡是到处张扬关系不错的，一定就不怎么样，真好还用挂嘴边上？那是拉大旗当虎皮吓唬人的，不外是狐假虎威的把戏！身为市长他能和谁好？不过是工作关系，稍有远近而已。另外，胡昌稷的治人方法高明着呢！凡是关键部门，他都用立场对立的两人，任一正一副。”

杲昊又提出异议，“既已知道他的这些绝招，为什么不将他扳倒？”

魏洞天一声长叹，“傻丫头，能不能扳倒不取决于我们这些中层干部，更不取决于老百姓，像他这个级别的干部要取决于上边，上边让他干他才能干成。其实上面就跟明镜似的，不是还纵着他？指不定还期着他纳贡呢！见瓶水之冰就知天下之寒了！唉，以前他也不是这样，就这几年，大环境变了，他身边多了些不三不四的人，尽给他出歪点子，一步步就走到了今天，近朱者赤，近墨者黑呀！”

杲昊想起丹青也与胡昌稷关系不疏，丹青不是正人君子吗？于是又提质疑，“子曰，君子修道立德，不为困而改节！丹青应该懂得，可他与胡昌稷的关系非同一般，为些蝇头小利，岂可失一生名节！”

魏洞天以理晓之，“蝇头小利？丹家崖那是十几万人口，都等丹青的帮扶，另外还有外面收来的老弱病残，要想振兴家业必须得有上面的支持。名节？谁不想要？可社会是复杂的，策略往往也很重要。”

对于魏洞天的慷慨陈词，杲昊一时找不到漏洞，可她无论如何不能接受丹青的世俗，因为她心目中的丹青就该是冰雪般剔透，他曾经是哲理、伦理及个人文学科的形象代言。也许她对胡昌稷了解得太多，或是对丹青的期望值太高，而世界原本就该以混沌的方式存在，可她却固守着非此即彼！是不是太乌托邦？恍惚间眼前又浮现着重伤的达生，那可是个活证据！如果她能将老底揭开，混沌的世界必然会析出非此即彼的内幕，就目前判断，胡昌稷是脱不掉干系的！若真是这样，丹青又算什么呢？同谋？纵容？抑或是袖手旁观？无论哪一条，他都与大哲形象相悖谬。人类的需要是多维多层次，总要树个偶像作参照。

如果命运不是成心捉弄她，她与丹青就该永远天各一方，就像俗恪那样。可不期中他又在她的视野现身，居然成了她的胞兄！她的心一直在疼痛中挣扎，在与魏洞天的对话中几乎就在流血！人真就是难以定形的多面体吗？就连大师叔本华也概莫能外！这位大师在他终生苦苦追问的人生意义中，竟给出了这样的结论：盲目的意志是痛苦荒谬和矛盾的根源，因而他被定格为悲观主义大师。他的头脑是一流的，却对微不足道的小事斤斤计较，他的胸怀博大精深，却终生没有一个知心朋友！他远离母亲终身不娶，这位悲天悯人的大哲正是在严重失衡中，铸就他的人生哲学！三教一体、九流一源，百家一理、万法一门，丹青能跳出去多远呢？混沌中，一个多年筑就的偶像在杲昊心中轰然垮塌。

7

进了垃圾处理厂才知道什么叫时间就是生命，效率就是金钱。立项不到两个月这里已是厂房林立。杲昊惊异于速度，魏洞天却是震惊于现代化的气势，这在尚处于刀耕火种的边远农村，简直就是神话。进了接待室，巴娜娜见杲昊来访甚感意外，两人见面便是亲热地拥抱，而不知内情的魏洞天却是带着几分惊愕一旁袖手，连手都没握。

“给你们介绍个客户！”杲昊见魏洞天摧眉折腰像个三等当差，便极力抬高他的身价，“这可是大客户，丹家崖当家村长魏洞天，你们生产的肥料，能出产多少他们就收购多少，可算得上是财神爷了！”

做了办公室主任的巴娜娜一听是订购肥料的，比见了亲人还亲，因为亲人也不会那样大把地送钱，巴娜娜之所以下决心向垃圾商靠拢，绝对是以钱为基石。送上门的财神爷岂可怠慢，立刻责令秘书小乔带着魏洞天去厂区，并说在那会见到台商华瑾，魏洞天便欣然跟随前往。

魏洞天一走，便成为杲昊和巴娜娜的二人世界，巴娜娜的转型令杲昊有了几分陌生，巴娜娜却张扬起主人翁的热情，为杲昊指点迷津。

“这一步算走对了！”巴娜娜一锤定音的架势，“人家台商见多识广财大气粗，给你个平台就够一辈子干的，今后的趋势是与世界接轨，如今的世界又是以经济为杠杆，没有雄厚的经济实力，到哪都玩不转！有了钱，就可以对任何人说good-bye！”

巴娜娜并不小视杲昊的一无所有，她深知杲昊的内在极其富饶，只要她愿意开垦，就必定是良田沃野！可杲昊的清高和自珍，便成了这些内在财富的坚壁。人生有限，老了死了，财富也只是一个空词，于是惋惜地为各自的利弊一声长叹。

“有这么多钱还长吁短叹？”杲昊不解。

巴娜娜当然不仅是为自己慨叹，于是诚恳地对杲昊晓之以理，“入乡随俗，什么时候唱什么歌。”在这些民俗哲理的引子中，她又娓娓为杲昊献策，“如今是以经济为杠杆、以金钱为纽带的时代，怎么能不把钱放在第一位？趁着现在年轻资本雄厚，就要利用这些资源去换取更多的财富，到老了原始资本消耗殆尽，后天的积累就开始发挥效用，这叫强本而节用，天不能使之贫！没有钱，没有钱能行吗？以后的社会是以钱为轴心的，要获取生存条件就要交换，拿什么交换？有权的用权、没权的就得靠钱！没看现在的人都集结成圈子，圈内人利益均沾，圈外人利益交换，没有权、没有钱，圈里圈外都站不住脚！尤其想成为某一领域的核心，你一穷二白行吗？就拿台里来说，我们的命运就掌控在佫恪和万向权手里，在集团化的过程中，你还看不出？万向权想重用谁就重用谁，那才是说你行你就行，不行也行！你当然还有佫恪屏着，他还不敢拿你怎样，一旦佫恪撤了，还不是让你下岗就得下岗！我说了你也别生气，佫恪是个靠不住的家伙，也是官官相护那一套！就拿我受伤这件事，他本该出面弄个青红皂白，可他怎么样？整个没原则！说实话，我就是冲这才下了最后的决心，你以为我喜欢垃圾这两个字？就我的心性仅这两个字就够消受，这也是卧薪尝胆！作为你的朋友，我也不能袖手旁观，你趁早别把希望寄托在佫恪身上，为了自己的利益，他会牺牲一切！靠他都不如靠万向权，万向权不讲原则却讲义气，你若是给他一元钱，好歹会给你一角钱的回扣，可你给佫恪一元钱，可能就血本无归！”

这些话钢针般刺痛杲昊的心，倒不是因为刻薄，而是切中要害，二十多年来的亲身体会，巴娜娜的话是一句都没错！可她没给巴娜娜可乘之机，虽没将巴娜娜当做敌对，却也没把她当朋友，因为道不同不相为谋，再者巴娜娜的谋也不算高明，至多算是取之无道的寄生。

巴娜娜看到杲昊的切肤之痛，便不忍再继续进攻。抬眼看表已快到午餐时间，是不是留两位用餐，那得看华瑾的意思。她早就给自己找准位置，一个绝对的应声虫，多一步不走多一句不说，她绝不会为不相干的事讨华瑾的烦。于是按常规运行，起身去为华瑾煮玉米糊。

这一举措令杲昊十分不解，便向巴娜娜探询究竟。巴娜娜说她只知华瑾是个素食者，每天要喝玉米糊，说那不仅是最好食品，还是最好的饮料。正在二人全心探讨华瑾饮食之谜，华瑾带着魏洞天回了接待室。

华瑾见巴娜娜煮玉米糊，“不要煮了，今天有贵客，我们去饭店。”

“华总也喜欢玉米糊？”魏洞天喜出望外，似是找到了同道。

华瑾便对他讲，他是农民出身，家里姊妹很多，靠玉米糊养大，现在已形成习惯，一天没有玉米糊便觉没滋味，每天都缺不得。

魏洞天一听极为高兴，便把他的玉米食品规划说给华瑾。

华瑾当场拍板，做玉米食品的第一投资人，用垃圾厂的肥种出优质玉米，再在魏洞天的食品厂制造更加优质的玉米食品，并将成品半成品打回台湾，岂不是良性循环！华瑾还说岂止台湾，要在全世界建立连锁。

心灵撞击的火花瞬间将同道们照耀得火树银花，于是驾车去了饭店，准备在千杯少的氛围中打造更坚实、更具体的联合方略。华瑾自命东道，于《高山流水》的环绕立体声中，四人分东南西北相向而坐。酒是纯酿葡萄干红，菜是每人依自己的口味各点两道，华瑾点了西芹百合和凉拌苦瓜，杲昊点了红烧蒿子秆和豆腐白菜粉丝汤，巴娜娜点了粒粒皮冻和麻辣鸡丝。魏洞天见大部分是素菜，一时不知该怎么点，再点素的怕是鹦鹉学舌，若点荤的，又怕大家笑他大鱼大肉。其实在丹青的挈带下他早成了营养专家，更何况他正要以营养食品走出国门。在他犹豫之际，华瑾替他点了两道，一道是翡翠虾丸，一道是干煸凤翅。魏洞天不好意思让华瑾破费便也推说要素的。

华瑾便开始了他的营养经：“有个规律，动物愈小蛋白越好，鱼和虾蛋白最丰富，一个小时就能吸收，而且吸收百分之八十。世界上最长寿的地方是日本，日本最长寿的地方在海边，海边的人特别爱吃小鱼小虾，头和肚子一起吃，吃全的，因为里面含有很多活性物质核酸。这道干煸凤翅以鸡翅为主料，佐以螃蟹肉、鱼卵，口感鲜嫩、味道浓郁。而这道翡翠虾丸更是要功夫，将虾肉捣碎做成丸状，再加甲鱼裙边、蛤蜊肉一同下水调味煮熟，出锅时加上鲜榨韭菜汁，难得的口福满足。魏先生住农村，素饭素菜已是常餐，所以特点了两样国宴佳品为之一尝。”

酒逢知己千杯少，华瑾和魏洞天，两个不同层次、不同维度的事业家，就这样在千杯少的氛围中达成了全方位共识，精神的、物质的、事业的、情感的。他们商定，以魏洞天管辖的区域为基地，试验种植各种高产量、高品质、多花色、多营养的经济作物，不能只限于玉米和大豆。首先荞麦、燕麦不能忽视，另外谷子也不能小视。小米是健脾的，特别重要的是安眠镇静，晚上喝一碗小米粥，睡眠质量会大大提高。

两人商定，从水肥和土质入手，种出高质量的粮食，再制造高品质的特色食品，让满世界吃出个健康长寿！理论家用理论铸就食文化，而他们要用产品展示食文化！今后要滚动式发展，多方向开拓。

魏洞天向华瑾描述了丹家崖的地形地貌，那里依山傍水，占尽了自然环境的先机！他一直提倡以农业为主，只是市场还不够广阔，如果华瑾加盟后，将市场开拓到东南亚乃至全世界，人造仙境指日可待！

人生归有道，衣食固其端，在民以食为天的坦途上，两个同道者结为互利共盟。一如七彩穹隆，其下定是大荣大华的锦绣世界！于是心照不宣，一轮又一轮举杯共贺，一派开琼筵以坐花、飞羽觞而醉月的张扬。

8

打发了劳燕，翁折东开始策划下步棋该怎么走。没有了律师等于承认败诉，败诉的全部含义有二,一是交足金座的租金，补齐越冬的全部取暖费，还得出满全部诉讼费，一大笔让他心惊肉跳的金额。二是一头栽倒在金步米脚下，从此于商界身败名裂，什么不倒翁、金牌青年企业家、最有前途的朝阳人物等等，将会一夜之间于大地蒸发消失……所以他必须咬紧牙关永不言败！不言败可不是空口说出来的，那得有雄厚的经济基础，坚实的权力后盾。如今细算起来却是有些飘忽，竟然似有似无的。他本来是以胡昌稷与吴纳西为后盾的，可胡昌稷在他对面布了个金步米，吴纳西给他出的所谓点子全是原地打转，这还能算后盾吗？连个遮风的残垣都算不上！说到经济基础他倒是有一点，可冠上雄厚那就不敢当了。表面看他有几千万在忽悠着，可除了固定资产，还有这捐那送的，欠他不还的，他的周转资金已是捉襟见肘。这些他当然不能告诉别人，甚至连诉苦的借口都不能用，全仗打肿脸充胖子，才能粘连住那些供他盘剥的客户，他们只有被严严实实蒙在鼓里，才能继续一天天地投入。面对这种时刻，翁折东只能指望着最终捞网大的，这才能保证资金的原始积累。那些傻子想捞回血本，还得等待他的原始积累再滚动起来，钱再生钱，如果这里滚动不起来，傻子们也只好血本无归了！

目前朋友就更无从谈起，二月当空谓之朋，如今他是身处黑夜，早与月绝了缘。没有了光，谁还与你为朋？当然这也不能把责任推到别人身上，是他太精明、太自负，早被商界视为黑洞。黑洞是什么？就是黑得无法观测，物质只进不出的天体，连物理参数都失去意义！

就在他辗转反侧之际，放出去的情报探子报说，丹家崖已与新建的绿叶垃圾处理厂联手，明春的肥料全部由垃圾厂提供。翁折东半天才明白过来，丹家崖不再需要他抢到手的那批化肥了，就是说霓彩化工公司的那批化肥将压在他手上，再想出手，就得去联系那些边远地带的用肥大户，他掐指细细一算，仅运费一项就得数以万计！怎么得了，简直是黑云压城！顶着千钧压力，他计算机式的大脑开始高速运转，在尚未得出结论之前，他随意于微机上点击出往来账目，突然两个颇具震撼力的数据在他眼前一闪，那就是给希望工程的捐款，还有购买霓彩化工公司化肥的货款，居然还在自家的账面上！他有点不敢相信自己的眼睛，于是调来出纳员进行核实。在大转机面前，翁折东已顾不上自己的外部形象，就那么汪洋恣肆让他的真情实感周天张扬，他都把握不住什么时候该收，什么时候该放，“为什么这两笔款子还没发出去？”

翁折东平时管理极为严格，小出纳一时不知出了什么纰漏，吓得魂飞魄散，于是战战兢兢，“不不是我没发，是是……对方有原因，希望工程明年才开工，说怕被挪用，所以让暂时存在原处，什么时候要只需一个电话。那笔货款是因为达生还没出院，那么大一笔钱先寄过去怕不安全。再者库房还没租下来，货一时也没处放。等有了库房，货到了再付款也不迟！再说以前我们也是先到货后付款，顶多一手钱一手货……”小出纳结结巴巴好歹将情况禀明，

翁折东重重拍了一下桌子，随即喊出一个“好”，又是重重一拳砸下，大呼：“干得好！这两笔款就不要发了！必要时我会亲自发！”翁折东红着两只眼像见了食物的饿狼，“你去吧，好好干，我会大大地奖你！”

翁折东的口气和面部表情，都与“奖”这个字大相径庭，弄得小出纳心里没了底，将这个“奖”字理解为解聘，于是默默退回办公室暗自流泪去了。

翁折东的失态却是大喜之下的忘形，人云大喜伤心，他感到一阵微微心痛，而大脑的极度兴奋，瞬间又将这微痛渐渐覆盖。他确实太兴奋了，两笔款子数额之大自不必说，它的历史性意义，还在于绝对能扼住对手的咽喉。希望工程那是胡昌稷业绩的重要基石，这是他能不能连任市长的一大支柱！如今领导队伍要求年轻化，七上八下已成了不成文的规定，他恰恰五十八，人缘好则可勉强上，再

干一届，人缘不好则一个借口——年龄大便可拿下，希望工程可是各级班子邀功的头等筹码！胡昌稷呀胡昌稷，你怎么一不小心就落到翁某的掌心！由一个小小商人大小两由之！翁折东决心以此扼住胡昌稷的要害，挟天子以令诸侯，先退了金步米的围追阻截，然后再呼风唤雨。囤积化肥本是想大捞一把，有赚头的商品才配居奇，如今丹家崖金蝉脱壳，化肥便失去了它的居奇价值，老天有眼，这笔款居然就没发出去！他完全可以操川剧的绝活——变脸，就此一推六二五。咦？这不是击退金步米的惊世奇招吗？与金步米决战本是为租金座，租金座的要害是为囤积化肥，这可真是多米诺效应，他只用手指轻轻一拨，金步米顷刻间便会发生连锁坍塌，看他怎么向他主子胡昌稷交代！胡昌稷在翁某对面安插了金步米，无非是想扼住他的发展速度，起个调节阀的作用，快了拉一拉，慢了推一推，尤其是使他这块领地永远紧紧攥在胡昌稷手中，进则为市中小企业添些散碎银两，以确保工业产值的平衡，退则为胡昌稷后院置办些装点花草，上面哪个大领导需要沟通，一个电话，让他翁折东顶着，既可不掏自己的腰包，又可在犯事之时推净干系。这步棋，翁折东心里早跟明镜似的，不想胡昌稷属张三的，吃个驴连骨头渣都不吐！希望工程他承诺捐那么大一笔款，胡昌稷就该拿他当掌上明珠，那个金座更该拱手让出，非弄个金步米，以为小米加步枪会给他站好岗，这次就要让胡昌稷尝尝以牙还牙的剧痛！想到此翁折东已乐得找不到北，操起电话去逗扯金步米。

“喂？金兄，向你道喜！”

“喜从何来？”金步米被置于五里云雾。

“金座的官司还打不打？”

“放心，我懂坚持到底就是胜利！”五里云雾中金步米仍撑着斩钉截铁，有市长做后盾，金步米操东方不败架势，心态一直处于高屋建瓴。

“那我郑重告诉你，你赢定了！”

另一端飞出一个空白，金步米怀疑，商界不倒翁怎么会轻易言败！

“不接受这个胜局？我一秒钟会改两次主意，不想转胜为败吧？”

金步米深知翁折东的瞒天过海、声东击西、欲擒故纵或借尸还魂等伎俩，于是不敢怠慢，“怎么赢法？先讲清楚！”

“有诚意过来谈，打了胜仗总该精神抖擞！”翁折东实施直钩钓鱼。

最初金步米抱定救活金座，还员工一个温饱，他不想弄得悲天抢地鬼哭狼嚎。而翁折东只需举手之劳就能将他们圆满带到退休，岂不两全其美！听说翁折东服输，金步米极爽快地约了见面地点，驱车迅速前往。

见了面，金步米本想看到一脸沮丧的翁折东，出乎意料，他竟然满志踌躇一脸得意。瞬间，唐睢不辱使命、晏子使楚一类豪情，不能自控地于潜意识逃遁，失去了支点的金步米，对话都不知该用问号还是叹号。

“好了，别再蒙着眼捉迷藏了，这官司你赢了，收回金座另做打算吧……”翁折东一派鸣金收兵的架势。

“那……你不是交定金了吗？”金步米想捞救命稻草。

“唉，喂鸡还得舍把米呢！劳了你这么久的大驾，就买糖吃了吧！”

金步米这才听出翁折东完全封了门，他的改革方案彻底泡了汤，这可怎么向胡昌稷交代！当初可是许了大愿发了毒誓，不将金座救活，他宁愿摘了乌纱！折腾了一冬带八夏，就这么轻易地到了负面兑现的倒计时？为了金座于涅槃中重生，金步米扑通一声跪在翁折东面前。

9

放下胡昌稷的电话，万向权有一种腾云驾雾感，飞黄腾达也好，鸡犬升天也罢，总之跃居广播电视第一把交椅已指日可待。因为胡昌稷绝对将他置于圈里人了，而且矛头直指佫恪！中心意旨他已搞清，可各脉络尚待仔细清理，因为他似乎乐昏了头，他不想在这乱云翻飞之际，就去干这样一件极严肃又重大的事。于是起身伸了个懒腰，极舒展的扩张态势，令他想到了鸱枭，舒展便要展翅，展翅便可捕食，那是收获的象征。他是该收获了，面壁十年图破壁，跟随胡昌稷已是足足十年了，等待的就是这一朝。万向权收拢了扩张到极限的双臂，又为自己泡了杯热茶，茶是一种温性兴奋剂，此时他需要兴奋，但他也不想过头，只兴奋到足够清醒，然后再好好理顺各种关系，在这命运大转机时刻，切不可乱了阵脚。他端起茶杯踱到窗前，身处二十层的他顿感高路入云，整个市容有一半收入眼底。他知道另一半就在身后，如果拿下第一把交椅那才是前眼连后眼，二十八层大楼全权归他所有。他知道这只是胡昌稷所辖的千百分之一，不过他也不想像胡昌稷那样扩张，他只想占一个小小山头，将这个小山头经营得山青水碧！退休前安排好一家老小的生活港湾，退休后享受丰厚的金钱物质也就足够了。他啜着茶，想象着掌管了这座大楼后的情景，那时会有多少痴迷的青少年，为能在广播电视里一展姿容而聚集在他的门下。他会巧立各种名目，让那些痴迷者无怨无悔地掏出他们囊中的金币，为他的后半生铺锦叠绣，那该有多快意！

他自幼家境比较贫寒，兄弟姐妹又很多，很少享受到美味佳肴。他曾发誓，有朝一日他有了钱，就天天吃猪肉炖粉条，还买上一麻袋糖果随时随地品尝，现在再想想固然有些可笑，可何时何地不是民以食为天呢！再大的官不是也希冀着美食豪宅吗？他削尖了脑袋夺权，就是为了拿权去换这种赚得最容易的钱，那些土财神得流多少汗水攒点臭钱，还不是为上层社会进贡！就算能拿钱买官，那也只限县团级以下，省长部长就没那么容易了，就没听说有谁能拿钱买个中央主席！而他的秘诀只是多请示、多汇报而已。勤请示，就有大领导为你出点子，这就免去了自己动脑筋，也弥补了某些方面的经验不足或智商短缺。多汇报，让领导全方位知情，一旦出了问题他会替你兜着！就这么简单，可有些人做起来却像上刀山下火海，唉……真是各生一段才！

眼下又有了天下第一良机，胡昌稷竟求他帮忙收集佫恪的不轨，不但将他列入第一密圈，还将许多绝密透给了他，无论如何得为胡昌稷打个漂亮仗。从哪儿下手呢？万向权一时懵懂，那就先对佫恪进行一次仔细摸底。向谁去了解呢？若从倪莳萝那弄点新鲜玩意儿再添油加醋，也许会做出一盘好菜。不过他与倪莳萝南辕北辙，无论如何走不到一起。

突然眼前闪出倪莳萝的副手阕大德，先从他那搜出点蛛丝马迹，也是顺藤摸瓜的依据。心到意到，万向权放下茶杯，便做会晤阕大德的准备。是去学校见他呢？还是约他到广电大厦来？去得花一笔打车费，自车改以后，头头们都拿了数额不等的通勤费，小车已经上缴出门就得自费。若是约阕大德来就得搭一顿午饭，一顿饭至少得百八十元，那可是“的”费的三倍！经过仔细运算还是去学校吧，阕大德无论如何得赏他一顿饭！想毕给阕大德通了话，约他在办公室等，说有要事请教。

二人见了面便是一派经天纬地的寒暄关怀，因为彼此都明白，他们都是胡昌稷的圈里人，于是就有一丘之貉、一鼻孔喘气的共轭感，日后都需对方在胡昌稷那为自己说些好话，也是多个朋友多条路。阕大德得知有要事，便沏上口里叨叨的上等好茶。万向权觉得茶味并不像阕大德喊的那么好，走南闯北，万向权对茶的品质还是略知一二，他一定是掉了包，把好茶拿回家给老婆孩子喝，将好茶的盒填充了大街上买来的低价茶，万向权深谙此道。为了表示他的抗议，他始终没动那杯茶。

“什么事让你急三火四的？”阕大德做惯了调包，操浑然不觉态势。

当然要紧，胡昌稷遭了暗算，有人频频打他的小报告，其内容复杂多样，连他各种雅好都曝了光，幸亏是许童线上的，不然覆舟在即。

当然事情的起因也脱不了扈黎的干系，因为他多次向组织部反映胡昌稷的不轨，所以曹健才派下了佫恪，佫恪是自己的丈夫，调查问题一定是一丝不苟，果然有实证频传。曹健不知胡昌稷是许童线上的，便不厌其烦地向许童汇报，许童自然铜墙铁壁般地屏着，还将内情回传给了胡昌稷，胡昌稷一急便要抓佫恪的要害以逐出本市，这就找到了早想取代佫恪的万向权。万向权这才悟出佫恪为什么向他套近乎，连伤了巴娜娜那么重大的事都睁一眼闭一眼，原来其志不在小！不过这些内幕他绝对不会透给阕大德，别说胡昌稷叮嘱再三，就算放任自流他也不会将这么重大的内幕揭给阕大德！透给阕大德的信息，早在此前就编造完整了。

“目前提倡领导班子年轻化，你我不能坐等，得寻找机会，更上一个台阶！”万向权虽极力虚张声势，以调动阕大德的胃口。但编造毕竟是假话，实际上升迁的大事他才用不着找阕大德。

阕大德于领导身边鞍前马后多年，对于神色语音目光手势，如何搭配如何表达深层信息早历练得火眼金睛。他眼中可揉不得沙子，万向权明显呈散乱状，连他的目光都缺乏定力，断定深层含义绝不在此。不过他说的主题倒很重大，只是与他的神色有些错位，也许是脸皮薄，尚存羞涩？要官可不像要饭，要饭，给就给，不给就转向，也不丢什么。而要官可不同，一旦失手再转向别处，那可是大忌，两边一夹，也许就卡死你。若是两边运气都旺，一辈子不挪窝儿，那还不是无期徒刑！要官就得厚上脸皮，将万般力量凝到一点，不获全胜决不收兵。

见阕大德木讷，万向权又大踏步深入，“起走佫恪是我上台阶的关键！可他的内幕我是一无所知！你不是了解倪莳萝嘛所以才来请教。”

阕大德愈加得意，“他们那点事全在我掌心！”阕大德没立刻将话题展开，他得清理一下哪些该说哪些不该说。当初他就想借佫恪将倪莳萝置于死地，可倪莳萝将自己装扮成正人君子，高睨大谈的。眼下若说过了会给人一种诬陷感，说得不足又起不到揭底作用，不如照实将故事全盘托给万向权，让他自己从中筛选他用得着的，这样就与他阕大德没什么挂累了。转而又想这事一时半会儿说不透，又快到午饭时间。上次万向权向他讨要毕业文凭，还欠了他一份重大人情，虽有胡昌稷做中，那也不能白拿，让他还顿饭总不算过分。于是先做了个舒展状，“说来话长，不如找个饭店要个高间，边吃边聊那多有情致！”说着起了身。

万向权心中一喜，到底还是设了饭局，那么，自己的路费就算没白花。又一转念自己也不能太抠门，便操起了职权之便，“给两张照片我给你弄个记者证，看个文体表演，出门弄张车票还是很管用。”

“记者证？一个顶一个能弄出来吗？”

“我那也扣了几个留着给有关人物，播音员也发证，拣不大出场的就能扣几个。唉，什么事还不是咱说了算！不然要那个权有啥用！”

二人你推我让出了门，阕大德一招手打了的，上前开了后门。万向权心里咯噔一下，恨恨地想这小子可真不是东西，捷足先登抢后座，把前座让给他，这明摆着是让他万向权掏车费。也罢，车费毕竟不多，来回合起来也不够半顿饭钱，于是硬着头皮直冲前门。不想，阕大德手一伸做了邀请状，“请上后座！”车费看来是由阕大德掏了，两个各揣心怀的食客，究竟由谁掏饭钱呢？那一定是一场很累的心理较量。

10

在给佫恪与倪莳萝毁灭性打击的大前提下，一段往日的绯闻被炮制出笼，当然由万向权负责传达给胡昌稷。尽管万向权用心良苦，表达也极为严肃，可胡昌稷还是觉得像一场闹剧，便问信息是从哪得来的，万向权吭哧憋肚了半天才供出阕大德。一说出阕大德故事的可信性便顿然大减，因为在胡昌稷的心理档案中，阕大德胆子太大，给他块地儿他就能把那块地儿一口全吞了，然后连块骨头渣都不吐。因而胡昌稷下了很大工夫，才物色到倪莳萝去监督他，倪莳萝虽不属胡昌稷的心腹，但倪莳萝的诚信却可让他一百个放心。他知道阕大德早有一肚子怨气，将倪莳萝一棍子打入十八层地狱才是他的最想。既然如此，这个故事也只能是故事而已，至多当做消遣找个乐儿便打发了万向权。胡昌稷没找到佫恪的致命伤，一时还不能置他于死地，对于删除这样一个打进来的内奸尚须徐图之，于是心中不爽，闷闷然什么也干不下去。辗转反侧了好一阵，便想与倪莳萝谈谈，既然万向权说到倪莳萝与佫恪为情敌，也许会提供些佫恪的不轨之事，于是电话约倪莳萝于“不二”餐馆相见。

倪莳萝对胡昌稷的召唤一向是随叫随到，不到十分钟二人便在“不二”餐馆的高间坐定。因为是胡昌稷请客，点菜当然就要以倪莳萝口味为主，倪莳萝虽憨直诚恳但也看得出眉眼高低，他知道这是胡昌稷对他的特别款待也就不再推辞，便以主人翁姿态点了几道中等价位的菜。他觉得，档次太低会使胡昌稷不落忍，档次太高让胡昌稷破费自己又不忍为。中国文化总是中庸之道合理，于是自行取其中。上菜之前，倪莳萝又点了两杯碧螺春边饮边等，用以缓冲与胡昌稷面面相觑的尴尬。

“什么时候开始吃素？”胡昌稷一向居高临下，他从不因为与人面对面而有什么尴尬，有的只是高屋建瓴，一旦让他感兴趣他会不厌其烦。

“是三年困难时期，那时讲究瓜菜代，加之当时生活负担很重，有吃不起的意思，久而久之便习惯成自然，后来就不习惯吃荤了。”

“那营养能够用吗？尤其你们这些脑力劳动者。”胡昌稷呈现惊异和关切，他想象不出没有荤腥的日子会是什么样子。

“营养不成问题……”倪莳萝趁机给胡昌稷上了一堂生动的营养学课，“人的整个机体都适于碱性物质，酸性物质会使人体酸化，许多病都是由此而生。原本能活一百五十岁，也只好在六七十岁撒手而去。”

正说着菜上来了共四个，主料都是大豆制品只是花样翻新。四个菜分别是：甜椒炒“肥肠”、片花“肘子”、焗“鸡翅、”红烧“虾段”，样子做得惟妙惟肖。胡昌稷立刻有了食欲，每道菜尝一口，果然鲜美爽滑清新别样，不像一般的动物食品腥膻油腻，于是情不自禁连声呼好。吃到兴头上胡昌稷感慨万千，喟然叹道：“唉，还是单身好，能有这许多闲情逸致研究吃喝。咦？你就不觉得孤独寂寞？不想要个孩子？”

“孩子？”倪莳萝淡淡一笑，“我身边可不缺孩子，每年都有上千学生进出，只要学校尚存我的子女就会源源不断，其中不乏优秀者，大江南北、长城内外乃至国外都有我的弟子，这多好，只需教育无须供养！”

“你的心态真好，是怎么练出来的？”

“也不是刻意去练的，只是事态使然。也许是搞教育的副产品，教学相长，占些先机，这得感谢职业带来的便利！”

“我还以为你得益于哪些哲学体系，刚读书时只知道马列主义，近来才知道，世界上哲学派别林立……”

“是啊，每个派别都有自己的亮点，也各有自己的不足……”倪莳萝有意无意翻动着记忆的底簿，又给胡昌稷讲了些哲学史类的东西。

哲学作为世界的理论体系，从奴隶社会才产生和发展起来，最早的发源地是东方，埃及、巴比伦，特别是印度和中国，是最早闪烁出哲学智慧之光的国家。希腊稍晚于东方，但因哲学思考的持久深远、影响广泛而著称于世。发源于古希腊盛行于欧洲的西方哲学与中国哲学、印度哲学并称世界三大哲学传统。作为影响持久深远的西方哲学又可划分为古代哲学、经院哲学、近代哲学、现代哲学。古代哲学，是从泰勒斯开始，这位米利都哲学家因为预言过公元前585年的一次日食，因而哲学就与科学天文学一起诞生于公元前六世纪初，他后来成为希腊的七哲之一，有代表性的还有毕达哥拉斯、普罗泰戈拉等。

到了公元前483年，历史为我们诞生了著名的古希腊哲学家苏格拉底，这是最早提出知识和行为有联系的人，认为哲学的基本任务是论证道德理论，使人们认识永恒不变的一般道德概念，认识绝对的善，最后被奴隶主民主派以宣传异端邪说等罪名判处死刑，可惜一生只做口头宣传而无什么著作。后来这些学说，被他的两个学生柏拉图和色诺芬所收集记载。柏拉图是个承上启下的人物，他是苏格拉底的学生，又是另一位哲学大师亚里士多德的老师，他继承老师苏格拉底的思想，于欧洲哲学史上第一个创立了客观唯心主义体系，其基本观点是神秘的理念论和灵魂不灭论，他的理想王国便是历史上最早的乌托邦。亚里士多德是位知识渊博的学者，是形式逻辑的奠基人，还探讨了辩证思维的最基本形式。之后便进入希腊化时期，这时有两大新学派，一个是斯多葛派，一个是伊壁鸠鲁派。伊壁鸠鲁是无神论者，而斯多葛派却披上了基督教的外衣，此后便沉入天主教哲学，这一哲学思想，从奥古斯丁到文艺复兴时期，一直都在统治着欧洲，古代哲学最后一人是普罗提诺。

倪莳萝厚重的沉思，将胡昌稷甚嚣尘上的思绪凝为定格，不免一声长叹，“唉，难怪你如此优秀，在后天的修养上我们走向严重分歧！原始我也是崇尚正直顶礼品格的，可切身利益、突然面临的变故，居然不得不改变初衷，现在你我的距离竟是千山万壑！”胡昌稷在倪莳萝大视角长跨度的拉扯中，将以往岁月的所有积淀全部被激活。这就是君子游必择乡居必就士的诠释吗？就连追查佫恪污点这样的大主题，胡昌稷也不想再提起，那是对君子这个词的亵渎，一个知识分子应持的自尊与坦荡，就这样浮上胡昌稷品格的主旋。

“不能这么说，寸有所长，尺有所短，只是各有优劣罢了。你是一市之长，我不过是一校之长。”倪莳萝从不用恶毒的眼光看人，他所看到的最多也不过是缺陷。只要弃恶从善，前程都是一派光明！

“可我没有你那样的是非标准，也没有你那种清醒判断，这与正人君子绝对是两条道上的车……”胡昌稷面带沮丧，那是无能为力的外现。

“这得怎么看，正因为你是市长，才应该在某些事上保持浑然，大事精明小事糊涂嘛，你那个池子太清了，也就养不了大鱼了！”倪莳萝只相信教化不主张压制，压制只能使对方更加固执己见。

面对倪莳萝的宽容和抚慰，胡昌稷感到无地自容，他自知自己与道德轨道的距离，想缩短已非一日之功了。于是一咏三叹地说，“你真是太适合当校长了，如果在我一生中能找到一件最漂亮的事，那就是任你当校长……”胡昌稷略作停顿，“阕大德怎么样？没给你添麻烦吧？”

“给他充分自由，我只对违纪的事死看死守，没有冲突的机会。”

“好，你能把握自己的命运！看上去你似乎是孤苦无奈，现在我懂了，那是你有意放弃，只是选择中的淘汰而已！”胡昌稷感慨万千，明显是在为自己的脱轨而哀叹，但欲想返回已是很难。不过，有一天他能做到“悟已往之不谏，知来者之可追”也未见得。在永恒的秩序中，上帝固定了万物的位置，唯有人独立着，从而展示自我实现的无限可能。

11

几经折腾，胡昌稷还是以改革不利为借口，向佫恪下手了。勒令他要么调回省城，让出一市之喉舌——广播电视局，要么就按市委市政府的意见加速改革的步子。其改革标志，就是清除新闻队伍中不适应时代发展的人。胡昌稷大肆提倡全员更新，即使是留下来的也得换脑，以适应飞快发展的新闻事业。而佫恪从曹健那得到的指令，却是一定要坚持住，目的是找到胡昌稷腐败的第一手证据。因为省里分成两派，一派认为胡昌稷有明显的腐败行为，而另一派则认为胡昌稷是改革大潮的先锋，某些过激行为不免伤害到一部分人，这部分人必然想方设法置他于死地。这一派还认为即使是过激行为，那也是改革进程中的副产品，属正常现象。两派的对垒，便形成了胡昌稷与佫恪之间的势不两立。

佫恪为不辱使命就得想方设法留下来，以完成上级交给的任务，而曹健的胜败又关系到两大命运，一个是反腐倡廉能否顺利进行，另一个是曹健这个组织部部长还能否立足。若在胡昌稷那出错她起码得免职，胡昌稷那叫六品命官，出于自卫他也不会善罢甘休，因而曹健是骑上了马背，再想下也不是那么容易了。作为佫恪，不管是交战使者还是护花使者他都得殚精竭虑，而他能留下来的首要条件，就是向杲昊下刀。若杲昊在第一次与胡昌稷直面之后，不再过问达生的案子，也许佫恪就不用对她出手。可杲昊偏偏恪守记者的使命，况且佫恪也想以杲昊的明察暗访为突破口。那么以夷制夷、借刀杀人，这些现成的套路，胡昌稷为什么不能信手拈来？想来想去，佫恪自认进退维谷。最为残酷的是，他必须将杲昊开除新闻队伍，这是胡昌稷给他下的最后通牒。

痛苦地思索了三昼夜之后，佫恪的思路渐渐清晰，那就是决定清除杲昊。他有两大坚不可摧的理由，第一为捍卫反腐倡廉的大政方针。第二，就今后的局势，杲昊为什么不可以成为转轨改制的先锋？清除不清除，归根到底是个劳资关系问题，事业单位马上就要实施全员聘任，在这特殊时刻，对杲昊该不是致命伤。她可以到另外的单位去就职，甚至可以到省新闻单位应聘，这有什么不好？在心理上也是一次难得的历练！如今下岗转岗，均存在叫嚣东西、隳突南北的惨局。其实这些人根本不懂政策所赋予他们实现自我的意义，离开了公有制就像是下了地狱，其实这正是发掘他们巨大潜力，各尽所能的极好机遇，这当然是习惯势力种下的恶果。杲昊虽不是什么大人物，但也是市内有一定的影响的记者，这样的记者也能下岗，岂不给那些哭天抢地的下岗者树一个绝好的榜样？再者，在这瞬息万变的改革时代，对杲昊的承受力、适应力及重塑力都是极好的煅冶。在这两大支柱的支撑下，佫恪还可以衍射出另一个举措，那就是借机清除像吴计一类混子，以此提纯新闻队伍！

凑足了充分的理由，佫恪觉得应该将这些理由灌输给杲昊，于是起身去寻找，寻了几个回合，终于在节目合成间看到了她，她正与万向权吴计等制作参赛节目，还有一个不太熟悉的，经介绍才知是省广电学会的参赛主评郑迪。佫恪正感叹这样的评审是否还具备公正，万向权便将他拉到一边密授天机，说此人是吴计请来的，为确保拿到奖，才请专家现场指导，这样按照评委的思路做出来，评奖时首先就免去创意思路的错位，另外再给些优惠获奖就会稳操胜券，省里其他市台也在这么做。

佫恪一惊，先问经费怎么出，万向权又暗示，吴计早向胡市长做了请示，市长便指派了几个客商到台里做广告，费用已包含其中。佫恪追问这样的奖评出来还有什么意义，万向权略带鄙夷地说，奖的本身并不重要，重要的是拿它当敲门砖去评职称。佫恪一时无话可说，便回身去观察杲昊，只见她万分认真地抠每一个细节，生怕有什么纰漏。又情不自禁地问，杲昊也要评职称？万向权回说，杲昊并不知情，因为她是主创才参与其中，最想拿职称的是吴计！万向权供出吴计是为了掩饰自己。

千百种滋味一齐涌上佫恪的心头，在那里制造风雨景色，风雨中的主人公正是一路飘摇的杲昊，如今他又要给她再添狂飙，不知这个弱女子是否能挺得住。似强劲的静电感应，瞬间传导给杲昊，一个无意的回眸她发现了一脸歉疚的佫恪。上一次的心理碰撞，杲昊自觉彻底偿清了他昔日的情感账，今天她已不再是仅靠情感度日的心理残缺者，她将负有更宏大的人生使命和更崇高的生命责任。如今，她已从毫无目标的荆丛回过头转向自己，有了这样足够的底气，她一眼没再看佫恪。

没有得到任何反馈，佫恪一时兴味索然，又同向万向权有一搭无一搭地谈起改革。万向权顿然兴趣倍增，满身心恭敬请佫恪到办公室细谈。

进了办公室万向权看着火候已到，于是开足马力，“改革正在紧锣密鼓，现在好了，有你操持大政方针，改革步子有望突飞猛进。”

虽然经过了深思熟虑，但对拿掉杲昊，佫恪还是心存顾虑，对于这样一个优秀记者，为什么就非得充当改革的牺牲品？尽管他找了一百多个理由，可无论如何不合逻辑，难道就因为他们曾经相爱过？而这残酷的牺牲，就该为他的成功奠基？每想到这件事他就如芒刺在背，剧烈的刺痛令他寝席难宁，因而此刻万向权的促进，让他感到十分受用，他需要注脚、需要诠释、更需要支持，万向权似乎会给他这一切。

佫恪沉思了半晌才试探着，“既然大家都认为改革大势已定，背地里又舍不得公有制，那何不选几个优秀人物开路？首先就让先进人物去开路，就像凡事都由党员带头那样，说明下岗并不像大家想象的那样是砸饭碗，或甩包袱。另外经过优化重组，先进人物总能干出些大事，这又给改革带来光明和亮丽，有了实惠，大家就不会再去留恋公有制，对于先进人物来说也是极好的锻冶，岂不双赢？当公有制渐渐在社会上消逝，就不存在什么金饭碗铁饭碗了！”

“那让谁先下？这可是一鸣惊人的举措！”万向权急于知道胡底。

“比如吴计、杲昊，还有那些共产党员，这样就会让大家感到下岗并不是下地狱！”佫恪一咬牙一跺脚，终于在共产党员和吴计的挟带之下，断然将杲昊推下了岗。虽然这是说给万向权的，其实更是说给他自己的，这便是他决心的最后定格。君子一言驷马难追，在万向权面前他已公然表态，杲昊的命运就算有了定局！

万向权一时被惊呆了，他确实震惊于佫恪的魄力，他是将胡昌稷的心肝儿，和着他自己的心腹，一起置于了刀俎之上，真真是“为有牺牲多壮志，敢叫日月换新天”！

“你觉得不妥？”佫恪意识到自己言过了，这是他血肉筑出的长城。

万向权一时未回答，暗想岂止是不妥，简直是冒天下之大不韪！他自己忍痛割爱倒也罢了，岂能去碰胡昌稷的心头肉！不过万向权的第一感觉倒是无比惬意，这两位小女子确系是自己的眼中钉，若能借佫恪之手除去当然是天下第一快事！不过他不能太飘飘然，于是压住阵脚，“我是想不能太直白，凡事都要雾里看花才好。我想掐个年龄段将她们囊括进去，有几个陪着的，这样大家也就不会那么一目了然，让他们费尽心机猜去。再者，对杲昊和昊计也不会显得太无情，怨也只能怨她们生不逢时，你看这样好不好？”万向权第一次显得那么悲天悯人，又以十分公正的方式加以表达，“目前，先做好思想铺垫，再让她们把评奖工作收了尾，之后就把这事给办了，以迅雷不及掩耳之势！”

佫恪总算找到了坚不可摧的后盾，一个类似犹大出卖耶稣的协议就这样烫手出炉！只待佫恪将心态放平，无愧无悔地去清除杲昊。

12

七上、八下已是定了的事，处于边缘地带的胡昌稷就只能用政绩的砝码，去调解上还是下的天平了。接到省委副书记许童的电话，胡昌稷提前得知省委常委会的全部内容，另外，许副书记还顺便向他透露，近来一直有人在打他的小报告，内容五花八门，都是对胡昌稷十分不利的事，若认真追究起来，哪一条都够将他列到“八下”那个行列，这还是上策，是出于对干部的爱护，只让出领导岗位不追究违纪责任。不过胡昌稷若有回天之力，将各方塌陷都在不知不觉中摆平，他还有希望再干一届，他是五十七岁半，若能再干一届就是六十二岁再退休，这在胡昌稷当然该算是一种荣耀，无论是心理层面还是面子层面都是莫大的满足。可这种满足能维系多久呢？算到顶不过五年，五年后还得过平常百姓的日子，柴米油盐、吃喝拉撒，每天面对一个妒妇疯老婆，到那时怕不会再有车水马龙、门庭若市的局面了。老百姓的日子什么样？多少年他都不曾触摸了，只有在电视里才走马观花，可那也是经过多种包装和渲染，是为了说明某个问题为政策做注脚的。

目前正是深冬，冰天雪地的，老百姓会怎么过？对，他应该出去亲自考察一番，集贸市场是最具代表性的地界，他应该到那里亲自体验一下，这样对退休的日子才会有一个具体的概念。当然不能带司机和秘书就他一个人去，不然他会被假象蒙蔽，造假似乎已成为时尚，这些人若是把造假使假的精神头，用到制造精品上该有多好！其实造假售假所耗掉的精气神，一点都不比创造精品差。那到底差在哪呢？他们宁愿到处钻营，不惜重金贿赂工商、税务，也不愿用心去搞精品！他用了几分钟终于想出些所以然，绝对的劣根、贱骨头，就像他装疯卖傻的贱老婆。

正当胡昌稷暗恨丛生，电话铃响了，接起来那端竟是筱砉，说是好久不见，她想给他送些精致礼品，无论如何她忘不了市长对她的好。胡昌稷一听便毛发倒竖，他早被筱砉的黏稠搞得神经错位，一如目前玩具店兜售的恐怖玩具眼球，虽然本知那是硅胶类的玩意儿，可制作得惟妙惟肖酷似眼球，又极为富有黏附性，粘到手上就甩不掉，那种恐怖与厌恶，就算强力意志者也会被摧毁，于是避之不及地一口回绝，说他马上要出去考察。放了电话便穿上柜子里久放不穿的羽绒服，那是配给领导下基层用的，还从未着过身，新新的，倒有一种清爽感。刚才要去基层还只是一种假想，若不是筱砉的电话，他也许就是想想而已，眼下无论如何得付诸行动了。于是，穿好外衣又拿了口罩，躲瘟疫般从市政大楼的边门溜了出来。这么大个城市不动用车是走不远的，那就去集贸市场吧，看看百姓的日常生活也好。出门扣上口罩将羽绒服帽子拉紧，只露出两眼，估计不会有人认出他，于是挺起胸膛甩开大步直奔集贸市场。

早晨的菜篮子是一天的菜，中国老百姓是十分在意正餐的，早晨可以随便吃点，到了中午可一定得铺张一回。到底是改革后的国情，物质不能说极大丰富，可用上“丰富”这一词却是一点儿不为过。不知这些商贩内禀多大能量，竟然将天南海北的东西都搬弄了过来，可以说是举国上下奇货大比拼，更是东西南北物产大聚会！这是他胡昌稷的功劳吗？可无论如何是在他的领导之下，市民们总算有一个繁荣的市场，一时心中激起无限自豪。当初他也是像这些芸芸众生那样，抢前跑后，忙于前程奔于生计。经过一番拼搏历练，他终于可以站到高端来俯视他们，而且可以使一度站在同一条起跑线上的人，围着他的指挥棒转，这一成果耗去了他近一个花甲，怎么可以在这最后时刻与其失之交臂！无论如何得坚持到底！于是他下定决心干满最后一届！

信马由缰，胡昌稷于市场徜徉，发现室外也有密密匝匝的摊贩，都偎缩于有篷的车上，车内还生着炭火小炉，四周便是各种果品蔬菜，看上去鲜嫩青翠，倒是蔚为壮观。车旁有人在捡车上丢下的烂菜，摘去黄叶掐下烂根，又小心翼翼地放进菜篮子，虽已冻得如同冰棍，但还是有人锲而不舍地挑选。出于好奇，胡昌稷走上去搭讪。

“车上有好的，干吗要捡这些冻菜？”

捡菜的是位中年妇女，不屑地瞥了他一眼，仍低头捡地上的菜。过了半天，见胡昌稷还没走，仍坚忍不拔地等她的回答，便嘟囔着，“站着说话不腰疼，车里的菜当然好，菜好，钱也好，三四块钱一斤，吃得起吗？你天天都能吃上那种菜？”

胡昌稷当然天天吃，还要吃生猛海鲜，更要有甄诚那样的大厨烧得有滋有味地吃。于是轻描淡写地说：“有钱不吃留着干啥？民以食为天！”

“有钱？哪来的？全家都下了岗谁给钱！一家子都是没根的草哟！”

“那是不过硬，练就一身硬功夫就不至于下岗！”胡昌稷信马由缰。

“扯！我们隔壁是有名的混混，那不也没下岗，现在还逍遥自在地晃悠着！人家有处长亲戚护佑，下不下岗不就是领导一句话的事吗？”

胡昌稷被一炮炸哑，一句回击的话找不到，于是灰溜溜地离去。

真得感谢丹青，他为自己这个一市之长分担了多少压力，在上报给国家的总产值中，有百分之一是由丹家崖扛着的，人家那里的农民人均收入已达上千元！自己先富了还不算，还要帮他这个市长解决城市的流浪人口问题。进入冬季，这些人不但有吃有住，还能实现自我价值，有所创造、有所收入。若靠他这个不负责任的市长，别说有吃有住实现自我，仅一个严寒，就不知会夺去多少宝贵的生命！

可丹青这样一个好人，在动乱时期还被当作反革命到处游斗。那时自己作为地质勘探人员正为国家探矿找油，凭他丰富的勘查经验，他探出那里有个富矿，那里有一川的黄金。可丹青为了保护自然生态不被破坏，他恳求自己不要声张。他的理由很刚性，他说埋在地下反正都是国家的，拿出来也不过在储备上加了几许数字，可生态环境就会遭到灭顶之灾。这一方富饶的水土将不复存在，尤其在那种要钱不要命的疯狂年代。他答应了他，他没将丹家崖的黄金矿脉公布于世，一个万吨级的黄金富矿，在丹青的庇护下仍安静地睡在地下。丹青说等年代好些，开发技术更高些，人们不再以掠夺财富为主要目的，不再以牺牲生态为代价，再考虑向国家报告。那块地是旧社会由丹青祖上买下的，当时他祖父就已探明了大致的黄金储量。可不久小日本入侵，接着又是连绵不断的战事，天灾、人祸，在这种状态下若莽撞地让财宝现世，不但不能给世人增加福祉，反而会平添无端的祸乱。一个简单的小煤窑都能招来意想不到的灾祸，更何况是一川的黄金！丹青说得有道理，等各种法律法规趋于完善，大众的觉悟有所提高，生活相对富裕，不再视金钱为生命，那时再开采，也许会给这些财宝更好的保护，不致让贪官污吏们拿了去靡费，也不致让江洋大盗夺了去挥霍！

想到此胡昌稷悟出了一个硬道理，那就是他绝不能撒手而去，这个市长他还是得当，他必须挺住，挨到不能再挨了的最后时刻。其理由有二，第一是配合丹青护好那一川的黄金矿藏，第二当然是为他自己，他不想那么快就落到平民百姓的窘境，那种最低层次的境遇，其实就在一闪念间，一旦放弃了市长的头衔，就与那些下岗者没什么两样。想到此不觉出了一身冷汗，在许童副书记的庇护下，再各方努努力，他还不至于站到"八下"那个行列！西北风匝地而起，胡昌稷感到空前的凄楚与孤独，这令他充分体验了人生悲剧性的一面。当这情绪袭来，他那颗不肯屈服的心在说，不能骄傲地活，就骄傲地去死！

13

逢桂桂满载精神物质双重硕果荣归故里，准备大展宏图。国外全方位的历练，包括与威廉·罗森的床上功夫，她自认功高过人可以出山了。

带着一路风尘与满负荷自诩，逢桂桂以两国来使的风范出现在胡昌稷面前。胡昌稷从不在办公室接见工作以外的人，此番破例给足逢桂桂面子，其原因有二，第一，不久前他去美国考察，正在美国留学的逢桂桂，对他美国之行服务热情周到，尤其在与筱砉的反差对比中，胡昌稷认为逢桂桂更具女人魅力，此番有重温与再审视的目的。第二，当然是逢桂桂的大举张扬与强烈恳求，她以招商引资的名义，以罗森公司代理的身份实施大举进攻，几乎未等胡昌稷认可，便风风火火闯进了他的办公室。她带着势不可当的热忱与强力，几乎就与胡昌稷平起平坐，俨然一个来自另一国度的市长，开口闭口与胡昌稷谈判。胡昌稷巴不得顺水推舟以谈判为掩护，他要与这位小娘子单独会会。因为他在吴计口中听说她是个刺玫瑰，虽然姑嫂不和，却常赞许她的另类。美国一面，在筱砉的参照下，确实感到她有些特色，于是屏了秘书，关了手机，下决心给这位刺玫瑰两小时的专注。袅袅香茶中，逢桂桂开口求胡昌稷助她一臂。胡昌稷说，看在美国为他服务的分，他会尽力。

逢桂桂听出胡昌稷的真诚，于是将威廉·罗森的意图和盘托出，说这是双赢政策，既武装了油田又实惠了罗森，他胡昌稷也会分得一杯羹！

一杯羹？胡昌稷为之一惊，原来是以小易大的买卖，他胡昌稷干吗要分老外一杯羹？原本做羹的料就是自家的，他可以在自己锅里做，想做几杯就做几杯，想分给谁就分给谁，干吗要等一个老外的施舍！这岂不是吃里爬外的勾当！看来这小娘儿们与那个老外，已经坐到一条板凳上去了！这大大伤害了胡昌稷的自尊，瞬间一股无名妒火腾空而起，“分我一杯羹？够大方的！他分给你几杯？”

“百分之三！”逢桂桂没看出胡昌稷的妒火，仍一派悠然。

“你胆儿够大的，若是把这个市交给你，你也能送给那个老外！我算明白汉奸这个词了！”胡昌稷半真半假，还没把心里的厌恶全抖出来。

“汉奸？哈哈！你倒挺爱国！其实你们当官的哪个不往自己腰包里搂？国外都知道中央晴天，省里多云，县市大雨，乡镇淹死人！从另一个角度看，我起码变相武装了油田！”逢桂桂自觉击中了胡昌稷的要害。

胡昌稷则认为，这小娘儿们够无耻的，瞬间对逢桂桂那点儿好感荡然无存，于是调转枪口，展开另一轮攻势，“那个威廉·罗森除了百分之三的利，还给了你些什么好处？”

“你什么意思？”逢桂桂对他的转向有些丈二和尚摸不着头脑。

“什么意思都不懂，还想充当国际说客？像你这样死心塌地为他卖命，没有半壁江山的赚头是不屑为的。若不然，就只能归结为卑鄙下作的汉奸了！”胡昌稷有些狰狞，他的原则是，东西可以自己糟蹋，别人却碰不得，孩子可以自己打，别人给一个轻视的眼色都不行。几十年的国民意识，他是绝不能容忍卑躬屈膝崇洋媚外的！

“咦？你怎么出口伤人？这可不像一市之长！”逢桂桂愈加感到惊愕，她只是谈生意而已，况且她早就声称是求他帮助。

“我接受了谈判就没把自己当市长，不然早通知公安部门抓起你！”

“为什么？做买卖讲究平等，我有什么错吗？”

“这种国际间的大事，不是你一个平头百姓应该关心的，不然我只能拿你当间谍！”胡昌稷响鼓重槌强调了“平头百姓”几个字。

逢桂桂吃惊不小，“间谍？有没有搞错！我是罗森公司的代理！”逢桂桂真的很困惑，别人都可以到国内做买卖，到她这怎么就成了间谍！

“你一个堂堂中国人，我司机吴畏的老婆，拿中国的钱跑国外去镀金，不思谋着回来报效祖国反而与老外沆瀣，掏自家的钱送给人家！”

“这逻辑可不好懂，真是搞不懂！”逢桂桂仍以大国公司代理自居。

“不懂？你想懂吗？”胡昌稷在为吴畏惋惜，这顶绿帽子正是自己给他戴上的。当初这小娘子就是以司机夫人的特殊关系到市委一阵乱找，说是到美国留学，自己一时疏忽竟然同意了她的请求，想不到她已爬上罗森的船，凭第六灵感上了他的床更是在所难免，于是想就此一试。

“想啊！正想听听你的高论，请赐教！”逢桂桂确实身置五里云雾。

胡昌稷拉住逢桂桂的手将她拉到身边，逢桂桂站着他坐着，只得取仰视态势，“你是不是做了对不起我们司机的事！”胡昌稷一派咄咄。

突如其来的流弹，正正落在逢桂桂的心头，顿然血沃大地，眼前一片红河谷。几度挣扎也没能上岸，只得听凭流水落花。

胡昌稷一向居高临下，这种取仰视的姿势很不习惯，于是也站了起来，这样便与逢桂桂面对面眼对眼。几厘米的距离，他看清逢桂桂再没有刚进门时的狂妄。女人为坤、为阴、为水，只有这样柔柔的才会更诱人，转而又在他心中燃起几许欲火。让她进来的初衷就是想摘下这朵刺玫，于是顺势一拉，逢桂桂便投进了他的怀抱。

几秒钟的定格，在逢桂桂那里似乎扯成了长长的时间隧道，她于其间挣扎、碰撞，试图寻找逃脱的出口。逢桂桂之所以被誉为刺玫瑰，那是她心性极高的外现。由于时势的原因她没读多少书，仅凭着自己的坚忍，硬是挤进了外事办当了翻译。此番出国更是如虎添翼，随之心性与眼界俱增，意识与胸怀齐升，一种一览众山小的自持，似乎地球都在她的囊括之中了。她对罗森的爱慕绝不是凡夫俗子的苟合，而是一种高起点大尺度的合作，威廉·罗森仪表堂堂有好莱坞影星的外貌，受过良好的教育，满腹经纶，尤其对中国国情了如指掌。他对逢桂桂的怀才不遇深表同情，发誓将她包装成中华顶级女强人，这可正是逢桂桂梦寐以求的。逢桂桂的心性决定了她凡事喜欢出人头地，连目前住房等级化她都耿耿于怀，胡昌稷能住的小洋楼，她为什么不可以住？她暗中发誓总有一天要与胡昌稷这类人平起平坐，同进一种大门共住一个大院，这个梦想只有威廉·罗森能帮她实现！再举目眼前这位浊物，除了一个腐败肚子他还有什么？一朝退了休，他整个就是白薯一个！这样一个俗物也敢对她动手动脚，不是有意亵渎，也是狗眼看人低！想到此，一股无名火冲天而起，逢桂桂不计一切后果将胡昌稷猛然推开，由于偏离座位，胡昌稷竟咣当摔倒在地，这是胡昌稷首次实际意义上的马失前蹄。

这是个意外，这意外竟将逢桂桂就地画牢，就在胡昌稷摔倒那一瞬，逢桂桂便意识到她已铸成了千古大错，她只听到胡昌稷气急败坏的一声滚，可她并没立刻滚，因为这里已塌缩为黑洞，她根本找不到后退的出口。可她挣扎着试图挽回，而如何挽回就只能靠下意识，本来就脱缰了的下意识此时偏偏翻腾出她出国的一纸批文。逢桂桂便将批文递到胡昌稷面前，歉意中夹着恳求，“把学费给报了吧……”

胡昌稷抬眼看到领导一栏的签字竟然是扈黎，这才想起，当时他急着去省里开会委托扈黎代签，胡昌稷为之一振，真真是苍天有眼，他可以甩手不管了，于是释然地重新调整好姿态，“谁批的你找谁报去！”说完叫进秘书筱晓，又泰然自若地安排他一天的工作。

逢桂桂五雷轰顶，出门正碰上扈黎，“扈书记，我报销出国的费用！”

“咦？你不刚从胡市长那出来吗？这事由他分管，找他报！”扈黎已觉察出其中出了岔子，他可不想给胡昌稷兜底。

逢桂桂瞬间被抛进命运的黑洞，一时找不到经纬，不死就得硬挺着！

14

胡昌稷被戏的郁闷，一如火中的雷管儿具备绝对的杀伤，这令他开始重新审视身边所有的附庸，打算来个完全彻底的清君侧。而率先被锁定的，就是那些对他前景构成威胁的社会渣滓，诸如逢桂桂、筱砉一类。咦？醢酸而蚋至？自他接纳了吴计，这些苍蝇蚊子就蜂拥而至，是吴纳西为他招徕的吗？目前第六灵感，似乎有人在指正他是达生枪击案的幕后，这就不能再等闲视之，他怎么能为这些社会渣滓去背黑锅！他唯一能做的就是指令公安部门速速破案，那样才能脱清自己的干系。

渐趋康复的达生同样被两个人锁定，一个是白茜，一个是杲昊。二位女士怀着不同的使命为达生护驾，达生终于将她们当作知己，尤其是他的救命恩人白茜，索性连发迹史也和盘托了出来。

"发迹得够快……"白茜控制不住自己的好奇，"真令人纳闷，据说你那个公司充其量不过千八百万，可就这千八百万也不那么容易积累！你们这些款爷怎么就那么有本事，几天不见就跟有了点金术似的！"

"真是跟点金术差不多，"达生羸弱中升腾着最原始的强力，"不过现代款爷只是施用一种移位术，就是把国家的钱从库房里搬出来，再同各类库房保管员平分秋色而已。仔细想想就不必纳闷，早期下海的所谓款爷多数为文盲和劳改释放者，他们既没有智慧的投入，又没有技术的铺垫，怎么就能那么迅速而大量地创造出财富呢？只要稍稍学会些骗术，就会将毫无免疫力的公有制的那些金库保管员拉下水，进而使他们滋生出同流合污意识，再将他们潜藏很深的贪欲调动起来，财富就会产生转移，从国家的大库转移到个人的小库，点金术便完成了。这还用得着什么大学问？有小学文化就够！况且目前已是普及高中教育！"

"不对，你不是学问就很大吗？"白茜看到其中不乏高级知识分子。

"我不一样！"达生辩解。他是将燃油变为汽煤柴，还得变为各种化工原料，那既有智慧的投入又有技术的投入。合作伙伴也很重要，这一点翁折东比他悟性高。达生有些沮丧，为他的失误也为他的马失前蹄。

达生的大幅度跌落掀起白茜深切怜悯，于是安慰，他的成功有目共睹，那么大个公司，那也是众手拾柴！已拥有的就该珍惜。

达生难控潜在的狰狞，于是大呼小叫，那也算众手拾柴呀！他们是拿他当洗钱作坊！犯了罪由他来顶，他们干捞干干净净的钱，可以躲在幕后什么事也不犯！而他达生忙了一冬带八夏，闹了个白忙活！有了什么问题都得他一人扛！扛稳了好，扛不稳就得吃枪子！记住，利益均沾平分秋色这些词，绝对具备多重含义！

白茜看出达生已极度虚弱，这事确实触及到了他的伤痛，动了真精气神，这对他的病情十分不利，于是便给他注射了镇静剂。在镇静剂的包围下，达生渐渐精神恍惚，不过他还是挣扎着在镇静剂尚未全力发挥作用之前，向她控诉了他被犹大出卖的惨剧。白茜虽未搞清是“油大”谐着“犹大”，还是“犹大”谐着“油大”，但她还是固执地将其定性为犹大，潜意识里跳动着《最后的晚餐》，因为只有这种意境才能与达生共轭。

那个坑他的人是个采油队长，工资偏低可又格外艳羡KTV一类消费，于是有意识欲擒故纵那些盗油者，每天躲在万绿丛中眼看着盗油者开阀门、卸管线，直到油喷出来，他才饿虎扑食跳踉大阚，捉其赃，索其钱乃去。达生就是以这种方式落入他手中的，也许他看出达生非一般鼠窃狗盗之徒，也许他预感到达生日后会发达，他没按常规那样草率从事，而是先与达生撮了一顿，然后与他掏心挖肝，二人竟成了莫逆。达生是主动纳贡的，份额为三七开，从此三份肥水成为细水长流。

不想盗油事件随即便风起云涌，油头已是按下葫芦起来瓢，不得不借助公安保卫。智者千虑总有一失，一个风雨夜达生又落了网，先是被提到采油队油头那儿，巡警向他报告达生盗油量特别巨大，问油头是否有所察觉，油头丧心病狂提出交给公安局严办，因为达生盗油属特技防不胜防！一个严办，达生遭受了灭顶之灾，先是挨了一顿暴揍，弄得鼻青脸肿等待发落。半个月后有了结论，决定没收他的全部财产，然后判刑十年。有病乱投医，达生提出要见那个油头，希望他能从中周旋以减轻他的罪刑。油头便问他上面有没有人，他便说出与吴纳西的交情。想不到吴纳西竟然天神般降临面前，私下里向他全面查询了案情，达生当然没供出与油头的黑市交易，他深知事态宜小不宜大，牵扯的人越多事情就越难办，只求吴纳西救他。油头听说后暗中赞叹达生够义气，于是着着实实帮了他一把。他天大神通，说有个警头一笔赌款难以下账，若达生能替他出，案子可以一笔勾销。达生一看数额吓了个魂飞魄散，他倾其所有也无法堵上那个大窟窿！达生当时尚未看透人文生态链的重要，一口咬定不能接受，而吴纳西也只神秘地一笑，从此不再露面。

白茜看出达生的精力渐次不支，只有在这种状态下，他才会吐露真情，一旦神志清醒他会隐去那些最关键的细枝末节，而杲昊索要的正是这些细节，于是接着追问，达生不负重望，吐出了最隐秘的内情。

吴纳西一走，形势大变，达生被带进审讯室，除一员刑警外，尽皆被打得紫里透青的犯人，龇牙咧嘴的，歪鼻子斜眼的，都蓄藏着巨大积怨，而这些怨恨随时可以撒向比他们更无辜的人。达生一进门，即刻被这群怨恨驱动下的犯人所包围，不由分说便劈头盖脸一通暴揍，其中一个做旁白，这叫下马威，不想吃皮肉之苦就问什么答什么，说得再白点就是让你怎么答，就怎么答！达生是见过大世面的，那叫供词，怎么能乱答？岂不是拿自己的前途开玩笑！他当然不会从命。

不从命就只有挨揍，这一次是由暴揍换为毒打，仍然是由犯人操作。

“再加点盐晶！他嫌淡！”见达生依然坚持着，刑警有些不耐烦。

犯人们正有一肚子怨恨，巴不得有地方发泄，这一声令下有如山洪暴发，只几个回合，达生就有两处骨折，一阵剧痛令他昏死过去。当他再醒过来便发现自己已在医院，骨折也做了处理。守在他床前的竟然是院长王大为，王大为并没同他做更多的交谈，只是嘱咐他多食用些钙类物质，还告诉他是取保候审。达生追问保人是谁，王大为微妙地笑笑未做回答，后来才知道正是自己的三结义金兰吴纳西。

“吴纳西不是撒手了吗？怎么又出面作保？”正听得入神的白茜一时不解，凡事她都喜欢弄个一清二白。

达生没正面回答，仍继续他的天方夜谭。达生正处生命旺季，虽说伤筋动骨一百天，可仅仅一个月他便能行动自如，重新开审的通知也随之下达。当时王大为提示，既然吴纳西能取保候审，何不再求求他将案子摆平？好汉不吃眼前亏，虽说骨折基本愈合可后遗症还是要有的，比方不吃劲啦，下雨阴天会酸痛啦，总之不会像原装那么吃硬！达生听后也后悔上次没听吴纳西的话，不然何致受这筋骨之苦！思索再三还是拨响了吴纳西的电话，此番吴纳西并没露面，只是电话里指点迷津，说事情闹到这一步，怕是尽人皆知了，目前他已在警头那卷了面子，不好再出面。可他在市长那已说了达生许多好话，市长是最爱惜人才的，一旦得了市长的提携，那可是前途无量！达生眼前一亮，讨教如何才能得到市长的提携？吴纳西只说当然要听领导的话，跟领导走！达生满口应承他当然会听领导话，只要领导发话，他会肝脑涂地在所不辞！就这样一路走过来，达生是逃出狼窝又进虎穴，这是他始料未及的。

达生的镇静剂已达峰值，白茜只好将这些片段进行蒙太奇组接。

15

白茜的蒙太奇虽属杜撰，但具备绝对价值，尤其对呆昊用来作为最原始素材的积累。可杲昊并没按时与白茜沟通，其原因是她遇上了更棘手的问题，那就是摄像师方自珍在告示栏上贴出了辞职报告。在铁饭碗尚占主旋的时代不啻一声惊雷。杲昊到处找方自珍想问个究竟，却有人告诉她，方自珍也在找她，好歹在电视塔观光厅找到了方自珍。方自珍并不孤独，围着他的已有十几个人，都为男性，只杲昊一个女性插身其间不免有些别扭，于是下意识地抱怨，"既然已成定局，还找我干吗！"

方自珍一如脱缰的野马，除约束去羁绊，一脸的强力，"咦？别那么不懂珍惜！有人找说明还有用，一旦没人找就成了废物点心！来，快入座，这都是我的朋友！"方自珍又转向众人，"这是我唯一的女朋友！"

众里报出哄然，有人揶揄地，"那你还想要多少个女朋友？不会像皇帝那样三宫六院吧？"哄然叠为多重。

"小方极为不妥，被下岗闹蒙了吧？"杲昊红着脸，抱怨加责备。

"太狭隘！我如此强调性别，就是想告诉你们，大家的关系都是一样的，只是有性别的差异而已。若是恋人，我就会明码标价地告诉大家她是未婚妻或热恋情人，断不会遮遮掩掩，代之以女朋友之类！"

众里瞬间一派肃静，大家都知道他为杲昊死里逃生，此番如此表白会不会伤了杲昊，一时尴尬担心回环相生，滑入薄冰地带。

"今天我郑重宣布，空中幻影文化公司正式成立！"方自珍看准这寂静的一瞬，采取于无声中爆惊雷模式。果然非同凡响，飘忽淜滂激飏熛怒，迴穴错迕蹶石伐木，于传统思维的长空划出一道绚烂。"如今走市场了，进入市场就意味着交换，谈到交换就必须具备本钱，本钱不厚都不行，你没有像样的奇珍异宝能交换来什么？我成立这文化公司，就是先用我的智慧和劳动聚敛本钱，等本钱厚实了想换什么就换什么！当然你们也许会说有些东西是换不来的，这我不跟你们犟，可我还要告诉你们，我还筹备了丰厚的无形资产，那就是真诚和友情，人心换人心八两换半斤，我笃信精诚所至金石为开！"方自珍尚有些稚嫩的脸，因激动而漾着玫瑰红，这令四座想到了童子面，那是蓬勃美好的象征，一个审美人生的格局，无形中在每个人心中发轫。方自珍随即出示了他的营业执照，"这是我用了一个月的时间默默跑成的，为什么要默默？我是怕我的意志薄弱，承受不了诸多的劝阻！当人们创造未来时，人是年轻的，当人们被过去所创造，那他就是年老的了，而年老就是衰败的代名词！所以我跳跃着绕过了障碍，抢到时间前头了！万望见谅！"

话音一落大家便意识到，方自珍是把这批朋友都当做障碍物了，于是大家小心翼翼不再接他的话茬儿，一种噤若寒蝉的僵局再次形成。

“一个篱笆三个桩，一个好汉三个帮！”方自珍又取高屋建瓴式，“因为是朋友所以了解你们的底细，不是怀荆山之玉，便是握灵蛇之珠，找你们来就是把你们的宝贝都献出来，让我们共同打造一个时代最前沿的精神家园。当然了走市场就不能不涉及钱，那叫最原始积累，等到羽翼丰满了，我们再与那些自命不凡的社会蛀虫较量！”这几句更是被丽披离、冲孔动楗，他看到大家都有些按捺不住。

方自珍愈加底气十足，“一些粗活就不找你们了，目前为了尽快剥离，上面政策极为宽松，优惠条件是三年免税当年不交房租，只是与业务有关的附加设施需自己筹措，这些我已找到了赞助。说实话，也真得感谢我此前的工作，因为是摄像师，在岗时某些人多给了些镜头，不想就交下了许多莫逆。大家想想能上镜的那得是什么人，不是权贵便是款爷！硬件是没问题，可软件就差很大火候，说白了就缺智慧的投入，让你们来就是出点子、选项目！所经营的既能提高大众素质，又能获得利润，怎么也得对得起百姓囊中那点钱，起码得让他们觉得物有所值！”

所请之人均以高人自居，听说需要他们的智慧，自然是个个不甘人后，看来方自珍是拿他们当智囊团，这样的信赖无疑是一种强刺激。有的指出办心理咨询中心，有的高谈要办就办哲学咖啡屋，还有的要办文学沙龙、影视中心等等，不一而足。

当然各人有各人的道理，趋向心理咨询的郑重指出，现代人已远离人生的根本，贪得无厌、饥不择食的发财欲和毫无信仰的世俗倾向，已将他们最原始本性掏空，致使内在极度扭曲和贫乏，存在严重的心理问题。疯狂的青年一代，更是一方面将现代文化作为掩藏内心空虚的做戏艺术，另一方面又将现代文化当作制造人为亢奋的手段寻求刺激，因而丧失自我，找不到方向。我们有责任担起拨乱反正的历史使命，从心理学入手，让现代文化不再是一件褴褛的彩衣，从此找回自我！

主张哲学咖啡屋的那部分一再强调，哲学是世界观的学问，有了正确的世界观才能有正确的方向。必须让现代人弄清生存的终极意义和价值依据，不要做金钱和权势的牺牲，不做没有个性没有创见的庸人，要张扬起个性，最大限度地发掘个人的潜能，实现最有价值的自我！

“不要忘了，我们公司所面对的对象！”主张搞文学沙龙那一伙实在按捺不住，强行抢过话头，“文学的最大优势就是它的形象性，每部作品都是从现实生活出发，展示充满情感、具体鲜明、又独具审美意义的生活画面，最容易被人接受。尤其是那些典型人物，既能揭示深刻社会意义，又能树立活生生的人物形象，什么样的哲学观念美学意象都可以承载。要想在社会中引起反响，非文学沙龙莫属！”

搞影视制作中心原本是方自珍的初衷，因为它已冲击了一切艺术样式而独占时代鳌头，信息量大、覆盖面宽、冲击力猛、传播速度快，又可挟裹滚滚财源。可他不好亲自开口，于是极巧妙地点名让杲昊谈，“杲昊是搞影视的，刚才有人建议搞影视制作中心，你觉得怎么样？”

“当然！这是你的长项，若从扬长避短的角度看，搞影视制作中心是再合适不过，可眼下不行……”杲昊略作沉吟便讲了一大堆理由，“不行的关键就是资金短缺，影视制作前期投入至关重要，设备一定得是一流的，不然直接影响制作效果。影视为视觉艺术视觉效果不好，就是白费力气，而一流的设备就意味着昂贵的资金。这需要等，等政策进一步明朗，市场进一步扩大，到那时再铺开大干。可这期间也不能闲着。干什么？怎么干？这都是大学问。目前最重要的就是滚雪球式的原始积累，干小的、干俏的，而且还不能离开文化这个大前提。我们不如先从人们最底层需要做起，那就是吃。先打出食文化的旗，让大家吃饱、吃好、吃出品位、吃出健康，借机将中华民族博大精深的食文化推向新高度。外请几个像甄诚那样的高级厨师，找一批美食家，加上我们这些文化人，再借鉴些中外经典，从营养学、医疗保健、美学等角度，全方位将食文化做大做强，我想会另有一番洞天！”

杲昊话音未落，掌声先排山倒海，透过掌声方自珍充分领略了杲昊的强力，这使他略有放心。其实方自珍的突然辞职完全是为了杲昊，因为她报道了达生命案，胡昌稷便决心将她清除出新闻队伍，杲昊下岗在即！方自珍便先行一步下岗，为杲昊搭建一个人生过渡的驿站，既然命运还需要他这个角色，为什么不有声有色地演下去呢？

掌声终于告一段落，杲昊再次宣告，“不如就叫空中幻影饮食文化宫，等完成了最原始的资本积累，再转向影视制作！”

几经反复论证，一曲命运的交响，总算一锤定音。

16

铺天盖地的鹅毛大雪中，空中幻影饮食文化宫于一百八十米处的电视塔旋转餐厅历史性地定格。又是一个新桃换旧符的时刻，乘着民族传统文化的羽翼，万众进入民以食为天倒计时，同样是几家欢乐几家愁。

在与方自珍的交谈中，杲昊感到了下岗在即的危机。一向自视极高的她，终于未能放下自己的高傲向方自珍问个究竟，只是轻蔑地一笑表示她对万事的漠然。可曲终人散之后，她只好独自品尝万丈跌落的痛楚。

就在肝肠寸断之际，兄长丹青来接她，说是去见失散多年的父亲。

一路疾驰进了丹家崖，并没去御寒山庄，而是徒步去了丹峰崖。

丹峰崖山势险峻，飞瀑流泉，由于地热作用这里终年云山雾罩。跟随丹青一路穿越来到一个山洞，最里端有阶梯呈螺旋式盘旋而上，上升了几个层面终于到了顶端。这里又是一处宽敞的平地，尽皆青白大石板铺就，迎面一扇极富艺术感的雕花木门，一种悠久的历史感。

“这就是我们的家，我和父亲在这里度过了二十多年，这门是我们原始家园唯一的纪念，那是我趁黑夜将它搬到这里的。爸爸说这门让他觉得还在原来的家……”丹青说着已是泪光闪闪，那是不堪回首的外现。

“父亲在这里度过近半生？就没人发现？”杲昊辛酸中透着疑惑。

此时门开了，走出一位精神矍铄的老人，“还不快进来！”

杲昊知道，眼前这位老者就是她多年未见的父亲，老人家泪腺难控早已涕泪涟洏。丹青上前扶着父亲，拉着妹妹进了屋。

杲昊一直被父亲的悲怆同化，似乎是听别人的故事，更像看悲剧情节戏。欣赏之余才腾出半个脑，用来浏览眼前的景观，这是一块百余平方米的空间，若不是一路走来绝看不出这是个山洞，一如高楼大厦，又似洋房别墅，地面为光滑的青白大理石，墙面为银色软包装，帐幔帘笼尽皆为奶白色的透纱，一米八的大床铺着洁白的羊剪绒毛毯。正面墙一幅混元三教九流图，左右各一草书条幅，左面一幅题为“三教一体、九流一源、百家一理、万法一门”，右面一幅则题为“致虚极，守静笃，万物并作，吾以观其复”。看到这些雍容奢华的物质享受、意驾九天的精神陶冶，杲昊放心了，她的父亲难怪如此矍铄，看来他是被四种力量所挟持，知识的力量，心灵的力量，精神的力量，智慧的力量！可作为男人，却没能将他的另一半看护好，甚至将家里的所有女性，统统扫地出门！他真是太精于筛选，拣家里最重要的成员加以保留，一个就是他自己，另一个则是他的基因传承丹青，他倒是活得很滋润。

“孩子，快对我说说你的经历……我好挂念！”

挂念？一个挂念如同重槌响鼓，杲昊脑间突然一亮，清清楚楚照出一个片段，父亲拉着她拼命奔跑，她觉得胸腔就要爆裂，就在此时远处有人喊，前面就是丹霓快抓住他！只觉父亲一推，她就倒在雪地上……把这一恶劣片段说给父亲吗？可嘴里却说了别的，“爸爸，您在老庄那里可是受益匪浅……”杲昊这才正眼去看她的父亲，那形象居然吓了她一跳，简直像极了一个人，那个人就是吴计！吴计怎么会像父亲？简直就是一个模子造的！对，吴计还有些像丹青……

提到老庄，丹霓便收住悲戚，“是啊，他们都是东方智慧巨人，没有他们的教化，我早就化作淤泥去护花了！”

杲昊在倪莳萝的教导下，崇尚儒派的积极进取有所作为，而父亲的积极却令她十分惊疑，“老庄也能教人积极进取，永不放弃？”

“偏颇！”丹霓马上跳出父女亲情跃上严师的高位，他高屋建瓴，“老子，那是中国思想史上一次灿烂的日出！只有老子才突破了哲学的实用性，而把人类思考的范围由人生、社会推向了广袤的宇宙！他把对人生和社会种种问题的阐释，与无边的宇宙联系起来，从宏观角度对现实做了微观的剖析。由宇宙论延伸到人生论，再伸展到政治论。反过来也可以说从人生的需求逐步向上推衍，推求到人生的宇宙根源！”

是吗？原来父亲竟是如此大哲，可他行动起来却是那么小人，杲昊开始怀疑自己的知识储备，人应该是说一套做一套吗？

“别那么怀疑地看着我，你一定不谙老子……”丹霓绝对与杲昊的思维错位，“有物混成，先天地生。这是老子哲学体系的核心，这个核心就是宇宙本体论，在开天辟地之前就存在的一种物质性实体，那便是道，而这个物质性的实体却是无声无形的。但它决不以人的意志为转移，而是自成体系地永远存在、永远运行，是产生天地万物的基础。因而有了人法地、地法天、天法道、道法自然！这一观点在中国古代哲学史上是个突破，是针对当时主宰思想界的宗教神学宇宙观提出来的，无疑是人类认识论的一次飞跃，带有明显的无神论色彩！就是在这一观点的支撑下，我才打破宿命论，挣扎着活到了现在，而且尚有所作为。”

是啊，尚有作为！杲昊质疑父亲是否属于本恶那一伙？他的作为就是危难中抛弃妻子丢弃女儿，就是因为她们不能传宗接代，或是疑似血统不纯……于是开始发难，“哥哥可真是幸运，他的博大精深海涵看来都是父亲的真传亲授！”回首不堪的命运，杲昊是痛极伤极。

“他自己也很努力，博览群书，锐意进取，深谙学以致用，尤其是老子的辩证认知观。”丹霓一直沿着错位的思路往下走，“老子不但发现对立统一的矛盾法则，还运用这一法则系统地揭示了事物存在的相互依存，可以说是中国哲学史上，第一个全面系统阐释辩证思想的哲人。尤其他的‘祸兮福之所倚，福兮祸之所伏’的辩证思想，更是我能支撑到现在的精神支柱！老子的策略是以弱胜强以柔克刚，还主张不出于户以知天下，不窥于牖以知天道。要求世人无欲、守中、虚静不离其辎车！”

无欲？是吗？你真是一个无欲的好男人，就该同妻子一起去死！据说母亲就是为思念两个女儿而痛心致死，还有无法承受的人格侮辱！

思路错位的丹霓见女儿听得入神谈兴愈加强烈，索性将老子不为人先的人生观、无为而治的政治观、取法自然的美学观也讲了个通透，是劝人也是慰己，“老子不为人先的人生观，教育普通人不要跟别人使勇斗狠，警示统治者不要对人民施以暴政。主要内涵是：谦退、守柔、含藏内敛、不露锋芒，将功劳归于他人，自己隐于众人之后，这是多高尚的道德品格！至于‘我无为而民自化，我好静而民自正，我无事而民自富，我无欲而民自朴’，这些又是老子无为而治的政治观……”

说到这丹青补了一句，“丹家崖为什么能和光同尘？那是父亲用老子无为而治的思想武装了魏洞天父子，百姓才长久免遭无谓的涂炭。”

丹霓对儿子的褒奖很是受用，又满心喜悦地解释了老子取法自然的美学观。不外是高扬自然的审美观念、物我两忘的审美判断和返璞归真的审美情趣。最后他一声舒展的长调吟咏，“玄之又玄，众妙之门！”

看到父亲扬扬自得，杲昊再也按捺不住，便抛出了两柄杀手锏，“爸爸，你把我推倒后就被狼咬了，不是田坤救我你就见不到了！”杲昊略顿，为使另一把抛得更有力度她变得狰狞，“咦？哥哥说他还有个妹妹也丢失了，不是正陪胡昌稷睡觉吧？他怀里可有个长得很像你的小妞！”

话音未落丹霓便昏厥过去，丹青电话恳请王大为火速到丹家崖，一场父女亲情会面就这样惨兮兮落幕，不知丹霓还有没有谢幕的机会。

在父亲和方自珍南辕北辙的拉扯下，杲昊一时迷失了方向，一如问路的过客，身居北面的会指给她南，身处南方的会指给她北，每个人都以自身所处的位置做参照，若是听凭别人的指点，就只好原地打转了。

17

侵陵雪色还萱草，漏泄春光有柳条。作为冬春季节交替的界碑，立春将一天的飞雪挡在了春的背后，普天高照的曈曈艳阳将大地浸润出一派灿烂，应该是个好心情的时日。可杲昊自见了父亲却是一蹶不振，首先，她自愧不该对年迈的父亲下手那么狠，老人家能滋滋润润地活到现在，应该是个奇迹，怎么就能因一己私心置老人家于不顾，绝对是孝道所难容！另外，老庄的说教也令她颇感不适，倒不是老庄思想本身的重荷，而是其折射出来的种种幻彩。不同的角度会看到不同的虚像，每一个结论都有当事人一己的附加，一种似是而非，一种模棱两可，令杲昊大为不解。父亲在老庄思想庇护下，如鱼得水，不敢为天下先也好，无为而无所不为也罢，不都是在为保全自己而借用的屏障吗？可这屏障居然落脚到胡昌稷那里，这令她联想到沆瀣一气，还联想到狼狈为奸，与这些词相关联的，竟然是她的父兄！胡昌稷为他们保存了生命，他们为胡昌稷保护了一川黄金，而这一巨大交易却是拿她杲昊做牺牲！

最近一直风传着她要下岗，就是因为她抢先曝光了霓彩化工公司的命案，连佫恪也倒了戈，倒戈的压力当然来自胡昌稷，胡昌稷为保全自己，先让广电局老局长下了岗。佫恪以救世主的姿态出现，终究道行不够，如今也向胡昌稷缴了枪。他在省里当组织部部长的老婆，据说也坐不住龙霄殿，还是没有胡昌稷的道行深。细想想万向权话里话外，也透着她下岗在即的信息，只是她不愿意承认在内心硬撑着，怎么那么多人都时刻准备向她开刀，她有那么大逆不道吗？弄清达生命案的内幕她只是从旁帮一小忙而已，可这就将会断送她的一生。当然在别人看来绝对无足轻重，就算她在人世上消失，也不会给别人带来什么损失！

就在杲昊备受煎熬，冉红与巴娜娜组成联合小舰队约她去踏春，素面朝天的杲昊，在冉红、巴娜娜两朵艳花映衬下，几乎成了残荷败叶。

“这才几天没见，怎么就衰败成这样！”二人几乎异口同声。

面对两位好友的追问，杲昊出示了一个模棱两可的苦笑，能怪谁呢？归根结底应该是她自己。父亲靠了老庄走过了四十多年的风风雨雨，躲开了历史上最为频仍的政治恶斗，最后收复了全部失地！而冉红、巴娜娜虽对老庄一无所知，却能在老庄的无为无所不为的思想指导下，活得如鱼得水，这也该算作强力哲学！唯独她杲昊，活得上不上、下不下。

一阵悦耳的手机音乐将巴娜娜勾走了，是老板华瑾要她去购机票。

巴娜娜一走冉红便告诉她，华瑾的女儿华嫱因妈妈生病对她无力照顾，便从台湾过来。华瑾得知冉红模特学校正走红，就将华嫱送来上学。

走了巴娜娜，杲昊踏雪兴致不翼而飞，“何不带我去学校见见华嫱。”

一提到学校，冉红早按捺不住自己的兴奋，因为那里涵盖了她所有的辛劳和希望，她一生的赌注全押在那里了。能有人欣赏自己的劳动成果那可是再快慰不过，于是极爽快地携杲昊一路去了冉红模特学校。

经过精心装饰打造，学校从里到外都透着贵族气派，先从形象上给人以耳目一新，谁家的孩子能不愿到这里学习呢？就算什么也没学，拿钱到这里享受也值。杲昊顿然对冉红刮目相看，又介于朋友间的不外便推心一问，“这样的铺排得用多少钱？哪弄的？”

“是我自己设计装修的，这就省了一大笔设计费，因为是个人设计也就避免了与当今流行设计的雷同，所以你觉得新鲜。另外，我采用的材料都是从旧货摊买来的，这又便宜了很多。其实旧货摊里藏着许多宝贝，你想啊，所谓旧就是以前流行的，以前的人还不会造假，一般都是货真价实，如今的东西虽看上去花哨，可质量上假冒伪劣居多。我的装修别看旧材料多，可用起来寿命会比新的还长，两笔下来就省下三分之二的钱。”冉红似在讲演，从里到外透着自信。

“了不起！这得学遍古今中外的装修知识！”

冉红又自信地一笑，“其实有些东西是学不来的，学习只是减少走弯路，可真正到了创造阶段，就不是学习能解决得了的。知识、经验只能做个参考，那些最辉煌的成果却是从个人意识里跳出来的，虽然我读书不多，可我脑子里专能合成那些稀奇古怪的东西，好像灵魂在身体里一刻也不闲着，一会儿合成这样，一会儿又合成那样。我把这些稀奇古怪的想法拿出来，用个什么材料固定下来，大家就说好，若是照着书本弄，大家不是说呆板就是说曾经见过，你说怪不怪？比方我设计的那些服装，还有这些模特舞步，大家见了都说好，而且每次都拿头奖！”

“真是了得，又搞起服装设计了？”

“是啊，我搞了个实验服装厂，带你去看看？高薪聘了俩裁缝，一个裁，一个缝，小活就让学员学着做，心灵手巧的就留下做后备军了。”

说着两人进了服装厂，杲昊上前细看确实别出一般，既有时尚的风采，又有经典的韵味。再细查每件的做工都十分精巧，与世界名牌没什么两样，杲昊又是一个惊叹，“还没见过这么细的做工！”

“这很简单，就是严格要求，反复对比多做练习！”冉红拿出三件衣服对照着给杲昊讲，“你看，这是普通服装店的手艺，看上去很粗糙是不是？原因在哪？首先是剪裁不当，不了解人体结构，该凸的不凸该凹的不凹，穿上当然不合体。另外做工毛躁，露线头、露毛茬，先有破碎感。针脚上横不平、竖不直，呈曲线。你再看，这是商店里买来的普通成衣，虽稍好些，可个别地方还是有纰漏，尤其是边角地带，该直的不直、该弯的不弯，针脚走着走着就歪，虽比前一件好些，可总体看上去就不够精细。你再看这件名牌，就找不出这些毛病。这样对比着给她们讲，她们就明白了，接着就是反复练，什么时候达到名牌的水平再上成品，做出来的东西就与名牌产品没什么两样了。再接下来就是样式的翻新，什么叫新？就是街上没有的，大家没穿出来的。那我就别出心裁地去设计，别出心裁可是我的长项，我就凭空去想象，想出来就让剪裁师傅一剪，再由缝纫师傅一缝，那就是前沿、就是时尚、就是潮流！依我看你们写文章也应该这样，别去理睬什么文学技巧之类的玩意儿，就去关心吃饭穿衣生儿育女的男人、女人！有了框框反而被绊住了，总想着该怎么写，反而不会写了……”

一脸稚气的冉红却是一派老到的高论，这令杲昊想到了不曾上过大学的齐白石、安徒生，还到哪去找大师？大师不就在眼前吗？

“这些衣服不是我做着玩的，是给模特们出国表演穿的！春暖花开的时候，我们就到国际上去闯市场！”冉红又一次掷地有声。

“国际？”杲昊大为震惊，“这首先得投入一大笔运行经费，哪里来？靠微薄的学费？你这样一个小女子，不是得活活累死！”

“有台商华瑾的赞助，条件是带他女儿出去闯闯，若将他女儿培养出来，学校就由他来接手经营，我们只管到国际上去造大牌名模。他说管理虽好可会毁灭一个艺术天才，有他那样的商人去经营就足够了！”

听到这儿，杲昊似遭一瓢凉水，搭上巴娜娜也就罢了，还要扯上冉红！心想这个台商也真了得，倒腾着垃圾不算，还要插上两朵鲜花！

见杲昊默默无语一脸的不屑，冉红这才反应过来，“杲老师你可能想错了，世上绝不是除了男女关系，就再没有其他关系！”

杲昊自知犯了错误，“对不起，我是小人之心了……”

“什么小人君子的！其实大家都不过是投桃换李罢了。”

杲昊一震，她不知该告诉她人心险恶，还是该立刻着手改变自己。

18

铲除了金步米，翁折东开始全方位思考今后的鸿猷，面对变幻莫测的人事格局和极为严峻的险恶处境，他决定战略大转移，目的地他都已经选好，当然不是当今热门的经济特区，因为那里太显鼻子显眼，首先就有人惦记着，俗话说不怕贼偷就怕贼惦着。另外，大家都一窝蜂往那挤，可开发的空间已为数不多，何必去挤香油！他计算机式的大脑早把目光锁定大西北，那里尚无人开发，一切都处于原始状态，依他的条件他是想去哪儿就去哪儿，想开发什么项目就开发什么项目。他早为自己定好了原则，贩毒的不吃，犯法的不做，不坑老实人，不损害国家，专拣金步米或魏洞天那样的去折腾！这些人自以为智商高人一筹，又有高枝儿攀着，绝对是表面上为别人，实际上为自己的假正人！更是看上去精明，实际上来不了急转弯儿的蠢材！这样的人最好欺，欺了也用不着内疚，只需几个急转弯儿，就搞得他们晕头转向！

翻开账本，敲起算盘，他将自己的家当粗略地估算了一下，一个王上王大酒店，一个霓裳羽衣时装城，一个醉翁亭酿酒厂，加起来少说也值五千万！一下子出手谁能买得起？这使他想到了银行，他可以用抵押的方式到银行贷款，这样就解决了趸进现金的难题。他不一定非要五千万,三千万就可以，他带走两千万，不管是到西北发展，还是沉淀下来自己享用，都够他一辈子耗费的。其实，人的一生并不需要很多钱，若不是图发展，只有二十万就足够。细算起来他的消费很有限，一张床一碗饭而已，别看他开着大酒店，他是以素食为主的，满打满算一个月两百元都用不了。留下一千万给希望工程和一些杂用，为希望工程捐的款别看尚没寄出去，他还是要捐的。他的兴奋只是想用来要挟胡昌稷，胡昌稷不是想以希望工程邀功吗？他就偏不在胡昌稷管辖的地界捐，他可以捐到别的地方去。

总之，他必须得捐，他是不想辜负杲昊的那篇讲演稿，更重要的是他不能辜负杲昊的期望。

想到这，他应该还有一笔人情债，那就是达生。当初他与达生、吴纳西桃园三结义，誓言灾难同担，幸福共享。幸福应该算共享了，而且共同分享了将胡昌稷拉下水的快感，在内因与外患的夹击下，胡昌稷这样一个人杰，就这样轰然垮掉了！

也许是天理报应，胡昌稷垮塌所造成的旋涡效应，率先将达生带进飓风眼，而自己也正向着风眼逼近。为极早力挽败局，必须在自救的同时奋力将达生救出，他得带着达生亡命天涯，在那里重打鼓另开张！

经过通盘思考，他准备分两步走，先筹措钱款，然后再还人情债。恍惚间他眼前浮出了银行行长邸地。邸地虽说算不上莫逆但同在胡昌稷帐下，还能算得上黄金搭档。圈里人都知道邸地极讲义气，只要有用得着他的，又没什么大风险，他都极乐于帮忙。钱嘛，只有流动起来才能增值。压到那儿，那叫死钱。如今正提倡经济拉动，他没有不响应的理由。想到这他便电话邀请，借口是让邸地参观他的不倒翁商贸中心。邸地答应得极爽快，只十几分钟两人便见了面。

进了办公室，邸地先将商贸中心的气派夸了一番。邸地的爽快和夸赞绝不是无的放矢，经过几年的历练，邸地的眉眼高低早像计量仪一样标准，哪些人该见哪些人不该见，对什么人持什么态度，他会精确到小数点以后十位！作为圈里的人，他知道翁折东有一份大业，而且是胡昌稷的座上宾。另外，翁折东的大业全靠自己扑腾，很少与他人搭界，绝不像达生那样，拆东墙补西墙，这一拆一补得动用多少人际关系，不知何时碰了哪根不该碰的神经就只好闹阵痛！翁折东则不同，自成体系自出机杼，如今社会风向东南西北，他竟能勇往直前地走着！他早有意窥视一下翁折东紧闭的城堡，如今终于向他四门洞开，他没有理由拒绝！

在翁折东的带领下二人缓步徐行，参观了办公室和三个重要组成部分，醉翁亭酿酒厂，霓裳羽衣时装城，最后于王上王大酒店落脚。翁折东为邸地点了当时最名贵的佳肴，价格最高的名酒，邸地也不推让，充分表现了一回铁哥们儿的诚意。他知道这对翁折东不过是海水一勺，于是就那么真真挚挚地领了情。二人边吃边饮，边饮边谈，海阔天空，山高水长。对于小客户，邸地是绝对避而远之，可对于翁折东这样的大客户，就不能等闲视之，他知道鲲鹏展翅，扶摇直上九万里，风之积也不厚，焉能负其大翼！当今每笔贷款都有百分之五的提成，他是不能无动于衷的。酒至半酣，邸地先开了口，“翁弟的盛情令我感激不已，此前我从未受过如此高规格的礼遇，若有用得着的地方可不要客气哟！”邸地诚恳中夹着试探，因为他看不出翁折东有贷款的意向。

翁折东立刻报之以桃李，“你知道我凡事不愿求人，一旦求了就会有丰厚的回报。这么多年，我尚能坐如钟，站如松，就是因为在平等的交易面前，大家都对我厚爱倍加！请仁兄来，就是想让仁兄帮我评估一下，我这点儿家当能值多少钱？一定是慧眼独具！”

邸地一听有戏，这不是要向他贷款嘛！大宗贷款就意味着有大笔回扣，何况翁折东已声言有丰厚的回报，于是极爽快地开了城门，“别说了翁弟，我明白，你是遭人家暗算了。金座的新经理是金步米吧？那小子最是个马屁精！他这是要向你讨些见面礼，你就乖乖地送给他？”

“没办法，要发展就得搭些本钱，哪有不投本的买卖……”翁折东信马由缰，他深知他口中的是非不过是讨价还价的零星砝码，哪里需要就往哪里添，什么时候达到平衡他们的目的便也达到了。翁折东绕圈子主要为起个迷障作用的，他可不想让自己的目的暴露给胡昌稷的眼线。

邸地倒有几分真，他惦着翁折东的钱，为了能分一杯羹，决不在意多用几句好话多换几种手法，“不对，现在做生意都讲究借鸡下蛋，自己的鸡留着关键时刻再派上用场，这个单还得要金步米买，懂吗？”

让金步米买单翁折东当然不反对，“他能那么乖，就替我买单？”

“金座不是已租给你了吗？有合同吗？”邸地开始布阵，这时刻他宁愿缩成一条龙头鱼，与鲸鲨合作都在所不辞。

“合同？当然有……”翁折东本该退了这合同，为了折磨金步米才一直揣着，他知道一天没有明确答复，金步米就得在炼狱里待着，不想眼下还能派上用场！于是毫不迟疑，从小提包里取出了那份合同。

邸地接过去反复查看，直到他确认属于有效合同，“好啊，你就用这个为抵押！你不是要贷款吗？想贷多少就贷多少！趁着眼下借贷尚没有明确的法律条文，你就给他往死里贷，只要不超过金座的总价。税务局那边高天那小子，仅免税回扣就够他花两辈子的！这是个机会，看准了就抓住大干几把，以后不会再有这类好事了，中国一入世，各种法律法规就会相继出台，再胡来就没那么容易了！”

“金步米那么精哪肯吃亏？还不把我的厂啊店呀拿去充账！”翁折东倒没有那么大奢望，只想抽现金逃之夭夭，因而态势低迷。

"咦？你可以把执照改为你老婆！哦，老婆不行，一旦分手就麻烦……对！儿子，改为你儿子的！或女儿也行！"

翁折东尴尬地笑笑，"我还没结婚呢……"

"欧，是这样，那就改到亲戚名下，到时候一切问题由金步米扛！"

一道灿烂的闪电划开翁折东的记忆，吴纳西也曾这样指点过他，他当然会按照这个指点去做，而且会分给邸地一大杯羹！一个遮天蔽日的日全食，就这样在悖谬的运行中赫然显像，百姓说，那叫天狗吃太阳！

19

胡昌稷在下决心清君侧的同时，还决定将一批铁哥们儿扶上金銮殿。掐指算来他执政的时日已为数不多，况且目前时局纷扰，你刚唱罢我登场，一人得道鸡犬升天，趁着自己尚有一方天地，为什么不让自家的鸡犬也升升天，也算他没辜负犬马劳顿的铁哥们儿。

万向权就是首批受惠的一个，大清早他就被胡昌稷叫到办公室，然后紧闭房门，关掉手机、拔去座机线，语重心长同他谈了整整一上午。

具体运作当然要胡昌稷鼎力相助，他会派一个得利下属到广电集团操持，首先，以改革的名义对领导班子进行考核，然后，再要全体员工投票选举，如果万向权的票数高于佫恪就当场唱票，反之则由市委掌握仅做参考，总之他会确保万向权坐上第一把的宝座。落选的佫恪如果知趣就赶紧滚回省城老巢，如果不知趣硬撑着就给他个书记的职务，反正事业单位的书记是有职无权，纯属聋子的耳朵——摆设！接下来，万向权便可出面组阁，相信万向权是决不会将持反面意见的人组合进领导班子。班子一定下来，就一层层聘任，像杲昊这类时代的绊脚石，任她天大的本事也得乖乖落马，而且万向权不用承担任何责任，只需一推六二五，推到下级负责人身上，这样，万向权便可顺理成章地当上广电集团的主帅！至于上任后的具体任务和发展方向，胡昌稷只轻描淡写地谈了几句，因为这尚属后话，而且他也充分相信万向权会打造一个别有洞天的绚丽前景，有道是"师父领进门，修行在个人"！

当万向权拿到金钺令箭，真真是乐昏了头，急需一个人能同他分享那份快乐。谁是最佳人选呢？第一个人他想到了妻子，可又一转念老婆是最不可靠的，他们原本素昧平生，只是一纸婚书将他们牵到一起，她把你当作一家人还好，一旦她心里有了别人，第一个想害的就是你！万向权一生中最不相信的就是爱情，他认为爱情不过是雌雄在发情期尚未得手那一段的过渡，许多天花乱坠的梦幻不过是雌雄荷尔蒙的催化，所造幻象与大麻、冰毒也没什么两样！第二个人，他想到了儿子，转而一想还是不妥，儿子毕竟还小，对这些事还不能有正确的认识，再说他不想让那颗幼小的心灵这么早就受到世事的摧残，儿子那么优秀，怎么也得让儿子觉得，这些优秀基因是父亲的遗传。最后他想到了阕大德，他当然不是拿他当作莫逆知己，也不是分享自己快乐的最佳人选。万向权的目的是想探听阕大德是不是像自己那样，也受了胡昌稷的恩托。大家都把阕大德看作是胡昌稷的座上宾，若是也受了最惠待遇，那他万向权也没什么可乐的，不过是受惠中的一个。若阕大德没受到那份恩惠，他万向权真得大乐一回了！因为那叫独一无二，那叫一枝独秀！

用什么方式会见阕大德呢？万向权细细推敲了半个小时，突然萌生了一个念头，他一旦拿到提干文件，第一件事就办个主持人学习班，来个广种薄收，细水长流，其主要目的就是收学费，这样他又可以大捞一把。办学地点阕大德那里是最佳选择，给他个仨瓜俩枣也就打发了，或者见事做事。这可是会见的最好借口，再者上次会面为顿饭弄得不尴不尬，回来想想也挺掉链子，这次将他调到自己这边来，给他露一手，也让他知道什么叫大方。想到大方，万向权还真不能就那么爽快地大方一回，他生性喜欢讨价还价，对于那些毫无用处的人他是决不肯撒一粒米的。恍惚间，他突然想起方自珍办起了空中幻影食文化餐厅，何不到那儿去消费一回，电视塔毕竟还在自己的管辖之内，方自珍只不过是租赁而已，平时他与方自珍虽没什么过深交往，却也没什么大过节，指不定就白撮一顿，周全策划之后便电话约来了阕大德。

每个人心中都有一杆秤，阕大德的秤尤为细致精确，他对上次万向权的斤斤小气尚耿耿于怀，在与万向权握手的那一瞬，就将自己的不屑与不满，呈膨胀式传导过去，潜台词是再想拿他开涮可没那么容易。万向权早心领神会，可为了在他那印证胡昌稷的底牌，他只得强做浑然不觉，不过拉紧的面部肌肉，还是能透出几分尴尬，“发射塔现已改造装修完毕，刚开业的文化餐饮很有些特色，另外还有些改革小措施，请你来一并评估、建议，更重要的是还要请你参与。走，先上塔边吃边聊。”

阌大德一听有回报瞬间绽出一派粲然，“承蒙不弃，谢了！”

两人坐定，万向权要了几样镇店菜肴，桌中央的十吋小彩电，马上将配料、做法、营养、品位一一介绍过来。万向权要的是阌大德的大政老底，哪有心赏析这些雕虫小技，于是边吃边向阌大德展开了第一轮攻势，“怎么样？对这里的饭菜还满意吧？”

“唉！真是太有创意了！别出一半呀！”阌大德诚诚恳恳地回敬。

“多大舞台演多大戏，当今有些导演都把大戏搬到实景中了，拿天地当舞台，那表演起来多舒展！心随意动，形随心动，那才叫畅爽惬意！”

万向权出示的舒展畅快一类褒词，正通过内模仿审美效应传导给阌大德，因而他双倍地张扬起享乐意绪，在美食的佐理下，大有飘飘欲仙之感，“是啊，舞台大了好演戏，可谁能那么无私给你搭台唱戏！”

“没想再争取一下？”万向权见他沉迷于感官享受，不得不拉动。

“争取？谈何容易！就这么半块小舞台都争得遍体鳞伤，你知道我出了多少血？”阌大德被精神物质双重美感泡得完全失去了戒备。

“至于吗！我看你在胡市长那里游刃有余，可以伸手要嘛，有权不用过期无效，趁着他尚在位置上，得抓紧些。”万向权进入要害地带。

“哪那么容易，要？他比你精！那得换！如今这世道讲究的就是个交换，你手里得有灵蛇之珠或是荆山之玉什么的，没有值钱的玩意儿就想去换个舞台？”完全失去心理防线的阌大德开始信口开河了，万向权若想害他，这几句酒后的真言，完全就可以让他毙命，可万向权目前的用意却不在此，毕竟他们之间没有致命的冲突，对不必介意的人，最好还是友好相处，多个朋友多条路！

听到这万向权豁然开朗，为在阌大德那里套出确切信息，便直插其心脏，“胡市长就没主动找你，透露些信息？目前可是要大换班……”

“怎么可能！”阌大德一派王八吃秤砣，“倪莳萝多大的道行！我能到他前面？当个副职更不错，好事一个落不下，出了问题一把手扛！眼下教育是热门，家长个个望子成龙，仅利用这一心理就能把你肥死！”

听到这，万向权一块石头落了地，看来，阌大德绝对没上胡昌稷的排行榜，在胡昌稷心目中自己还是有别于阌大德，万向权顿生高峡出平湖之感，“眼下有个赚钱的好项目，想不想合作？”

“当然想！有钱不赚那是孙子！”阌大德急不可待。

“广电集团为打造一批优秀栏目，急需主持人，很多青年男女又急于露脸，我想广泛招募学员，送到你们学校去代培，你看怎么样？”

“那可太好了！不妨可以长期办下去，那钱来得不就是川流不息了吗？”阕大德瞪大眼睛，跟砸了银行似的那么兴奋。

“那就看你的了！你得出校舍出教师，专业教师可高薪诚聘！”

“高薪？那不把钱都给人家了？”阕大德出示心疼。

万向权当然不会使钱外流，不过是他为自己多加砝码的绝招，“那你还想独吞？舍不出孩子套不住狼……”说着万向权起身找方自珍要画圈欠付，他可不想为阕大德这个下流坯自掏腰包，转嫁是最佳选择。

方自珍轻蔑地笑笑，“我们概不赊账，若是囊中羞涩就赏你一顿。”

万向权实在挂不住，他发现已置身众目睽睽之下，不得已掏了腰包。

20

面对赚钱阕大德绝对寡廉鲜耻，于是两人最终达成了协议——责任共负，利益均沾。为了实现这一川流不息的黄金目标，阕大德率先忙活开了，他张起大帆，开足马力，向成功的彼岸全速冲击。

阕大德最大一个优点就是不越位，凡事他都会做得面面俱到，让相关人士挑不出毛病，也正是这一点，他才能永久牌地稳坐钓鱼船。他先让万向权出了个正儿八经的合同，拿着合同他去找了倪莳萝。他经过一昼夜的精心策划与编排，把此次活动定为光彩工程，声称要为社会打造一批名人，做名人的母校那是多大光彩，这是一个极大的广告效应！

阕大德推心置腹给倪莳萝建言献策，随着社会的发展，高校如雨后春笋，将来生源肯定是大问题！未雨绸缪，现在就先把学校的名气打造起来，考生还不趋之若鹜？到那时可就免去争夺生源之苦了！

倪莳萝听着也似乎有道理，再说，阕大德一向喜欢拉大旗作虎皮，是真是假他也算胡昌稷的座上宾。为不惹是非，倪莳萝凡事都睁一眼闭一眼，顶多提醒一句，让他去讨个市长的口风，也免得日后都彼此落责任。此番也不例外，倪莳萝只说了句，应该先向胡市长汇报，因为这毕竟不是省教委批复之内的项目，市长同意了就尽管做去。

这下可难住了阕大德，因为这是与万向权私下订的盟约，满打满算也只能算个短训班，再者是以营利为主，这可让他怎么跟胡昌稷说？何况胡昌稷已深知他爱贪小便宜，并且往往利用这一突破口对他实施打压。胡昌稷不比别人，给个仨瓜俩枣搪塞了事，给他送礼必须得是价格不菲。就算搂点钱，送了胡昌稷也是所剩无几。

就在阕大德无可奈何之际，迎头碰上了学生会主席伊腾飞，虽说伊腾飞从不把他这个副校长放在眼里，但若把理由编织充分，造成一个完全为同学们着想的假象，伊腾飞还是能听他一回指挥的。伊腾飞仗着是校长倪莳萝的得意门生，名师屈子集的高才弟子，一向自视甚高，又多年兼着学生会主席，于是练就了一整套爱管闲事的本事。不论校内还是校外，抑或学生还是教职员工，哪里出问题他就在哪充当国际宪兵，因而阕大德见他就头疼，从未将褒奖意向投给伊腾飞。阕大德利用极短的时间调整好心态，笑容可掬地迎上去，“腾飞呀，有个好事正该你们学生会去做，做得好那可是千秋功德，你可不能袖手旁观哟！”阕大德将他搂钱的本意隐藏得讳莫如深，完全一副操持大业的慷慨。

伊腾飞一怔，他被阕大德的正人气度吓了一跳。在伊腾飞眼里，阕大德一向摧眉折腰，连看人都不正眼，不是闪烁不定就是低垂眼睑。若有一群人，大家都不知他面对的主角是谁，常常令大家面面相觑，直到他呼名道姓，这才有接应的。像目前这种目光紧逼，目标准确，还真令伊腾飞吃了一惊，若不是有个好事这一词的圈定，伊腾飞还以为出了什么大事，例如天塌地陷一类，因而一时显得迟钝。

伊腾飞略作调整，“阙校长，功德千秋这么大的事交给学生会能拿动吗？校领导就应该率先出面撑着。凡事都有个确认，就像毕业证、学位证，都得网上存档，学校和教委盖章认可方能生效，没有校方认可只学生会出头，再好的事也只能是群众活动而已。就像一场电影、一次联谊会，哪谈得上千秋功德！”伊腾飞可毫不含糊，双目直视咄咄逼人。

伊腾飞的国际宪兵效应，大挫了阕大德的锐气，顿然情绪低迷，“你这个学生，总是那么爱较真，到了社会上是铁着要碰壁！作为一个社会的人，总是要与人协同合作，没有点亲和力怎么行？谁不想以自我为中心？可当你处在边缘地带，就不能逞强好胜，总得给人家一个认同的机会，你才能进入人家的圈子，否则你就永远是社会的弃儿！要不怎么那么多优秀生一到社会就被淹掉，都是因为人际关系这一课缺腿！”阕大德急于求成，又早对伊腾飞成见深深，于是破天荒一通发泄。

伊腾飞听着也有道理，因为倪莳萝与屈子集也曾批评过他的锋芒毕露与缺少亲和，大家都将这归结为初生牛犊不畏虎。既然阕大德如此激昂，可见是自己有些过，于是又调整了状态，“别误会，我只是希望校方出面，大家共同把一个千秋功德的事做起来，我也是怕有负重望！”

阕大德看到伊腾飞有了服软意向，于是又加了些油盐酱醋，“其实我也没什么恶意，如今社会如此多中心，自我意识又都极强，你溜须人家还来不及呢！咱不是想在人家那儿占一席嘛，那就得弄个入场券！这也不是横着来就能拿到手的！万事还是以和为贵！家和万事兴嘛！”阕大德说溜了嘴，居然落脚到家和万事兴上。

看着阕大德囿于为难、四面楚歌的样子，伊腾飞动了恻隐，“一日为师终身为父，校长对学生怎么能有恶意！”出于对阕大德人格上的不信任，伊腾飞还是留了一手，“只要对同学们有益，我愿赴汤蹈火！”

伊腾飞的慷慨为阕大德的忐忑解了围，于是拿出千百种关爱，“广电集团出台了改革举措，节目全盘直播，需要大量的主持人，而且得是优秀的！可目前别说是优秀，就是能出得了镜的也为数不多，于是他们决定面向社会招募加以培训，从中选拔有潜质的再作重点培养。所谓优秀，我想不外两条，一条是综合素质，另一条就是天生的口才。回头细想，社会上招来的，可能有口才上的天赋，可综合素质就不尽如人意。而我们的在校生起码都受过高等教育，综合素质起点就高，一旦将口才开发出来，那就是一个优秀人才。若能给电台、电视台输送几个出去，那可个个都是尖子人才！你作为学生会主席出面号召大家都来参与，将来有一大批能成为著名主持人，对我们学校是多大的光彩，再说对他们自己，也是改变命运的大好事！这可是千秋功德的光彩事业！”

伊腾飞听后觉得顺耳，“好哇，我第一个报名参加，什么时候开课？”

阕大德见伊腾飞有积极性，心中便托了底。他知道，伊腾飞一旦认可的事，他会千方百计去争取成功，哪怕千难万险他也会在所不辞。于是启动激将法，“因为不是省教委规定的项目，所以，还得向市领导请示，批了马上就办……”阕大德特意将语气搞得模棱两可。

“若不批呢？就不办了？”伊腾飞终究道行不够，只几个回合便被阕大德绕进旋涡，顿然辨不清东南西北。

“现在就这个规矩，领导同意了什么都合法，领导不同意就什么也搞不成！”

阕大德开始战略退却，他当然想将伊腾飞推向前沿，这样他就可以在背阴处坐收渔利。因而，留有相当大的余地。

“想不到阕校长也这样畏首畏尾，一个短训班，又不拿毕业证，顶多算活跃学校业余生活，多为同学开个才艺窗口，我就不信能出什么乱子！倪校长什么意见？”伊腾飞有些犯急，他还真想学一手。

“倪校长当然支持，这不是怕市里有人怪罪嘛，所以还得等。”阕大德将延宕意向张扬得周天飞舞，以激起伊腾飞的急迫感，果然奏效。

“倪校长也太不担是非了，这点小事还得需要市领导撑腰！我去说服他！”伊腾飞大包大揽，完全失去了防人之心，急匆匆去找倪莳萝。

倪莳萝听后，觉得这个培训班对提高大家的口才，还真是有一定好处。于是承诺，“只要同学们需要，我当然是责无旁贷！”

连个模棱两可的意向都没有，这令日臻成熟的伊腾飞愈加增添了对倪莳萝的敬重，认定这才是正人君子所为，于是深深鞠了一躬走了。

伊腾飞走后倪莳萝才感到责任重大，阕大德的项目他一无所知。但是对伊腾飞的一声承诺，就必须担起所有的责任，成败、优劣、意外……

21

这是体制改革大举措的一天——广播电视局实施有史以来首次由群众投票选举局长，说是为局改集团的一个铺垫。小道消息早传出市里有拿下佫恪的意向，其实是借群众之手实现领导意图的绝妙策略，佫恪的政治命运就要发生根本性的转折！他若不是省组织部部长的夫君，只需一声令下便解决问题，为防不测风云，当事者还是将群众推到最前沿充当防弹墙。因为还有一则小道消息，说组织部长正与管组织部部长的省委副书记上演网、鱼大战，到底鱼死还是网破尚未见分晓。不过许童略占大网的优势，所以才敢对网中之鱼——曹健的丈夫佫恪下毒手，这叫杀鱼给虾看有震慑之意。就在这关键的历史时刻，那些尘封多年的残渣碎片居然又四面泛起，一时间沸反盈天。杲昊大有当年看到他跳崖，被开肚破肠的剧痛！这种时刻只要他需要，她会为他赴汤蹈火！可他没提什么需要，她也不可能有什么作为。也许爱就是一种形而上深度的悲剧情绪，绝对具备赴死的癫狂！她被驱赶着像群氓一样，随着大流向会议室走去，在那里他们将投上自己庄严的一票，她知道在庄严覆盖下，会掺进各自不同利益的砝码，因而分量大大不同。杲昊尽可能收敛着，她怕为他再次发疯，尽管她知道他已不再需要她的发疯。

天空阴暗寒冷，又飘起了初春里最后几场雪，一如燕山雪花——大如席！心神恍惚的杲昊举目遥远的苍穹，于琼斑的缝隙似乎看到无数个佫恪，十年前她就是在这种情境中误入黑洞的，经验告诉她，这就是发疯的前兆。她若能与佫恪私下谈一次话，告诉他不必为此耿耿，完全可以回到妻子身边，干什么不都是为社会做贡献呢？也许她的心绪会尘埃落定，不必再为他的命运神经错乱。正在她无序地于时间隧道穿梭，竟有人扯了她的衣襟，侧面观望竟是卢淑女。因为不属同一部门杲昊与她颇为生疏，仔细察颜才想起是万向权的宠物，曾师从巴娜娜学播音，巴娜娜走后便成为主力，自诩大牌主持。杲昊又入微观色，小女子居然出落得国色天香，不着痕迹的轻妆淡抹恰到好处的衣着服饰，与刚到台里时的那个村姑小妞可是大相径庭。电视台可真是打造美女的大染缸，一进来就会被熏染得五彩缤纷！注意力已全盘投向佫恪的杲昊，对意识阈外的其他事物都已显得淡漠，因而有些木讷，只付之淡淡一笑。

"唉？打算投谁的票？"卢淑女小精灵般凑近她。

曾严格受过阶级斗争训练的杲昊颇为敏感，对万向权的宠物绝对不能掉以轻心，她没有作正面回答而是采取反问式修辞方式："你呢？"

"告诉你个绝密！"卢淑女将"绝密"二字渲染到极致，"佫恪……你听准了！佫恪为了讨好胡市长，他竞选的筹码就是让你下岗！"

杲昊轻蔑地笑笑，"我会让你满意！"

卢淑女反话正听，既然有了满意的答案，倏地进了投票会议大厅。

杲昊举步维艰地好歹将近大门，忽然发现方自珍恭候在那里，由于心绪不好，她没有同他打招呼的意向，不想方自珍拦住了她，一脸的国家兴亡匹夫有责，"投票选局长，纯粹是玩老百姓！其实早就内定了！你还想当傻蛋被他们耍？"方自珍诲人不倦。

"我就是要反其道而行之！"杲昊打破一切禁忌，"当一回傻蛋！"

"这么说，你是一定要投佫恪？"方自珍怒目圆睁。

"不行吗？"杲昊觉得方自珍情绪错位。

"你知道我为什么辞职？就是为一个抱打不平！也许你还蒙在鼓里，佫恪那个浑蛋小子早痛下决心，以你为交换条件，捞取他的政治资本！绝对不能投他的票！让他滚回老家去！”方自珍满负荷绿林义愤。

“那就投万向权？有人向我提醒，万向权最讲义气！”

“他会牺牲全班人马捞取他的利益！哪个浑蛋这么误导你？”

“那投谁？”杲昊开始对方自珍画问号，她知道方自珍是俗恪的情敌，而且曾为此在生死线上走了一遭。她虽感谢方自珍的一片痴情，可她偏偏坚持从一而终，只要俗恪还活着，她心里就容不下别人，因而对方自珍的忠告大大打了折扣。正准备弃他而去，远处又走来了俗恪，作为当事人，他当然得亲临现场。本想躲开俗恪的视线，可他已发现了她晃动的身影，随即将俗恪黏了过来，想逃离已是不可能。

不知出于何种动因，俗恪一如他乡遇故，上前先与方自珍相握，“真好，你总算摆脱了世俗的干扰，不再受成败荣辱的折磨，做了自己的主人……”说着下意识将注意力转向杲昊，一向刻意与她保持距离的俗恪，毅然不耻下问地拉住杲昊的手，“你们在协商什么？”

这一握、这一问、这一瞥，竟向杲昊传达了无限信息。他渴望当局长，因为他负有历史重任。他希冀信任，因为他每一个决策都不会伤及无辜。他欲求支持，因为在这鱼目混珠的环境里他显得势孤力单。他企盼她投上一票，因为在这大变革的时刻，广播电视局需要他来掌舵！这强大的冲击却将伤痕累累的杲昊推向旧病复发的边缘。她肩着千钧重负，强力控制濒临崩溃的神经，眼前又一次出现十年前那种失却色彩的世界，团团白絮与如席的大雪成复调式运行，那飞沫的大漠她又踏了上去，冷风飕飕，她唯一能感受到的就是五内俱焚、肝肠寸断！强力下的下意识告诉她，此刻她应该进会场了，去行使那庄严一票的权利，于是便向会议室走去，并竭尽全力排除各种幻象的干扰，以免神经错乱。

终于发票了，选票上只有万向权与俗恪的名字，咦？万向权居然排在前面！这对模棱者绝对是个暗示，万向权是首选，你似乎就该在第一个位置上画钩，第一的位置怎么说也是重要的象征！而对杲昊这样的死硬派也许例外，无论将俗恪排到什么位置她都会为他打钩。可像她这样的死硬派能有几个？她巡视一下，这才发现自己坐的位置是第一排，又太偏，想与大家沟通已是很难。她正想回头，旁边的一个推推她问她选谁，此时的杲昊打破一切禁忌：俗恪当然是俗恪！话音刚落她便亲眼看到旁边的一位在俗恪一栏打了钩，瞬间这张票便在无数人手中暗传，她猜想，一定都是那张票的复制。这才有余力视察旁边的座位，正是新闻部主任，接着是记者部主任、文体部主任……他们身后便是他们带领的兵。杲昊似乎松了口气，她终于能为佫恪助一臂。

选票是一一传到前排，又由前排的新闻部主任交与市组织部的考核者。就在上交前的一刹那，杲昊不管不顾，上去抓过来一一翻阅，百分之九十都投了佫恪的票。票终于交到考核者的手中，他略略一翻便皱起了眉头，定格了足足半分钟，他突然宣布：“好，大家散了吧！”

杲昊几乎同步一声大吼：“为什么不唱票？”下意识告诉她，结果必须马上固定下来，一转手就可能走样，考核者果然支支吾吾，说群众选票仅供领导参考。“那为什么还要我们选！”杲昊二次爆发。随即又有人响应，“这不是玩弄群众吗？”考核者不屑地一笑，“好了，大家散了吧，领导等着看结果呢！”说着转身要走。

杲昊突觉头脑失灵，眼前一片杂乱无章，急难中她不顾一切奔到了考核者面前，张开双臂，叉开双腿挡住了大门，“唱票！这结果必须马上固定下来，免得日后疑心生暗鬼！唱票！你们怎么不要求唱票！”恍惚中她看到万向权大声疾呼：“她精神不正常，患过精神分裂症！”

考核者开始强令：“那还不快把她送进精神病院！”

两个大汉架起她就往外拉，万般无奈，杲昊只得大呼，“佫恪救我！我没犯病，只想替你讨个说法！”如塑像的佫恪，终于没向她迈出一步。

22

清君侧的第一个回合，胡昌稷大获全胜，利用群众选举的办法绝对是一柄利剑，像佫恪那样持有丹书铁券或上方宝刀的人物，也被他挑于马下。至此，胡昌稷确认自己是打遍天下无敌手，绝对的自命不凡！与此相生相长的必然是昂奋激情，这一高势态内功，竟促使他要找个人倾诉，哪怕随便一个什么人，当然知己者是最好。经过一段深思熟虑，他在人际关系资源库搜寻出整两打人选，号称是他铁哥们儿的就不少。首先，是他仕外军师丹青，接下来依次是，仕内高参吴纳西、税务局局长高天、银行行长邸地、公安局局长万虎、宣传口新贵万向权。务农的，他当然最得意魏洞天。经商的，他很看重金步米。搞教育的，还是得数倪莳萝，无论如何倪莳萝一身正气，若把下一代都教育成跟阕大德似的，那样鬼头蛤蟆眼，人类不是严重退化吗！虽说阕大德跟他掏心挖肝，可总不能九斤老太生八斤嫂！当思维有意无意停留于工业，他的心便不由一缩，眼前立刻跳出最忠心耿耿的达生。达生怎么了？他怎么会走到这一步？随即又是一个急刹车，他不想究其为什么，因为那是一个极痛苦的心路历程，其实他没有任何看得见摸得着的证据，完全凭直觉和逻辑推理，因为有吴纳西眼神中极飘忽的佐证，另外还有原作协主席庞贝的信口雌黄，便落花流水般将一切都毁了，他当然尚未做最后的决定，还得看达生的意图。剩下两个便是他的红颜知己，一个是吴计，另一个是筱砉。吴计虽为村姑小姐，可在万向权那里被熏染得已是世事洞明，再历练几年，指不定就有杲昊的光彩。另一个红颜筱砉应该算个俗物，而且俗不可耐，可对他胡昌稷却是出手大方，对于筱砉那样的商业性富婆来说，什么是爱？爱就是舍得花钱，如果需要她会倾其所有！俗归俗，远距离看，筱砉还是清新可人的。再加上司机吴畏和医生王大为，整整是十五人，十五的月亮那可是大圆满的象征！只可惜吴畏的老婆逢桂桂被他删除了，不然就是十五的月亮十六圆了！他之所以将这些人列为大圆满圈子，最主要是他们不会坑他，当然不是他们人品多高尚，主要是他们的命运全攥在自己手里，大家彼此需要相互依存犯不上陷害拆台，好坏也是一荣俱荣、一损俱损。在逐一审视之后，他决定小聚一次。

相聚地点就选在丹青的御寒山庄，那里僻静安全便于交谈放纵。真正聚会那天，正是遍插茱萸少一人，这人便是达生。为了凑起十五这个吉祥数，胡昌稷决定补上外事办主任楚春鼓，之所以请他做替补是因为司机吴畏多了一嘴。外事办改革正有大举措，凡是出国未归的，借口留学的都一律视为离岗，以此缩减臃肿机构。吴畏怕老婆逢桂桂也遭下岗的厄运，曾求胡昌稷给通融，于是便一举两得。聚会大有会师百鸡宴的风范，东道主丹青是凑足了天下的生猛海鲜山珍海味。为了保护野生动物，丹青所汇集的飞禽走兽均为家养。既然是圈里的亲情聚会，到了这里就越是稀有越过瘾，越是放纵越真诚，因而无鲜不尝，无话不说，真真是心心相印，其乐融融。天空依然是闹春的大雪，以灰蒙蒙白皑皑为主色系，那种无光无彩的视觉背景，似乎将一切都包容了，只有这象征着大圆满的十五颗心，在无序地呈现着各自不同的画面，极流动、极随意、极个性纷呈，核心无可非议，自然是胡昌稷。

“今天虽不是什么常委会，可比常委会还重要！”核心胡昌稷发出第一轮感慨，冲击波直达每位莅临者的心灵，“这场面、这内容，本该是扈黎的义务，可他终于坚持不住，自己向省里提出了辞呈，虽然最后都得步扈黎离岗的后尘，可这之前我会极力争取，将大家都安排得妥妥帖帖，绝不会像老扈麾下那些人，作鸟兽散也好，呈浮云态也罢，总之是没了底、无了根。巧得很，命运还就关照有心人，上面刚来电话让我先代着市委书记，等上面统一了口径就下任命书，由我当市委书记！机会来了，如果我们不抓住，它就会去敲另一扇门了！因而请大家来，让大家畅所欲言，提提各自的要求，在极短时间里将诸位安排好，该提的提、该调的调，绝对让诸位各取所需各尽所能！”胡昌稷略作停顿，长舒一声，“唉！自己不是大树，千万别撑荫，害了人家乘凉人哪！”胡昌稷在吴纳西为他设定的飓风眼里，终于走到亢龙有悔这一步。

共振、叠加、回环、哄抬，核心外的激情一路飙升，瞬间达到白热化，人人摩拳擦掌，个个心怀感激，就连倪莳萝那样的笃实者都没觉得有失原则，反而感到一种空前的上级对下级的关爱。可在核心面前谁也没敢造次，只是私下交头接耳，表示感激而已。胡昌稷一再催促畅所欲言，可还是没有抢先发言的，因为官场最大忌讳就是信口开河，你吹捧了一方，指不定就得罪了另一方，所以谁也不想率先去暴露自己的庐山真面。不得已，胡昌稷只好点将，他先点了新贵万向权。

万向权果然不负众望，只略作调整便侃侃而谈，“市长对我们如此信任将我们当栋梁，我们就不能只想着如何乘凉！眼下正面临转轨改制，多数人都囿于习惯，从里到外不适应，这就造成了新旧体制的矛盾，新旧体制下思想意识的矛盾，领导与群众的矛盾，供与需的矛盾，上中下层民众间的矛盾，先进与落后的矛盾，甚至工农商学兵间的矛盾，同行间的矛盾，男女间的矛盾，家庭间的矛盾，总之矛盾重重难解难分。这种恐惧自危，极具破坏性，致使各种政策很难贯彻！所以我们的任务就是铲除种种干扰，将转轨改制进行到底，把大众的思想观念引到正路上来！”万向权戛然而止，只等待于无声处听惊雷。

恍兮惚兮之间，丹青来拉胡昌稷去看所谓的菜谱。其实那哪里是看什么菜谱，而是将胡昌稷请进了他金碧辉煌的地下密室。

“哟，这可是世外中的世外呀！”胡昌稷一进门便被惊得目瞪口呆。

“这是祖父留下的……父亲和我不过是小心守着没遭破坏而已。父亲之所以活得那样滋润，不外是因为在翻天覆地之中，他仍能看到家业不败，而且又名正言顺回归丹家！生命是有限的，总要走到尽头……而我却厌倦了这种生活，不想只以一种方式耗尽生命。再者，这种方式也未必就是十全十美。命运是机遇的双关，我遇上了您，一直有您这棵大树在遮荫……”丹青一咏三叹，道尽天机。

你的星座………

胡昌稷似于历史长河中无序地沉浮，可他却清清楚楚感受到，一种曲终人散改弦更张的凄凉，“你是怕以后没有遮荫的？”

“这世界的悲哀，就是没有永恒。一切都是转瞬，一切都是变数……这一段我一直在严肃地思考，老父亲一旦仙逝我就将这个地宫封了，让它成为千古之谜。将来有朝一日被考古学家们发现，他们绝对想不出这地宫建于哪朝哪代。因为祖父收集的古董，上至夏商古币，下到明清青花瓷，都是上海滩十里洋行弄来的国宝！”

胡昌稷一脸的艳羡，面对这些稀世奇珍岂能不动心，他可是雅好多。

“我当然更不忍心使自己招惹麻烦，单是将这段历史讲清楚就得累死，何况还得背负种种莫须有的罪名。人生不过一张床一碗饭而已，干吗去背负这些沉重的包袱！我没有妻室儿女，图的就是来无影去无踪！”

“你是在开导我吗？”胡昌稷听出丹青的弦外之音，那是一派落日。

“一个朋友来电话，说上面就要大张旗鼓地反腐倡廉，我要去云游四海了！我准备了两份金条，这五千克是给您的。”

“我怕是抽不开身……”胡昌稷一派红尘未尽的留恋。

“放得下、跳得过，让王大为给你诊断个脑出血或心肌梗塞，就可金蝉脱壳逃之夭夭了！”丹青一语多维，听者有多少作为就有多少答案。

23

御寒山庄聚会后，最得意的莫过于吴计，她自以为进了一市的核心地带，从不拿正眼看她的万向权都变得唯命是从，这是最可靠的心理参数。眼下一个最难得的机会便是省优秀新闻大奖赛，一旦获奖便可破格晋升高级职称。吴计因为文凭不足，欲进高职这一殊荣就志在必得，那亲自参与评奖便是关键。于是私下找了万向权，向他郑重承诺，她会尽全力争取这一奖项，一旦到手便与万向权分享。

吴计充分利用了她的天时地利，只身前去摘一份本不属于她的鲜桃。就凭她在胡昌稷那里练就的一手绝活，到省里也是名列前茅。尤其有主评郑迪的助阵，吴计一路过五关斩六将，一帆风顺摘下了头奖的金牌，自然省优秀新闻工作者的桂冠也戴到了她的头上。新闻发布会、颁奖大会，她都在镜头前向全省观众露了脸，而且代表获奖者讲了话。省委许副书记许童在总结时，还提了吴计的名字，真正是做足了秀、露足了脸，吴计的志在必得终于落地生花。

吴计志得意满载誉而归，局里万向权里应外合，组织了一支由胡昌稷挂帅的欢迎队伍。以火车站为序曲，百余人的方队手持彩旗花束，前排扯着一条大横幅，上书着“热烈欢迎省先进新闻工作者吴计载誉归来”，再前面便是胡昌稷率着的市宣传部部长和万向权等有关二级领导。

当列车呼啸着进了站，广播喇叭便响起迎宾曲，同时和着播音员的配乐欢迎词。车刚停稳又有人跳上车，给车门口刚露脸的吴计献花，站台上又是摄影又是录像，造足了英雄凯旋的气氛。吴计暗自得意，看来成为名人并不像想象的那么难。只要有人捧，有人为你造势，顷刻你能就成为名人，那就是明星！获大奖也不是那么很难的事，只要评委里有人，尤其是说了算的人，只要他一句话，一鼎力，就能抬起你送你上青云！此次评奖她亲自领教了其中的内幕，终于明白凡事并没那么难。以前她觉得，做名人、当明星那真是蜀道之难，其实所谓的难那是你朝里没人！至此吴计认准一个理，朝里有人好做官！什么机遇不机遇，什么本事不本事，那都是对局外人的。就像杲昊，累死她也成不了什么大气候！你不是能写吗？写出个违规违纪！你不是有才能做出好节目吗？没人抬你照样上不了大场面，先进新闻工作者的荣誉还得是她吴计的！新闻工作者千千万万，谁能拿这个头奖？是她吴计！

吴计恍兮惚兮得意扬扬下了车，立即被欢迎人群所包围，献花、致敬、拍照、签字，连胡昌稷讲了些什么她都没听到。欢迎仪式很短只二十几分钟，胡昌稷讲完话便出站驱车去了凯旋大厦，这才是欢迎仪式的高潮。那里早已等了一市的新闻工作者，报业集团、广电集团的精英们都在翘首以盼，当然大家盼的不是吴计本人，对于吴计大家早就“哑巴吃饺子，心里有数”，私下里最好的评价是市花，中间势力认为她是白痴加混混，最激进的便认定是新闻界的败类。此次她获大奖新闻界已是一派哗然，那为什么还能齐刷刷等在那里，接受耳目的摧残？不外分两大类，一类是有望再获此种殊荣的，他们企盼的是市里的奖励政策，另一类是没什么奢望的，那就想看个热闹，同时还能混顿好饭吃。

会议开得异常热烈火爆又是宴会式，于是又增添了随意与即兴。在新闻部门的领导致开幕词之后，就有众多新闻工作者上台发言，有表决心的，有捧臭脚的，更有许多幼稚的新人，表示要以吴计为榜样。故作风尘仆仆状的吴计一直端坐在为她专设的贵宾席，由胡昌稷等一干政要陪着，真真过足了主人翁的瘾，同时品味着得来全不费功夫的爽。想到得来全不费功夫她便想到杲昊，杲昊是起五更爬半夜东采访西调查，不是写就是录，很少看到她到娱乐场所轻松一下，可她得了什么？是批判是罚款！人真是分三六九等，青蛙一蹦三丈，弄得精瘦，赖蛤蟆一步挪不了三指，却吃得透肥！咦？怎么把自己比做赖蛤蟆，于是下意识唾了三口，以示去去晦气。不想惊动了身边的胡昌稷，马上询问是不是吃出了异物，又让服务员给换了菜肴，一场小小骚动总算在一阵又一阵掌声中平息下去，没有引起更多人的注意。

仪式运行到该获奖者讲话了，对男人讲悄悄话是吴计的长项，像这种大场面，又是即兴发言她哪里经历过？于是脸一下子涨得绯红，半天没找到支点，一路呈下滑势态。眼看要翻车，还是万向权急中生智，这智完全是吴计前一天对他的褒奖激发出来的，万向权在维护自身利益上永远是精明过人，此刻更是智商剧增，凑到吴计面前提醒，就将在省颁奖会上的发言再重复一遍。吴计这才如梦初醒，赶紧到手提包里去找那篇发言稿，心急手忙半天也没找到。万向权上去夺过小包，只一下就翻了出来。他打开细看，只几秒钟就得以确认，随即递推给了吴计。

究竟是骒马，半天才找到阵脚，结结巴巴好歹对付着念下来，若不是前一天有省里的演练，怕是这个水平也达不到，倒不是吴计智商大倒退，而是有无数说不清的眼神令她陡生恐惧。省里则不同，多数属陌生而且跟她熟悉的那部分都在捧着那就仗义多了。不管怎样毕竟还有胡昌稷和万向权宠着，虽有些战战兢兢，总还是一派凯旋的得意。她的惶恐主要来自角落里的杲昊，虽说杲昊目前不值一谈但毕竟她才是主创，吴计贪天之功据为已有总不是坦然的事。要不怎么说心里有什么别有鬼。

第二天庆功会转移到广播电视局，同样也是摆了庆功宴。万向权犯了个大错误，竟将宴会摆在了方自珍的空中幻影。方自珍可不是盏省油的灯，头一天他就得知市里的庆功会上，对主创杲昊只字未提，于是决定为杲昊讨回公道，还鼓动下岗前的好友、同事，拉好架势大闹会场。

不过吴计也有准备，将杲昊撰稿奖的证书进行了一番精心修改，其修改方法还是从杲昊那儿学来的，杲昊在会议记录时经常用一柄吉列刀片，将错误的刮去再填上正确的。她也照此办理，忙活了一大早，好歹弄出个模样，狠狠心将证书填上了个三等。

颁奖宴会如期举行，会前造足了声势，万向权就是要宣传得人人都知道，他与吴计此次的大奖所带来的空前优惠。由于是宴会形式便失去应有的庄严，给方自珍大闹会场造成许多方便，这是万向权始料不及的。

颁奖音乐一落，方自珍便开始发难，“万局，这个获奖节目是杲昊主创，吴计不过是监制，监制是特等奖主创倒是三等，这有违常规呀！”

方自珍话音一落，他那帮弟兄便哗然起哄，有讽刺吴计乌鸦长彩毛的，有斥责吴计贪天之功据为己有的，一时间乱成一团。不知是谁趁着乱，竟将一块皮蛋摔到吴计身上，将她的红呢大衣，划上一道黑绿。吴计的最大特点就是能吃能装，这般奇耻大辱她居然一口咽下，拿起餐巾纸无怨无悔地擦拭，将纷乱的场面从容屏蔽。

万向权一看局面失控，便觉吴计办事极为不妥，怎么会弄出这样的纰漏，这对他也是极不良的影响，将来评高职岂不是取负面印象值？他本来就看不上吴计，此番举措，又对他切身利益极为不利，更是怒火中烧，于是粗声大气，“吴计，这是怎么回事？给大家解释清楚！”万向权在维护自身利益上决不姑息养奸，尤其在离开胡昌稷的视线。

吴计憋得满脸涨红，可她早就练出了一张厚脸皮，多难为情的事她都能扛得住，而无论如何，她不能自圆其说。

“证书是改的！有明显刮痕！”方自珍发出致命一弹。

“啊？”“呀！”“噉？”“哇！”台下一派大哗，接着证书便在众里传阅，作弊行为昭然天下，此次大奖轰然坍塌。

24

杲昊虽未得到她该得的大奖，可吴计的丑行却已众所周知，这对杲昊已经够欣慰，一个守静笃、淡名利的人所追求的不过是个公道，在她看来吴计已在道德的滚钉板上滚出了满身的筛子眼，她真不知日后的吴计在众里还怎么活，不过若有猪狗的胸怀那也无所谓！不同的苦乐观会勾画出不同的生活蓝图，完全不必去杞人忧天！想到吴计，杲昊突然想起她与父亲的相貌是何其相似，便怀疑是不是丹青所说他丢失的另一个妹妹。那天在与父亲对峙时，她曾以突发形式考验父亲和哥哥，却没发现任何可疑迹象。那就是命该遭劫，吴计这个丧门星，连样子都能在父亲丹霓那找到依据！仔细推敲，每个恶性事件都有奇妙的隐性提示。

既然是命中注定，那就只有从容面对，杲昊心绪开释了许多，觉得应该重新规划自己的未来。细想想，以前的苦完全是因为在别人的心里筑了巢，将自己的命运交给了别人，人家给你苦你便苦，人家赐你乐你才有乐。如今谁手里能有那么多乐去施舍？施舍出来的大多是苦，只有自己才会给自己酿造乐！杲昊似乎在人生阶梯更上了一层，除了耕耘事业的领地，她还应该构筑一方心灵的乐园，让心有个归宿，让灵魂得以休憩！有了这个规划，顿觉四海平宁定力倍生。尚未细化之前，应先将正运行的工作收收尾。焦点当然首推达生的命案，于是去了中心医院。

刚进白茜办公室，又来了一高一矮，白茜迅速迎了出去。高的自报家门说是市长司机吴畏，又指指矮的说是市政府秘书长吴纳西。白茜当然认识吴纳西，达生刚受伤那天，他就扑朔迷离地对白茜指手画脚，院长王大为又从中瞎搅和，致使这位吴秘书长的嘴脸如同雾里看花。

“是市长派我们来关照的！”为了治服白茜他们搬出了大老板，他们以为白茜会是趋炎附势一类。既然如此，白茜身后还有院长王大为足够有恃无恐！白茜本想冷言冷语就下逐客令，可又一转念，猫眼儿处还可以观察他们到底要唱什么戏，便回到猫眼儿处，同杲昊一起等西洋景。

二人果然没客气，随即进了达生的病房。确定达生已进入深度睡眠后，小品便开了场，“这小子是睡着了还是死了？”吴畏扳扳达生的头。

“哪那么容易，没看鼻翼直扇！天上不会掉馅饼，成功的背后都是辛苦和汗水！”吴纳西攥攥拳以示内在力度。

吴畏点了点头，“秘书长，我真是三生的造化，才能得到您如此信任！您从不向人交实底，可对我却不然，就算亲兄弟也不过如此！”

“一个篱笆三个桩，秦桧还有三个好朋友呢！很多事都需要大家协同，资源共享，利益均沾！”吴纳西略顿，“其实我也没像他们渲染的那么老奸巨猾，大家都是打热血青年那儿过来的，谁没有天真无邪的童心？可我让朋友卖过，让领导宰过，让同事涮过，就算亲爹热娘也曾经拿我当算计的对象。我现在心态也变了，就喜欢独处喜欢深居简出，因为我深知人心的险恶，少见一个人，就少一分危险！如今再回家父母也高看一眼，不再呼来喝去。父母最亲吧？同样不平等待人，这个世界就是这样，一水是狗眼看人！凡是能像你这样高看我一眼的，我绝对拿他们当朋友！其实只要你能独霸一方就有捧臭脚的，不然就拿你当二百五耍！记住了，一定得有自己的地盘！”吴纳西的蝴蝶效应漫天席卷，为他的转乾坤计划，做最后的风险提速。

吴畏流露出怵意，一种与狼共舞的无奈，自知上了贼船的样子。

“你完全不必那么慭慭，不是告诉你秦桧也有三个好朋友吗？况且我还不至于像秦桧吧？我若对你藏心夹馅，又何必推荐你当市长的司机呢？”吴纳西恰到好处地提醒吴畏不要忘恩负义。

“哦，不！我绝不是那个意思。我是想，我有什么德能让您如此信任……”吴畏一路强调着“我”以示他的虔诚。

“你是以心换心换来的！我做不了的事由你去完成，你完成不了的事，我再扶你一把，只要能完成那个共同目标……怎么能同于其他人！”

“对，对对……”吴畏眉舒目展，“我一个车把式，没有吴秘书长的提携肯定没有今天的荣耀，您放心，您交的任务就是我的生命，我会全力以赴！人生图个啥？一个是享受一个是荣耀，这些您都给了我！”

“不，那只是普通人的需求，你得学会用自己的思想行为去牵动社会，去改变自己的现状，同时改变别人的命运，你所改变的人物层次越高，说明你的能量越大。在完成了基本生活打造后，就融进这种牵动和改造中，那才是最高享受！目前你才是初级阶段，还没尝到那种高层次的享受，以后我会带你进入高层次！”吴纳西颐使气指。

吴畏嘴上虽是一路的是是，可心里却不能苟同。干吗去牵动改造别人？那不是狗拿耗子吗？侍弄好自己的一亩三分地就够了。去管别人的事，那不是没事找事找不自在吗？不管怎样他有一条不变的宗旨，那就是附在吴纳西身上，从他身上吸取营养，自己只管去干力所能及的，该撤身时且撤身！这样想着，口中便随意溜达着，“那这家伙怎么办？”

吴纳西神情多变，最后于模棱处定格，“上面吩咐的事必须雷厉风行。”休止了好一会儿，吴纳西缓缓地一咏三叹，“这家伙有用，我们得千方百计地保，他是钳制大老板的杀手锏！我了解这家伙的人品，什么时候都不会出卖同伙，而且他是实现目标不可或缺的人选！”

“他安全有保障吗？”吴畏王八吃秤砣。

吴纳西神秘地指指隔壁，“有人替我们看着，我们走吧。”

吴纳西一行走后，杲昊与白茜交换了看法，认为达生的安全目前并无大碍，因为有吴纳西暗中保护，杲昊也就放心地离去。

杲昊刚离开，院长王大为便轻手轻脚蹭了进来，“都走了？”

白茜警觉地感到王大为已知道他们来，那为什么不出来接待？吴纳西这样有影响的人物，可以说是牵一发而动全局，而王大为却躲着，看来王大为一定知道案子的内幕。人真是不断说谎的动物，又是那么不透明，而在实现非人的手段上却是如此强力！想到此，白茜的目光伦琴射线般将王大为巡视了一遍，然后漫不经心地答，“走了，你知道他们来？”

“医院的宗旨是治病救人，不是人际关系的交易所，没必要去拉拉扯扯。”王大为付出少有的真诚，昭示他游离于案子之外，“只是辛苦了你，达生若有逃生的一天，一定让他重重谢你……”王大为指天发誓。

“若有？你怀疑我的医术，还是……”白茜惊呼。

王大为真诚地笑笑，伸手摘下了白茜遮天蔽日的大口罩，定定地注视了她许久，无意中渗透着自己的绝对信任。

白茜若心里有他一定会脸红，可白茜却是无动于衷。王大为该懂得无动于衷通常潜藏百分之三十的蔑视，这是对他唐突举动的重磅回击。

“医术当然毋庸置疑！只怕再高明的医术也无力回天，我只担心你陷得太深，以遭受无辜的牵连……”说着拉起白茜的手，一派生离死别。

白茜没立刻拒绝，因为她还想套出些别的隐情，“你知道内幕？”

“推测而已，这么大的案子，没有一个有力量的人撑着，能做得起吗？很多人都知道达生是市长的座上宾，敢碰这样的钉子他得多硬？所以你千万别感情用事，当好你的医生……”

王大为的宽容令白茜心头的尘埃渐次落定，凝神敛气才注意到她的手仍被王大为攥着，但没有邪念，从而滋生出些许抚慰，困惑时他可以做高参，跌落时他可以做后盾，工作上他是高超的导师，生活中他是真诚的朋友，以往怎么就没看出来？不识庐山真面目，只缘身在此山中！

25

傲慢低调的庞贝破天荒高调为自己喝彩，理由是他完成了一生的使命，他被选录了省当代文学史。他自知进国家文学史是无望了，于是大动干戈，将为自己庆祝的喜庆宴就摆在方自珍的空中幻影。百米高塔之上，悬挂了巨幅标语，“热烈祝贺庞贝写进当代文学史”，还有捧月式的众多小幅，什么市人的光荣啊，文学界的盛事呀等等，绝对造足了横空出世的气氛，令过路的车辆、行人都不得不驻足观望，以弄清这浩大造势的源头，一时间，庞贝的声浪风起云涌。

庆典宴上都是庞贝的朋友弟子，这里没有他的亲人和同事，也没有各界的权势显贵，清一色的文痞、准文痞。旋转餐厅也挂了贺幛，均是些仰天大笑出门去，吾辈岂是蓬蒿人、大鹏一日同风起，扶摇直上九万里一类的狂话。平日极为内敛的庞贝，此时竟一任其无限张扬，全没了谦顾和禁忌。席面是一长条桌，朋友弟子分列两厢，明显看出他的朋友少于弟子，首席朋友竟然是方自珍，接下去是省里的几位著名作家，算上方自珍还不到半打。弟子却是乌泱泱、密匝匝，首席竟是杲昊，接下去是小甲、小乙、小丙、小丁，再下去是小 A、小 B、小 C、小 D。本来都可以依次下延，不知为什么偏要换一种排序，再接下又是小万、小突、小斯瑞、小复……也许是不同层次？不然就不会不辞费解之苦。尤其最后一组，没学过英语的一定就不会知道那是一、二、三、四的音译—— one，two，three，four。都知道庞贝生性怪异，因而没人去同他计较，见怪不怪，凡是庞贝的点子就得被认可，尽管其中有小斯瑞、小复这样的怪诞称谓。幸亏他这样划分，不然生人还真难分出雌雄彼此。

庆典是在庞贝最喜欢的古琴曲《高山流水》的衬托下开始的。其深沉、浑厚、流畅的旋律，将一派重峦叠嶂、幽涧滴泉、清清冷冷的奇境凭空营造出来，于是巍巍乎若泰山，洋洋乎似江海，真真是伯牙所念子期心明，子期既死伯牙绝弦！一曲终了，四座一片静寂，人人陷入一种天高地厚、山绵水长的友谊之中。一段短暂沉降，庞贝开始向省里的几位作家介绍他的方阵，他将方自珍列为自己的影子，其和谐依偎可见一斑。弟子之所以要分组排序，是因为他们各有所长。A、B、C、D 组属新锐派，敢于标新立异敢于破旧立新。甲乙丙丁组属传统派，专门喜欢挖掘本民族本地区的特色，以本土化、民俗化为己任。至于万、突、斯瑞、复，则自诩非理性主义，极为崇尚叔本华、尼采、克尔凯郭尔、柏格森、弗洛伊德，认为文学应该回到自我，回到个人的内心世界，以研究人的存在为己任。而列为首席的杲昊，庞贝却只字未提。

庆典终因太沉闷清淡，而招致年轻人的摒弃，他们竟自换上摇滚类的曲子，跳他们的迪斯科去了。庞贝才凑到杲昊面前，定定地剖析了她好一会儿，才略带歉意地，“不介意没介绍你吧？知道为什么？”

“视为另类吧？但又不失对一个初学者的尊重……”

“不全是，我是将你列为接班人的，假如有一天我不在了，你得做他们的领军人。他们还都是青年，意志尚薄弱，世界观还没定型，没了领头的，他们会散、会变，也许会颓废……”庞贝一脸的凄惶。

“老师大不了我几岁吧？怎么就说这种托孤的话……”

庞贝幽幽沉思，好久没有作答。突然，又大幅度扭转话题，“知道吗？好作品不在它花哨的辞藻、诡异的结构、另类的思想，而是它的穿透力。什么叫一语道破机关？好作品能改变人的一生，令自卑者从此昂首，使卑贱者无颜面世！看了你的作品，第一感觉就是无颜面世。”

“怎么会！老师也太夸张了！”杲昊震惊于庞贝的极端自谦，一时又找不到适当的语言表达，于是勉强用了夸张。

就在庞贝苦于正确表白之际，一曲终了，舞者们又一股脑儿地围到庞贝的四周。有讨教的，有表态的，庞贝却是无动于衷，他似乎已游离于众人之外。直到小A说了句，“为什么老师会那么智慧，会有那么大能量高踞文坛之上？”庞贝这才收了直愣愣的目光，他指了指面前一块空地，“咦？你们说这块地面上有什么？”

大家仔细查看后，异口同声，“没什么，一块空地而已。”

庞贝倏地起身拿着笤帚四处扫起，一会儿就将一堆垃圾碎渣攒了起来，“怎么样？仔细看看，东西不少吧？”

“噢，对不起，庞作家还如此讲究。”方自珍有些难为情。

“老师不是这个意思，”杲昊抢过去，“老师是不是指积少成多？看上去没有什么，可认真一搜集东西还不少。积土成山，风雨兴焉……”

庞贝转而全然开释，“这才叫心有灵犀！自珍哪，真是白做了这么多年的知音！一个人大脑的存储量，可要比想象的多多了！只要你们肯四处扫扫，各角落搜寻搜寻，什么智慧啊能量呀多的是！爱因斯坦的智慧也用了不到十分之一！千万别抱怨苍天的馈赠，更不要将一门心思都耗散在没用的地方！知道吗？人脑是个小宇宙，要什么有什么，关键是开掘……杲昊是你们的榜样，好好向她学！”

庞贝的渲染倒让方自珍大感快慰，“守寒窗终有峥嵘日，杲昊出头之日为时不远，总算有认识和氏之璧的了！也解了我的刖足之苦……”

杲昊多善意会不善言传，如此火辣辣的爆炒令她很不受用，便巧妙地离席去了播音室，点播了一首《友谊地久天长》，略带凄楚忧伤的旋律，又将众人凝聚到舞场，于大慢三的节奏中，释放各自的悲欢离合。

见众人旋转于音乐的旋涡，杲昊又悄然回了座席，只觉身边来了个人，凝神敛气才确认那是庞贝。庞贝的怪异已令大家见怪不怪，而此刻却令杲昊颇感费解，若不是他一脸正气和满眼忧伤，这会使她误解那是示爱的双关，可庞贝是有家室的，而且还有着正人君子的好名声，杲昊这才定力十足，“老师怎么不去跳舞？”

庞贝凄然一笑没有作答，凄然之后又续以无限痛楚。

这凄惶与痛楚又极富穿透，随即令杲昊思绪涌动心中布满雨云，一时间云青青欲雨，水澹澹生烟。从闪烁不定的目光里，杲昊看到庞贝的一丝绝望，是什么在这喜庆的时刻令他反常？他应该是快慰的，虽然他很难表现得兴高采烈，“老师，你对大家的喝彩不满意吗？”

“刚才你能点《友谊地久天长》我已很欣慰，伯牙与钟子期毕竟为千古绝唱……”庞贝沉寂了片刻，眼中似乎浸了泪，他从内衣袋里掏出了一把小钥匙，“这是打开我心灵库房的唯一工具，如果你愿意到里面去探个究竟就收着它，有朝一日，它会派上用场。”看到杲昊的费解他又加了注，“也许能为你的作品加些作料，拿好别丢了……哦，你若是不感兴趣，那就另当别论……你有权自行处理……”

杲昊的不解是实物的钥匙如何去打开精神的库房，但看到庞贝的执拗只好顺水推舟，“今天是老师的好日子，在历史长卷中可以找到老师的足迹了，其实每个奋斗者的最终目标也莫过如此，我当然极感兴趣！”

庞贝沉默片刻，“唉……足迹不足迹的，只是一个情结罢了。为什么我拿小方做挚友，就是因为他有宇宙般的胸怀和眼界，他不只是说说而已，而是真正付诸实践。宇宙间的事绝对变幻莫测，一旦太阳成为红巨星，人类就不复存在了，什么足迹史料还不都化为乌有？我对进文学史的认可，纯属朝菌对晨露的迷恋，完成一个过客的心愿。”

杲昊从未将方自珍这类危言耸听当回事，可经庞贝一解析，方自珍的身影骤然高大起来，于心灵天空映出道道光环。

26

正当庞贝的庆典进入高潮，杲昊突然接到魏洞天的电话，说田坤回光返照，只有一个要求，要见杲昊。杲昊只得抛下众人，一路赶往丹家崖。杲昊先去了医院，医院的人说老爷子为了见一个记者，刚搬回了他的寓所田家庄园。那里本已辟为旅游景点，自田坤生病住进医院后，就再没回去过。是为了见杲昊？还是为了叶落归根？他执意要回那个所谓庄园，可见对杲昊的重视，因为那是杲昊帮他讨的公道！转而又是一路紧赶，杲昊去了田坤自命的田家庄园。田坤声称，他为新家起了这个名字，完全是为了与丹霓抗衡，丹霓能有个丹家崖，田坤就该有个田家庄园，如今他也是富甲一方的大户。

到了庄园，远远便看到围了很多人，近前一看，原来是往外清理游客的，这是老爷子的意思，说他有贵客要来，一切闲杂人等都得退避三舍。他在电视里看到，有身份的人一出场都要清场地，前几年，省里一来人他就是被清对象，他心中不服，就大闹几次，竟被村里人用绳子捆起来，后来又发展到用铁丝，他真是受尽了屈辱！这次他非得争回这个面子，也要抖一回威风，学着省市里那些大官，他接待人要清场！魏洞天惯着他，便派了村里的保安人员前来清园。

是心有灵犀还是临终前的特异反射，杲昊刚到门口，田坤就醒了过来，见到杲昊便是老泪纵横，无声饮泣了好一会儿才一声长叹，“唉……丫头啊，我这一生最大的荣耀都是你给的！可惜来得太晚了，若不是你为我到处申诉怎么能有今天的威风！”说着要水喝，又要东西吃。守在一旁的两位护士，端上了大米粥和两只煮得糜烂的鸡腿，这是老爷子最爱吃的食物。在杲昊的服侍下，一会儿工夫，就将一大碗粥和两只鸡腿吃了个精光，之后又吃了一只大苹果。吃饱喝足似乎有了精气神，声称要与杲昊好好谈谈，极严肃地命令医生和护士都退出卧室。趁着杲昊出来送人，医生将她叫到身边，告诉她这是典型的回光返照，他们就等在门外，如有意外，她可以立刻到门外叫他们。

挥去了众人，田坤将杲昊叫到身边，像对亲生女儿一般释放着他的亲情，他满眼的幸福，一脸的满足，“能风光到这个分儿，我死也闭眼了，还要什么？省长也不过这样嘛，要见谁就见谁，不准谁在，谁就不敢在，身前身后都是护士医生，你说这是多大干部的待遇？再托生三回我也忘不了，这些荣耀都是你为我争来的，你比我亲女儿还顶用啊！受了一辈子的压迫，今天总算扬眉吐气！”田坤说着又是老泪横流。

杲昊为减轻他的悲伤便说，“以前你不也是很荣耀吗？打土豪分田地，响当当的主人，那不是你自己干出来的吗？”

说到这儿，田坤立刻生出几多感慨，满心沧桑地说，“人有三环九转，月有阴晴圆缺，谁没有几天好日子！可我田老汉还是苦日子多，还从未像今天这么风光过……从小就是苦日子，吃糠咽菜对付着活。到了解放那阵，虽说打土豪分田地风光了几天，可分了地还得自己种。我还以为翻身就是反过来让地主老财给贫雇农种地，贫雇农也像地主老财那样，饭来张口衣来伸手，其实哪是那么回事！还是破草房，还是粗茶淡饭，就是多了几亩地。地有什么用？原来也有，这荒山野岭到哪儿还不开块地种！其实对于贫下中农也没什么大变化，照旧是种田过日子，以前给丹家干活，还都是院里房里的，哪到大田里去风吹雨淋！所以我也没去种那些地，不久就叫别人给占了。我一个人能吃多少？到谁家要几袋子就够一年吃的，我打个兔子养个鸡，又卖钱又改善生活，轻轻巧巧一年又一年。我不要家也没有房子，山上那个洞你也看到了，冬暖夏凉比瓦房还好。我什么也不用侍弄，高兴了，就到城里去卖点山货赚几个钱，里里外外花不了，懒了就在洞里一呆，倒比他们那些贫雇农强！

“可好景不长，不久又搞什么包产到户，归公的土地怎么又回到个人手了？那些地主老财的后代可乐坏了，千方百计凑钱把他们爷老子分掉的田，又都重买了回去！尤其是丹家的儿子丹青，失踪了多少年，不知从哪一下子钻出来，把个丹家崖都买了去，比他那老子还贪，山上山下都成了他们丹家的！一个轮子转回来，凤凰还是凤凰、鸡还是鸡！

“我这个气，受气的滋味最难忍，就那么忍了五六年！这五六年我也没闲着，净琢磨着反击的对策。有一天，突然我想出了一个好主意，就是学着丹家那样要回自己的地盘！我那块地，因为地势好，就被公社占了盖了办公室，我估计这块地，他们是没法给的。口头上要只是为了解解气，若真要到手我还没法种呢！后来换了魏洞天这小子当村长，这下可糟了，这小子年轻气盛，专门和老的过不去，不但不解决老家伙的问题，反而变本加厉进行迫害！我也豁出去了，专拣省里来人就同他们大闹，我的目的就是要把丹家告倒，这么严重的反攻倒算，如今就没人管了？唉？真就是没人管，省里的人也是不关痛痒地笑笑了事。这样一来魏洞天的胆子越来越大，直到一有人来就把我捆起来，我倒成了反动派了！我堂堂的贫下中农啊！这不是黑白混淆是非颠倒吗！那时他们都叫我疯子，我真是疯了，豁上老命跟他们讨个输赢，我就不信天下没了公平！老天还真有眼，遇上了你这么个青天老爷似的好丫头，终究给我讨回了公道！村委会怎么样？重要吧？硬是归了我田老汉，田家庄园建起来了！不管怎么样也与他丹家崖扯平了！贫下中农又一次当家做主！这不，我要见你，就让他们清园子，咱也像中央首长、省领导那样，让闲杂人等一律回避！这多好，终于尝到了大人物的滋味！”田坤接着一声喟叹，牵出一脸的满足，但也掩饰不了他的极度疲惫。

“既然如此，您老人家就该好好活着，多享受几年这种主人翁的日子！得来也是不容易……”杲昊极力抚慰。

“唉？你说贱不贱！等什么都弄到手，享受没觉得，倒是觉得浑身酸痛，吃东西也不香。不像打官司那阵，一身的劲儿，哪都不痛，吃啥啥香！该着是穷人的命，给了你富贵也享受不了啊！”田坤说着连连打哈欠，大有支持不住的势头。

杲昊扶着他躺下，他半闭着眼，歇了好一会儿又长叹一声，“唉……一辈子没觉得累，日子好了这个累呀，就好像刚跑完万米长跑，就想躺下好好地睡……”田坤半合着的眼终于紧紧地闭上了，再看连呼吸也停止了。杲昊赶紧到门外叫医生，医生进来经过仔细鉴定，他确系咽了气。

似乎一切都在意料之中，没人哭没人叫，他走得自然、走得了无牵挂。事后只来了以魏洞天为首的几个村干部，合起来不到十个人，魏洞天还带来用白纸做成的花圈，就这样简简单单地上了路，他们将去市殡仪馆对田坤实施火化。车行驶到村口，杲昊看到一位老人等在那里，执意要去火葬场亲自送一程，魏洞天严厉地叫了一声爹，然后便命令属下将老人搀了回去。杲昊希望在村头能看到另一个老人，那就是自己的父亲丹霓，他终于没有出现，连丹青也没露面，不到十人护送的灵车，就这么惨淡地踽踽而去。大展的历史长卷，这一点红渐渐暗淡下去，此后谁还会记起田坤呢？从他的声声叹息中，杲昊看出那是一颗不甘寂寞的心，是一个极度张扬的灵魂，每个机遇来临之际，他都试图释放自己的光和热。可太弱了，终于没能打动历史，只遗憾地带着只有他自己知道的秘密，去进行回炉再造，下一次他将合成一个怎样的具象？

西北风匝地而起，吹送着稀稀落落的雪花，与魏洞天抛撒的纸钱成复调式飞舞，凄凉而孤寂，赤条条来去无牵挂。

27

田坤死后，杲昊还真有些如丧考妣，一段时间几乎走进抑郁症。巴娜娜听说后决心教她换一种活法。将生活环境和各种用品作了全方位更新后，亲自开车将杲昊接到自己的公寓，这是华瑾为绿叶生态园员工购置的。自上次与魏洞天达成协议，要搞农业生态园，华瑾索性将自己的垃圾处理厂，更名为绿叶生态园，准备春天一到，生态园便可全方位启动。宏业骏开，人才为先，华瑾在极短时间便收罗了一大批人才，因而出巨资买下了这片楼房做员工公寓，巴娜娜得天独厚，率先住了进去。

进了屋，映入杲昊眼帘的是一派富丽，客厅柔和中透着温馨，淡黄色提花地毯，奶白色四人超大皮沙发，一看就是合作者心仪的地方，这里可以尽可能多地集结同道，还可以最大广度地展示同道者的鸿猷，是多好的思想与宏图的集散地！再看四壁采用的竟是不规则结构，折光物使窗户与墙壁融为一体，香槟泡沫般点缀的水晶灯，光怪陆离，这一切都令杲昊感到置身梦幻世界，一派混沌飘忽。

杲昊被让到四人大沙发上，二人又对时局进行了一番浅议。杲昊这才仔细审视巴娜娜，发现她脸上的疤痕淡化了许多，局外人几乎就视而不见，只有知情者仔细辨认才依稀可见，因而没有了破碎感。杲昊之所以首要关注巴娜娜最痛处，第一是关心，第二是关怀。她知道巴娜娜最在意的就是自己的相貌，终其极最引以为自豪的东西，一旦破碎会给她心理带来怎样的阴影，是可想而知的。作为朋友，这当然也是杲昊最关心的。至于关怀，那便是朋友间最珍贵的心理交流，这也是馈赠对方的最高层次的礼物。巴娜娜自视甚高，平日杲昊并没觉得这种馈赠对巴娜娜有什么用，可当她破相之后，杲昊的关怀便属下意识是一种由衷。

巴娜娜心有灵犀，对杲昊的信息辐射自然不会视而不见，“咦？你说人真是有千百倍的复原能力，这大概是干细胞的本事吧，我还以为这脸不做手术就交代了，只是华瑾的一番抚慰我才不再耿耿于怀，结果就自动走向复原了！华瑾说再过一段会更好，但愿他的话灵验。”

杲昊见巴娜娜释然，自己也十分开怀，“我还以为你只知道仇恨呢！”

“当然，万向权的仇我一定要报！先让他得意着，总有一天我会让他死无葬身之地！”巴娜娜在报复上，从来是不遗余力，“别以为他长着天底下最大的手，妄图一手遮天！”

杲昊首次会心一笑，这当然是对巴娜娜调侃的肯定，这种由衷的愉悦已好久不复了。杲昊这才觉得巴娜娜有了长足进步，她的神色、她的心态、她的品位、她的定力，都在这转轨易辙中得到了历练。

看到杲昊的认可，无疑是一种怂恿，巴娜娜于是给杲昊上课，“其实一个人应该多换几种活法，应尝遍人间的新鲜滋味，说实话，有时我还真感谢万向权，不是他我也走不上如今的路，也许我永远也尝不到绝望的悲壮，更尝不到绝望中崛起的豪迈！刚破相那几天我只想到死，而且选取了几种死法，一个是到配电间触电，一个是吃安眠药，一个是割腕动脉放血……华瑾意外救了我，是他让我懂了人生有很多活法，是他给我做了最大的手术——改头换面！”

杲昊由衷地为她祝福，祝福她精神物质双倍的丰盈，尽管一种方式不一定适合于任何人——这世界上最没有统一规范的生物，也还是得感谢命运的馈赠，“你有了这么好归宿，我只有祝福的分儿！”

“你是指华瑾？你先验定势了！你一定是按照先前的思路看待我的所谓归宿！开始我是拉好架式做华瑾的情人，怀着卑鄙的目的准备分他一杯羹。可我错了，华瑾是个对家庭事业都极为负责的人，他有个极贤惠的妻子和一个极聪明的女儿。他宣告说，无论一个多热衷于女人的男人，得了他家中的这一对尤物，都得全方位满足，她们给了他满世界女人加在一起，都敌不过的愉悦和温馨。他对其他女人的欣赏纯属是对她们才智的开发和利用！”巴娜娜一板三眼。

杲昊震惊于华瑾的人格，那巴娜娜真是太幸运了，能在一个强力男人面前保持完整，那是三生造化！“唉！幸运的概率总是太低……”

“咦？这你无须担心，物竞天择，优胜劣汰，天下所有事物总是要趋向优秀！没看我这张破碎的脸？原以为是绝对没救了，唉？不想基因这老家伙，居然驱使干细胞就按照原样子为我修复，这张脸竟是悄悄复原了！多谢万向权这破坏性的一击，不然我怎么能下决心除掉他！这就是天赐使命，让我充当匡正天下的那个基因！没有我这个天敌，万向权还不修炼成永久牌的第一大手，天下只好乌鸦一般黑了！”

“刮目，刮目！”杲昊由衷惊赞，“原来你竟有如此道行！”

“哪里！这都是华瑾的点子，要不怎么就说，游必择乡，居必就土呢！”巴娜娜一脸的畅快，“说到这儿，不妨向你全面兜底，华瑾认为我在生态园是个浪费，他的意见是，将来我还得回广播电视集团，专门为他的生态园开个窗口，向全市人民作全面宣传鼓动，让大家吃出健康吃出享受，这个窗口要充当导向，引领食文化的新潮流！”

“万向权那儿能通得过？”杲昊处于一根筋状态。

“万向权？”巴娜娜嗤之以鼻，“我就是要回去取代万向权，他那个副局长的头衔得冠到我的头上！杲昊，你先忍着，到时候让你当记者部主任！广电集团得是咱们的天下！”

杲昊顿觉毛骨悚然，巴娜娜竟是个野心家！那华瑾不就是广电集团的太上皇了？消化垃圾他是内行，搞传媒他也能驾轻就熟？那也太惨了点，广电行业当真是绑块饼子狗都能干！

“你觉得没这个可能吗？”巴娜娜已看出杲昊的逆反意向，“广播电视局走上集团化以后，经费明显吃紧，广告费绝对是新时期的一大亮点，华瑾的窗口将提供滚滚财源。我为什么没说当正局长？正局长管财务，副局长管财源，我把财源这一块管起来，以确保大家的饭碗。我知道你怀疑我的能力，华瑾说，搞发明创造和专业技术，需要大学问，就像你那样的！搞商业只需高中文化，而当官搞管理初中文化就足够，何况我还是本科生呢！”巴娜娜略顿又加了个注，“管理管什么？不就是管人嘛！把人看透了，因才施用，就全齐了！”

杲昊暗忖，人？正是人才是唯一不受限制的！只在人身上，圣父才播种能动的种子以及生命各方面的萌芽。每个人都类似变色龙，你就想将人摆平？不但是可笑而且是一种危险！因而她没有兴趣再与巴娜娜继续讨论下去，于是转移话题，“这房子的布局是谁设计的？倒是别具一格！”杲昊完全收敛了锋芒，让巴娜娜感受到一种诚挚。

巴娜娜听到赞许一向是心花怒放，“是吗？这是我亲手设计的！我还参照了欧阳涓涓家的装修，就是文化局陶韬那个单位的，十年前她做过咱们的艺术指导，所以一直还保持联系。你看，整体以橘黄、淡黄和奶白为基调，淡黄背景用橘黄纹理构出不同几何图形，形成素描式的轻重变化，再加上折光效果，这就有迷离的梦幻感。地毯选用古典式，这就更具品位和时代反差，简单的家具与纷繁复杂的装饰又形成鲜明对比，营造出一个有张有弛的弹性空间，以便在最宝贵的休息时间得到最极值的享受，我是一点不想亏待自己的人！”巴娜娜一派主人翁的张扬。

资源有限，不想亏待自己那就只有亏待别人了，在自我完善的进程中，巴娜娜能走出去多远，杲昊不得而知。如今是转折的伟大时代，旧的世界结构已经倒坍，但个人主义并没有到达顶峰。

28

在与许童的争斗中曹健一时败下阵来，这叫小胳膊拧不过大腿，组织部部长与管组织部部长的副书记斗，早有人预言那是螳臂当车，于是一种多米诺效应在全省辐射开去，先推倒了扈黎，一派大哗中，胡昌稷昂然崛起，接下了扈黎的角色，扈黎终因年龄这个硬伤告老还乡了。胡昌稷一如见了水的萝卜叶，顿然挓挲开来，他要重整山河！

一向以八卦式思维的翁折东，却觉得这是回光返照，于是加大了西进的速度。经邸地指点迷津，他用金座的租赁合同作抵押，贷出了三千万的款，准备留下一千万打点各路必需，其他两千万用于西部落户。接下来就是如何处置手里的三大产业——酒厂、饭店、服装城。只要执照上仍写着翁折东那就是麻烦事，银行借贷一旦走上正轨，首当其冲的就是整治不良贷款。金座作为抵押明显是虚的，转而就得杀向不倒翁商贸中心，岂不是让一块肥肉落进了虎口！

被厚黑学泡透的他，每个细胞都蕴藏着以我为中心，还有不择手段和贪天之功据为己有这些理念。他计算机式的大脑运转了几昼夜，终于想出一条绝妙好计，那就是将不倒翁商贸中心拱手让给邸地，给多少回报就凭他赏，若一个赏钱也没有，还赚交个朋友呢！况且手中已有三千万，若不是邸地抬抬手他怎么能拿到这么多现金，应该说邸地已相当够朋友，他是个能人，而且离退休尚有一大截子时光。若将来真有个长短计较，邸地绝对是钢梁一根，让他去与金座较量岂不是易如反掌，自己又能坐收渔利！于是电话约了邸地，三千万贷款邸地已得了他的一百五十万回扣，当然那是人家的辛苦钱，并不等于自己还了人情。

接到电话，邸地心里有些打鼓，莫不是翁折东业已反悔？那他可就白忙活一场，煮熟的鸭子真的要飞？便以极严肃的口吻询问什么事，翁折东当然回答是好事。好事？天上总不会一个劲儿掉馅饼，那一百五十万也是他冒着很大风险，若不是有法不责众屏护着，他绝不敢为。手里的一百五十万足够他过上富足日子，于是口气恬淡。说他得到的好事已经够大了，绝不敢再存奢望。又说自己很忙，没时间出去，而且口气断然。翁折东便说他快要进军西部，就是想同他告告别，另外还有饭局等他，邸地这才慢吞吞蹭过来，他看看表也确实快近午餐。

翁折东并没有安排饭局的意向，而是把房门反锁，将两人封闭起来。

邸地看到如此阵势，心中立刻没了底，“老弟不会是绑架吧？”

“怎么会？叫你来是为报恩的！”翁折东无挂无碍，操着调侃式。

邸地更加没底，这个时候谈恩论仇实在是界限含混，“什么恩？”

“三千万的贷款就能使我于西部立足，眼下正提倡西部大开发，你说这不是天时、地利吗？其中最重要因素——人和，是你给我的，我们干的可是功在当代利在千秋的大业，绝对符合党的政策！”

经过翁折东一掰扯，邸地倒觉得有板有眼，心中不免一阵爽畅，那笔贷款的后顾之忧也随之遣散。根据翁折东的论调，即使真有个沟沟坎坎，他会有三座桥梁可过。第一为支援西部建设，第二贷款回扣，法律没有明文那是摸着石头过河，最硬一条是翁折东的有效抵押文本，那是经过公证的，绝对有法律意义。于是开释地一笑，“打算怎么谢？”

“鉴于目前我是孤军奋战，此一去又是遥远的西部，这边的商贸中心就无人料理，当然也可以雇人来管，我在那边遥控着。可是人心隔肚皮，谁知道将来会搞成什么样？与其放任自流，不如用来回报恩人，我想将不倒翁商贸中心转让给你，由你在暗中经营！”

“哎呀！我哪有那么大实力，那得多少钱才能兑下来？再说国家已明令禁止官员经商！”邸地的推辞绝不是做状，他确实没这个兴趣。

“你误会了，不是兑给你而是送给你！就是将执照改到你名下由你全权经营，所得产值全归你！”翁折东斩钉截铁。

邸地直了眼，他在怀疑这是梦还是醉，天上就是掉馅饼也不会如此硕大吧，他顿然感到泰山压顶，“全归我？这我怎么承受得了？再说你那些员工知道易了主，纸里能包住火？早晚透出去，那我可麻烦大了！”

翁折东略加转念觉得有道理，计算机的大脑又开始新一轮运作，最后得出结论，“那就将原班人马全部辞掉，再由你重新挑选招聘！”

邸地先是为心花怒放这个词做了由里及表的演示，然后又掷地有声地送上自己的承诺，“那我会让世人懂得，朋友间该树立怎样的典范！”

翁折东随即将所有的有效证件，拱手让给了邸地，由邸地亲自去更旗换主。

至于以后的运作，就看邸地的道行。

完成了历史性的战略大转移，翁折东开始向自己的员工下手。

折腾了半个月之久才稍稍有了眉目，望着人去楼空的景象，翁折东首次尝到孤独落寞的凄苦，他动用了内模仿、移情等诸多审美手段将自己置于人生孤岛。人是群居动物，其实他们最需的还是同类的互补和承认，没有了同类的喧闹和争斗，这世界实在是寂寥得可怕。今后只有珍惜命运所赐予的一切，他才会与那个孤岛无缘，尤其是像邸地这样的强者！恍兮惚兮，翁折东于虚拟的生命死角，品味着奋斗、珍惜、强强联手。恍惚中他发现总策划室尚有一缕灯光，于是举步前往，推门见是满脸泪痕的支未绸，正像江湖大片中的老落魄者，竟是一派正宗的壮志未酬！他两眼红肿，面色苍白，有气无力地伏在案头的规划蓝图上，看样子没有外力拉扯，他会一直保持这个状态，直至最后走向窒息。

翁折东感到这不是普通的认知差异，而是长期积淀之下范式上的错位，那种姑息养庸的制度使全民素质下滑，凭支未绸就可为证！一个固定了思维模式的人，还指望他能改变自己吗？翁折东一声长叹，“既然不想被人拨拉，那就自己说了算，你可以去拨拉别人！”

“自己说了算？上面没有领导，自己瞎说？”支未绸瞪起质疑的眼。

“为什么要瞎说？自己想点子，拣正确的说！”

“一个老百姓自己能想什么点子？”支未绸继续唱没有五线的谱。

翁折东暗自好笑，如今都争抢着去发挥各自的潜能，在法制的框架内，展示不同的创造力。他倒好，没人指挥就什么都不能干了！转而意识到，长期的社会习性，支未绸已被人领导惯了，早已失去了自我。那种高度集权的制度，就只能塑造这种白痴式的奴仆，多数失去了自治力和创造力，社会怎么能不落后！他抬眼看看全方位垮塌的支未绸，心中不免升起些许同情，有一搭无一搭地，“你是不是特留恋大锅饭？”

支未绸眼睛一亮，“当然，人人有饭吃！哪像现在撑死的饿死的……”

翁折东不想恋战，因而没赞成也没反对，脑海里却浮现出童年时代的许多情景。排长队、领票证……难道支未绸就淡忘了？他为什么留恋大锅饭？不外是出不了大力还想与人平等，实际上是多吃多占！完全是劣根的恶果！既然劣根是如此根深蒂固，优胜劣汰便是根治的最好秘方！

支未绸见翁折东无言以对，自以为说到了点子，又补充，“咦？这社会干吗要变来变去！目前简直是一百八十度，真可谓是礼坏乐崩！”

翁折东不屑地笑笑，这样一个蠢材也配谈论社会？于是插科打诨地上课，“一朝天子一茬臣，天子换了制度自然得变，你若当了天子一定是一成不变！努力呀！”翁折东看出支未绸拉好架势要与他辩论，于是赶紧收网，“这么晚了，回吧，家里人一定等急了！”说完转身出了房门。

支未绸见大势已去，只得收拾办公用品，可他动作很慢以等待翁折东收回成命，可翁折东没按他的愿望去做，任其脚步声嗒嗒嗒一路远去。

29

自胡昌稷取代了扈黎登上市委书记的宝座，同时还兼着代市长，一股多米诺效应又于全市铺展开来。万向权是最前沿受益者，他像惊蛰后的蠕虫，尽可能地舒展筋骨，上食埃土下饮黄泉。他从中所攫取的最大资源，便是阕大德为他提供的主持人短训班，绝对是财源滚滚。主持人的热门，主要在于能一夜之间迅速蹿红，不管一个人多豆腐渣，只要在屏幕上露几次脸，人模狗样地就成了青少年崇拜的偶像，在公众中就会引起非理性狂躁与诱惑的骚动。万向权是一批批地送，阕大德是一批批地接，每人每月几千元不等，真是哗啦啦天上飘钱！

万向权在收了每人几千元的学费之外，又附加了无穷无尽的圈钱花样。今天选两个跟编辑实习，明天选两个随记者出现场，后天再选两个同主持人一起出镜。而每次选择条件都十分苛刻，背地里得交几千元不等的好处费，才能从一窝蜂的拥挤中脱颖而出。成千上万的学员，每次只能有几个幸运儿，不是千里挑一也是百里选一，似乎一旦被选中就会迈出最大的步伐——一步登天！可没几天就会被鸡蛋里挑骨头败下阵来。一个回合，好处费却开始升级，一千升到几千，甚至上万。好处费纯属灰色收入，万向权是坐收渔利，没几天便沟满壕平。

此番当帮办的，万向权没选用吴计，首先是他看不上吴计，因为她是胡昌稷的铁姘，像这种秘而不宣的事，他可不想那么快就透到胡昌稷那去，另外像吴计这样的烂货他才不屑与之为伍，以免自找恶心。他把这个美差交给了他的新贵卢淑女，她是自己儿子班主任卢淑君的亲妹妹，岂能不与自己最为贴近？而且卢淑女为人端庄贤淑，平日里少言寡语，见人三分敬，众里口碑极好，用这样的人是既安全又赏心。以卢淑女为核心组成了评审团，评审团其他成员也都是万向权的贴己，每次出场上镜的人员都由卢淑女严格把关，实际上是万向权把关。私下里他以奉送的好处费多少为准排好序，每次取前十名作为内定，将名单交与卢淑女走走过场，想选中的就出些简单题，想刷掉的就出些难题，题分两类都做在同样的卡片上，暗道机关就在于抽题。卢淑女将难易之题分左右手拿好，想刷掉的她出左手，想选中的她就出右手。左手拿的尽是白矮量、裸奇点一类的疑难杂题，右手攥的只是些生活小常识，诸如吃苹果要不要去皮之类。时间一久，学员们也看出些门道，都点着要已通过那些学员的题，卢淑女只好施行变魔术的把戏以蒙混过关。虽众里议论纷纷，说评审有失公正，怎奈万向权正站如松、坐如钟，没人能奈何他。

一段试运行，万向权觉得四平八稳，若说他能顺利得心应手，还得感谢广播电视集团的确立，广电集团定性为事业单位企业化管理，一应机制、规章、人员使用、工资分配都由万向权说了算，那叫董事长负责制。自曹健于省城马失前蹄，佫恪也于聘任制中落了选，本已通知他回省里待分配，可他偏不，就留在广电集团。他索性要求到电视台当专题编辑，忍受不辞下就的屈辱以期东山再起。当然只要万向权在，就不会给他再起的机会。万向权之所以能容忍这种局面，是想要历练自己的意志，同时体验虐待猎物的快感，天时地利促成了万向权的霸主地位。

地位确立后，改革的涌流一如天文大潮，将个小小寰球冲击得面目全非，连吴计这样的根基人物也未能幸免。倒不是万向权不长脑子，而是他看到胡昌稷正快意于满目青山夕照明，又有筱砉的替补，吴计早被晒了台，万向权顺天应时有恃无恐，只两个回合吴计便待了岗。与万向权不期反目，倒不是吴计突然改邪归正，而是她恃宠傲物没给万向权耍态度，若事先略表示一二,万向权也不至于同她过不去。

吴计在承受了史无前例的落魄后，也曾去找过胡昌稷，可她被挡了驾。胡昌稷说他刚任了新职，工作特别繁忙，希望近期就不要给他添麻烦，等三两年后他退休了再哄她玩。这对吴计是个不小的打击，退休了谁哄谁还说不好呢！转而又想，等胡昌稷工作摆顺了，也许就有闲心同她再续前情。可对万向权的猖狂不能等闲视之，她得给他些颜色看。在与胡昌稷的拍拖中吴计能耐大长，再不是先前穷乡僻壤的傻丫头，如今她好歹也做到正科级——总编室主任，万向权不过是个副处，只大她半格。如今虽说他于广电集团独当一面，可胡昌稷尚未给他下任命状，这就留着一个很大的悬念，胡昌稷也许不会重用万向权这样的痞子！痛定思痛她想出了整治万向权的妙招，那就是收集万向权的不法证据，不管胡昌稷将来如何决策，那都是万向权的致命伤！他让她下岗，她也会让他待业，也许她会让他永远失业！近来风闻，万向权疯狂收受贿赂，职位的高低、岗位的优劣，都由贿金的多少来确定，可这只是背地里瞎说没有任何真凭实据，更没有人敢出面指证。吴计就是要乘这股东风，杀他个措手不及，最要害的自然是拿到证据，她决定亲自虎穴探秘。

进了屋便看到万向权一脸的厌恶，在万向权看来，吴计是一堆会流动的垃圾，所到之处尽是一片污染，甚至他都觉得她是艾滋病或梅毒的携带者，因而他都没让她坐，以免她走后还得消毒。虽说压力对吴计已司空见惯，可此次还是有些过荷，“我想要个岗……求您帮帮忙……”

万向权将厌恶推向极致，“天下那么多岗，干吗非看中我这里的？”

吴计刷地从提包里掏出三万元，三块“小金砖”整整齐齐码在万向权面前，她看到万向权眼光为之一亮，可万向权还是没能从厌恶情绪中解脱出来，于是鹰钩鼻哼出一声冷笑，“想拉我下水？你这可是行贿！”

“这又不是我一个！”吴计承受不了万向权的轻蔑，下意识地脱口。

“那还有谁？”万向权在强刺激下，已是恼羞成怒。

“卢淑女呀！”吴计似乎已骑上马，临死也得拉个垫背的。

心中有什么别有鬼，万向权一下子坍塌下来，“她跟你说什么了？”

吴计不知哪来的机敏，她顷刻觉察出万向权阴暗的后院果然有隐情，可为了稳住他还得绕几个弯，“要我做万局的同道。”

万向权听出没露什么隐私，随即又浮上厌恶，“别来这一套！”

“其实我这一套就是准备绝对服从，还请万局指点一二。”

“拿上你的钱，到广播电视集团以外的地方去找岗！”万向权深信卢淑女不会那么轻易出卖他，况且卢淑女正从他这儿捞取最大限度的好处，她不为了他也得为她自己，怎么能向吴计泄露天机！

吴计见万向权将门封死，再往前就只有碰壁了，于是拿起三块“小金砖”转身要走，余光又扫描到万向权一震！这一震挟着两个信息，一个是对吴计的果断他没想到，第二是与三块小金砖失之交臂而痛悔。吴计霎时歹意乍起，也透出两条信息，一条是要万向权收回成命，另一条是将卢淑女推上断头台，能不能奏效就看万向权是不是心中有鬼，“其实我也不想送这么多钱，可卢淑女说那些有了岗的，特别是新招聘的都拿了这个底线，而且数额越大越有好岗！”吴计完全是臆测，根据万向权的为人以及近来的上岗动向，反正已是无路可走，不如破釜沉舟。不想此时她还真扔出了一枚原子弹，负隅的万向权，顿然出示缴枪不杀。

“你的意思……”万向权倒像向上级请教，而且语流滞涩。

“我的意思很简单，说得难听点，咱们是一丘之貉，不如你就收下这三万元，赏给我个不好不坏的岗，你我岂不各得其所！”

万向权控制不住自己的贪婪，竟然上前接下那三块“小金砖”，急匆匆塞进抽屉，“你要什么岗书面提个申请。”可他绝对没想到，这一世纪大戏，已全息被摄进了吴计的微型摄像机。

30

吴计闹地震，余波很快冲击到联合大学，因为主持人学员中很多就来自联大学生，他们交了不同名目的费用可迟迟上不了镜，先是追问所交学费的去向，好在费用不是交给万向权的，万向权便一推六二五。学员们回头找到校学生会，当初是学生会出面办理此事的。嫉恶如仇的伊腾飞得此信息岂能坐视，问清了来龙去脉，先找了当事人阕大德，阕大德一听万向权将球踢到他这里，心中暗恨这小子不够意思，当时约定攻守同盟，利益均沾，怎么就率先将矛盾推到他这儿！既然有彼不仁就有此不义，阕大德转而将球踢出，他信誓旦旦地以他人格担保，学费绝对都交到了电视台。稍加转念，他又有理有节地入理剖析，上不上镜是电视台说了算，学费只是用做学习，又不是上镜费，学校只负责教你本事没义务一定要你上镜。伊腾飞觉得有理，电视台自有上镜的标准，当初也没承诺个个学员都上镜实习，于是又规劝本校学员还是以和为贵。见伊腾飞打了退堂鼓，学员们只得将他们送小费之事一一道出，所送数额令伊腾飞瞠目，以天下事为己任的他，不由分说率队去了广播电视局。

劈头先碰上了杲昊，正面临下岗的杲昊失去了昔日的棱角，一派礼崩乐坏的沮丧。不过以匡正社会风气为己任的杲昊，还是能瞬间打点起千百精神面对突来的变故。伊腾飞一出场准是发生了深度负面冲击，不然他怎么能跟共工触不周山似的？于是，棱角又帆似的张扬开来，“有什么需要我帮助的吗？”神色颇具力度。

杲昊的助推令伊腾飞倍感振作，当天空阴霾密布的时候，风就是清除迷障的主要动力，虽然它们没有根基，但它们总能凭自己的忠诚，还太阳一个清肃，“当然！”伊腾飞一派大风起兮云飞扬！

杲昊没再迟疑，拉伊腾飞去看吴计拍摄的DV影像，全面欣赏了万向权索贿的丑态，真正是利心中鸷，贪目不瞬！

有了真凭实据，伊腾飞似有了杀手锏。这次他可要与万向权论个输赢，绝不能像上次巴娜娜受伤那样，争了半天不了了之。上满了发条充足了电，伊腾飞直取万向权。

见了伊腾飞万向权一怔，似见了索命钟馗，气势上先下了一层，不瞬的贪目开始闪烁，找不到该定睛的目标。僵持了好一会儿，万向权才极不仗义，“又来找茬儿是不是？这可是传媒重地，再敢胡来我就起诉你！”说到这，万向权突感权势的威力，他靠的是什么，就是权势！身后有胡老爷子撑腰！公检法哪个不在胡昌稷的管辖之下，一声令下岂不是泰山压顶？一个小小伊腾飞算什么，找个茬儿就耗去他十年八年，一个人能有几个十年八年？等他从那个生命的炼狱挣扎出来，已是棱角全平，再想起步已是晚了三秋。再说一个信誉扫地的人，得需要多大的初始启动？百姓就是百姓，他们只会随波逐流，谁会去追究是非曲直？一个随字就整残他！想到此，万向权终于有了定力，目光直指伊腾飞。

“这么说你知道我前来的目的？”伊腾飞一听，便觉出他是在虚张声势，于是抓住他心中之鬼，“你要起诉？赶紧吧，还等什么？”

“我没有义务陪你磨牙，没事你可以走了，回你自己的领地去胡闹！”万向权还是从心理上败下阵来，他不想恋战。

“你没有义务陪我磨牙，可有义务给我澄清问题！”

“什……什么问题？”万向权语流打结，明显的心理障碍。

“钱！”伊腾飞配合着重重地拍了万向权的桌子，这一震不轻，万向权一撤失去平衡，使出全身解数才立稳脚跟。看到这一心理塌陷伊腾飞宜将剩勇追穷寇，“你勒索学员的巨额上镜费！必须无条件吐出来！”

“上……上镜费？”万向权开始口吃，那是心里想辙，又想不出来的临时搪塞，经过一番挣扎，他终于调动起多年修养的厚颜无耻，“别说他们没交什么上镜费，就是交了那也属于行业特权，广播电视集团已改制企业化管理，经济上自负盈亏，这就需要广开门路以维持生计，我这有几百号人，国家分文不投，你出钱养着他们？”

“别偷换概念，你所收的上镜费，与所谓的广开门路是两回事！收费要合理合法，要合乎规则！”伊腾飞为避免被万向权绕得走板，先在大前提上圈出正确框架，是说给万向权的，也是为清理自己的思路，与赖皮打交道首先不能被他粘住，不然陷进是非混淆的泥潭就不好抽身。

“规则？哪有现成的规则？我早就翻遍了所有的法律法规，我当然也希望有现成的规定，照着做就是！你当我愿意费劲巴拉，去当那第一个吃螃蟹的人？”万向权似找到强硬的理由，神情、心态都渐渐趋于良好，转而底气十足，甚至有些嚣张。

伊腾飞为压住他的气焰，便道高一尺，“所以你们这些蛀虫就瞄准时机，上敛国家下坑百姓，就不怕被钉在耻辱柱上？”

“再强调一遍，没事你可走了！你是羡慕了吧？有本事也弄个官当当，也尝尝呼风唤雨的滋味！没办法呀，天降大任！若老天有眼，把这大任降到你头上，不是规章制度由着你？那你要啥有啥！”万向权愈加得意，因为他时时牢记胡昌稷刚刚战败曹健，正坐如钟站如松，有幸攀上这一高枝，他岂能不亮亮翅！那完全是本性在作祟，因为那里包含了所有的原始本能和欲望，全然一口充满沸腾的激荡大锅。

伊腾飞被他的寡廉鲜耻震惊，竟有几秒钟的思维断链，就在这难熬的几秒钟，他思维的底色板扯出满天的魑魅魍魉，简直是令他难以招架，看来他有必要退堂休整，以期再战。于是抛出最后的杀手锏，“告诉你万向权！别忘了我是学法律的，总有一天我会同你对簿公堂！”

“凭什么？就凭你是学法律的？想找个实习的场所？你交不起实习费，也用不着采取这种方式！好，我就免费提供你一次实习机会，我倒要看看你这位学法律的高才能有多大道行！现在就对对簿吧！”万向权嗅出伊腾飞的弱势便转守为攻，这也不失为一根救命的金黄稻草。

这下可激怒了伊腾飞，他已成为开弓的箭很难再回头了，于是冲向楼梯口，招呼等在那里的部分学员，带着他们直冲万向权的办公室，“万向权，这都是活证，你想否定你索贿受贿的违法行为吗？在这些活证面前，你怕是罪责难逃了！”

万向权所看到的，都是些巴儿狗一样向他摇尾乞怜的下流坯，为能上镜，曾向他奉献百出的丑态，他万向权是不好色的，如果好色，她们个个能不惜献身！送两个臭钱，还当回事了。有人撑腰就张口乱咬，真不愧是下流坯！这样一想，万向权倒开始鄙视他们，于是带着百分之百的厌恶，“好哇，你们都出来作证，这位大法官为你们判决，让你们上镜！为了上镜真是不择手段，幸亏当初就没让你们上，不然就是对新闻事业的亵渎！”出于憎恨，万向权的发泄呈行云流水势态，颇具杀伤。

人怕见面，树怕扒皮。本来是一群不谙世事的孩子，又怀着对主持人的无限向往，待见了这位媒体老大的面，大家都元气大伤，谁也没有勇气出面作证自己出了钱，况且每次送钱都是一对一，另外他们对上镜尚是心存一分侥幸，一旦出来作了证，那可就等于给自己的前程判了死刑，因而个个都如霜打的茄子——蔫了！

见到如此情景万向权愈加胆壮，“说呀，你们都谁给了上镜费？证人是谁？说不出来跟你们没完！我告你们诬陷罪，终生别想再上镜！”

不想这一震更加奏效，有人竟摇起头，伊腾飞吃了暗箭。

“扶不起的天子！”伊腾飞伤势不轻，为抑制剧痛他咣当摔门而出。

31

人应该是理智的存在，可惜人的非完善性使他们具有了与生俱来的缺陷，而如何填充这些缺陷，便造成了人与人的巨大差别。佟恪认为伊腾飞与胡昌稷的差别正在于此，有意识地控制与把握就显得相当重要。

显然，胡昌稷的心理问题要比伊腾飞大。伊腾飞面对的是渐趋富强的大背景，他知道只要勤劳智慧，这些物质的获得不成问题，因而他转向更高精神的追求，于是他发现了社会上的各种弊端，他嫉恶如仇急于去改变。而胡昌稷则出身于贫穷落后的旧时代，自幼便对丰富的物质心存艳羡，尤其在经历了三年自然灾害和十年动乱经济全面崩溃之后，他知道物质尤其是食物对人是多么重要，一种占有、囤积的冲动，也许在那个时代就无意识地形成了，又一直绵延到目前物质渐趋丰盈，一部分人先富起来。多年来潜藏于他内心深处的贫富对比以及机遇的突降，加之特权赋予他的暴富体验，他便在扭曲的路上越走越远。

恍惚间，佟恪愈加感到责任的重大，于是起身去完成他刚策划的系列专题大片《人文背景下个性成长》。这一系列片利用访谈、生活记录等方式，对人物心理展开剖析，同时将他们的阅历、所受教育、社会影响等人文背景作为烘托，全方位展示个性完善的一波三折。一旦制作完毕，再等时机成熟，他就将这一系列片拿到省台播出，目的是给青年一代一个参照，从而走好一生的路。这个滴水映辉之举，虽不能提供万应不变的答案，却具有探索的真诚和勇气。

审片室已趋于安静，抬腕看表快到下班时间，可门尚开着，室内隐约传出音量很小的对话，小到使出浑身解数也听不清对话的内容。佫恪正疑惑是谁在此密谈，待进屋一看却只有杲昊一人，监视器上竟是万向权与吴计，原来是杲昊在审片，正要上前探询，杲昊竟关了机。她没回头也没开口，全然于无人之境收拾自己的残局。

自上次为自己投票，杲昊被送进精神病院，佫恪知道杲昊一定怨之深深，因为从那以后他们之间便形同陌路。殊不知他是倾了一生的赌注来回报她的，为此，他改变了自己的人生。虽然他们的终极目的，都是为了使大众走向神性高级阶段，但战士和统帅的作用是不一样的。目前作为战士的他，要想使自己的作用达到此前的水平，他将付出几十倍的代价。当时他就知道自己的票数远远高于万向权，他可以在任何场合同胡昌稷摊牌，可他知道那些卑鄙下作的小人就会拿杲昊开刀。当然，也可以调动丹青、倪莳萝来协同救助杲昊，可恶人的诡计防不胜防，他们会以牺牲杲昊的全部来讨价还价。扬汤止沸不如釜底抽薪，他经过一昼夜的通盘思考去找了胡昌稷，他同意辞去广电局长的职务让位于万向权，但有两个条件，一个是让他留下来当个普通的记者，另一个就是还杲昊于自由，而且永远不许伤害她。协议达成，佫恪便担起一切屈辱交了帅印。从此，也许他将在一条陌生的路上踏平荆棘，艰难地去攀他既定的高峰。不过他也坚信，峰回路转，也许他不久就会找回原来的路！

当佫恪闪电式解读自己，杲昊已收起所用设备转身要走，佫恪上前将她拦住，“别那么恩断义绝的，那点难得的缘分可是三十余年的酿造！”

杲昊顿然泪如雨下，岂止是珍惜，她是倾了生命的全部去珍藏，为此她拒绝了方自珍，远离了倪莳萝，她孑然一身踽踽独行，为的就是全神守护那片圣洁的领地！为此她两度走进生命的隧道，那暗无天日的岁月，耗去了她生命的精粹精华，如今已是徐娘半老韶华不再，她只能在虚拟的幻境寄托自己的全部。她自知她的意绪已被严重扭曲，很难再像正常人。往昔的生活一如风干了的油画，任凭风吹雨打，再难改回原始风貌，尽管凄苦她宁愿毫无作为地守着，只有回忆就足够了，对此她无怨无悔！此番因她为他投票，而被送进精神病院，他们残酷地给她用了药，险些再度走进生命的隧道！就算那样她都决定接受了，此后，在暗无天日的隧道里为他殉葬！是上苍有眼还是她命不该绝，她居然出来了，又能沐浴空气和阳光！不过，依然有厄运在等着她，万向权正在调整，一旦就绪她就将被扫地出门，而这依然是为了佫恪！为了收获就得不惜付出，甚至是昂贵的代价，好在她可以东方不亮西方亮，离开了广电集团，她还能以笔为工具，为自己谋生也好，为世事争输赢也罢，总会有用武之地，可这些告诉他又有何益？唉，还是一切问题自己扛吧。

佫恪极想与她深层交流，可她似乎躲进了密闭的壳，再也感受不到她的内心世界了。若说她恨吧，关键时刻她依然会为他挺身而出，若说她爱吧，她却将他拒于千里之外，连抚慰的机会都不给，“爱难道不能更广义些吗？我一直这样想，爱不过是一种心灵的观照，有了爱你就鲜活、就蓬勃，爱的火焰在哪里燃烧，智慧的光芒就会在哪里闪耀，你把心灵的天空搞得灰蒙蒙，将爱你的人都笼罩在阴霾之中。”

杲昊一声喟叹，永不言败那是还有成功的因素在支撑着，司马迁若不是史官，他何以有名垂千古的《史记》？他握有命运的阄！而杨玉环则不行，她虽集万千宠爱于一身，却在马嵬坡被勒死，她的命运掌握在别人手里！永不气馁那是尚存再腾飞的机遇，李隆基能推翻不可一世的大周，那是因为他面对的是行将就木的老媪武则天，不然他也只能像李煜一样，“小楼昨夜又东风，故国不堪回首月明中”。永不落泪那是没到伤心处，足智多谋策略过人的诸葛亮，为什么还要哭一声小马谡，叫一声马幼常？那是他悔不听先帝之言，错用马谡以致失街亭，他有负先帝托孤之恩！唉，男儿有泪不轻弹，皆因未到伤心处……

“你想说什么？说出来也许就有解决的办法，你何必将自己关进心灵的地狱？”佫恪语重心长，一咏三叹。

说出来，说什么？说没有了他，她的世界雨下个不停？她的心何止是关在地狱？就算能助上一臂，最终还不是闹得进了精神病院！

至于情感世界就更不堪回首，他已娶妻生子，这就彻底关闭了他所谓的情感大门，他在避开一切灾难的方舟里，尽情享受天伦之乐，亲情爱情其乐融融。而她呢，只能是疏窗细雨夜夜孤灯，花亦无知、月亦无聊、酒亦无灵！白云千载岁月悠悠，她知道她所面对的都是无法改变的现实，原因是她的力量不够，大背景小环境都不利她的生存和发展。无能为力、无可奈何、无计可施这些词，都是为她设计的，而她最大的享受，只能是看蓬门秋草年年破巷。

“恕我直言，你的苦，完全是因为将希望寄托于外在事物。你不是一向主张向内要快乐吗？从现在开始，就应该重新回到你自己。”

杲昊连连长叹，她何尝不想有这样的心境，可只是为了你佫佫，一切都乱了套路。她还能说什么？也只有把栏杆拍遍，欲说还休！

佫佫将天下的无奈强行压缩，一如宇宙最原始奇点，其体积无限小而能量却无限大，在这无限大内力的推动下，他才对杲昊仍有直面的勇气，“要想最终取得巨大的成功，必须坚持正确的行为。首先要学会等待时机，接下来是耐心宣传自己的主张，还要时刻警惕和反省，遇事不要犹豫，这样才能进步一点点。当成功呈现在面前切不可掉以轻心，还要不断地去巩固……绝不可自己先断了链，自己将自己扼死于萌芽之中！”佫佫的喃喃虽是说给杲昊，却也是说给自己。在与杲昊绵延数十年的感情大战中，他是以自己的功业为支柱，他在恳请杲昊的谅解！

心有灵犀的杲昊，自然会有所领悟。在泪雨的覆盖下，她给了佫佫至关重要的援助，那就是关于万向权的索贿录像。

32

是旭日东升还是回光返照，对胡昌稷来说已经没多大意义，因为他本来就是夕阳无限好。在派系争夺中，他的顶头上司叱咤风云，为他们拿下了第一局，这可是转轨改制以来的首轮胜局，在乱纷纷闹嚷嚷的一锅汤里，他总算见到了一盘成形的肴。多少年来政治生涯的历练，令他懂得如何抓紧机遇，当这步伐还不是为自己谋些什么的时候，他走得是那么轻松那么昂然，不知何时他被旋进一个深不见底的黑洞，他便觉得步履维艰了，每走一步都要找靠山、寻拐杖，有些力不从心，可那也得走。只要许童幡似的立在那，就会招摇一天的庇荫。在这个庇荫下，他就会再舞蹈出个金碧辉煌的大结局，然后就衣锦还乡，人生不过如此。

正当胡昌稷恍兮惚兮构建他的大结局，许童来电话说他政绩虚，翻遍了账本没找到吃硬的。像胡昌稷的这个年龄，继续留下来必须得有政绩。为了能在班子里不被同僚发难，许童要求胡昌稷马上拿出几项过硬的业绩。胡昌稷听后顿然发了蒙，过硬的业绩？那哪是三朝两夕就搞出来的，作秀也得一段时间，于是连连叫苦。许童在大骂了几声笨蛋之后便传授真经，当前什么业绩最大？不外是招商引资，搞几个大项目，至于产出那是胡昌稷退休之后的事了。只要有项目，在新闻媒体上大肆炒作，省里再派些相关人员前来视察确认就OK！另外前段搞的希望工程就最抢眼，一再定性说这就是好项目，哪怕在旧址上搞些扩建修补那也是政迹。许童希望胡昌稷尽快落实，并指示目前就弄出动静。

在快速检索中，他的意识突然锁定于翁折东，他不是承诺捐赠二十万吗？新闻发布会以后，由于事务繁杂他也忘了过问，现在再捡起来也为时不晚。对，就将希望工程先做起来，让全省上下都来观摩，再由许童从旁擂鼓，业绩岂不是可以一夜间蹿红！想到此，便电话垂询有关部门，回说号是挂上了，可捐赠钱款一直未能到位。

胡昌稷这才急若星火给翁折东拨了电话，恰好翁折东尚未成行，得知市长在传唤，自然是乐不可支，便询问有何吩咐。胡昌稷身为一市之长，又新升市委书记，高屋建瓴的势态早在心理凝为化道，于是无遮无拦地质问，为什么希望工程的捐款迟迟不到位！翁折东心中却有一百个理由在等着，可他不能在电话里与市长争长论短，只长叹一声回了个一言难尽。胡昌稷正急功近利便要面见翁折东。其实翁折东早有意假舟楫以绝江河，怎奈有吴纳西在前面屏着，天高皇帝远，辗转了好久翁折东都没靠上边。翁折东是厚黑学高手，若想从胡昌稷那荡平障碍，那也是略施小计的事。《孙子·军争》曰，无邀正正之旗，勿击堂堂之阵，可囿于潜意识中的厚黑理念，因而游移于有意无意，亦正亦邪，红黑参半。

在一声长叹的掩护下，翁折东计算机式的大脑便开始迅速启动。胡昌稷为什么亲自给他打电话，不就一个区区希望工程吗？在一市之长乃至市委书记的日程单上，这是多么小的一笔，顶多责令职能部门去过问一下，不过是装装门面以示重视。可电话里胡昌稷的语气却有些急赤白脸，就胡昌稷的素质只能有两个解释，一个是想以此为由头，制裁某个他不中意的人。另一个准是耽误了他邀功的机会，因为目前最长脸的事就是希望工程。若是后者，那他翁折东的前程也许会有转机，他会慷慨解囊，买得一个过河的船。其实他并不想战略大转移，他之所以选择了撤退那是万不得已的下策，不外是为规避吴纳西、金步米这样的风险。

想到此翁折东空前昂奋，设想那种淋漓酣畅的厮杀，那种巧妙迂回的离间，是何等快意舒爽！其实他忍痛西迁也是为了蓄积力量，以期东山再起。再起的目的，不外是做个人上人！既然这个机会已出现在他的黄金视野，他没有理由拒绝。闪电般运筹之后，一个完整的套路业已精妙编程，于是带着满负荷底气，回问胡昌稷如何面见。不想胡昌稷居然要以饭局相请，饭店由翁折东来定。这一举措更是向翁折东透露了胡昌稷的急切，翁折东确信，挟天子以令诸侯的机遇就在他的眼前。翁折东的厚黑早令他如冰似铁，他才不会让任何偶发事件冲昏头脑！他的头脑最原始就是一流的，再经过世态炎凉的打磨，人事规律的序化，他的每一步都是有条不紊。他与胡昌稷的交易绝对需要幕后，于是反客为主他要胡昌稷到公司一叙，胡昌稷真就屈尊答应了，不到二十分钟，胡昌稷已出现在不倒翁商贸中心。

胡昌稷见了翁折东便勾肩搭背，一如见了救命恩人，全然没有了一市之长的架子。也许因为过于专心，人去楼空的景象他居然丝毫都未察觉，直到上楼进办公室落了座，胡昌稷才感到这楼出奇的静。便问为什么如此之静，翁折东当然不会让胡昌稷得知个中底细，便拿出十二分的讨好，说市长大驾光临，为了避讳十分钟前全放了假。胡昌稷听后那是万分感动，连连说相见恨晚，相知恨晚，其声也真，其情也切。

翁折东抓住大好时机，先给胡昌稷来了个隆中对。翁折东倾情剖析说，这个市本来应该业绩辉煌，霓彩化工公司就是龙头老大！说到霓彩翁折东发现胡昌稷顿然一脸的不悦，可他镇定自若全然视而不见，一路张扬着向前推进。他断定说，若没有吴纳西作乱，霓彩的产值会一路飙升，最终成为市里的龙头企业，无论是业绩或是产值，都会为一市的成绩单平添分量，而吴纳西充当博弈高手，自封庄家，每一盘他都获利！

听到此，胡昌稷明显被激怒，“不好理解，能详细解释吗？”

翁折东当然不会给他明确答案，便绕着弯儿，“他就是这样，每遇上两者相争他总是站到中间，东设一个套西设一个套，让两边的人都钻进去，而他两手各拉一个，要紧则紧，要松则松，他是两边要好处，不给就勒死你，反正他握着把柄！”这话虽是半真半假，可翁折东完全按照吴纳西之于达生、胡昌稷之间作祟的模式描摹出来，这是在胡昌稷面前树镜子，给他一个感性参照。果然胡昌稷被触到了痛处，当初吴纳西就是这样拿吴计来捉弄他和达生的，他一直像吃了苍蝇，却又不能开肠破肚将它取出来，就这么将就着强咽一肚的恶心。翁折东竟是不管不顾一路宣泄，油盐酱醋大加猛料，不把吴纳西拉下马他死不瞑目！

“勒死我？我先让他死无葬身之地！”胡昌稷这才意识到吴纳西蝴蝶效应的厉害，可再想脱离是不可能的，只有等待万丈跌落的悲壮。

翁折东慨叹，都是因为距离太近，才遭杀身之祸！关公怎么样？华容道走麦城就是刘备给他设的计！他怕身后关老爷功高盖主，灭了他的阿斗，竟然出此下策，借刀杀人！

胡昌稷自然不会忘记此次前来的宗旨，他是为政绩而来，他是为最后的辉煌而来。人生最大的快意莫过于做人上人，尽管到了最后的时日他也得携一身光环！于是直奔主题，“希望工程那笔捐款，何时能到位？”

“我是早想到位，可金步米那厮不依不饶，让我给金座加租，这笔钱就没敢动，准备是留着打点金步米的……其实我曾找过吴纳西，希望他能从中斡旋，他却鼓励我去告金步米，更不可理喻的是金步米反倒告了我！本来想将金座低价租过来很快开业，将更多的资金用于流动。金座一旦启动起来那就是聚宝盆！到那时，钱大家分着花呗！谁曾想生生给两个混账王八蛋给毁了！不然，你十个希望工程都出来了！”翁折东声情并茂，将刺激值提升到极致。

“我说吴纳西怎么极力向我推荐金步米……金座就归你了，饭后就让金步米扫地出门！”胡昌稷一派大王之怒，完全乱了世俗的纲常。

钢浇铁铸的人文生态轻易断了链，翁折东要改制重组。

33

享用过美食，重组了人文生态关系链，胡昌稷是精神饱满地打道回府。途中经过一工地围墙，远远便看到围着一群人，中心地带是一男一女，推推搡搡眼看要酿成大祸，于是令司机吴畏将车停下，带着吴畏进了人群，万万想不到竟是吴畏的老婆逢桂桂。几天不见逢桂桂居然一脸的疲惫，失去了往日的强力。吴畏上前一问，原来那男人是市容办检查市容的，逢桂桂因乱贴小广告被抓，正要罚款，逢桂桂自然不会轻易俯首，于是便扭打起来。正在这时市容办主任也赶了来，见到胡昌稷便毕恭毕敬地叫着书记，胡昌稷询问事情原委，他说是遵照市委关于整治市容的指示，工作之一就是整治乱贴小广告，彻底清除城市牛皮癣。

胡昌稷对这种积极的工作态度自然持肯定意向，但面对的却是吴畏的老婆，只得拍拍主任的肩，以示功过参半。接着又问逢桂桂贴什么小广告，吴畏又抢着答，说逢桂桂已被外事办除名正式下了岗，逢桂桂补充了一句是她自愿下岗的。吴畏接着说逢桂桂这一下岗他可遭了殃，家里竟成了逢桂桂的职场，闹腾得那才叫天翻地覆慨而慷！胡昌稷便问是什么职场，吴畏答，孩子王！她弄了一大批中国孩子教他们英语，又弄了一小批外国孩子教他们汉语，赚几个教课费，以维持生计。

胡昌稷感慨万千：“好，搞教育是功在当代利在千秋！”明显伴生了一脸的赧然，接着一语定乾坤，“别罚她了，回头我让万向权免费给她做一年的广告，不用再搞得这么辛苦……”说完携满负荷愧悔上了车。

逢桂桂却如诺曼底登陆，早将争战的硝烟视为历史，从此她义无反顾地跌进了混沌。当然，所谓的混沌只是随机的双关，可谁会用那么足够的精确去观察她逢桂桂呢？她也只有在混沌中耗着。若是胡昌稷能有透视眼也许就送她上青云了！好在年轻没有失败，她在重重摔了一跤之后又重新上路了，她自信经过一路的精致采撷，一定是花团锦簇。

自她进了外事办，便将这些优势发展到极致，她自知力量不足，便想抓个权势人物给她助阵，先是选择了秃头主任楚暮鼓，因搞口头翻译尚力不从心她进了宣传部，此后便如鱼得水，为领导们拍拍照，给外事活动写些小报道，这样她接触上了胡昌稷，为胡昌稷的外事活动，留下许多光彩照人的镜头。每次送照片都是吴畏开车接送，只几个回合，吴畏以他的一表人才和温情体贴博得了她的芳心，于是以闪电式的速度与吴畏结了婚。不想吴畏的家庭却令她大失所望，因而上演了一幕又一幕家庭闹剧，终因公爹吃了块宠物狗的香肠而奔走异国。

此一去她就不该再回来，那样也许就成全了她不甘人后的心愿，可她又犯了致命的错误，那就是想证明给她的熟人看，她是一流的。回来就回来吧，身边非带个老外，她本来是事先通知吴畏去接她的。经过很长一段分别，吴畏是接受了当今最流行的格言才决心前去的，那格言指出：要想过得去，头上总得沾点绿。吴畏是带着风萧萧兮易水寒那种悲壮前去的。吴畏看到她真就与一个老外出双入对，便于桨声灯影里溜之大吉。折腾了大半夜，她禁不住困倦的诱惑，还是随着那个老外住进了宾馆，是同室还是异室，一进宾馆就没人知道了。可吴畏以及与吴畏有同样思维的人，就可以随意展开想象，这是她犯下的又一大致命错误。

逢桂桂该明白，在大是大非问题上就不能再混沌，尤其该知道中国是礼仪之邦，对这些礼仪性的东西，意识上绝对是“小葱拌豆腐”，因而，吴畏对她的冷漠，以及做美方“代理梦”的破灭是顺理成章的。她终于认识到国人的想象是极为丰富的，每个人都有一把精确的尺子，一不小心就量残了你，每个脑袋里都盛着五彩缤纷的颜色，一不留神就涂死你！尤其不能随意展示自己的精进，最好给人一种今不如昔的状态才好，因为国人是极富同情的。你败了，大家都会帮扶你一把，你胜了，尤其恃才傲物，众人的唾沫就能淹死你！若觉得这无所谓那就大错特错了！就像百米赛跑，一个跟头摔出跑道之外，连比赛资格都丢失了！时间有限，人生苦短，等着摆平了想甩开膀子再干一场，可年龄到了，该退休了，该给后来者让路了！就像秋后的瓜，不管你熟没熟，在酷霜面前那都得干秧，都得下架！那是不以个人的意愿为转移的！

在面壁半月之后，逢桂桂轰然出击，以迅雷之势办下了私立双语学校的执照。她拿到执照就对威廉·罗森讲，她有能力偿还她给公司造成的一切损失，不过这得需要一段时间，让他耐心等她的好消息，并给了他一纸欠费合同。不想威廉·罗森郑重向她宣告，他已在西亚与俄罗斯找到了巨大的市场，刚刚收到几千万的订单，除了将原来生产的现货全部发走，他还要在美国大量生产此类产品，他又郑重向她承诺，所销金额他仍然与她二一添作五，那可是美元！

逢桂桂并没沾沾自喜，太多的挫折让她将重心转回了自身，以宇宙射电般的能量开始了新一轮创业。她将中国青少年招进学校学英语，将外国青少年招进学校学汉语。她靠自己出国镀金的资历，在中国青少年中有着很高的信誉，又凭着她是中国人，在外国人群中简直就是崇高威望！质的张而弓矢至，树成荫乃众鸟息，就这样，她于国内外招来了大量学员，只几天工夫她的双语学校就横空出世！

这还得感谢威廉·罗森，她的启动资金正是罗森给予的。罗森很守信，当产品销出之后，他按合同如数将现金打到她的账户上，那是一笔巨款，而且在今后的岁月里，只要产品还继续销售，她就能分得一大杯羹！那些钱可是三辈子都花不完！眼下的拮据只是暂时的，因为她要购置校舍，还得让学生、老师们吃得好，住得舒服。所以，她没舍得出巨资打广告，她要把钱有效地用在教学上。

机会可能对普通人十分重要，可逢桂桂认为对强力意志者就另当别论，下等人没机遇，中等人等机遇，上等人创造机遇！她会永不言弃永不言败！只要义无反顾，只要勇往直前，她会拥有一路的机遇！

接下来各种猜测又蜂拥而至，最后达成共识，逢桂桂一定是在作秀为赢得更大的声望，再不就是故作另类以引人注目！没有风格便是芸芸众生的一个，风格是引起大家注意和重视的捷径！若不是这样，那一定就是脑袋灌水，或被大头鞋踢了！弗洛伊德那个精神分析的老朽早就断言，潜意识是人们精神活动的深层基础，其中隐藏着，永不停息的本能冲动和永不满足的潜在欲望！而逢桂桂在新一轮的搏击中，有了十足的定力，一如阅尽沧桑的智者，早将自己隐藏于谜和五光十色的幻彩之后。不过她深知，只要她活着，世人的视线就不会放过她。

逢桂桂于呼啸的朔风中回眸以往，规划未来，将一切赌注都投放到现在，她的首要任务则是培养一批响当当的千里马，那就全盘 OK 了。

无意间，她眼前出现了一片二层结构的小别墅，她知道那是胡昌稷那个群体的栖身之所。她自信她总有一天会用劳动的汗水买下这样一套住房，大模大样地住进去，与胡昌稷之辈平起平坐！她自嘲地笑笑，转身回了尚且简陋的办公室。抖去一身的疲惫，便按下了组合音响的放送键，依次传出情调迥异的曲子，有《汉宫秋月》《十面埋伏》，也有《春江花月夜》和《渔舟唱晚》。从汉宫怨女的悲凉凄婉，到楚汉之争的壮烈威武，从江南水乡的山水长卷，到夕阳碧波满载而归的人文写生，真真是把栏杆拍遍欲说还休！在这迷津般辗转咏叹中，终于黑马般杀出一首姜育恒演唱的《再回首》，“再回首恍然如梦，再回首我心依旧……在幽幽暗暗反反复复中追问，才知道平平淡淡从从容容才是真……”

34

坐上了一把交椅的胡昌稷认为，重新梳理人事网络是当前第一要务，他准备先组建一个强有力的领导班子，然后再将以往留下的烂尾巴一概清除！决心新单旧账一一认真清理，以便在新一轮宏图大展之际除旧布新。霓彩化工公司当属第一烂摊子，于是打算御驾亲征。

霓彩化工公司的主人达生，正置于白茜的百般呵护之下。据杲昊透露，翁折东正寻找机会要将达生带走。针对这一信息，白茜绕着弯地试探了院长王大为，不想王大为坦然回说，等达生身体大好些，能行动自如便实施战略大转移。白茜这才感觉到王大为的屏障效应，跳出去，拉开来，才看清他的真面。还求什么，夔一足矣！

正当白茜仔细品味王大为的多重庇护，有人轻轻叩门，她上前开了门，天！这不是市长胡昌稷吗？不，他现在已是市委书记！一市之元首了，他怎么能径直到这来？既无人陪同，也没有院长带路？为表示对市委书记的尊重，她才摘去了口罩，没有了掩体便深觉尴尬，赤裸的脸不知该对这位全市第一统帅置以什么表情，因而肌肉呈紧绷态，形象一定很恶劣，愣了半天才嗫嚅出个“胡书记……

请……请坐。”

“叫书记不习惯是不是？那就还叫市长，反正书记的批文还没下达，等下达了再大张旗鼓地叫！”市长毕竟是市长，高屋建瓴，居高临下，一切尽在颐指气使中，早习惯于视而不见。他并没注意白茜是否戴了口罩，更没在意白茜脸上该置个什么表情，一任其领导者的恣肆周天高扬，“哦，白茜呀……医术高明，悟性很高啊！”胡昌稷一路宣泄自己的感慨，这倒使白茜逃出了尴尬，反倒觉得他很是和蔼可亲。

“我市医务界出了个女华佗呀！”胡昌稷继续他的一吐为快，“达生死里逃生可算是个铁证，以后建议你们院长，把你调到高干病区去当主任，为全市领导的健康把把关……”胡昌稷似乎在掷着命运的骰子，高屋建瓴地确定着白茜的命运走向。

白茜蹙起眉，心中暗忖，父母官的市长也是凡事都为自己着想，把她调到高干区，平民百姓怎么办？再者她是搞外科的，开膛破肚才是她的长项，轮到她手上那得是何等的重症患者！市长啊市长，只知一路耍权威却犯了大忌，有了她并不是什么好兆，弄不好就与死神签合同！

胡昌稷倒很敏感，白茜的细微反应他尽收眼底，“到了那里，你可以最大限度地发挥你的才华！咦？达生现在怎么样？”市长不想恋战。

面对这种丈二和尚的局面，白茜不能不敞开自己的想象，胡昌稷是为灭口而感到快意，还是为她不知内情而感到轻松，可一切都是模棱两可。难怪他能登上一市元首的高位，凡事都在不动声色之间，想判断市长的实底实在是难！还是王大为说得对，她与市长斗还嫩点儿。

休止了好一会儿，胡昌稷似乎又于安慰与自慰之间迂回，“事已至此，大家都已尽到义务了，你也不必太担忧，谋事在人成事在天，尽到一个医生的责任也就心安理得了，华佗也不过如此。”又是一个难捉摸的表态，这令先验定势的白茜愈加没底。

“我可是一定要救活他，难度越大越要成功！那才叫水平！”白茜使用激将法，她就想看看胡昌稷是在安慰，还是在诱导不必确保达生的成活率！那可是个分水岭！

胡昌稷为之一震，“真佩服你的攻坚啃硬精神……”随即又来一个补充，“既然这样，我就放心了，本来我是想看看达生的，就不去打扰了。”这一补充无形中又构成了一个模棱两可，因为对胡昌稷的一系列表白，可以破译为对救活达生的恐惧，也可以解释为对白茜的惊赞，几个回合没确切判断出胡昌稷的本来意图，这就是大人物的高超。

白茜只好另寻契机，转而又问，“市长你喜欢曹操吧？”

“当然，曹操除了是政治家，还是不错的诗人呢！”

“可他对杨修不够意思，一句鸡肋就取了他的头！太残忍了吧？”

“岂止一句话，他动摇军心关系到大业的成败，是政治家的胸怀！”

白茜被逼进了死胡同，“你教我懂了什么是政治家！”

“哦？说来听听？”胡昌稷有一搭无一搭。

“不断进行不同原则的较量和利益冲突，假公务之名行私利之实！”

胡昌稷宽容地笑笑，“我知道你为你的患者鸣不平，我本来是想亲自告诉他，政府下决心为他找出凶手，可他身体欠佳，那就由你转告他吧。”说完再没有搭讪的兴趣，便拂袖而去，依然是模棱两可。

送走了胡昌稷，白茜去了达生的病房，不想门口正候着一个人，颀长的阴影令白茜吓了一跳，定神分辨看出那是市长的司机吴畏，这更增加了白茜的狐疑，于是伸手拦了过去，“他状态不好该睡觉了，请谅解。”

“所以才来看他！”吴畏魔高一丈，说着要强行闯入，一脸的杀气。

白茜对此举怒火中烧，正要赶他出界，达生却于床上发话说让他进去，白茜被驳了面子，便没好气地摔门而去。转而又意识到，何不于猫眼儿处看个究竟，对于达生的安全，白茜一向自认是责无旁贷。出乎意料，猫眼儿里展示的却是空前的融洽，根本不存在什么遇害一类的异端邪说。神经一放松，更小尺度的细枝末节便乘虚闯入她意识阈。

“你知道我是吴秘书长推荐给胡市长当司机的，你与吴秘书长又是推心挚友，吴秘书长怎么能不常挂在心，所以派我来看你……刚才那位一直承诺尽早破案，可到现在仍无头绪。”猫眼儿里提供的信息声情并茂，白茜意识到，市长与秘书长之间是有嫌隙的，这一新发现至关重要。

“咦？这事你一直没向公安部门兜底，也该向朋友透透风吧！”吴畏的语气充满试探，“差一点索了你的命，你就这样善罢甘休？一枪被打死也就罢了，活一口气就该报仇，不然你还算得上七尺男儿？”吴畏的煽情充满力度，似乎比他自己的事还上心。可无论吴畏如何鼓动，达生都沉默不语，好像谈论的不是他的事。

“没想到吴秘书长会有你这样一个没筋骨的朋友，让我们这些局外人都跟着着急！”吴畏极尽蛊惑之能事，已超出了一个司机的职权范围。

达生微闭着眼像听天方夜谭，好久都保持这种状态。

吴畏明显败下阵来，他似乎已承受不了这种精神沦陷，于是起身准备打道回府，同时扔下一句半关怀半威胁的话，“你好自为之，别怪我们这些朋友不够意思！真是皇帝不急，太监急！”

“其实我心里跟明镜似的！”达生喃喃，透出他绝对知道凶手是谁。

“这么说你知道凶手是谁？”吴畏想得到确认，便充满张力。

“当然，尽管是突发事件，我看得清清楚楚，凶手是在他主子的监控下动手的！”达生一言九鼎，绝不掺杂任何戏词。

“那何不讲出来，绳之以法！”吴畏仍未确定凶手，这至关重要。

“眼下这仇还报不了，人家有人护着，君子报仇十年不晚！”达生斩钉截铁中透着咬牙切齿。“需，有浮、光亨、贞吉、利涉大川。”

这对吴畏来说简直就是天文或咒语，私下破译了半天也没理出所以然，他想证实这一疑点，于是神秘兮兮地凑至跟前，“你说什么呢？”

达生说的是需卦，等待的意思。他看出吴畏的白帽子，“等机会吧。”

吴畏一如深山获宝，“这么说你有报仇的准备？”

“量小非君子，无毒不丈夫！”那是一种表白，更是一种宣誓！

这次轮到吴畏一惊，“有骨气！等着看你复仇的辉煌！”说完转身走了，明显带着完成了使命的愉悦，至于谁赋予的使命，只有他自己知道。

35

刷的一阵黑风，霎时天昏地暗，一百八十米处居高临下的方自珍首次感到由衷恐怖，他知道那是沙尘暴，可这样肆虐的沙尘却是多年罕见。

虽已近十点，空中幻影旋转餐厅还是没有一个客人，方自珍想下去寻几个人壮壮人气，电梯门开处恰出来一个人，正是联合大学的伊腾飞。

方自珍比伊腾飞大不了几岁，由于多经历了些变故，便以沧桑老大自居。随即将伊腾飞安置在高间，点了几道看家菜，本已用过餐的方自珍也只得舍命陪君子。伊腾飞刚好没吃早饭，见方自珍如此诚挚也就大吃大嚼起来，只一会儿工夫便风卷残云。肚子里有了底便话匣大开，“你知道我为什么非向万向权讨个说法？”伊腾飞直瞪着一双凌厉的眼。

方自珍当然不知，但从改制大背景也能猜出几分，“一定是为民除害，或者就是匡扶乾坤的责任感……”

“知我者，自珍也！咦？既然你有如此灵犀，怎么就安于开个小饭店？杲姐姐说你是满腹经纶……”伊腾飞鼓荡着激情。

“力量不足，纸上谈兵而已！”方自珍百感交集，“她这样评价的？”

“当然，岂止是简单的评价，简直就是推崇！说你是卧龙之志，定会有大作为！我不理解怎么就甘心开个小饭店？更不及先前的摄像师！”

“说卧龙也没什么不敢当，今后的社会大趋势是全面走市场，尤其进入WTO后，更是大势所趋！没多少时间就要进入下一个世纪，市场的杠杆是什么？是钱！我想在新世纪之前，进行最原始积累。新世纪一到我就会拥有一定的资本，或启动新事业，或者就用钱砸死万向权！”

伊腾飞没立刻做出反应，他品味了半天才紧紧握住方白珍的手，那是知音间的默契。他深信一批有责任感的青年正在蓄势待发，他们的思想和作为才是新时代的主旋。他的导师屈子集，虽然多方面给他阐释了相互谅解的要义，可他还是不能容忍，尤其面对吴纳西和许童这样的痈疽！于是大声疾呼，“你说怎么砸？砸死了以后呢？”

啪一声巨响，两人吓了一跳，由于两人过于集中于各自的论证，进来个人竟未发觉。此人是被二位的论证所震撼，一不小心将桌上的啤酒瓶碰到了地上。两人迅速出了高间，这才搞清这起突发事件的真面。

来者为自己的唐突有些不好意思，忙拿起扫把要收拾残局，并自报是要用餐的。这时服务生也闻声赶到前厅，接下客人手中的扫帚打扫去了。方自珍忙说想吃什么尽管点，来者没急着答，而是径直进了二人的高间，声称要与二人先谈谈，至于饭菜随便上些就是，或一盘饺子，或一碗面。然后又自我介绍，说他响应国家开发西部的号召，就到西部去闯市场。他所从事的是最紧俏的资源开发，而且是一种可再生资源，目前还没有更多人介入，他就属于先锋一类！接着又慨然引导，人生财富先入为主，卓尔不群财富人生！

方自珍见来者仪表堂堂，成竹在胸，认定也是个另类青年，便极感兴趣地接纳了他。于是推杯换盏，又加了几道镇店名菜，三个各具特色的另类青年，便开始天南地北的大侃谈，尽管带着些许稚嫩和偏见。

“看得出，两位都是想匡扶天下的志者，可有些壮志难酬，对吗？”

两人同时一怔，那是被切中了要害的外现，方自珍率先折服，二次出手相握，“兄弟，叫什么名字？报上来交定你！”

“胡杨！生而不死一千年，死而不倒一千年，倒而不朽一千年！我崇拜这种精神，所以自命胡杨！名字说明不了什么，自勉而已！说，你们自觉缺了些什么？”胡杨闪动着锐眼，以看穿二位同道的底里。

“手段呀！”方自珍毫无掩饰，抢先回答。

“地位！或者是权力！”伊腾飞紧紧跟进，进一步阐释。

胡杨沉思了片刻，“片面，太片面！这世界是五彩缤纷的，每个人都是一个独特的自我，那么最重要的就是书写自己的方程式，尤其要写一个正确的方程式，然后再去找它的解。如果你的方程式错了，也许你就永远也找不到解了！方程式列出来，然后就全力以赴去搏命演算，那你就会成为世界上最伟大的奇迹！因为你方程式的解是独一无二的！想不想一辈子都做观众？想不想去做一回主角？”胡杨一派挑战。

“主角谁不想当！可那得需要力量，而我恰恰是势孤力单，力不从心。”方自珍底气明显不足，目光随之呈散乱状。

“力量哪里来？力量源自内心非常小的积累。学习能增加力量，要学会花钱去培养自己！知道吗？我曾花一万九千八百元只学习了一个星期，在一个全封闭的五星级宾馆，向世界上最顶级的能人学，那是一次方法论的学习。从那以后，每个细胞都从消极走向积极，从懒散开始战斗，每天进步一点点，日积月累，质的变化出现了！天助自助者，夫战勇气也！身先足以率人，勤勉足以历人！总之，人生就是一个积极的态度，无论你从事什么事业，都要积极地行动。没有行动，不过是一个空洞的计划，你行动了，计划就有可能成为事实，可你没有行动，计划就只能是计划！从现在开始，不要等下一分钟！”胡杨的每个细胞都像满弓上的箭，随时都在蓄势待发，其感召一如宣纸上的彩墨，瞬间四散开去，使所到之处一派渲染，不接收感化都不行。

“那总得有个目标……”被渲染得难以自持的伊腾飞已经急于出征了，可一时似置身六路口，失去了方向感。

“目标？其实你们早已有之，不过是还停留在计划阶段，比方伊老弟，你不是想一匡天下吗？好哇！就去考公务员，用尽可能短的时间去取代你想取代的人，这一市的鸿猷由你亲自去设计！那就得看你的道行深浅了！”胡杨接着指点迷津，“再比如方兄，不屑于尘世权柄，那就去干一番实业。就像我从事的，一个完全新兴的产业，营造用材林。我国森林资源严重匮乏，最为紧缺的当属用材林。建国初拥有一百二十亿立方米的木材蓄积，目前已在毁林造田中倒下了一百亿立方米！你们看外面为什么天昏地暗，这都是地球的肺出了毛病，大地裸露，水土流失，沙尘四起，这就是大自然给人类的报复！非但如此，由于人均森林蓄积量还不到十立方米，每年得用上百亿美元去购买木质产品。如果用这些钱来改善人民的生活，那是什么成色！所以我抢前抓早，率先行动起来，一旦国家有了政策，我们就是这一行业的先锋！”

经胡杨强有力的鼓动，方自珍似已坐不住，“来，干杯！这就是我们的起点！”说着将杯中酒一饮而尽，携一身誓师的豪迈，然后放下酒杯起身退席，将二人晾在那里。

“他怎么了？”睿智的胡杨有些莫名，“我说的话没毛病吧？”

“他就那样，纯属情绪型，行动从来不受理智干扰，本来一个好端端的摄像师，脑门儿一拍就开起了饭店，泯然众人矣！”伊腾飞虽与方自珍交往不多，但从众人口碑中早已得知他的底里。

胡杨又为伊腾飞指点了些为官之道，边谈边将一餐美食进行到尾声，就在这时，方自珍拎了一个简单的旅行袋走了进来。

“二位吃饱了吧？”方自珍直愣愣，直冲胡杨。

“怎么，这就下逐客令了？”胡杨一派不解。

“我马上跟你走！一起去打造那个新兴的事业，这是天赐良机！”

“那这个饭店也不交代一下？”胡杨一派愕然。

“从现在开始，决不等下一分钟！这里丢下的不过是个残局，总会有人会去收拾！”方自珍一派断脰决腹的壮烈。

36

新宠旧爱辉映下的胡昌稷，正大动干戈重新编排他一市的领导班底，已升迁为市委书记的他，当然会把他腾出来的市长之位视为重中之重，因为得与他胡昌稷合作，首先两人的志向、观点、情趣、爱好都得高度一致，若能达到六合方为最佳搭档。胡昌稷用尽心机，在全市的人选当中来回筛选了千万次，最终总算锁定魏洞天。

魏洞天首先是历史大背景好，祖孙三代都是做官为宦的，就算耳濡目染在为官这个行当中也该算是行家里手，善管理会任用，这是为官者的必备能力。另外，魏洞天祖孙三代人品又都极好，不谄上傲下，不损公肥私，一片丹心为社稷，虽官做得不大，但麻雀虽小五脏俱全，举一反三、触类旁通这些基本素质他还是具备的。再者魏洞天是受过正宗高等教育的，文韬武略、天文地理自是高出一大截。最重要的是胡昌稷与他们父子打交道多年，对魏家父子是知根知底。于是，电话将魏洞天调到办公室，关门闭户，胡昌稷断然使出自家王牌——要对魏洞天问之以是非而观其志，咨之以谋略而见其识。

魏洞天是何许人物，几经历史千淘万漉，既然能像胡昌稷所认为的那样，业绩颇丰口碑极好，又能一如既往常青树般傲然挺立，那一定是道行不浅，是个思想、精神、知识、智慧擎天柱般立于四极的人物，他当然懂得不要告诉人家自己更聪明，尤其是对自己的上司。胡昌稷所问的那点问题，只用几个字就能回答，“贵以身为天下，若可寄天下；爱以身为天下，若可托天下。”其实，这些道理两千多年前就明晃晃摆在那里，世间有几人去问津？魏洞天猜想胡昌稷一定不曾耳闻，不然他就不会向自己发问如此幼稚的问题，圣人处无为之事，行不言之教！

魏洞天一家之所以世代立为常青树，无他，不过是能审时度势找准自己的位置。欲做到这一点，首先，哲学上得懂得：无，天地之始；有，万物之母。其次，社会学得知道：为无为，则无不治。再次，人类学得明白，上善若水，厚德载物。最后，心理学得知晓：己所不欲，勿施于人！另外，还得掌握最多元的方法论，诸如有无相生，难易相成，物或损之而益，或益之而损等等。而最重要的一条便是修身：知人者智，自知者明；甚爱必大费，多藏必厚亡！总之是知己知彼，百战不殆。就是这些简单的道理，胡昌稷未必不知，只是大潮洪波他迷失了方向，面对胡昌稷这些浅层次的提问，魏洞天只能是徐庶进曹营，一言未发。

看到魏洞天的木讷，胡昌稷认为是燕雀之于鸿鹄，于是愈加抖擞起精神对魏洞天进行百般点化：就算理论上说不出论点论据，直观感觉上说出个子丑寅卯也可以啊！哪怕就像如何管理丹家崖那样也行！事实上胡昌稷是不怕庸，但怕精，若魏洞天真像个大哲似的把什么都搞得头头是道，他还怎么去控制？他要求部下只一个字，顺。他为什么那么看中魏洞天？就因为在他看来魏洞天敦厚，老实，事事听话，处处顺从，一句话，好使！至于做了市长后，工作如何开展，那不有他胡昌稷从旁指导吗！他要选的市长，只不过是将自己的手臂加长些而已。

魏洞天早从胡昌稷的举手投足中看出了底里，伴君如伴虎古已有之。他正是不想让自己去当人家的傀儡，才死守着丹家崖！在那里有多好，收放自如、进退两由。闲了出去逛逛，把祖国的大好河山踏遍，累了再回到自家的草窝睡上三天，睁开眼到处是莺歌燕舞。丹家崖是块世外桃源，自给自足的自然经济，要什么有什么！他不过多动动脑筋，让村里人多动动手，将一年四季都安排得花样翻新。一个农村又极少招惹羡慕和嫉妒，顶多为胡昌稷备些送礼的土特产，他怎么会抛下这等悠然见南山的闲情逸致，去摧眉折腰事权贵！再说丹家崖还有丹家父子，人杰地灵，精神物质，是空前富有，这是外行人永远也看不透的。

魏洞天的恍惚被胡昌稷看做是受宠若惊，于是干脆向他兜了底，告诉魏洞天自己是经过千思万虑，才决定破格提拔他任市长，这一市的大局就交给他来掌管、来运筹，这可是提干史上从未有过的先例！潜台词含有诸多意向，其核心：胡昌稷是魏洞天的再生父母，一夜之间就改变他的命运，魏洞天就是倾了生命的全部，也难回报这一重恩。

当魏洞天从胡昌稷的脸上读出这许多附加，他内心闪现的第一个念头就是逃跑，可在胡昌稷的监视下，他一时找不到自救的救生艇，濒临落水的危难，他居然战战兢兢汗流无疆。

“看把你紧张的，一切有我呢！”胡昌稷大包大揽，“其实市长最好当，上有书记把关，下有四梁八柱顶着，你只在中间优哉游哉上传下达！”

“哎哟！你怎么就看不出我是肚子痛……”魏洞天装得天衣无缝。

“是急性肠炎吧？叫我的车去医院！”胡昌稷一片真挚。

“不是！大清早您就把我叫了来，还未曾出恭！”魏洞天像被惹恼了的河马，肆无忌惮地将污物甩向对方。

“嗨！看你那没出息的样，快去，快去！”

得到胡昌稷许可，魏洞天一溜烟下了楼，从角门逃出市政大楼，打道回了丹家崖，到家便将胡昌稷的意图兜给了正与丹霓对弈的父亲。

“是这样，当市长这是好事啊！”魏乾对儿子的升迁无疑喜不自禁。

“我是个燕雀，没那个鸿鹄大志，丹家崖是我心灵之所系，我得死守，我看谁有本事起走我！”魏洞天义无反顾。

“我就有这本事！”随着声浪胡昌稷推门而入，一派刑天舞干戚的英勇。魏洞天谎称如厕便一去不返，胡昌稷傻等了半小时不见人归，便知魏洞天使了花招。平时他只知魏洞天是不自见，不自矜，这在胡昌稷眼里不过是夫唯不争，天下莫能与之争的双关。想不到他竟动了真，是真无心仕途还是反试探？为寻究竟，胡昌稷驱车追到了魏洞天的老巢。

“啊？胡书记！都追到这儿来了！”魏洞天确实吃惊不小，他原以为顶多电话追寻一下，他就可以随意搪塞。不想他竟随后追来，可见势态严峻，一定是兴师问罪来了！于是顺势倒在老爹的床上，大叫肚子疼。

魏老爷子多奸，见儿子此状断定他是铁了心不干那个市长。平日自己也是谆谆教导，宁静以致远，淡泊以明志，云云。事已至此岂能一旁袖手，于是上前迎住：“书记辛苦！为一个毛孩子，何必劳你大驾！”魏乾将胡昌稷让到棋桌前与丹霓对面，自己垂头弯腰做三等当差状。

丹霓虽是历尽沧桑，却是一如既往的孔德之客，澹兮，其若海，飂兮，若无止，恍兮惚兮地似笑非笑，连座都没给胡昌稷让，只邀曰：“想不想杀上一盘？市长的事好说，世上也不止一个魏洞天，不行找别人！”

“那怎么行？一市之首，岂能随便拉一个就做！这也太拿豆包不当干粮！”胡昌稷在两位老爷子面前一向毕恭毕敬，此次他破天荒大动肝火，可见是把市长这个位置看得极重，也许那是他心中最后一块责任田。

丹霓不屑地笑笑，“你还有几年退休？”

这话深深刺痛了胡昌稷：“一天也得管！这可是二老一向的期望！”

“唉，此一时，彼一时，我倒要劝你及早退下来，这个意思我曾让青儿转达给你，不知你是不是往心里去了……九五至尊之后是什么？是亢龙有悔！你该知天命了！下来吧，就像我们这样活他个潇洒顽仙！何必在风险里穿梭……”丹霓一派耿耿。

一个风险将胡昌稷钉上了十字架，他确实是在带电作业，不知何时稍不留神他就会遭遇粉身碎骨！细想想他也是在功劳碑下奠了基的，不知何时起又在自掘坟墓，人真是太流动，他真该重新考虑未来的走向。

37

是走还是留下这是个问题，在面对新千年、新世纪即将双双到来之际，冉红进退维谷。她的难以抉择源自她的难于割舍。一面是自己亲手打造的模特学校，一面是去台湾加盟华瑾胞弟的服装集团，担任领衔模特。华瑾早有承诺，将她打造成世界顶级大牌模特。另外，华瑾有意将她嫁给他的胞弟华莹。从照片上看，华莹仪表堂堂，又是世界上小有名气的服装设计师。华瑾说像她这样有潜力的女孩并不多，她禀一身灵秀藏满腹经纶，若再稍加培养开发，将会无可限量，若埋在这个小小模特学校，也能成点小气候，但要像大鹏那样腾飞可就难了。经华瑾这样一鼓动，冉红也觉得自己还有很多未经展示的潜能，就在那儿闲置着。每天只忙于教学类事务性的运作，那些天花乱坠的梦幻既得不到展示，也形不成具象，就那么散乱着、耗散着，她真怕有朝一日如大梦突醒，一切都烟消云散。如果现在给她个舞台，她会展示无尽的翻新花样，若给她充足的时间，她会合成世界上最奇妙的奇珍异品。她脑子里似乎有无尽的原料，而且她会有数不清的方法，将这些原料塑造成最蔚为壮观的景象，至于她会合成什么她自己也搞不清，反正她被这些怪异的念头驱使着一刻也不能安宁，这是她执意要走的最主要因素。

而对华莹的期盼，似乎并非他本人，而是他能提供一个使她实现梦想的霓彩舞台，从此她会在上面尽情地展示，创造出人世间一个又一个瑰丽的神话！一种莫名的魔力，令她陡生飞蛾扑火的冲动，也许这是改变她终生做观众的最好途径。当然办模特学校也是一种展示，可相对而言，那舞台就小了许多，心有多大，舞台就有多大，她的心恰恰需要一个大舞台才放得下，可模特学校毕竟是她的心血所浇铸，所以她进退维谷。处于两难境地就需要拐杖的扶持，谁才是她最好的心理拐杖？她首先想到的当然是杲昊和巴娜娜，不过这两位也各有她们的短长。巴娜娜属开放型，从她那可以得到滔滔不绝的参考和建议，可那都更适合她自己。杲昊属锁闭型，从她那很少得到建议和忠告，尤其是爱情，杲昊的爱情天地原本就是一片荒芜，找她当参谋岂不是向沙漠要水！不过杲昊对爱情一定有自己的见解，不然怎么会坚如磐石地恪守着，尽管在毫无收益的不毛之地，她依然没有移情别恋。是放弃还是坚守，杲昊起码是个很好参照，这样想过，便决定选择杲昊做参谋，于是电话邀约。

杲昊正处于下岗边缘，属闲散人等，除了完成自己定的任务，再就没人派她公差。极度郁闷早令她想给自己放放假，冉红的电话恰恰是个促成，于是顺水推舟，应约前来。杲昊深知，上进精神将冉红鼓荡得欣欣向荣，她无须担心下岗就业一类上帝恩赐式的成败荣辱，一切都是由自己设定、自己铺排，自己创造、自己收获。她不按循规蹈矩的范式行进，自然就不用在意圈里圈外和上岗下岗。她的圈是自己设定的，她的岗是自己铺排的，她只需拿自己的智慧和汗水去与需要的人交换，她的生活简直就是万花筒，只要轻轻一摇就会幻出万千缤纷世界。

而此次会面却见她一脸的惆怅，虽属为赋新诗强说愁那种，可毕竟不是笑逐颜开。敏感的杲昊迅速将目光于冉红的势力范围巡视一周，果然发现了问题，一应物品都重新进行了归拢，一只大旅行箱赫然摆在光板床上，曾布置得金碧辉煌的帕提农式小卧室，如今一派别情离绪，空旷萧条取代了温馨饱满，冷清寂寥置换了喧腾热烈，若不是教室仍在上课，杲昊有理由认为学校已经停业。杲昊为之一惊，“受挫折了？”

“我活得很自我，只关心自己打造的世界，所谓挫折那也是自己造成的，正像你所说的那样，战胜不了自己了！”冉红取投降式。

杲昊放了心，她知道一个为赋新诗强说愁的毛孩子，在自己的世界决不会受什么大伤，不过是被万花筒迷了眼，于是宽慰地笑笑。

“别那么事不关己，叫你来是要你帮着下个判断，澄清一下是非！”

“是非？”杲昊开始认真起来，“每个人都有自己的尺子，在衡量是与非上，绝对是按照自己的尺度，我可能要无能为力了……”

冉红提出了个严肃的反问，“咦？那你说一件事应该做到死呢？还是应该不断地选择更适合自己口味的去做？”

“那得看做什么。”杲昊一派大哲状态，“如果你将目标设定在人类史中的独一无二上，那就得一直做到死，因为那太难了，这一目标的设定就意味着必须付出你的全部，甚至耗干了你的全部也许依然毫无结果，还需要众多的后来者继续向上攀，那也许是几代人在几百年后才能完成……否则，你就将一事无成，只在人间白走一回！”

杲昊的话音一落，冉红便陷入死寂，这对于她是太严酷了，她的目标远没那么高远，她从未想过在人类史上做点什么，只想在芸芸大众里独树一帜就足够！当然登峰造极并非不是她的梦想，可能力所限她只能做到力所能及。对杲昊的满眼期待，冉红觉得愧疚，一如燕雀之于鸿鹄。

“干吗那么沮丧？你喜欢花样翻新？”杲昊极为不解。

“不好意思，能力所限我只能在有生之年尽力去做，至于几代人才能完成的，那我可是从未敢想。”冉红冲开沉寂。

“那就好办了，就去选择更适合自己口味的，这样，既实现了自己的价值，又丰富了多彩的人生，何乐而不为？”

“听说为霓彩命案你快要下岗了？打算怎么办？”冉红不无担心。

“如今这种大环境，下了岗重新选择也没什么不好，海里的鱼还多着呢！绝不是只有做记者才是最上乘，况且我想当记者，也可以到别处去应聘，如今真正是天高任鸟飞……”杲昊无意间流露着自立自强。

“如果你不做记者了，会选择什么？”冉红苦苦追问。

杲昊苦涩地笑笑，“也许会选择流浪，真正享受一回无拘无束无牵无挂的自由，在自由里接受大浪淘沙……”

“目前可是市场机制，那样你会饿死！若是把我的模特学校托付给你，所收效益都归你，你会接受吗？”冉红终于找到约见杲昊的真正动因，若杲昊能为她接管学校，那将是她最大的欣慰！

“不会！”杲昊随即否决，“因为这既不是我的心愿，也不是我的目标，所以我绝不会接受！”杲昊斩钉截铁。

至此二人的沟通打了旋，涡流虽于原地迂回，可张力却很大，每一颗脆弱的心，都有可能在这巨大的拉力中受伤，致使友谊的纽带断裂。

时间在无形的角斗中流逝，将两人都逼向背水之境，若再没人率先跳上岸，就只有两败俱伤了。积极型的冉红率先调整好心态，“咦？你对男人怎么看？确切些就是对爱情和婚姻怎么看？”冉红的话似乎一百八十度大转向，却有着深刻的内在动因，这是对杲昊的巨大信任。她知道在杲昊那里，这一命题定会有千百度的思考，当然就有千百个答案。

一如天外飞来的流弹，正正嵌进杲昊的心，这确实是她用生命坚守的一方阵地，她耗尽了青春华彩，倾干了生命的精粹精华，养育的却是一朵永不开放的花！她为此昏死过疯癫过，在长长的记忆空白里，专心期待俗恪的回归。俗恪终于回来了，可他残酷地告诉她他娶了老婆！这五雷轰顶的一击，将她满心的黑暗劈开了一条缝，随后，就一如风卷残云，天空虽是一碧如洗，而留给她的却是无垠的广寒！

举目看到冉红仍保持着坚忍的期待，杲昊只得转移话题，“接管学校的事，也许巴娜娜会感兴趣，我会从旁帮忙。”又沉默了片刻，杲昊一字一顿，“爱也是一种机会，抓住它吧，否则就会去敲另一扇门了。”

38

得了胡昌稷的默许，金座又在乒乒乓乓地装修了。绕了一大圈，又回到了原始起点，这令金步米感到无比愤懑。无论如何他是金座的总经理，装饰也好开张也罢，总得向他这个经理打声招呼，他这个经理也是胡昌稷认可的，是由职能部门下了任命书的，对他权力的如此无视，实在是欺人太甚！他开始后悔当初就不该给翁折东那轻率的一跪，他的本意是想唤起翁折东的同情，也好将那些濒临下岗的员工重新给一条出路，不想竟纵得他蹬着鼻子上脸，如今愈发无法无天！想到此，金步米怒发冲冠，想与翁折东再度对簿公堂，于是携一身决斗意向，去找搞装修的头儿，问是谁让他们擅自装修的。回答的名字金步米感到耳生，又问这个人是哪个单位的，回答是市银行的三产。当时为了下岗分流，各单位都成立了第三产业，这些人因不称职或是岗位中的闲杂人等，分流出来一时又无处安置，各单位就成立一些小公司，让他们自谋生路。金步米一听傻了眼，怎么会半路杀出个程咬金，似乎与翁折东没有什么关系。可金步米深知翁折东神通广大，他会将天下毫不相干的风马牛强行捏到一起，进行意想不到的再塑造，居然就能浑然一体天衣无缝！又问了些相关事项皆回答得驴唇不对马嘴，金步米决定找翁折东亲自谈，他一定要搞搞清楚，翁折东的闷葫芦到底卖的是什么药！

几经周折才寻到了翁折东的下落，翁折东自然不会引狼入室，让金步米看到他的老巢——不倒翁商贸中心已易了主。先是推说他正为胡昌稷办事，没时间同他相见，怎奈金步米是抱定死战的决心约他相见。翁折东本可以一推六二五，从此不再与金步米搭界，可他有癖，专爱去逗扯那些狐假虎威自命不凡的家伙！他认定凡是替主子卖命的，不是心存卑鄙就是智商低下。金步米已充分展示了他的这些弱项，临别之际再戏弄他一回，取个乐也没什么不好，于是选择在金座相见，那是他们瓜葛的发祥地，若在那给他留下个竹篮打水的概念，他一定会痛入骨髓！

金座一见，金步米果然扯着很大的张力，那是易折的双关，更是痛极的先兆，翁折东早将痛局布好，要的就是将金步米推进终生思痛的效果！因而他将智商调到制高点，以随时逗扯这个火中的疯牛。

“为什么不请示擅自装修？”金步米取胜心过切，开局便犯了错误。

“不对吧？你不是知道吗？”翁折东就盼着他犯这类低智错误。

“我知道？简直是疯狗一党！”金步米抱定鱼死网破的决心。

“不知道啊？那你怎么说我擅自装修？谁是疯狗岂不昭然若揭！”

由于用力过拙，金步米半天没回过味，“你什么意思？”

翁折东上前抚了抚金步米的头，“把这里理顺了再出击，怎么弄得跟金刚葫芦娃似的！”当着那么多人的面，翁折东剥尽了金步米的面子。

金步米愈加蛮牛冲火，“装什么大头蒜！敢在我太岁头上动土！”

翁折东轻蔑地笑笑，“谢谢你的抬举呀！你看，这年头还就不乏另类，你那头上的土不是已被人家给动了吗？你也不去问问，他们是谁雇来的！这都是中学生应具备的常识，哎呀，老金，你还太岁呢？”翁折东特别突出了那个“老”字，意思是提醒金步米千万别装嫩，但更重要的还是点出他办事太幼稚，这等于全盘否定金步米的人格。金步米一向以办事认真老到自诩，这当然也是他最自恃的精神支柱，眼下，对于支柱的突然倾斜，他当然不会无动于衷。

“转轨改制，这是全民的大事，我一个人能包打天下吗？我当然想一夜之间就把一切问题都理顺，让大家顺利地从一种机制转到另一种机制。然而人是最复杂的动物，思想极为参差。那么先进的伸伸手，把落后的带一带，使这个历史性的跨越更容易、更同步，有什么不好！我不忍心看着那些本来就弱小的一群，再被甩在历史车轮的后面，悲天抢地免冠徒跣的……像你翁折东这样的强者，只要稍微张张手让让利，大家就会从容得多，可商人就是商人，只看到利看不到义！多做些好事，大家能忘了你吗？”金步米又理直气壮地补充了一句，“这种大显身手的时刻，你怎么就不能拿出些英雄本色！抖抖你的高风亮节！”

这亦贬亦扬的挑战还真令翁折东为之一震，看来金步米还不是纯为主子卖命，些许责任感在言谈举止之间不时流泻出来。可翁折东决不会在这种人多众广的场合，去树金步米的威风。沉默了片刻，继而玩世不恭地调侃，“哟，金经理既然深谙英雄本色、高风亮节之类，就该率先垂范呀！使你的员工富起来，来他个天翻地覆！”

“我一个人怎么行？懂不懂众手拾柴火焰高！”

“那你让我拾点什么柴？”翁折东有些被金步米感动。

“比方……”金步米因没有思想准备而卡了壳儿，可毕竟是发自内心，很快又实话实说，“你是经商的，生财有道，你就公平合理把金座租下，搞个好项目，把这里的原职工都用上，大家都有钱赚，岂不是大圆满！干吗非得把他们弄下岗，孩子哭、老婆叫的……”金步米绝对操恳求态，“你也知道我是搞政治的，对商业是门外汉！”

“赚钱？你当钱是大风刮来的！”翁折东没将话茬儿接下去，而是另立话题，“那得是众多的内行，出大力流大汗共同创造出来的！你还想让我继续养着一大帮吃闲饭的？计划经济就是这样啊，等的等靠的靠大家都坐吃山空！不如将那一套延续着干吗还讲改革？改革就是要施行另一种制度，让所有人都去创最大效益，养着他们就是害了他们！曾有三家爱斯基摩人，住在寒冷的极地，靠渔猎为生，一家给儿子留了大批猎物，另一家给儿子留了精良的渔猎工具，还有一家只给儿子传了精湛的狩猎技术，你猜猜看谁是最后的赢家？”这回该轮到翁折东理直气壮。

金步米一门心思用在如何安置金座职工上，若保持现状只能是年年亏损，这已形成定势或叫做积重难返。交给别人就只有全员下岗，下岗就势必哭天号地，那也太对不起江东父老！面对这么重大的压力，他哪还有闲心去破解翁折东的弯弯绕，于是瞪着直愣愣的眼反问，“是谁？”

金步米的一脸迷惘令翁折东忍俊不禁，如此简单的问题竟能难倒胡昌稷钦点的大员，可见他翁折东看不起他们是顺理成章的，这也太低智了！姑息养奸也是一种罪过，唯有将他们置之死地而后生！对胡昌稷而言手心手背都是肉，邸地、金步米不都是胡昌稷的掌上明珠吗？让他们在窝里斗中去慢慢撕扯，最后决出胜负，那不也是一种优胜劣汰？他翁折东可要退避三舍逃之夭夭了！坐山观虎斗也好立壁看胜败也罢，他可不想再卷进胡昌稷搅动的旋涡！于是收起谑笑极为严肃地，“这谜，你真解不开？胡昌稷书记一准知道答案，不信你去问问他！”

金步米万般无奈中还真想去见胡昌稷，当然不只是想知道谁最后胜出，而是想让他拿拿大主意，老被翁折东牵着走也不是事儿！于是借坡下驴，“问就问，当我不敢？”说着径直去了胡昌稷办公室。

胡昌稷正被诸多难唱曲困扰着，第一大难题就是许童电话刚报来的一条坏消息，说被他们掀翻的曹健又浮上水，居然曲径通幽走了上层路线，路线竟是佫恪开通的。新近于招商引资中引进了个台商华瑾，华瑾据说很有背景，佫恪是蹬着华瑾的软梯跃上青云的，面对这塌天的消息胡昌稷正发大闷，他在仔细思考，自己哪些行为能将他置于枪口。

在这一大背景下，金步米没敲门就闯进了胡昌稷办公室，劈头就讲爱斯基摩人的故事，且操流水快板。随后就向胡昌稷请教，谁是最后的赢家？他在胡昌稷那得到的答案，竟是一句咬牙切齿的“神经病”！

39

自胡昌稷晋升为市委书记，万向权就一直处于亢奋状态，铸就这一状态的闪光点就是局长这个头衔的再分配。随着胡昌稷身份的明朗化和扈黎的退位，佫恪民意测验的失利又从旁助阵，万向权认定广播电视局的天下从此就是他万向权的，因而思想上取积极态势，行动上也极为放得开。虽有吴计的恶毒敲诈，令他着实恶心了一阵，可事后与卢淑女对证，卢淑女是赌咒发誓说绝无此事！万向权自然信卢淑女的，仅卢淑女的人品就令他一百个放心，而吴计的卑鄙歹毒则让他有理由确信，她什么事都干得出来，经过一段沉降并没出现什么异常，这令万向权空前快慰，于是策划来一次大获全胜的庆功宴。

就在这个节骨眼儿，一个新的契机似乎又升上了地平线，他发现佫恪在打行李，而且有人为他举办告别宴，他一一记下了这些为佫恪跑前忙后的人，佫恪走后他会让他们全部下岗。另一个焦点当属杲昊，她既没出席告别宴，也没在跑前忙后那伙人里露脸。按常规应算是反常，因为她毕竟算是佫恪那个阵营的，而且在佫恪落选那次大会上，杲昊居然冒天下之大不韪，大声疾呼要求唱票。多亏那天他急中生智，告诉考核员杲昊有精神病，最终将她送进精神病院，这才避免了一场逆反，他知道若当即唱票，佫恪是绝对不能落选的。最后的结果是他早有准备布下的掉包计，私下他复制了另一些选票，就在转手的瞬间，他换下场上的选票，反正选票只画√和 ×，一出手就再难辨真伪。事后他翻开场上的选票真真吓了一跳，佫恪竟然是百分之九十八的赞同率，有三百多人参与投票，这样算下来只有不到十人投了佫恪的反对票。可过后竟有一百多人对他说，他们都投了佫恪的反对票，可见人心的险恶！

幸亏他那时当机立断，更是未雨绸缪，不然今天当帅的可就是佫恪了！万向权是个极讲实际的人，他不拘于过时的套路，更不囿于未来的遐想，他只注重目前，每天死死抓住有效时间加以充分利用。只要是他想做的或是对他有利的，他都会做得尽善尽美，除了急功近利、损人利已，他几乎无可挑剔。对于他的这些德行，前者他认识得比较含糊，后者却是纤毫毕露，因为只有在急功近利、损人利己的时候，他大脑的苯乙胺才会骤增——一种令脑细胞活跃的有效亢奋剂！当他看到佫恪一派曲终人去，又骤然亢奋，这可是排除异己的极好机会，当机会来临必须瞬间抓到手，不然只怕它又去敲另一扇门。他早已编了程的大脑，刹那间就将一团混浊析为鸡尾酒式的蓝图，既有条理又有层次。

正当万向权天花乱坠酿制精神鸡尾酒，电话响了，阕大德说有好事等他分享。见了面，没寒暄、没点菜，万向权便直奔主题，好事面前万向权从不矜持，一如饿狼扑食绝对本能态，况且是阕大德求着自己。阕大德也按捺不住心头的兴奋，对万向权的直奔主题倒觉得很有共识，他一五一十稳稳当当将事情原委巨细以告。他说他是刚从胡昌稷那儿出来，得知省里在用人制度上要有所改变，原定的七上、八下还要严格执行，不再给特殊政策，胡昌稷正压上五十八，所以是在下之列。可胡昌稷是刚登上市委书记的銮阶，省里不忍立刻就切，还允许他收收尾，可时间不会太长，因而胡昌稷决定在收尾期间，真正将自己留下的尾巴工程完善了。具体点，就是说多年跟着他跑前跑后的，服从命令听指挥的都能提上一格半格的。这样，胡昌稷决定联合大学的书记不再由倪莳萝兼做，而是让他去做专职的，腾出校长这个位置就由阕大德继任。可如今讲究民意测验，因而民意测验这关就必须得过。阕大德自知自己的人缘不佳，所以求万向权给出金点子，如何像他那样过得民意关。万向权对阕大德的好梦自然不感兴趣，哼哈听过之后又迫不及待地追问，有没有向胡昌稷打听关于他万向权的提升，极具心计的阕大德绝不会放过近邻的信息，首先是他的攀比心理所致，另外既然占据了一个山头，他也得有一个极好关系网，万向权正具备这两个要素，他是不能不问的，可为了提高黄金含量，他开始卖关子。

“你也知道，提干是一级机密，事先绝对不会泄露，尤其像胡书记这样做事严谨的人。”阕大德垂下眼睑做深沉。

“屁！市常委会泄密的事多了，放个屁臭满院子，屋里屋外没有不知道的，多少人趁着烟雾未散先上了青云！好哇，对我万向权保密，以后少客气！”万向权毫不保留地出示撤梯意向。少客气属一语多维，首先，当然是断然拒绝阕大德的求援，第二，可确定为是对将近尾声的胡昌稷一声断喝，如今年轻是个宝，日后他是前途无量！

阕大德虽对伦理学不以为然，但长时间耳濡目染，对随机应变这些理念还是熟路轻车，“老爷子保密，不等于秘而不宣，挡不住我是杠撬镐掘，咱哥们儿谁和谁？我能带着一筐仙桃，让你站在一边看！”

万向权与阕大德的差别，就在于钢中碳成分的比例，万向权略大些因而比阕大德坚硬，他顿然拉下脸表示对阕大德不满，故意不理不睬。

阕大德急于扯起新形势下的关系网，绝不想失去万向权这样近乎知音的同盟，急迫中也多了几分强硬，“看，大人小量了不是？说话也得分分层次嘛，我这是按顺序向领导汇报，就算是篮子里有东西，也得一层层地往外捡吧……”边说边做些辅助动作，由于窘迫，动作极为拙劣。

万向权忍俊不禁下意识先解冻，“那你现在到哪个层次了？”

见万向权有了松动，脸上也绽出了笑，尽管隐藏着许多不屑，阕大德终于一块石头落了地，“都到什么火候了我还敢讲层次？干脆翻筐见底，让你先睹为快，在我千撬万掘之下，老爷子只给了个‘我能亏待他吗’，当然这个他就是指你！你说巧不巧，这时秘书筱晓就送来了刚刚拟定的提干审批表，老爷子又夹着泡尿去了厕所，我知道这一动作是不该做的，可为了朋友你猜我干了什么？”阕大德极度夸张以示他的忠诚。

“干什么了？”万向权终于春风化雨。

“我偷翻了那些表，你拟提宣传部部长，我提联合大学校长，都登上了上层领导岗位！”阕大德将夸张态势推向极致。

“是我跟你沾光，捎带着了我吧？”万向权怕乐极生悲，故意来个自我缓冲，以控制住在阕大德面前的不卑不亢，这也是永占上风的秘诀。

“怎么会！老爷子已向我明示了，那叫组织谈话，懂吗？”

听到“组织谈话”几个字，万向权意识到这是拍板定案的事，随即想到阕大德可是个不可忽视的战略同盟，当阕大德还是副校长，就能帮自己创下如此之大的经济收益，一旦他当了校长，就不用再闪烁其词地挟天子以令诸侯，一切都顺理成章名正言顺，仅招生、毕业分配、定向培训几项，就能肥死人不偿命！想到此这才放下架子，极吝啬地挤出一点点真诚，前后左右将阕大德夸了一遍，接着便极神秘地将自己如何过了民意测验关，如何掉包等秘籍兜售给了阕大德。

阕大德本以为万向权在人际关系上素有绝招，能将一班人马紧紧维系在自己身边，可当他触摸到万向权的内幕便开始逐级降幂。人总得有几个强项，这样看来，万向权的强项一水是损招，此前万向权的光环效应瞬间黯然失色。从此他不用再神化般地顶礼膜拜，在人格线上，他可以与万向权扯平了，于是除却了几分敬畏。

除去了心理上的压力，两个人都觉得靠得更近了，借助虚幻，似乎二月当空将一个朋字缔结而成，于人际关系的天宇无规则地招摇，一如无拘无束的北极光，虽呈现一派绚烂，却带着极大的杀伤！

40

不同层次的需要破坏了传统理性的准则，以它不可抑遏的冲击，汪洋恣肆地淹没了人们日常所经历的一切，一如一条忘川隔开了既得利益与心灵良知。这对倪莳萝与阕大德同样适用，他们的区别仅在于，阕大德只关注利益而淡化了后者，倪莳萝却是只关注良知而淡化了前者，这就为对方提供了足够的空间，使得各自在自己的领域形成最完整的不同体系，而两个体系之间，是既无法沟通也不可逾越。

得了万向权的口传心授，阕大德开始两手准备。第一手属于明修栈道，他将自己圈子里的人进行轮番洗脑，采取谈心征求意见等形式，把自己将成为一校之长的意向传导出去，又以如何改变联合大学现状为由头，向各方灌输自己未来的治校主张，这些主张不过是如何用人，潜台词处处透着顺我者昌、逆我者亡的意向。接着又引出第二手准备，那就是暗度陈仓。这一手他准备得比较缜细，经过几昼夜的周密思考，他觉得这事应该交给一个可靠的人去做，万一出了事他可以一推六二五，说是下面人的一片爱心。另外他考虑到投票那天他不会在主席台立足，掉包换票那是不可能的。他想不出万向权怎么会在大庭广众之中，就上台将选票掉了包而且不露破绽，他自觉做不到，不得不想到求助于人。经过千百遍筛选，锁定了校办主任，主任曾求他为自家亲戚办过文凭，这是个最好的交易条件。阕大德按部就班，将选前准备安排得四平八稳。

阕大德要提校长早在私下里传得沸沸扬扬，倪莳萝圈子里的人已是一派哗然，就连圈外的也是愤愤不平。就在上下鼓荡成一锅沸水时，责任感极强的学生会主席伊腾飞，带着几分兴师问罪闯进了倪莳萝的办公室。倪莳萝正在修剪他侍弄了多年的君子兰，伊腾飞是带着诸多反面意向，因而对倪莳萝的悠闲很是不以为然，“唉，商女不知亡国恨，教坊犹奏别离歌！”伊腾飞跨越了师生界限，不管不顾地一路发泄，完全忘了面对的是一校之长，缺少了应有的敬重。

倪莳萝虽一派谦谦，但还是极为敏感。他之所以清高淡泊，那是他深层里对世俗的不屑，品格一旦形成就不好再改，就像荷与泥，它们既不能通融也不可互换，这才有了“出淤泥而不染，濯清涟而不妖”。以他的敏感去看伊腾飞不过是一碗清水，水中有几粒砂那是一清二楚。对于伊腾飞的兴师，他认为不过是初生牛犊之举。

倪莳萝这才放下手中的剪刀，开始认真对待伊腾飞的发难，“其实阕大德也没你想象的那么坏，他想当校长，那份积极就很可贵，谁身上没有尺长寸短的情况呢？好与坏那是伦理范畴的事，伦理是具备功利性的。善，其实就是一种合目的，一件事合了一部分人，另一些人可能就反之。如果当初你被阕大德收为弟子，他就会你格外关照，你也许就会认为他比我好，那任他当校长，你是不是会拍手叫好呢？目前你持反对态度，也不过是他的某些做法不合你的口味，不合你的伦理范式，你就认定他会祸乱一方，甚至比吴三桂还可憎。对任何人都不能凭印象或一时一事下定论，得让人家有机会表现，在不断的展示中才能看清哪些是好哪些是坏，哪些更合乎既定的道德规范，哪些更受大多数人拥戴。我深信，一个违背大多数利益或意愿的人，决不会成为不倒的常青树！”

“我想参与投票，我是学生会主席，有义务确定一校的掌舵人！”

“可惜你就快离校了，还能管多久呢？”倪莳萝感慨万千。

“在一天就要管一天！”伊腾飞举手做誓师状。

伊腾飞一诺千金，利用一周的时间将阕大德的劣迹调查在册，按市五大班子成员进行打印，凡是能决定阕大德命运的他都会送上一册，他会让阕大德的劣迹昭闻天下。同时，他还从教师们那里了解他们对阕大德的意见，当然，他不会忽视屈子集的画龙点睛。备足了证据，理顺了方案，伊腾飞决心为求证正义方程式而初试锋芒。

第六灵感或是小有风闻，阕大德的势力也在暗中集结，为确保阕大德稳操胜券，胡昌稷派出了由组织部牵头的考核小组，一派大兵压境。

得了倪莳萝的默许，伊腾飞将学生会成员全部拉到了会场，与考核小组相向而坐，强大的新生力量以初生牛犊的强势，支撑着大兵压境的倾斜，屈子集是他们的坚强后盾，以他的人格，更以他的胆识。

倪莳萝凡事主张顺其自然，他认为只要教师们认可，阕大德也不是不可以当校长，只要他能在民意测验中胜出，那就是顺理成章。况且学校还有自己坐阵把关，阕大德不是还在自己的监控之下吗？就是他当了校长，那也只是名分上的事，校法校规还得是他倪莳萝定。再者，一个倪莳萝也不能包打天下，何必搞得“既生瑜何生亮”的！他之所以同意了伊腾飞的参与，是为了防范阕大德真使出些非法手段，因为他知道关键时刻，阕大德是什么招都会用的。

以倪莳萝为支点，双方的对决开始了，选票由考核小组下发，在座的教师每人一张。这是行使各自权利与义务的时刻，也是考验每个人公正与营私的一笔，如何把握就在此一举！伊腾飞紧紧盯住参选者，他想看清谁更近于为人师表。也许这一笔是太沉重了，将全场置于了无声世界，他看出在正义与权势的对峙下，大家都在苦苦挣扎，那是利益与良知的残酷较量，仅一个√或一个 × 就画了近半小时，有的迟迟不下笔，有的迟迟不交卷。为防彼此串通，教师竟像学生们参加高考那样，每人一张桌，彼此之间只能遥遥相望，绝对做不到语言上的交流。阕大德绝对沉得住气，只等最终的稳操胜券。况且他还有第二套方案顶着，不管选票够不够数，他还有调包计保底。考核小组也沉得住气，因为胡昌稷指示，考核只做参考不必当场唱票，这样他们收了票就可以打道回府，交差了事。只苦了那些充当舆论挡箭牌的投票者，竟在自我搏斗中沦陷了半个小时之久。终于有人交卷了，随后便龙卷风般跟进，大家纷纷将选票塞到校办主任手中，生怕落了单被人看到票上的暗道，这不过是乱中取胜的一种自我保护，也是小人物规避风险的唯一手段。

龙卷风终于接近收尾，伊腾飞一个箭步蹿到校办主任跟前，没容分说一把将所有选票抢到手中，“尊敬的市领导，选票是做什么用的？”

负责人一时丈二和尚，“当然是民意调查，是公平公正的具体体现！”

“好，那我作为学生会代表，恳请您和屈教授监票，我们来做个现场见证！”伊腾飞一派不容置疑和誓不罢休。

“那就不必了，市领导会认真翻阅，就不浪费大家的时间了……”

“用不了多少时间，至多半小时，可它的意义却极为深远，如果您不愿行使这个权利，那我另请别人了！”伊腾飞义无反顾，不屈不挠。

屈子集率先站到了伊腾飞身边，同时邀请那位负责人，“既然是民意测验，那我们就顺从民意吧！”那位负责人虽不情愿也只得起身前往。

此时，阕大德却坐不住龙霄殿了，“倪莳萝你玩的什么把戏？不想让出校长的位置，你怎么不早说话！”众里顿时一片哗然。

倪莳萝不慌不忙，“大家肃静！”哗然一如卤水点豆腐，“我认为当场唱票还是利大于弊，我喜欢搞阳光工程，伊腾飞唱票！”

伊腾飞给倪莳萝鞠了一躬便开始唱票，阕大德只获了三张赞成票。

见大势已去，校办主任将用来调包的票，当众交给了考核小组。伊腾飞上前翻阅，阕大德名下是清一色的“ √ ”号，那是全员通过的虚拟。

会场顿然一片倒彩，伊腾飞问校办主任为什么这么做，回说，“曾求阕大德办过事，此后每年春节都要被敲诈，今年想过个太平年。”

41

上帝不掷骰子吗？那么这位伟大的慈父就该为人类安排一个有序的世界，让那些痴迷懵懂的芸芸众生也好有章可循，或者就让爱因斯坦这个自以为是的傻瓜，将他的统一场论求证出来，把宇宙都规范在一个公式里。可是他身后的霍金却发现，宇宙开始的时刻，相对论失效！同时这位大胆的狂徒居然指出宇宙是个大赌场，存在绝对的随机，这就给人类的家园平添了诸多不确定，杲昊就正陷在这种不确定的因素中，多舛的命运已将她置于四面楚歌，不得不与命运斗智斗勇。霓彩化工公司命案的曝光，率先毁了广电局老局长的前程。接下来又将达生送进更加危险的境地，人家那一发冷弹也许只想吓吓达生，可这样一张扬必然会添加杀人灭口的因素。另外，杲昊在俗恪民意测验大会上，那些过激举措，本想为他挽回败局，不想更是加速了俗恪的坍塌，只好眼睁睁看他流水落花春去。一种曲终人散、人去楼空的失落，再度将杲昊送上神思恍惚的境界，迫使她不得不重新体验十年前的伤与痛。

天阴沉着，气压很低，烟雾聚集在天地的接壤处，迟迟不肯升上高空，昏黄中又增添了些灰黑，这色彩、这调子全方位调动着以往岁月的意绪，一派肝肠寸断！那不肯上升的烟霭一如对俗恪的缱绻，那郁结难遣的灰黑更似对她命运的诠释，这过荷的重压令她忏悔以往的一意孤行。某种意义，俗恪是为保护她才打道回府的，可她竟将这当作多年恩怨后的矫情！细想起来，她不能原谅他还是对他的一往情深。他终于走了，没与她告别也没做最后的交流，甚至连一个字也没有留。这使得那些高起点大尺度的宽慰显得苍白空洞，因而也没给她留下任何可追忆的东西，也许这是她与俗恪关系史上的真正终点，可恍惚与迷离的缝隙仍然填满了俗恪的影像。这感觉一如既往，覆盖了她全部感知，如今想找个倾吐心声的都没有，只能是茕茕孑立形影相吊，人际关系严重荒漠化。

夸张的倒春寒映衬着她冰封的心，大家都忙着去营造各自温馨的人际圈，这倒为杲昊腾出了一片世俗的清静，使她能在黄昏时分的街市上信步徜徉。相继亮起的路灯将她脚下的路面照出一片斑驳，杲昊借着灯光仔细阅读，都是些高价回收药品的小广告。杲昊举目环视，这里是高干街，私下药品交易也就不足为奇。那些药贩子收的多数是过期药，贩给药店再重新包装，换上新日期，又出售了。

杲昊无目的地游荡着，一家小卖店的灯火吸引了她，这家小卖店经营着高档烟酒，还有市面上少见的珠宝玉器，据说绝对保真因而价格昂贵，前来问津的一向稀少，杲昊为开眼界有时前来光顾，为的是了解一下最前沿的消费行情。风雪中的小卖店依然冷清，好歹有个顾客，出乎意料却是个卖主。来者提着一大箱香烟，大云、红塔山、大中华，国产顶级品牌一应俱全，小店老板连看都不看且是一口价全部收入囊中。卖主临走还放下了些纸卷，说先存在这，价格电话协商，同样没验货，只点了数便全部收下。那人厌恶地看了一眼好奇的杲昊，逃也般走了。

“人家是卖出，你怎么只买进？不怕是假货？出如此大价，你可免不了要亏的！”杲昊终于按捺不住，便出示她的担忧。

“没看是什么地界？都是大官家的东西能有假货？那是求着办大事用的，送了假货还想不想办事！”店主见杲昊一片真诚，又常到小店光顾，虽不买什么却是个识货人，便将她当作知己，也表示了自己的诚。

杲昊愈加担忧，“虽不是假货，也难免有过期的，那你还销给谁？”

店主神秘一笑，拿出一沓香烟包装盒，“凡是过了期的，都得重换包装，这些烟可有年头了，来回不下十几次！过期没关系，也没人抽。”

“哦，是这样……那你是怎么知道的？”

“每次卖出，我都做了记号，除夕前卖出去，春节后就纷纷收回来了。那些大官更精，虽说是真货也不去享用，如今都惜命谁那么傻还吸烟？用烟换成钱不是更实惠？只苦了那些办事的。可对某些人也不能算苦，买官跑爵也是物有所值！等官位升上去了也享受同等待遇！”

“那你就白白给他们当中转站？”

“不白干！我是低价收高价卖，每条能净赚二百元，如今烟草专卖你批都批不来，税收也高，这样暗地做做地下中转，上面有大领导护着下面有小人物扛着，我是坐收其利！有时还能捞笔大外快，那叫一个大！”

“大？能有多大？”呆昊着实懵懂。

“有一次我在换外包装，想看看那些烟草过期到什么程度，结果一看，你猜我看到了什么？”店主极度兴奋，绝对急于一吐为快。

“看到了什么？”呆昊被绕进风眼，绝对入戏。

“每根烟是百元大票卷成的，每盒二十支每条十盒每箱十条，你算算是多少？那叫二十万！收礼的也许收烦了，连看都没看，就送到我这了。不过，这样的大便宜也就那么一次……”店主带着几分惋惜。

呆昊心想真是人心不足蛇吞象，不过她却被另一个悬念所困，“送礼的和收礼的都没来找？事情也不知办没办成。”

“有四个可能，一个是事办完后表示感谢，另一个是收礼的只一箱烟的价就把事给办了，第三个是收礼的收得太多，将礼品串了笼想找也找不到，第四个是送礼的钱太厚，这二十万根本是小菜不值一提。不管怎样，他们都无案可查或根本就没兴趣，凡是敢玩钱的都来得容易。”

“你把内幕揭给我，就不怕被告发？”

“唉，我还真盼着有人能去告，就怕没等怎么样自己先栽了！这样的例子还少吗？扈书记、广电局老局长，听说省里派来的新局长也狼狈逃窜了。你怎么样？去告告？咱也来它个杀富济贫，江湖义气！”

“既然如此嫉恶如仇，何不自己去告？”呆昊来个反激将。

“我？笑话，一个开小店的草民？”店主摇头摆手，“我们这些人不过苍蝇蚊虫而已，从中占点儿小便宜也算幸运！现在是法不责众……”

“你持这种观念，还敢提供证据？不怕砸了饭碗？”

“连雨天房漏了不过苫苫房而已，还想包打天下？”店主柔中带刚。

“你提供证据，人家不认账怎么办？”呆昊一派担心。

“我这有监控录像，就是广电局逃跑的那个新局长帮我安装的，是个微型小微很，谁也发现不了。”店主指指屋墙角，那里果然有个微型摄像机，在壁灯的掩护下极不易发现，“其实我并不愿管这些闲事，可那位局长说，为了大家不再遭受社会的不公，才应该人人关心社会的进步，铲除各种毒瘤……既然卷了进来，就推着走吧！”店主满脸诚恳。

“那人放的纸卷是什么？恐怕也是钞票吧？那可是个天文数字！”

“比钞票值钱，要是一卷钞票，顶多十万八万的，可这都是名贵字画，哪一幅都值百八十万！”店主看出呆昊刨根问底的意向，索性竹筒倒豆，“也许人家藏主藏得太多，这都是被淘汰的，谈好是先寄存在这儿，由我联系出手，藏家从不讨价还价。”

“这是谁？能如此有实力？”呆昊大惊。

“能是谁！一市之主，不过他倒是个行家，对字画情有独钟。”

就在这关键时刻，杲昊的手机响了，她便出了店门。电话是佫恪打来的，他说他已回省城，不想给她平添不快才不告而辞，如果她还想看到他，就经常到省里见见面，为使各自的心态平安软着陆，他不会轻易打扰她，因为每次相见他都给她带来灭顶之灾，他等她的选择。眼前已是漫天大雪，天地融为一体，身心都陷入混沌的杲昊，可向何处寻路呢！

42

得知佫恪已回省城，胡昌稷便自觉大势已去。他开始后悔轻信了那些瞎参谋乱干事的胡言，活到这一把年纪了，还没搞清每个人的每句话都与他们自身利益挂钩。虽说自己一直握着生杀大权，可下面一批乱党给他出的点子，都是拿他当枪，而他们在战火之后无不坐收其利，最典型的便是吴纳西！回头看看，自己每步错棋都是吴纳西支的招儿。他本该与佫恪联横，到了曹健那不也是一个平衡的砝码吗？其实曹健与许童抗衡，与他胡昌稷并不存在必然的因果。他只是下属是下个层面的，他完全可以既是曹健线上的也是许童营里的，干吗非弄得非此即彼？都是吴纳西这个赖头苍蝇，天天在他耳朵底下嗡嗡许副书记如何如何，就像许童就是他们的上帝，稍有不忠就会遭到报应。又逢人就先分析属于哪个线上的，好像不属于许童线上的就统统是敌人，一来二去，把他的思想观念全搞乱了，从而形成了凡是许童反对的他胡昌稷就必须反对，结果被夹了脚，再想迈出这个囹圄已是难能。还有万向权，他那么极力反对佫恪，现在看来，完全是为他个人营造广电集团主帅的云梯！好在自己没急于求成，万向权虽在主管，可文件尚未给他下。现在完全可以另设这个主帅，让万向权永远屈居那个副职！听说他向吴计下了黑手，打狗还得看主人面呢，吴计与自己的关系，万向权不会不知，凭他对花边新闻的敏感，对吴计的用招儿，明显是给他胡昌稷眼罩戴。

想到此，眼前突然闪过达生。当初达生突遭劫难他还暗自高兴了一阵子，认为是天助我也，或者是哪位真心朋友暗里相助，为自己除却了这个内奸。现在看来，明显是有人向他栽赃，种种迹象都表明是他胡昌稷授意干的，可他的清白唯天可表，他倒觉得许童的嫌疑很大，首先是为杀人灭口，省市间的许多秘密达生都是活见证。另外，这个赃栽到他胡昌稷头上是再恰当不过，一旦有个风吹草动，他胡昌稷就是前沿！真是苍天有眼，达生居然就没死！留下这个活口，他就会去洗刷一切！当时他与吴纳西去看奄奄一息的达生，吴纳西一再强调不必确保达生的成活，自己还傻乎乎地觉得吴纳西的雄韬大略……咦？达生会不会因此再次遇险？现在必须看清达生这个活口的重要，他可是目前这个纷乱世界的唯一沉降剂！想到这儿，他觉得应该将达生的安全提升到最重要的位置。为弄清达生现状，他起身去了医院。

只身置于住院部，胡昌稷突感茫然，就只是去见见达生？那有什么用？即使达生指证他胡昌稷一百个清白，也不能昭闻天下，况且凭他个人又不能确保达生的安全，他随即意识到个人的作用是多么弱小。他之所以所到之处一片呼应，那完全是权的作用，权意味着什么？意味着公检法、意味着万众，有了权就有了力量、有了行为的准则。可他是个随时都会失去权、失去由权派生出众多支撑的孤家寡人，谁还会为他洗刷那些不白之冤？不为他人顶罪就算自己的造化了！于是胡昌稷决定，先将自己的不白之冤，告知一个能主持公道的人，瞬间他锁定了王大为。

信步于王大为门前，门虚掩着，有限的缝隙不时传出王大为和另一个人的闲谈，声音极轻，胡昌稷仔细辨析未听出是求医问药还是日常交流，胡昌稷断定一定是一场密谈，于是连门都没敲，径直推门闯了进去。

与王大为密谈的竟是多日不见的翁折东！二人顿然如见突降的天神，一派灭顶。心中有什么别有鬼，二人的惨状正基于心中有鬼，因为二人正秘谋如何搭救身处险境的达生，而在他们眼里制造险境的正是胡昌稷其人。胡昌稷心中无鬼，因而对二人的大惊失色颇为不解，于是百般戏谑，“医院闹鬼了？怎么跟活见鬼了似的！”说者无心听者有意，翁折东率先失控，结结巴巴说他近期出了远门，未按时完成市长交予的任务。翁折东指的是那笔捐助希望工程的款子，他本打算一走了之，让胡昌稷享受一回空头支票，真是天不作美，或者就是天公有眼，眼前竟让他们狭路相逢。市长毕竟是大福大贵之人，怎么能由草民随意戏弄？于是下意识地缴械。对翁折东的任务胡昌稷一时懵懂，又怕被翁折东钻了空子，于是含糊其辞地，“交给的任务很多，拣个最重要的说说！”胡昌稷牢记一条原则，凡是对自己有利的意向，就必须令对方即刻敲定，让这意向先固定下来，免得留空容对方改主意，日后还得讨价还价。这原则屡试不爽，就连无限精明的翁折东也栽到这深沟大壑之中。翁折东当然没有搪塞的理由，只有口口声声马上筹措希望工程捐款的分儿。胡昌稷逼对方敲定了尚未兑现的承诺，当然不会再与翁折东周旋，因为他的主旨是要寻个见证，翁折东不是这类人选，于是极爽快地挥手说，“好啊，快去筹措吧。”便将翁折东打发了。

“到你这来，就是要你作个活证，一旦达生有个三长两短，也为我证个清白！就算以身殉职，也得做个明白鬼！”胡昌稷一派无奈。

王大为开始惭愧，刚才还在策划如何避开胡昌稷的视线，救达生于生死大界。如此看来，胡昌稷也在被陷害之列，顿感不可等闲，“我责无旁贷！是谁如此大胆，敢对你下毒手！”

“事到如今我也不想再瞒，完全是窝里斗！杀人灭口嫁祸于人，你总该有个谱了吧？”胡昌稷至诚至笃，完全一个无助老人的真诚求助。

“那你还替他们卖命！替他们背黑锅！”

“所以来找你出个主意，因为你身处最前线，最容易了解事情的真相……实际上我的命运就在你的手上……”胡昌稷一派凄然。稍停片刻胡昌稷将省市间的内幕，一股脑儿倒给了王大为，那是一种知己间的信任。他的塌陷完全是派系斗争的结果，他本该置身其外，可该死的吴纳西生生将他拉进了恶斗的旋涡！一个糊涂观念坑了他，那就是没弄清哪一派是正义，哪一派属非正义。这一错误归根结底是源于他老了精力不足了，想靠棵大树好乘凉。想不到大树倒了，会给他带来灭顶之灾。若再年轻些，他决不会将自己的脑袋变成别人的跑马场，任人随意践踏！

王大为听后，建议胡昌稷该退出历史舞台了，这一急流勇退之举应在近期断然实施，趁着大树还没倒，迅速撤出那片阴影。

“如何撤出？”胡昌稷急不可待。

“要撤得轰轰烈烈，要撤得路人皆知，要撤得不留任何痕迹，要撤得断掉一切后路！”王大为给出了一整套亡羊补牢的大原则。

“别卖关子了，快说说具体措施！”

“地点就选在新世纪万人广场！”王大为一板三眼，“刚才，翁折东不是答应给希望工程捐款了吗？就以捐款的名义再搞一次大型集会，人越多越能扩大影响，声势越大越能震撼人心。”

“这种影响还重要吗？况且已经搞过一次了。”胡昌稷一派气馁。

“当然这并不重要，重要的是你得在这次颇具影响的大会上金蝉脱壳，彻底摆脱目前的险境，后半生过上太平日子！”王大为高深莫测。

“如何金蝉脱壳？”胡昌稷被绕得晕头转向，“捞干的！”

“当着百万大众，你就当场晕过去做中风状。届时我安排一个得力护士，事情一发生就给我打电话，我估算了一下，救护车只用三分钟就能到，五分钟将你拉出会场，十分钟足可驶出市区，我亲自接送，上了高速公路出了省城，接下来的事就由你自己安排了！”王大为极力铺排。

“他们能那么轻易放过我？”胡昌稷仍心存疑虑。

“嗨！他们要的不就是第一把交椅吗？腾出来早忙不迭分赃去了！”

“好！一切听你的！”胡昌稷一锤定音！

43

毕竟是四十多年的苦心经营，胡昌稷一派流连，若把大学时期的拼搏也加起来那叫半个世纪！谁不想将自己的奋斗坚持到最后一刻，再画上一个圆满的句号，将一生打造得风风光光？胡昌稷的一生虽说是风风雨雨，可基本上走的算是直线，他一路攀登，到了快画句号的时候，终于登上了一市的第一把交椅。虽然有些气喘吁吁，但从未觉得力不从心，不想就在这最后的关口，他得来个历史性的大转折，抛下这刚刚到手的至高地位，转身去做流浪者！怎么不？装病后绝对不能住家里，面对那个可恶的疯婆子没病也得气出病！

回头看，他用在杨飞燕身上那一招可够狠，几年后，他老婆杨飞燕似乎就已经沦陷为精神病，十几年如一日，什么事也不再争不再讲，除了吃便是睡，安安心心过她的疯人日子，与植物人没什么两样，倒是安静多了。正因为这一招够毒，所以在俗恪的民意测验大会上，吴纳西操纵万向权也学着将此方用到了杲昊身上，这一次王大为良心大发现，没给杲昊做出精神分裂的诊断，不然用上几年的镇静剂，不疯即傻。当然俗恪也绝不会一旁袖手，他是以退出竞争舞台为代价，才换回了杲昊的平安。这一交换看上去并无大碍，可俗恪的历史使命就此告终，他不得不两袖清风回了省城，日后如何发展还要看他的造化。

想到这儿，胡昌稷的思绪突然打了结，他开始意识到王大为绝对有心计，他若是百分百站到吴纳西一边，就不该放过那个小女子，将她弄疯才是对佫佫最大的打击！那王大为对他胡昌稷所用的这套策略是不是另有图谋？于是胡昌稷没急于打道回府，而是令王大为打开了自己专用的医疗高间，声称太累想在此小憩一时，以仔细思考走还是留。走了王大为，孤独失落争先恐后挤了进来，小精灵般漫天飞舞，将个小小寰球闹得黑白颠倒、阴阳反串，无声世界同样是一个无法忍受！找谁给指指明路呢？唉，别看平时鞍前马后，可一旦让他们得知了自己的落魄，那一定是树倒猢狲散，别说鞍前马后，就算向他们讨杯水恐怕也是避之不及！王大为倒是说了句真话，他们要什么，不就是你的这个位置吗？把它交出去一切都尘埃落定！所以胡昌稷才极爽快地答应听王大为的，而一旦将这最大的砝码交出去，他还会有足轻重吗！事到如今连个讨教的人都找不到，真是可叹、可悲、可怜！一生用人怎么就没想到忠信，居然将一批批禄蠹聚拢到了自己身边，敲诈勒索者有之，狐假虎威者亦有之，假公济私者更是比比皆是！惨哪！胡昌稷不免一声长叹。

感叹之余他突然想到了吴计，那个有肉无灵的尤物，傻乎乎，赤诚诚，倒是给了他不少安慰。尤其是在他老婆住进精神病院、儿子也发了神经之际，她馨香馥郁的少女玉体确实给了他前所未有的抚慰，这也是他迟迟不肯对吴纳西下手的根本原因，因为这一红线正是由吴纳西所牵，在那些苦不堪言的日子里，是吴计将他拉出苦海。咦？是不是将吴计叫来？如果她肯陪自己一同潜踪匿迹，那他将义无反顾！这样想着便给吴计拨了电话，电话内容他做了超级渲染，他说自己得了脑溢血正躺在医院，很可能瘫痪或死去，希望她能来看他最后一眼。胡昌稷开始并没想这样说，只是在拨通电话那一瞬，才鬼使神差地胡诌起来，这也许是潜意识的驱动，他想知道吴计对一个失去权力的病老头子还是不是感兴趣，不想只十几分钟吴计便报丧鸟般飞进了病房。胡昌稷所属的几处要室，比如办公室、高间病房吴计都有钥匙，进出十分便利。

进了屋吴计便呜呜咽咽哭了起来，之所以没放声是怕惊动四邻，多年的运行她早训练有素。其悲怆凄切真可谓是感天地泣鬼神，哭了好一阵，吴计开始仔细查看胡昌稷的病状，掐掐他的手拽拽他的胳膊，胡昌稷不加任何外力，就那么任她扳来扳去。这可吓坏了吴计，“怎么？这些关节都不听使唤了？”吴计满眼泪痕，一脸伤痛。

胡昌稷苶苶地点着头，眼睛一刻也不离开吴计，以捕捉她细微变化。

“王大为呢？”吴计俨然以亲属自居，“这些狼心狗肺的东西！”

“瞎喊什么？你又不是我老婆，何必瞎操心！”

“十年前就是了！不如公布了名正言顺地照顾你！”吴计义无反顾。

胡昌稷极严肃地，“你就不嫌弃我这个病老头子？”

“贵人老了仍是贵样，乞丐再年轻还是乞丐样！人不在年龄大小而在于什么坯，别看我出身低贱心性高着呢！”吴计向诈病的胡昌稷宣誓。

“我可是有家室的……”胡昌稷出示不落忍状态。

“那算个屁家室，整个是冤家对头！你不觉得你那个家已是人间地狱了吗？”吴计撇着嘴、瞪着眼，极力渲染她的不屑。

“不是还有儿子嘛！他们还是两房的儿子。”

“儿子谁不会生！名正言顺了要几个给你生几个！”吴计赌咒发誓。

“别看我一时好了，病根儿已经落下了，指不定什么时候一犯就瘫在床上，那可是屎一把尿一把地侍奉着，你这一生的青春不是毁了？”

“什么叫毁了？黄继光毁不毁？邱少云毁不毁？人家那叫英雄！其实什么算好？自己愿意做又值得做的，那就算好！”吴计无愧无悔。

“小东西……”胡昌稷爱怜地拍拍吴计，出示极度满意，他要的就是这个结果，未来的岁月有吴计陪着那也是千年的造化！于是打点起千百种精神，“那可是没有了今天市长的头衔，也没有市委书记的荣耀了！”

“那都是虚的！只有你对我的好才是真的！知道吗？我就是喜欢你高雅帅气的样子，整个是贵族的样板！”吴计确实对胡昌稷一往情深。

“我最近若是外出疗养，你会跟着吗？”胡昌稷再次试探。

“当然能！万向权那个混账王八蛋早让我下岗了！正好没事，跟你走那是巴不得的，只怕你不带我！咦？到哪儿去？我看走得越远越好！”

“下岗了？你怎么不找我？”胡昌稷怒火中烧，如此看来，他的走该是定局了！到哪儿去呢？此前的话都是他在信口开河，不过是逗着吴计玩儿，虽然他答应了王大为的建议，那也是有意无意之间。应该再去见见丹青，让他们父子给自己定定音，他们的话才是金玉良言。

“找你？我是怕给你添麻烦！再说杲昊也下岗了，人家德才兼备的都能忍，我也就忍着呗！反正有你给我做主，万向权也不敢把我怎么样！”

“为什么单单让你们俩下岗？”胡昌稷不解。

“我俩没交溜须费，没钱，还不下岗！”

胡昌稷没作声，只是恨恨地咬了咬牙，内心的狰狞他没外露，多年的历练，他绝不会那么轻易地就将他的政治风向写在脸上，这已经成为他的一种化道。经过一段剧烈的燃烧，怒火已渐成灰烬，事已至此，他自觉无力回天，天下大势也不是他能左右的。于是又有意无意地，“宝贝儿，你说我们去哪？这次听你的！”胡昌稷指指墙上的地图，提示吴计，“你随便指，在这张图上，你指哪，我就带你去哪！”

吴计空前受宠自是乐不可支，她信手指向了新疆的喀纳斯湖。胡昌稷一看倒也甚合心意，他知道，那可是镶嵌在阿勒泰崇山峻岭的一块碧玉，与那里的小国寡民一起撒网捕鱼，共同观赏喀纳斯湖怪，后半生倒也不失世外桃源的情致，于是紧紧抱了抱吴计，“好，回去好好收拾一下，近日就启程，把手机开着，随时等候我的召唤。”

吴计天真地一笑，她不知胡昌稷的话是真是假，就算是逗她玩她也无怨无悔，手机她会开着，以随时等待胡昌稷的召唤，她认为只要有了胡昌稷，在哪都是一样快乐！

44

风清露冷，暮色几重，白茜正牧羊犬般守护着达生，达生病情虽有很大起色，但毕竟是伤了要害，又进行了大型修复手术，距康复出院还差一大截。就在白茜精心守夜，一个面戴大口罩的护士，送来了王大为的手令，说有个危重病人要她去做手术。白茜说她全程护理达生，没有再接其他手术的任务，护士便十万火急要她去见院长，白茜回头看看熟睡的达生料也无事，便锁上了三道门，去了院长办公室。

敲门无人应，又径直去了手术室，手术室已上了锁，根本没什么危重病人，于是电话与院长联系，千呼万唤好歹接通了手机，院长正在家中与妻子团聚，根本没给她写什么手令，经院长提示她才看出那根本不是院长的手迹！随即电话传来王大为的惊呼，坏了，达生出事了！白茜不以为然，因为她锁上了三道门，除非是孙大圣变苍蝇飞进去。咦？那是哪位护士？这么大个医院有几百名护士，她怎么能记得全？况且她还扣了个大口罩，鼻子嘴都未现形，难道达生真会应了院长的预言？白茜半信半疑加快步伐返回达生的病房。糟了，三道门均开着！白茜的心脏瞬间将速率推向极限，眼前一阵黑一阵白，待她跑进达生的病房，达生刀口迸裂，七窍流血，早已魂归离恨天！她下意识地看看表，她来去手术室不到二十分钟，职业本能告诉她，这案子是十五分钟前发生的，达生没救了！她被恐惧、悔恨、震惊、自责拉扯着，形成一个五马分尸的心理场，整个是魂飞魄散！她拼命收拢着，唯恐关键时刻精神分裂。几分钟的镇静，潜意识里闪出一线光亮，应该电话报警！正当这光亮给她带来定力，王大为及时雨般匆匆赶来，绕门的四水才露出一条生路！

白茜的一线生路，却将王大为绕进了四水之门。他异常震惊，虽属意料之中，却也是意料之外，他同样是半天没理出头绪，愣在那极力寻找每一丝线索。能干这种事的只有三个人，一个是许童，另一个是吴纳西，他们的目的显然是想给胡昌稷栽赃。但第三个也不排除胡昌稷，理由很简单，首先将胡昌稷拖进鬼沼的，就是吴纳西的转乾坤计划，作为吴纳西的结义金兰，达生无论如何脱不掉干系！若没有胡昌稷的庇护纵容，达生的霓彩化工公司决无横空出世的可能，而达生却伙同吴纳西以金钱美女之计将胡昌稷拖下水，在胡昌稷眼里，达生此举绝对是忘恩负义！那么，胡昌稷对达生的怨恨，就是司马昭之心。背地里他们还有些什么猫腻儿，王大为就不得而知了。王大为所推测的重要证据，就是这事儿发生在胡昌稷决定逃亡之后，逃逸前做掉这个累赘，为保日后清肃也未可知，同时也是反栽赃的最好途径。

第二种思路，或者换一个角度思考，想到栽赃，他自然会想到吴纳西。再者，某些自称知情人认为，暗杀达生应该是吴纳西所为，这恰是向胡昌稷身上泼脏水、栽赃陷害的最圆通思路，因为吴纳西的为人，就是最强硬的证据。此前，这些推理也许都有道理，可眼下再这样看就有些小儿科了，因为达生的死活只对一个人最关键，那就是许童！许童的上下去留都是达生一句话，所有的内幕达生都掌握在手，只要达生肯拿出证据，那就是铁案如山！许童也许是发现了胡昌稷不想再做挡箭牌的意向，不得已便先下手为强，没有了活证无论如何是安全多了。

如此看来，他王大为应该是这场格斗的终极收场者，他若一口应承是医疗事故，对肇事者无疑是最彻底的解脱，而他的承担也只是举手之劳。就在他思前想后之际，白茜出示报警的意向。王大为刹闸般说了个慢，然后又续上一段认真思考，终于拿出了快速检索后的拍板意向。他极为严肃地问白茜，是否愿意承担这是她的医疗事故？白茜当然不愿意，她说达生的起死回生几乎是她的杰作，她怎么能亲手抹杀！医疗事故之后的潜台词是什么？是诉讼，是赔偿，是毁誉，是终生都得背负的耻辱！那就意味着从此砸了自己的饭碗！那不等于去为凶手顶罪，去做达生的陪葬吗？白茜义正词严给了王大为一个重拳回击。王大为又问她有没有可能再到国外去就业？白茜愈加强烈地申明，她学成回国就是为报效祖国，这样不明不白一走了之，算怎么回事？再者，她上海的老爸还指着她养老送终呢！王大为沉重地点了点头，然后又使劲握了握白茜的手，一字一顿地说，“那你报警吧，千万别说我王大为来过。”说完影子似的飘走了，将一团巨大的恐怖甩给了白茜。

二十分钟后，警车拖着凄厉的惨叫呼啸着包围了医院，刑警、侦警和法医又包围了达生和白茜。鉴于王大为的模棱，白茜早做了自己的安排，二十分钟前她把安装在墙上的猫眼儿取了下来，通过猫眼儿摄录的微型录像带，也被她藏了个严密，有朝一日她会让这些录像作证。收拾了残局打扫了战场，她静等警察的到来，不想却被当成了怀疑对象包围起来。她暗自慨叹，若她一旦被灭口，那些录像就成了千古之谜！经过一小时的侦查，警察们终于收了场。石破天惊的结论是，白茜竟被当作第一嫌犯带上了警车，不容她申诉不容她解释，一路将她带到看守所塞进了重犯牢房，说让她好好反省，清理好思路，第二天开庭审判。

一夜的非人精神摧残，白茜只觉头重脚轻。白茜的反省已是鞭辟入里，第一便是不要在人群里拔尖子，第二不要去管粘连隐私的闲事，第三退一步天高地广。若不是在人群里拔尖子，达生这样的危重病人就不会推给她，不推给她，就粘不上抖搂不清的隐私。既然到了这一步，就该听王大为的指点，承认是自己的医疗事故所致，这会儿，顶多在办公室写写检查。现在倒好，院长拂袖而去，且断然否认到过案发现场，送信的护士更是逃之夭夭，这就是贪图一时痛快的惨重代价！

随即送上来一大堆律师名单，选谁呢？白茜一时毫无主张，好歹收拢了精气神才看清一个个汉字，但都黑头苍蝇般分不清笔画，又努力定定神辨出一个白字。天！那不是一家子吗？一笔写不出两个白，一家子就会三分向，指不定能替她搞清楚，于是信手指向了那个白——白律师。

接下来，白茜又被送到一个森严壁垒的小黑屋，总体感觉是四肢发麻，头脑发木，腕上的表也被缴了械，再想分清白天黑夜，已是蜀道之难！稍有沉降又有女警来报，说她老爸来看她。有人来就好，多个人就多一份力量！见有人进屋她便一跃而起，扑到未经核实的老爸怀里，微弱的灯光下，拥抱了好一会儿，才注意到老爸蓄起了大胡子。怎么突然改变了形象？管他呢，如今讲究夕阳红，追赶时髦也未见得。

“老爸救我！”随后跟着老爸出了监狱大门，外面已是繁星闪烁灯火阑珊。门口停了一辆轿车，老爸便推她上车，车上坐的竟是王大为的司机，这才稳下神仔细端详她的老爸，那人一把将胡子扯下，居然是院长王大为！白茜气急败坏，“这到底玩的是哪招？多米诺？把我这个无辜也推翻在地！”随即一腔怒火两眼辛酸，“不会是送我去刑场吧？”

王大为一挥手车缓缓启动，王大为这才一字千钧地，“差不多，先回你留学的地方！”说着将机票、身份证和护照一齐塞给了白茜。

“咦？这是怎么弄出来的？不是得通过公安部门吗？”白茜喃喃。

“对，都是真家伙，正规部门开出来的，日后我会详细告诉你。”

进了市区灯火依旧辉煌，繁华与太平将一切都覆盖了，雪花仍不停地喧嚣，不知要闹出个瑞雪丰年，还是一定要闹腾出个窦娥之冤。

白茜看到报刊橱窗一则大字通栏标题，将她吓了个魂飞魄散。

刺杀模范企业家凶手初见端倪，女医生供认同谋暗杀！

白茜惊叹，达生真是死得其所！

45

送走了白茜，王大为急匆匆回了医院，不想又一起惊天命案轰然上演，市内知名作家庞贝上吊自杀！当尸体运抵医院已是全僵状态，由庞贝储存的全部信息，至此成为千古绝唱！庞贝的千古绝唱对某些人是至关重要，王大为早有耳闻，可惜其中底里他却一无所知。他猜测想知其底里的人一定不少，庞贝的妻子将成为被关注的焦点，他有责任保护这位知名人士的无辜遗孀。王大为看看依然是夜色浓重，好在尚有厚重的夜幕包裹着，信息还未来得及扩散，策划好这场大戏的落幕便是重中之最。只几分钟他就想好了大概的路子，首先迅速安排好灵堂格局，美容师为遗体化妆整容，一应服装道具，都由医院附属的寿衣店提供。庞贝瞬间被修饰一新，灵堂也布置得花团锦簇，庞贝安卧在花草丛中，一如豪华国葬。安排好灵堂，王大为便将庞妻带到自己的办公室，随即反锁房门，摘下电话，他要来个心理探秘。

此时庞妻完全陷入恐惧重围，周身颤抖目光呆滞。王大为估计，庞妻的思维一定极乱，想让她说出个所以然至少得一周以后，可一周以后一切都大局已定，什么都晚了！稍示沉降，王大为开始对庞妻实施心理大调整，先是为她冲了杯热咖啡，让她升温提神，然后轻描淡写地谈了些人生无常等宿命性的市井俗话。他见庞妻对宿命话题极感兴趣，于是东拉西扯旁敲侧击，为庞妻剖析有生以来的人生走向以及运势脉络，只几个回合，庞妻便五体投地，随之进入凝神敛气阶段。王大为接着为她梳理尚处混乱的思路，边梳理边渗入事态发生发展的来龙去脉，庞妻连连点头赞同，王大为看到庞妻思维渐趋正常，于是一针见血指出，庞作家是被不正的社会风气所害，更具体些就是被那些贪官污吏所害。

说到这庞妻哇地哭出了声，呜咽了好一阵心头压力便泄掉过半，她说出了令王大为想象不到的一句——蛆钻不进没缝的鸡蛋。

“像庞兄这样的优秀人物鸡蛋也会有缝？”王大为试探着，企图弄清这缝的性质，而庞妻在神志渐趋清醒之际，绝对想捞到一根救命的稻草。一个训练有素、终年为领导阶层服务的人，当然极会察言观色，凭着她的敏锐嗅觉，她自然能判断出王大为是善意或恶意。于是回问了一句，“老庞平时与院长关系如何？”王大为为获得第一手资料，于是大展变形金刚之能事，他忽悠说庞贝是他的绝对知己，那是无话不说。只是近来发生了达生案，只顾达生的安危，还得配合法律部门的调查，所以与庞兄的来往少了些，不想竟出了如此惊天大案。王大为看出庞妻对达生命案并没大惊小怪，从而推断她并不知达生已死，这会减轻她许多心理压力，对探询她心理胡底大有裨益。于是顺藤摸瓜：“庞兄想不开是不是与达生案有关？”庞妻略作调整回道：“若说直接原因，却是没什么关系，老庞已经走了，真不想去翻他的老账。可院长既是他贴心知己，不妨告诉你，老庞他也是有虚荣的，他说他一辈子的奋斗，不外是想在人间留下自己一丝足迹，那进册入史便是他最大心愿。前阵省文史办搜选入编作家，他便动了心，如今想做成事没有钱是白扯，主编向老庞暗示出二十万元才能进文学史，为实现这一人生目标，老庞凑足了二十万，他终于梦想成真……”王大为有些纳闷儿，既已梦想成真，为什么还要自寻短见？他将这一意向委婉地传导给庞妻，庞妻苦笑一下：“那不明摆着，这二十万来历不明，犯了事！”王大为问钱是哪弄的？庞妻此时已毫不掩饰：“老庞是个书呆子，就算银行大开四门，他都不敢去拿。你知道，我是达生的会计，是我从达生账户上划出去二十万。”王大为献策，那由庞妻先应承下来日后再寻找机会，将钱还上不结了？也不至于逼庞贝走上绝路。庞妻回说没那么简单，先是主编将信息传到许童那，许童又将信息传给胡昌稷，胡昌稷便追究二十万的来历，纸里包不住火，一查便查到寄款单位是霓彩化工公司财务！王大为又问，主编怎么会将信息传给许童？答曰，主编是许童的小姨子！王大为在惊叹冤家路窄之余，又追问为什么不想办法马上还钱？庞妻凄然回答，哪有那么简单，当初将霓彩原始股送给许童的正是庞妻！而这一举措是吴纳西的授意。吴纳西终于弄到替死的把柄，便让庞贝承担全部责任！王大为急问什么责任？庞妻说，就是让庞贝承认为进文学史，让妻子偷出原始股送给省高官以疏通关系，这样庞贝就得背负经济与人格双重罪责，他觉得无颜见人便寻了短见！王大为追问，还有谁知道这一实情，庞妻大声疾呼，这就足够了，非得闹得满城风雨妇孺皆知！话题谈到这只能戛然而止，船遇暗礁，再不掉头就得触礁沉船。

王大为边听边为庞贝惋惜，如此一个优秀人物竟没有几个真正的朋友，难道知名人士都是孤家寡人，阳春白雪和者盖寡？又转向庞妻，“你觉得庞作家这一走，一切问题都烟消雾散了吗？我是指许童那边。”

“怎么会！起码我得承担原始股的责任，或者干脆就是我贪污了！”

“你就甘做替罪羊？其实原始股与二十万是两回事！”

“那有什么办法！是死是活听天由命了……”庞妻凄苦无助。

“你知不知道三十六计，走为上计？你就带上孩子快走，庞兄的一应后事就全权交给我来处理。车开之后，你在车上给作协打个电话，让他们关照庞作家的后事，你的任务就完成了。”

“走？我能去哪？出去找谁呀？”

“就去找胡大龙，他现在改名胡杨，前不久方自珍也跟他去了！他们在南方经营用材林，森林属于可再生资源，比石油还有前景，谁种谁就会成为富翁。只要你能参与植树，十年后你一准会彻底改变命运！我有他的电话，你可以随时同他联系！”王大为运筹帷幄。

庞妻欣然掏出一串钥匙，“这是家里的钥匙，一切都交给你了！”她是下决心重新演绎自己的命运，为庞贝的遗志，也为庞贝的遗孤。

庞妻走后，王大为又经过千万次筛选，他认为这个家只有杲昊去管理最合适，她不是庞贝的破格女弟子吗？所谓破格那一定是要打破一切心理禁忌的，可见杲昊在庞贝心中的位置，于是电话催来了杲昊。

虽已是清晨，可阳光仍掩藏于灰蒙蒙的烟霭之中，得知是王大为急传，杲昊以为是达生的命案有了线索，便急如星火赶了过来。此时王大为早已调节好心理节奏，他知道这对杲昊肯定是致命打击，杲昊是有心理疾病的。见了杲昊王大为极力大尺度、高视点地开导了好一会儿，见杲昊渐渐进入了状态，估计她不会因突来的刺激而发生意外，这才缓缓告诉她，庞贝因脑溢血而溘然长逝。杲昊果然是打击不小，但在王大为“生命无常”的劝导下，终于接受了现实。王大为委婉地告诉她，庞妻因过分悲痛几次昏厥，他已派人将她送回老家。说着拿出庞家钥匙，说是庞妻全权委托她去清点庞贝遗物，还说这也是庞贝的遗愿。

杲昊接过钥匙，蒙太奇般闪现出庞贝入史的庆典，庆典上他私下送她一枚小钥匙，说那是打开他心灵库房的唯一工具，还说他进文学史纯属朝菌对晨露的迷恋，完成一个过客的心愿云云。拿到钥匙她感到沉甸甸，她将是开启庞贝心灵宝库的第一人！带着沉重的使命她刻不容缓进了人去楼空的庞宅，一心去寻找庞贝的所谓心灵库房，她拿出那枚一直带在身上的小钥匙，打开一个精美的小铁箱，然后却是一个极漫长的开启，经历了一段心理历程的马拉松，箱盖子终于被打开，里面的秘密赤裸裸曝光，竟是一箱的纸灰！庞贝的心灵珍藏彻底定格为千古之谜！而杲昊的脑海却浮现一个清晰的概念——庞贝自绝于人民，自绝于党！

46

胡昌稷对王大为撤退政坛的建议仍未做最后敲定，眼睁睁将自己苦心经营近三十年的黄金宝座拱手让与他人，其实是极残酷的！他觉得有些对不住自己。上面不是还有许童顶着吗？管他正义与非正义，政治本来是有功利性的，顺我者昌逆我者亡，这早已是不成文的真理。许童并没拿他当外人，如果助许童一臂使他先渡过难关，事后还不是大家利益均沾，转而又想一旦渡不过去，那可是一损俱损，跟着他吃瓜落委实有些冤！近几年替他们背黑锅已够沉重，到了最后再不保晚节岂不亏之又亏！思来想去胡昌稷破天荒没了主意，于是想到了自己政治生涯的军师丹青父子。多年来，每遇上政治难题他都去找军师丹霓，用他神秘莫测的八卦思维细细解析，那才是上看下看左看右看里看外看，一件事经过八八六十四次排列组合，那还能有什么大漏洞，绝对是事无不成！

想到此便收拾了自己的顶级细软起身去了丹家崖，他是经过一番精心化装，确定熟人认不出他才打的上路的。一路上他一句话没说，只在大口罩和羽绒服连衣帽的掩护下看了一眼司机，同时递上一张纸条，上写着丹家崖及不用找零等字样，他给了司机一百元大票，估计一半都用不了。在多余价值的驱动下，司机极为友好地将他送到了丹家崖，在村委会门前他下了车打发了司机，这才满身心逍遥地放目四野。

村落在大雪的层层包裹下，俨然一个童话世界，可作为一市之首的他却沦落到自身难保的惨局，一旦他卸任市长是不是每天都是如此？那他去找丹霓出谋还有必要吗？于是下决心打道回府。不想一转身村委会大门走出了魏洞天，胡昌稷完全出于下意识，一种强烈的他乡遇故知的冲动，将他推向魏洞天，"洞天！"其声音绝对强力，承载着满负荷求救与期待，那种寻觅同伙的急切，一如迷失了方向的孤狼。

魏洞天先是一怔，没有即刻认出已经改头换面了的胡昌稷，但凭他的敏锐靠他的熟知，还是片刻就排除了众多干扰，一眼认出了他，"胡书记？怎么也不事先告知一声！车呢？怎么就一个人走着？"

"就想看看你们父子，还有丹家父子……没带车，打的来的！"胡昌稷摘下口罩呈现一脸凄惶，那是一种落魄的先兆。

"哎呀，书记你也太屈着自己了！"魏洞天自幼在魏乾的韧性法则教育下，抗打击能力极强。从不将强势人物放在眼里，骨子里总是操着初生牛犊的态势，对胡昌稷更是认定一张虎皮而已，不过这一次却被他彻骨的凄惶震撼，于是满负荷真诚："巧了，这会儿几位老人都聚在御寒山庄，到了备耕时节他们总要集体过几天，规划新一年的蓝图，热闹着呢！我刚处理好村里的事，正要去山庄……"

胡昌稷听后顿然满心阳光，随魏洞天去了御寒山庄。魏洞天先行手机禀告，待胡昌稷到达，便受到大家的空前礼遇，自是一派融融。而胡昌稷至今尚是身居恶斗的旋涡，于是长吁连连。

最敏感的当然是他的军师丹霓，借着大家注意力分散之际，丹霓凑近胡昌稷耳语，"是不是有了解不开的难题？"

胡昌稷毫不掩饰，"正是！有重大决策向您讨教……"

丹霓略点了点头，又与众人寒暄热闹了一阵，便推说要请市长品尝他的瑞雪碧螺，便带胡昌稷离席而去。他先带胡昌稷上了顶楼，那是一间十分豪华的观景室，凹陷的半月形看台，将窗外的全景包揽无余。所包揽的那一片绮丽外景，正是丹家崖标志性区域，峰岚起伏的崖体一片赭红，间或白雪点缀其上，远远望去一如盛开的冰雪红梅。当年丹家祖上选择此处落脚，就是看中这丹色的峰崖正与自家姓氏相谐，指望风吹草动，也好暗中屏障。果然应了这一愿望，每个恶性变故丹家都有贵人相助，不但安然渡过难关还能独享世外仙人的奇趣，真真是祸兮福所倚。

两人于半环形大沙发上落座，先品了一会儿上等碧螺春，在共同心理背景的导引下，各自展示惊心动魄的历史画卷，绵绵若存，用之不勤。

当年胡昌稷到丹家崖实习，一天，正当他专心勘测矿脉走向，夕阳的余晖里映出一个晃动的人影，循着光影他看出那是个少年，正往一棵大枯树上搭软梯。胡昌稷对此极为担忧，这少年是要寻短见还是要探熊窝，他知道冬天的熊就是在这样的树洞里冬眠，无论哪种情况对那少年都是一种凶险，于是疾步飞奔过去。少年虽已爬上树顶，见有人来却又反身爬了下来，见到胡昌稷那少年已是面如土色，两腿打着哆嗦，明显是受了惊吓。胡昌稷不解他为什么如此恐怖，便极关切地询问，“是看到熊了吧？”少年木讷，在胡昌稷的抚慰下情绪渐趋平和，点点头。胡昌稷为了一探究竟，便夺路上了软梯，那孩子一下跪在胡昌稷面前，撕心裂肺般哀求胡昌稷不要上去。就在少年苦苦哀求之际，树头上站出一个人，胡昌稷看到那是个壮年男子，饱经沧桑的仪容依然不失高贵与儒雅。再看看树下的英俊少年，可以断定这是一对父子，他们简直就是同出一个模板。胡昌稷与他对视了片刻，那人极恳切地言道：“请不要难为孩子，有事冲我来！”胡昌稷问：“为何居于此处？”答曰：“天地之大难以容身，故缩身树洞以求生存，如果你尚有一丝同情，就放过我们父子！”胡昌稷当然极富同情，于是追问：“你们靠什么生活？有吃的吗？”那男子没作声。半晌胡昌稷又问：“这冰天雪地的，树洞里不冷吗？”那男子泪如雨下：“为求得一线生机的人，还讲究冷暖吗？”只这一句，胡昌稷便全心为之动容，他终于弄清，这对父子是几经磨难的丹霓和丹青，于是下决心，一定为这对父子撑起一片绿荫。

一段艰涩的回溯，二人渐次收拢了思绪，丹霓率先跃上峰巅，“吾所以有大患者，为吾有身，及吾无身，吾有何患？”

胡昌稷沉思了半晌，“所以才来请老师指点迷津，我正身处绝境。”

“功成而退，天之道也。”丹霓感觉到胡昌稷满心红尘，便知道他对自己一生的苦心经营是绝对难以割舍。已知天命的男人其实最热衷的还是自己的事业，多年的经营，已成为这一领域的顶级行家，如何就能断然弃之？丹霓又深层次注视了胡昌稷，他虽已快进花甲之年，可他的身体、他的精力，均处于巅峰，正经能出一段大力，只是被世事扭曲了的心，给他前途布下了无穷的障碍。俗语说人在江湖身不由己，他能支撑到现在的状态也够难为他，于是生出无限怜悯，“我并不是劝你引退蛰居，功成身退只是不居功贪位、敛藏锋芒而已……”

“如今想敛藏锋芒已来不及，我被逼上梁山，想投诚都无人接纳！”

“转向啊！从那个乱石窝撤出来，重打鼓另开张，人生就得有几次从头再来！”丹霓略顿以观察胡昌稷的接纳程度。胡昌稷是有幸者，他没急于反驳，而是出示了弱势者的求助，这使丹霓的底气顿然飙升，“大海尚有潮起潮落呢，那只是因为所处的位置不同！铜匠迈克尔说，世界上没有垃圾，只有放错了地方的财富。所以说，世界上没有蠢材只有放错了位置的人才！‘顺我者昌，逆我者亡’，那是强者的专利，换换地方你也许就是千金难求的和氏璧了……”

这论断与此前王大为的忠告接上了轨，一个观点，若一百个人都能认可，那就应该算真理了，面对真理还有什么可疑虑的！胡昌稷至此下定决心，三十六计走为上计，他会按王大为的指点暗度陈仓。可他该向何处去呢？于是向军师提出由衷的天问，“那我何处落脚？”

“去种树，再造秀美山川！如果你想永远面向太阳，就该去学向日葵，早晨面向东，傍晚就必须面向西，学会转向吧！”

47

正当胡昌稷准备全方位撤退，他的心腹万向权却在大踏步前进，刚风闻事业单位可设置董事会，万向权便开始实施。他贴出大幅告示，凡是能一次性拿出一千万资金者便可进入董事会。事先他调动了全部潜能写了一份设立董事会的报告，送给胡昌稷审批，胡昌稷已打定主意潜逃哪还有心思看他的报告，只走马观花看了几眼便给他签了字。得了老帅的令箭万向权全速出击，除了文字类告示，他还利用手中的各种媒体大肆宣传，广播、电视、节目网络，他扯起了一个立体环绕式宣传网。

林茂而众鸟息，醯酸而群蚋聚，巴娜娜便是闻风而动的一个，凡事她都喜欢顶级、拔尖，只可惜能力所限，她才屈居人下，不然她早腾云驾雾去太空旅居了。不得已只能于边角地带出奇制胜，比方端个纳米杯操支派克笔持部诺基亚手机等小物件，在富豪那里早是毛毛雨，而巴娜娜却当作身份的象征，岂不知她只能馋馋那些眼皮浅的乡巴佬，持着这样一种高压态势她怎么可能安分守己，于是满世界寻觅。她终于在华瑾那里寻到一块寄居地，可不久便弄得与主人的思想大错位，尤其是自己的女友冉红被华氏家族重用，巴娜娜更是妒意丛生。不过在华瑾那里她也未遭太大冷落，巴娜娜对此已是自认高人一等，于是倒也消停。

当她得知万向权的新举措，便将久蓄的高压大马力调动起来，准备抓住这次机遇全力一搏。她原本就想将电视广告全盘承揽下来，以便为华瑾的绿叶生态张目，这回可算是如愿以偿。于是先行将她的意图对华瑾细细剖析，然后毫无悬念地支出了一千万，带着这份厚礼，她杀回了广电集团。此次她没像以往那样，只在小物件上精心打造，而是操持了满腹鸿猷，她决心挟泰山以超北海。眼下看上去这并不难，首先她有华瑾的一千万垫底，她会轻而易举地拿到董事会入场券，进了董事会先行将广告一块做大做强，那是她的长项，她知道万向权绝对爱财，有了钱就能让他全方位降服！开始几年也许是挟天子以令诸侯的格局，等过几年，她就会在全市结成人际关系网，找个机会将万向权置于死地那是轻刀脔肉！她就会毫无悬念地成为这座大厦的主人，她会选择三十层中最好一层作为栖息地，享受真正腾云驾雾的快感，更为顶级的是，她会给这里所有的人都拴上牵绳，像摆弄木偶一样布局他们的命运。那不就是城堡里的女王吗？只是范围小了点，姑且算做袖珍国吧！想到此，她狰狞地笑笑，将恶毒的目光肆无忌惮地抛向恰好迎面走来的卢淑女，同时配以内心独白，治死卢淑女如同碾死一只臭虫。

卢淑女毛骨悚然，也许是巴娜娜脸上的疤痕再配上她的狞笑，卢淑女一如遭遇恐怖大片的劫匪，下意识举手遮面，落荒逃离巴娜娜的视野。

巴娜娜又对众人施以胜利一笑，这笑很多维，不同角度会读出不同的参数，最核心的潜台词就是她已抢占了命运的高地！扔下这些信息她转身去会万向权，能否攻下这大厦最后的堡垒，就看她的道行和决心。

带着满负荷杀机，巴娜娜进了万向权的办公室。由于她带着一千万的荆山之玉，万向权几乎一丝都没捕捉到巴娜娜的策反意向，倒是怜香惜玉先看到他为她脸上留下的一道疤痕，生平第一次付以最诚挚的歉意：“巴娜娜，真是对不起呀，让你完美的脸破了相，我常常有一种负罪感，你一定很恨我吧？不过那确实不是我的本意，绝对是误伤，你想啊，若是有意而为，我就直接摔你脸上了……”

“别以为这疤痕是永久牌的，一次小小整容，就会完全消失！”巴娜娜神态自若语气肯定，一派海涵的大度，其实那是一个多声部宣言，主旋律是：你也不用幸灾乐祸，你将为此付出最惨重的代价！

被一千万人民币囿于贪赃囹圄的万向权，哪能听得出这多声部的交响，就更别提弦外之音了，因而完全解除了心理防线，他的话除了真诚还是真诚，因为他确实需要一个能为他搂钱的耙子。于是信口开河，“娜娜回来吧，集团董事会我是董事长，你就任副董事长，局里你就任常务副局长，一任大事小情你都全管起来，不能只管广告！”

巴娜娜轻蔑地笑笑，万向权也太不自量力了，即使自行设定了这个格局，也不是他万向权能左右得了的，于是极尽反诘，“没那么容易吧？”

万向权对巴娜娜的印象原本就不像对吴计，对吴计是一个厌，对应词是不齿于人类，巴娜娜则不同，可以说还是合得来，就算有些嫌隙那也是可以谅解，对应词是瑕不掩瑜，前不久的冲突纯属意气用事，那也是巴娜娜太过咄咄。此次相遇还真有些愧疚，于是推心置腹给巴娜娜上了一堂人际关系课，“有些事看上去很难，那得看是谁，读名牌大学难吧？你若是高干子女就大大不同，人家能就读，对校方就是个赏脸！再比方评奖，圈里的可以内定，圈外的未加考核名单就被扔进垃圾桶。如今的事就是这样千万要看开。”接下来将高层内幕也揭给了巴娜娜，理清了脉络，找准了焦点，万向权又透了一个偏方：胡昌稷那还有一个看不见的牵线，可关键时刻对胡昌稷的命运就像催化剂，虽然不参与化学反应，可绝对决定着反应的结果，那是不可忽视的决定因素。

巴娜娜注意力开始集中，急切切向万向权询问此人是谁，巴娜娜尚属初生的牛犊，于是瞬间鼓胀起制服欲望，因而一脸的杀机。

杀机虽然满负荷，可在万向权眼中不过是免冠徒跣之举，于是不屑地笑笑，又云山雾罩地告诉巴娜娜，“这个人物既然是胡昌稷的暗中牵线那是不能轻易现身的，就像让老百姓毛骨悚然的鬼魅，大家为什么都怕鬼？就是因为他来无影、去无踪，而且破坏力很大，招灾、破财甚至索命！可是拿他却一点办法没有，看不见摸不着，就算偶尔现现身，大家也是被吓得胆战心惊、魂不附体，想想看谁能惹得起？”

巴娜娜一时哑然，潜意识转悠着那确实惹不起。她平时也是最怕捣鬼，不然她怎么会看不上吴计，于是反问，“那你看该怎么办？”

万向权暗藏玄机，“这不关我们的事，他要搞鬼就搞他的，人家瞄准的是胡昌稷，也不是我们这些萝卜头，反正有胡昌稷在前面顶着，小鬼怎么也斗不过阎王！目前是悠悠万事唯此为大，除了改革还是改革！”

巴娜娜不谙地追问，“改革只是个大前提，怎么改法？”

“成立董事会，聘你为副董事长！人生不就是追求轰轰烈烈吗？大家都想让自己的一生轰轰烈烈，可为什么都轰轰不起来呢？就是缺个舞台！现在舞台就在你脚下，怎么轰动那就是你的事了，懂了？”

巴娜娜终于被万向权说服，关键词就是舞台，有多大舞台就能演多大的戏！在华瑾那她顶多是仰人鼻息的看家狗，连金丝雀都算不上。杲昊曾告诫她，成功的人生就是拥有自己的舞台演自己的戏，演得好坏不是主要的，因为世人都有自己的尺子，他们会量出不同的结果，重要的是搏命去演！于是慨然对万向权承诺，此次一定要干他个轰轰烈烈地覆天翻，最后给了一个掷地有声的疑问，“说吧，要我怎么做？”

万向权的刀是从来不吃素的，出手便带着血腥，为了刀不虚发，他进一步全力调动，“想想看，要打造一个像样的舞台首先要做什么？那些丛生的杂草，死硬的绊脚石，你不先行清理掉，这个舞台还怎么搭？”

“清除绊脚石？好主意！你是指杲昊吧？”巴娜娜一脸的大义灭亲。

“真是响鼓不用重锤！”万向权开始收网，他怕失去这唯一借刀杀人的良机，“将她档案交给人才交流中心，让她另谋生路去吧！”

“我看行！”巴娜娜带着重锤下的破损，全力推波助澜。

沉渣泛起之际，杲昊的命运被一锤定音，一派沸反盈天。

48

经过百分之百的精心策划，一场金蝉脱壳的世纪大戏即将在市政广场上演，天公也很作美，春寒料峭中捧出一轮红日，难得的大晴天。湛蓝的苍穹接纳了无数巨大的彩球，球下拖着巨幅标语，众星捧月般簇拥着希望工程这个主旋律，一派大慈大悲的梵天萨地，让行进者惊心令触目者动魄。各路要员围坐在半月形主席台上，中心地带却空着，那是脱壳大戏的主角胡昌稷的位置。胡昌稷的迟到也属精心策划的一部分，此前一周他就造舆论说他心脏不好，多年的眩晕症也见加重，动辄停下来以手掩面以示身体欠爽。这弄得局外人纷纷规劝，书记兼市长万万要以身体为重，一市的支柱万不可轻出意外。胡昌稷便声称他最关心的希望工程尚未四脚落地，言下之意，希望工程一旦落实他会考虑以休养生息为主，于是紧锣密鼓搞了此次希望工程奠基仪式。仪式没设在校址而是设在市府广场，其中也有招徕的意思。市府广场是人流密集之处，政治上是个强大的广告效应，经济上也会拉动更多的人前来捐款。

另外胡昌稷迟到还有一个小小的临时缘故，一周来，他找了所有的心腹亲信，也许是为留个好念想，问他们都有什么个人需求，万向权除要求为正局长下文，另一个就是高级编辑。正巧一大早许童来电话，说省里给了个高级职称名额，胡昌稷便将万向权叫到办公室，让他速速去找许童，将高级职称解决掉。万向权硬撑着金榜题名的兴奋，笃之又笃地问，“是不是等奠基仪式完了再走？”胡昌稷蹙了蹙眉，“都什么时候了还玩深沉，今后的日子就好自为之吧。”胡昌稷的本意是没有自己给罩着，你万向权单打独斗去。万向权一时懵懂，满心疑云转身走了。

看着万向权出了门，胡昌稷感到万般失落，这失落当然不是万向权的走，而是感到使命的最后终结，此后他再也不用发号施令，再也不用同这些芸芸众生牵扯什么恩怨情仇，只待一会儿搞完那个告别仪式他就将开始另一种生活，丹青说那是复归自然或是返璞归真。想着念着他一路忽忽悠悠进了会场，只听得鼓乐齐鸣、凯歌高奏，鼓乐声中他款款登台，准备他最后一次公开亮相。不经意间瞥见了翁折东，对，这位才是今天真正的主角，记得他要向希望工程捐一笔巨款。咦？上次电视募捐他不是已经捐过了吗？怎么又捐？他有多少钱这样捐来捐去，为的就是一纸空名吗？面对命运的大转折，胡昌稷空前跌落，似乎自动关闭了智慧之门，一切往事都变得含糊其辞、似是而非！接下来只盯住手表所指示的时辰，九点五十分，丹青说那是九五至尊，再前进一步就是亢龙有悔！他之所以忽忽悠悠，就是对这一理论的不确认，犹豫源自无知！翁折东的捐赠是为他胡昌稷再添一笔政绩吗？可现在一切都毫无意义了！

此时的翁折东同样也是忽忽悠悠，他忽悠的原因同样源自无知，因为他绝对不知道胡昌稷是在上演金蝉脱壳的世纪大戏，他是将此次活动作为历史转机来运筹的。此前他去西部转悠了几天，寻来找去并没找到赚大钱的项目，即使有那也得是前期的大量投入，西部需要的是南水北调、西气东输、东煤西运这样的大项目。他眼观六路、耳听八方，好歹弄清了一个概念，那就是创业何其难！那是需要大智慧、大资金、大劳动的投入。大智慧也许他有，因为他会站在完全自信的角度去认可，劳动他也能在临近不惑之年孤注一掷，可资金他就不能不自惭形秽，用金座抵押贷来的三千万只不过是仨瓜俩枣，面对那些大项目只能是望尘莫及！若操作自己熟悉的餐饮、服饰一类更具诸多障碍，首先是地域文化的不通。论食文化，西北人早就钢浇铁铸出了拉面条、杠头饼、羊肉泡馍一类，想改变他们的口味怕不是三顿两餐的事。鲁迅早就警示，中国人想改改炉灶都得流血，更何况想改变交枪不交醋的西北人！服饰更是如此，羊肚肚毛巾红腰带，那种杨柳青式的大红大绿强烈对比，早有人家的审美套路。更为严重的是他将面对极为恶劣的生态环境，黄土、大风、沙尘，待他用智慧和汗水把这里改造成人间花园，他的生命也许就到了尽头。可眼下胡昌稷创造的这个转机，至少不必那么辛苦，三千万一捐，可不仅仅是匾上留名，那不是彪炳史册、流芳百世吗？他掐指一算，那种学校又不需太豪华，手头的三千万足够建一所很像样的希望小学，真真是老天饿不死没眼的野鸡！操着东方不败的态势，他与胡昌稷正式接轨，众目睽睽之下，他与胡昌稷握手拥抱。

胡昌稷对翁折东是心存十二分的感激，因为翁折东为他释放了巨大的烟幕，他会在这烟幕的掩护下逃之夭夭。翁折东自觉拿到了铁扇公主的扇子，心中大呼：金步米你这牛魔王，看你的火焰山还灭火不灭火！

翁折东打点起千百种精神，于希望工程奠基大典登台亮相，太阳光下，摄像机前，他拱手交出了银行贷来的三千万元人民币存单。他当然很甘心，拱手交出——只此一举，他便完成了划时代的蜕变，似是从皱巴巴的蛹脱颖而出的彩蝶。透过人体的缝隙他看到金步米跌入了南极死光。恍兮惚兮间他听到胡昌稷洪钟般的声音在周天回荡：“目前正值招商引资以扩大市场，大家都在为迎接新世纪的到来而建功立业，对于那些无私奉献的私营企业家尤其需要格外爱护，有些人为了一己私利，打击报复市场中崛起的能人，在我这一亩三分地那是休想！”配合着声波他一拳砸下去，随着一声巨响，胡昌稷顿然昏倒在地。台上台下随即乱作一团，有拉手的，有抱脚的，有掀头的，有掐人中的，火爆进行中的捐赠大典就这样惨兮兮结了尾。惊愕中的翁折东这才渐次意识到，他将于负债三千万的重压下，重新开始他的人生。

早在一旁观敌瞭阵的王大为，指挥着将胡昌稷抬了上了自己的专车，屏去左右亲自开车一路疾驰，抛下一群没头苍蝇，任他们去猜大闷儿，他却看到吴纳西正以主人翁的姿态收拾着残局。汽车一路直奔丹家崖，丹青就等在那里，约定与胡昌稷一路同行从此浪迹天涯。凭丹青的能力再造一个御寒山庄一类的生财根据地，一如小孩子摆积木，只是简单的拆拆装装，喜欢什么形式就摆成什么形式，这一点王大为确信无疑。

车行至半途，胡昌稷倏地坐起来，一声惊世骇俗的喟叹：“唉！光彩了一辈子，想不到最后灰溜溜落荒而逃！”王大为没作声，形式上他是专心致志地开飞车，实际上内心却在鞭辟入里地剖析着胡昌稷：偷着乐去吧，你不逃行吗？单是达生的命案就够你抖落的！人家做足了栽赃的戏文，从头至尾每个细节都与你胡昌稷有关，最后仍不忘拉死你胡昌稷！大概还不知道吧？这场戏的落幕，正是你胡昌稷的司机——吴畏所为！王大为并不想将这告诉胡昌稷，免得他闹心。

又行了一程，丹青有电话告知，车不用进丹家崖了，就在温泉那棵老枯树下会合。随着距离的缩短，王大为看到树下果然停着一辆车，丹青正于车旁徘徊，而吴计却在车内端坐。这情景胡昌稷也看到了，于是又一声长叹，“唉，天下真有这般痴情红颜，都到什么地步了，她还来送行！”王大为一字千钧地说：“何止是送行，她要与你一路同，伴你后半生……”车速终于归零，胡昌稷迫不及待地跳下车，只对丹青打了声招呼便倏地上了丹青的车，不管不顾将车门一关，同吴计零距离接触。

稍示沉降，王大为问不是还有一顿告别宴吗，丹青极为沉痛，说老父亲前天已经仙逝，那个地下别墅已被他给封了，老父亲安详地睡在里边，那是他最好的归宿！王大为又扔给丹青一句话：“胡昌稷就交给你了，望多保重！”他没再与胡昌稷打招呼便调转车头反向而去，他得打点起百倍精神，去编织关于胡昌稷的病后史话，真假参半，信不信由你。

49

会前别了胡昌稷，万向权看看表已是八点多，经三小时的行程到了省城正值中午，领导一般都有两个小时的午休，这样他就会白白浪费掉这一段宝贵时光，不如近中午再出发，下午到省城就可马上见许童。此番他自觉自己带的礼不薄，整整一方，那叫十万元人民币，对于他这样的小门小户已实属不易，那是前一阵招聘主持人搞来的收益，不过换个高级职称还是划算！儿子常说，他有一个伟大的爸爸，他终生都要以爸爸为榜样，还说世界上他最敬仰的人就是爸爸，他一定要做爸爸那样的人。不管是真是假，总之儿子的行为确系令万向权十分欣慰，就冲儿子这几句稚嫩的表白，他为儿子做什么努力都值了，看来这高职是志在必得！这首先是个荣耀，对儿子是个表率，更是个无形的航标。他仔细分析了儿子万木竞秀，断定这绝对是块好料，就算为儿子也得搏命！

回了办公室，劈头看见巴娜娜正等在屋里，阴着脸满心的问题，有塌天的迹象，见着万向权便大呼一声："出大事了！"万向权惊问："什么事？"巴娜娜答："胡昌稷有生命危险，生死难定！"万向权是疑点重重："怎么会，他不是去参加希望工程奠基大典了吗？"巴娜娜却急切切，"就昏死在大典主席台上，全市人民一片惊惶，就跟毛泽东逝世了似的，举市议论纷纷。"万向权沉思了半晌又问："那现在是谁在主持工作呢？"巴娜娜答："好像吴纳西在收拾残局，他倒很有能力一会儿就摆顺了，指挥棒还挺灵！"万向权考虑了片刻，也没说出子丑寅卯。巴娜娜仍操急切态势："那我们该怎么办？"万向权答："别急，先稳下来将情况调查清楚，该改弦改弦，该更张更张，当然向轴心人物靠拢！"巴娜娜这才放松："那就听你的，目前你可是广电这一块的轴心！"万向权突然觉得情况很严重，因此他速速打发了巴娜娜，开始捋自己的线。

据巴娜娜提供的信息，吴纳西在张罗着收拾残局，那他就一定有上线指挥，不然他怎么敢操如此大权？去碰别人的蛋糕那可是犯大忌的事儿，像吴纳西那么精明的人不会不懂这一点，那这一市的轴心很可能就是吴纳西，当然作为秘书长替胡昌稷收拾一下残局那也是顺理成章，即使将来另派市委书记，吴纳西作为秘书长也仍然是准轴心！何不现在就凑上去套套近乎，若有幸踏准了这条船，他万向权可就是开国元勋！想到此，他战战兢兢拨通了吴纳西的电话。

吴纳西操起电话便听出另一边是万向权，此时的吴纳西正需要像万向权这类人，这类人就是通常所说的有奶就是娘的那种。正像万向权所猜测，吴纳西是操着接替胡昌稷的心态行事。从广场一回办公室他就给省委副书记许童打了电话，许童并不知道胡昌稷的逃逸计划，一听这情况也有些傻眼。胡昌稷毕竟是他在市里的一根柱子，胡昌稷一倒，等于抽去了他的顶梁柱，省里他正面临着曹健的强大攻势，已有些泥菩萨过河，他还指着胡昌稷能帮他脱险呢！可如今胡昌稷先垮塌，好在他是身体先塌，这并不能马上影响他的政治余威，许童觉得先稳住胡昌稷的四梁八柱，就等于稳住了当前的形势，于是加大了拉拢的力度，他极力鼓励吴纳西应拿出主人翁姿态帮助胡昌稷渡过这一关。吴纳西同样不知道胡昌稷的逃逸，还一心以为胡昌稷真得了一场大病，于是反问许童："若是一旦胡昌稷偏瘫一类该怎么办？”许童许诺：“不管是死是瘫，只要我许童说了算，胡昌稷的位置就一定移交给吴纳西！”吴纳西是喜忧参半，喜自不必说，他有了替代胡昌稷的机会。忧的是，胡昌稷不死不瘫那不是竹篮打水吗？再者若是许童说了不算呢？因为许童自己都拿不准，那依然是水中捞月！吴纳西一如泄气的皮球，顿时没了底气。

许童是个老江湖，当场听出吴纳西的底气下滑，于是赶紧截住，他告诉吴纳西无论如何主人翁姿态必须保持，因为你不坚持马上就会有一百多人等着，在这非常时刻必须死死守住阵地，再者胡昌稷的年龄本来就在去留之间，此一病，重则自动让位，轻则只要他许童一句话，劝胡昌稷以休息为主，那也是让位在即，他奉劝吴纳西千万不可气馁。其实吴纳西的气馁完全缘自许童的飘忽，若许童早这么斩钉截铁，他当然不愿取下滑式。于是又问他该如何去实现主人翁策略，许童指示，重中之最就是先将圈里人拢住，按照亲疏程度拉出个花名册，再分头给每个通通电话，就说胡昌稷略有不适，省里很快会做出决定，让这些人千万莫要分心，在各自的岗位上都要拿出主人翁姿态。同时让吴纳西转告，他许童会以最快速度前来视察，又特别嘱咐吴纳西，这个关口是收买人心的最佳时段，可能会收到事半功倍的效果。不想刚放下电话就收到圈内人万向权的来电，这对吴纳西无疑是个好兆。

电话一通万向权便听出吴纳西一腔热忱，吴纳西带着些许悲怆，先是抚慰了失去领头人的空落，然后又大讲团结一致的重要，之后引章据典地教导说，家和万事兴，和气生大财，云云。万向权借机阐释了自己私下最敬仰的人就是吴秘书长，只是隔山隔水尚未来得及与吴秘书长接近，不想机会竟如此突然地降临，看来真是天公不负有心人！在这特殊历史时期，他一定会紧紧团结在吴秘书长周围一切行动听指挥，并希望吴秘书长能给他指条明路。那边的吴纳西对万向权的表白很是受用，略加沉吟，他并没给他指什么路，倒是极为关心地问万向权有什么个人要求，万向权冲口提出要一个高级职称名额。吴纳西回答得干脆利落，到省里去找许童就是小菜一碟！万向权申诉，许童怎么能理会他这样的小兵！吴纳西一口应承，就打着他吴纳西的旗号，在许童那绝对好使！万向权终于拿到上方宝剑，从中他领悟到两个至高要点——吴纳西准轴心的地位早已确立，另外，一个呼风唤雨的时代就要到来！

放下电话，万向权到车库提了自己的专车，甩掉专用司机自己开车上了路，全程的高速公路一任其无挂无碍地飞驰，万向权心里只有急切切见到许童。此次会面，手头带去的十万现金是个敲门砖，他会说让书记自己选个纪念品，以永远记住他万向权，并从中筛选出许童生性中的弱点，只有抓住他的弱点，才能攻其不备。万向权进一步猜想许童会有什么弱点，贪是自不必说，每个人或多或少都具备这一弱点！

就在万向权一层层深挖许童弱点之际，他发现眼前突现一个黑乎乎的家伙，瞬间的凝神敛气，他意识到那是一辆刚从岔路口绕上来的大货车。不好！他的车速太快，这不是要出车祸吗？他意识突然出现一个怪现象，那就是时间似乎无限制地拉长，他似乎有了充分的余地可以做许多事，耳畔也同时响起一个声音，“快转向，还来得及！”可他的手脚却不听使唤，他本该踩刹车，可放在油门上的脚怎么也抬不起来，握方向盘的手也不好使。转向？向左转还是向右转？脑子里似乎突生挡板，阻隔了指挥神经的传导，只觉全身麻木只有顺其自然的分儿。终于听到一声巨响，这巨响从他脑子里赶出去许多画面，最清晰的一幅就是满眼金星，金灿灿、光闪闪，将天地照了个晶莹通透，他最钟爱的儿子万木竞秀沿着这强光一路飞升，他觉得那应该是一条通往天堂的路，好，这就好！儿子可以上九天揽月了！心气一松便感到空前的舒畅！没有任何痛感也没有丝毫憋闷，就是一个爽，就像摆脱了千年的绑缚，周身轻得像一根羽毛。随着一阵气流，他开始飘浮，蓦然回首却看见自己的身体已经四分五裂，侧卧于血泊中。他弄不清这到底是怎么回事，于是想去追问儿子，可儿子已经升得很高，而自己却在向反方向俯冲，他最后的归宿应该是哪里呢？是地层的深处吗？有人说那地方叫地狱……

50

作为广电集团董事会负责人，巴娜娜在三小时后收到万向权葬身车祸的信息。震惊之余，她以万向权的名义贴出了一份告示，告示的内容就是宣布了与万向权商定的第一批下岗名单，名列前茅的正是杲昊。告示注明这些人的档案已交付市人才交流中心，即日起就不用上班了，随后便去找吴纳西，商定广电总负责人及万向权的殡葬事宜。

杲昊在看到告示的同时便拿到了下岗证，她又一次被逼向生命的黑洞，她已经站到那黑魆魆的洞口，洞外是四水绕门，只要前进一步就只有进那黑洞了。她挣扎着抗争着，绝不能走进去，她知道那里是暗无天日，她曾两度徜徉其中，耗去了她宝贵的青春年华！前两次有一些佫恪的因素，那漫长的等待似乎还有些理由，可这一次佫恪已离她远去，永远是两个概念，此一去她也许就永无归路了！那除此黑洞她还能去哪儿呢！供她生存的只有她工资三分之一的最低生活保障！她连住处都找不到，她还有那许多书，到哪去找个存放之处呢？若方自珍还在，也许会腾给她一小块存放地，而方自珍已离她远去。倪莳萝呢？她已发誓不再累赘他，若觍着脸去告诉他她已经下岗，从此又得仰仗他的呵护，无论如何做不到！以前因为她尚未成年，没有独立生活的能力。现在呢？她已近不惑之年！她兀立于下岗名单前，调动生命中最后的能量，去寻找绕开那黑洞的出路，哪怕一条羊肠小道。

正当杲昊满眼的四水绕门，意识阈闯进一个身影，触目所及正是她的导师屈子集。当然屈子集是目睹了那下岗名单的，屈子集的大开大阖早令他具备足够的定力，对于告示上的事他只字未提，只告诉她伊腾飞考上了公务员，春夏之交还要通过面试之后就到省里培训，最后便进入公务员队伍。伊腾飞立志要改造社会，进公务员队伍就是必由之路，因而对伊腾飞无疑是件喜事。为庆贺他的喜他备了几桌酒菜，想请些同道好友为他指点迷津，伊腾飞正为酒菜奔忙，屈子集便代他前来邀请。杲昊自己的前程尚是一团漆黑，哪有心思为别人贺喜，于是一脸的拒绝。

这些细微的心理活动，早被屈子集收进眼底，但他没有出言相劝就那么无言地对峙着。沉默了好一会儿，杲昊觉得对老师太过冷淡，于是无奈地笑笑。屈子集抓住这一心理相对松弛之际插了一句，“幸福是用不幸堆砌的，你看那些光彩万幸的人都有一本血泪账！”屈子集话语间蕴足了酸甜苦辣，每个字都浸着自己的血泪慨叹。杲昊感之深深，泪水唰地夺眶而出，不管不顾地任其汪洋恣肆。屈子集又不失时机地添了一句，“不要向不幸低头，也不必将不幸夸大，其实它像幸运一样，对人不过是个激发，也许从此你就走上一条腾飞的路，你会感到一种生命的崇高，伊腾飞应该是个榜样！”果然奏效，杲昊立刻收起了泪珠，掏出纸巾将满脸的泪拭去。屈子集断然决策：“走吧，去参加伊腾飞的升迁盛典，看看他是怎么活的！”杲昊从不看别人是怎么活的，就那么义无反顾地坚守着自己的范式，她执拗地转身要走。屈子集早知道杲昊的特性，准备了一肚子的劝慰也只好作罢，也转身准备打道回府。

突又想起自己刚出版的一本散文集是要送给杲昊的，于是又掉头巡视，不想杲昊也原地回转正以泪眼相送，屈子集从手提包里取出了那本散文集上前交给杲昊。杲昊触目所及，大作的题目是《生的诱惑》，她的目光为之一亮，脸上的阴霾也随之被遣散。见此状屈子集不由下意识地喃喃：“面对树叶般世代更替的人生，人们一再重新出发……”杲昊听后泪水明显趋于干涸，代之以期盼与渴望。这愈加鼓舞了屈子集：“正像玫瑰花开放在有刺的灌木丛，不是被一种更崇高的理想所诱惑，可如何去忍受这棘丛般的人生！将艺术引进生命，作为引诱人们继续生活下去的补偿，我出了这个集子。”杲昊在这高昂的进军号中翻开了屈子集的大作，最前尚是十几幅彩色插图，尽皆是屈子集与夫人的合影，夫人的朴素恬淡与屈子集的英俊风采成逆向大反差，杲昊感到这是个不很和谐的组合，于是下意识地问道：“师母是做什么工作的？”屈子集慨然回答：“当然是人类灵魂的工程师，十年动乱时期因为自己被划为反动教师，妻子也受了牵连被清除了教师队伍。后来又因子女多，加上多方面过度透支，妻子身体一直欠佳，就这样被沦为家庭妇女……”

杲昊感叹不已，心中转念着像屈子集这样的正人实属凤毛麟角，夫妻别说有如此之大的反差，就算看上去极匹配的也还是同床异梦！能把妻子的形象铺陈于自己的大作，可见妻子在他心中的地位，那可是与他的心血比翼齐飞！于是赞曰：“师母真是妇女中的大幸！”屈子集从潜台词中听出杲昊对他婚姻的遗憾，于是大力度加注：“她可是我这个家的功臣，当初我屈子集在台上被斗，她就在台下陪着，因而被定为死心塌地的保皇派，于是被清除教师队伍。后来拨乱反正我屈子集重新走上讲台，她又毅然挑起了家庭的重担，她一身的病绝对是积劳成疾！”屈子集宣称，万事悠悠若问他心中谁为最重？他会答一个是事业一个是妻子，因为妻子也是他事业的一部分，没有妻子的鼎力，他也是壮志难酬！

杲昊无言以对只有羡慕的分儿，于是又默默阅读屈子集的大作，只几行，杲昊便觉一种金题玉躞的高贵，锦軆绣褫的华彩！搜遍心中的词海，也没能找到恰到好处的赞辞，只觉眼前有景道不得。痴痴深思了半晌，好歹将柳宗元的《乞巧文》拉出来：“炫耀为文，琐碎排偶。抽黄对白，啽弄飞走。骈四俪六，锦心绣口！”杲昊见屈子集淡淡一笑，并没对她的引经据典进行评论，不知是不是自己的信口在屈子集那产生了歧义，于是又补充：“老师的文不是作出来的，是与生俱来是天赐的！”

屈子集仍是淡淡一笑。

杲昊早被导师的博大胸怀、机智思辨所折服，心中的阴霾随即为之一扫，多年执恃的定力凝出一个坚实的理念，那就是自强！世界不需要可怜虫，所谓怜悯，那也不过是一种意绪的宣泄，是人家对自身强力的展示，最终是为了证明生命强力到足以能够施舍。在同代人中伊腾飞该是自强的楷模，她本该去参与伊腾飞的升迁庆典，可那会让她感到相形见绌，于是巧妙地回绝了屈子集的特邀："多谢老师指点，那我回去读老师的《生的诱惑》，也好采撷更多的生命之花来装点自己！"

屈子集又是淡淡地一笑，是应允也是告别。

杲昊告别了导师，独自踏上暮云暗几重的街头，暮霭中飘起了星星点点的霰，那是大雪的前兆。杲昊随着陌生的人流无目的地游荡，她没有工作、没有家庭，连个栖身的地方都没有，世界之大真真就没有她的立足之地了！总不能就这样游荡下去，总得有个栖身之地，去哪呢？火车站？通常无家可归的人都到那里暂避一时，可那绝不是长久之计，她还有长长的路要走，绝对应该找个地方休憩一下。她毕竟还有最低生活保障金，天亮了总会有碗饭吃，那急需解决的就是夜间睡觉问题。行进中她仰目看到街市立交桥上有一个房间式的阁楼，距地面有十几米的样子，虽四面透风，但绝对有遮掩作用，钻进去过夜不成问题。杲昊随即去超市买了羽绒睡袋和黑心棉被，带着它们钻进了那个立交桥洞，借着微弱的路灯将被子铺好，进入准睡眠，丐帮们不就是这样露宿街头吗？

这样想过身心顿然为之放松，抬眼仰视大雪飞飞扬扬，借助灯光她感受着相对运动中的飞升。轻若鸿毛飘若飞絮，无边无际无挂无碍……

天空一片混沌，真得感谢赫茨普龙与罗素两位伟大的智者，竟然将这无序的天体排出了序列。要想排进主星序，就得靠绝对星等。

卷四

光与熵

每个星体都想闪个极致，可赔偿率告诫，闪得越亮，熵值越大，不想熵死就得悠着点来，资源是个常数！

1

红，更红！红得炙烤，红得咄咄！杲昊被这红挤压得难以承受，如果她再不做出逃逸的决定，也许就会被这红碾为齑粉！于是她拼尽全力一搏，那是终极的力，因而极具破坏性！随着这破坏性的一震，她顿然睁开双眼，终于挣脱梦魇的囹圄。梦中醒来，她看到竟是一轮巨无霸的红日，满眼的金灿将她的意识阈塑为琥珀式的四维时空。难道太阳真要化为红巨星？星光越强，熵值越大，这又是星光与熵指数的辩证！人文星空的她也许因为太过耀眼，她自觉快要熵死了！

这红令她受惊不小，受惊的心在做终极挣扎，可它沉沉的，尽管张扬起最大振幅，还是微微弱弱，跳得极为勉强。呼吸也紧步其后，沉沉的，她得费很大力才能挤出一些气息，然后再换进一些新鲜空气，这一切都是她费了很大力气才做到的。尽管如此但回报不爽，杲昊顿觉寒气直逼。她举目环视，四围一片雪白，大地已被冰封雪裹，一派冷冻、凝固，她正置身于冰雪包裹的立交桥似已被同化。她又费了很大气力，思维似乎才可以勉强运转，经过很长一段运筹，才将事件的脉络清理出炉。

杲昊是被改革大潮卷到旋涡眼的，好歹没被淹死这也算是万幸！不过这一切也都是她咎由自取，谁叫她不知天高地厚，去追踪报道霓彩化工公司的命案，不但被吊销了记者证，与此案有关的一大批人，也都跟着遭了灭顶之灾！命案的主人公达生因此送了命，抢救他的名医白茜也只好流亡国外。此案的所谓操纵者，市长胡昌稷竟突然心肌梗死，昏倒在为希望小学募捐的会场上。她将广播电视局的原局长也送回家抱孙子去了。副局长万向权本想趁火打劫，怎奈他太急于求成运势难料，他竟然在车祸中终结了自己一生！最不可思议的，她竟然是被自己的朋友巴娜娜暗算的！这一惊心动魄的多米诺效应，总算告一段落。

巴娜娜是属于靠征服了男人才征服世界那一伙的，原以为她不过是个卒子不会那么歹毒。谁料想，她竟比被她征服了的那些男人还狠，就连自己的朋友也不放过，一纸公文就将她杲昊驱逐出境，广播电视集团已将她的工作关系送到了人才交流中心，她再也不属于广播电视集团了！从此她成了无业游民！由于无颜见江东父老，她没投亲也没靠友径自买了个睡袋，就这么睡在了这座立交桥！也该她倒霉，昨夜竟是一场大雪，她就这么成了雪中人！

以后怎么办？她总不能老是睡在立交桥上！虽然她无亲无友但可投靠的还是不乏其人。比方她的异姓哥哥倪莳萝、她的导师屈子集、她的另一个好友冉红、还有去了远方的同事方自珍……虽说她的人际关系平平，但把自己的不公正遭遇诉说给他们，出手相助的一定会不少。

下一步就是找一个栖身之地，哪里才是她的栖身之地呢？这是个问题，这问题得徐图之。那就先起身四处走走，身上还有些钱，先吃些东西暖暖身子。管他日后如何，据说下岗的还有几个月的最低生活费。事已至此，就得既来之则安之。车到山前必有路，有路就有行路人！好歹她还年轻，年龄是个宝，靠着这个宝再挣扎一阵。这样想着，便开始做起身之举，这才感到全身木木的，她已经动不了了。动不了？这怎么了得？日后她得全靠着自己，就必须得有一个强健的体魄！就是现在，她也必须得能动，不然不是冻死也得饿死！于是她拼尽全力挣扎，可还是动不了。是睡袋给缠住了？那就先脱去睡袋！可手也不好使，随后她几经挣扎，仍然没有一点效果。似乎生命已到了底线，她再也没有能力挣扎下去了，怎么办？那就死吧！

一想到死，杲昊顿然跌入混沌态。

混沌中，杲昊再次听到轰轰声，不过这轰轰已没那么剧烈，还伴随着鸣笛，是警车还是救护车？她想抬头看看，可是动不得，更为严重的是，眼睛也睁不开，只能被混沌浸泡着，意识以外的事，只有听之任之了。这样一放松，耳力似乎有所增强，因而像听广播剧一样，剧情就那么断断续续地在她意识中展开，紧张而无序。

“王大为！你得亲自上！这一次，我就相信你了！”

“小龙……这个患者，不像你想象的那么严重！”

“嘘……别叫我小龙，听着跟小名似的！我叫古龙！”

杲昊当然知道王大为是市中心医院的院长，为追踪达生的命案就多次听白茜提到王大为，当时白茜还怀疑他是命案的帮凶。遗憾自己并没与王大为直接打过交道，到底是不是帮凶她是无力过问了，她已被吊销了记者证！看来她是被这个古龙送到医院的，那她由院长亲自医治，看来是没问题了！她真得感谢这个陌生的古龙！一激动她又跌入混沌。

当她再度逃离昏迷便听到了诊断结果，她患了格林巴力综合征，真有瘫痪的可能，杲昊唯求速死。瘫痪对于她比死还严重！因为她没有亲人，更不愿成为别人的累赘！可这意向她几经努力都没表达出来。

“就选免疫球蛋白了！五万元我来掏！”古龙一锤定音。

似是天与地的和声，杲昊被震得又一次失去知觉。

天亮了，杲昊抬头看看窗外，天依然阴沉着稀稀落落地飘着雪。她应该是新市长上任那天病倒的，记得那一夜是鞭炮齐鸣，锣鼓喧天，城区热闹而喧腾，大街上就像是个大杂院，要不然，她也不会就睡在立交桥上。咦？新市长是吴纳西吗？他也真够大胆，一上任就大张旗鼓地搞庆祝，那是他自己的主意，还是捧臭脚的下三烂出的点子？就不怕在众里引起民愤？他当然不怕，他都有能力逼原市长胡昌稷交出帅印！

病房的人渐渐多了起来，应该是探视的家属。杲昊向左看竟是一位近似侏儒的男人，瘦弱而丑陋。这一转头正与那男人对视，这一对视他便倏地坐了起来，无比兴奋地大喊大叫，“古龙，快来看，她睁眼了！”

背对床头的古龙赶紧绕到杲昊面前，经过仔细验证这才确认，“天哪，可真醒了！一周了……该吃点东西了！”

“找老甄！他最会调理病号饭！病人病了多少天，该吃什么东西是一定的，胡吃乱吃就会吃坏了胃！”侏儒男人满负荷关怀。

“筱叔，这几天多亏你的协助了！甄叔他在哪呢？”古龙急急切切。

杲昊这才仔细观察这个古龙，高大魁梧，机智敏捷。一双鹰隼眼破坏了憨厚、诚挚这些概念，令人觉得他每一个细胞都暗藏机关，想与他斗智斗勇那是异想天开！与这样的人沾上边一定是麻烦多多，杲昊收拢了万般思绪，又将注意力集中到如何摆脱这个陌生的古龙。

“前些天听说他退休了，正愁没有用武之地，这会儿若是让他露一小手，还不乐死他！”筱叔出谋划策，一派积极主动。

古龙赶紧转向杲昊做了补充，“哦，我还没向你介绍，筱叔，他姓筱，名晓。原来是给市领导收取和保管文件的，也就是贴身秘书。近来市政府换了主帅，机关又讲究起形象工程，就将筱叔发配外勤，去搞机关的环卫了。活太累，又患上糖尿病，就住了院。”

杲昊被深深感动，“既然我已经趋于好转，不如就出院吧。”

这正是古龙所期待的，觉得也未尝不可，“那我们就先吃饭吧，剩下的事我们再慢慢商量。”古龙又一次急转弯。

“那我去找甄诚，让他弄顿好饭！”筱晓一溜烟下了楼。

2

拿到退休证的前一刻，甄诚还是誉满全城的美食家，是粤、鲁、川、京各大菜系样样精通的一级大厨！可这绛红色的退休本子一到手，他顿觉自己降了一格，那些高悬头上的七彩光环随即黯然失色。从此，他将与那些三教九流、七行八作的闲杂人等混为一谈，再也显不出他有什么三头六臂、天造地设一类不同凡响之处。

说他三头六臂、天造地设绝不是夸大其词，因为在这个以食文化与易文化为经纬而雄居东方的泱泱大国，他是集两者之大成，而且将两者最为完美结合的第一人！有事实为证，他曾以八卦图阴阳鱼为蓝本，做了一道鸡蛋羹，愣是让八国宾客如陷八卦阵。阴鱼的鱼眼是甜的鱼身是咸的，阳鱼的鱼眼是酸的鱼身是辣的，阴阳分界的那条曲线是苦的。一道菜，酸、甜、苦、辣、咸，竟然泾渭分明，毫不串味！更令人叫绝的是，菜牌上注曰：酸甜苦辣都是营养，喜怒哀乐皆为情感，聚散离合均属缘分，成败荣辱悉系体验。意奇、菜美、韵雅、诗绝，一时传为奇绝！

人往高处走，水往低处流，他没跳出这个思维模式。眼下面对流水落花春去的局面，他感到异常郁闷，自回到家已近半月时间，他都没有一句完整的话，顶多是行，可以，就那么办吧。每天早早起了床，衣冠不整地去广场、早市一类人群密集的地方，凭嗅觉品味市民们第一餐的质量，他可以从四面八方飘来淡淡的煎炒烹炸，判断出哪道菜原料不新鲜，哪道菜作料不齐全。于是便百般慨叹这芸芸众生，是如何遭受那些半瓶醋厨师的蹂躏，猜想着那些柔嫩胃肠，是如何渐趋衰退。

人本来是可以活上一百岁的，为什么就早早夭折？都是因为这些害人的大小厨子！当然厨子们之所以敢于大张旗鼓、肆无忌惮地在光天化日之下掺假使假，那也是因为世俗的眼皮下浅，只看表面不看实质。比方馒头一定得要白的光亮的，而那些偏黄粗糙的却无人问津。银耳该是淡黄的，而人们偏喜爱洁白的。为满足用户的需求，厨子们便想到了增白剂、吊白块、滑石粉一类化工产品，而化工产品正是破坏免疫力导致癌症的元凶，无知的芸芸众生就那么轻信了那些随帮唱影的庸厨，将不同名目的索命毒剂不计后果地狼吞虎咽下去，却置生命于不顾！

甄诚却是绝对将此类添加剂拒于灶外的。他用的色素是红辣汁、胡萝卜汁、番茄汁、韭菜汁、黑豆汁、兰草汁、茄皮汁，那才叫赤橙黄绿青蓝紫。另外他还常用玫瑰花、菊花、兰花、百合花等做点缀，既好吃又好看。总之天下的色彩、人间的奇味，他都用遍，而且又以八卦式搭配，没人能搞清他的一道菜到底能有多少新鲜滋味！

提到八卦，世人一定就会与虚无缥缈的神祇巫术挂上钩，其实NO！太极、两仪、四象、八卦、六十四别卦本身就是一个数列。而由八卦推演到六十四别卦更是数学中的排列。物理学家李政道就说，周易的卦方图就是数学分支矩阵学中，当今的八阶矩阵。仔细研究八经卦、六十四别卦就可看出其中的变化，不过是一系列二进制数码的运算。计算机原理就是依据二进制数码运算的，应该说计算机的发明是受了易经八卦的启迪。甄诚就是采用八八六十四别卦的排列式来加工每一道菜的。由于他厨艺高超，倾了一生都是为大领导们服务了，百姓当然没这个福分去品尝。易学里又有亏则盈、满则损的辩证，大概正应了这一法则，他因满而损了，正当他满腹经纶、满志踌躇地为领导们效力，而被另一个更踌躇满志的新贵吴中一一脚踢下了台。

吴中一是新任市长吴纳西的侄子，说是于高校烹调专业毕业，既有新点子，又有新技术，中餐西餐他是样样精通。更为吃硬的是人家有红彤彤的毕业文凭，这一点那是老厨师们无法与之匹敌的，当然，甄诚也不例外。当今人们都喜欢新鲜滋味，吃腻了老厨师的花样，提高换新率就迫在眉睫，于是吴中一就顺理成章地成了领导们的新宠，更为重要的是，他是新任市长吴纳西的直系亲属！因而一进门他就任了厨师长。

其实甄诚距法定退休还有一段，他才刚刚五十五岁，正经还能干上五年！若是他能审时度势让让步，别拿吴中一夺了他的权当回事，或是更进一步向新贵吴中一稍示谄媚，哪怕有问必答，他也绝不会那么惨很快就被踢。其实吴中一还是拿他当靠山的，吴中一的文凭毕竟是花钱买来的，实际操作尚需甄诚的鼎力相助，这一点，甄诚心里跟明镜似的。然而，他一系列的拒绝纯属下意识，因此什么地方得罪了吴中一他心里也含糊，也许是因为吴中一问他翡翠鱼丸的配方他没告诉？他当然不能告诉，他起码得探清吴中一的文凭有多少水分。再者，配料是可以说，可那些精妙的工艺，却是只可意会不可言传的。当时倒不是他不愿意说与新贵，而是说不出来，而且只要有一丝差池，其味道便是天壤之别，岂不是砸牌子的事！手艺人最怕的就是这一条，一辈子琢磨出来的精髓若是一朝被毁，那就等于挖祖坟！

再不就是新贵吴中一向他推荐了个要学艺的小帝？小帝是吴中一的亲外甥，据说吴中一他姐——也就是小帝他妈，是属于老姐比母那类的。甄诚带了小帝两天就感觉到他毫无灵性，别看做一道菜，那也如同写诗作画，那叫创造，那也是需要灵性的，若没有灵性是绝对难有造诣的。为了不砸自己的牌子，他毅然拒绝了这一推荐，于是他就被踢。不过他并不后悔，他的人生信条是宁愿玉碎不愿瓦全！就这样他也踢了小帝，同时也告别了他终生赖以存心的美食舞台。

阔别了展示本质力量的美食基地，对他的打击是空前的，心无处栖息，本质力量随意耗散，那简直就是熵，最后只有走向热寂！为了不致极早被熵死，他才到街市来寻找些美食信息，姑且充斥一下他不断耗散的热能，尽管这些信息令他更加郁闷，因为按目前的餐饮质量，百姓的寿命会锐减百分之二十，那才真叫少活二十年！

正当他为民担忧，一只手搭在了他的肩上，惊回首，“哎呀……筱晓！一百多年没见了，你怎么就瘦成这样？听说你去扫大街了？这回你可有做伴的了！我也下岗了！走，到我家去喝一盅！”

“下岗？他们不想过嘴瘾了？”筱晓惊诧不已，看来吴纳西可够阴的，竟把原市长的亲信一水儿拿下！这大概也是为官的秘籍！“唉？小龙可能是有女朋友了！”筱晓带着些许不确定。

“是啊？这是件好事！他又回国了？唉，他爹也不知到哪去了！快找个媳妇有个家，也就有了归宿。怎么的？是让我帮着办喜筵？”

“哪有那么简单！告诉你，他现在隐姓埋名了，改叫古龙，千万别跟别人说！”筱晓像是怕泄了一级绝密，“那女的是个记者，就是前一阵报道达生命案的，叫杲昊，现在她病得很重。这不，请你给做药膳呢！”

“哦，是这样……那也未必就是女朋友，指不定是为了报仇，或是有朝一日让她澄清他爹的干系！”甄诚鞭辟入里地剖析。

“那治好她的病就更重要了！小龙他爹就可洗清冤情，咱可是受了人家恩惠的！”筱晓在历数别人恩惠时从不打折，带着一脸的知恩图报。

甄诚思忖了好一会儿，“不然我给她介绍个中医吧，我的那些药膳就是他出的方子！这样既能让他给诊病治病，又能对症调剂药膳。”

“好啊！哪个中医这么神？”筱晓极为慎重。

“就是咱机关医院专给领导看病的保健医阮经纶，人家为赚大钱提前退了！现在自己开医院，那是药到病除的！”

“好！那就先去见阮经纶！”筱晓比解决了自己的事还乐。

3

目送筱晓出了门，古龙开始为杲昊洗漱，由于杲昊尚不能自己使用牙刷，古龙便为她配制了口腔清洁用品。先是使用草本清齿凝胶，凝胶以草本植物素为基础，加上过氧化氢及酵素，又结合了清凉和令人感觉舒适的草本植物精华，独特的调解式高氧化释出物，先清除齿垢，再用杀菌功能的漱口水，二者结合既可使皓齿洁白又可保持口气清新。然后调试洗脸水，打来凉水再对上热水，用手蘸着先往自己脸上拍拍，似乎凉了点儿又倒热水，如此折腾了几次这才觉得满意。接下来用毛巾浸着为杲昊擦脸，轻轻柔柔地来回擦拭了四次之多。第一次润湿，涂上洁肤霜，第二次清洗之后，再涂上洁面沫，第三次清洗，直至最后擦干。

清洗之后，杲昊确实感到清爽无比，这是她快进不惑之年，首次获得的顶级享受，对于古龙的殷勤杲昊原本极不适应，可鉴于他的一片真诚就由他去了，恭敬不如从命。再者，她也要看看这个古龙到底要干什么，或者就弄清他到底何许人也，这就得由他去表现，因为行为确定人格，路遥知马力日久见人心。杲昊之所以对古龙如此放心，是因为身边就有了解古龙的，诸如筱晓，还有即将见面的甄诚，既然他们如此熟悉就不信透不出古龙的底细！更何况他的行为给她带来的尽是正面效应。

“你平时都是这样洗漱吗？”杲昊开始试探。

“怎么可能，这是女士的专利。男人以力量取胜无须乔装打扮，形貌只是辅助而已，不过有时也很重要，比如对那些以貌取人的人。”

只几句话，杲昊便看出古龙不是个省油的灯，其尖酸刻薄一如绵里藏针，朋友来了有好酒，敌人来了有猎枪！

“我看你洗漱用具一应俱全的，才问。不料给你造成歧义！”

杲昊的态度对古龙是个明显的慰藉，“这是我妈专用的，我就是这样侍候我妈的！咦？你可别产生歧义，我可不是拿你当妈呀！”

这对杲昊又是个强刺激，一个陌生人能对她这样尽心尽意，也实属难得！她是不该再计较什么了，于是闭起眼睛养神。

一闭上眼，各种杂乱无章的画面便充斥视野。记得她曾将田坤钱上云样的东西剪下来，然后就雪花一样撒到地上。待田坤回来看到这些情景，疯了似的将她打了一顿，然后就将她扔到野外，她看到田坤一脸的凶相。此时，门外又下着大雪，更像是乱云。乱云飞渡天旋地转，杲昊那次是真正意义上地跌进了混沌，一切都被混进乱云。待她逃出那可怕的混沌，窗外已是满眼葱茏。葱茏中已换了主人，这个人就是倪莳萝。

唰！浓重的乱云突然开裂，眼前为之一亮，杲昊似乎是又恢复了记忆。记得那次醒来，第一感知就是倪莳萝用浸着水的毛巾为她擦脸，温温的、柔柔的，擦了一遍又一遍，擦干后又为她涂脂抹膏。咦？古龙怎么会像倪莳萝？他们的手法是如此相似。不对，她已好久不曾与倪莳萝来往了，偶尔来往也纯属礼貌，他绝对不会知道她的这场病。但对倪莳萝的礼貌是必须延续的，只要她活着这礼貌就必须一路伴随。是倪莳萝将她养大，又供她从小学一直读到大学，这是她终生都不能忽略的！她承认是田坤从死亡边缘将她救了回来，可为了几张钱，他又差点儿将她送进死亡，在田坤的眼里，她终究不如几个钱重要！她后来的活命、学识、理想、目标，都是倪莳萝赋予的。这个从反动学生一路成长为联合大学校长的莘莘学子，也是经受了炼狱般的锻冶，何止是集困厄与忧患于一身！巨大的感恩心理，促使她必须不能将倪莳萝置之意识阈外。再后来，倪莳萝又收留了一个病孩子，将他救活，同样赋予了他生命、学识、理想、目标，这个病孩子就是佫恪，不想他竟成为她命中的克星。

此次她大病不起，不能不说与佫恪有绝对关系！她是为他拉选票才得罪了权贵，权贵们便用卑劣的手段将她送进精神病院！佫恪这家伙不但不制止，反而溜之大吉，逃回他老婆省组织部部长曹健的羽翼下，当他的太平官，将对她的伤害全然置之脑后！看来一个不经思考的行为，竟能伤害五方四国！伦理的核心是要求利他的，可她杲昊又怎么样呢？细想想，最对不起倪莳萝的正是她杲昊！她害得他终身不娶，至今尚是孤零零一个人！想到此不免一声长叹，这长叹呼出一天的哀怨。

“哎呀！你可醒了！刚才还好好的，怎么转眼就又昏过去了！你总这么死去活来的也不是事！这不是要人命吗？就不能坚强点，挺住？”

杲昊慢慢睁开双眼，看到除了古龙之外，王大为也站到了床边，还有那个神经科的权威，以及由他带领着的一大堆护士。杲昊发现，她又挂上了管子——输氧的、输液的。她真得感谢这许多与她没什么关系的人，他们既不是朋友也不是亲人，就这样一次又一次将她从死亡的边缘拉回，如果不是他们无私地救助，也许她早就一去无回了！她真是不想再麻烦他们，尤其是古龙，他不去工作吗？好像他母亲也在病着，这信息是他同王大为交谈透露出来的，他为什么抛下母亲不管？

右病床的大儿子又在起劲地读《金刚经》，此次并没面向他父亲，而是面朝着她杲昊，他是在为她诵经吗？见到杲昊睁开眼，他立刻浮上一脸的欣慰，“看，我说管用吧，我这一诵她就醒了！我父亲若不是靠《金刚经》，能恢复这么快吗？”右病床的大儿子，像证实了一个定理那么快慰。

神经科的权威不屑地笑笑，“那你不在家诵经，把老爸送到医院？”

“注意自己的形象啊！”王大为赶紧抢过话头。

王大为又为杲昊做了例行检查，似乎没什么问题，“据诊断，没什么大问题，她的病也该有些起色了。咦？她是饿的吧？吃些流食试试。”

古龙听说可以吃流食，电热杯里放了燕麦片，倒了些鲜奶便煮上了。

王大为看了半天，颇显不以为然，“这可是什么吃法？”

“这叫麦奶羹，香得很，我妈就最爱吃这口，既有营养又好消化。”

“好好，一会儿把效果告诉我们医院也推广。咦？一定要小心别让她呛着，她的吞咽还很无力！”王大为说着，带领医生护士退了出去。

一会儿工夫麦奶羹便大功告成，古龙先一勺一勺盛到碗中，接着又是吹又是尝，终于温度适宜，这才将麦奶羹喂到杲昊口中。

奶香麦香交相融会，一种空前的诱惑，杲昊一口口咽下去。从吃相判断，她的吞咽功能大有好转，同时也佐证着麦奶羹也一定味道空前。

饭后杲昊的精神大增，这令古龙十分欣慰，于是备了轮椅要推她出去转转。几天来杲昊一直卧床，既然能坐起来就到走廊透透气也好，于是先作战前动员，“气色不错呀，看来我的奶羹很有力度。我弄了轮椅推你到走廊透透气，顺便去看看高间。王院长说用药已差不多，可以出监护病房了，若是你愿意就搬进去，反正那个高间一直留着。”

“留着？那不是也得交住宿费吗？”杲昊惊愕不已。

“不必那么惊诧，其实那是我妈的专用病房，住不住都有人管，你去住纯属借光，完全不必担心钱的事！”

“那你母亲为什么不去住？”杲昊又是一个惊愕。

“哦，她已出院了。”古龙给出了确切答案。

“你不用照顾她老人家了？你一直为了我……”

“她好了，老人家的病彻底好了！你完全不用自责。”

“怎么治好的？是王大为给治好的？这不是神医吗？”

“是她自己好的，我爸病了她就好了，正宗的命中克星！”古龙说着，已将杲昊抱上轮椅，认真做着外出准备。

杲昊只全心关注命中克星云云，便一任古龙随意摆布。

4

古龙将杲昊推出重症监护病房，一路去了高间。每个病区都设有高间，杲昊住的是精神病区，自然是精神病区的高间。杲昊愈加疑惑，所谓高间都是住着达官贵人，有权有钱的，这些人可以呼风唤雨，上天入地，怎么也会患上精神病呢？当今的天下不都是以他们为轴心吗？他们可以患心脑血管病，可以患糖尿病，还可以患癌症，唯独不应该患精神病！精神病该是弱势群体的专利，他们心眼儿小，遇事想不开，又呼天不灵，叫地不应的，那是到了无能为力、无可奈何、无计可施的地步才挤对出来的病。视其待遇规格，古龙的母亲该是上层人物属于达官贵人系列，怎么也会患上精神病？于是极为委婉地将这意图透给了古龙。

古龙没及时作答，看样子他是遇上了棘手的问题，这问题让他也无法解释。到底是见过世面的，只几分钟就找到了最好的措辞，“这就是你见识短了，精神病也并不仅仅是指精神分裂，精神分裂只是神经科的一个分支，比方脑瘫、偏瘫、面瘫、小部位麻木，这都属于神经方面的疾病，只要神经出了问题都得到神经科治疗，比方你的神经麻痹。”

杲昊被解释得一时无话可说，可她一直想透出古龙的底细，于是转而又问，“高堂她老人家，哪处神经出了毛病？”

“其实她哪也没毛病，就是干耗着……这不，不治自愈！”

“住这样的高间干耗，一定是有身份的人！”杲昊似乎摸到了底线。

古龙又是半天没作声，继而长叹一声，“唉，人人有本难念的经……”

说着就到了高间的走廊，那里站着一男一女，有一搭无一搭地闲侃着，见古龙过来便齐声搭话，“呀，小龙！你妈不是出院了吗？这是谁呀？”女的上前帮古龙推轮椅，“不是女朋友吧？真是郎才女貌的……”

古龙一时被问得很尴尬，“欧阳姐姐尽开我玩笑，是个同事，王大为说可以出重症监护室了，我就帮忙……”

“这么年轻就住高间？”男的惊诧不已，私下碰碰女的胳膊，“看见没？现在什么人都可以住高间了！有钱能使鬼推磨，这可真是取消等级喽！”一脸的不屑转身走了，随后又扔过一句，“哎，还是毛主席好啊！”

“他是什么意思？这人怎么看着眼熟？”古龙操着明显的反感。

“他就那样！那不是陶韬嘛，我们文化局局长！七上八下给拿下来了，其实是与新市长有隙，心中不平衡，就到医院来泡着。”欧阳涓涓不想恋战，一时出现交流上的空白，有些尴尬。

古龙趁机转向杲昊介绍，“这位是欧阳涓涓，她是话剧团的专职编剧，最先是话剧演员吧？很能干，属于才子佳人一体化！”

杲昊举目扫描这位才子佳人一体化的女士，欧阳涓涓确有惊人的美，她的美很古典很静谧，大有沉鱼落雁的风范。突然想起，十年前她曾为鹅裘广告晚会做过艺术指导，如今印象已是淡漠了。

欧阳涓涓被看得有些不自在，尴尬地问，“这位是……”

古龙抢答，“她是电视台的记者，叫杲昊。”

欧阳涓涓转为热情，“哦，久仰久仰！”说着要与杲昊握手，怎奈杲昊已抬不起手。古龙赶紧解释说，她大面积肌肉瘫痪抬不起手了。欧阳涓涓惊愕之余，“噢……是报道达生命案的吧，那咱们老爷子……”

没等欧阳涓涓表达完整，背对杲昊的古龙便将食指竖在口前，出示了一个无声的嘘，那是制止的暗示。接着又下了个通牒，“咦？欧阳姐姐，以后别叫我小龙小龙的，那是小名，叫我古龙。”

“啊？胡古龙？多难听！不如胡……”

古龙急抢过去，“好姐姐就听我的！是想说我胡说八道吧？”古龙回头看到杲昊正盯着他，便取消了暗示的举措，“你是怎么住院的？”

你的星座………

果然奏效，欧阳涓涓的注意力，完全被粘连到她的住院起因上，“两个原因，一个是我想提前退休，现在不是正办理下岗内退吗？这是个机会。在这住几天，让王大为给出个精神分裂诊断书，办个内退，工资照拿、级别照长，我就可以安心在家搞创作，这机会真是千载难逢！你见多识广，你说呢？小龙？哦，古龙？”欧阳涓涓差点忘了古龙这个茬儿。

古龙当然心领神会，“这思路不错，打造自己的阵地是时尚，现在也正是时候，以前你想打造也没人给你这个机会！那第二个原因呢？”

“对面屋那个老庞吊死了！往外抬尸弄得呼呼隆隆，我也是贱非开门去看，正看到他的死相，难看得很！可能是殡仪馆的一个女孩儿，整容师吧？正给他往嘴里塞舌头，连他老婆都吓得带着孩子逃跑了，所以出来躲一躲。我求人给调房子正经得等一段。”欧阳涓涓携一脸的恐怖。

“那王团长呢？他怎么不出去看？”古龙显得一根筋。

“别提他了，男人有钱就学坏！挣了几个臭钱就包二奶，跟他离了！”

“二奶是谁呀？别是误会了！”古龙的一根筋还在延续。

欧阳涓涓为证实自己的真实可信，铺排了一部感天动地“窦娥冤”。

改革之初，王瑜一眼看出了机遇，他率先将团里那个半死不活的小剧场包了下来，稍加改造，就成了二人转专场荤素一起上。人们看腻了样板戏一类的东西，这一新鲜口味招来了大批看客，门票一如流水，只几天工夫，王瑜就捞得沟满壕平。

王瑜捞到了第一桶金，就琢磨着转型。

这一折腾，最受累的还是欧阳涓涓，为了使节目花样翻新，她昼夜不停地撰写剧本，后来她就觉得她是在蘸着自己的血去写，她的血渐渐地趋于干涸，她大病一场又一场，再后来，她就没有能力跟着剧团四处巡演了，不是住院，就是在家里静养。王瑜借口演出任务重，很少留下照顾她，就这样一年到头她只能见到王瑜一面两面的，逢年过节更是赚钱的好机会，王瑜索性连年节也在外面过了。只是在向领导汇报、送红包时，才顺便回家看看她。以前回来都是同她亲热一番，后来竟然一指不染了。欧阳涓涓第六感觉得出了问题，就细心观察，还在团里布了眼线，不久就有了结论，王瑜与团里的一个年轻演员勾搭成奸，后来还在外地买了房子，两人红红火火过起了小日子。从此，这个家他是一次也不回了，就这样，她在婚姻上马失前蹄。

欧阳涓涓的“窦娥冤”总算落了幕，三人仍沉浸在一派悲怆中，各自想着自己的难唱曲。沉降好一会古龙率先逸出，“好！欧阳姐姐的思路正确！当今已不是再摸着石头过河的阶段了，这十来年的折腾，真就淹死了一大批！可我们很幸运趟过来了，有理由重新构架自己的生活！”

“重新构架？”欧阳涓涓眼含着泪，却是满志踌躇，“那就从现在开始！我们没有时间再耽搁了！其实我已经在行动了……我已将我的家打造成创作的殿堂，计划也在一步步实施，只是眼下有这么两件小事硌着，暂时还得干耗，咦？你的这位同事还得多长时间出院？”

“其实她该用的药也都用了，住院也是为了观察。”

“那不如出院到我家去养着，只是不知你们在不在意对门的事。”

“老庞是庞贝吗？”杲昊疑惑多多，王大伟告诉她庞贝是死于脑溢血，他竟然是上吊！可见机关重重，冤情不小，难道也与达生命案有关？

“是啊！你们认识？”欧阳涓涓欲知底里。

“他是我老师，其实他妻子并没逃跑，到西部发展去了，临走将门钥匙交给了我，我不怕，我可以到他家住！”杲昊一派重任在肩。

“那还等什么？古龙快去办出院手续！”欧阳涓涓兴奋不已。

古龙像上了发条，动力十足地去为两位女士办理出院。

5

欧阳涓涓将杲昊安排到高间病床，满心兴奋回去收拾自家的东西。

目送欧阳涓涓出了房门，杲昊开始注视高间病房，这哪里有病房的味道，简直就是豪华宾馆。四壁是金丝银线面料的软包装，身下是一米八的大沙发床，躺上去便有昏昏欲睡的意向。床单被罩也不像其它病房清一色的洁白，而是淡绿底、AB 版的百合花图案，清新而怡悦。床头是淡蓝色嵌着银线的圆顶帐幔，绕床头分左右垂挂，温馨而靡丽。床头柜是有机玻璃的，通体的磨砂横道道，柜门却是一朵磨砂白牡丹，通透中又参差着遮掩，大有犹抱琵琶半遮面的绰约。床对面是壁挂式等离子大电视，或坐或卧都可欣赏一百八十多个台的电视节目。电视下放置一张电脑桌，桌上一台戴尔电脑、一台 SONY 高清 DVD 影碟机，上网、赏碟一应俱全。再看地下，奶白色纯木地板熠熠生辉，各色植物、花卉分立玻璃窗两侧，竞相斗奇。这是杲昊有生以来从未享受过的奢华，从未领教过的等级差别。耳边隐约浮出方自珍的名言：你是神性的精灵吗？那你去驾驭命运，你是芸芸众生吗？那你听从命运的安排！

杲昊是向来不听从命运安排的，可不觉中她竟滑到了这一步，若是从此瘫了，你不听命运的安排？那是不听也得听，不然就去死！她可是多次在死亡边缘徘徊过的，她居然就没死！这也是命运吗？

那次被田坤扔在野外的雪地里，她再次看见了地狱之门，那次她怎么就不在冰雪中死去？偏偏就又活转过来！不得不继续去承受各种差别的折磨——尊卑、贫富、贵贱、好坏……

不尚贤，使民不争；不贵难得之货，使民不为盗；不见可欲，使民心不乱！唉，那些不治之症，都是攀比之心闹的！

这样想过杲昊不再拿差别去折磨自己。可一种不甘人后的情结，始终淤结于心头难于遣散，恒久而浓郁。几千年的文化积淀，都是学而优则仕，世间人休把儒相弃，光被四表、格于上下！一种站排头争第一的潜意识，也许在娘胎里就已妙合而凝，不然她为什么挺而走险，去触动霓彩化工公司那个头号命案？又为什么不计任何后果，将自己置于险绝峰巅？那一定就是奋不顾身，不成功便成仁的原动！林林总总的哲理国学都向她灌输的是这种理念，她的骨子里到处淤积着这些陈词滥调，血栓已形成而且是整体性的，要想短时间清除是办不到的。那她就只好去默默承受，由这些沉疴带来的种种阵痛，就算睡里梦里也丝毫不减！

杲昊不再去触目那些豪华的物质堆砌，尽量将目光送向苍穹，在那里寻求天地之始，那种大尺度的融合，也许会让她弄懂——酸甜苦辣都是营养，悲欢离合皆为情感，聚散离合均属缘分，成败荣辱悉系体验！

透过窗玻璃，触目所及，铅灰色的天空飘浮着大面积的阴云，这些浮云将大片的雪在天之深处合成，又将它们抛向大地，不停地制造最后的寒冷。幸亏还有太阳，在太阳的运行轨道上，光芒终究会择机冲云破雾！一旦露脸就会将这些雪化作四泽的春水，以滋润大地的万物。杲昊的思维一直在自相矛盾中辩证着，可还是逃不脱悲凄苦厄，这凄苦与阴云成复调试运行，运行中渐渐幻化出她命中的克星佫恪。

那也是个飘雪的日子，邻家的张嫂带着一个病孩子来找倪莳萝看病，没几天他的病就治好了。就在这时张嫂的丈夫在兴修水利中，让开山炮给炸死了，张嫂又改了嫁。这个中德混血儿，只得加盟倪莳萝的小木屋，正式成了他家庭中的一员。倪莳萝思忖“杲昊”二字傍天，“莳萝”二字傍地，这孩子应该傍人，就给他起了佫恪这名字，三人应着天、地、人的和谐组合吉祥而温馨，在丹家崖一时成为一道亮丽的风景。佫恪的加盟，令三人小家庭陡增幸福快乐，尤其是杲昊，倪莳萝不在的时候她终于可以有个做伴的，她不用再被一个人反锁在屋里，从早晨盼到晚上。

“古龙还没办完呀！”欧阳涓涓将杲昊从绵绵童年中强行拉回。

杲昊囿于巨大的心理落差，愣愣地没有作答，使气氛显得有点沉。

“你的东西还没整理好吧？我去替你整理！”欧阳涓涓一派热心肠。

经过片刻沉降，杲昊终于同欧阳涓涓的思路接上轨，“其实我也没有什么，所有的东西都是古龙带来的，还是等他回来再收拾吧。”

正说着古龙回来了，他已将东西打好包，一一带了过来，“一切都办妥了，可暂时还走不了，筱晓叔叔还没回来……我得带上他，让他同我们一起住，筱晓叔叔怎么还不回来？”古龙有些急。

门口终于传来了脚步声，可并不是筱晓，而是3号房间的陶韬。

“这是什么意思？大包小裹的？”陶韬一脸的侦查。

“我们要出院了……”古龙抢答，“只是还要等个人。”

“你们都走？”陶韬坚持将侦查进行到底。

“都走。该用的药都用了，回去养着……”古龙答。

“也有道理，回家用个什么也觉着方便，金窝窝、银窝窝，不如自己的草窝窝！看来我也该回去！一会儿我跟你们一起走！”陶韬拍板。

“咦？你病好了吗？不能为方便就不治病了？”古龙怕落埋怨。

“其实我也没什么大病，只是心里烦，尤其是家里那个老太婆，唠唠叨叨尽废话，就为躲着她才来住院的！”陶韬依然满腹牢骚。

陶韬的剖白，令三位一时无话可说，于是都沉默着。可面前多了个陌生杲昊，陶韬也自觉有些失言一时陷入尴尬。沉默中陶韬又有了新发现，“咦？怎么不开电视？秀才不出门遍知天下事，怎么知？不就靠这玩意儿吗？年轻人记牢了，电视得随时开，这是个了解世界的窗口，天下大事一会儿一变，不看思想就跟不上！”说着顺手开了电视，尴尬的憋闷才有所宣泄，总算找回了些指手画脚的骄傲。

古龙一听就知道这是下岗综合征，国外也叫失业综合征。尤其在知天命这个年龄段，这是人生的第二个青春，对于男人来说绝对是黄金季节。为什么是黄金呢？因为此前差不多都经过了近四十年的打造，无论是专业技术还是人际关系，都进入了成熟期。可就在这个时候不管你是不是情愿，是不是胜任，一概遭遇下岗！这对于那些即将成功的志士仁人，绝对是致命的摧毁，综合征就此轰然诞生，那能不闹心吗？陶韬是文化界的领军人物，文韬武略自是高出一筹，那么闹心的程度也就多出一倍！古龙突闪一个念头，他觉得应该为这些人打造一个平台，让他们继续发挥余热，把他们的登峰梦做个最后的了结。不过得首先杀杀他居功自恃的傲气，于是顺手开了电脑，“陶叔叔你看这个，网上的信息可比电视多多了！要什么有什么，不信打开看看！”

陶韬又一次陷入尴尬，他是不会使用电脑的，那么多按钮无论如何他都搞不清各自的作用，别说使用，就是看上一眼，他也会晕头，刚找回的骄傲又荡然无存，于是心头顿然蹿上一团无名火。若是只有古龙和欧阳涓涓两个熟人，他也许会向他们请教电脑的用法，或是就大发议论骂骂那些搞电脑的混蛋，没事儿撑的，拿这玩意儿消化食儿！可有杲昊碍着，他竟没敢造次，于是这团火便在胸中蹿烧，憋闷而搅闹，电视上的内容一个也没看进去。转而他将这憋闷一股脑儿泄在杲昊身上，“这丫头是你什么人？至于逼得你改名叫古龙了？这不比江青还霸道吗？”

古龙被陶韬闹得丈二和尚，但他却深知陶韬的心思。这对杲昊绝对是个强刺激，本来杲昊就对他古龙芥蒂深深，这样一来，她就会更加心存不安，对她的病绝对不利。于是力挽狂澜，“咦？陶叔你不是要出院吗？欧阳姐姐，我们帮着收拾东西！”随即拉着二位去了陶韬房间。

6

陶韬、欧阳涓涓被拉进房间，古龙要给二位上课。

进了病房，却发现床头挂着巨型毛泽东像章，直径有三十厘米。这样巨大的像章实属罕物，令古龙一时搁浅了原本的来意，大呼小叫，“哪弄来这么大的像章！你定做的？陶叔可真是毛的忠实粉丝！”

这深深触及了陶韬的兴奋点，这一生就这么点值得炫耀的事，他是步步紧跟毛泽东的，忠实信徒也好个人崇拜也罢，总之他是拔了头筹的。

“小龙，别在这儿用粉丝一类的斐词儿，对毛主席绝对不恭！应该用无限崇拜！懂吗？”说着爱抚地用袖头拂拂灰，其实上面并没有灰。

说到像章，陶韬颇为引以自豪地讲起了他的像章保卫战。这像章可是有年头了，应该算文物呢！这是“文革”期间所出的最大的一枚，为数不多，他就得了一个！那时，他是兵团专门搜集毛主席像章的，出一批他就收集一批，可以骄傲地说，他那里的像章最齐全！其实那时也没人真喜欢这些东西，只是为了装装门面，所以趁着没人注意他就挑最好的拿回家。后来大家都闹着抢班夺权，谁也顾不上这些像章了，他就一股脑儿全拿回家去。那以后他就步步高升，肯定是毛主席在天有灵，就那么一路护佑着。“咦？绝不绝？哪个领导上来都欣赏我，尤其是胡市长破格把我提了个正处！不想老领导出了问题，我也就顺着走下坡路了！”

古龙接过话茬，“既然有毛主席他老人家在天之灵护佑着，就定会有机会东山再起，陶叔叔才刚刚五十七岁嘛，若像那些老寿星活上一百二百的，才刚刚活了一半！有些老寿星不得了，一百多岁，不仅仅只是活着还能下地劳动呢！像陶叔叔这样福大命大造化大的，指不定将来就会创出什么奇迹！事在人为心想事成这些词儿都是给有心人预备的，陶叔叔这么有心，一定会梅开二度！”古龙诚心诚意地鼓励着。

古龙的激励虽属有意无意，却在陶韬那里掀起了狂涛巨澜，他的胸怀何止是梅开二度！陶韬文化不高却当了文化局局长，他能将这一极具讽刺意味的局面撑到现在，必然有他的秘诀。他本来是心性极高的，很小就喜欢出人头地，可偏偏赶上了十年动乱，火热进行中的学业不得不就此中断。他也曾觉得上天无路入地无门，可那个时代也需要急先锋，而且这个先锋还极容易做，只要听造反头头的话，很快就会得到重用，不用学习不用劳动，就认准谁说了算，那就跟谁走，走着走着就上一个台阶。就这样，他顺利地入了党提了干，又从副科提到正科，十年里三年一个台阶，头三年入了党，下个三年提为副科，又是三年提为正科。

没多久，十年动乱结束了，他似乎有些失落，不知该跟谁走了。就在他前程打旋之际，突然想起动乱中常批判的三开分子，就是不管谁当政，都能吃得开那种。这多好，谁当政不是当？自古就有胜者王爷败者寇，何不见风使舵，时代都转向了，他何必固守呢！开始他还担心新当政的领导坚持原则，不一定接纳他这个过了时的急先锋。不想就遇上了胡昌稷，这可是个极为开明的领导。他与胡昌稷是在一次文化会议上相识的，当时机关领导要举办一场舞会，可动乱刚结束，谁也拿不准是否还属资产阶级的大毒草，大家谁也不想去吃第一口螃蟹。

陶韬就想，这不就是机会吗？领导有了想法，总要有个人代他去施行，这个人就是先锋。只要这个领导还在，是不是就要对这个先锋进行赏赐呢？为什么“三开分子”什么时候都吃得开？人家也是不计后果地打先锋，就是要代领导去尝这第一口螃蟹！有毒就去死，没毒就立下了汗马功劳！一个舞会也不至于被毒死，还有那么多花花绿绿的姑娘陪伴着！这样一闪念他立刻付诸行动，当晚就举行了一场盛大舞会。

他当时还只是文化局文艺科的科长，此次舞会他是费尽了心机，不久他就被破格提拔为文化局局长，越过了副处直达正处！从此，他认定“三开分子”在取消了阶级斗争的年代，就更具有优越性。不讲阶级就没有了差别，没有了差别就可以八仙过海，那不是有奶就是娘吗？这就为他处处吃得开铺平了道路。后来又经胡昌稷指点，拿钱上了自费大学，磕磕绊绊好歹拿到了毕业文凭，又在文凭热的大潮中抢占先机！以后虽然他还有升迁的机会，可他总是割舍不下那个文化单位，沾着文化字样似乎就高出一等，不像在政府机关，人人钩心斗角，既枯燥又残酷，大家都戴着假面具，使的是口蜜腹剑的绝招，就连胡昌稷都没能逃过一劫！

他的文化局直辖着话剧团、歌舞团、曲艺团、地方戏剧团、交响乐团……这里什么人才没有？巧说妙唱能歌善舞的，长拉短弹单敲独打的，他每天都过着比唐明皇还奢华的生活！团中的成员，每年都要退旧换新，而且是满天下招募。于是，他又带着各部门的专业主管满世界寻觅，一边游历着祖国的大好河山，一边挑选着天下的俊男靓女，满眼的丽人美景，那可真叫一个养眼怡情！

精神生活已达极致，物质生活也不落后。改革后，将各文艺团体推向市场，自谋生路自己找饭吃，别人都哭着喊着活不了，就等着计划经济恩赐的那碗饭。可他一眼就看到商机，将各团掌门都换上能征善战的强手，带着各自的团队四处巡回演出。刚开放那阵，老百姓被禁锢了十几年，见到新玩意儿可算开了眼。加上他陶韬的团队不但剧目好，演员也是全国挑选的，那叫一个火，只几个月就赚得沟满壕平！最火的要数地方戏剧团，就是由欧阳涓涓她丈夫王瑜带的那个团，后来王瑜就把这个团变成杂货铺，老百姓喜欢什么就演什么，真没少给团里赚钱。他曾想将这个王瑜提为自己的副手，可王瑜无论如何不干，他觉得这个王瑜与自己的想法类似，就由他去了，不想几年下来，倒是坑了欧阳涓涓。

唉！最难算的是人心，谁能管了谁呢？这事他是睁一眼闭一眼，放了王瑜一马，最后只好置欧阳涓涓的利益于不顾了！当时他还担心欧阳涓涓是不是能承受得了，会不会忌恨他的袖手旁观，可事实证明他的担心完全多余！他有一条最对得起欧阳涓涓，那就是房改之际，他将一百八十平方米的福利房断给了欧阳涓涓。他知道王瑜有的是钱，买个房子不成问题。再者王瑜好儿女志在四方，哪里安家还是未知数。为此，欧阳涓涓对他尚存一丝感激，如今见面仍是尊敬有加。

文化单位历来不好管理，尤其改革之初，举国上下一派叫苦，吃不上饭的开不出支的，唯独他把个文化系统搞得红红火火，云蒸霞蔚，市长胡昌稷是再满意不过！他是只取些精神食粮，物质财富是从不染指。

陶韬的目光一直没离开毛主席的那个巨大像章。这令古龙感之甚深，“陶叔，你这么有心，若再找个合适的位置，定然又是一条好汉！”

“唉！生不逢时啊！年龄是个宝，这个宝永远也找不回来喽！”

“我帮你找啊！公企讲究年龄，私企讲究能力，像陶叔叔这种能力在私企那里就是宝！我一定帮陶叔叔谋个好位置，让你再过把瘾！”

“好啊！”陶韬顿然来了精神，“说话算数！先谢你了？”

“谢就不用了，我也有事求你们呀！”古龙好歹找准机会。

“只要你一句话，赴汤蹈火帮你干！”陶韬一派赌咒发誓。

“赴汤蹈火就不用了，只求二位不要叫我小龙，叫我古龙就好了。”

陶韬一百个不解，“好好的小龙，干吗改叫古龙？”

“是为她吧？”欧阳涓涓神秘兮兮地指指一号间的杲昊，“你不认识？那不是曝光霓彩化工公司命案的那个记者嘛！”

陶韬惊讶中透着洞悉，“原来是她！我明白了！这得听你的！”

他明白什么了古龙一派混沌。不过，这二位能听他的也就足够了。

7

杲昊见三人神神秘秘地走了，心中顿觉落入黑洞，他们都与古龙很熟，可谁也不肯透露这个古龙的来历，无形中增加了古龙的神秘。目前她正陷入无助，快近不惑之年的她，一直是金鸡独立，向谁去求救呢？

若不是使命、责任这些理念从旁搅扰，她完全可以随波逐流，不去报道那起命案，或者起初就在万向权这样的无耻头头的指挥下，人云亦云地混日子。即便不是这样，出了问题后她也该躲到幕后，让佫恪去招架，他不是声称为拯救她才二次来广电局任局长吗？可她不但不领情反而将他拒之门外，与一个完全可以托付命运的人闹内讧。结果是将佫恪挤对走了，她这才孤立无援地暴露在危机四伏的人际关系沙场，任人杀戮。这绝对是咎由自取，人生的悲剧便是性格的悲剧！

其实，就在最后时刻，她还是有两条出路可以抓牢，一个是与她的女友巴娜娜稍示谄媚，也不至于让巴娜娜将她的档案关系送到人才交流中心，以致丢了饭碗！另一个生机就更为可靠，佫恪走后曾给她来过电话，说她可以调到省电视台继续做记者，可她还是执拗地拒绝了，就那么毫无悬念地将自己置于命运的门外！

就算这一切都那么顺理成章地不可挽回，她还有最后一道防线，那就是去找联合大学的校长——将她一手拉扯大的恩师倪莳萝，他总会有法子力挽狂澜，帮她留住她的工作关系，或者为她找个留宿的地方，也不致睡在冰天雪地的立交桥上，致使四肢麻痹成了半个植物人！能康复还好，一旦康复不了，以后的日子不堪设想。她对古龙一无所知，雇人她又雇不不起，一个下岗人士，吃饭都是问题！靠最低生活保障金？最低，就意味着只能保她活命，清汤寡水也能活命。今后，要达到正常的生活水平已是不可能，想提升到高层享受，那只能是超级梦想！

幸亏她是素食主义者，平日里也是清汤寡水。她的素食不像右病床老爷子那样属信仰所致，而是小时候就养成的饮食习惯。自她被父亲丢在雪地，半死不活地被田坤捡回家，就是清汤寡水。田坤虽属翻身农奴把歌唱，可他好吃懒做吃了上顿没下顿，况且那个年月大家都在穷，顶好是自己勤俭点，养几只鸡杀了解馋，大批量地养是不行的，那就是资本主义，是被改造的对象。像田坤那样才是榜样，田坤精神领地绝对富饶，经常在大庭广众炫耀他的翻身做主，又能清汤寡水地保持艰苦朴素不忘本。那时她经常被田坤带着四处游荡，她看到那些做了主的男人凸腰腆肚地享受着狂欢的季节，还看到妇女们穿着解放区的女干部服，成群结队地看露天电影，学着小二黑结婚的自由恋爱，似乎大家一步迈进了人间天堂！可田坤却仍然是吃了上顿没下顿，那次她剪了他的钱，他那么坚定地将她扔出门外，也是与他的清汤寡水不无关系。不过最重要的还是她的金鸡独立心理在作祟，那时她若哭着向田坤认个错，田坤一定会原谅她，可她却是反其道而行之，记得田坤是拿皮鞭子抽她的，她愣是一声没哭，就那么直直地瞪着田坤，最后竟然使得田坤全身哆嗦下不得手，这才将她扔出野外。记得田坤有句话，你这个死爹哭娘的丧门星，看再有哪个倒霉鬼敢收你，死去吧！

其实，她并没想同田坤作对，她是在数田坤会抽她几鞭子，以便将有效承受力在固定时间里均匀延长，不至于被打死。她担心一哭就会分散一些抵抗，那就很可能无力承受鞭挞而被活活打死。现在看来她错就错在错估了田坤，其实田坤就是为了教训她下次不要再剪他的钱，她若承诺下次绝不再剪，田坤绝不会再打她，也不会将她扔出野外。就是因为这一极端行为，致使她从冰天雪地再醒过来，已是满眼葱茏。记得刚醒过来的时候，她也是好长一段不能动，在倪莳萝的精心调理下，才渐渐康复，现在看来，病根在那时就已经种下了。

倪莳萝不像田坤，虽也有些贫困可他会医病，不但给她医还给全村的人医，这就可以挣些工分，再拿工分去公社领钱，有了钱就有了最低生活保障，不久后倪莳萝就开始有了自己的工资，再加上医病的工分他已是相当富有。记得他第一次领回自己的工资还给了她几张，说她可以到供销社去买自己喜欢的东西，可他一再叮嘱千万不可以再剪，剪钱是犯法的。杲昊并不懂什么是犯法，她理解为他会像田坤那样用皮鞭子抽她并将她扔出野外，再次将她置于黑暗。从那以后她对倪莳萝便心存芥蒂，心灵开始格格不入。她当然不会再剪钱，倪莳萝也不会惩罚她，即使是剪了也不会，这心理杲昊当然不会知道，于是芥蒂就那么延续着。

倪莳萝对杲昊的情是唯天可表，他是集天下之大情于一身！

那一时段举国贫穷，食物奇缺，可供杲昊改善的东西屈指可数。倪莳萝就采取自己动手丰衣足食，当然了种植、养殖是不合法的，那是发展资本主义，倪莳萝打擦边球向大自然要效益，他上山去采野菜、摘野果，捡蘑菇、捞菱角，那才叫丰富多彩。杲昊最爱吃的就是野葡萄、山丁子，倪莳萝就将这些东西晾晒成干，让杲昊去慢慢享用。松树子、野核桃也是杲昊的钟爱，倪莳萝就一颗一颗地为她剥，每天剥到深夜。一次到水塘捞菱角，由于水太脏倪莳萝染上了伤寒，连续发烧十几天，幸亏他自己能医会药，一个月才有所好转。病好之后，他的头发掉了个精光，一年多才渐渐长出来，总算恢复了他的英俊潇洒。

杲昊生来不喜欢动物食品，倪莳萝怕她缺少蛋白质和脂肪，就偷偷到很远的无人处，开荒种了一片花生和芋头，芋头解决了蛋白质，花生解决了脂肪。在倪莳萝的精心呵护下，杲昊终于茁壮成长。按理杲昊应该对倪莳萝五体投地百般顶礼，只是对倪莳萝告诫不要剪钱的芥蒂一直在她心里绵延着，这就减弱了心心相印的戏份。

到了杲昊上学的年龄，倪莳萝又腾出时间当起了家庭教师，倾心培养着两个学生，那就是杲昊和佫恪。小学、初中、高中，直至大学……

这期间，杲昊却与佫恪越来越心心相印，倪莳萝与她的裂痕就出在这。此前，倪莳萝绝对自信他是杲昊活命的唯一支撑，因而他对杲昊是倾了生命的全部，毅然赶走了对杲昊毫无保障的佫恪。是为了躲避受伤的心痛，还是为了另谋高就，那以后，倪莳萝便带着杲昊离开丹家崖进了城，他先是在教育学院任教师，后又提拔到联合大学任校长。杲昊大学毕业后分配到电视台做记者，从此与倪莳萝分立。只是时不时去感谢一下倪莳萝的养育之恩，那就生分多了。不知是伤心过重，还是看破红尘，他一直独身未娶，孤零零孑然一身。

“咦？筱叔叔还没回来？”古龙给欧阳涓涓和陶韬上完课，便带他们回了杲昊的房间，残酷地扯破了杲昊的回忆。

扯破的画面与杲昊破碎的心呈大三度和弦，鼓噪得地动山摇，这令杲昊不得不千百次地追问，古龙到底何许人也，他会给她带来什么？是倪莳萝式偿还不尽的恩情黑洞，还是佫恪式摇曳不定的情感幻影？她半生遭遇的几个男人——她的父亲丹霓，大难临头竟然将她丢弃荒郊雪地，令她羸弱的生命承受极限考验。田坤为了几张钱将她扔到野外，让她独享冰天雪地的壮烈。倪莳萝赐予她的是永不见底的恩泽深渊，佫恪赠予她的则是镜花水月的情感陷阱。这个古龙会给她什么？深渊还是陷阱？若是二者的叠加，那就更加不堪承受，只怕没等她站起来，这不堪的重负就已将她碾为齑粉！那目前她所持的积极，还有什么实际意义？

古龙的灵犀绝对具备穿透，瞬间触摸到杲昊的天问，“现在就着手再造一个全新的自我，既不受局势的困厄，也不怕时间的荡涤！”

8

筱晓承诺去找大厨甄诚，为杲昊设计一套药膳食谱，可他竟然一去不返。不想甄诚见了筱晓，便为他推荐了神医院经纶。在筱晓心里，神医远比几顿美食重要得多，于是擅自决定先去八卦康复医院拜请神医。

八卦康复医院位于市郊，乘车整整绕了一小时。这是一个合众国式的建筑院落，有的状如罗马教堂，有的类似佛家宝殿，还有的仿效伊斯兰圣庙，不一而足。中央的建筑群为门诊部，被设计为正宗的中国道教庙宇式，门楣竖一巨大的阴阳八卦图。进门一条宽敞的走廊，左侧悬挂着伏羲氏、文王、老子、庄子等画像，右侧张贴着河图、洛书、数理模型图，还有先天八卦方位图、后天八卦方位图、先天八卦次序图、六十四卦排序图，展示着一派高深莫测。里面是大厅，正中设一圆坛，圆坛内画有阴阳鱼，另置一张圆桌，桌上放一指示牌，上书就医指南。桌前坐一女导医，竟是影视里那种仙姑打扮，一副清水芙蓉模样。

车水马龙般的患者就在女导医面前穿梭，那女孩为大家指示方位解说出诊医生简历，同时向每人分发医疗小册子。有条不紊，井然有序。

见到甄诚与筱晓进来，女导医极为热情地询问欲就诊哪一科，甄诚回答不就医，要找院长阮经纶。那女孩儿更加热情，拿出一张指示图交给二位，指示说，房间是按方位和脏象学设置的，这是大致方位。不过没关系，每个门牌还有具体指示，不过阮院长一般不出诊！

甄诚有些急，便急赤白脸，“我不是说不看病吗？找他有事！”

小姑娘见甄诚真是有要事的样子，便拨通了院长助理的电话，说让他去看看院长是不是在忙着，若有时间，让院长给服务台回个话。很快就回了话，小姑娘便将听筒交予了甄诚。电话的另一端传来阮经纶的极端热情，说让他们去办公室等，他马上就到。紧跟着，服务台的对面屋里出来一位小伙子，小姑娘介绍说，这位是院长助理，让他们跟着助理走。在助理的引导下，他们进了阮经纶的办公室。

阮经纶的办公室一无长物，只一张大圆桌，桌上展示着一张子午流注环周图，这是根据地域、地磁、季节等而绘制出来的，站在图前就能知道不同方位的人与太阳、地球、月亮的关系，上面注释着的十四经络和全身的穴位，都与时空一一对应。什么时间开合哪个穴位，生了病该下什么针、吃什么药都是了如指掌，对初学者绝对是个极好的指南。这个浩大绵密的工程，若不是甄诚多少懂一点，类似筱晓这样的门外汉简直就是一部天书，这令甄诚惊赞不已。

环顾四周，墙上悬挂着各式人体解剖图，有经络图、穴位图、骨骼图、肌肉图，循环系统图、消化系统图、呼吸系统图等等，不一而足。

就在甄诚全身心敬仰，筱晓全方位五里云雾之际，阮经纶急匆匆打道回府。一见面，阮经纶就是一连串的道歉，将对不住几个字说了一遍又一遍，又向老朋友声明了两点，第一，手机号没事先传给他们，是因为与这个号有联系并不是什么好事，像二位这样吉人天相的，一般不会到这来。第二，他正按子午流注给患者用药，处理完所有的病人才得空过来。又连说实属怠慢，实属怠慢！说着给两位沏了黄山毛尖，热茶顿然馨香四溢，经茶香的一番润泽，这才将新情旧谊接上轨。

“怎么想起到我这逛逛？”阮经纶的提问透着些许逐客之意，因为他的病人都是重症患者，每时每刻都需要他的细微关照，用药的剂量和浓度，尤其是时间，都需要他亲自过目，亲手把关，那是一点儿马虎不得。他当然不希望有人长时间打扰，碍于面子才不得不抽出一点儿极宝贵的时间，来会会所谓的老朋友，这完全是出于礼貌。

其实阮经纶与甄诚并不是什么深交的朋友，阮经纶从没有朋友，他只有病人。所谓朋那是二月当空相互映照，所谓友那是心有灵犀彼此相容，到了这个境界，谁的光晕还能轻易与他并驾？因为他的光太强，照予别人也难于承受，别人的光太弱，投给他也没什么大用，于是阮经纶保持着清高，他之所以与甄诚还有一些藕丝之谊，那是因为当初他们同属市府机关，都是为市领导服务的，甄诚为领导做饭，阮经纶为领导医病。阮经纶在小灶食堂用餐，一来二去，就与主灶的一级大厨甄诚接上轨。天天吃着甄诚创造的美食，阮经纶不能不为之震动，甄诚偶染小恙也不能不找阮经纶调理，于是二人彼此产生好感。阮经纶常夸甄诚的美食有创意，甄诚便极赞阮经纶的医术透着灵气。夸赞之余，又不免穿插着切磋。甄诚自谓，他的菜谱是按照数学上的组合来设计的，阮经纶表白，他的医药是依据八卦的思维去确定的。甄诚说，排列组合优胜劣汰久而久之就确立一批别具匠心的菜肴。阮经纶便曰，八卦所包含的阴阳五行、象数思维模式，正是中医理论的基础。

切磋中，甄诚渐渐觉得阮经纶比自己高出一大截，于是俯首称臣虚心向阮经纶学习，学得了八卦的思维精髓，用八卦的思维模式创造了一套菜谱，颇得领导们称道，一时传为神话。就这样，甄诚一直占据市政府小灶的高地。不想市府换了主帅，吴纳西一上台就将他扫地出门。

还是阮经纶《易经》学得透，率先将社会发展趋向、人类的行踪命运，这些无序而不确定因素经过八卦式思考和梳理，最后得出结论，市场机制的核心既是优胜劣汰，优者就必须打造一方属于自己的领地，然后才可以太极生两仪、两仪生四象、四象生八卦、八卦定凶吉、吉凶生大业！经过一番缜密思考，阮经纶趁着下岗之机乱中取胜，从容不迫地在一片哭喊中退了出来，到市郊打造了这所八卦康复医院。

最开始他也是单打独斗，首先买下了一座被废弃的汽车修配站，稍加改造粉刷，打出祖传秘方的招牌，竖起八卦诊所的牌匾，又在人才市场招了个中医科大学生，就是他现在的助理。当然不是胡乱招聘，那可是经过千挑万选的，两个人便迅速开了张。可那一时段，私人诊所还不被认可，近一年都没有几个患者上门。为了能尽快走红，阮经纶专门收治那些被各大医院判了死刑的重症患者。诸如癌症晚期、脑血栓、白血病一类，总之都是已经下了医嘱让家属准备后事的。但他有个条件，癌症患者中，那些被医院摘了脏器的暂时不收。结果他治一个好一个，一连治好了十几个，这一下顿然声名鹊起，迅速在全城蹿红，患者是络绎不绝，诊所是天天爆满。这期间他又打出广告，招聘八方医学英才，只几天，各医科人才便趋之若鹜，阮经纶于百里挑一，挑出了现在的一批拔尖人才。因为有市政府领导的支持，又用预制板迅速盖起了病房，只几个月，一座座病房拔地而起，就成了现在的规模。之所以是合众国式的格局，一是为了与他的八卦式主诊室相匹配，二是因为有各教派人士的赞助。哪一派赞助，就建造那一派的标志性建筑，比如佛教就造大雄宝殿式庙宇，基督教就造罗马式教堂，于是就成了现在的格局。

甄诚看出阮经纶的逐客意向，于是也不再客套便实话实说，小龙可能有了女朋友……目前正重病在身，万望阮神医能药到病除！

阮经纶断然答道，去病先去心病，再医治起来就事半功倍！他必须先与患者见一面，望闻问切，然后才可对症下药。从甄诚话语间，阮经纶早就断定患者不是什么重症沉疴，药到病除只是举手之劳。于是起身与甄诚、筱晓一同前往，去实施他的药到病除。

在一旁陪同的筱晓急忙上前叮嘱，在病人面前千万不可叫小龙，要叫古龙，至于什么原因以后再解释。

操持八卦思维的阮经纶只淡淡一笑，一切尽在不言中。

9

古龙率着欧阳涓涓、陶韬，将杲昊扶上欧阳涓涓的银色尼桑，一路去了欧阳涓涓的家。杲昊由古龙背着上楼，幸亏有陶韬帮忙，才一次性将出院用品带了上去。欧阳涓涓素有洁癖，于是指挥着将住院用品先置于阳台。敏感的杲昊将这一细节收入眼底，自觉不该麻烦别人，欧阳涓涓的寓室也确实富丽洁净，于是提议就去对面的庞贝家。欧阳涓涓也不迟钝马上拦过去，千万别误会，她认为医院带回来的东西，先进行清洗整理是必要的，并不是针对哪一个人，没看连她自己的也概莫能外。被看穿了心思的杲昊又觉得违忤了欧阳涓涓的好意，于是顺时就势地说反正也要住过去，不如现在就过去免得将来还得折腾。夹在中间的古龙早把两人的潜台词都读懂了，于是采取了折中，他建议他与陶韬先将庞贝的居室进行简单整理，欧阳涓涓准备些食品原材料，等筱晓带甄诚一到就由甄诚上灶，他们就可以共享一顿美餐。

两人删除了尴尬顺理成章地往下进行，古龙向杲昊要了庞贝的门钥匙，与陶韬二人依次进了门，陶韬显然对庞贝的死很介意，他的进门有些迟疑，且问古龙是否相信灵魂。古龙答，站人屋檐下，焉敢不低头！

一句话击中了要害，陶韬不再有畏惧感，他不也是如此这般吗？其实他现在就身居于群魔乱舞之中，什么是魔，什么是鬼？就是闹得你不得安宁，他现在不就是昼夜不得安宁吗？细想想他没有对不起谁，也从没有做过所谓的坏事，可他为什么就得受这等惩罚？连等他到了退休的年龄，再退下来都不行，非得提前这么几年来羞辱他！致使家里人也跟着起哄，使他美好的岁月突然陷进阴森绝境，看来杲昊也实属无奈！于是长叹一声，唉！同病相怜，同病相怜哪！

深切的感慨促成古龙责无旁贷，他声称要将庞贝的寓所改造成心灵栖息的沙龙——二次起飞的平台，他们就在这里聚首。

沙龙？陶韬有所不解，能解决他面临的困境吗？平台还有点意思。

古龙没正面回答，只说遮风避雨暂避一时，再没有搭话的意向。接下来他打了四个电话，首先是搬家公司，说有些旧家具让他们搬走，条件是白送，限二十分钟搬完。对方极爽快地答，没问题。其次是家具公司，让他们送一张单人沙发床、一套沙发、五张行军床，货到付款，二十分钟后送到。再次是布艺商店，让他们送四套窗帘、五套行军床被褥和一套单人床被褥，四十分钟后送到，货到付款。最后是保洁公司，派四个清洁工四十分钟后到位，帮助清扫卫生。一声令下，训练有素的各公司员工按指令行事，不到一小时，一应旧家具被全部扫地出门，代之以崭新的家具、被褥、帘幔……顷刻间窗明几净，一片旧貌新颜！就连陶韬这样的老成持重，都不能自持地开始手舞足蹈，完全进入另类境界。

欧阳涓涓采购回来，见到此番情景更是一派欢欣。古龙问，欧阳姐姐不会再有恐惧感了吧？欧阳涓涓断然作答，恐惧产生于无助，为打造重生小舰队，情愿赴汤蹈火！

经过此番折腾，以下三个楼层的六户人家，也都被吸引到四楼，倾心欣赏这间曾令他们夜不敢出户的鬼魅房屋。古龙抢先向诸家解释，天下本无鬼魅，都是自家心魔作祟，只要大家不做亏心事，心魔也休想作乱，这房子住进了新人，就是重打鼓另开张了！有鬼他先顶着，大家尽可随意出入，不必慭慭然！众里一派感叹，有的说愣的怕不要命的，也有的说天下本无事，杞人忧天倾，不一而足。

就在大家纷纷议论之际，此前经电话联系的筱晓，带领着甄诚和阮经纶上了楼，见面自是一番介绍寒暄。因为是市直机关的公寓楼，大家都彼此有印象，尤其像甄诚这样的大厨，阮经纶这样的名医，更是吸引了众人的眼球，索性大家都跟进了房间，有求医问药的，有讨教做菜秘方的，还有询问庞贝死因的，其纷繁热闹不亚于专题研讨会。更有人从自家取来一卦大地红，在阳台噼噼啪啪放起来，解释说这叫灶头红，搬新家落灶头，都要放鞭炮迎接灶上老君，保着灶头兴旺，吃香喝辣的！

送走了客人，甄诚率着筱晓、欧阳涓涓、陶韬一起制作美食，古龙便要带阮经纶去见杲昊。阮经纶提议，此番一定不要给患者一个确切的看病概念，就介绍说是个朋友顺便同她谈谈，医病先医心，心通意达病先去了一半，然后再辅以药物，必定是药到病除。

在古龙的引见下，阮经纶见了杲昊，他只字未谈，就坐在那里等杲昊先开口。凭杲昊的敏感，早觉出势态异常，她不会在陌生人面前夸夸其谈，更何况她还病着，于是一时间鸦雀无声，局面变得很尴尬。

还是古龙能控制局面，先向杲昊说阮经纶是他朋友，见多识广的。

杲昊本来对陌生人心存芥蒂，听说见多识广更加芥蒂深深。于是半打趣地，古龙的朋友一水儿老成持重，包打天下！

“是啊！”古龙听出杲昊的不屑，又怕违忤了阮经纶，赶紧扭转局面，“这年月不老成眨眼就被人给暗算了，必须在老到场上多混混。我的这位朋友老到得很，就是未卜先知那一类。介绍给你，就是想让他把你的过去未来给掰扯掰扯，以便确定人生的走向。”

杲昊未作声，将犀利的目光在阮经纶脸上定格了好一会儿，她读出此人并无恶意，但说他有多神通却不敢苟同。那一脸的沧桑早诠释出他命运的曲折，若真能预知过去未来的，何必把自己挤对得鱼死网破！不过是术业略有所专长而已！不免一声不屑的长叹，“唉！史蒂芬·霍金也够糊涂，他竟然宣称上帝不但掷骰子，而且在看不见的地方掷！”

“什么意思？”阮经纶终于开了口，显然对史蒂芬·霍金不甚了解。

杲昊又不作声了，她对自己这一轮的取胜颇感满意，她决心就这样维持下去，绝不给对方反戈的机会。她这一招够狠，无论对谁都是战无不胜！因为这折射出她一身的铜墙铁壁，那是宁愿玉碎不愿瓦全的警示。

这回该轮到古龙马失前蹄了，他怕辜负了阮经纶的一片好意，筱晓告诉他，阮经纶是抛下自己诸多危重患者，前来为杲昊诊病，他虽有创牌子的意向，可此次前来绝对是为了实行革命的人道主义！于是不管不顾对杲昊发起了总攻击："你觉得这样铜墙铁壁的，就无人可以伤害你了是不是？事实上你把自己都伤到这样了，还不够惨烈吗！你把大家都拒之门外，自以为占领了人生的高地，但凡能给别人点儿立足之地，你也不至于把自己置于冰天雪地，搞得瘫痪在床！我看你是被惯坏了！表面看你挺可怜，无亲无友无依无靠，别人为你倾注的一切你记得吗？完全不记！你人格，你自尊，别人呢？为你丢官的，为你不娶的，为你远走他乡的，为你死不瞑目的，你还要怎么样？你也太针尖儿了，弄得六亲不认金鸡独立！告诉你，我的这位朋友专治疑难杂症，就看你配合不配合！人家是放下自家的一大群危重患者来为你诊病，你若想就这样瘫痪下去，我们也无话可说！别自视太高，天下总有比你精的！"

一番枪林弹雨，杲昊完全傻了眼，在古龙的声浪里杲昊依次看到了佫恪、倪莳萝、方自珍、庞贝……咦？这个古龙是何许人物？怎么会对她如此了解！是啊！方自珍曾为她自杀未遂，最后还是远走他乡。佫恪也许就是为了成全方自珍，才丢下官职离她而去。倪莳萝不娶，庞贝的自杀，难道也都与她有关？这倒是令她始料未及！在古龙的斥责中杲昊还过滤出了神医、诊病、瘫痪、危重患者等概念，其中哪一条都与她休戚相关。木木的脑子开始紧急运筹，她该如何面对这一系列问题？

就在这艰难时刻，欧阳涓涓前来喊他们过去就餐。

10

一桌子的精妙美食，筱晓不知该怎么下筷，倒不是他没见识过甄诚的精湛厨艺，而是他觉得不该就这么没由头地得人家的好处，他讲究礼尚往来，绝不随便占别人的便宜，于是迟迟难以下筷。

这习性是从他懂事那天起就开始奠基了。筱晓是不足月出生的，先天不足，给他带来一系列生存问题。首先身体发育不好，这个生存必需的谋生工具，自他聚而为形就先天缺陷。个子小，基本上属于侏儒，好在不像侏儒那样给人以畸形感，还算成比例，这在力量上就先输一筹。

另外形象上缺少美感，尤其是形式美，在这个充满形式与误解的世界，大家都将形式美当作上帝开出的介绍信！可是筱晓却没有这封介绍信，因而人际关系上他又输一筹，就是在父母兄妹那也概莫能外。比方在生活拮据的年代，过新年了，兄妹们都换上了新衣服，只有他是捡别人穿过的，只是被母亲浆洗得干净熨帖，起初他当然愤愤不平，向母亲提出抗议，母亲就耐心地向他解释，你的兄妹们都长大了，这些衣服都穿不下了，只得换新的。你却不同啊！身子小，这些衣服正适合你，洗洗熨熨还挺好的，再穿两三年是没问题的，再说家里也不富裕，省下来的钱，可以供你们读书啊！等你长大了一定给你做新的！

筱晓始终没能长到像兄弟姐妹们那样大，所以一直就是捡着他们的衣服穿。为了不让他难过，母亲还教育他，人得懂得知恩图报，先奉献了然后再获得，你看你的那些个头大的兄弟姐妹，个个都是家务活的行家，家里的活不都是他们干的吗？妈知道你身量单薄、力气小，重活累活妈是从未让你干过的，另外好吃的你也是比他们分得多，不是吗？筱晓听后觉得有道理，此后，妈妈给什么就用什么，不再争讲，而且牢记知恩图报、先奉献后获得等一类理念。

后来上学了，他学习很用功，由于先天不足智力也就略逊一筹，无论怎样努力，他也达不到班里的优等生。尽管基础知识背得烂熟，可他不会用，一到应用脑筋就转不过弯，卡在那里一道题就半途而废了。到了立体几何，他简直是束手无策，他没有透视眼，怎么能从那么复杂的图形中，找出题中所需要的线段呀角度呀什么的，几何除了角和线段还玩什么？无论面积还是体积都是由线段和角构成的，没有了这些基本元素，还去做什么题？到了中学他的数学就没及格过！外语同样是不可理喻，一个中国人不说中国话偏偏去说外国话，这不是成心要人命吗？那么多单词呀词组的，那不是等于背词典吗？中国那么大一本子词典还没背下几个呢，这又得去背外国词典，这还不算，还得去记那些复杂的语法！外语同样是从未及格过。语文也不轻松，现代汉语复杂的语法，还有古汉语同样都是道鬼门关，与外语也没什么两样，什么词类活用、宾语前置、通假训诂一类，比外国语还难理解，一篇课文下来，更是没有几个字能认得，那不是看天书吗？尤其是作文，尽管每一篇学过的课文他几乎都能背下来，可一到做文章他就傻了眼，那得从脑子里自行编出来，他头脑里原本也没几篇文章！做文章应该是文曲星们的事，平常人可怎么能写出文章呢？总不能把学过的课文抄上去吧？所以写文章简直就是天方夜谭！不过基础课还能答上一些，语文总算能糊弄个及格。

不过他有几门课学得好，一门是政治，一门是历史，还有地理、生物、美术、书法，都是顶尖的，政治题那就是背嘛，将老师留的题背得滚瓜烂熟，考试没有答不上的！另外历史、地理简直就是他的最爱，那才叫秀才不出门，遍知天下事！古今中外、东西南北，他可以做到问一而告二！他竟然是历史和地理两门课的课代表，每次考试不是100分也得是99！这两门课之所以好，是因为他学龄前及小学这一阶段特别喜爱看小人书，自家没钱去买就借小朋友的，看完还不免相互讨论切磋，故事也便有了深刻的印象。由于筱晓性情温和，小时候，正经有很多好朋友，那时的小人书又多是以历史题材为内容，这也是他能占有大量资料的一大优势。只是后来长大了，大家都有了优劣好坏的分别心，这才将筱晓视为劣等，不屑与之为伍，可最原始的知识积累已经在头脑中扎了根。他之所以喜欢生物，是因为家是农村的，父母都是农民，天天都是种子、发芽、开花、结果的，他是天天看着这些东西如何长大、如何成熟，书上说的他早就烂熟在心，那还有学不会的！就算是动物基因一类也特别好懂，他对达尔文简直就是笃信加崇拜，所以达尔文的书他是看了一遍又一遍，后来他还帮着父亲搞过种子改良，竟然得到很好成效。

只可惜，他是属于下生就挨饿、上学就停课、毕业就下乡、上班就改革那一拨的，所学一直都是非所用，致使他泯然众人！不过他还是挺幸运，上学时由于他身量小，又肯听话，一直深得老师的偏爱，重活累活从来没他的分儿，考试不及格也能得到及时补考。补考时尽出些简易小题，没有不过关的，加之他副科很出色，这又令他高出一筹，年终列榜也总是高居榜前。最让他走脸的，是他的字写得特别好，写个大字块儿、标语告示什么的，那是非他莫属，站在那里挥毫疾书，确实也真有几分豪迈，因而，博得了老师同学们的几分崇敬。这崇敬一直是他的心理支柱，令他觉得有理由骄傲地活在某个领域，而且应该将这一领域不断地拓展、巩固。那以后他愈加勤于学习精于练笔，将长项发扬光大。

就在他行将中学毕业，学业上独树一帜之际，轰轰烈烈的知识青年上山下乡运动开始了。这一次他更为幸运，由于他政治理论水平高，又写得一手好字，最硬一条理由就是他身量小体力差，他竟然留校了！学校给了他一个辅导员的美差，有大事就写写大字块儿，没大事就带领学生搞运动。在那样一个动乱年代，谁还愿意耗在学校搞教育，早各顾各干自己的去了，将待死不活的教务就那么大撒手推给了辅导员筱晓。那一时段，他既是校长又是教师还是辅导员，一身数职，绝对是累死人不偿命，而且是费力不讨好的营生。

筱晓并不那么认为，他觉得那是展示他个人才能，建功立业的极好机会，他将学校的一应事务全盘图表化，从时间顺序到课程内容，从课外活动到日常行事，图表上是一目了然，一个乱糟无序的校园，硬是被他整理得井然有序。一个动乱中的学校，也无所谓是不是井然有序，其实，筱晓的指挥也就是在作乱，只不过是有组织地作乱罢了。

就这样，转眼间作乱的几年匆匆过去，筱晓也在动乱中感到累，不想再折腾了。不久市里实行大联合，被打倒的领导纷纷走出牛棚重登领导岗位，这就又需要一大批吹喇叭抬轿子的。乱糟的局势，哪里去找那么合适的人选？领导们便走出办公室四处踅摸，终于寻到了筱晓的学校，凭他的业绩随后就被调进市直机关，他能写会画，又是活词典数据库的，很快又进了秘书班子，可一到写材料便露了馅儿，他只会写文字不会写文章，这是他致命的弱点，不得已只好到市委办公室当了领导的文书。也有人嫌他丑，可那个年代，越丑越革命越穷越先进，筱晓又走了一步红运，他被当作革命加先进珍藏着，曾是一道亮丽的风景。虽然他只能干些保管、传送文件之类的差事，可文件却是组织的生命，筱晓是在干保卫级组织生命的工作。好在筱晓一直坚持着知恩图报，对每一个人都是敬爱有加，又始终保持着与世无争的态势，就这样，筱晓在风平浪静的顶级大机关中，维系了数十年。

这顿饭本该回家吃，可自他被吴纳西扫地出门就被妻子虐待，但凡有落脚之地就决不回那个家。这才硬着头皮坐到了明知欠情的盛宴前。

11

盛宴一直在延续着，一直到了夕阳西下。

古龙没上桌大家便不能尽兴，实际上大家是将古龙作为这个圈子的轴心。古龙没上桌理由很简单，他得让他的病人杲昊先吃饱。

好歹将杲昊理顺，古龙这才上桌，众人拾柴的火爆，终于噼啪开场。

一上桌古龙便发出倡议，“既来之则安之，此次聚会谁也不许借口有事半途退席！我们得来个开怀畅饮，一醉方休！”

阮经纶举手发誓，“我是舍命陪君子，绝对将聚会进行到底！”

欧阳涓涓出示万分轻松，喜眉喜眼地一字千钧，“我是个闲人，而且就住在对面，绝对有条件奉陪到底！只要大家有耐性聚下去，我可是马拉松高手！那接下来，就让我们来寻找聚会的契合点！”

“好！”古龙拍案叫绝，“咦？大家说，我们几个人有什么共同点？”

“共同点？”筱晓如坠五里云雾，“这里谁都比我强！”

“不能那么说，”甄诚接过去，“人人有本难念的经啊！”

“是啊！”陶韬也接过话题，“谁难谁知道，这叫一家不知一家！都看着别人比自己好，不然怎么能相互挤对呢？”

欧阳涓涓永久牌甜甜地一笑，没作声。

阮经纶产生了歧义，于是慷慨陈词，“放心，我们虽然各有难念的经，但手足之情还都是相同的，吃五谷杂粮谁能不生病？今后不管谁有病都由我包治，而且分文不取！只要大家相信我，能诚心配合！”

古龙抢过话头，“看来大家都没理解我的意思，那我郑重地告诉你们，这个共同点就是大家都是国企下岗的！而且都处在青壮年时段！倾其半生所学所练，基本上都成了行家里手，正是出力的好时候。可就在这黄金时段，却被人一脚踢出了人生轨道！再有天大的本事，是龙得蟠着，是虎得卧着！正是这个共同点，把大家聚到了一起！我的意思是目前大家多数跌进了低谷，只有阮叔叔尚处于波峰！三个臭皮匠抵个诸葛亮，大家得商量着如何逃出这个低谷，人往高处走水往低处流，长期身处低谷就会被窒死！谁不想死谁就加盟，齐心协力逃出命运的巨齿湾！”

“说得好！”陶韬率先响应，“以前我可是冲锋陷阵的好手，可一下岗就变得无能为力！连老婆都敢起来造反！这低谷也真是到了底线！”

“那还用说！”甄诚一派识尽人间烟火，“枪杆子里面出政权！”

“哎呀，也不能那么说！”筱晓抢着诠释，“咱是没摊上好女人！要不怎么都提倡自由恋爱，咱是由别人给介绍的，感情基础就不牢！你们没看有些老两口好着呢！尽商量着怎么旅游、怎么下馆子，滋润得很！”

欧阳涓涓积极响应，“筱叔叔说得好，就是因为没摊上好人！我真是厌倦了人，与人打交道是件最累的事，不行你们都回去离婚，把那些敢于造反的混账娘们，统统赶出家门！像我这样多清静！”

“就一个人？那也太孤单了！”陶韬提出异议，“别看老太婆嘴碎可怎么也是个伴儿，回家不至于清锅冷灶的，更重要的是我母亲离不开她！”

“那就对付着！”筱晓转为低调，“怎么也比我强，起码你们不受虐待。咦？别看她虐待我，若是我现在提出离婚还不行呢！她还惦着我那点工资，再说虐待我已成了她的乐趣，没人供她搓磨一准不能适应！再者，我若先提出离婚，也会成为她要挟的把柄，她知道再找我这样高工资的也不容易！唉？阮大哥介绍介绍你的好经验！”

阮经纶不经意地笑笑，以酒为掩饰，并未立即作答。经验？什么是好经验？正如甄诚所讲，人人有本难念的经。将自己的一生摆平，那得多高的智商？就这样一群芸芸众生本身就存在着种种缺陷，如何能求得终极辉煌？其实表面的轰轰烈烈，也是做给别人看的，其中的苦辣酸甜谁能悉数了解？罢，就敷衍几句吧。阮经纶先做了个舒展状，然后放下酒杯慢条斯理地诠释，“经验毕竟是经验，没有放之四海而皆准的！每个人的情况不同，好与坏的标准也不一样，萝卜白菜各有所爱，就看你的口味了！比方欧阳就喜欢静谧安宁，而陶兄、甄兄可能就喜欢轰轰烈烈，那不是一个模式就能解决的，还得具体问题具体分析！”

“好！”古龙又一次拍案叫好，“还是阮叔叔的八卦思维厉害，凡事都得因人而异！那接下来，大家就谈谈各自的口味，比方什么样的生活方式适合自己？今后最想干些什么？都摆出来，以便对症下药！”

“唉……想干的事倒是很多，可能不能干上！”陶韬率先表白，“咱大小也是个头儿，只会管点儿闲事，可谁的闲事能用咱管呢？”

古龙激励，“这你倒不必担心，质地张而弓矢至，只要你有想法就好，有了想法就能实现，有句话叫心想事成嘛！”

听到心想事成，甄诚瞬间跃上兴奋的制高点，“心想事成？这话我爱听！那些成大事的人，最开始就是依照自己的心愿不停地折腾，最后才干上自己想干的事。你心里都不去想怎么能干成呢？我的想法很简单，就是能到大饭店好好展示一下自己的厨艺！”

“这太简单了！”古龙张扬着，“就甄叔这样的厨艺，到国外都是一顶一的高手！出门就得被人给抢走了！若真有意，我把你介绍到英国去！”

“我可没那么大的野心，咱也不会说英国话，到那还不得闷死！就是叫我离开老家都不愿意，为什么呢？人熟为宝啊！老朋友到一起，逗个闷子、抬个杠，多过瘾！再说大家都能互相理解，你跟生人抬杠，那还不打起来！不就是做饭嘛，在哪还不是做！”

“这就更好办了！”古龙拍板，“城里的大饭店那可多了去了！找机会踅摸一个，若知道是甄大厨，得乐死他们！”

筱晓出示为难，“一到发工资我老婆就全部取走，我总不能老是白吃你们的吧！就这顿饭，我还考虑着怎么还呢！天天白吃怎么行？”

“哎呀，吃顿饭还斤斤计较！”阮经纶出示天高地厚的关怀，“不行你这后半辈子我包了！指甲缝漏点儿就够你吃的！实在不落忍，就到我那去干点儿零活，算你赚的，怎么样？不过目前就先住这，一是帮着照顾杲昊，我来给你们看病也方便，你的糖尿病我包治了！二是大家在一起，也好策划这个起飞的平台！”

“好！”大家异口同声地呼好，接着便续上一片情感饱满的掌声。

“既然得到了大家的认可，我就再说几句。”阮经纶难抑激动，“目前不是摸着石头过河，也不是没政策比有政策好那个时段了！没看有些人端起碗吃肉，放下碗就骂娘。这说明什么？说明大家都比较自由！若是这样还觉得难，那就是对自己估计不足了，不是估计过高就是估计过低。再者，对自己的愿望也没搞清楚，不知道自己是喜欢安逸还是喜欢火爆。若喜欢火爆就走出去，轰轰烈烈地大干，去打造自己的舞台。这就免不了磕磕碰碰，就得学会周旋争取，理顺各种关系。若说是喜欢安静，那就像欧阳这样躲进小楼成一统！所幸的是大家都有工资，无论如何国家都得养着。现在所谓的难就是跟自己较劲，自己没那个本事还要跟人家攀比，那不是铁受折磨！大家一定要认清，最大的敌人就是你自己，打倒了这个最大的敌人，那就是所向无敌！”

“阮叔叔太伟大了！大家都有了准谱，还等什么？马上打造起飞的平台！不过，还需要各自都好好考虑一下，想想各自最善于干什么，最希望干什么，然后再作决定！这可是我们第二次起飞，得起得耀眼，得飞得夺目！目前就是享用美食！”在古龙的引领下，大家半清醒半糊涂地加入了饕餮大军，直至杯盘狼藉，不知东方之既白。

12

一夜的鼓噪碰撞，使每一个聚会者都上满了发条，重新谱写人生的理念，在不同背景的心灵中播下新一轮种子，至于如何发芽成长就看各自心田的质量！土地肥沃，硕果累累，土地贫瘠，也只好有花无果！

甄诚受阮经纶言行熏陶最深，他一直是沿着阮经纶的周易思维稳步前行的，此前下岗的马失前蹄，他自认那是悖反了阮经纶一贯的思维方式。新贵的上台，小帝的突现，对于他就应该是潜龙勿用阶段，而他不但在用，而且铤而走险地越位，蹿到了亢龙有悔阶段。处于这种格局本已达阳刚的极限，就必须居高思危、自我警惕，不可再过分苛求，以免盛极而衰，满招损、谦受益，这是普通老百姓都深知的道理，可甄诚却偏偏悖谬了这一哲理，显鼻子显眼地去与新贵吴中一对峙，连个小帝都容不下，以致不计后果，将小帝拒之门外。

其实小帝并没什么大错，只是对厨艺迟钝了点，经过一段陶冶指不定就成长起来。厨艺又不是航天技术，大不见小不见的，指不定还能正对某些人的口味。口味这东西可不像航天技术差之毫厘谬以千里，这就是个绵密编织锦绣过渡，似有似无闪烁不定，指不定哪一个交叉就对准味神经的兴奋点，那就是厨艺的登峰造极！什么是大厨？大厨就是在实践过程中，能将这些激发味神经兴奋点的东西记录下来，再重复使用不走样，形成一种独特的风格，这就定格为大厨！

甄诚从聚会处出来，已是旭日东升，他仍被昨夜的鼓噪激励着，满身心的昂奋，再度引领首席大厨的意愿，已成为不可抑遏的鼓角。

正当他恍兮惚兮为前程思虑，突然一只手搭在了他的肩上。惊回首这才是冤家路窄，那不是小帝吗！这么快，他被炒的消息就传到小帝耳朵里了？这不是来寻衅滋事吧！于是他嘎地站定霍然转身直面小帝，那绝对是狭路相逢的对峙，他得给小帝一个下马威，以保持大厨的尊严。

不想小帝满脸堆笑，恭恭敬敬给甄诚施了一礼，接着便倾诉了他对甄诚的满腔敬仰与思慕。小帝说，自他们分别后，他是日思夜想，梦中都是师傅的身影，甚至就想成为甄家的一员，那样就会不离不弃。

甄诚丈二和尚，一时没弄懂小帝的深层内里，他怀疑小帝的恭维是对他的戏弄，也许他就是释放烟幕，趁着他被恭维得思想麻痹，再施行致命一击。他可不是一忽悠就找不到北的人，他不会给小帝机会。

小帝虽说在专业术业上缺少灵性，可在窥视人的内心洞天上，却是别出一般的灵犀。也许这是帅才的潜质？小帝很快看出他的疑惑，于是大揭底里，“师傅！”小帝又加了百倍谦恭，“终生最大的愿望就是拜您为师，自知没有天赋做您的徒弟，不过我会效犬马之劳，为您搭建一个展示的平台，使您重振雄风，不知肯不肯赏脸！”

甄诚愈加懵懂，搞不懂小帝在演什么戏，无论如何，想跟他玩这种雕虫小计还嫩点！于是仰起脸蹙起眉，准备无情解剖小帝，他决不会让他有隙可乘，关键时刻他会给小帝致命回击。

小帝的精明已达未卜先知，于是极谦恭地上前一步，“也别来弯弯绕了，咱来个实话实说。我新近买了座商服，不是很大，四千平方米二层共八千平方米，八是发的谐音，为买这一吉祥数我多花了十多万！也值，花钱买吉祥，率先图个好兆头！我准备开一间生态式的餐馆，一楼辟为大厅，全由热带雨林植物簇拥，中间一张能坐百人的大圆桌，我准备就在那摆满汉全席，或供新婚喜宴或摆寿星家席，也可为百人之内的中型会议提供服务。油鬼子的钱海厚，花起那是从来不打奔儿，得拉动拉动他们的内需，另外也要让油城的百姓见识见识，什么叫满汉全席！二楼以八卦中的五行为依据，辟为东、南、西、北、中五个方阵，大圆桌一转那才叫东南西北大圆满！这么大个阵势，没有个掌舵的怎么行？”

听到小帝提到八卦甄诚便异常兴奋，因为他除了研究菜谱，再就是向阮经纶学习《周易》了。易学内容之丰富表达之精湛，在他眼里堪称世间一绝。仅八卦图就展示了宇宙的模式，描述了时空发展史，高度概括了矛盾论、认识论、辩证唯物论。另外时空观、物质观、生命观、数学观、预测学、未来学，同样共同缤纷地鼎立着易学的奇妙内涵。小帝也精通周易？于是有意考问小帝，“你懂得八卦五行的要义吗？”

“哎呀，在师父面前可算是班门弄斧了！既然师父想听，就略说一二，敬请师父赐教。太极生两仪，两仪是指阴阳，两仪生四象，四象是太阴、太阳、少阴、少阳，即为宇和宙。宇指上下左右，四面八方，即为空间，宙为夜以继日，古往今来，即是时间，还代表东南西北和春夏秋冬。四象又是四方星宿之神，即东方青龙，南方朱雀，西方白虎，北方玄武。由东南西北又引申出中央，进而演绎出金、木、水、火、土五行，拟人化即为：中央黄帝、东方青帝、南方火帝、西方白帝、北方皂帝。再由四象演化为八卦：乾、坤、震、艮、离、坎、兑、巽，八卦再二二排列，便生出六十四别卦，不知我说得对不对？”

小帝的谦和以及对八卦的粗识，令甄诚渐次觉得找到了知音。若用八卦思维去经营一个饭店，一定是当今一绝！那样赚起钱也不会有负疚感，那是用劳动和智慧为百姓送去健康和美味，既可果腹又是享受，一倍的付出双倍的收获，这才是上等交易，对小帝的芥蒂随即冰消雪释。

冰释了心理障碍，甄诚空前舒畅，小帝的邀请也便顺理成章，随即跟小帝去了亟待开张的饭店。似乎是按照他的意愿打造，饭店的门楣高悬着黑白相间的太极八卦图，下面便是店名的匾额，店名起得也是极中他的下怀，名之曰“太极朵颐”。仅这名字就够大众品味一阵子，没有高人指点，也许一辈子都弄不懂它的要义，只好糊里糊涂鸭子听雷，或是干脆就被活活闷死。这就叫悬念，这就是关子，跟佝偻承蜩似的，那得粘来多少好奇者，那才是一个高深莫测！

一阵阵爽畅之间，甄成被小帝粘进“太极朵颐”的大门。一进门是大厅，那张接纳百余人的满汉全席大转桌便映入他的眼帘，好气派，好震撼！全然按八卦阵式打造而成，太极、二仪、四象、八卦……他暗中打量，这是以八卦二进制的2为底，又按照自然数的数列为幂进行排列的，依八宫设置八个层次，一总计算下来可放置近五百道菜，作为满汉全席，这五百道菜也能尽展厨艺风采了！这对智力体力都是个极限考验！

至此，他渐次进入亢奋状态，由此也派生出一个难能的自信，人活着，就必须得有一技之长，因为这一技是别人不可取代的，那么小帝离不开他甄诚，也就在情理之中！感谢自己，感谢自己的一技之长！没什么可说，他就在小帝为他搭建的平台上，再舞蹈出个天花乱坠！

甄诚激情澎湃上了二楼，瞬间跌进金题玉躞，锦赙绣褫之中。其金碧辉煌，斑斓华彩，令甄诚以飞蛾扑火的忘我，投进小帝的设局。

极度兴奋中，甄诚浮光掠影地初步审视了二楼的总体格局，正如小帝事先所描述的，绝对是按八卦的布局来设计，中为轩辕厅，东为青帝城，西为白虎馆，北为玄武阁，南为朱雀苑，这样搭配起来，又酷似华夏的社稷坛。小帝的道行哪里是皮毛，简直就是老到江湖！

其实小帝的八卦粗识是在极短时间里速成的，绝对鹦鹉学舌！为了能将甄诚圈过来为自己所用小帝是煞费苦心。因为他深知甄诚是以民俗为风以民族为骨，那“太极朵颐”就是华夏精髓的杰作，绝对首屈一指！

你的星座………

甄诚却是被佝偻所承的蜩，率先被粘进小帝的势力范围。在节节攀升的亢奋状态下，他将一切都视为小节，于是力拍红白两案，开业！

13

聚是暂时的，散是永恒的，当送走了诸位宾客，杲昊便觉跌进无边的孤独，无论多热闹的聚会，人们最终还得回到自己。收紧了四散的意识网，满眼的阳光将房间照了个满堂彩，举目窗外，托付着旭日的竟是一天的湛蓝！春光终于将残冬最后的阴霾赶出视界，病后的杲昊第一次感到视神经淋漓尽致的畅爽！于是一声长叹。

正在大厅为家具重新定位的古龙，听到这声叹息便转进卧室，“饿了吧？药膳得多煮一会儿，我便趁机重新布局，你不觉得春天来了吗？”

“春天总是令人鼓舞的，可对于绝望者就另当别论了，为什么有伤春悲秋之说，那些无望的人，最容易在春天里死去……”

古龙一听便急了眼，“我还是那句话，你这个人就是被宠坏了！多少人为你赴汤蹈火，可你是用什么回报人家的？”说着转回大厅，嘴里还配合着尖锐的斥责，“思想绝对残疾！”

可接下来怎么办？古龙并不是枪支弹药，就像她一路所遇到的诸如俗恪、倪莳萝、方自珍……她确实是将他们拒之千里，因为他们砝码均负载着情的承重！而古龙应该有别于他们，他是在她精神物质双崩溃的前提下，向她伸出援助之手的。更有别于他们的是，他的砝码上没有任何承重，古龙是真正的君子施恩不图报！既然不肯低头讲和，那就只有等着受伤，看来她的伤不能怪别人，正像古龙指出的，完全是她自己弄出来的！生命中最大的难题就是不能战胜自己，她只得又走回原来的套路，硬着头皮顶着，等待鱼死网破的壮烈！

正当杲昊满腹歉疚地跌落，古龙端着一盆温水进来，“饭好了，洗脸吃饭！”依然是轻轻柔柔，她没发现他有暗藏的刀枪剑戟。

杲昊首次挂着歉意的微笑，她决心先赶走自己内心的刀枪剑戟，从此与所有的人讲和。在古龙的感召下，她首次感到以前她确实是太自我。

古龙将这一切尽收心底，这让他感到自己的策略有所收获，他就是要改变杲昊，对于目前的一点点收获，他觉得不能盲目乐观，得一点点巩固扩大，更不能允许反弹，他一定要将她带上阳光轨道！

洗漱完毕，古龙要推杲昊进厨房进餐。出乎意料，她竟能抬手扶住轮椅，这令古龙兴奋得忘记一切前嫌，“快看快看！你的手！”

杲昊这才意识到自己的手能动了，随即一股冰消雪融的冲动，推动着杲昊出示空前的和解，“真是太感谢你了！你让我懂得了什么是再造！”

“别！别感谢我，就感谢你自己吧！”古龙继续收敛着。

“你真生气了？我不是有意的……”杲昊生平第一次出示求饶。

“唉……人是感情动物，出示喜怒哀乐是正常现象，你的错误就在于太在意喜怒哀乐的差别，而忽略了其中的内在联系，而且小肚鸡肠地将差别无限扩大并牢记于心。其实事情一过，随着时间的流逝，人家早将这些差别也好联系也罢都渐渐淡忘了，而你却仍在心里反复折腾，结果把自己伤着了！就是这些伤痛致使你心理残疾，于是逸出了正常思维轨道，不管是敌人还是朋友，你都一股脑儿地开枪射击！好在还有个别人能舍生忘死，诸如佫佫、方自珍、倪莳萝之流，可惜尽管强行坚持了一段，也还是忍受不了，都逃逸去了！”古龙带着满负荷矫枉过正。

古龙的剖析，令杲昊的心里沉疴沸反盈天，近不惑之年的心路历程确实如同古龙所描摹，她虽然在逆境中一路跌落，可路上始终排列着真诚的救助者，她以自己的不幸，掩盖着自己的豪华欲求，造成一个天下人都对不起她的假象。这假象又郁结为难以遣散的阴霾，阴着自己也罩着别人，凡是诚心想营救她的人，都被牵扯进暗无天日的心理黑洞！而阴暗中她一直在实施逃逸，不是失去记忆就是精神失常。可怜那些苦苦的救助者，只好跟着她在阴霾中沉浮！承受绵延无尽的伤痛！

“咦？知道你为什么对自己的好转如此兴奋？”

“当然是不用再连累别人……”杲昊毫不迟疑。

“这只是其一，其实你骨子里仍然是不甘人后的，你的奋起意识仍周天高扬，这没什么错。人往高处走水往低处流，这是常规，就连老子那样的出世高人都骄傲地宣称，夫唯弗争，故天下莫能与之争！”

这观点直击杲昊的郁结，究其半生的死去活来，就是因为没有通天的大路，她一直是蹚着荆丛，属于正宗的无力回天。若是有人给她铺路搭梯，她一定是活得很滋润，那自己的豪华欲求究竟是什么？

支撑人生的两个轮子，一个是事业，一个是爱情。爱情全方位坍塌的她，本想以事业的大柱加以支撑，可她的事业也同样一塌糊涂。首先她生不逢时，正当她摆脱梦魇，跌跌撞撞走上事业的轨道，转轨改制又横在她面前，一路的泛渣扬尘，得费去她多少宝贵的精力去疏通、去改变、去适应！她是在动乱的岁月里奠基，艰苦卓绝地读完了中小学，既无顺序可言，又有无章法可循，东一耙子、西一扫帚好歹认识了半个辞典，又多亏了倪莳萝的教授，她才将所有的知识门类理顺，后来又经过高等教育，总算具备了高级人才的潜质。认路也同样是草草从事，完全没去分析是不是适应记者这一行当，就那么随波逐流地做着，她的执拗是绝对不适应这一职业的。记者那得是眼观六路耳听八方，而且得是随机应变，更得服从命令听指挥，像她那样强行曝光霓彩命案，没有不翻船的！既然认了这条路，就该一路攀登，却又遇上转轨改制，致使沉渣四起良莠不齐，她就在这良莠难辨的大潮中翻了船，差一点被溺死。此番多亏古龙，将她从溺水中救起才得以逃生，尽管瘫痪在床，但毕竟还有好转的可能。她的两个轮子就这样残缺地运转着，能运转到哪一步完全是未知！期望攀上光辉的顶点，基本上已成了泡影！

“你用不着这么感慨万千，你的手已经能动了，继而全身能动那是指日可待！你现在的任务就是好好养病，等病好了，你就可以重打鼓另开张！年轻没有失败，只不过是重新再来！”古龙极尽鼓励，一路引导。

“重打鼓？说起来容易，做起来难！除了当记者我是一无所长！再者三十不学艺，我已是快近不惑之年了……”杲昊无奈、无助、无望。

“那你有没有想过，杀回广电集团，从巴娜娜手中夺回你失去的一切？或者就以其人之道还治其人之身！一个小小的巴娜娜就成精了？路遇不平拔刀相助，只要你有决心，我帮你搞定！”

“你……”杲昊被激荡得东西难辨，这个你，本来是想问你是谁或是你有这个能力吗？可她戛然而止，这完全是为了古龙的自尊，或是对他信任度的确定。她绝不该提这个问题，那么多人都以古龙为中心，那是显而易见的。她这一问就昭示对他不信任，这对古龙一定是奇耻大辱！

“我知道你一直想问，古龙何许人也？可我就是不告诉你，同时嘱咐其他人也不告诉你！我就是要历练你的耐性，你缺少的就是这种耐性或者就是你对别人的信任，你把所有的人都看成小人甚至是坏蛋，结果把自己的人际关系弄得一塌糊涂。一个人的成功，百分之八十五要靠人际关系，而你的百分之八十五完全是塌陷着的！这一时段，我要帮你把这塌陷着的百分之八十五修补起来，我会义无反顾！”

这个急转弯令杲昊大有翻船险情，只好稳下神强力阻止。但有一点令她共鸣，那就是她人际关系的塌陷问题，她的确没有什么人际关系可言，就那么一意孤行地茕茕孑立！干好了无人喝彩，干砸了无人援助。

“想什么呢？不是又要逃进混沌吧？”古龙不无担忧。

“该吃早饭了！”杲昊屏蔽一切联想空间，显得空前了无挂碍。

14

陶韬别了古龙等人径直去了早市菜市场，他准备买些新鲜食品原料，学着甄诚烧几样拿手好菜。从此，他得试着改变自己，像阮经纶那样，自己的命运自己掌握，重塑昔日的雄风！至于将来干点什么还得从长计议，首先，得是自己感兴趣的，第二得是自己熟悉的，干起来不费力气，可不能像那些私企老板，把自己弄得鱼死网破的。

他有工资，而且还有一些积蓄，完全可以很好地颐养天年，用不着下死力气去赚钱！这样一想他感到无比满足，虽说他没有载入史册的辉煌，可他这一生，却在吃喝玩乐间就铸成大业！他的住宅是福利分房没花几个子儿，象征性地交了不到两万块钱，一个二百平方米的豪宅产权就到了手。若是花钱去买，至少得百八十万！这等于他无形中就赚了百八十万！小青年儿想买房，就得实打实地掏出百八十万，累死你！他的工资也没怎么费劲就拿到五千多块，另外他是正处，每月的交通费还有一千五百元。其他还有节日补贴、电话费、洗浴费、采暖费等等，那都是些小钱可以忽略不计，就是这些小钱他也不用掏腰包，细想想他一点不亏！

尽管吴纳西上台后撤了他的职，可待遇一成不变！这跟在职也没什么差别，只不过少管了些闲事，那不也是赚了个轻松吗？一切都自己说了算，想干什么就干什么！就算不提前退，再过两三年不还得照样退吗！唉……罢罢罢，前半生他已是很光彩了，虽说三十年河东，三十年河西，总不能只盯着河东，怎么也得看看河西！指不定那里就有别样风景。古龙不是要帮他东山再起吗？那就起个样子给吴纳西看看，叫他也别只管盯着河东而忘了河西！河东河西的事，那也是风水轮流转！

还是古龙有见识，人家留过洋的就是不一样，首先看问题就不忘辩证法。他郑重指出，只要不是自暴自弃就一定是辉煌不断，即使一时跌落，经过一段调整梅开二度也是指日可待！就怕自己先走了下坡路！他还断言，谁也打不倒你，最后能打倒你的正是你自己！这多有哲理！

他陶韬当然不会去打倒自己，就算是敝帚自珍他也得珍着自己，托生一回人不容易，就那么七八十年，掐头去尾更是剩不了几年。人的有效时间真是屈指可数，这就不能太屈着自己！

这一点，别看古龙年纪轻轻人家就看得透，人生就是想干什么就一个劲地去干，别在意别人怎么看，他有他的打法你有你的套路，世界上的事无所谓高低贵贱，只要喜欢就去做，成与不成就在各自的造化，悟性高、修行好，成功率就高，反之成功率就低。

想着念着，陶韬便来到了早市菜市场。

老伴儿比他早退了三年，这三年来，一切家务事全权落到老伴儿身上。人退休了，本该好好休养，可她每天比上班起得还早。起床后，先把他的早饭准备好，每天不重样地为他调换食谱。等他吃上了她就去了菜市场，又为第二天的食谱添加新元素。尤其让她辛苦的是自己的老母亲，能像她那样几十年如一日地精心侍奉婆婆，也实属难得！近来只因自己提前退休心情不佳，就将一些无名火撒向无辜的老伴儿。这还觉得不过瘾，居然到医院去泡着，以此给她施加压力，真是太不落忍！人老了最后的归宿还得是自己的小窝，与老伴儿搞好关系才是重中之重！此后每天他都会陪老伴儿到菜市场选选菜，以共同分担生活的压力。若能再谋一份既不费力又是自己喜欢的差事做做，就更是一大快事！此番出院他还没回家，就是说，老伴儿现在还不知他在何处。每天早晨她都例行探视，得知他已出了院一定正急着呢！好在老太婆知道他没什么大病。

经过一番考察，这大厅外面的菜也太贵了，每斤辣椒就得五六块钱，其他的菜也不相上下。其实反季节菜也没什么营养，花这么大价购买实在划不来，老伴儿那关就通不过。干活不由东累死也无功，他可不能干这种费力不讨好的事。接着又进了大厅，进得屋里一询价，呔！这里的菜比外面的还贵！咦？老太婆不是能砍价吗？那就先学着她砍一把，“哎？你们这菜价有没有标准？是不是随便宰人？”陶韬冲着一个卖小青菜的妇女高声大气地发议论。

“进价高卖价自然就得高，也不能赔本呀！”声音直盖陶韬。

“随行就市？屋外的菜就比你们便宜！”陶韬为砍价据理力争。

“屋外不交房租，我们还得交房租呢！”那妇女声音愈加高分贝。

右侧的小姑娘是卖辣椒的，指了指一堆破碎辣椒，“买这个吧，比外面的还便宜！包了更便宜！一分钱一分货！”

陶韬看了看，那堆辣椒不但破碎还有些腐烂，明显是对他富裕度的考核与挑衅。陶韬一时间目瞪口呆，只有无名火不停地往上蹿。这破坏了他思维的敏捷，只觉头脑发木，不知这无名火从哪才能找到突破口。

就在这时，左面一个壮汉又指指他的柜台，上面摆着的尽是些南方的细菜，诸如芦笋、笋尖、茭白、莲藕一类，由于都是远途运输，价格更高，“你信不信，就这点菜，得用去你一个月的工资，像你这样的就别到这种地方来，秋天挖个菜窖，多存点萝卜、土豆、大白菜什么的，既经济又用不着费口舌！”回头又面向那个妇女，“我早就告诉你们，碰到这样的主，最好就是别作声，争争讲讲的多没水平！”

这下可惹恼了陶韬，“水平？你懂什么叫水平！狗眼看人低，吐口唾沫淹死你！一个月的工资买下你整个摊床，信不信？”说着，啪！将他的市人大代表证拍到壮汉面前，“认识这个吧？专门视察你们的！你们的管理人员在哪儿？把他们给我叫出来！这也太无法无天了！”

听到大厅吵闹，经警将市场管理员叫了出来，到近处看到陶韬的人大代表证心里没了底，室内管理混乱他早就看在眼里急在心上，怎奈资金不到位室内装修也没搞。本来不到开业标准，可大家都要吃菜，小贩儿们又急等着赚钱养家糊口，就这样凑合着开了张。若是人大一路怪罪下来，罚款是现成的，他就那么点工资钱，再一罚还怎么过日子！于是赔着万般小心，将陶韬带进自己的办公室。

一进办公室，管理员便说眼下的格局只是暂时的，等冰雪一化就进行彻底整改，那时菜进得多了也就不会这么贵了。说着，就有一位办事员送来满满一箱各色青菜，管理员接过菜箱，推心置腹地说，“这是我的一点心意也没几个钱，拿回去尝个鲜！”又说，“欢迎陶代表经常来指导，共同将菜篮子工程搞好，这可是民生的大事！”

陶韬被忽悠得已是难辨东西，心里只念着古龙的提议无比正确，生命中的余热正经能做很多事，此次就是歪打正着，还寻了个好活，以后就出来各处视察视察，这不是也很过瘾，也很起作用吗？若真能将某一领域的工作做好，那也是一种展示、一种成功，最后就是一种快乐！

就在陶韬沉醉于预想的快乐，工商物价的领导也赶到了现场。见面便认出了他，“这不是原文化局陶局长吗？退了吧？代表证出示一下！”

陶韬一如犯了事儿的嫌疑人，规规矩矩出示了他的人大代表证，一脸的尴尬，嘴里还叨叨着，“理顺风气匹夫有责！”

“这是上一届的代表证，过期了！”转而又盯上那箱子菜，极为严肃地质问，“这是怎么回事？菜是陶代表掏钱买的吗？”

陶韬为摘掉干系，“不，是他。”将手下意识地指向市场管理员。

“这不是明目张胆地贿赂吗？不像话！陶代表不累呀，回家吧！”

说着架起陶韬出了市场大门，将他塞进写有稽查字样的公车，一路向陶韬家门驶去，一箱子菜眼睁睁被扣留，陶韬的拿手好菜只好泡汤。

15

杲昊终于在没有外援的情况下能自己吃饭了，虽然刚刚能动的手用起来很费劲，可这在古龙眼里，她大病后的生命也算上了一个台阶！这不能急，古龙已下定决心，准备将半年的时间花费在杲昊的康复上。

他要在杲昊身上创造一个奇迹，那就是强力意志对人体健康的促进。前不久，他的一部著作《宇宙的精灵》，阐释的是意志与智慧的辩证，这一次他就要阐释意志与生命的辩证。人之所以能成为宇宙的精灵就是因为人是唯一智慧的，而且能使智慧凝固出各种奇妙的作品，诸如作家借助文字将智慧凝固为文章，画家依靠色彩将智慧凝固为画面，音乐家通过音符将智慧凝固为音乐，科学家却能凭借智慧的羽翼遨游宇宙！而这一切又要靠他们的意志力，从零一路走向无限！

认识宇宙、驾驭宇宙，爱因斯坦曾感慨地说，最不可理解的事，就是这世界竟然是可以理解的！古龙有一个宏大的愿望，就是将他理解的宇宙以及作为宇宙精灵的人阐释给大家。这期间，他得做各种验证，其中就包括意志与智慧、意志与生命这些命题，杲昊正是他的试验品之一。

他自认那是双倍的幸运，那天早晨他是例行早巡，一方面为锻炼身体，另一方面是视察市民面貌有何变化，这些对他的论著至关重要，人类了解外部世界是为了改造，以便能更好地适应。真是天赐机缘，他远远就看见，雪中的立交桥上似乎有一个大包裹，当时他还以为是什么人有意放上去的，这就伴生两个疑点，一个是窃贼遗弃的赃物，另一个是恐怖分子布置的炸桥药包，他三步并作两步蹿上桥面，近前一看却是一个大活人。人已经神志不清，于是他抓紧时间调来了救护车。

到了中心医院，院长王大为一眼认出她是广电集团的记者杲昊。杲昊这名字他当然熟，十年前，他刚要出国留学时就听父亲说过，但只留下一个印象，就是神经有问题。当时他极为担忧，一个精神病患者怎么可以做记者呢？咦？她还真就做得很好，这就令他想到强力意志对智能的开掘，意志与智慧的辩证从此萌芽。学成归国后第一个敲进他意识阈的竟然还是杲昊，她居然就那么一意孤行、不计后果地闯进了霓彩化工公司的命案！没有一点战斗精神，没有一些舍生忘死的胆量，是绝不敢独闯这个深潭虎穴的，这就进一步证明了她的强力意志。

古龙并不知道这期间又发生了什么，致使她这位孤胆英雄竟将自己置于绝境！经过一段抢救，杲昊很快就从死亡边缘返回，而且很快趋向康复。这就又令他想到，强力意志是不是对体能同样有开发作用，因而他的另一部论著“意志与生命”又开始萌芽。此后一段，他计划一边护理杲昊，一边同她探讨这一命题，他的第二部关于人体科学的著作《宇宙的骄子》不久就会问世，他认定自己的幸运正在于此！

饭后，古龙看到杲昊出示明显的成就感，可见她对自己的康复充满信心，证明她的强力意志正在为她脆弱的生命注入新能源，康复必将是指日可待。于是鼓励道，“今天可以自己吃饭，指不定明天就能自己走路，干细胞有超强的再生能力，只要靠你强力意志坚持住，就没有康复不了的疾病。”略顿，“再加上让阮经伦多多指点。”

“可哪天能彻底康复呢？那样就不会再无端地连累你了。”

古龙愈加确认杲昊对康复的渴望，“病中有病中的活法，安排好了也很有意思啊！一生不必都活得跟急急风似的！慢节奏更为享受！”

杲昊半信半疑，“可是怎样才算安排好呢？”

“做力所能及的，将遗漏的小事捡起来修补一下，生活会更圆满！”

“你这想法真是太好了！捡哪些小事好呢？”杲昊终于全面认同。

“当然是相对有意义的，最好让我们来好好规划一下！”古龙出示积极，“不妨写写小说，小说是我说的世界，这样你就会有两个生命。”

“两个生命？”杲昊来了精气神，“如何两个生命？”

“你的生命是第一生命，小说是第二生命，等于你多出了一天、一年甚至一生！写小说的人是幸福的，通过你的创作，建造起一个又一个别样的世界，树立起一个又一个独特的人物，在社会上引起强烈共鸣，改变着痴迷者的命运！整个世界甚至是整个时代都被赏析出一片湛蓝，因为有了你的布局，人生不再是一种永恒的缺陷！”

“我还真写了一部小说《赫罗图》，可惜还没收尾就病倒了……”

“太好了！正好拿来续写、修改、出版！”古龙比对自己的事还上心，“现在就开始！弄台电脑就动手敲，你一敲就忘了疾病，不经意中就慢慢好起来，这有多好！不为获奖所累，不以他人为忌，放松、放松、再放松，用你独特的感受铸造特有的价值！偶然间倒下了，不应该只想到失去了什么，更应该想到还拥有什么……”

“对，拥有！可我的东西都丢在电视台，现在可怎么能开始呢！”

“当然由我来解决！先制订一个行事历吧，就按这个日历行事，一准儿活得五彩缤纷！我们正拥有顶极年华，开自己的花，结自己的果！”

杲昊被激励得热血沸腾，集结出一天的锦绣，随即她举起手在空中鼓掌。这一康复性的进步，纯属下意识，她竟然一点也没注意到。

相反，杲昊每一丝细小的进步，都被古龙收入眼底，可他没立刻将这一喜讯报给她，他就想让这些细小变化在她不经意中潜生暗长，他生怕每一个宣扬都会是一个断裂，于是他静静地等待杲昊的下文。

杲昊果然有了下文，“阮经纶可以见，但不必做心理咨询，我的头脑不是跑马场，不是什么人都可以随便驰骋！”

“不是有病乱投医嘛！谁让你病得那么深沉就像跌进万丈深渊，为能尽快把你捞出来就慌不择路了！其实阮经纶对你并无恶意，而且他也颇具见识，听他掰扯掰扯也没什么不好，再者，我们借此也可以测试一下他的道行，若是真有那么神，将来还可以聘他做兼职军师，若是平庸无奇，就权当磨牙消化食儿，岂不一举多得！”

古龙觉得杲昊渐渐撤去了对他的戒备，无条件信任渐趋成熟，于是向她小露天机，“我是美国纽约州立大学学社会学的，为不给父母增加经济负担便自谋生路，课余学习营销，推销过海鲜、电脑零件、洗洁产品等等。毕业后，为先捞到第一桶金，同时为观察分析社会心理，练就一双火眼金睛，就率先在罗森保洁公司做起了推销员。后来，老板就任我为中国一级代理，就是说凡是中国的市场都由我来管理。”

古龙见杲昊不再搭茬，又将他的天机接续下去，“我选了一个非常能干又非常敬业的副手，将他推向了一线，我呢，就退到了幕后著书立说。公司那面，只是去美国开开例会汇报工作，再将订单交到公司，等于干拿工资坐享其成！是因母亲声称她病重我才回了油城，真是老天作祟，母亲病好了父亲又病了。父亲的病给我敲了警钟，我不能为赚几个钱，就大把大把地消费生命，我得做更有意义的事，得琢磨着为国家出些力。我刚出国留学时，中国因为贫穷落后，人家就瞧不起我们。现在不同了，国家地位逐步提高，现在再出国人家的眼光就大不一样，中国人渐渐高出一等！你说我怎么还能一旁袖手？所以我准备改行做公务员，不但自己要为国出力，还要带领一大批人共同出力！”

杲昊感慨万千，“那你怎么会为了我……那不是太拖累你了吗？”

“你是一把锋利无比的刀，不值得一磨吗？”古龙一派天高地厚。

“那我们就为共同的目标而战！”杲昊伸出小指与古龙拉钩，他们拉成了一个死钩！一个鸿猷大端在这死钩下辉煌缔结。

16

一大早欧阳涓涓就敲开杲昊的门，进屋就大呼这落差也太大了！

“什么落差，会令一个看破红尘的高人如此耿耿？”

“什么高人，古龙你也太会挖苦人了！夜里，我接到一个朋友的电话，说她在京都闯荡得挺顺，竟然在亚运村买了一栋别墅，当初她只是团里的服装保管员，进京后就专给二三流的演员定做服装，那些二三流正削尖了脑袋想往一流里钻，当然不惜重金包装，这钱叫她赚得海了去了！你想想看，我那一百多万，连人家一个房角也买不到！那栋别墅得用两千多万！另外再加上通胀的因素，谁跑得过通胀？这样下去，不是叫花子一个吗！还有一个最坏的消息，我寄出的剧本被退回了！说没有新意！我反复想了一夜，剧本有没有新意，那也是仁智之见，创作是个张扬个性的东西，你的个性不被人接受，那这个本子就是废纸一堆，若指着卖剧本赚钱还不得累吐血！所以我想了一夜，后来确认古龙的观点是唯一正确的！命运还得攥在自己的手里！没办法，静水难静！”欧阳涓涓一路宣泄，完全失去了平日的矜持。

“那就再回原单位！”古龙一竿子将她支得老远，他知道欧阳涓涓不是杲昊，他没能力将她打磨成锋利的剑，再者，他的围城暂时还用不上这样的人才，因而无意收留。

“原单位是不能回了，我发过毒誓永远不再踏进剧团的大门！”欧阳涓涓无奈加无助，“嫁错了人，进错了公司，都是人生的大忌！我是嫁错了人才弄成现在的样子，如今已是天过午，不能再错了！”

“那就必须先弄清所谓好工作的标准！”杲昊极为认真。

“超过七成的上班族都想当记者，就像杲昊多绅士！越是顶尖的场合，越能看到你们的身影！”欧阳涓涓不无崇拜。

“别！我们不过是些新闻民工，身心疲惫四处奔波，天天熬夜收入微薄，就差没去爬塔吊了！弄不好还会遭遇暗杀……”杲昊言传身教。

“那就公务员？”欧阳涓涓知道古龙正想报考公务员。

“那可是压力最大的职业！”古龙觉得欧阳涓涓不但不适合，而且她也没这个机会，于是断了她的想入非非，“国企的CEO都很郁闷，同样是管理人员，收入却比外企差一大截！可外企的CEO也不痛快，抱怨垄断行业的中航油根本就不存在竞争，可CEO的年薪却可以拿到二千三百五十万元！不过，那个位置也不是一般人可以谋到的！”

“我当然有自己的原则，第一标准那就是钱！大把地赚钱！然后再到大都市去购买别墅！”欧阳涓涓不加掩饰。

古龙也毫不客气，“当然，当晒工资成为最热炒的网络现象，当不同行业的工资组合成为大家讨论的焦点，当通胀让大家每月拿到的钱在不觉中自行缩水，钱自然就成为职业的第一标准，更何况就职的最原始目的就是赚钱！可那也是一条荆棘路，有人花了二十年才能理直气壮地同所谓的富人喝上一杯咖啡！除非买彩票中头彩，或突然继承一笔巨额遗产，或做一回广告模特！最后就是……”古龙戛然而止。

“什么？怎么能把话说到半截！”欧阳涓涓紧追不舍。

“再嫁个有钱人！或回到王瑜大哥那里……可这都不适合你，你的目的虽然是钱，但那钱的价值也只不过是一种象征，因为你现在拥有的钱，足够你后半生消费的！”古龙看到裂痕渐渐浮上欧阳涓涓的脸，于是来了个急转弯，好歹后半句总算抹平了她的心头大壑。

“除了钱，还得考虑到美誉度……”欧阳涓涓有一搭没一搭的。

古龙又小心翼翼地为她诠释，“美誉度对于职业的作用就像绯闻之于明星，没有的时候渴求有了又会闹心。影星比电视剧明星更高级，CEO 比厂长更现代，大学教授比中学教师更具美誉，工程师当然比技术员更顺耳！职业的美誉度饱含了人们对于这项职业的无尽想象，这其中包括道德因素、风光程度、职业形象的优雅与否等等，当然还得受当时社会风气的左右，同一项职业，在不同时间段就可能几经起落。比方京剧演员，一度就被称为戏子，明显的贬抑，之后又被称为人民艺术家，显然那是有大人物的倡导。后来在流行歌手的笼罩下，又被称为古董，显而易见的摒弃。再后来又经大人物的一番力挺，又被称之为国粹大师！时传祥怎么样？淘粪工！可在特定的时间段，淘粪工，那可是相当具备美誉！所以职业美誉度是个极模糊又善变的概念，完全不必锱铢必较！所以我主张不在于你干什么，而在于你怎么干！”

“那就得看可持续性了！”欧阳涓涓不想就此罢休，“很多女孩子争着当空姐，那是想张扬自己的青春，很多二三流演员几年出不了头，就意味着就此止步，一份职业关键要看能干多久！我可不想昙花一现！”

“这也是相对而言，没看很多模特最终成了模特经纪公司老板，空姐成了地勤，明星赶写回忆录，也许这不能算可持续性，应该算利用职业资源进行成功的华丽转身！但还是那句话事在人为！”古龙循循善诱。

“你对职业的影响力怎么看？”欧阳涓涓刹不住闸，一路横冲直撞。

“所谓影响力也存在正负效应的问题。正面效应的那就是大师，反之则是千古罪人！一个大学教授，能决定一个学生在未来的三五年里是在格子间朝八暮五，还是去读研究生。一个明星能使五百个粉丝不顾自己的行事历，到机场去浪费一整天！而狗仔队却能让这个明星，惊慌失措或掩面低头！以不被察觉的方式去改变别人是影响力，以显而易见的方式去改变别人是权力，这些力可以让你成为历史上最牛的人物，也可以让你在不觉中销声匿迹！一把剑双面刃，就看怎么用！”

“按你的意思，职业诚然不分贵贱，技术含量还是有差别吧！”

“一个简单的标准就是看准入门槛，很多人可以当 IT 工程师，而能进微软亚洲研究院的却只有八百多个。能成为工程师，说明他拥有较高的教育背景和技术水平，前期投入足够多，所以就引起大家的产出期待！这就伴生出一种所谓的崇拜！另一个标准则是看名字，英文的比中文的高级，新词汇的比旧词汇的高级，要不怎么现在小偷都改名叫夜间物流工程师了！”古龙的诠释引起一阵哄堂，“一个单位能拥有人人皆知的简称，基本上就算一份好职业了！其间技术含量不言而喻！”

“还是人家留过洋的，竟然就能把问题剖析得如此透彻！”欧阳涓涓完全为之折服，此前她认为他不过镀金而已。

“职业没什么高低贵贱，都是人们主观意识的附加。什么是贵？就是不把富放在眼里，什么叫福？就是不把富和贵放在眼里！有个评论员说，弱势群体和利益集团都希望淡化阶层概念，以共享和谐社会。那么强化阶层概念对谁有好处呢？媒体、广告业和虚荣心！”古龙一路演绎。

“这么说我属于问题一族？那你们俩谁可以做我的心理医生？”

“谁不是问题一族？这个瞬息万变的时代，各种理念轮番上阵，能驾驭也是一时一事，我还不知找谁当心理医生呢！”杲昊拦截过去。

“目前可担此重任的唯有阮经纶……”古龙抬眼看看杲昊，没见她有反对意向，他知道杲昊对阮经纶不以为然，这才顺着话茬溜下去，“起码他有《周易》做依据，孔子都为之韦编三绝。到目前我对《周易》还不能通透理解，那可是顶级国学！如果你们不反对，就请阮经纶做心理医生，也好学习《周易》。”古龙虽是征求意见，内里却是意向已定。

杲昊笑而未答。不知底里的欧阳涓涓却是正中下怀，于是大呼好极！

“我先到广电将杲昊的东西取回来，再去见阮经纶！”古龙一锤定音。

17

古龙将杲昊的一应物品全部取了回来，睹物思人杲昊心中不免泪雨涟涟，眼前依次闪过佫恪、方自珍、倪莳萝、庞贝……还有逢桂桂、冉红、白茜、巴娜娜，甚至万向权、吴计、吴纳西、达生，那些轰轰烈烈的场面已是物是今非，或是人去楼空……而曾在同一个舞台上厮杀格斗的猛士，如今有的已是天地两界，有的亦是天各一方，满心的藕断与缱绻，令她于痛楚中独享寸断肝肠！早知如此何必当初，拼尽全力争斗的结果，也不过是朝菌与蟪蛄的收获！

看来阮经纶是值得一拜，尽管其中有鹦鹉学舌的嫌疑，但他毕竟在用。他能看到有物混成，先天地生，独立不改，周行不殆。因而他懂道大、天大、地大、人亦大。于是他遵循人法地、地法天、天法道、道法自然！他深知企者不立、跨者不行，故此他拒绝自见、自是、自伐、自矜。他深谙自见者不明、自是者不彰、自伐者无功、自矜者不长！因而他为无为之事，行不言之教！夫唯弗争，天下莫能与之争！此前杲昊对这些准则的概念却是混乱着的。杂施而不顺，则坏乱而不修。确实该去找阮经纶给理理顺，思想有了准普，行动也就有了准则。泪雨洗去了阴霾，阳光依然普照，只要不是执意沉沦雾霭，总会见到灿烂阳光的闪耀。

打开一个个封存的纸箱，最先呈现在杲昊眼前的就是她尚未完成的手稿《赫罗图》，这个赫罗图不是原始意义的，她是借用，借以标识人文星空的星等与色指数。手稿上还有大作家庞贝的亲笔点评，这个庞贝是方自珍为她引荐的，就像古龙之于阮经纶。当时她也是操着解剖刀的心态去见庞贝的，因而招致了庞贝的刻骨敌对，以致很长一段他们都是刀枪相向！直至庞贝上了省级文学史，才改变了他的心态。这一改变也许是因为有了底气，他可以站在文坛的高地向下俯瞰，这时杲昊在他的视野变得相对渺小，才肯施舍出他的谅解，《赫罗图》也有幸得以聚而为形。直到庞贝恣意为自己设置了了入史庆典，才正式收她为弟子。就在这顶级震撼的时刻，庞贝却愤然离开人世，向外宣称是脑溢血。

可第一见证人欧阳涓涓却说他是吊死的，属明显的自杀行为！为什么呢？不是到了山穷水尽谁能自杀？而且还是惨不忍睹的上吊！经过几天的苦苦思索，杲昊这才联想起，那次入史庆典快近尾声时，庞贝为什么会给她那枚小钥匙，当时说是开他心锁的，原来他事先就有安排！当时杲昊就有一事不明，一向低调的庞贝，为什么会出其不意地举行那样盛大的庆典，现在看来那也是最后的晚宴！庞贝呀庞贝，一定有天大的冤情，难道也是被胡昌稷给逼死的？这个坏事做绝的市长至今仍逍遥法外，还带着吴计逃之夭夭，可以想象他一定在享受超豪华天伦之乐，却将他的疯老婆抛在家里，让她独享十年面壁图破壁的豪情！

在庞贝入殓前的那个清晨，杲昊被王大为调到医院，与庞贝做了最后的告别，而庞贝的妻子竟带着儿子匆匆离家出走，将庞家的钥匙全部交给了她。当时她清点庞贝的遗物，庆典上给她的那枚小钥匙，真就对上了一个小箱子的锁，打开后竟是一箱子的纸灰，不知是他自己安排还是他夫人所为！现在看来是谜团总总，险情历历。

再放目，便是些嵌插混乱的采访笔记，还有一些有芯无笔有笔无芯的记录笔，这些东西都是单位发的公用文具，没有丝毫收藏价值。古龙像撇垃圾一样将这些毫无价值的东西抛给杲昊。而在杲昊这里却是价值连城，就是这些东西，吞云吐雾般托浮着她一路飙升，以至于升腾为大牌记者。正与邪的评判、好与坏的界碑、对与错的准则，竟是她挥手一指之间，一种引领、一种导向，就在她的一指中定格！她以鹰隼的雄姿盘旋于一市的高端，就连胡昌稷这样的权势，也得在她的一指中打折！还需要什么？其实，她的要求原本并不高，只想干自己喜欢的事。刚当上记者那阵，并没想到记者这个职业会附加如此重要的社会责任，也没想到记者这个工作会具备如此巨大的威力。那时她只觉得好玩好做，一支秃笔挥来挥去，瞬间挥出一篇文章，满心的好、恶、喜、怒，一股脑固定于纸面，转而这些喜、怒、好、恶，又刀枪剑戟般倾泻下来，使所到之处一片矫枉！那时的她，除了满足还是满足！

渐渐地杲昊悟到，这些刀枪剑戟，是绝对不能随意抛撒的，那是一种责任、那是一种使命，她得像上帝那样，给世间每个黎民一个尽量公正的说法。因为爱因斯坦说上帝不掷骰子，宇宙必须按某个统一的程序运行，不然就是悖谬！后来，史蒂芬·霍金发现，上帝不但掷骰子，而且在看不见的地方掷，这就使宇宙成了极随机的大赌场，一个蝴蝶效应就可能使现成的格局变得面目全非，命运因此显得极为无常，以致她自己也被这些无常卷进了黑洞！

接下来，就是一件件破旧的内衣，沾着泥土的鞋袜，还有单位统一制作的标志性服装记者服。从这些行头绝对看不出这是一个女孩子的附属，若不是样式从旁佐证，就是法警也说不清物主人究竟是男还是女！

就在杲昊对她的困窘一派浑然，古龙却是满心的同情感慨。这令他看到在离开倪莳萝的日子，杲昊的沉沦与潦倒，幸亏她是一个精神财富的拥有者，她在天高地厚的精神巨擎力挺下，囊括四海、义薄云天！上下格致、左右逢源！又在精神巨能的锤炼下获取了一身的钢浇铁铸，练就了满心的刀枪剑戟！他不敢有彻底改变她的奢望，因为，在倪莳萝泽普恩洋的对比下，任何人的援助都显得杯水车薪。

就在清点之际，古龙在一个包装箱底发现了手机，趁杲昊没注意便将手机带出卧室，他迫不及待地阅读了短信，果然有重大发现！其实这个短信早有指南，在杲昊刚入院尚处于昏迷状态，她的另一部手机就传来短信，古龙查看了这则短信，短信是从美国发来的，落款是白茜。这一惊天信息，立刻引起古龙的注意，内容是：谋杀达生的凶手有微型录像为证，隐藏地点，发送至你的另一部手机上。

古龙看后断然删除，当时出于两个考虑，首先，杲昊已无能力再参与此事，另外，怕不慎被别人得知，真是天公不负，这最后结局，竟然轮到他古龙来收场！

古龙战战兢兢阅读了这一涉及全市，乃至全省命运的重大信息。内容只报了一个地点，没有任何附加，若不是读过前一条信息，是绝对悟不出其中奥秘的，达生的命案就成了千古之谜，凶手就可能永远逍遥法外，而一些被牵连到的无辜，也只有无期限地顶着一头雾水！再者凭杲昊的经验和力量，也很难找到录像带隐藏的确切地点，因为王大为首先就挡在前面，他是不会随便让人入他圈内的。只有他古龙能做到，他才可以最安全、最妥帖地将录像带拿到手，而且可以确保录像带万无一失！

经过迅速思考，古龙觉得还是不能将手机交与杲昊，这也有两个考虑，首先对杲昊康复不利，她会因此而焦躁，可她并没有能力去摆平这一重大事件。另外，他可以据此弄清全省的派系。将来，他若真有幸当上公务员，也好有理有据地破案，以彻底肃清派系之争！

这样想过，古龙便私下将手机藏好，以便一次性抹去她关于手机的记忆。理顺后，古龙转进杲昊的卧室，好在杲昊正专心清理她的一应物品，至于她的手机，似乎真就逸出了她的意识阈。

不想看到他进来，杲昊便停止了清理，“古龙，东西全取回来了？”

古龙想她一定是找那部手机，佯称，“不知道呀！你共有多少东西？”

“哎呀，病得也糊涂了……忘了当时装了几个箱子！”

“先想好，我再去为你寻找！”古龙将悬念设置得天衣无缝。

18

经过山重水复的寻找，古龙率杲昊、欧阳涓涓终于见到了神医阮经纶。阮经纶的确忙得很，他的危重病人就达几百人之众。阮经纶将他的贵客先带到危重病房，让他们率先感受他的医术医风。潜意识里张扬着的征服意向，也许他自己也没意识到。

病房布置异常华彩，正对门的墙下设一平台，平台上铺陈着金黄色的仿绸布，正中设一巨型荷花，荷花台上置一尊涂着金粉的观音菩萨雕像，按一比一雕塑，足有一米七的样子。背景衬着由光纤扯成的辐射状光束，呈七彩闪烁。台下又设祭坛，上面摆满各式供果，供果后密密匝匝摆放着各色水剂药瓶，瓶上贴着患者的名字。祭坛两侧分别摆设着香炉、水罈。香炉里香烟袅袅，飘散出淡淡幽香，一派清心醒脑。

其余三面墙下摆着各式盆栽热带植物，木本草本穿插交替，观叶赏花交相互补，在白色镂花窗帘的掩映下，只觉转侧看花花不定！病房的墙壁为淡黄色，患者的被褥为奶白色，又是一派淡极始知花更艳！

病房内共十个患者，衣着不似一般医院的病号服，均为淡黄色纯棉休闲装，宽松柔软一派暖调。患者身体虽是虚弱，可个个整洁清爽不像危重病人，倒像是虔诚的修行者。见有人来个个点头致意，行注目礼。

参观了几分钟，阮经纶便将古龙一行带回自己办公室，进门赫然跃入眼帘的便是那张子午流注图。似乎是一个震慑，来者个个神情肃然。

阮经纶将大家安排就座，又沏了上等好茶，这才一一为之注释，他首先指指那张图，“这是我根据地域、地磁、季节等绘制出的子午流注图，就是根据这张图，适时给患者用药、下针。因为人体内存在着规律性的生理节奏，它随着昼夜的交替、季节的更换而变化。为什么结核病人下午出现低烧？气喘病则多在夜间加重？就是这个原因。进一步推而观之，人体在不同的时间，对药物的敏感性也就不同。在凌晨四点给心脏病人用药比其他时间效果要好四十倍，这个时辰出生和去世的人也最多。生命具备特定的变化节律，遵循这个节律，医疗才会卓有成效！”

古龙已经入境，“仔细讲讲这个节律！”

阮经纶觉得讲这个对普通人意义不大，便有所迟疑，但又一想要做他们的心理医生首先得让他们诚服，于是循循善诱，“由于银河系、太阳系、地球都在不停地运转，人体的营卫气血的运行也随之改变，为什么同一种病不同年龄不同地域，所下药物药量都有所不同？就是因为他们所对应的时空不同。从子时到午时再从午时到子时，五脏六腑、四肢百骸、皮毛血肉等六十六个穴位，便呈现周期性的盛衰开合，穴开则气血旺盛，穴闭则气血衰退，因而按照这一规律下药就事半功倍！”

阮经纶啜了一口茶，又附加了些渲染，“人体这个小宇宙，与自然界的大宇宙息戚相关。《本草纲目》中的《药对岁物药品》给我很大启示。首先弄清宇宙的周期性变化，对应人体各器官在不同时间段所呈现的活跃高峰，再依据阴阳、表里、寒热、虚实八纲原理，辩证地进行调理医治，岂能不是事半功倍！所以药到病除并不是一种神化！当然，生命已近终结，就得另当别论。生命是一个熵的过程，并在熵的尽头终结。”阮经纶戛然而止，开始悠悠地啜着茶，目光展示了满负荷世事洞明。

三位听者果然被他折服，半天没有异议。沉寂了好一会儿，又是古龙提出质疑，“那观音菩萨属于哪类医疗流程？”

阮经纶缓缓放下茶杯略加调整，“当然纯粹属于心理疗法！近百年的争斗厮杀，如今弄得是全国无信念，全党无信誉，全民无信仰，全体无信心！这一举措，让部分人找到了靠谱，他们坚信观音菩萨会在梵天佛国保佑他们幸福安康，心静而体壮，体壮而病退。我就顺应他们的意愿，设置了那个莲花台，让那个屋子佛光普照，病人也因此有了康复的信心。那屋里的人全是被其他医院判了死刑的，现在他们都脱离了危险正在逐步好转，这叫起死回生！这有什么不好？”

“好！当然好！”古龙几乎是不假思索，“这神奇的心理效应是如何产生的？我们可都是来向您讨教心理疗法的！”

一个“您”所承载的无限敬意，将阮经纶圈进围成，他相信这几个人能屈尊前来造访，就足以证明他们的诚意。他抬眼觑了觑杲昊，未见丝毫异议，她正全神贯注倾听他的高谈阔论。其实杲昊在未来之前就决心改变自己，这绝对是古龙诚意和强力的挟持。谁叫她是女性呢！天地之间男为乾，女为坤，坤，利牝马之贞。地势坤，君子以厚德载物！虽说江山好改禀性难移，难移她也要移！因而她对阮经纶的宏论，虽不是全部接受，却是做到了洗耳恭听。

再看欧阳涓涓，她本来就是前来讨教的，因而恭敬、笃信全然写在脸上，这使阮经纶全方位解除警戒。

“佛光普照，菩萨保佑，首先令他们坚信他们的病一定会好，然后再施以子午流注，而且都是对症的上等好药！别看香炉里的香，那都是我精心配制的中草药，清神醒脑。这些病人有一个共同特点，就是都不爱吃水果，不爱喝水，我就在祭坛上摆上水果，在水罐里装上水，然后就成为沾着佛光的供品，这样大家就抢着吃，抢着喝。另外这些人普遍爱吃肉、海鲜一类，这就造成酸性体质。信佛后，为戒杀生，基本上都戒掉了动物食品，酸性体质便迅速得到了改善。另外那些汤药普遍是苦涩难咽，我就将它们装进瓶子，放在观世音脚下，这就沾了佛气，此后不用再劝，大家又是抢着喝，再不嫌苦涩。你们说是不是事半功倍？”

“好！可这只是辅助医疗，那么重的病，怎么能彻底好起来呢？”

“最重要的是子午流注加上药效，就是最对症的药，再配以最佳的用药时间。无论多重的病，只要能患就能治，但切除了器官的不行！要知道康复是个漫长的过程，这就需要富有刺激性的辅助医疗，首先让患者心理兴奋起来，积极的心态是百病的克星！还记得七十年代有一个战斗英雄麦贤德吗？战斗中他的脑浆都流了出来，可他的强力意志促使他就活着，而且一直活到现在！”阮经纶的真诚和信心周天高扬，想不信都不行，“可这些药异常昂贵，我正琢磨弄块地自己栽培！”

古龙抢过话题，“这好办，我有几个亲友在南方种植用材林，只要你能弄来正宗母本，经过精心栽培，将来一定会取之不尽，用之不竭！”

“林间地头不行，得有自己的专用地，第一期计划种植一万亩，二期达到十万亩，有二十万亩就差不多了，基本上解决了药材短缺。中心医院就设到药材基地，其他地方开设分院。除了培植药材，还要培养一批尖子人才，将那些不治之症统统关进阿鼻地狱！”阮经纶一派昂扬。

“雄心够大！买地的重任就历史地落在我的肩上！”古龙出示责无旁贷，“不过今天的任务可不是专程为你买地呀！是讨教心理医疗的！”

“哦……对不起，想咨询些什么？”阮经纶同样出示责无旁贷。

欧阳涓涓接过去，“其实我们的目的已达到了一半，了解病因、知道如何治疗、如何预防也就不虚此行了！”略顿，“我们是来请您做心理医生的！许多问题想不通，想请您指点迷津！”

“谁没有迷津？凡是力所不能及的都应属于迷津，事事看得开，多些包容，凡事坚持不懈，总有一天会成功！迷津也就不攻自破！”阮经纶不想恋战便实话实说，因是子午流注不可有半点贻误，他准备在周末专程登门拜访，以研讨心理疾病和药材基地的开辟与建设。不妨将上次聚会的几位好友也聚拢过来，再来个不知东方之既白！

19

经过几番缜密回忆，杲昊确认，她所有的物品除一部手机外一样不少，因为达生的主治医白茜出国前，曾说一旦在国外安顿好，就会给她发信息，就发到她那部遗失的手机上，这部手机的丢失，就显得异常严重！她病前出走之所以没带那部手机，就是怕万一丢失而使达生的命案出现周折。作为一个有责任感的记者杲昊时刻警惕着，她虽不能像法律部门那样，对凶犯直接绳之以法，可她完全可以起助推或链接作用，起码不会使命案石沉大海，而便宜了那些凶犯！

杲昊开始焦躁不安，幸亏她不能行动，才定海神针般原地端坐，不然她会不计后果，做出些意想不到的行动，连她自己也会深受伤害。

古龙不忍一旁袖手，他真怕她会做出什么极端行为，那他的救助岂不前功尽弃！于是试着绕弯儿地劝慰，“一部手机就那么重要？我可以帮你再买一部嘛！或者再仔细找找，至于把自己折磨成那样！”

“你根本不懂，手机是记者的命根，什么重要信息都存在里面，一旦被那些别有用心的人弄去，就是严重泄密！”

“那你手机里有重要机密吗？”古龙有意试探。

杲昊不作声了，她当然不能承认其中有什么机密，因为她病后还没收到什么有价值的信息，她的焦躁也只是出于猜测，这么长时间了，白茜也该安顿好了。若真是没什么信息那只能有两个可能，一个是她遭遇了不幸，另一个就是她不想再参与达生的命案。这原本与医生也没太大的关系，她只是实行救助，没有责任非得弄清命案的来龙去脉。再者她远隔千山万水，心有余而力不足，属于远水不解近渴一类，或者她已看出杲昊的单枪匹马，杲昊怎么可能冲出对立面的那个大厚人层，不等她冲锋陷阵，就先被斩于马下！白茜她自己就是活生生的例子，只差一步就被灭口，那就没有必要再参与这一血腥的无头案，但凡有一点悟性的也会看出这点小道理。罢罢罢！随它去吧！如今自己都病倒这分上就安心养病吧！不过手机还是得找，一旦白茜发过来信息，若落到凶犯手中后果不堪设想，那就等于告诉凶犯灭口的具体对象，杲昊可就是首当其冲！不过，目前还没有迹象表明白茜会发信息，正像古龙所劝，完全不必先将自己折腾得死去活来。杲昊抬眼看看古龙，他正将满负荷的抚慰备在脸上，一旦需要他就会瀑布般倾泻下来。杲昊看到了其中挟裹的真诚与关爱，于是开诚布公，“一旦有机密，我该怎么办？”

一个反诘将古龙逼上梁山，这回该轮到古龙山穷水尽了，是啊！该怎么办？这个问题古龙必须回答，而且还得回答得天衣无缝，回答得极尽人意，不然，他就会有露馅的险情，他知道其中的秘密绝对牵扯三方四国！于是经过快速缜密思考觉得仍得操弯弯绕，那就以假设回答假设更为顺理，“我私下认为，假如那手机里有什么机密，能让我来帮你处理吗？你必须直面你目前的无能为力！”古龙态度异常坚定。

“不，你不能帮忙！我可以等，等我好起来再去行动……”

古龙终于从杲昊的字里行间找到了契机，“病前，你为什么不时刻准备去行动？反而愚蠢地将自己置于毁灭！你明知道在那样的冰天雪地中过夜，对于一个没有受过特殊训练的人，一定是非死即残！幸亏你还知道弄个睡袋，不然目前你可就面目全非了！你的手脚也许就会同你分离！那样的残疾可是永久的，就连你的形象都不能确保！下半生就只好痛苦去吧！战士首先是保存自己，然后才有战斗力！像你这样先将自己弄残了，只图一时心里痛快，这哪是战士的素质！”

“那你的意思是，接下来就由你来前赴后继了？”

“假如你愿意！我当然会赴汤蹈火！”

杲昊又抬眼看了看古龙，解剖刀般的目光直逼古龙。对杲昊来讲古龙绝对是陌生人，尽管周围的人对他似乎很熟，可这些人都是由古龙引出来的，对于杲昊同样是陌生！怎么不？所有的人都在封锁古龙的真实信息，就连他的名字似乎都是假的，这在他们谈话中就频出漏洞。凭她做记者的敏感绝对嗅得出其中的异常！可他为什么那样精心地守护着她呢？是纯粹的奉献？作为一种社会责任，一种人道，对那些沾了洋味的留学生倒是讲得通。因为那可以佐证他们出国不仅仅是为了镀金，或者依然有报效祖国的心理底蕴。那就信他一回？权当赌博，胜败各半。

“知道吗？我的事太过重大，牵涉到原市长！虽然他已畏罪潜逃可他的余威仍在，四处都有他的耳目，绝不可掉以轻心！”杲昊愁愁然。

“怎么知道市长就一定是畏罪潜逃？”古龙取疑问式的否定。

“司马昭之心，路人皆知！”杲昊提起市长就恨之深深。

“据我所知，他目前尚被人追杀呢！你怎么能那么苦大仇深的，你了解他多少？”古龙正好相反，一提到市长就空前亢奋，一派抱打不平。

“当然根据他的表现，临逃还带走了广电的一个小妞，吴计！”

“哎……口碑也是见仁见智，添枝加叶也不是不可能！大环境就很复杂，目前又是沉渣四起，利用市长者有之，拉市长下水者亦有之！市长他也是人，七情六欲一如常人，大环境的鼓噪呐喊，小人们的围追堵截，一时辨不清是非亦属人之常情！当年袁世凯若不是小人撺掇，他也许不会急于闹着称帝，结果将自己送上了断头台。从某个角度，他也是个悲剧人物！是那些小人的牺牲品！”古龙推心置腹，一派真诚。

“你倒挺富有同情！可有失原则！好像你就是市长的同伙！”

“看来，你我是结不成同一个圈子了，你走你的阳关道，我走我的独木桥，等你能站起来我立刻撤退！”古龙没给杲昊留下丝毫回旋余地。

这回该轮到杲昊付出绝对真诚了，可为了自尊，她没采取告饶，沉默了半晌才取自问式，“我就那么讨厌？竟然逼得大家都纷纷逃离……”

古龙到底是富于同情，“理解上的错误！折腾了这大半天还不是想帮帮你！可你不需要啊！”古龙有意给了个台阶。

杲昊立刻抓住这一台阶，“不过这事很棘手，你打算怎么帮我？”

“首先帮你找到手机，查出其中的惊天秘密。无非是谁为凶手，然后就报警，最后将凶犯绳之以法！”古龙的潜台词是不以为然。

“不应该这样吗？那你还有什么绝招？”杲昊反问。

“想过吗？若是这样顺理成章，达生还会半途被害吗？市长还用畏罪潜逃吗？你的那个白茜，还用远走他国规避风险吗？”古龙强调，“事情很复杂，你得配合我找到目击证人，还得找到市长的下落，他才是破案的核心！而这一切都得置于强有力的政权之下！”

“总算说到点子上了！”杲昊长舒了一口气。

“所以我才要报考公务员，去寻找一个强有力的政权主持人，共同挖出那些社会蛀虫！还社会一个清肃！”古龙鼓荡空前的昂奋。

“好！”随着这声好，杲昊唰地从床的边缘站到了地上，踉跄着走出了两步，“我与你结为钢铁同盟！或者就叫生死同盟！”

古龙一个箭步蹿过去扶住了杲昊，“你能走了？再走几步！”随着古龙的牵引杲昊真就一步步走了起来，在这历史性的大转折时刻，杲昊终于有望回归生命的康庄大道！古龙扶着她走了好长一段，天问般地铿锵追问，“这是你钢铁意志的支撑，还是阮经纶子午流注的鼎力？”

“都有！”惨痛的失败令她决心打破昔日的旧秩序，一切从头再来！

“那还等什么？阮叔叔不是说周末聚会吗？这可有的庆祝了！”古龙扶杲昊于大厅沙发落座，抄起电话四处通知。

20

古龙最关心的就是筱晓，第一个通知的自然是筱晓。

筱晓出院后，又经阮经纶子午流注的治疗，自觉身体有所好转。加之阮经纶人生哲学的指导，他试着在改变。

首先列入他改变计划的，就是他的家庭。他不想在今后的日子里再接受泼妇妻子的蹂躏，所以首先向单位的财务宣布，由于他身患重病需要医治，工资从即日起全部由自己领取，不是他亲自签字，谁也无权代领，从此，将财权收为己有。接下来就是住处，他深知这一举措，会激起妻子的极端行为，打骂体罚他不好预料，于是抢占先机，率先辞了自己的家籍，在外面另立门户。他是绝对没有资金买房或是租房的，经过一番思谋他有了绝好选择，他向单位请示他要住进值班室，一方面起到看家护院的作用，另一方面他可以随时打扫卫生，以便保持环境不间断清洁。开始这一建议曾博得领导的赞扬，说他病后愈加积极，应树为典范。可不久就有人提出异议，说他自己掌了财权家里肯定有变，都知道他家里有一个难缠的老婆，这不是引火上身吗？领导这才觉得不妥，于是拒绝了筱晓的请求，树为典范的意向也随之泡了汤。

万不得已的筱晓，又想到了另一个绝妙去处，那就是机关浴室。机关浴室是领导、科员出入的地方比较安全也比较干净，住到那还能赚个白洗澡。看浴池的是个快退休的老工人，身体又不佳，每天的清洁卫生就够他打扫一阵，看样子打扫完也得累散架子。若是每天帮他打扫，他一定会很高兴，干活就得出汗，冲个澡那也是顺理成章。接着陪他睡一夜，当然不白睡，还可以给他弄杯烧酒，去去风湿。这烧酒来得也极容易，筱晓是在领导小灶用餐，每天领导和科员们都有人开酒，可又喝不了多少，筱晓就可以捡过来，再在领导的残羹剩饭里，挑些比较完整的鸡鸭鱼肉带回去，就是老工人的一顿美餐！每天再给五元的住宿费，他每月就有一百五十元的灰色收入，他何乐而不为！筱晓终于有了栖息之地。

这栖息地是保密的，每天日落西山筱晓才姗姗抵达。先帮着老工人将浴室清理干净自己再冲个澡，接着将自己带回来的美食用电炉子一热，那位老工人便是一顿饕餮。筱晓是从不同他分食的，因此有些护食倾向的浴室老工人，对筱晓愈加添了些敬重和感恩，筱晓进入安居状态。

进入安居型的筱晓自觉从此占山为王，由于他的小恩小惠，那浴室老工人对他是百依百顺，筱晓绝对操王者心态！

由此又派生出第二个改变计划，那就是改变他的心态。

由于他出身低微相貌奇丑，自懂事以来就是自卑，在家不得父母的宠爱，兄弟姐妹也拿他不当回事，邻居竟拿他当瘟疫门都不让他进，大大小小的孩子更是以欺辱他为乐趣，大伤没有小伤不断真是苦不堪言。

直到十年动乱提倡贫困、无产、丑陋等，他这才成为流行，一跃闯入时代宠儿的行列。可动乱一结束，他又一次被遗弃，人们依然是躲瘟疫般躲着他，到了天过午的年龄，仍然还是孑然一身，连个媳妇也没娶上，看着别人轰轰烈烈升官发财摆花轿，别提心里有多不平衡！

好歹有三十年河东、三十年河西做底衬，他终于驴粪蛋发烧，被原市长胡昌稷看中，又是一跃进了市委当上了公务员，专门给胡昌稷这一层领导，收发文件分发报刊，与高层领导同处一室共餐一桌。就是现在他被夷为环卫工，领导还念他劳苦功高，依然让他在小灶用餐。就在他与高层领导同处一室共吃一桌之际，他走了桃花运终于娶上了媳妇，还给他生了个好儿子。如今儿子已大学毕业，在一家外企供职，年薪十八万！儿子的形象也不像他，高高大大，白白净净，显性基因绝对是他母亲的遗传，隐性基因却秉承了他筱晓，积极、坚忍、干一行爱一行。同父亲一样，深记行行出状元这一理念，因而把自己的工作干得那是锦上添花，儿子是奔着CEO去的，他的前程自然是无须担忧。唉……人生就是一命二运三风水，四积功德五读书，六名七相八敬佛，九交贵人十养生，择业选偶须谐适，进退趋避识吉凶！这样一想，他对妻子又升起了几分感谢，她毕竟给自己生了一个好儿子。

其实妻子一步步变成泼妇，也是他惯出来的，就是因为念着她为自己生了个好儿子，这才事事依着她。发脾气吵架筱晓是从不问青红皂白一概将责任揽过来，更是没原则地赔礼道歉。久而久之，这似乎已成了惯例，筱晓只要稍有反驳，妻子便是破口大骂，若夹有反抗，就是拳脚相加了。筱晓这才发现，想改变这一局面已是积重难返。中国人连改个锅灶都得流血，更何况是改变多年的积习！从此，便形成了遭受虐待的格局，这叫人老实有人欺，马老实有人骑！

筱晓知道改变局面是个功夫活，得徐图之。不过改变自己，那可是自己说了算！想快就快，想慢则慢。他当然希望快，凡是自己说了算的事，做起来就容易。再者，易于实现的愿望，又何必推脱得很远呢？改变自己首要的就是改变心态，这个心态就是主人翁态势！他从家里出走建立自己的山头，首先就宣告了他是独立的，是神圣不可侵犯的，那个泼妇娘们，再想骑在他头上作威作福是万万办不到的！马克思说，伟人们之所以看起来伟大，就是因为我们在跪着！筱晓决定从此站起来！

有了栖息之地，又有了好的心态，由此又派生出好的生活方式。其实生活方式无所谓好与坏，只要适合自己那就是好。首先是不能受制于人，所以他率先独揽了财政大权。如今是有了钱就有了一切，虽说他那点工资实在算不得什么但比较稳定。每月毕竟四千多元，多出来的六百多元就足够他消费！这就是说他一逃出家门，每月就会有四千元的积蓄！每年公务员是十三个月的工薪，筱晓就会净剩五万元！

再者，不能太拘束自己。以前工作性质就需要拘束，上对领导不能太放肆，唯唯诺诺，唯命是从，已是他的固定法规，这法规已融入他的血液，一种捆绑感使他全身心趋向僵化，那叫一个累！中对同事不能太随便，防之又防，谨小慎微，已是他的不变戒律，这戒律已嵌进他的骨髓，一种慭慭然令他全天候忐忑不安，那叫一个惧！下对百姓也不能太松懈，闭口无言，假装严肃，已是他的不二规则，这规则已烙进他的腠理，一种黏稠状让他全方位挥之不去，那叫一个烦！

从此，他应该解开绳索松开绑专到人群里混，叫大家也知道他世外高人的风貌，不拘一格的傲世风骨！让那些狗眼看人低的家伙，也知道知道什么叫人上有人！当然，拿自己当朋友的，他也会朋友来了有好酒！

有了这些改变，筱晓每天早出晚归，看上去是有滋有味！说起话来也是侃侃而谈，字里行间充满着哲理人伦，人们对他也不再狗眼看人！

筱晓！你这把身子骨还这么卖力！筱晓从中淘出了情感的沙金，他金贵地珍藏着，脸上荡漾着幸福、愉悦、自豪。他仰起脸将目光抛向天际，全心收拢着不让这些情感外漏，以免造成扬扬自得的错觉。

筱晓！得了富贵糖尿病？咱也让他们眼气眼气，别他妈什么都是富人的专利！说着抚抚他的背。筱晓从中捕捉到关怀的口风，他宽慰地接纳着，唇边跳跃着满足、喜幸、自慰。他垂下头将目光对准脚尖，全力把持着不使这些感觉外泄，以免酿成因满而亏的失落！

筱晓！卸磨杀驴呀！筱晓从中过滤出愤愤不平，全身心沐浴着，心中奔突着快慰、解气、自足。他将目光直视对方，尽是无言的感谢！

春光万里，朗日普照，在一万个好心情支撑下，筱晓接到古龙的电话，周末他们要聚会，祝贺杲昊已经能站立行走。

21

一通呼风唤雨的召集，古龙七人小舰队又在庞贝的府邸集结。由于议题太多，此番聚会饮食已不是主旋全由甄诚带来。尽是些烤乳鸽、卤仔鹅、香酥鸭、酱火鸡等清一色的熟食。都是太极朵颐的应时小菜，为什么是小菜？就是临时拼凉盘用的。不过眼下并不凉都是刚刚出炉，甄诚又是用了保温锦盒，所以一开盒盖就满屋子的香气。毕竟是大厨的手艺，这香可不是一般的俗香，而是别具天籁的奇香。

另外，甄诚还带了些店里刚推出的包馅儿面条，就是将肉馅调好像包饺子那样，用面包起来，只是产品样式不是饺子而是面条，再调制上等海鲜汤煮出来，口感是面条，可味道就是馄饨了。都说见所未见，吃所未吃，一致确认此次聚餐算是开了眼！因各自带着议题，吃已不是主旋，只几经小酌、小品，便切入主题。

古龙一如既往位居圈子的中心，因而由古龙把持着聚会的议程，他提议大家先汇报近况，然后再研讨日后生活模式如何整改，最后确定行动的方向，总不能一次次空谈，光说不练！历史绵长人生苦短，为今之计就是决定了的事就要立即付诸实践，否则就是纸上谈兵！

这样一启发，大家都争先恐后抢着汇报，甄诚的业绩显著，于是抢到了头筹。甄诚汇报的主题，就是遵照上次聚会的宗旨，大家虽然下了岗，但要继续发挥余热，活一天就要干一天，能累死也不能熵死！所以他不计前嫌与小帝结为联盟，共同开启了太极朵颐的新纪元。但他没忘乎所以，合同上签着所得利润五五分成，小帝出钱出设备，甄诚出力出技术，合作时间暂定十年，中途一方违约，另一方有权终止合同。目前一切手续都办理妥帖已达试运营，近日就首开满汉全席，设计五百道菜。届时将邀请各界贵宾品尝，还有抽奖，获奖者将成为连环嘉宾，继续参与下一次大宴，连获三次将成为本店特约美食家，对每一道新推出的菜加以品评，并有权建议加减配料。甄诚以东道主的身份，推选了六名贵客，就是在座的六位，将作为首届美食家共同前往。这一信息博得大家一致认同，并在掌声中定格。

陶韬汇报得比较灰色，就是他菜市场的遭遇，在那里充分体现了一回落魄的凤凰不如鸡，他居然像准犯人一样被挟持出界，而且一如垃圾被抛于荒郊。那奇耻大辱是他有生以来首次亲历，也许这个过程过于令他难以启齿，所以他对过程描述得比较粗糙，而对感受描摹得比较精细。

经过这一番折腾，他彻底理解了市井流传的一句话，那就是有权不使过期无效！有权那时他怎么就没想到广交各界朋友呢？那也是精神文明的一方天，若与物质文明并驾，那也是两个轮子之一！人家都拿着手中的资本四处交换，最后就是集天下之大成！可他却是敝帚自珍，假装清高，把自己当作大瓣蒜，最后弄成了孤家寡人！

一阵哄笑之后，大家便将目光投向欧阳涓涓，因为欧阳涓涓是陶韬的兵，领导遭了冷遇，当兵的会有什么感慨？这也是顺理成章的事儿。

敏感的欧阳涓涓早将这些收入眼底，于是开口便是感恩戴德。先是历数陶韬对她的好，尊重她的劳动成果，云云。具体兑现在她的剧本创作上，她的剧本都附加着高额稿酬。

每有剧本要写，陶韬都安排她到对口单位体验生活，而每一次行动前，陶韬都要亲自到现场视察生活条件是不是人性化，而且还要给她配备一个陪伴，以照顾好欧阳涓涓的生活起居。剧本创作成形后，陶韬先组织本地专家、学者、评论人员对剧本进行仔细研讨，然后再进行绵密修改，最后再找省或国家权威人士提意见，以再次进行修改。这样下来一个剧本就相当像样，因为这已是众手拾柴。由此而伴生的就是升华效应，由于业内权威的指点修正，欧阳涓涓得到的是专业创作的真传，一如搭上直升机，专业水平是直线上升。不然，后来在她前丈夫王瑜的大篷车剧团，那些剧本怎么会如同一挥而就的魔术，只需将一本本字典投进去，然后倏地一下就抖出一个剧本，接下来又为王瑜换来一堆堆的黄金！欧阳涓涓顺着陶韬的调侃，又引得大家一阵哄堂。

她见效果不错，又将话题续下去，她说，其实老领导对她就等于再造，业务是如此关怀，切身利益更是鼎力呵护。与王瑜离婚后，本来是净身出户的，可老领导在没有她授权的情况下，就毅然提议王瑜的存款应与欧阳涓涓平分，住宅是文化局的福利分房，王瑜已属于分离出去的演艺团体，而欧阳涓涓仍属于文化局，所以将房子断给了欧阳涓涓。这些致命的建议，都是老领导以党的名义提交给法院的，所以才铸就了她如今出有车食有鱼的现状！欧阳涓涓嘴上浮着笑，眼里却流出了泪！这是对老领导的感恩、对现实的感慨，更是对命运的感叹！接下来欧阳涓涓又历数了陶韬的人格品位、生平功绩以及领导艺术等特色，一个好人格局初见端倪。最后感叹人生的无常，偏赶上下岗，以致位居人下！

古龙拦过去慷慨阐释，他认为，这与机制转轨没有多大关系，而与改革的不到位有关系。因为改革本来是给能人提供平台，只是因为上一层领导没选配好，不识和氏璧，这才造成像陶叔这样的人才流失！那应该如何纠偏？这属于下一个话题，待一会儿再研讨。

阮经纶对眼下的局面很满意，于是不似往日的矜持，而是积极参与汇报。他的议题是关于药材扩大培植，他将在适当的地方择机置一块地皮，大量种植珍稀药材。这地方必须是仿真的，就是仿照本植物原始生态圈，这就不能是一块地方。比方人参就要选长白山，虫草要选青藏高原，舞茸、灵芝就要选云贵江浙一带会比较好。说着便从他的手提袋里掏出许多瓶瓶罐罐，里面都植有一株活体，声称那是在他实验室里培植出来的，一旦有适合他们生长的环境，就可以工业化生产了。

接着阮经纶声称，他的话题不仅仅只是显摆而已，而是要及早付诸实践，这就需要诸位的鼎力支持，比方有能力协助购买地皮的，或将来帮助看护园林的……在座的若有兴趣，项目经理就在此间产生。

筱晓抢先报名，他说他最善于看护，这一辈子尽替领导看护了，那些资料文件繁若烟海，他都给看护得一页不少，看护绝对是他的长项。

阮经纶真诚地笑笑，他说这属于下一个话题。眼下应该先汇报自己近来的所作所为，哪怕是一个小小的改变。

筱晓思索了好一会儿，他的改变应该是天翻地覆，可该不该对众人公布呢？有道是家丑不可外扬，妻子好歹也是跟他混了大半辈子，还给他生了一个好儿子，没有功劳也有苦劳，至于他们之间的矛盾，只是他自己的心态不同而已。所以，他的改变是万万不可大肆宣扬的。

还是古龙能控制得住局面，他说大船掉头需要很长一个过程，不然就会翻船。像他们这些小人物想伸手力挽，那也是杯水车薪。不如先去调整好自己，不连累别人就算做了功德，接着就引导大家进入下一个话题。可大家早盼着听他与杲昊的情况，古龙便以主人翁的姿态包揽了汇报。他说他们很简单，每天按阮医生的子午流注进行服药，不敢有半点怠慢，所以成果显著，杲昊已经能站立，若说自由行走，还得等上一大阵。至于杲昊丢失的手机，以及手机的惊天内容，他只字未提。

很快进入了下一个议题，主要是关于生活模式的整改，这样一个大课题要有一个大哲来引导，这一重任就责无旁贷地落到了阮经纶肩上。

正在这时，甄诚的手机响了。小帝说满汉全席就定在下周一，让甄诚速速回去做战前准备，聚会不得不告一段落。

22

于上午九点五十分——九五至尊的美好时刻，在惊天动地的礼炮声中，“太极朵颐”横空出世！腾空而起、拖着巨幅广告词的热气球，将半壁天簇拥得云蒸霞蔚，其轰动效应不亚于维苏威火山大爆发！

满汉全席的首次面世，是为展示饭店的绝顶厨艺，更重要的是为“太极朵颐”增光添彩，也是为正式开业所设置的大型庆典。因而贵宾七十佳丽三百，从政要领导到商贾富豪，从宏业巨子到艺术名流，啸聚了各界的头面人物，身份、地位、素质、形象，真正是彼此辉映，相得益彰！

时代骄子古龙、世间名医阮经纶、文化领袖陶韬、文化名人欧阳涓涓、新闻匕首杲昊、市政府心脏的卫士筱晓，就那么极为张扬地混杂其间，他们的名分是在名牌上得以体现的，因为是民间集会，又是饭店的开业，各种张扬都顺理成章，没人考察也没人追究就那么听之任之。至于古龙等人名分的确立完全是甄诚的提议，小帝明知这是一个挑战，因为这会引起另一些人的不满。可他小帝毕竟是这里的主人，同是他的客人，人人就都应该有各自的名分，而且这名分都是虚设，又不是一级政府的命名，也就没什么可顾虑的了。再者他是新市长的贵戚，只要新市长没什么意见，其他人谁敢提什么异议！市长那里也是心有灵犀，收买人心也好，浑水摸鱼也罢，小帝的种种设局都是对市长有好处的，这就没必要吹毛求疵，名分就这样定了格。

人群鱼贯而入，各自按照名牌落座。落座后，杲昊将她解剖刀式的目光四处放牧，最先盯准的就是新任市长吴纳西，一些潜生暗长的微妙变化，只有在扯开一段时间距离后才能看得清，而杲昊恰恰具有这个优势，她要解剖吴纳西。吴纳西原本是市长胡昌稷的心腹，此前，胡昌稷能从市长越任市委书记，就是因为胡昌稷的所有功绩都有吴纳西的掺和。还是吴纳西的道行高，在共同将胡昌稷圈进蝴蝶效应之后，便灭了左右两位金兰，最后单枪匹马将胡昌稷逼进蝴蝶效应造成的飓风眼，“转乾坤”计划最终得以确立，以致取代了胡昌稷，人模狗样地坐上了一市之长的金銮殿。目前，在他顶头上司——省委副书记许童的庇护下，正坐如钟站如松，没人敢拿他怎么样，基本上成精！接着，又有小道消息传，是胡昌稷率先发现了这一超级秘密，才对达生实施了残酷报复。如今再看，并不是那么简单，既然吴纳西是三人之首，胡昌稷何不直捣黄龙？却只斩杀两个侧翼，而让这个黄龙兴风作浪直达金銮殿？致使胡昌稷也成了丧家之犬，四处流浪有家不能归！

杲昊坚信，将来揭开这个谜底的，是非她杲昊莫属！因为她手里就攥着这个谜底的杀手锏，那就是白茜的异国短信。一旦拿到这一铁证胡昌稷就能定案，或洗雪冤情或被绳之以法！想到这杲昊心中一悸，为什么她那部专接白茜短信的手机居然会丢？是被广电什么人摸去了？还是另有原因？若是这一信息被泄露，那可就成了无头案！应该催着古龙尽早去找，听他的意思还是有找到的可能。可转而又想，若按阮经纶的理论，她完全不必如此辛苦，她完全可以一旁袖手，因为人生的责任很多。如今看来，这一恶斗也纯属狗咬狗，两边都不是什么好东西！再者社会进步也不是一个杲昊能左右得了的。那就一切随缘吧，伸得上手就责无旁贷，伸不上手就只能安分守己了，自己又不是中流砥柱！

这样想过，又将目光投向大厨甄诚，甄诚正以全职主人翁姿态展示他的绝活，一脸的春风得意。看得出这既是高扬他人生目标的号角，又是抖搂他盖世技艺的战鼓，火爆而昂扬，甄诚真正走出了心灵的低谷！

怎么不是？三日前，甄诚就率领着千挑万选的精锐部队，苦战了三天两夜，终于按时靠点完成了这一鸿篇巨制。

再仔细察看餐桌，就可得知他的匠心独运。

八卦桌上，以太极为中心，围绕中心依次为两仪、四象、八卦、十六、三十二、六十四、三百八十六，整整围了七圈，那是以 2 为底，自然数为指数，幂的全姿态展示！总之天上飞的、地上跑的、水里游的都被划出系列制为佳肴。算下来，共计五百一十三道菜，绝对鸿篇巨制！

此次满汉全席真正是罄天下之美馐，尽人间之厨艺，大展了一回中华食文化的风采，大抖了一番国粹易经学的威风。民以食为天，国以道为本，二者互映，相得益彰！

在美食诱惑的蒸腾、人气交织的飙升等多重张力簇拥下，甄诚隆重登场。率先映入他眼帘的便是他的名牌，因为别出一般，它被落在一面正红牙旗上。其他人的名牌，无论它的主人有多金贵，都清一色落在一方纸牌上。第二被感知的就是他的座次，他是被夹在工商局长和新任市长吴纳西之间的。第三个闯进他意识阈的，就是他原单位那位新贵吴中一，新贵的名牌似乎被安置在一个角落，凭着一束顶光才看清牌牌上的名字，若不是吴中一亲临其座，他也许就看不出那牌牌上的名字。在这三个桩柱的鼎立支撑下，甄诚感到每个细胞都鼓胀着自命不凡。民以食为天，在这一领域他身处塔尖，《易》为民族文化的精髓，他又深谙此道。他自觉驾着一个轮子为精神另一个轮子为物质的辇，那他就该是皇帝！皇帝是什么概念？是至高无上，是九五至尊！若是放在《易》的乾卦爻词中，那就是飞龙在天！也许是一时疏忽，也许是过于亢奋，他唯独忽略了再前进一步，便是亢龙有悔，事实上他已将自己置于亢龙的位置上了，不然他怎么能被新贵吴中一所踢，从而遭遇第一级降幂？好在凤凰终究是凤凰，鸡毕竟是鸡！甄诚感慨万千：新贵呀新贵，无论你多新多贵，你不还得秃尾巴鸡似的，蹲在墙角旮旯！

在与市长、局长的轮番相握后，甄诚满心舒坦地落了座，眼睛一直没忘瞟着吴中一。他想看到他的失落和沮丧，因为在这个场合甄诚是主宰，其他都是陪衬，就算市长局长，不是也分列他的两厢吗？而且就连名牌都分档次，他的居然是独一无二的正红牙旗！这就是差别，这就是层次！可他左看右看、上看下看，也没看出吴中一有什么失落沮丧。他百思不得其解，是新贵根本就不在意领导的青睐，还是故意做状以示蔑视？就在他的不解呈散乱态势，一束束鲜花又轮番轰炸下来，前呼后拥一浪高似一浪，他很快就跌进花的海洋。

与之相呼应，是各界精英向他投过来的惊赞和致意，喧嚣中他听到有几位女士在议论，还不快开席！过会儿凉了可就吃不出美味了！可他心里有底，桌上每个盘位下都是一个保温电磁炉，由于是并联，每个保温炉都保持同样温度，因而盘中的菜也几乎是等温的，绝对不像普通餐桌，后上的菜是热的，先上的菜也许就凉透了。尤其是像这样近五百道菜，排放次序先后时差很大，没有保温设备其温差可想而知。

就在他为此项专利喜不自禁之际，他发现新贵吴中一突然站了起来，款步踱到主席台，大声宣布满汉全席开宴！接着又宣布市长吴纳西致祝酒词，词中居然率先赞扬新贵吴中一的别致创意，接下来才是甄诚的厨艺和功底，合着他不过是人家成功的一块垫脚石！新贵毕竟是新贵别看人家蛰居角落却依然是主角，依然是牵着他甄诚命运的主宰！甄诚的良好感觉顿时荡然无存。到底谁是凤凰谁是鸡，一时还很难确定！

《易》不是明确指出物极必反吗？明明已知这些道理，为什么还要去耿耿于怀？罢、罢、罢！不如一切顺其自然吧，况且小帝还那么器重他，为他打造这样一个平台也算难能可贵了！十全十美的计划总不会成功，稍许带着几分苦恼才能大体上防止得了失望，随即进入安然状态。

23

太极朵颐大聚会，绝对是倾城的展示。从人物风采到心里张力，从智慧底蕴到技能积淀，无一不在佐证着人是世界的万物之灵！这巨大的心理气场，对每一个人又都是一个冲击，站排头争第一的潜动力一如翻江倒海的涛头，鼓荡着每一个生命主体，就算是一块礁石也不能不为其所动。难怪人们为什么要集会、要比拼、要颁奖、要表彰，也许为的就是这个冲击！流水不腐，户枢不蠹，只有万物之灵才深谙此道，从涌动的情绪，就可以断定其核潜力的巨大。

自认阅尽沧桑的古龙，破天荒躁动着急迫。因为他觉得，就像吴纳西这样的人间败类，也可以窃居一市的最高位置，而他每一个细胞都充满优秀的古龙，为什么就一定要屈居人后呢？紧迫感催促着他，致使他一刻也不能等待。古龙自觉该完成的任务基本上已完成，母亲的病已经痊愈，杲昊的病也已趋向杀青，只待进一步恢复就可望痊愈，如何再次融入社会就看她自己的选择！接下来就是凝神敛气集中精力，将吴纳西这个政治流氓及早拉下马，以使一市的百姓免遭涂炭。新官上任，估计吴纳西不会那么快就原形毕露，他一定懂得拉拢民心这一重要环节。这样，古龙就能腾出一段宝贵的时间。

这一历史性的机遇还得感谢杲昊，是她提供了极为珍贵的证据，这证据若能证明是吴纳西杀人灭口，那就会一举扳倒吴纳西。达生命案迟迟破不了，正在于缺少证据。

古龙将杲昊安排好，便进入了急急风式的节奏。他对杲昊说，目前他有两大任务，一是准备报考公务员，二是帮她寻找丢失的手机，这一段对她的照顾可能不会太绵密，但也不会太疏忽，有事就电话联系。杲昊一听替她寻找手机，便感激不已，正如阮大哲所言，世上的人无所谓生与熟，只有利害关系的统一，曾几何时她还像防贼似的防着古龙，如今他们居然成为患难与共了，于是欣然接受古龙的提议。

离开杲昊古龙直奔中心医院，率先找到院长王大为。古龙深知王大为是前市长胡昌稷的心腹，可经过这一番折腾，王大为是不是改变了初衷呢？这一点古龙是不得而知。因为这世上没有铜墙铁壁，只有利害关系，尤其是吴纳西已经稳坐金銮殿，王大为会不会上贼船去分一杯羹也是很难预测的。国际国内、古往今来都不乏叛主求荣的先例，人往高处走，水往低处流，这也是可以理解的。况且前市长胡昌稷也不是顶天立地的救世主，就算是救世主耶稣不是也被犹大给出卖了吗？见过世面的古龙对世事看得还是比较透，所以心理准备也比较充分，对王大为是必须先问之以真伪而观其诚，实底是绝对不能透给他的。

见了王大为，先是谈论此前太极朵颐的聚会，为了引蛇出洞，古龙极力夸张聚会的场面，极度称赞组织者的别具匠心，说他总算见识了什么叫大场面，什么叫大能力！然后便询问王大为作何感想，因为王大为也在被邀请的精英之列。

不想王大为却紧锁眉头，“你知不知道组织者是谁？”

古龙佯答，“当然是大厨甄诚，那场面只有甄诚能调度。”

王大为毫不留情地批驳，“他若有那么大的道行就不致下岗了！”

古龙又佯问，“那就是吴中一？吴中一可是主持人！”

王大为不屑地笑笑，“别跟我兜圈子，找我有什么事就直说！咦？那个疯丫头的病好点没有？怎么抛下她不管了？绝对的疯子！”

“咦？这话是怎么说的？她怎么能是疯子？”

“怎么不是？不是她瞎搅和，白茜能流落异国？老市长能有家不能归？达生能一命呜呼？现在改天换地，乐了吧！”王大为一阵狂轰滥炸。

古龙看出王大为句句发自肺腑，可那也不能不防，如今的真假都掺和着功利，老市长已属流浪汉，而且东山再起是绝对不可能，谁还能死心塌地跟随一个落佩的凤凰？不过，王大为将白茜放到第一位，这说明他还是有些诚实，因为古龙早看出他对白茜的那点心思，绝对就是一个爱。当然，古龙没将这点爱只狭隘地认定是性爱，而是广义的大爱，就是倾其所有那种。不然他怎么会冒生命危险放走了白茜？这说明白茜比他的生命还重要！若是让凶手得知这一内幕，王大为肯定在劫难逃！

“没电了吧？怎么炸哑了？”王大为宜将剩勇追穷寇。

那就相信他一回？古龙的目光在王大为身上游弋，他在选择撬门的方式。沉默了好一会儿，古龙终于试探着，“也许证据就在达生屋里！”古龙没说白茜，是对王大为保留最后的警惕。

“好！那我们进去找！不过希望不大！”王大为一派无奈。

“不，我自己进！两个原因，第一你得在这边替我屏护着，不能将闲杂人等引过去。另外，你最好不要搅进去，也好落个公平证人！”

王大为认可，“好，那你就自己去，有了什么新发现可一定告诉我！”

“当然！资源共享！”古龙嘴上说资源共享心里却一百个疑问，既然你那么铁杆，为什么白茜不把信息发给你？既然你那么圈内，达生的死你就一点感知没有？既然你那么嫉恶，吴纳西还拿你当作座上宾？就冲这几点，你王大为就不可信！

按图索骥，古龙一路去了白茜用过的办公室。这里是高干重症监护病房，与主治医办公室只有一壁之隔，医生可以随时诊视。

古龙开了白茜曾经的房门，屋里已被清理一空，他以一个侦察员的敏锐察看着现场，果然正如白茜信息所言，北面墙上挂着法国影星阿兰·德龙的照片。古龙迅速掀起那张照片，大致目测了一下，在信息指示的经纬交会处，他发现了一个由划痕交织的小十字，因为是划痕又极轻，不是事先有引导是万万不能发现的。古龙按按那个十字中心，果然软软的，中心处是约两厘米直径的圆，与周围颜色略有不同，明显是后涂上去的，却是匀匀称称。可见白茜当时是如何临危不惧，而且又做了如何充分的准备，然后才能有这样缜密的设计！古龙知道案发不到半小时白茜就被警方带走，而且很快就被确认为是杀人同谋犯，幸亏王大为舍命救君子，将白茜送出了国外。古龙估计白茜能轻易脱身，也是幕后人的有意安排，对她的宣判不过是掩人耳目，因为主谋看出她并不是知情者，于是得放便放，尤其是逃到国外似乎就没什么瓜葛了，毕竟是一条人命，得饶人处且饶人！那也是一份功德！

古龙迅速挖开那个小洞，竟是用一张小纸壳封的口，去掉小纸壳就露出了那个小洞，小洞口缩着一条红丝带，扯住红丝带轻轻一拉，便拽出一台微型摄像机。古龙又迅速查看里面确实有录像磁卡，凭他的经验判断约有一小时的内容。随即脑海里闪现诸多概念，首先白茜是极为有心，她知道国内市面上没有这种型号的微型摄像机，特工部门才有，为使杲昊这样的责任型记者使用方便，索性连摄像机也留下了，这太功德了！另外可以佐证王大为的不可靠，或者就是绝对不可靠，白茜拘前拘后都与王大为见过面，她完全可以将东西直接交到王大为手里，为什么还要绕这么大圈子，以致拖到今日？白茜之所以将证据留下来，囿于两个可能，一是她有复制，另一个就是希望破案越早越好。这样推断，案子一旦有眉目，她肯定会重返故地，挺身作证。

证据到手，古龙觉得不宜再久留，于是打扫好战场迅速撤离，转身回了家，恰好母亲不在。古龙进了自己的房间，打开电脑输入信号，影像出现了，镜头令古龙大吃一惊，凶犯竟然是胡昌稷的司机，吴畏！

24

太极朵颐的聚会，陶韬有自己的看法。一个人只有某项技能，他只能点一盏灯，若是具备某些号召力，那就会点起一片灯。对于甄诚的红火，陶韬不以为然。其火不过是一个点，缺少延伸和后继，更没有燎原的势头！就算阮经纶那一套，也不是最理想，因为一切都得自己张罗自己筹措，麻烦得很累得很，绝对缺少感召力！

细想想，他陶韬就不屑去做那些一辈子辛苦的琐事，他已习惯了上有领导下有群众的模式，中间只需动用一下嘴皮子，行动起来那是省力得很。虽说那只是动动嘴皮子，这可是四两拨千斤，一旦行动起来那就是排山倒海，那就是星火燎原！上班期间他练就了一整套组织、号召能力，底下不说是千军万马，那也是梯队层层。上上下下，左左右右，团团围定的都是人尖子，那是人才济济精英荟萃！就算他陶韬前赴了，那也是大有后继！可他甄诚呢，一旦有个三长两短，一切技能就都随他而去了！再无人可操持，这应该是个悲哀！

小时候母亲就教训他，一副肩膀再硬实也只能养活一口人，可一张好嘴皮子就能养活全天下！本着这一思路陶韬练就了钢齿铁牙，果然养活了一市的文化人！而他自己却是轻松加愉快，欣赏着、游历着，不但自己活得滋润，就算是全市的文化系统，也都活得有滋有味。有戏唱有钱花，人前人后也都是人五人六的。别看王瑜破格冒尖，那也是他陶韬一手调教，不然能发迹那么快？就算欧阳涓涓的文笔，也是在他陶韬的监督下煅冶出炉，不然她也不能迅速登上文化名人的舞台！就是他陶韬一句话，就定格了那么多人的命运！这实在是值得骄傲的一件事！

既然自己有如此显赫的长处，何不好好接着利用呢？这些长处不但惠及大众，对他本人也是好处多多。他不用操心不用费力，只靠动动嘴出出点子，大家就会立刻动起来，这一动就能万花筒般铺陈出一天的锦绣，既亮丽又温馨，在这样的背景下生活何愁不是长命百岁！难怪他退休以来怎么会如此沮丧，就是因为没有了那些绚丽养眼的锦绣！每天面对的都是枯燥无味的早起晚睡，单调乏味的一日三餐，杂乱无章的街道叫卖，还有千面不改的自家老太婆，就这么循环往复，怎么能不让人触觉麻痹、味觉迟钝、听觉枯燥、视觉疲劳！长此下去怎么得了！

退休前，每天眼前转悠的可都是如云的美女。

有时他也会参与一些重要的巡回演出，这时他会亲自点兵，专拣平时对他敬爱有加的，还有那些主动去他办公室请教的，更有对他拉拉扯扯套近乎的，带着这样一群俊男靓女可以说那就是他的超级大享受。一路上，总有给他端茶送水的，也有给他传递零食小吃的，还有给他捶背按摩的，美女们更是轮番争抢着坐到他身边，说到高兴处，美女们会对他拍拍打打，甚至会拉起他的手紧握着，一切都是她们的自愿，他就可以不动声色地享受着人间天赐，当然他尽可能不往性爱那边理解，因为那样就会显得龌龊、邪行。性爱方面，他的心还是偏重自己的老伴，与老伴除了为毛主席像章争吵过，基本上属于和谐共识。当初，老伴那也是女中尖子，更为难能的是她对丈夫绝对忠贞不贰。另外，他们还誓约盟定，他们都不能再与第二个人发生性关系，因为那会弄脏了他们的身心，二人领地应该保持绝对清洁！陶韬对此是倾情认可，于是坚守护卫着，他不能对不起自己的老伴，更不能对不起自己的名节！但对于那些皮毛享受，他还是从来不拒绝的。凡是这种时刻，他就会不惜金钱，大把大把地消费在一路同行的俊男靓女身上。巡演中除吃喝玩乐，俊男靓女们还会得到一份厚厚的奖金，而且是当场兑现，清一色的现金！

每当春去秋来，他还会带上所有的部下到就近的乡下，一曰体验生活，二曰踏青踩黄，春天大家可以收获一包野菜，秋天可以拿到一袋甜果。最重要的是合影拍照，每年都留下一套纪念影像，这是献给未来的纪念。他号召人人都备下三个影集，一个是年轮照，一个是成就照，再一个就是大家的合影，这样每个人的足迹就会清晰可见了，无论是将来写自传，还是上艺术史，那就有案可查。陶韬认为一个人的一生其实没几件大事，就按每年十件，活上一百岁，也不过就是一千件嘛。为什么不能将它们清晰记录下来呢？多数人都是活得浑浑噩噩，稀里糊涂，一辈子把眼睛尽盯着别人，自己的事就那么荒废着。其实每个人都能成为大师，就是因为将眼睛尽盯着别人，才将大师锁定在一种可能。

还是古龙说得好，幸福要靠自己，自己要有领地，那是别人不能随便侵犯的，这样才能保持永久牌的快乐！造自家的园地才是当务之急！

这个园地如何建造呢？自上次于早市吃了闭门羹，他知道乐园不能建造在别人的门口，更不能踏进自己不熟悉的领地，那就还是得重操旧业，干自己熟悉的。自己最熟悉的当然还是演艺界，幸亏当今已将演艺界推向了市场，不然他就一点机会也没有了。什么是和谐？就是允许多样的统一，允许多样化的共存，既然允许，为什么不去闯闯？弄得好还能再干二十年！这二十年指不定就将吴纳西逼到了河西！

想到演艺界陶韬眼前便闪出欧阳涓涓，他认为这是个最佳搭档，可他极少与欧阳涓涓往来，首先欧阳涓涓是个已婚的人，事事有丈夫屏着没理由同她交往，再者他钦佩欧阳涓涓的才华，是将她当作人物看。陶韬有个特点，越是钦佩的人越是保持距离，潜意识里也许是怕距离太近会暴露自己的弱点，从而远离对方，就这样，远远地眺望着。可一旦机会来临，他会不惜一切代价冲上去，欧阳涓涓的工资以及住房，都是在关键时刻，他冲上去力挽狂澜的。罢罢罢，还是回到自己的轨道上吧。

陶韬一直以为路是自己走的，或者说脚上的泡是自己碾的，事实上并不完全是这样，他的下岗就与老市长胡昌稷有绝对关系，他是跟老市长跟得太紧遭了嫉妒，若不这样，吴纳西何致非将他逼向河西，连两年的光阴都等不得！现在他又想改变现状，这又与七人小分队的鼓噪不无关系，若是他不住院，或是在医院不遇上古龙，或者不随帮唱影地跟他们搅在一起，他也不会有改变一下的想法，那他就会一直保持业已形成的现状，混吃等死或者就活活被憋死，真是好危险！

回到演艺界去闯，欧阳涓涓是最好的搭档，她既有启动资金，又是个极好的编剧或者是导演，关键时还可以充当替补演员。若是能将她说服，让她来挑头，那是再好不过。首先成立个演艺公司，类似大篷车一类。然后一步步发展，再找个合适的地方落脚。再一点点积累，最后造一个大剧院。这个大剧院的老板就是欧阳涓涓，而他陶韬从头至尾就去充当一个帮办，只出力不出钱。中间帮着欧阳涓涓出出点子，兼着搞搞管理，一直干到他不能干了，就平心静气地退下来，回家颐养天年。既不拿欧阳涓涓的红利，又不分她的资产，只要些微薄的工资，或者她高兴了再给他些奖金，这就足够他的日常消费。社会统筹的那份养老金还可以存起来，等他彻底退下来再慢慢享用，这可是一举多得的壮行！他只在欧阳涓涓那里混个幸福愉快，天天有俊男靓女陪着，顿顿有美酒佳肴伴着，再找回昔日的繁荣风光，他陶韬也就足矣！

若是古龙有出息能当上市长，再将吴纳西一干败类赶下台，将他们送到河西，那他这一生就算是光彩加幸福了！

这样想过，陶韬心中便涌动着鸿猷，阮经纶、甄诚不是已经在前面给他做出榜样了吗？他也不差什么，怎么就不能马上行动？看来，鼓捣欧阳涓涓成立演艺公司才是正事，就不知她能不能舍命陪君子！

25

无论多热闹的聚会，杲昊认为最后还得回到自己。时聚时散的七人小舰队，谁会为她搭建起飞的平台？她千万次地问，答案却是还得她自己！这世界上，每个人都是一个特例，都有着自己的目标和追求，聚在一起也只能是个映衬，最终大家还得单打独斗，分手才是永恒的。

七人的聚，只确定了一个观念，那就是不能停步，人生在于永不停歇的追求，不然就会陷进痛苦或厌倦。贫穷困顿会带来痛苦，过分得意又会徒生厌倦。七人中只有少数面临痛苦，这就以她杲昊为代表，多数人面临的是厌倦，这又以欧阳涓涓为标志。不过除了欧阳涓涓属纯生厌倦之外，其他五人还夹杂着些许痛苦，这痛苦源自他们精神的匮乏，而她杲昊却是双料的，既无精神财富又无物质财富！

其实杲昊结交的精英并不少，一个个离她而去，不是因为他们之间存在不可解决的矛盾，也不是有着不可逾越的障碍，却是因为他们无力给予。这也许就是杲昊生来面临的独特命运，这使她早早就认识到，一个人不应向外界索求太多，人最后必须并只能求助的还是自己！

就七人小舰队而言，他们能救助她些什么呢？这得先看她需要什么，此前，她也是极为模糊。她作为记者，最急需的就是担负起社会责任。这责任，首推又是协助法律部门，破了达生的命案，给社会一个清肃，还死者一个公道！这一需要，虽不是世间独一却是一市的共识，重大而高端。这是政权与法律的携手，这是民生与民权的共舞！因而杲昊所需要的是政权的支持、法律的介入、全民的关心、当事者的参与！而这七人当中，谁能起到砥柱的作用呢？没有！起码目前没有！

古龙？一个海外归来的学子，也许他有满腹经纶，也许他有鸿猷志向，可他的能参与不过是创收几个钱，因为他学的是社会科学，干的却是国际贸易。他手头的钱也许能淹掉这个城市，可达生命案，却不过是他眼里千千万万中的一个！他没有必要关心这个，就是冤死了一万个达生，他不是照样做他的国际生意吗？他答应替她寻找遗失了的手机，可他并不知道，手机对这一重大命案的关键和要害！他的寻找也许就是轻描淡写，若找不回来就意味着达生命案就此搁浅，她责任的实施从此就画了句号。仔细思考，古龙帮不上什么大忙，不过是口头鼓励而已。

其他人更没谱，甄诚专心于他的厨艺能否东山再起，阮经纶则关心他的患者何时痊愈出院，陶韬却是致力他的权力早再度回归，筱晓由于能力所限，治好病解决好家庭纠纷就是他的造化了。而欧阳涓涓早就宣称，她主张躲进小楼成一统，管它春夏与秋冬！

别说刚刚组建起来的小团体，就是同她周旋了半辈子的搭档，不是同样也人情薄如纸吗？她就是被好友巴娜娜暗算了的！当巴娜娜还是个小主持的时候，她是多么俯首称臣！竟口口声声宣称她是杲昊的朋友！

就算生死相与的佫恪，在这种生命攸关的重大课题上，也没帮她什么忙。开始他声称是为了挽救她于水火，可他的若即若离，他的模棱两可，他的关键时刻掉链子，他的最终逃之夭夭，无一不在证实他的敷衍塞责，最起码是力量不够，或者是心有余而力不足。在那种时刻，权力的支持至关重要，而他所能调动的权力绝对够威够力，他的夫人就是省组织部部长，若是他能留下来，同他一起将案件调查下去，一定会有头绪，可他没有，他抛下了这里的一切，又回到了老巢的安全地带！

倪莳萝与市长胡昌稷是有一定交情的，胡昌稷若不是凶犯，他们就应该站出来对她的调查给以支持，就算是胡昌稷有嫌疑，倪莳萝也应该挺身而出，可经过一段沉淀觉得问题不是那么简单，那倪莳萝的袖手就有一定的道理。所以要求倪莳萝参与达生的命案，那是异想天开！

她的导师屈子集是最主持正义的，而且一直以大哲的形象雄踞于联合大学，贤人七十，弟子三千的，无一不称道他们的导师为先哲、为大师、为表率，可他的眼睛只盯着他的那一亩三分地，而对达生如此重大的命案，他竟一点不感兴趣，而且私下里曾指点她杲昊，要尊重法律部门的意见，术业有专攻，法律部门毕竟是专业破案的。因而，指着屈子集的援助，那也是一厢情愿，或者就是一种强加。

一个人内在具备的越多，求助于别人的就越少，别人能提供给他的帮助也就越少，这对一个团队工作者来说，绝对是个悲哀！杲昊所从事的工作，恰恰就需要一个团队去共同完成，而这与她的个性特点又严重错位，这就更应该是一个悲剧！就她的个性而言，她应该去从事文学类的创作，或写小说或赋新诗，用她的无限想象，去建造空中楼阁、渲染人间的喜怒哀乐，引导那些集困厄与忧患于一身的人，抖去满心的烟云由黑暗走向光明！那岂不是世间奇绝？

可惜，一开始杲昊就选错了岗位，就她的个性，绝对不适合去搞新闻工作。一个人是不是适合一种工作，决定因素很多，兴趣、爱好、天资、训练，甚至血型、基因都在暗中起着决定性作用。想成为顶尖人物绝不是那么容易，因而她一直干得很吃力，尽管使尽全身解数，还是显得力不从心。病后她渐渐认识到了这一点，目前连个可靠的帮手都很难找到，要破一个偌大的命案谈何容易！那是责任与力量的结合，公道与手段的交织，像她这样一个赤手空拳的弱女子，顶多也就敲敲边鼓。看来，她真应该考虑转轨改行，去干点她力所能及的，在适当的岗位，指不定她就能一蹴成为天才！某种意义，巴娜娜是成就了她！

想到这，杲昊感到无奈、无助、无力回天。一场大病竟然使她的行动都成了问题，以目前的状态，一般工作都很难胜任，更何况去独行侠式地破一桩大案！她的人际关系本来就薄弱，如今还有谁能来帮助她呢？就算七人小舰队合起来，也依然是无能为力。

下一步应该怎么走？是去死，还是去锻炼？谁能说清这么严重的病，仅通过锻炼就能康复！若就这样下去，那才叫生不如死！随着她能站立，古龙离开她的日子越来越近，就像眼下一个人独处，连个做伴的都没有。其实孤独她并不怕，怕的是孤独中她什么也不能做，什么也做不成，空耗那才是最可怕的！可不死就得忍，包括孤独与空耗。

借着为她找手机古龙一去不返，这令杲昊首次体会了寂寥。经过这么长一段磨合，她觉得有些离不开古龙了，他善解人意、明察秋毫，给一个眼神他就能心领神会。每件事只要稍加暗示，他就如同一双延长了的手，事事让她遂心遂意。近来古龙一再强调，他要去报考公务员，而且考期将近，一旦考取他就得去上任，就不能像现在这样悠闲自得，离她而去的日子就迫在眉睫，以后的路如何走真就成了问题！虽说她已勉强能站立，可行动起来还是相当困难，仅上街买菜就是很大的难题，与生活自理还有相当大的距离。

唉……车到山前必有路，不死就得一步一步地去走。这样想着，杲昊便一步步挪到窗前，下意识里想试试自己的行走能力。结果两腿像灌了铅，每活动一步都是举步维艰。阮经纶的药一直在吃着，可效果并不像想象的那么神。不过阮经纶说病去如抽丝，细胞更新是个慢活，得一点点来。可她就是等不得一点点，她需要的是快。可这能怪谁呢？那天晚上若不是因赌气睡在雪中的立交桥上，也不会就这么一下子倒下。其中也包含着她没有经验，她绝对没想到，一夜之间她就能失去自理！

外面春光正好，到外面走走，也许会好得更快。想到做到，杲昊拿起门钥匙，一步步挪出了房门，准备实地历练。

26

出门便遇上对门的欧阳涓涓，“我正要过来找你，你就出来了！”

杲昊顺水推舟，“是啊……你找我有事？”说着随她进了屋。

“什么事？”杲昊一直认定欧阳涓涓计必已出，不必向别人求救。

“来，坐下慢慢说。”欧阳涓涓将杲昊让到镶着金边的奶白色沙发上，将一杯早已冲好的咖啡推到杲昊面前，稍事停顿便说，“刚才陶韬来电话，说要组建个大篷车式的流动剧团，让我任董事长。”

“有事干了倒是好事，这正是我们小舰队的宗旨。术业有专攻，要干就得干自己熟悉的。阮经纶也在招募员工，跟着阮经纶干也不错，只是我们不懂他的专业，而且他的专业又是人命关天的，在他那里我们绝对当不了主角，只能是敲边鼓一类，似乎不太适合我们去做。你若有意东山再起，搞剧团倒是个好主意！”杲昊一锤定音。

欧阳涓涓听了杲昊的建议，一时没有表态，陪着啜了几口咖啡，又絮絮地说着她的矛盾。她说她的心性极高，可又极为惰性。不久前，他们探讨的工作标准，似乎撩动了她的工作欲望，可仔细想想，目前的局势尚未理顺，各种标准参差不齐，好与坏也没有统一的准则，都是见仁见智的，她何必急着与那些混乱不堪的群体一起去挤油？况且她既不缺钱，又不想在那些不起眼的岗位上冒尖，所以她决定死心塌地地享受一段。在家里……欧阳涓涓随手环示了一下她的房间，接着说，在家里写写剧本，寄出去，谁爱用谁用。可事与愿违，寄出去的剧本，一个也没被录用，一个个被退了回来。而随后就有同样的剧本问世，内容一点不差，作者的名字却换上了别人！那些退回的剧本都成了废品，只能等着卖废纸了！这令她感到绝望，却又没有解决的办法，她唯一的希望被彻底粉碎了！也可能大家会建议去同他们打官司，谈何容易！仅诉讼费就能穷死你！再者你的诉讼理由又没有法律根据，人家还会说是你抄了人家的！谁能为你作证呢？说着，欧阳涓涓禁不住流下了痛心切肤的泪水。

杲昊绝对理解外面的混乱，你不是某个圈子的主宰，那就只好等着被宰！疯狂的名利场抢都来不及，谁还会温良恭俭让地确保别人的利益呢！只有自己确立了山头，还得仔细守护着，不然辛苦得来的果实，不是被窃取便是被践踏！这道理难道欧阳涓涓不知道？欧阳涓涓也在名利场摸爬滚打了这么多年，也该有些见识，这还需要她来给她上课吗？于是没有抚慰也没有劝解，就那么静静地等着欧阳涓涓的下文。

一段宣泄后，欧阳涓涓又续上了下文，对于陶韬的召唤她不是一点没动心，可其中又是担心多多。从目前的现状及经验看，合作的结果都不很理想。起步时因为经验不足，所以联合起来以便彼此帮扶。可一旦事业干起来，见了钱，占有欲就开始恶性大膨胀，抢夺厮杀也就随之而来。为了抢夺的得有理，先是不顾事实地彼此诋毁，最后弄得鱼死网破事业倒闭，剩下的只有一场厮杀，一场恩怨。许多兄弟姐妹、朋友亲属都屡见不鲜，这绝对是得不偿失！谁能保证此番合作是一帆风顺？

杲昊深谙人心的叵测，她可不敢给他们打保票，将来是不是一定合作得皆大欢喜，那还得看各自的素质，眼下全民素质都有待商榷，谁知道他们是不是万绿丛中的一点红？杲昊自己就是被叵测的人心给推向绝境的，就连父亲、胞兄、恋人、朋友也概莫能外，她目前的结局，不正是她的好友巴娜娜一手操纵的吗？敌人还可预防，朋友可就难以预料了！于是她仍没表态，这种表态无疑是不自量力。

欧阳涓涓接着倾诉，这个合作一开始就存在倾斜，陶韬原本是她的顶头上司，又对她大恩大德的，将来的合作岂不事事得供奉着他？目前他就提出，起步资金由欧阳涓涓全部担当，他只以打工的身份出现，目的只为了某种展示，或是为了实现七人小舰队的人生誓言。这笔账算下来，首先精神上就得累死，因为目前市场极不稳定，更为严重的是还没有固定的演出场所，居然是大篷车式！要驾驭这样一个动荡的市场，那得长着三头六臂！她是搞创作的脑袋原本一根筋，而闯市场则需要三头六臂，这不是反其道去扬短避长吗？经济上，她那点钱一下子就得全砸进去，是赔是赚只能听天由命！一个难把握的市场再加上个一根筋的头脑，其实都用不着凭天由命，就是一个赔！一个穷光蛋就诞生了！

杲昊不能再等闲视之，因为她听出陶韬并不是冲着钱去的，于是试着为她剖析：其实也不全然如此，首先必须从概念上划清界限，若是打工呢就不能叫合作，只能是老板与雇员的关系，若是合作呢就不能叫打工，只能是责、权、利均等。这样，就必须将各自的责权利以合同的形式合理固定下来，陶韬就算是天大的恩人，也得担负起他应担的那份责任！既然他不承担启动资金，那他就得全盘承担管理与市场运营，这叫有钱出钱，有力出力，公平吧？而且陶韬多年搞管理，对文化市场是驾轻就熟，这不就扬长避短了！你欧阳涓涓也不能闲着，得把剧本写好以便在本剧团使用，这既保障了剧本不被窃用，又有了用武之地，一旦产生轰动，那你欧阳涓涓就是名利双收！几年下来钱赚足了，人也成了大名家！至于市场的动荡也得怎么看，动荡的本身还蕴含着机遇，那可是机动灵活战略战术的最好用武之地。凭陶韬的韬略，寻找机遇绝对不成问题。先以大篷车形式出现，既不引人注目又机动灵活，等钱赚足了再建立自己的根据地，那可就是占山为王了！人生财富先入为主，趁着大家都在动荡正好去抢占先机！动荡的市场中，陶韬应该是一个难得的人才，这叫天赐良将，只要好好把握定会创出佳绩！杲昊略示停顿又加了一句：不是所有的人都见钱眼开，不是也有很多人在搞捐助吗？陶韬以前对你呵护有加，以后怎么会一百八十度大转弯去坑你呢？

听了杲昊的剖析，欧阳涓涓终于开心一笑，但对她的现状出示百般流连。她带着杲昊先进了她的书房，确实令杲昊极为开眼。这一切，给杲昊一种武装到牙齿的感觉，其开眼之状全然写在脸上，一派惊赞加意外。除了富有的展示，更重要的是对知识库存的占有。杲昊下意识地觑了一眼欧阳涓涓，见她更是一脸的得意，扯着满心的自足，欧阳涓涓又将杲昊带进了卧室。卧室不再金碧，而是一派温柔环保，对此，杲昊并没赞许，因为那不过是富贵的产物，没有什么独创含量。

见杲昊没什么惊奇表示，欧阳涓涓便从床头柜取出一本本影集，有年轮集、特写集、时装集、外景集。外景集又分为，亚洲之旅、欧洲之旅、非洲之旅、美洲之旅、澳洲之旅。更有与人合影专集，又辟为情谊之快、天伦之乐、奇遇之幸、同道之福。其类别感、层次感绝对令人刮目，这得是多热爱生活，多注意生活细节的产物！

对此，杲昊倒是表示了极大的兴趣，“你有这么多的信息储备，何愁写不出精彩大作呢？只要你把作品当作生命的历程，这些就是取之不尽、用之不竭的源泉，照片上每一个场景都会激起无尽美好的追忆，稍加装饰就是一篇美轮美奂的豪作！什么是大作？那就是能改变他人的命运！你的经历足以去改变别人，我可能就是最先受益的！”

“咦？你说我还用得着跟陶韬出去奔波吗？”

杲昊一震，这倒是个问题，欧阳涓涓已为自己铺陈了一路锦绣，确实用不着再出去奔波。可她还有自己的山头，只是有个作坊而已。造出的成品找不到市场，若有陶韬做经纪人就不一样了，让陶韬替她去寻找市场，岂不各得其所？随即将自己的想法讲给了欧阳涓涓。

欧阳涓涓觉得很有道理，于是又出示一个开心的笑。

27

古龙仍在自家分析白茜的录像，他百思不得其解，凶犯怎么会是市长胡昌稷的司机吴畏？这可对市长是大大的不利，难道真是胡昌稷的唆使？那胡昌稷可是罪责难脱了，结果就得由胡昌稷一命抵一命！这个证据还交出去吗？一交出去，就等于判了胡昌稷的死刑！目前为什么没人判？就是因为没有这个证据，或许就有人在暗地里保护他，只要没有确凿的证据，这人就会一直保护下去。一旦交出这个证据连保护他的人也得受牵连，这可是一箭多雕的绝活，古龙无论如何下不了这个决心。再者，他是绝对不相信胡昌稷会做出这等下作之事，他毕竟是一市的父母官，怎么会谋杀自己的子民呢？此前，可没有任何迹象证明他会如此劣根，他对他的子民还是充满爱心的，古龙依然怀疑有人栽赃陷害！

胡昌稷的下水，从头至尾都是有人在暗中作祟。有人想试试共产党的官到底是泥做的还是钢铸的，胡昌稷便被极残酷地锁定为试验品，此后便与吴纳西、达生、翁折东这些居心叵测的家伙搅到了一起！久而久之，一个极富传奇色彩的弄潮儿终于被拉下了水！也许胡昌稷的湿鞋就肇始于他的浪漫，正所谓是英雄难过美人关，胡昌稷的突破口正是他对吴计太过在意，除此，他还对世间一切顶级的东西都感兴趣，这就造成了他的致命伤，关键时刻必然体现他泥做的本性。

吴纳西巴不得胡昌稷从此灭迹，他可以安安生生地做他的接班市长。杨飞燕更是天遂人愿，胡昌稷这一走，她便可以独吞家里的全部财产，以作为她二十几年的补偿。长子胡大龙十年前就与这个家庭脱离了关系，自谋生路搞个体经营，后来在林业政策的支持下，拥有了自己的林业公司。胡昌稷有个同学在国家林业局工作，胡大龙所操的事业，等于在国家政策的直接指导下，一路飙升，稳步而昌隆。为了与他的事业成复调式运行，他已改名为胡杨，就是死而一百年不倒、倒而一百年不朽那种。唯独次子胡小龙极惦着自己的父亲，正千方百计地为他解脱干系。怎奈胡小龙是孤军奋战，也只能是以免冠徒跣，一头抢地而已。

想到此古龙感叹嘘唏，人世间已是到了人情薄如纸！父子、夫妻都扯成功利关系，更何况是素昧平生呢！如今，他古龙就要做个样板，让世人知晓，人之所以区别于其他生物，一个是智一个就是情！可要弄清胡昌稷的案情，还需要艰苦卓绝的工作，但愿吴畏所为，不是胡昌稷唆使，不然他真就有罪了，这可是古龙绝对不愿面对的，他必须仔细调查小心求证。凭他古龙的能力和关系网，他自信总会把案子搞清。就看他胡昌稷的德行了，是死是活，那得由他的行为确定！

古龙的意识流一路转向杲昊，他将这个弱女子界定为上善若水，柔柔弱弱孑孑踽踽，却一意孤行地为公正而战，若胡昌稷有一天被赋予公道，那杲昊就是求公道第一人！他古龙作为中介，一定将杲昊推向人生的高端，有多大的能力使多大的能力，那叫倾其所有！一种生命的责任催促着他，他必须对胡昌稷负责对杲昊负责。因为第六灵感告诉他，这是被牵扯进命案的两个无辜，不像达生他们属于狗咬狗式的恶斗。而要弄清这场恶斗到底谁是牺牲品，那还得法律部门的介入。

这样想过心中空前平衡，因而可以腾出大部分的思考空间，来梳理杲昊的春光秋色。平心而论，他对杲昊的巾帼浩气绝对敬仰有加，另外社会责任感也从旁擂鼓，如果大家都对弱势群体视而不见，那还算高级动物吗？沿着这样一条思路，他必须为杲昊铺设一条阳关大道，先同她联手将胡昌稷从达生命案中解脱出来，然后与法律部门配合，将案件搞个水落石出。杲昊就可以重返社会前沿，接续她的最初选择。

目前到手的命案证据，暂时还不能告诉她，因为这对她的康复绝对不利，按阮经纶的医学术语，她会急火攻心。一见到这个录像，她就会立即行动，可她才刚刚能站立，走一步都很困难。另外，社会大环境也极为不利。目前，法律部门是由吴纳西之流扼守着，他怎么会让闲杂人等随便插手呢？这就需要具备他古龙这样条件的人先去开路！可这尚需一段时间，正好用于杲昊的康复，等他将路子蹚好，杲昊也差不多痊愈了，那时再联手，即可一举成功！

那杲昊的手机怎么办？她正翘首以待！一番缜密思考古龙有了主意，既然录像已经到手，那白茜的信息就完成了任务，就应该像前一条信息那样，从手机上消失。想到做到，古龙迅速将大西洋彼岸发过来的信息删除，将录像机收好准备返程。

就在这时门锁响动，他知道那是母亲回来了。母亲病了这几年，她行走坐卧都带着几分病态。自她宣称自己的病已好，古龙就尽可能与她保持距离，一是为使她极早自立地融入社会，二是不想再听她对父亲的控诉，这几年让母亲闹腾得也够烦。父亲的恩情比海深，母亲的情感比火热，好歹他出国留学，这几年才逃离了水深火热的蹂躏。不想他回国不久，父亲又病倒了，好在父亲倒下，母亲又站了起来。因而，他不想让母亲触景生情，再节外生枝，他准备安慰母亲几句就离开。

“儿啊！我现在想开了，怎么高兴就怎么活！可一回到这座房子我就很难过，一些不愉快的往事就像鬼缠身，我得彻底解决这个问题！”

“怎么解决？”古龙终于不必担心母亲旧病复发。

“就是卖掉这房子，我想回老家去安家，妈妈毕竟才刚过知天命之年，后半生还长着呢，我得好好过几年！就不知你的意见如何？”

“妈，你的意见就是我的意见，儿子已是亿万富翁了，母亲的这一点心意还不能满足？”说着拉住母亲的手，出示无限关怀。

“儿啊！卖了房子妈也是千万富翁了！谁也不用连累！”

“谁出手那么阔绰？一下子就出上千万？”古龙感到意外。

“就是胡昌稷的司机吴畏的老婆逢桂桂！”

一听到吴畏、逢桂桂，古龙便五内俱沸，这两口子真成了一市的妖孽，一个杀了达生一个又要攫取豪宅！这个案一定要破，吴畏一定得绳之以法！这座房子怎么吃进去，就怎么吐出来！不使这两个狗男女倾家荡产他古龙誓不为人！转而又想吴畏可是胡昌稷的司机，达生命案能不能与胡昌稷有牵连？那可是投鼠忌器的事。既然那妖女已盯上了这栋房子，那她一定是来者不善，母亲的安危也不能确保！那母亲的这个决定就是空前英明，躲开这是非之地是最好的选择！于是试着问，“妈，是你想卖，先找逢桂桂的，还是她想买，先找你的？”

“这有区别吗？”古龙母亲一时不解，便出示惊愕。

古龙搪塞着，“那不一样，若是她先找你，就可以榨她两千万了！”

“是吗？正是她先找我的，我怕她拿不出那么多钱，就去视察了她的学校，不想她竟同我去房产过了户，一千万的存折也到了手！我已到银行查实，而且转为定期存款！”说着从衣袋里掏出那张折子。

古龙一看生米已成熟饭，于是信口道，“好好好！妈真是杀伐决断的高手！事已至此，一千万已经不少了，够您老打着滚儿地花！”

正在这时阮经纶来电话，约他过去策划首届患者批量出院庆典。古龙亲昵地抱抱母亲，“妈，公司里有事，家里的事就您老一句话，什么时候收拾东西我立刻回来帮忙！”古龙一阵心痛，这算不算妻离子散呢？

母亲却乐颠颠地，“还收拾什么？就带着那一千万的折子，值钱的东西早被你爹带走了！剩下的就是些锅碗瓢盆！妈见了也是个心碎！”

古龙一时难辨父母的对错，只好风萧萧兮易水寒地去了八卦医院。

28

在古龙的精心策划下，出院庆典隆重而另类。此番造势主要是为扩大八卦康复医院的影响，弘扬阮经纶的精湛医术。之前，也有陆续出院的，但比较零星，形不成阵势。此次于院内选出了一百名有代表性的康复患者，集体出院，阮经纶觉得应该造一下声势，便叫古龙过来共同策划，两人一拍即合，这才策划出了目前的样式。

这一百人都是此前被各大医院判了死刑的中晚期疑难杂症患者，有癌症、心血管病、脑神经坏死、糖尿病、白血病等等，经过阮经纶一年来的子午流注精心治疗，这些中晚期患者竟奇迹般康复了！这种康复绝不是阮经纶王婆卖瓜式一言堂，而是经过各大医院会诊，又经过曾宣判死刑的原医院确认，这才确诊可以出院的！

出院庆典于八卦康复医院门前广场举行，四国彩旗迎风招展，中央国旗高高矗立，八个巨大的氢气球，拖着巨幅广告彩带，于广场的东南西北，依八卦方位腾空。广告词有救死扶伤实行人道，珍爱生命拒绝污染，弘扬国粹莫忘祖典，中华草本食养为先。阴阳五行相辅相成，清理入手营养均衡。更有，提升品质身心并重，新陈代谢平衡再生！明眼人一眼便可看出，这就是阮经纶一整套医道理念。

这里已是人山人海，有市委、市政府的高层领导，但吴纳西不在其列。各级主抓文教卫生的领导，各医院的领导以及名医。还有各企事业单位的有关领导，各界名人，更有患者的亲朋好友，以及患有同样病史的病人。因为是露天会场，过路的、问病的，无不驻足观望。主席台就设在阮经纶的诊部门前，与会者面向主席台也就面向了诊部，诊部门楣的阴阳八卦图赫然矗立，谁能视而不见呢？绝对是个盛大高扬。

会场还请了乐队，打击乐配合着吹奏乐，先将气氛造得火热。九点五十分，又有庆典礼炮作陪，形成了一个惊天动地的效果。

就在顶级轰动中，各路名流簇拥出了阮经纶，一派高峡出平湖，待各位依次就位，阮经纶便进入开场演讲进行时。

阮经纶层层深入地论述健康与医疗的辩证。他说，健康与长寿是人类追求的永恒主题，而要健康人类必须更智慧，这个话题很宽泛一时很难说清。先说一个有关的小主题，就是宁静清洁。宁静主要是指精神生活，要有一个平和的心态，拒绝无谓的恶斗。清洁是指物质生活，包括吃喝拉撒睡，要有一个规律清洁的生活，拒绝各类污染。

吃喝拉撒睡听起来好像是互不关联的几种行为，其实它们是相辅相成的！人体的五大系统犹如五马拉一部车，其中只要有一匹马跑得太快或太慢，就会出现不平衡。心脏的跳动、血液的循环、胃肠的蠕动、巨噬细胞的出击，都受制于生命的一进一出，进出不平衡就出毛病了。其实健康长寿，就诞生于看似平常，但必须清洁规律的吃喝拉撒睡！

《易经》讲阴阳平衡，五行又讲相克相生，而五行正对应于人体的五大系统。八卦康复医院就是本着这一理念，从营养与清理入手，以均衡的营养、配方精确的完全食物来营养人体，获得最佳的健康状态！

实际上，这一健康理念，正是中华古老传统医学文化的精髓！这一精髓的核心就是再生，凡是有生命的东西，都有再生的能力，这就是新陈代谢。再生活跃机体就呈现健康状态，反之则呈现亚健康或病态，若再生能力丧失，生命也就终止。因而，维护身体健康，首要的就是维护身体的再生能力。为什么八卦康复医院，不收治做过器官摘除的患者呢？就是因为这个器官都不存在了，何谈再生呢？

阮经纶讲到此台下一片哗然，有赞成的也有反对的更有质疑的，分歧主要源自人们医疗观念的不同。凡是影响了机体的器官，西医便主张切除，而中医则主张清理、调治、营养，最后达到再生，两者分歧就这样产生了。而质疑者，则是对两者都不甚了解，一时间显得乱了阵脚。

阮经纶沉稳地环顾了一下大哗的人群，善意地笑笑接着说，再生能力是因人而异的，但大家都具备这个能力。再生能力一旦受到障碍，所表现出来的症状就是生病。比如糖尿病，就是因为胰腺组织部分功能丧失，糖分不能被很好地分解利用，而导致血糖升高，超过一定的数值就通过尿液排泄出来。所以被称之为糖尿病。

通常的医疗办法是，使用一些化学药物替代那些有障碍的胰腺去工作，而胰腺便开始休息。久而久之，胰腺进一步萎缩，形成依赖性恶性循环，最后不治而亡。而中医的治疗办法则是维护和促进人体的再生能力，以完整的草本食物对人体细胞进行滋养，同时对障碍性细胞进行修复，从而促进人体细胞的再生能力，以促使细胞去同疾病作斗争。

今天就出院了一大批曾被宣布了死刑的晚期患者，如何康复的？就是我们在做强化免疫系统的工作。免疫系统有一种天然杀手细胞，比方癌细胞一旦碰上它，很快就会被分解被消灭！目前出院的患者，经过长时间调养，癌瘤基本上萎缩平复或根本消失。我院没有用化疗，也没有用放疗，因为这些治疗方法，只能算是一种赌博，就看它是大量杀死癌细胞，还是大量杀死正常的健康细胞，往往是一起被杀死，造成两败俱伤！这就是癌症患者为什么到某些医院，常常是站着进去，躺着出来！

台下又是一阵轰动，有人竟大声询问什么是免疫系统。

阮经纶耐心地阐释，骨髓、胸腺、扁桃腺、淋巴腺、脾脏、盲肠等都是免疫系统的重要组成部分！世上最好的医生就是免疫系统，八卦康复医院就是重点促进免疫系统的营养与修复！促使人体实施自救！

台下又有人高声询问，如何才能提高免疫系统的功能？

阮经纶觉得，不能将这样一个隆重的大会变成一个普通的咨询课堂，于是又极诚恳地说，大家的问题一定很多，在这样一个会议上绝对不能一一解决，等下来我们将免费为大家办各类学习班，届时再作详细讲解，让大家起码对自己身体有一个大概的了解。一旦得了病，就不至于糊糊涂涂束手无策，更要教大家保护好自己的每一个器官！

台下一片叫好声，一位市领导拿过话筒慷慨陈词：八卦康复医院已闯出了自己的新路，若能再做些普及工作，那就叫功德无量！谁能将全市人民健康水平提高一个档次，我们就给谁挂功德牌！

阮经纶一听，这可是个极好的契机，于是恰到好处地提出了自己的要求。他说，传授健康常识，对医务工作者来说那是责无旁贷！可医院也有自家的难题，目前疑难杂症越来越多，用药量也越来越大，尤其是大量的珍稀药材，单靠购买不但成本很高，而且有时还供不应求，质量也很难保证。医院正考虑着由自己来种植，若能在相关地区购买土地因地制宜地种植，则会事半功倍！而且国外早有这类先例，为了确保药材供应，都在开辟自己的种植园。

那位市领导一锤定音：那就由市政府出面协调，如果你们资金不足政府帮着想办法，只要能使市民远离疾病，市政府将不惜一切代价！

雷鸣般的掌声过后，阮经纶开始宣讲八卦康复医院的治院理念和今后的办院方向。其实他原本并没想讲那些病理之类，只是因为有众人的拉动才即兴发挥。不想这一发挥倒阐释了自己的治病原理，也宣传了自家的高超医术，若不是意外拉动就那么滔滔不绝地兜售，绝对有显摆之嫌，更为难能的是，通过这一拉动还有了意外收获，他的置办基地、种植药材的夙愿马上就能得以实现，为使医院尽快驶上快车道，阮经纶草草结束了庆典演讲，专心去实施新一轮拓展，他要在全国连锁！

29

当手机被交到杲昊手里，古龙早编好了一整套美丽动人的寻找故事，就等着杲昊的询问。可杲昊却沉浸在失而复得的喜悦中，竟没有一句询问的话，只是感慨万千，“哎，真是难为你了！天公不负啊！”

为不使杲昊起疑心，古龙还是将他编好的故事合情合理地节选出来，“多亏没有了充电器，才将你的手机丢进废品堆，不然你手机中的信息早被人家共享了！我又配了一个。”说着拿出一个新的充电器。

“真是太感谢你了，古龙！”杲昊除了信任还是信任。

经过几天的缜密思考，古龙觉得必须想辙尽快除掉吴纳西，因为市内恶势力的轴心似乎就是他，眼前所发生的一系列恶性案件，件件都与他相关！胡昌稷的司机吴畏，不是他的老乡吗？正是他的推荐，吴畏才当上了胡昌稷的司机。而吴畏的妹妹吴计也是经他介绍，才得以靠近胡昌稷，致使胡昌稷一个好端端的家庭，被搞得妻离子散！达生的死虽说录像上是吴畏所为，谁能保证背后不是吴纳西的指使？而这一恶性事件，却是可以极合逻辑地扣到胡昌稷的头上！许童本来是极信任胡昌稷的，为什么突然又与胡昌稷作梗，致使胡昌稷不得不离家出走？而胡昌稷一走，吴纳西就立即顶上了胡昌稷的空缺，顺利登上了市长的宝座？

若对吴纳西实施正面强攻，无疑是异想天开。这十几年来，吴纳西利用胡昌稷的势力，已为自己打造了一座攻不破的堡垒。他上有省委管干部的副书记许童做靠山，中有一市的四梁八柱做支撑，下有县镇各路人马做铺垫，基本上一条龙作业。这种针插不进水泼不进的态势，想扳倒他实在是颇费周折。可运用迂回战术则不同了，完全可以效仿吴纳西的战术，先钻进吴纳西的心脏看清他的内幕，然后，再从中找到他的软肋，就有希望使吴纳西在政坛上消失。即使这一招不能尽快奏效，只要他古龙能进政界，就不愁一步步将他铲除！他毕竟也快五十岁了，就算自然淘汰古龙也耗得起！因而报考公务员，已是古龙的当务之急！

刚建市之初，因急需人才，吴纳西、翁折东、达生等一干人，就是在那时被当作人才引进来的，这是一批所谓的工农兵大学生。那个年代取消了高考，大学生断档，只有零星工农兵被推荐进大学。这批人多数不是因为才华出众，而是工于心计，只要与造反派头头搞好关系，即可被推荐到大学去深造。就这样混了个文凭，便强行推向社会。其实胡昌稷的厄运就是从这时开始的，胡昌稷却是不识庐山真面，只缘身在此山！

那时古龙年龄尚小，正在中学奠基。可凭着他的第六灵感，他就觉得胡昌稷的前景岌岌可危。吴纳西等人一到位便积极行动，不是将业务钻研得多出色，而是钻营着如何与领导搞好关系，不久他们便成了胡昌稷家中的常客，再后来又成了胡昌稷的座上宾。古龙目睹了这一切，心中自然愤愤不平，为此曾一度患上了抑郁症。经过一段沉思，古龙发誓到外国留学，当时还只是停留在学出个样子给他们看，让他们也知道知道什么是英才！就这样，古龙一赌气，便踏上了异国留学的道路，一去便是八年！这八年他没回过国，其艰难困苦可想而知！

十几年过去了，当古龙再度踏上故土，眼前竟然一派礼崩乐坏！官不官民不民，大家都在为一己的私利而奋斗。就连他最亲爱的母亲，不是也为了自身的利益，而患上了精神分裂症吗？还有他敬爱的市长大人，更是不可思议地堕落为金钱美女的俘虏！胡昌稷不再是从前那个气宇轩昂的政治家，也不是精通业务的地质专家，而是一个猥琐的色狼和卑鄙的贪财鬼！是不是谋财害命的恶魔，尚是一个谜！好在他能悬崖勒马，体面而巧妙地退出了政治舞台，也许还能躲过牢狱一劫！

面对这样一个残局，古龙自觉有责任团结一批德才兼备的英才，共同完成历史赋予的重任，而杲昊就是其中之一。他应该把这意思巧妙地透露给她，以便在适当的时机联手，这样想过，便到书房去见杲昊。

杲昊正在查阅她的手机，看样子很急，手机尚充着电便迫不及待地阅读。见古龙现身，她下意识地一抖，可见她对手机中的信息是寄予了极度期待，而且自认是一级机密，同时还透露她将古龙视为异己。为给杲昊留足心理空间，古龙只在门口驻足，“有什么特别消息吗？”

杲昊见古龙守着分寸，便松弛下来，“没有，还是以前的。”杲昊难控一脸的失望，她太需要白茜的信息了，这可是她转舵的唯一助推，不然在这场争斗中她就死定了！目前的状况正是她走向毁灭的前奏，现在她已是身心俱残，前途一片渺茫。若像古龙预言的那样，如此拖延三年五年，她可真就废了！再有十几年，她就到了快退休的年龄，社会再也不会有她的位置。想展示自己？已经没有了舞台！就算三五年，业务也是严重滑坡，再提笔已是没有了灵气，只能是文字的堆砌，那样劣质的展示比死还残酷！随即脸上的失望又转向悲戚，大有塌陷的险情。

古龙将这尽收眼底，于是蹚着一天的险情，试探着向她靠近。他发现杲昊没拒绝，他深知对极敏感的杲昊，哪怕一点点偏差都会将她置于误解，想要挽救她就必须小心谨慎。他耐心地等待杲昊的求救，此时任何指点都会被她视为居高临下，因为杲昊的心态正处于最低值。

“转舵，你看我行吗？”杲昊终于发起第一轮求救。

“当然！我们应该自我设计，有意识地创造自身。懦夫使自己变得怯懦，英雄却使自己成为英雄！”古龙有意识地张扬着英雄的豪迈。

“英雄倒不必，能正常发挥就不错了，目前我是身心俱残！”

“你的身体是暂时的，这不是正趋于好转吗？用不了几天就会康复，至于所谓的心残，就得靠你去自救了，别人能治标却不能治本，你不是常说人最终还得回到自己吗？那么自救才是最可靠的，我倒有个建议……”古龙欲说又止，等待杲昊的放行。

“说！”杲昊一如踏水的弄潮儿，绝对义无反顾。

“我已决心报考公务员，一旦进入政界就争取很快进入市领导圈子，只要有一席之地，就有希望一步步拓展，也许很快就有机会铲除这股邪恶势力，还社会一个公道！如果你愿意，就与我一道去战斗。这一计划须分两步走，第一步我得先去考试，还得去省里蹚蹚路子。第二步上任后就得真枪实弹地对决，那就需要你的支持和配合。就这样一步一个脚印地走下去，只许成功不能失败！懂吗？”古龙一派宣誓。

“我怎么配合？”杲昊终于找回了自信，满心鼓胀着对决的英勇。

这令古龙十分振奋，“很具体，你养病期间插空帮我去销销书，书是我专门论述人文生态的，其实社会也是个庞大的生态链，我想使大家明白人文生态的复杂，因而要亲自去卖，边卖书边宣讲，既宣传了群众又联系了同道。这对我未来的政治生涯极为重要！等你病养好以后，就返回广电集团，我急需像你这样的行家来助阵！”

杲昊被他激励得目瞪口呆，一时没找到适当的表达。

“干吧！你还犹疑什么？伦理道德本来就是一把多棱刮刀，劈向谁都有道理！不能成功的一个重要原因，就是太多的顾忌！”

杲昊仍然木木，她觉得事情太过重大，有一步登天的扶摇。

“干吧！若是就这样耗散下去，那你很快就会被熵为典型的平庸之辈！那不是太亏了你这样一个精品吗？人生不易，生成精品更不易！”

杲昊经过复合式思考，终于认可古龙，于是坚挺地点点头。

就在这时，古龙收到筱晓的来电，恳请大家周日到他那去聚会，因为经过一段努力，他又有了一个新家。

30

筱晓确实又有了一个新家，就是那个市直机关的浴室。筱晓原本是寄宿在那的，怎么会一跃又成为那里的主人了呢？这就是一命二运三风水，筱晓就是这么认为的。筱晓住进去不久，那个看浴室的工人便犯了风湿病，全身疼痛不已，又加上提前退休的政策咄咄逼人，因为同时还并行着下岗、退养、买断等，这一窝蜂政策里顶数提前退休最体面，不影响长级，不影响工资指数，不够年龄的还连长三级。那个浴室工人便提前退休，颐养天年去了。剩下的浴室亟待有人料理，领导看到自筱晓进驻后，面貌大大改观，又征求了筱晓的意见，是不是有提前退休的意向，筱晓一口咬定决不退休，这样，浴室就归了筱晓来管理。

筱晓在着着实实高兴了一阵之后，便对浴室进行了全方位整改。经过一番仔细研究得出结论，那位工人的风湿病，全在于他长年累月地住在湿气里，那还能不得风湿？又正值大春天犯病那是情理之中的事。为不蹈前车之辙，筱晓先将自己的住处进行了彻底改造，绝对旧貌新颜！

筱晓先将隔壁的库房腾出来，经过一番认真粉刷，现在已是清爽洁白，地下铺了防潮的绛紫塑料地板，显得厚重典雅。那些缺框少棱的牖户被改造成了防寒保暖的双层玻璃窗，明亮而通透。玻璃窗下，打了一个平台，上置一排木本花草，有茉莉、栀子、金桂、含笑，清一色芳香族。一张软软的沙发床被置于背风处，一水新换的被、褥、枕、毯，鲜亮亮、齐崭崭，一种全新的生活就此拉开了序幕。

浴池背面，原本是垃圾集散地。目前，垃圾已由环卫工人直接集中回收外运，这个集散地也就被闲置。筱晓在安顿好住处以后，便对这个垃圾场进行了彻底整改，一个腐臭不堪的蚊蝇孳生地，竟被他开辟为一座精致的花园。四周用灌木桃红围成方阵，中间设一圆坛，坛中是阴阳八卦图，这是用不同色彩的草本花卉，按图形覆植而成，八卦图清晰可见。远远看去，总体感官是方圆搭配疏密有致，明暗映衬阴阳平衡，形成一个天地合一的概念，以此体现着天地有正气，杂然赋流形！

筱晓之所以有这样的设计，是想向世人暗示天公不负有心人，只要心怀一派正气，总有安身立命的理由。虽说是一个小小的浴室，他也要把它经营成美妙的天堂，什么是天堂？就是属于自己的栖息地！在那里身是自由的，在那里心是畅爽的！不然百姓间怎么会流传着，金窝窝银窝窝，不如自己的草窝窝！虽说是草窝窝，却可以安身立命，他就是凭借这一方天地，迅速击退了来自四面八方的魑魅魍魉！

怎么不？先是击退病魔。自他从家分离出来，再加上阮经纶的药物调理，他的血糖始终控制在6.5左右，被医生断言离正常不远了。如今他是精神饱满，身板硬朗，无论是干活还是四处走动，他都觉得浑身充满活力，不像先前全身瘫软四肢无力，为此，那次扫雪他竟然昏倒在雪地里。不是碰巧让古龙给遇上，从而得以及时救治，他也许就活不到今天！自他有了安身立命之处，身体一天天好起来，率先赶跑了病魔！

前一阵，他刚搬出来还是寄居在浴室，那悍妇已是挺不住便找上门来，当然，首要的是找他要钱。先是保持她原始的悍妇形象，开口便骂，接着又伸手要打。筱晓没惯着，抄起电话报了警，执意要控告她搞家庭暴力，尤其是追到单位来寻衅滋事，这是要受法律制裁的。悍妇见势不妙随即服软，哭哭啼啼声称她活不了了，又央求筱晓看在多年夫妻分上，饶了她这一次，回家后她一定好好待他，绝不再行使虐待。

筱晓却硬下一条心，没被那悍妇劝降，待法律部门到达之后，筱晓全力反控诉，结果筱晓得到法律保护。悍妇被判，不得再到单位寻衅滋事，若筱晓有什么三长两短，悍妇得负全部责任！悍妇总算偃旗息鼓败下阵去。后来，悍妇又多次以夫妻名义前来骚扰，筱晓仍然是不为其所动。最后，筱晓竟将一纸休书抛了过去，铁了一条心要与她离婚，悍妇是软硬兼施全落空，凶悍一时的臭娘们从此彻底灭火，而筱晓却是扬眉吐气，可以说困扰他半生的情魔，从此不敢再近身！

接下来就该是功名魔了，人人都知道功名利禄皆身外之物，可从心底舍弃确是不容易。他虽不是什么高官名将，可作为市长身边的公务员也实属难得，尤其他已是工作了几十年，业务驾轻就熟，人际关系亦是轻车熟路，只因老市长胡昌稷出了问题，他筱晓也被株连九族，活生生被赶下台！不说同事朋友对他另眼相看，就是结发妻子也给他白眼。若不是他突然被甩出正常轨道，那悍妇也不至于拳脚相加！他被虐待，绝对与他下岗有关！如今他已将执著的心态稳妥转轨，平心静气地干起了浴室工。可以说功名魔，是在他的强力意志下才退席的！

再下来就是利禄魔了，他很幸运唯有利禄没亏待他，哪有清洁工能风雨不误地月月拿四千多元！咦？他筱晓就能！若是计划好了，他不但能终生吃香的喝辣的，就连满世界旅游都是富富有余！逛遍五大洲也就十多万，两年的工资而已！按正常年龄退休，他还有整六年，六年他就会攒出三十万元，这三十万他可以蹦着高地花，想去哪就去哪！

其实这也是无心插柳的事，原始他并没太在意钱，他起步的那个年代，人人工资都很低，大家都不是为了钱，都是为了一个什么理想，比方入党啊进步啊当劳模啊，等等。他的理想很快得以实现，那时入党多难！得是上查三代下查五族的，他竟然就入了党，又一步跳到一市最高层，给市长当了贴身秘书，一市的机要就攥在他的手！后来，不知怎么就转起轨来，竟转成市场经济，这一转钱就上升到了主要地位，咦？他的工资就跟涨潮似的，忽悠忽悠地就起来了。那些爱财如命的人，却只能望洋兴叹。就像他的那个悍妇，见他工资不停地长，就紧紧地盯着他的钱袋子。还有些人为了钱竟然将命都搭进去，就像达生等一干财迷！

这样想过，筱晓无比自豪与满足，因而不管是当清洁工也好，做卫浴看护也罢，他都认了。拿着这么多钱在哪干不是干？何苦去与他们挤香油！况且如今是笑贫不笑娼，狗眼比比皆是，让这些人看重未必是好事！尤其他如今又有了一块独立王国，身心都享受着自由！

由于筱晓的平和与积极，领导对他工作也极为满意，虽说吴纳西不阴不阳，但他对一个走下坡路的环卫工人，还不至于挑毛拣刺。再者筱晓对他的恨是深藏骨子里的，就像勾践的卧薪尝胆，你不乱说人家也看不出你心里到底想着什么。什么叫祸从口出？就是自己爱嘚啵！为什么人要长两只耳朵一张嘴？就是叫你多听少说！这一点筱晓绝对训练有素！当初他也是酷爱伍员、孙武的，遇事便延伸到明修栈道暗度陈仓一类，加之这几十年的大机关历练，什么鬼魅都逃不过他的火眼金睛！

病痛情缘，功名利禄，这些生命要素，如今在筱晓眼里一概被视为魑魅魍魉，目前他只追求自由独立，一如尘埃在宇宙中穿梭，一切都是无二无别——酸甜苦辣，喜怒哀乐，聚散离合，成败得失……他幸亏遇上了古龙等七人小舰队，这才从根本上解决了成败得失。人毕竟是群居动物，大家都需要彼此映衬相互参照，人也不都是洪洞县的！热爱生活关照生命，原本是哲学人类学的大课题，看破红尘是最大的衰退，应该怀着勇敢强健的心，行进在人生之路上！在古龙和阮经纶的倡导下，他们这支寻找自我的队伍，正踏着现代化大都市的节奏，冲破各种大众传媒的迷宫，自成体系地出发了！

筱晓认为，这一专利性的重大发现必须尽快展示给大家，以作为行动的指南，于是给古龙拨了电话，约大家周日到他的新家做客。

31

周日是个难得的好天气，时令已是立夏，北方的气温在摄氏二十度左右，怎一个宜人了得！患过重病的杲昊也感到全身心爽畅，她不辞全身麻木的不便，搭乘欧阳涓涓的尼桑轿车，随大家去了筱晓的“新居”。

得到大家的响应，筱晓格外兴奋，于是提议大家先去看看他的后花园，反正离午饭还有一段距离。他是想借题发挥，向大家展示一下自己的超越。他已不再是任人摆布的棋子，而今已是有思想、善判断、能自主、会运筹的主儿，以前他原本也可以如此，可这些潜质能被无名隐蔽着，智慧和能力就那么无价值地耗散，一历半个多世纪。虽然起步晚了些，可急起直追绝对来得及，若活上一百岁正经还能干许多事！至于具体干些什么，还得七人小舰队凑点子，他毕竟没历练到大哲的水平。

看到筱晓如此兴致丝毫没有了病态，大家先盛赞阮经纶的医术，阮经纶却郑重指出病由心生，足见筱晓的心病率先康复了！精神愉快便阴阳平和，阴阳平和便气血畅通，气血畅通就无痛无病！大家因此而为筱晓高兴，筱晓的意见竟成了行动的中心，一致随他去了后院的花园。

花园在植树节就修缮完毕，一场又一场的春雨过后，小桃红已是一片花海，中间的八卦圆坛，早被不同色彩的花草圈出清晰图案。一幅天人合一的杰作，瞬间将大家就地画牢，惊呼：太美了！真是美轮美奂！

古龙一派流连忘返，建议午饭干脆就设在花园，摆上一张桌子，反正就是那么一道菜，往桌子中间一放，大家盛着吃，岂不快意！

建议一提出，立刻得到一致拥护，于是又返回，将桌子和五把椅子都搬到花园。筱晓又找了两只旧木箱，总算将大家安排妥当。午饭时间尚早，又都被这花园景色粘连着，为消磨时间便开始了新一轮谈天说地。

阮经纶持续着他的欣慰，兴奋地告诉大家，由于前一段集体出院的造势，引起了主管医疗卫生副市长的关注，已决定由政府拨款购买药材种植基地，这样他就可以省下一大笔资金，省下的钱就可以在基地建造医院，可他担心这基地的产权，是否能归他阮经纶所有，这一点极为重要，目前他拿不定主意，恳请大家帮他出出点子。

筱晓心中暗喜，他也正需要七人小舰队为他出点子，管管浴室种种花草，毕竟不是长久之计。有一天他退休了，这浴室肯定又归别人，一旦失去阵地他该怎么办？不过他没急着说，因为阮经纶正要筹建药材基地，他怕阮经纶拉他入伙，他不愿意干一个他不熟悉的行业，更不愿意给别人当帮办被人随意差遣，于是沉默着。他在等机会，等大家的志向尘埃落定，他的独立意向也就绕着弯地阐明了，那时再要他们出点子也不迟。不然，赤裸裸地回绝阮经纶实在有违他的好意。

见阮经纶这样的大师也存在疑难，陶韬似找到了同道，他当然也有难题，那就是联合欧阳涓涓创建流动剧团之事。他事先给欧阳涓涓通过气，可一直不见准确回音，只说容她仔细想想云云。听到阮经纶在征求意见，他认为总算找到了把事情敲定的机会，指不定就确定了他的蓝图，再者对欧阳涓涓也是个敦促。于是也宣称自己有拿不准的事，求大家帮忙参谋参谋。接着就将他要搞流动剧团的想法说了出来，但他并没提及让欧阳涓涓投资的事，他怕一旦欧阳涓涓不同意，那会很难堪。

当然欧阳涓涓也有自己的难处，如今市场变幻莫测，是赢是输很难预料。陶韬对她是有恩的，断然拒绝又怕违迕了他的好意，就这样一直拖着。不想他又在这等着，看来决断的时候已经到了。

欧阳涓涓顺水推舟地接上陶韬的话茬，她说陶局长绝对是干事业的人，可惜换了新市长，一朝朝廷一朝臣，谁不想换上自己的人？既然不是人家圈子的人，就得想自己的路子。陶局长的思路很对，搞个流动剧团，既圆了自己的梦，搞得好又能创收，其实是一举两得的好事，只是启动资金不到位。我手里倒是有点钱，也就那么百八十万，用来过日子倒是富富有余，可用到启动一项事业，就是杯水车薪了。再者我一个女人能力有限，有那么一技之长，也是写写剧本，至于搞市场运作绝对门外！流动剧团那可是纯粹的市场运作，想帮忙也使不上劲，让陶局长一个人张罗心里又不落忍，所以我也极为矛盾，说出来也让大家出出主意。

阮经纶听后大为感慨，七人小舰队竟然个个有本难念的经，既然大家都把他当作龙头老大，他岂能一旁袖手？于是沉思片刻便伸出援助之手，提议就将买药材基地省下的钱投到陶韬的流动剧团上，这样，他还可以随流动剧团一路为各地的患者医病，既造福于广大患者，又宣传了自己的医术，还能助陶韬一臂，岂不是一举三得！

筱晓赶紧抢过去，还不是老市长下台了！老市长在时，我们活得多滋润！现在我们整个掉到后娘手里了！指不定哪天就跟达生似的……

阮经纶一时心事重重，到外地办医院也早有自己的想法，作为医生没能力去匡扶天下，也有避难的意思，好在我是搞医的与政治无缘……

甄诚一反慈眉善目，大家既然走到了一起，就不能一盘散沙！大家不是都想干点事，不甘走下坡路吗？那我们就得从根本上改变命运！

阮经纶完全失去了龙头的威风，六神无主地问，怎么改？老市长都不知道下落了，我不过是想带领大家另辟蹊径……

甄诚一派肝胆相照，老市长对我的感情那是唯天可表！我们得帮小龙把老市长找回来！给他平反！这样才能从根本上改变我们的命运！不然，我们永远是人家的阶下囚！别看我一时给吴家卖命，人家根本不拿你当人！不过是巧使唤你，要你那点做饭的技术！我们得帮小龙这个忙！

古龙上前拽拽甄诚，示意他不要再说下去。

甄诚愈加坚持，怕什么？不就是多了个杲昊吗？这事该让她知道了！她的病也渐渐好转，总不能让小龙养着！再说杲昊也是为那个命案才弄成现在的样子！来，让我告诉你！古龙就是胡市长的小儿子，他叫胡小龙，怕你犯忌才改叫古龙的！他对你是天高地厚啊！

在场的都被甄诚的宣告震得鸦雀无声，此前，就因为对古、杲二人的关系走向都拿不准，所以大家才听从古龙调遣。

杲昊确实受惊不小，久埋的地雷终于炸响，是死是伤就看古龙的心地！仔细剖析自己是身处两大险情，胡昌稷有罪她便是同谋案犯，无罪她就是陷进了人家复仇的包围圈！她原本就觉得这个古龙有些来头，可万万没想到他竟然是胡昌稷的公子！只几天工夫就对人家信赖有加，幸亏不是搞特工的，不然有几个杲昊也得倒在人家的枪口之下！她始终对胡昌稷耿耿于怀，好在听大家的意思胡昌稷并不等于吴纳西！稍加沉降杲昊便硬着头皮问，有证据说明胡市长与案件无关吗？

甄诚抢过去，当然有！再不逃他也没命了！当时因为情况紧急，才取其下下策！是你哥哥丹青送胡市长走的，不信，你可以去问你哥！

杲昊不再言语，政治风云中她是太嫩了，只凭着一腔热诚，差一点砸了一台戏！下一步她该怎么办？真就还得依赖胡小龙，此前她与古龙的盟誓，竟是与胡小龙的缔结，真真是天地错位，祸福颠倒！

一天的阴云，瞬间覆盖了七人的心，原本在阮经纶的引下，都准备另辟蹊径，人怎么都是活，换一种活法也未必不是上策，尤其是眼下的政策日见宽松，改改路子也许就是一片湛蓝的天！可为了一个报恩的意念，大家又不得不回到原路，苦难蹂躏只好自取其咎了。

就在大家陷入一派沉寂，筱晓突爆惊雷，我跟阮医生走！走遍天涯海角也要把胡市长找回来！为了胡市长的清白，我愿粉身碎骨！

32

七人小舰队聚会后，甄诚铁了一条心，那就是找回昔日的荣耀，可如何找回却是个大问题。靠他一己的力量，或是靠七人小舰队的力量都是徒劳，就算是斗也得棋逢对手，像筱晓那样蛮干，那不是拿鸡蛋砸石头吗？若只顾一时痛快不计后果，还不如一头撞死！

为今只能等阮经纶的高招，是另辟蹊径换一种活法，还是找回胡市长重打鼓另开张，都只能等着阮经纶先去蹚路子。不过，他绝对不能再在小帝手下遭受降幂排列。想扳倒小帝，只需请君入瓮或是釜底抽薪就解决问题。还有句俗话，那就是爬得越高摔得越重，不如将小帝再送上一个台阶，让他去品尝重创的滋味！

对小帝出此下策，绝对是他咎由自取，开始吴纳西用吴中一取代了他甄诚，这叫断了他的生计，够狠！接下来又让小帝使下诱骗计，巧利用他甄诚的一技之长，为他们吴家卖艺赚钱这倒也罢了，还拿他甄诚不识数，一步步将他逼进降幂排列，近来愈加拿他当奴才驱使，这叫得寸进尺！够毒！再接下来小帝又想独吞他的绝技，每做一道菜，他都要求写出用料、配料等一整套料单。若告诉了他，那他不也成了大厨吗？他甄诚几十年的修炼，一夜之间就复制粘贴给了小帝？这叫投机取巧，够奸！对于小帝这个狠、毒、奸的命中蛀虫，还能再姑息养奸吗？

若想使小帝受到重创，首先就得让他的太极朵颐再火一把，火烧得越旺，对小帝的釜底抽薪才越有力度！是他先不仁，就不能怪别人后不义！满汉全席之后，不是还有五个厅的开业庆典吗？就在这上做足文章。第一，可以彰显他甄诚的绝对厨艺，另外，还可以在釜底抽薪之后，强化小帝的失落感。策划完毕之后，甄诚便认真准备轩辕厅、青帝城、白虎馆、玄武阁、朱雀苑的开业事宜，紧张而急迫。

为大显一回身手，他同样不肯留下一丝马虎。第一个庆典自然是轩辕厅开张，轩辕黄帝是华夏民族的正宗祖先，于世界驰骋了近五十个世纪——公元前有二十六个世纪，公元又经过了二十个世纪。历经了颛顼、帝喾、尧、舜、禹，还有夏、商、周、秦、汉、三国、晋、十六国、南北朝、隋、唐、宋、元、明、清，直至今日。另外世界四大文明古国——古埃及、古印度、古巴比伦都已相继解体，唯独炎黄子孙，华夏民族依然挺立在世界的东方，以它雄鸡的英姿，早早啼破夜幕，迎来一天最前沿的阳光，面对这一时空的优越，甄诚豪情满怀。因而对轩辕厅开张的第一餐，他是颇费了一番苦心。那由衷的、倾心的、发自肺腑的，浓浓的民族自豪和历史重托，他都一股脑儿铸进了一道道大菜！这一席他是以五十六个民族的特色菜为轴心，又配以特色小吃，共打造了一百道佳肴。前来捧场的自然依旧是各界的头面人物，可这次却是缺少了两个重要人物，一个是市长吴纳西，一个是新贵吴中一。看来新贵是与市长比翼齐飞的，这样一来他厨艺价值自然降了一格，再好的手艺没有重要人物的品尝，当然就减色不少。另外，他最在意的名牌也发生了变化，由正红牙旗换成了长方纸牌，他也依然由名人们簇拥着，但人气指数明显不如满汉全席的鼎盛，至此他感到遭遇了第三次降幂！

带着满负荷郁闷，他一如既往地筹备青帝城的开业。因青帝占东他便以鲁菜系为主打，鲁菜以黄河流域为代表，于是重点体现黄河流域的地方特点和风味。鲁菜的显著特点是浓少清多，醇厚不腻见长，山东又濒临渤海和黄海，因而海产品丰富多样，根据这些特点，他精心打造了一席海鲜大餐。让享用者大开了眼界！极为在意名分的甄诚发现他的名牌，此次居然混同于芸芸众客，大小样式再也没有什么特色，更不要说高人一等了。入席的嘉宾贵客，只在小帝的解读中大快朵颐，再也没人将敬仰和赞词献给他。只偶尔有人向他点头示意美食佳肴的冲击。满怀激情的甄诚，不得不接受第四次降幂。

继青帝城之后是白虎馆，白虎居西，因而以川菜为主。川菜味浓而多麻辣极富刺激，是长江流域菜系的代表。于是他不惜大加猛料，精心炮制了一席绝技大菜。川菜是以成都菜为蓝本，取料蔬菜多于鱼鲜，调味又特别着重酸、辣、麻香。也许因为过于麻辣刺激，他竟被晾在一旁无人问津，只见食客们嘶嘶啦啦地哈气、吐舌、吸涎水，至于大家的名牌早被推到一旁，挤挤擦擦群英荟萃去了。他特想搞清自己的牌子是不是又比上次有所改变，可他几经努力也没找到那个大书着他名字的小牌牌。本该大打出手上前拨拉拨拉、翻翻找找，可他又怕失了身份，掉了价。他是有身份的大厨，总得端得稳挺得住，那才叫够份！可越是不能亲眼目睹，就越是形成悬念，最后至于有没有他的名牌都成了问题。若是原本就没设那就更惨了，说明他的第五次降幂已成定局。可毕竟没有确切答案，不过是悬念而已，就那么五里云雾地猜测着，好歹在喜忧参半中他承受了现实，成败荣辱都是体验！

玄武代表北方，玄武阁开张菜自然是以北方菜为主，北方菜的代表当属京味菜。屡遭降幂的他渐次有些灰心，可他吃人家的饭，拿人家的钱，还能有自己的主动权吗？另外，他不是还想将小帝往高处送一程吗？那就天经地义两个字，服从！于是注意力不得不集中到京味大菜上。

当他端着压轴大菜北京烤鸭入席，第一意识就是寻找他的名牌，可是左看右看，前看后看都没寻到，他又去寻找他的座次，依此来验证他的名牌是否设立，别像上次那样留着个巨大的悬念，昼夜都得猜谜一般去折腾自己的脑神经，致使身心受挫。他用了粗视、细看、精察三种方式均未找到自己的位置，当然名牌就更是无处安身了。这是因为每个坐席上都有了人，而每个人门前又都有一张名牌一一对应。小帝只说了声这是某某大厨，每道佳肴都出自他的手，然后就去与达官显贵搭讪拉扯去了。不得已，他只好放下烤鸭，挟一身被踢的降幂回了厨房。如此一次次地降幂，按理说他也应该适应了，可他偏偏长就了一身反骨，宁愿玉碎不愿瓦全、士可杀不可辱这些妖词蛊句，也趁机跳出来作祟，令他直接跌入决断，于是他开始策划请君入瓮。

就在他辗转反侧，策划如何请君入瓮的招数，小帝一餐结束，前来面师。小帝一脸的坦然，大张旗鼓地让他策划最后一馆，朱雀苑的开张大典。小帝以全职主人翁的姿态，责令他一定将这一餐开得精彩，以留下一个龙头凤尾的大结局。首餐满汉全席推为龙头是绝不为过，“太极朵颐”的营业额几天之内就于全市首屈一指，小帝对此决不否认。

面对小帝的浑然，虽说心中不悦，却难以找出讨伐的檄辞，唉，就为小帝收了这一尾。九万里培风，背负青天图南，这样的条件不是随时可遇的，于是他将咬碎的牙一颗颗咽进了肚子，又开始了新一轮的打造。

朱雀标示南方，朱雀苑开张大典就必须以南方菜唱主角。南菜以珠江流域粤菜为代表，粤菜花样繁多，取料以“生猛”为贵。为了最后的开张能造出龙头凤尾的阵势，甄诚不计一切前嫌，再次全力以赴。

一番精工细作，此番代表性的顶尖制作，绝对无愧凤尾大结局！

你的星座………

接下来就该策划如何釜底抽薪请君入瓮，小帝的末日就在眼前！制裁了小帝就是制裁了吴中一，最后也就制裁了吴纳西，一场正义与非正义之战，就将在一条看不见的战线拉开。此时，甄诚操着必胜的信心！

就在甄诚构思釜底抽薪请君入瓮之际，他发现一个重要人物出现了。这个人物就是多时不见，与吴纳西、达生三结义的翁折东！他对达生的命案应该最知情，何不在他身上下功夫，也许会有意外收获！

33

揭开了神秘的面纱，古龙更能从容以对，他誓言终生为杲昊负责就是为了一个感恩，在达生命案上杲昊是立了大功的，她使达生命案得以确立，某种意义救了他父亲胡昌稷，他深信父亲绝非杀人灭口之徒！

感恩还有一层意思就是谢罪，因为他骗了杲昊这么长时间，杲昊完全有理由认为这是对她的愚弄，因而一直在等待杲昊的责罚。可聚会回来，也没见杲昊的反应。古龙将这视为最高的轻蔑，因而愈加不安。

古龙掐着指头算，这尴尬还将强行持续二十四小时，之后也许就会渐渐淡化，因为他要去参加公务员考试，届时，他还要去见省委副书记许童，更要去见正义的化身曹健，他得绕着弯地将吴畏的作案录像透给他们，有了确凿的证据，看他们会做出什么样决定，这可是判断善恶的分水岭，确定谁是恶势力的后台就在此一举！有了后续希望的分心，古龙的不安稍显平和。于是带着满负荷讨好，为杲昊熬好了药，又调好了她的药膳，替她洗了换洗衣服，期望着能以小易大。

“胡小龙！现在开始我该这样称呼你了吧？”经过了缜密思考，虽然有另外五人的亲情印证，杲昊觉得还是不能与这个古龙搅到一起，其间的险情显而易见，绝对是难以预料，而且进退都潜伏着命案的危险隐患。进，若吴畏的作案是胡昌稷唆使，作为案子曝光的第一人，杲昊是不是被灭口的首选呢？她现在愈加怀疑，她手机的内容已被古龙做了手脚，不然怎么那么巧，他竟会在一个废品堆里找回了她的手机？哪个废品堆？古龙也没有明示。这可怎么得了！就算他们能大发慈悲放了她一马，可案子就永远别想破了！退，胡昌稷的对立面吴纳西，若见她与胡昌稷的儿子搅到一起，当古龙离开她的日子，她就别想安生了！那仍然是个灭口！总之她是死定了，死只是个早晚的问题！于是杲昊操着一派决斗的态势，要与为她辛苦服务的古龙，做最后的了断。

“其实我原本就叫古龙，学名叫胡古龙，后来才改的小龙，这是为了配合大哥胡大龙的。名字不过是个符号，类似1、2、3，是用来区别他人的，其实叫什么都一样……”古龙一脸的凄惶，他知道惩罚开始了。

“胡小龙，你打算如何处置我？”杲昊知道自己能力有限，又是一派免冠徒跣的，那是绝望与恐怖的叠加。

古龙面对杲昊的错位一时束手无策，目前就是掏心剖腹，对于严重错位的杲昊也无济于事。经过一番快速运筹，古龙也将慎重的思考重新编程，“其实多数人没你想象的那么复杂，不过是吃饭穿衣而已。”

“可你不是多数人那个范畴的！”杲昊的叠加情绪仍持续着，又掺进了些鄙视和仇恨，这就显得不共戴天。

古龙再度调整，“看你那决一死战的样子，若是像你想象那样，立交桥上我也不用救你了，就让你自消自灭！害你就意味着害自己，那不是从此没有安宁了吗？我还想安宁地做人做事呢！我的一生会有多美好，你能估量出来吗？我还不至于傻到拿光明去换黑暗！”

“让我怎么相信你？”杲昊绝对跌进山穷水尽。

古龙使尽全身解数，“人也没那么难理解，你只记住人有欲望，而且要想方设法去实现，不到万不得已绝对不会铤而走险！这样你就可以理解不是人人都那么恐怖，就像你山穷水尽的，绝望的人才最恐怖！”

“我已是濒危了，有多痛苦你知道吗？”杲昊一天的阴云。

古龙这才意识到不能一个劲地激将，于是峰回路转，“濒危也不一定是痛苦，你看那些文化遗产，多数因为濒危才进了世界遗产名录，从而名声大振并得以永续辉煌！应该说对痛苦与幸福的理解，与心理底色有绝对关系，生来就面对痛苦，以后就会以痛苦为准线，看什么什么痛苦。若生来就浸在幸福中，那一定是满眼的幸福，看什么什么幸福，一个幸福的人怎么会随便玩命，拿命去铤而走险？我还是建议你别总那么惨兮兮，要学会站上高端去看人生，幸福地生活快乐地创作。其实苦是自己想出来的，比方我刚到美国住的是地下室的，苦不苦？可我把那里看做是好梦成真的作坊，那就珍惜加满足了，于是一派幸福！”

杲昊终于有所松动，“是不是因为胡昌稷是你父亲，你才千方百计救我？告诉我手机的真相！怎么会到废料堆？”

古龙一段认真思考，“即使他不是我的父亲，我也会帮他！他目前孤苦伶仃，有家不能归，那叫亡命天涯……”

“吴纳西已是罪责昭著，为什么大家还跟着他跑？”

“哎，在这不计前嫌的年代，谁会计较他以前做了些什么？只要现在能将事事理顺就能稳坐钓鱼台！再者目前各岗位人员更迭频繁，在乱糟糟一派重组再选择的噪声中，谁还关心位置的轮换，谁坐庄已经不重要，重要的是谁会叼买人心！没告诉你吗？多数人只关心吃饭穿衣！”

“那你打算怎么办？也只关心吃饭穿衣？”杲昊咄咄。

“乘考公务员之机，去找找有关人士，诸如曹健、许童。”

“他们会听你的吗？你刚从国外回来！”杲昊转为担忧。

“怎么会！为什么每个人都长着脑袋？若你一说他就信，那他就用不着也长个脑袋，大家合用一个不就得了？别指着你一说人家就听，都是你说一回人家多一层印象，一朝你的话被证实了人家才会说：咦？这小子不撒谎！这才有了信誉。可这得需要很长的时间去等待！”

杲昊开始有冰消意向，“其实你搞的公司已经很出色，接着搞下去就很好，为什么偏偏转向政治，关心这些理还乱的人际关系？这事很麻烦，有时会无谓地耗掉你宝贵的生命资源！”

“是基因遗传？爱管闲事这一点绝对像父亲。真的，我心里绝不是只装着自己，眼下沉渣四起，沸反盈天，所到之处一派披靡，我不忍一旁袖手，决定投身试之！我所寄希望的就是考上公务员，亲手去收拾金瓯一片！我深信社会需要我，无辜者更需要我！”

“无辜者？”杲昊下意识地一震，因为从古龙的眼神她看出，无辜者正是指她杲昊，目前，她确实需要他。

“是啊！就像你这样的优秀人物，为什么总是在厄运里挣扎？就是因为你没有一个强硬的支撑，任凭恶势力随意践踏！我就是要圈出一块领地给你自由驰骋，而我就扼守在大门，谁也别想进去恶搞，哪怕一生就做成这一件事！”古龙的信誓旦旦是以肝胆相照为底色。

杲昊的震撼延续着，又扯出一天的谢恩——人类最宝贵的互助资源。她被感动得泪雨纷纷，久久没有语言的注释！

“我自信我有这个能力，而且不会轻易改变初衷。临去留学我向母亲郑重承诺，我会改变她的命运，我做到了，我公司的钱可以再造一个母亲！可她仍不满意，她觉得应该有自己的领地，而且对父亲应该有一个确切的惩罚，她也做到了，于是回老家颐养天年去了！她总算圆了自己的梦，也了却了自己的一个重大心愿！”

杲昊瞪大泪眼，强力切断泪线，“如何圆梦的？”

“她卖了父亲的待遇分房，卖到一千万！后半生她定是心满意足！”

杲昊对古龙的信义绝对刮目，潜意识里又翻腾着他失去住房的遗憾，以后他可住哪呢？于是下意识地问，“谁出手就是一千万！”

“就是父亲的司机吴畏！吴纳西的本家加老乡！父亲的冷血杀手！”

杲昊混沌的思维顿然周天寥廓，“胡昌稷不等于吴纳西！”

古龙忘乎所以拉住杲昊的手，“总算百川归海，达成共识！”

34

陶韬得到阮经纶的资金援助，一个跨世纪的大项目轰然启动。这一项目包括精神、物质两个文明，宏大而崇高，就连当事人都心潮汹涌。

两个人聚在一起整整策划了七天七夜，一个惊世骇俗的完美方案震撼出炉！最先定格的是名字——“万里救治艺术团”。救治是阮经纶的职责，艺术团是陶韬的领地，其宗旨是艺术搭台医疗唱戏，只要搭上边就给一个身心健康。接下来确立的是权、责、利的分派，权，阮经纶分管医疗队伍的运转调度，陶韬负责艺术团的管理运行。责，阮经纶实施救死扶伤，弘扬中华医道，陶韬负责道义宣传，匡正社会民风。利，阮经纶出资购买设备，陶韬出力组建队伍，所得利润除用于再生产二人平分。再接下来就是各种规章制度的制定，此项工作二人做得比较细，七天时间有五天花费在规章制度的研讨上。细到每一个人每一件事，二十四小时运转不出错，力争每分每秒都有章可依，一旦有事便有章可循有法可依，比门捷列夫周期表还系统！

虽说二人是自愿结合合作共赢，但还是权、责、利清楚分明，定好章程二人到法律部门进行了公证，又办全了执照，便分头去做战前准备。

陶韬负责队伍组建，阮经纶那边比较简单，他会带上部分骨干，再到中医学院毕业生中招募几个高才，由阮经纶栽培就是，师傅领进门修行在个人，就看各自的道行，是不是成才，有阮经纶把关谅也出不了大格。阮经纶也用不着什么医疗设备，只带几个指头把脉，再加上一张纸开方。不像西医每诊断一种病，就得借助一种仪器。要不怎么说中医就是大国医道呢？一切诊断尽在阮经纶的头脑，简单而神效！

麻烦的是艺术团的组建，艺术是精神层面的事，不但求共性还要求个性，其样式越典型越独特越好。至于演员有一身绝技就更好，可符合这些条件的，早各自找门路或被别人选走了，谁还等在那里空耗？谁都知道生命苦短，得闪就闪。市面上一般般、中下等人才居多，可他的“万里”是要惊世骇俗的，不是惊世骇俗也得独树一帜，他的目的就是要创牌子，怎么也得与阮经纶的医术相匹配，他那边高精尖，陶韬这里怎么可以是一般般？一连几天陶韬都是无所适从，无能为力。

经过几天的沉思默想终于有所开窍，其实也不必专寻名人，那倒有拉大旗之嫌，应该是他陶韬为人旗帜，怎么可以人为我旗？组建嘛，首先就要刻上自己的印记，带着别人的气味岂不搅和了？这样一想陶韬便豁然开悟，那就选纯天然的，所谓的原生态。只要天然素质好，稍加调教就让他们出道，在实践的历练中再让他们各成风格。这样一来，还会有一连串的优势，首先他们没有框框，你怎么教他们就怎么学，可塑性大。再者，由于没有身份地位的哄抬人就谦虚好教，感恩心又极强，对他们稍示恩惠就会感谢你一辈子！另外加上急于出道，肯定不会计较薪金之类的多少。这样，对于刚起步的陶韬是再合适不过，仅工资就会省下一大块，生活费也不会过于奢靡，名角则不同，全靠金钱喂着。

想好之后，陶韬开始大幅度运作。首先高价聘了个一流的导演。汤舟是省歌舞剧院的导演，因为锐意改革创新，遭到保守派的排挤，不得已在家赋闲泡着。锐意进取的他怎甘寂寞，便思谋着办个个体流动剧团之类。陶韬原本是找他出谋划策，不想，两人一拍即合，于是进了陶韬的麾下，陶韬暗自庆幸天助我也，随后方案便迅速推进。

接下来就是汤舟的魅力，他在省各大院团挖来四名顶尖名角，歌、舞、曲艺、地方戏各一位，顶级键盘手一名，顶级音响师一名。六位的工资均按创收的5%提成。剧团终于有了四梁八柱，陶韬这才放下心。

演员到位后，汤舟便开始了闪电式的编组、培训，四位名角分成四个小组，各自作为领班。在选来的准演员中视其才艺，编入到各组中去。

培训是强化型，因为流动演出车一到位，他们就得马上出发，而且沿路就得演出，这就需要一台完整的能拿得出手的节目，市场无情，只有需要没有包容！要想迅速打开市场，使腰包鼓起来就得搏命，就得用生命去演绎，拿出精品才能卖出高价。

汤舟是个强力意志者，凡事不认输，此前只靠他一己之力，就显得太绵薄。如今，能得到这样一块宝贵阵地也实属不易！若单靠他自己启动资金就是问题，仅这一辆车就得上百万，还得略加装饰，装饰没有几万是打不住的，还有演员们在培训期间的吃住又得几万。另外，沿途的吃、喝、住宿，车辆用油等一系列开销，又得是一大笔，就算砸出骨髓他也负担不起。眼下，有了这样一个启动平台，他如何能不珍惜，于是铆足劲昼夜运转。最后敲定编制：独唱男女各一，独舞男女各一，相声一对，大鼓一对，二人转一对，小品暂定五人，京剧、评剧、豫剧、黄梅戏、越剧清唱各一位，再加上四位名角、键盘手、音响师，算下来固定演职人员就是二十六人，再加上导演、编剧整整二十八人，谐音双发，是个吉祥数字。这样，凡是招聘人员基本都定了位，自是皆大欢喜！目前只有编剧是个空缺，那是给欧阳涓涓留的，由于欧阳涓涓没能投资，又看着陶韬红红火火地干了起来，心里有些不好意思，于是迟迟没到位，最后是不是能加盟就看陶韬的诚意，编剧一直空着，那便是示诚的铁证。

目前的定编只是暂时的，剧团提倡一专多能，有谁能身兼多职，那就会被推为拔尖人才，待遇会水涨船高！将来的路子是尾数淘汰，能者上庸者下，剧团只保持十五人左右，乐器就是一台多功能电子琴，所以人人都得练出一身绝技才能留下来，减员增效便是随后的事！

一轮排练组合，节目已经很像样，四位名角自然领衔担纲。独唱和舞蹈一类都是原创，以颂扬地域风貌、文化风情为主，又辅以时尚、现代气息。曲艺、小品类定位是走一路演一路，就以当地的民俗民情为主旋，现编现演，这一重任陶韬就留给了欧阳涓涓，能不能胜任，就看欧阳涓涓的兴趣，陶韬知道她完全有这个能力。

陶韬见剧团前期准备均已四脚落地，就等着巡演彩车到位，这才心安理得地去安排自己的事。行前他还有三件事要做，首先是自己的老母亲，这是他一生中唯此为大的事。父亲去世早，当他刚参加工作赚到第一笔钱，就恭恭敬敬地献到母亲面前，同时郑重承诺，他走到哪就将母亲带到哪，要让母亲天天看到自己，要以自己的存在，让母亲感到她是世界上最幸福的人。此番行程他一定得将母亲带上，让母亲不离不弃地黏在身边。更要紧的是，他可以借机让母亲游览祖国的大好河山。母亲是个乐天好动的人，她会乐此不疲。其次，夫人也得带上，虽说是为毛主席像章的事打过她，可母亲是一刻也离不开她。最后就是游说欧阳涓涓加盟，他知道这不是件很难的事，因为除了投资他们中间再没什么障碍。他对欧阳涓涓是有恩的，别说此事对她有利可图，就是无利，他一声号令欧阳涓涓也会积极响应，只是被投资的事硌着，欧阳涓涓尚未找到下坡的台阶，只要给她个台阶就没问题了。

孩子们都大学毕业在外面谋了职，此次外出还可以去看看他们。此番外出，一家人进行了仔细研讨，今后基本上是在外闯荡了，目前这个家就留作仓库，除了日常必需用品随身携带其余一概处理掉，家徒四壁的，也免去遭贼火灾等意外。最重要的就是存折，将大钱小钱一概存到一个折子上随身携带，以便于管理，再设一个卡，将新赚来的钱一笔笔存到卡上。这样他们就"穷"得就只剩下钱了！一身轻松无牵无挂，人走家搬云游天下！这对陶韬的生活是个分水岭，此后，他将以四海为家！

35

古龙顺利通过了公务员笔试，最后一关是答辩。答辩主要是考查一个人的应变能力。对公务员更多了几层意义：为人素质、思想韬略、胸怀眼界、文化修养，是个全方位的考核。这不是一朝一夕的事，所以古龙从容以对。几年来的留学生涯，早将他锻为拥旄杖节之士，劈山引水架桥开路，刀枪剑戟各成套路。什么是素质？那可是先天造就和后天历练的叠加，那是一种品位的标志，古龙占尽先机，从出生那天起就开始了马拉松式的锻冶。思想韬略，在他父亲的引领下，早将用人、治世蓝图一步步绘进了骨子。至于胸怀眼界、文化修养，留学期间便达到了峰值。他拥有最前沿的新鲜信息，掌握最新式的方法论，独占全球最高层次的文化修养，答辩成了他展示的平台，深邃高远华彩丰厚。

古龙先概括讲述了世界形势和所处水平，然后便强调人力资源开掘利用的重要。人是最可宝贵的资源，由于统治者的偏见和固执，扼杀了多少志士仁人！令多少人在世间白走一回！世界上没有蠢材，只有放错了岗位的天才，就是因为统治者的无视，才将一批批人才泯为蠢材！

古龙讲到这，评委们一派唏嘘。其他答辩者只回答几个问题，或只给一两分钟，可古龙的答辩已是十多分钟，主考居然还让他接着谈，而且一再命题，又让他论述如何确保这些政策的落实，不能只纸上谈兵。

古龙略加思考便说，这得具体问题具体分析，比方油城有个中医大夫叫阮经纶，有一手专治疑难杂症的绝活，而且药到病除，目前就是缺少对症的昂贵药材。为什么昂贵？就是因为稀少，正因为稀少机会也就来了。这就可以调动各类人才，分头去搞土质、栽培、制作等一条龙药材生产线，这得需要多少人才？就以志愿者的形式举国招募，包括考察土质的、研究栽培的以及药材成品制作的，一大批志愿者有了自己喜爱的岗位，经过一段历练就成为尖子，而高精尖就是财富的代名词，每个人都在自己的岗位去创造财富，还用得着去行贿受贿吗？社会恶习，绝对与曲扭的制度有关！天之道，利而不害；人之道，为而不争。一个良性循环就会水到渠成！替代产业有了，资源大市也就不必担忧资源枯竭问题！油城的后顾之忧是不是迎刃而解？

主考官终于频频点头，展示一种由衷的赞许。

就在此时进来一位女士，沉沉稳稳在考官后排落座，带着一脸的威严。大家向她致意，她却视若不见，只是直直地盯着答辩席上的古龙。

古龙经过一番辨认，看出那就是省组织部部长曹健，面若皓月，目似流星，顾盼神飞之间，涌动着生杀大权，一派强力与果决。有十多年没见到她了，虽说与当年的铁腕强女一脉相承，但毕竟多了些老到、跋扈和刚愎自用。这就是政治上置许童于死地的曹健，这就是情场上置杲昊于死地的曹健，这就是心灵上置佫佫于死地的曹健！而她却是正义的化身，清正的代表，与时俱进的样板！矛盾吗？可疑吗？她是可以信赖的吗？他从杲昊那窃来的杀人犯吴畏的铁证，可以交给她吗？她能法办吴畏吗？她能铲除吴纳西吗？她能惩治许童吗？如此看来，她虽不是胡昌稷的杀手却也不是同道，不然父亲完全可以仰仗曹健的实力，将他的那个乱摊子予以匡正，何致灰头土脸地逃之夭夭，至今有家不能归！这一连串的疑问，在古龙大脑形成一个旋涡，搅得他竟没听见主考的下一轮提问，他呆呆地立在那，愣愣地盯着曹健，局面顿然失控。

“继续吧，我就是来看看。”曹健被盯得有些不自在，“听说你这个古龙很厉害，见识见识！继续、继续！”

到底是老到的省组织部部长，挥手间就将局面摆平。这回该轮到古龙手足无措了，因为他没听到主考问了什么，不知该如何继续。好歹是见过大世面的海归，古龙也瞬间调整好心态，扯着很大的张力与前一轮接轨。他平静地提议，请主考再重复一遍考题。主考善意地笑笑重复提问：考没考虑上下通融？若是上级不同意你的意见，你会怎么办？这问题够刁，古龙刚论述了集权的优势，就顶针碰地让他选择如何服从与放弃。古龙被逼进死胡同，未敢翻身已碰头。他认真地思考了半晌，给出了自己的答案，但毕竟是临时发挥，对错全凭考官的良知。

好，你可以下去了！结果等通知！主考官终于画了句号。

古龙怅然若失地出了考场，他没能与曹健单独会面，对于这个正义的化身，古龙终于失之交臂。那份证据是不是能将恶势铲除，他也含糊了。交出去也许会石沉大海，也许会招来杀身之祸。其实，这么大的案件，曹健能一无所知吗？若是她知道，案子为什么拖了这么长时间？让凶犯就那么逍遥法外？这可是司马昭之心了！

应该去看看许童，看他是什么态度？大家都认为他是父亲胡昌稷的后台，就像胡昌稷是吴纳西的后台，其实都是貌合神离的。正因为胡昌稷是吴纳西的后台，吴纳西才有隙将赃栽到胡昌稷的头上，吴纳西这才大模大样地入主市长的宝座。如此看来，目前仍是一派血腥，哪有正义的立足呢？只有沸反盈天的沉渣在肆无忌惮地翻飞。

许童，他是曹健的上司，两人的不和早已是路人皆知。此番考核许童为什么不来？这可正经是他的势力范围。其实许童的不仁，也是对立面给炒出来的，就像胡昌稷之于吴纳西，谁知许童与曹健是不是也会如此？面对沉渣四起的时局，真真是雾失楼台了！不管怎样，见了许童自然会看出个一二，心里想着，便向许童处出发。

刚走几步，迎面走来一位男子还带着一个男孩，貌似神也似。越来越近的距离，竟将那男子的目光引了过来，盯得古龙好生不自在。

“是胡小龙吧？答辩结束了？”男子停下脚步。

古龙不能再无视，于是也停了脚步，瞬间看出那是佫恪！

“我是佫恪，不认识了？”佫恪热情地伸出手与古龙相握。

“哦……佫哥！你也参与考核？”古龙信马由缰，他在考察佫恪如何就会迷倒两个强力女人。这个中德混血儿确实非同凡响，周身散发着顶级美男的魅力，日耳曼的高贵血统加之泱泱中华的深邃内涵，又是中德文化的共同教化，怎一个顶级了得！白马王子这个词，已是相形见绌了！十年前，在自家门口，竟然将他骂了个淋漓酣畅。

“孩子病了，刚去医院打过针，闹着要找妈妈，就带他过来。见过曹部长了？部长对你可是极为欣赏，得知你在答辩，就来亲自听。”

古龙听出佫恪对部长绝对是敬爱有加，哪里存在一点点勉强，原来佫恪竟是如此容易改造！古龙又瞥了一眼那个小生命，已是十来岁的翩翩少年，没有丝毫退化的迹象，依然是一个小白马王子！人家可是夫妻父子生活得红红火火，杲昊呢？却还在那里死守阵地，心里封闭得针插不进水泼不进的！还想找回昔日的缱绻吗？仅这个小生命就是难以逾越的铁障！杲昊啊杲昊，你就认了命吧！别再自欺欺人了！

“杲昊病了！你知道吗？”古龙满心的酸楚与不平。

“是吗？”佫恪平平淡淡，但不可掩饰地看了儿子一眼。

“格林巴力综合征，她已经瘫痪了！”古龙满负荷谴责。

佫恪一震，动了元气的样子。又竭尽全力稳了稳神，“你要去哪儿？”

“去看许童伯伯，总不能忘恩负义！”古龙一语双关，话锋犀利。

“还不知道啊？他脑血栓整个植物人了！我是医院刚看过的！”

古龙急匆匆一路去了医院，呈现在他面前的，竟是一个尚有一口气的木乃伊，绝对出乎意料！干瘦的许童，再也没有了昔日的霸气！

36

欧阳涓涓突然接到陶韬的电话，说让她给“万里救治艺术团”的节目把把关。心有灵犀的欧阳涓涓，早从陶韬的语气里读出他是在给她台阶下，她深知陶韬的剧团是绝对离不开她的。以前，他就用惯了她写的剧本，业务上他们早已达成默契，可囿于此前的投资，一直没再很好地正面沟通。谅他也沉不住气，于是欣然前往。

自上次聚会，欧阳涓涓得知，陶、阮搞艺术团的另一个目的，是要万里寻找他们的恩人胡昌稷。他们自认原来的显赫都是胡昌稷给的，虽说各自都很努力，可没有胡昌稷的鼎力也不会那么顺风，如此看来都是有血有肉知恩图报的主儿。不过欧阳涓涓可没承过胡昌稷什么恩，甚至连面都没正式见过，见也是各种会议上远远地，连鼻子眼都分不清。其实，她没有义务同他们混到一起，跋山涉水的，那一路的颠簸也是极辛苦。她现在已经过惯了悠闲自在的生活，一切都随着自己的意愿。什么是天堂？不是已有人给自己下了身居天堂的定论吗？她怎么能随便丢弃呢？她没主动去找陶韬，正是舍不下自己营造的这方天堂！

转而又想，如果这样长此下去，她的业务可就会彻底荒废了。关在家里闭门造车的剧本，一个个投出去，一个个又退了回来。细想想，也不只是圈子的问题，哪个剧团不是与时俱进的，观众需要什么就随时调整。再者，现在能写剧本的多了去了，修修改改都能对付着用。目前不是流行港台模式吗？班子先搭起来，选好演员马上为演员量身定做，一路演，一路编，戏演完了本子才写完，编剧导演一条龙了！

这样看来，进陶韬的剧团，对自己的创作生涯已是不可或缺，打磨几年成为大师也未见得。所谓大师也不是与生俱来，都是后天学习、实践才一步步成就的。读书时，老师就一再强调，懒惰乃万恶之渊薮，目前的贪图享受究其根源就是懒惰，这样下去，肯定是意志渐趋薄弱，能力日见降低，泯然众人就在眼前！她欧阳涓涓也不差什么，为什么要自暴自弃？当年也是分秒必争寸土不让的，如今这是怎么了？

寻找胡昌稷究竟是不是自己的目的，也不必去认真去计较，七人小舰队最原始的动议，也是鉴于大家都是下岗人员，聚在一起，彼此是个映衬，在心理上找找平衡。经过一段磨合大家又都视彼此为知己，在不如人的岁月里，也好有个照应，这样想过欧阳涓涓也就义无反顾了。

她知道，这一去就彻底打破了目前的生活格局，个人的生活就会变得简单凑合，她已不再需要那些奢侈品。行李最好是军用的，防潮、保暖，结实、耐用，抗拉抗拽抗蹬抗踹。她花六千元买的鄂尔多斯羊绒毯，基本派不上用场了，她伸手抚了抚那柔软的、极为肉感的驼底白花羊绒毯，被一种惜别之情控制着，此前，每日二十四小时有一半的时间拥着它，温暖、轻柔、舒适，她得到的是亲人般的超级关呵护。就要告别了，她总不能把这么奢华的毛毯拉出去糟蹋，放起来，就放到装裘皮大衣的那个樟木箱里，防蛀、防潮、防腐，她得让这个毛毯完好无损。

服装最好是工作服，不怕脏不怕累，每天二十四小时穿着都不会有惋惜感。物美价廉好洗易干，若遇上南方雨多潮湿稍事晾晒就去湿气。她在市剧团时，发了几身编剧服，与导演的样式相差无几，只是左胸前换了编剧俩字。上下都是米色，与土色相去不远，所以不怕脏不怕累，穿多久都看不出是洁还是脏。她打开衣柜，里面挂得已是层层叠叠。欧阳涓涓人美，所以需要各式服装的衬托，这才显出红花绿叶的功效。服装是按四季分派的，春，颜色多是水粉、银红，行走在草色遥看近却无的大地上，一如桃开杏放。夏，色彩多为鹅黄、奶白，与葱茏青翠的草木互为反差，也是极为醒目扎眼。秋，彩调多用淡蓝、浅紫，于衰草枯杨中穿行，大地会平添一抹耀眼的亮丽。冬，调色多取大红、深黑，与无垠的飞雪互为对比，青红皂白，雌雄扑朔。此后她不用再拿这些外包装来映衬，只需几身工作服来换洗，以确保不出汗馊味。一如外包工，一刻不停地工作在第一线，欠不欠工钱就看陶韬的心地与能力。唉！谁让你与人结盟呢？结盟就意味着束缚，意味着没有了自由，做起事来就必须接受人家的牵扯！认了吧，不是还有个大目标，找回昔日的价值吗？

需要带些什么书呢？是莎士比亚？普契尼？布莱希特？还是尤内斯库？唉！现代人谁还需要这些，目前是刘项本来不读书！就瞄准时尚流行再加上逗乐儿，一准儿就受欢迎！那就只带部字典，遇上疑难杂字翻翻查查，免得跟不识字似的落下笑柄！欧阳涓涓将她一柜的经典上了锁，从此形同路人。她本人是不是很快下滑，泯然众人，就看陶韬的剧团会坚持多久，他们的结盟何时结束！当她不再受牵扯的日子重临，也许会再捧经典！不过那是以后的事，等来了再说。

在查阅经典时，无意的一瞥，看到了她的影像专库。为了方便，那也是按类别分档的。比如，历程类、成就类、服装类、风光类等等。

欧阳涓涓含泪，将这些昔日的脚印浏览了一遍，算是对已逝岁月的追悼，感慨而伤怀。日后她还会继续将它们延伸下去，当生命终结，这些专辑便会自行合拢。是不是会有人再翻，就看她的成就，或者是不是能将自己打造成大师。唉……成功的概率能有多少呢？

欧阳涓涓自认有三件宝，那就是书库、影库、行头，她仔仔细细将这些宝贝一一封存，真真是窃攀屈宋宜方驾，颇学阴何苦用心！

欧阳涓涓收藏好心爱的宝贝，准备再吃一顿自己亲手做的美食。她一直保持着亲手做饭的习惯，倒不是山炮不懂得享受，而是对厨子的不信任。当今世间食品添加剂如此丰富多彩，稍微动动手脚就是一个新境界。色、香、味构筑的万花筒，包容着足量、高质的人为毒素，眼看着医院已是人满为患，她可不想再去凑那个热闹。所以认可辛苦些，也要确保每餐的毒素不至于超标。她的粮食都是从农村运来的，那是她下乡体验生活结识的农民朋友干的，绝对是保质保量的农家肥产品。副食也力争山鸡笨蛋、菜猪草羊。平常应时小菜，更是必须亲自采购，她专挑干瘦坚挺带虫眼的，那些鲜嫩肥脆、易折易损的从不入她的菜篮子。尤其是商店里的合成品、半合成品更是被她拒之门外。她从不吃小食品和熟制品，更不进麦当劳、冷饮店。朋友们都挖苦她土包子，她却是听之任之一意孤行！她还真就很少进医院，快近不惑之年，依然是白里透红的肤色，轻捷强健的脚步，笔挺优美的腰身，所到之处一派倾倒。

此次出马，可一次性解决这两大问题。首先，先解决圈子问题，陶韬选择了她，就说明他绝对拿她当圈里人，她的剧本当然优先录用。另外她可以去了解大众需要什么、社会需要什么，这样她的剧本就不会遭受退稿的厄运！久而久之，也许一个戏剧大师就横空出世！

欧阳涓涓的出现，令剧团全员欢欣鼓舞。她是以编剧加艺术总监定位的，又加上她本人的风采气质，于是扯着一天的光环震撼登场。全体演员早候在那里，等待欧阳涓涓的指点迷津。

陶韬知道欧阳涓涓只要到场，那就说明她已经决定入围，不然她会找一百个理由推掉，陶韬给她预留的这个职位，总算平安软着陆。

一番调度，剧团节目一一登场，欧阳涓涓仔细过目，当流水线在她眼前收尾，她提出了两大建议。第一，目前民间多喜欢佛事修行，那就多加几个佛教内容的节目，类似舞蹈《千手观音》那种，多庄严多新奇！第二，就是自已开伙，既节俭又卫生，轮班上灶，还能造就一批大厨！

就在这时，阮经纶向他们通报，古龙将欣赏他们的文艺节目。

37

古龙完成了公务员考试，一直找机会与曹健会面，吴畏的作案录像就攥在他手里，总不能将这样一份重要证据窝在那里，失去它应有的作用！就这样他在省里转了几天都未能遂愿，最后他决定到曹健的办公室闯一闯，指不定就另辟蹊径。

公交车绕扯了半天才靠近了省政府大门，下了车又绕扯了半天，才通过门警的安检，这才轮到值班窗口的登记、盘查，当问到是要找省组织部部长曹健，值班人员又小心翼翼，电话联系曹健的秘书，秘书通过摄像看到是古龙，又将古龙的信息传给曹健，曹健竟然一口回绝，她说凡是参加公务员考试的，一个月内不得与她单独接触，为的是避嫌、避贿也避先验定势，于公于私都有好处。就这样古龙被无情地拒之门外，手中攥着的命案铁证，也成了闲置摆设。

仔细一想也没什么不好，案子已拖了这么久，也不差这一个月，指不定因为这案子，还会影响曹健对自己的印象值，那就得不偿失。等考试结果出来，自己又被录用，能正式参政议政之后，再提起这段公案岂不更有力度。再者，还可以深层地与杲昊等探讨如何破案更把握，然后再从容不迫地一步步推进，以确保万无一失。

这样想过心情也渐趋平和，这才腾出意识四处环顾，古龙发现门口正站着一位青年，一脸的沮丧。仔细端详又似曾相识，英武强力高深睿智，是个做领导的好料子。有意无意之间，脑海里突然跳出那青年在答辩场上的样子。瞬间的聚焦，意识到这青年是与他同场的考生，看来也是一位准公务员。若他们都能如愿以偿被录取，就有可能成为同事，最起码是同行，业务上的事也少不了经常沟通。

闪念间古龙突发奇想，不如现在就交个朋友，关键时刻也好彼此关照，免得现用现交半生不熟的，指不定就会遭受意想不到的绊磕。目前的人际关系是如此脆弱，稍不留神就会埋下相克的种子，趁着还是一张白纸，就将关系夯实，以后就是哥们朋友的，有事就能相互照应，有了矛盾也能彼此谅解。人是很看重最原始友谊的，不然怎么就会有老同学老朋友之说？尤其是学龄前或中小学的友好，终生都难以忘怀，那叫一个瓷实！大概就是两小无猜的缘故吧。

一番仔细思考，古龙上前打招呼，“我是古龙，我们是同场考生！”

“是啊！”对方有些矜持，“你不叫古龙，你应该叫胡小龙……”

“哦，对对，你怎么知道古龙就是胡小龙？”古龙有些疑惑。

“哎呀，答辩场上你鸿篇巨制，早令四座皆惊，谁不想记住你的大名呢？大丈夫坐不更名，站不改姓，我叫伊腾飞！”说着转身离开省政府大门，一路向公交车站走去，身后自然粘连着古龙。

这举措对古龙是个极大冲击，某种意义先输了一筹，不过他倒觉得遇上了一个君子，君子坦荡荡嘛。于是，身不由己地被伊腾飞粘连着越走越远，不觉来到公交车站。古龙看看表，距返程车还有近三小时的时间，这可是与伊腾飞深层交往的极好机会，他不想放过这一机会，于是极恳切地发出邀请，“省城相遇又是同场考生，这可是个概率缘分，我很珍视，如果你没有急事不妨彼此交流……我们就到省城最抢眼的中心公园去逛逛，那儿有各种特色小吃，我请客！”

看到古龙赔着小心的样子，伊腾飞不忍违忤，于是招手打的去了省城中心公园。两人找了个游客稀少的背静处坐下来，各自选了自己喜爱的小吃，慢慢品尝着，心与心的交流就在升腾的美味间渐次渗透。

“你了解我吗？”古龙想了解伊腾飞，于是抛砖引玉。

“你不是市长胡昌稷的儿子吗？你父亲竟然将一市的命运，交给了吴纳西这样的败类，而省里居然听之任之！目前这一市的大事小情都由吴纳西掌控，一派人妖颠倒！许童也紧步你父亲的后尘，居然病倒撒手不管了！就只能找曹健，是不是能拨乱反正就看她的举措了！”

“你如此了如指掌，看来我们是同一个城市的，而且面临着同一个问题！这可是有的探讨了……那就先摆摆人妖颠倒的例子，你是哪个单位的？”古龙一如遇上了知音。

“哎呀！例子那是一抓一把！”伊腾飞跟控诉万恶的旧社会似的一脸的苦大仇深，“我是联合大学的毕业生……校长倪莳萝将学校治理得井井有条，就因为阕大德是吴纳西的铁哥们儿，这就拉好了架势抢班夺权，目前正四处活动，眼看就要得逞了！倪莳萝还年纪轻轻，听说就要退二线了！你说这让人受得了受不了？这不是没有规矩方圆了吗？”

伊腾飞调整了一下行将爆炸的情绪，又将话题续上去，“倪莳萝还有个异姓妹妹杲昊，在广电集团工作，就因为报道了霓彩化工公司的命案，不知触动了谁的神经，愣被吊销了记者证，那么一个优秀的记者居然下岗了！工作关系已移交人才交流中心，她人也不知其下落！一个好端端的广播电视集团，竟成了狐兔鬼怪出入之所！”

“所以我们要努力登上这个市的管理机构，用我们的真诚、智慧和能力，彻底改变目前的局面！”受了伊腾飞的激励，古龙难按心中的愤懑，于是言辞铿锵，那是铲除恶势力的宣誓。

第一个回合的火线碰撞，两人便达成共识。接下来两人毫无避讳地将话题延伸到全市的每一个角落。从达生命案到达生三结义的密谋，从吴纳西的出身到他的发迹，从胡昌稷的变态到阵地的丧失，从新旧势力的更迭到目前的沉渣四起，他们先将弊端梳理得一清二楚。

第二轮的碰撞已是心心相印，铜墙铁壁般的友谊，就在一张白纸阶段缔结了盟约。此后，他们会以朋友相处。二月当空，虽不如太阳的炙热，却是宁静而长久，使人生之路，不再是一种坎坷。

经过短短的休憩与调整，又有了诸多话题，不觉又进入第三轮碰撞。

“你熟悉杲昊吗？”古龙想知道伊腾飞对杲昊印象值。

“当然，很熟！她是倪莳萝的妹妹，我是倪莳萝的弟子，我们常在倪莳萝那里见面。人很冷，一天的凄寂！你想知道她那一天的阴云是谁给布下的吗？”伊腾飞仍操着控诉的态势，一脸的刀枪剑戟。

“谁？”古龙想印证，于是信口一问。

“曹健的丈夫！也可以说是曹健！正义的化身！”伊腾飞愤愤然。

“也是特殊情况，佫恪从国外回来去丹家崖找过杲昊，可她已被倪莳萝带走又更名改姓，就在这个当口曹健找上了他。”古龙息事宁人。

“那就投降了？再等等不就解决了？还是佫恪不够坚定，倪莳萝为了杲昊怎么就能终身不娶？目前正为她的失踪肝肠寸断！佫恪怎么就做不到？若是我也能做到！你呢？”

这一问，正砸在古龙的心尖上。一直潜藏在心灵深处的隐私，被伊腾飞无意间挖出来晒太阳，他顿然感到一阵切肤之痛。等？等她还有意义吗？既然她心若磐石，那她就永远属于佫恪！其实人与人的相处，最可宝贵的就是吸引，那超出意志力的引力，绝对是一种心甘情愿！此刻古龙没有一句话，他觉得任何语言都是一种摧残。

“你肯定没见过！不然你不会那么冷漠，若说居必就士的话，那她相当值得期待！一如彩虹和时令，既有独立的章节又有绵密的过渡，想找个生命的参照吗？那就非杲昊莫属！”

古龙不能再无视，于是缓缓地将杲昊的行踪描述给了伊腾飞。

伊腾飞爆发式地一跳，“好！我的尊师倪莳萝有救了！”

38

古龙很守信，回来第一件事就是观看万里救治艺术团的节目。阮经纶对古龙的守信十分看重，因为这不但是对艺术团的尊重，更是体现了一个准公务员的良好素质，未来的天下是他们的，务实、诚信就应该放在首位。对个人来说，这是个形象工程，尤其是公务员。因而，阮经纶对艺术团的总体布局，事先也做了充分准备。

接受了欧阳涓涓的建议，序幕采用了以《大名咒》创作的歌、乐、舞组合。音乐缓缓响起，雾气中，着银丝玉缕的白衣观音，踏着荷花滑车，由八位罗汉护佑，缓缓登场。荷花渐渐打开又形成一个小舞台，观音轻歌低吟，八罗汉随机起舞，台后合唱队同时为《大名咒》伴唱，管弦窸窣，余音袅袅，一派祥和！

就在一派祥和中，阮经纶着白衣出诊。因为是彩排，患者尽是从观众中随机抽取的。凭阮经纶的医术，一诊一断没有不准的，从病灶到病因，从病情到病史，诊得那是一清二楚，患者无不称奇。诊病是手段治病是目的，随后阮经纶便为患者开了药方，有的正对应子午流注的，阮经纶便开始下针，针到病解，更是奇之又奇！阮经纶知道，其实这并没什么可奇怪的，不过是顺天应时，顺应自然规律而已。

另外，人还有一个特性，那就是极为神效地接受心理暗示，为什么会有心病一说呢？这就是一种心理暗示！此番他之所以接受了欧阳涓涓的建议，就是因为大家普遍有一种佛祖保佑的心理。就算胡昌稷这样的学者、高官，曾是马列主义武装到牙齿的共产主义战士，不是私下里也供着一尊金佛像吗？可见心理暗示是不受限于意志力的！他真得感谢欧阳涓涓的高见，在这样一种祥和的大背景下，对患者的心理一定是一种大解放，是不是更有助于驱除患者的病魔呢？

一曲祥和的《六字大名咒》，整整延续了二十分钟，阮经纶开了十个药方，做了十个针刺理疗，全是免费的，博得了一片喝彩。随后便获得了几个大企业集团的倾情捐赠，说是提供他们一路的经费。拗不过大家的一片好意，阮经纶决定收下，以用于沿途那些贫困患者的药费。

接下来，又到模拟流动诊所继续把脉，艺术团便进入纯艺术表演。

第一轮是大众喜闻乐见的地方戏，地方戏的剧目根据不同地区可随时调换顺序。比方，在东北就是二人转、评剧打头阵，在中原那就是豫剧、秦腔领先，到了江浙自然就是越剧、黄梅戏领衔了。本场自然是二人转《花木兰》的征途，评剧《花为媒》的报花名。一场下来，观众欢呼雀跃，比看心连心艺术团的节目还兴奋，赚足了观众的喝彩。

第二轮是语言类节目，有欧阳涓涓现创作的小品《火线诊断》，以喜剧形式针砭社会丑恶。其构思奇巧，主题辛辣，足见欧阳涓涓的功底。

第三轮是舞伴歌，或是歌伴舞，由于曲目都是当今最为流行，又加上服装华彩，整台视觉效果绝对富于冲击，直到落幕观众仍迟迟不肯离去，只得加时演出，演员又多次谢幕，直到华灯初上这才得以收场。

阮经纶在加时演出中，也延长了义诊时间，这一义举更是博得一片好评，万里救治艺术团尚未出发就一炮打响，这对业已下岗的闲置人员无疑是一种鼓舞。从此认定人生必须自救，从来就没有什么救世主，他们要重新规划人生走向！

艺术团收到如此效果是古龙意想不到的。于是对阮经纶的敬重又进了一层，这才感到自己在积极进取，搭建人生舞台上还欠许多火候。虽说各人有各人的路子，可大方向还是一致的。他怎么就没想到搞一个万里救治艺术团呢？而且将两个风马牛不相及的行业有机地结合起来，互为映衬彼此增色，使二者都成为了耀眼的星座！另外面对下岗人员，他古龙怎么就没拿出实际行动，让他们重新踏上二次创业的道路？这就等于再造，或是对人生实行延时！阮经纶啊！阮经纶！你怎么不去当市长？

古龙怀着无限的敬意，执意要拜阮经纶为师。这使阮经纶一时不得要领，不得已，阮经纶只好陪古龙于华灯初上的长街漫步，心与心的碰撞，便在完全坦露中绵延开场。

“阮叔叔，你应该去某一个领域干统帅，不然那就是严重的资源浪费！知道吗？人生只有一回！”古龙至诚至笃。

“我这不是已经在我这一亩二分地，当统帅了吗？”

“太小太窄……我是说最起码当市长一类！”

“人与人很难达成共识，当了市长就必须与省长调谐共振，那不是泯灭个性吗？你不想泯灭，就得弄个你死我活……唉，人生苦短呀，若是将精力都用在明争暗斗上，那就一件事也干不成了。换一种活法，找一块僻静之处，别人不屑光顾的地方，干自己的不是更好吗？你父亲是个强力意志者，他容不下我，幸亏时代给了我机会，干个体这不是也很好吗？当初他但凡听我一句话，也不致如此。”

古龙对阮经纶的精辟更加理解，“阮叔，你说我适合做公务员吗？”

阮经纶毫无迟疑，“这里只存在感不感兴趣，绝对不存在适合不适合！海德格尔主张自我设计，萨特也认为人类应该有意识创造自身。你既然选择了公务员，就应该一路走下去，只有一直向前走，才有希望达到光辉的顶点！如果你希望到达顶点，就一定不要向两边看！你的公司也做得不错，我相信你……”

“可我出师不利，父亲的上司许童病倒了，已经成了植物人。这样就没有了坚挺的靠山，以后的路就不好预测。目前，看样子曹健是春风得意，可她对我似乎隔着一层山。由于杲昊的关系，我也对曹健没什么好感。这次在省城，我看到了她丈夫佫恪，居然一派奴才相！想到将来一定要与这类人为伍，就有些反胃。之所以决心拜您为师，就是想得到些真传，或是为我指点迷津！”古龙真诚中透着无奈。

阮经纶沉默了好一会儿，“唉，如今是洪水泛滥，沉渣四起，急需一批大禹。洪水肆虐，治与不治是不一样的，不然大家为什么将大禹奉为神灵？洪灾之年，做些好事大家是不会忘记的！另外，路还是要自己走，靠山固然重要，但靠山也是轮流转，没有一劳永逸！”

古龙自觉无能为力，要迅速扳倒吴纳西，凭他的力量还嫩点。洪灾之年巨澜滔天，搞政治不像搞技术，只一个人熟练操作就没问题了，政治属意识形态，得粘连一大批人共同完成，那是无边无岸横无际涯，一片洪荒中，何时才能踏出路来？于是喟叹连连。

“刚才还踌躇满志，怎么转眼就变卦了？”阮经纶满负荷激将，因为他觉得古龙绝对是块官场的好料。

“我就是想，这无际的洪荒，何时才能辟出一条路？”

“一时做不到，还可以慢慢来！盛夏洪水泛滥，到处都是浊浪排空的，这时候你去治理，那得花多少无谓的力气！若等到秋天，洪水自然下去了，这时再去治理岂不事半功倍？凡事都有个自我清理的过程。”

“那就眼睁睁地看着，黎民百姓被洪灾摧毁？”

“大自然有自己的规律，人类也有自己的规律。为什么提倡天人合一？千万别小看了黎民百姓，每个人都以自己的方式去抗击灾难，有大禹固然是好，可没有大禹的日子，百姓也没在洪荒中灭迹，他们仍然前赴后继地繁衍。灾难能够磨炼意志，痛苦可以激发生机，伟大的幸福正在于战胜了巨大的苦难而产生的生命崇高感！记住，可以绕道，但决不可退缩！”阮经纶绵密论证，精心引导，就看古龙如何接受。

39

拜别了阮经纶，古龙旋风般回到杲昊的住处，一如久别的亲人，古龙不能自控地拥抱了杲昊，属于百分百无性别亲人间的亲情释放，巍巍然若高山，泱泱然似流水。

对于这类举措，杲昊十分不适应，特殊的阅历早将她塑为顽石，坚挺而冷傲。可经过此番生死大劫，她渐渐懂得人情的重要，若是没有古龙的悉心照顾，她不死即残。她接受了古龙，虽是经历了一番违忤性情的伤痛，可她总算感受到情谊的温馨。此前，她并不缺乏这类情谊，倪莳萝的披肝沥胆，方自珍的舍生忘死，佫恪的水深火热，庞贝的悠悠绵亘，甚至是伊腾飞的缠绵缱绻……这一切非但没救她于孤苦，反而压得她几临崩溃，她只好带着累累伤痛一路孤行。

随着年龄的递进，她懂得了如何去保护自己，那就是关紧心灵的大门，看上去虽然有些踽踽，但毕竟少了许多无谓的颠覆。她可以独享安宁，还可以从容地疗伤，更可以腾出手干一些别的事。近十年来，她一直试着这么做，随后便渐次进入常态，一个大牌记者才得以诞生。虽做得很辛苦，但毕竟进入了常人轨道。

也许是对佫恪的淡忘，也许是大病后的感恩，她居然接受了古龙的拥抱，但绝不是佫恪意义上的！无论如何她能容忍古龙如此近距离，能允许古龙的搅扰得以立足。人毕竟是群居动物，免不了磕磕碰碰，好在一番巨变后，她能看到人与人的不可分割，这才能接受除佫恪以外的亲密接触！她终于认识到情谊的珍贵和温馨，这一重大改变，应该是秉性的微小迁移。有道是江山好改禀性难移，为了生存，为了能在前进中少一些坎坷，难移也得移！这大概就是海德格尔的自我设计，不然，上帝为什么没给亚当设定特别的形式，致使人类一如多变的海神！

古龙看到杲昊怔怔然，知道自己有些冒失。多方测试，他知道杲昊的心里依然容不下佫恪以外的人，因而她设有厚厚的保护膜，那膜是如此敏感、如此坚韧，甚至带有高压电，古龙自觉受伤不轻。但为了与杲昊的关系绵延下去，他必须巧妙地迂回，不然就会形成一个恶性循环。

如何实施迂回转舵呢？那就是保持状态，将现状强行延伸下去，哪怕是十万马力！古龙自知重伤后的他有些力不从心，他真想立刻缴械投降，承认自己的拙劣，但那会产生此地无银的效果。急难中他突然想起给她买的礼物，那是一支价值万元的法国名笔威地文，他是将这支笔作为镇宅之物送给她的，这才靠谱地实施规避。

古龙放开杲昊，从容不迫地打开自己的旅行袋，拿出一个精美的方盒，除去包装竟是一支精致的自来水笔，天蓝色笔身，18K 金笔帽，金光闪闪，移神夺目，高贵的造型代表着毋庸置疑的笔中之王！

“这是我送给你的礼物……当然，目前电脑已经取代了手写，但它象征着笔文化的峰巅，也许这是本世纪最后的书写辉煌，下一个世纪是电脑的天下，所以送你作为镇宅，伴你走好文学创作之路……”

果然奏效，杲昊完全拆除了心理防线，她没有立刻去接古龙手中的笔，而是拿出盒中的发票，她看到上面写着一万零八百元，于是长长地叹了一口气，“唉……真是太奢侈了……”

古龙看到她完全接受了他，才一派释然，“只有你才配用这支笔！”

“为什么？”杲昊不解古龙的感慨，若从创作能力，世上有多少大师可配使这种笔！刚刚起步的她，怎么能是唯一？于是发出质疑。

“凭你的笃实！你是用生命在写，无论是新闻写实，还是正在改行的文学创作！我看过你的手稿，整个是生命的铺陈，虽不能提供万应不变的真理，却具备探索的真诚和勇气，前景难以估量，就看你的坚持！”

杲昊接过笔细细观赏，她感之深深，“只怕辜负了你的一番苦心！”

古龙无奈地笑笑，“你不必那么认真，凡事都那么量化都那么枝蔓清晰。其实有些时候枝便是蔓，蔓也是枝，你就不能浑然一些？你的病完全就是因为这种敏感和过细分别造成的，为什么现在大家都崇尚学佛？佛的一大核心就是无二无别，教人浑然些，这才能凝神敛气，修出大智慧。什么是佛？就是高智慧、高爱心、高功能、高强力、高境界的五高人类，佛即是高人！为什么说佛就在你心中？因为你修炼到佛的境界你就是佛，所以佛就在你心中！”

杲昊不作声了，因为她已被古龙绕得眼花缭乱，于是偃旗息鼓。

“是不是又产生歧义了？那你可真就辜负了我的一片苦心。”古龙将他的满心真诚一路延伸，所到之处一派冲击。

“怎么会？虽说禀性难移难移也得移，就从你这开始！”杲昊誓师。

“好！君子一言！就看你的行动！来，我还有礼物要送你！”

率先出场的是一身白色耸肩连衣裙，杲昊一着身便诞生了一个菲律宾式“铁蝴蝶”。接下来，是一只翡翠手镯，一条珍珠项链，一对大珍珠镶金耳环，一只白金钻戒。古龙一件件依次给杲昊戴上，绝对超豪华！

为履行改变自己的诺言，对古龙的礼物，杲昊不再提任何疑义，就那么一任其随意摆布，担忧之色却不觉跃然脸上。

古龙早将这一切尽收眼底，待他将一切铺排就绪，这才一一为杲昊答疑解惑，“首先你不用担心这些礼物名分的定位，这绝不是男女间的信物，更不是婚姻的链锁，就是一个普通朋友在为你找回平衡！服装饰品，绝对都是身外的身外，只是一个装饰，对你不是需要只是改变。我认为只有你才适合这些东西的映衬，才不致使这些东西黯然失色！当然你的人生使命不是给这些东西做模特，你也许更适合那些灰黑色的工作服。但我替你不公，为什么你就单单不能为它们做模特？我细思忖，除了你的人生使命使然，更重要的是你遇上了一批混蛋，他们无视你的存在。更无视你的昂贵，致使你与这些昂贵的包装无缘！某种意义这是褫夺，是泯灭！幸亏你的强力意志，使你坚持到现在。我既然有缘与你近距离，就有义务为你找找平衡，而且只要条件允许我会持续！”古龙出示一言九鼎——无须证明的绝对誓言。

杲昊已是泪雨涟涟，十几年前，她与佫恪再度分手，就知道眼泪对于她是没有任何意义了，因为唯一一个能解泪中滋味的，已是彻底离她远去！从那以后她的任务就是尘封一切情感，去面对苍白的人生！古龙的一席肺腑，令她几近干涸的心终于又有了泪的浇灌，一时间月迷津渡。

古龙用纸巾为她拭了泪，将话题一路绵延，“我的持续，是在不破坏你人生原则的前提下……另外你不用担心钱，只要我们拥有健康，那活着就是钱！我们有智慧，有能力，赚钱也是工作，只要能工作，钱不是一种伴生吗？出国留学父亲只给了我路费和底线的生活费，我是靠打工才维持得像模像样，那时我就学会了如何创造财富。你知道目前我已是每年几千万的收入，完全是靠自己的力量和智慧！可我突然觉得只靠钱改变不了社会，于是决定转轨，我得去做主宰，给这个资源大市注入最新鲜的活力，到下一个世纪就要它脱胎换骨、改头换面！吴纳西是个自私的盘剥者，只能将局面搞得更糟，我们岂能坐视！”

杲昊终于看到命运的曙光在冉冉升起，从此她似乎有了依托。她自认自己为弱为坤，坤厚载物，德合无疆，含弘光大，品物咸亨。

古龙从杲昊的目光中，终于发现大道统一，未来的舆论阵地总算有了帅主。休整了好一会儿，古龙将省城一行，仔细向杲昊作了汇报。

就在此时，筱晓电话垂询古龙的应试情况。

40

筱晓随阮经纶寻胡昌稷决心已定，随即进行大规模临行前的准备。

经过十天十夜的审慎思考，他还是决定弃此家园跟阮经纶走，因为目前的所谓家园也是临时的，他总不能在这个浴室一直干下去，他总有一天要退休，到那时不走也得走，不如趁早跟着阮经纶另行开辟一个根据地。他不是要种植草药么？就凭他种花植草的能力，种植药材也没什么难！就算将来人老了，也还可以做顾问，那可又是一条好汉！拿着工资，当着顾问，老有所养，心有所系！另外，老市长胡昌稷对他恩重如山，自他参加工作，就在胡昌稷的庇护下自由成长，跟着市长同吃、同住、同工作，从此他有了地位有了尊严，几乎令他忘记了自己的丑。此番行动若是能将老市长救出来，就让他加入现在的队伍，重打鼓另开张。

至于跟古龙暂别一时也没什么，他毕竟还得回来，回来就可以见到古龙。古龙终究还年轻，还有一番大业等着他，电话里古龙说他考得不错，一个国家公务员诞生在即，况且还有杲昊陪着，好像甄诚暂时也不走，他得将小帝请进大瓮，还他本来面目，就像渔夫与金鱼的故事，让那个贪心的老太婆重新找回自己的破木盆！这事绝不能怪甄诚，是小帝率先推倒的第一张多米诺骨牌！自己酿的苦酒，也许喝起来更有滋味！

三大强硬因素，筱晓没有理由再留守，细想想他要了结的事还很多。

首先是他的公职，如此看来他必须提前退休了，退休后工资就能得以确定，不必再担心尾数淘汰一类。目前虽尚且保留他的工资底数，他得付出多大的代价？他得拖着病体去做低他身价百倍的勤杂工，另外还得时时洞察吴纳西的心理动向，只怕他一时不高兴，连勤杂工也难以确保持续，这不是身心都受到惨不忍睹的摧残吗？

于是筱晓勇敢地迈出了第一步，将一纸提前退休报告递了上去。不想，吴纳西还真有现代派的速度，报告递上去的第二天，他就被叫到退休办，问他为何又要提前退，此前不是一口咬定决不提前退休吗？筱晓早有准备，他找王大为给他开了个病情加重的诊断书，筱晓说他需要去外地治病，而且得长期养着，这样领导就不好安排，自己也不忍长期休病假，为不给领导添麻烦，还是提前退休比较妥当。

其实吴纳西早有心将胡昌稷的人统统扫地出门，可那也太明显，为掩人耳目，只好选了几个筱晓这样的软柿子留下来，反正也出不了什么大格。不想筱晓如此长眼，竟然自己主动提出退休，这就省去了许多周折。吴纳西正好顺水推舟，让退休办闪电式办好了筱晓的退休手续，此番叫来谈话纯属走走形式，以更好掩人耳目。就这样双方达成协议，都如愿以偿地各得其所，虽客套于外，却是欣喜于中！

其次是他的家庭，那个悍妇是想聚还是想散至今没有准信，这倒成了大问题，因为有些东西他还想带上，若是将关系确定下来，他也好做决定，这样不长不圆的算怎么回事？于是经过一番精细思考也想出了办法。他将要带走的东西列出了单子，找了个知心人将单子送到家，同时让那人把东西带回来。不想那悍妇一反常态与筱晓谈判了两天两夜。她说从此绝不再欺负筱晓，一心一意同他过日子。

经过一段历练，筱晓已经不再适应同别人一起生活，一个人的生活既简单又顺畅，想干什么就干什么，想吃什么就吃什么，自己做，自己吃，那是创造与品尝的双重享受！只要有了第二个人，就失去了这种风味。一个要尝鸭，一个要品鸡，一个想吃干，一个想喝稀，那不是自找别扭吗？再者衣服也是自己洗自己穿才好，那叫一个托底放心，那叫一个干净清爽！另外，看电视也不用争争讲讲，自己说了算，想看哪个台就拨哪个台，多可心顺意！两人在一起行吗？那得考虑人家是不是也喜欢，尽管人家不说，自己也得自觉！

一些可心小物件也不用东掖西藏，就明晃晃放在那，绝不用担心遗失或者找不见。若有了第二个人，就不能随便乱放，这些小物件虽不值什么钱，可它们随心呀！一旦被别人抓走，就是一个闹心！同那悍妇在一起的时候，他就从没买过自己可心的小物件，偶尔弄一两个，不是找不见就是被她给侵占了！那时筱晓身无分文，要用钱就得事先预算，这才能支出可丁可卯的几个子儿，花完还得向她汇报。那时他活得一直就是飘着，哪还有属于自己的附属品！现在多好，他买了短把小勺，不锈钢笊篱，搪瓷小套盆，既精致又顺手！还有一把张小泉剪刀和一只不锈钢胆的保温瓶，别提多可心了！放在那里看着、用着，也用不着谁来品头论足，他终于有了属于自己的身外之物！一种领主的美好感觉油然而生！尽管微不足道，但却是感觉良好！他也有理由与现代人一起，来共同分享同一个感受，那就是，自己觉着好才是真的好！

若与那悍妇再凑到一起，时间一久，一准儿会退回到老样子，再到哪去找这种好心情！江山好改，禀性难移！那悍妇怎么会随便改变自己呢？这样想过筱晓铁了一条心，悍妇无论如何赔礼道歉，他就是不肯松口，离婚已成定局。悍妇实在没办法，就长途电话搬动了儿子。儿子在电话中向筱晓求情，他说父母还是原装的好！儿子是筱晓的唯一，于是离婚的事便不了了之，筱晓的家庭就这样处于名存实亡的半停滞状态！

解决了家庭问题，筱晓开始处理他伺弄的几盆花，木本的喜干，就交给杲昊，她身体不好，正好不用经常浇水，就看着它们成长就得。

盆栽花卉有了着落，剩下的就是后院那个花园了。经过一春的侍弄花园已经十分像样，只怕他走后再无人照料，蓬生野长的，那可就一准儿走劲了。就算有人照料，也存在两种不利因素。其一，根本就不喜欢天方地圆或八卦阴阳的，那他走后就一定是推翻重来，再弄成什么样子只有天知道！其二，就是不解其意的，春来也不进行修剪、剔除，就那么一任其旁生野长，时间一长照样面目全非！哎，偌大个世界，一时想找个志同道合的竟也是如此之难！别说心有灵犀，就是手把手传授，还给你走样呢！其实每一个人都是如此孤立，别期望会有人同你百分百！

再者，像他这样的身份，谁会拿他当回事呢？不像伟人志士，人家可以留下故居遗园的，想改人家还不允许呢！园林呀文物啊，率先就会出面干涉。罢罢罢，谁让你事先没将自己打造成伟人志士呢？

几度流连几番相思，筱晓终于撒手了他亲手缔造的花园，去做另一些准备。还有他视为身外爱物的短把小勺、钢胆保温瓶之类，这些小物件必须带上，于是打了个小木箱仔细包装起来，确保一路不会受损。

最后就是对这座城市的留恋，他在这里生活了近半个世纪，说没有感情那是自欺！他悄无声息的青春，他无人喝彩的奉献，都不可收复地洒在了这里。那种永不可找回的遗失，就像丢了他的魂，空落而痛楚！

一切都准备停当，筱晓便乘车绕城环游浏览。他将几年来的城市改造、新建小区以及绿化林带，一一看在眼里记在心上。他知道未来的时日这城市还会改还会建，可那就与他无关了，花样鸟样那是在别人眼皮子底下整出来的，一如他从未去过的地方。筱晓日出登车，绕回原地已是日落西山。他又徒步绕上街市立交桥，路灯渐次亮起来，来回车流也依来和回形成两道色光流，离他而去的是清一色的红，迎面驶来的便是清一色的白，他站在立交桥上，欣赏着红白光流，这使他想到了红白喜事。人们就是这样，被这滚滚洪流带来，暂放于人间立交桥，当你站累了，看够了人间的喜怒哀乐，又被那滔滔白流带走！筱晓带着无限的复杂与错综，与他生活了近五十年的城市告别。

41

这是临行前的最后一次聚会，大家都放下了手头的急活，于甄诚新租的店面集结，原本七人中除了古龙都是下岗人士，闲得不能再闲，丢在大街上都无人问津，可经过一番鼓荡，竟然就都成了中流砥柱！这算实现自我还是没事找事？最后达成共识，改变现状，创造美好！

最后聚会的宗旨很明确，就是通报各自亟待解决的问题和对同伴的临别祝愿，因而无形中营造出一天的凝重，没有了昔日的热烈。

“别那么严肃，我们不就是分头去建各自的阵地吗？到那时大家都会有新成果，眼下何不高高兴兴畅所欲言！”阮经纶扯住气氛极力扭转。

“那大家就先为我出出装修的点子。”甄诚率先畅言。

气氛迅速扭转，大家立刻兴致勃勃地开始参观。这是一千六百平方米的铺面，分上下两层每层为八百平方米，宽敞明亮极适合做饭店。尤其是与小帝的太极朵颐互为呼应，那又是个极好的竞争对手，甄诚不是要请君入瓮，眼看着小帝一天天走向败落吗？这可是个极佳的的角度！大家观后齐声夸赞甄诚的胆识：人不犯我，我不犯人！

由于分手在即，大家都失去了品尝美食的兴趣，甄诚便随意准备了三鲜馅的灌汤水饺，民间也有上马饺子下马面的说法，吃饺子就显得随时应事。除此，甄诚又为大家精心制作了四种小菜，以作水饺伴侣。由于甄诚的厨艺精湛，虽简单却是有滋有味，大家边吃边聊，倒也惬意。

“既然搞食疗，装修就不要花里胡哨！”筱晓抢先表达自己的意见。

“之所以花哨，是对比色用得太多，所以抢眼又富于刺激。”杲昊首次靠前发表自己的见解，这也是她着意改变自己的尝试，“我看这里的装修就采用素描方式，图案也以抽象为主。具体说来，就是将墙壁通体刷为米色，用淡棕色、深咖啡色勾勒图案。在左右墙分别绘出民以食为天的抽象画面，最好是水墨丹青那种大写意风格。正面墙用各种名贵药材圈成一个大圆，圆内置龙凤对飞，最好是用石膏雕为立体的精致图腾式，背面墙挂一巨型大红中国结，以为呼应，整体形成暖色系。四周墙下，设计金色雕花护栏，护栏内放置盆栽各色药用花卉，既是美化又可食用。顶棚设计为银底穹隆式，再缀满小灯，一如满天繁星，闪烁不定，总体形成天圆地方的格局。二楼可以春夏秋冬划出四个区域，再以十二个月的主打花名隔出小厅，厅中央植以相应盆栽花卉，比方桃花厅、荷花厅、菊花厅、梅花厅一类，以供生日宴等特殊需要的人群使用。这样装修起来既简单又省钱，用不了半个月你的饭店即可开业！”

杲昊很少发表意见，出口便博得大家赞同，甄诚的装修基本定格。

在杲昊的启发下，筱晓也描绘了他设计的蓝图。他已决心在阮经纶的药材基地留守，除阮经纶规定种植的药材项目，他还想开辟一个大花园。筱晓的创意别出心裁，这令四座皆惊，不能不为之刮目。

对筱晓思维的深度改变，阮经纶感之甚深，于是更加确信自我设计的可能性和内在开掘的无限性！然而外部条件的提供也是十分重要，稍有差池一个天才就会被泯灭，稍加关注平庸又会脱颖为天才！当一个人经过家长、教师、同事以及领导的层层矫枉，社会意识、组织机构、突发事件、偶然遭遇的重重砥砺之后，得具备多坚挺的意志才能成长为有用之才，稍有迟疑就会泯然众人！因而他必须尽自己的绵薄之力，使有缘与他相遇的人，都成为再度燃烧的火炬！目前，就要为他们搭建一个坚实的跳板，让他们超越自我，他还将以自己的极限努力，让那些生命垂危的人重新站起来，向百岁之年冲刺！

陶韬已跨越了无奈与游移，正在稳步进行新阵地的打造，他的新目标很实际，就是找回昔日的辉煌。这个辉煌是他自己的尺度，别人看来也许一般般，无非就是带领几个人搞搞演出赚赚钱，生活富裕些，精神愉快些，不再遭受蔬菜早市那样的屈辱，不再品尝无所事事的彷徨，而且更进一步证实，并不是离开吴纳西就会一败涂地，他可以有另外的阵地，他可以打造另外的辉煌。有朝一日，他会使吴纳西为自己的行为感到汗颜，让他品尝由河东转向河西的屈辱！

这样想过，陶韬顿然感到豪情万丈，他自认这就是实现自我，这就是价值重估，于是心情空前浩荡。浩荡中又有了新的创意，待大篷车赚了足够的钱，他会组建自己的演艺剧场。其实他早就有意占领市里的那个艺术宫，只是缺少最初的启动资金。当大篷车万里演出之后，启动资金绝对不成问题，他就会当仁不让地将那座艺术宫拿下，在目前小剧团的基础上，进一步去粗取精发展壮大。其间还可以满世界邀请名流，几年下来他一准鸟枪换炮。然后再进军京都购置一座中型剧场，接着打造自己的名牌培养自己的名角。几年后再将中型剧场换成大型剧场，他就可以在国内称雄，甚至可以到国际进行文化交流，那时可就不再是目前的陶韬……与吴纳西的雌雄之争，也许就是不值一谈！陶韬自知这属于鸡生蛋、蛋再生鸡的伎俩，他可不想重蹈挤牛奶姑娘的覆辙，他会牢牢记住鸡未孵出，决不能先点数！于是将一心鸿猷深藏心底，笑而不语。

欧阳涓涓虽满腹心事，但看着大家都一派亢奋对未来满怀希望，自己的问题也算不得什么了。其实她的问题就是辎重太多，所以就有了后顾之忧。别人看来也许几乎近于可笑，在这种场合是绝对难以启齿。

古龙的难处很多，但他的难处绝对不是常人可以染指的！有些想法能在这个场合开诚布公吗？他还刚刚通过公务员考试，是不是能录取还是个问题，所以他的那些想法，这个时候提出来，绝对有痴人说梦的嫌疑！另外，本想找许童通融通融，能给他做些思想铺垫，可许童偏偏在这个节骨眼上成了植物人！靠曹健？曹健可靠吗？而且就自己的特殊身份能靠得上她吗？自己是胡昌稷的儿子，胡昌稷又不是曹健线上的，目前官场可是最讲究这个线的，这叫一朝天子一朝臣！于是只有牢缄尊口。

七个人七种情况，有的不想说，有的不善说，有的说来无益，更有的无从说起。一时间弄得面面相觑话题断链，使最后的别离一派惨淡。

仍是阮经纶拿得定，“以往大家争着说，要分手了倒无话可说了？”

尽管阮经纶真情鼓动，大家仍没有侃谈意向，因为大家都知道眼下分手在即，以后的日子一切问题都得自己扛，大家凑在一起只能是个激励，能达到新一轮启动已经是难能可贵了！因而仍沉默着。

“此后，我们大致兵分两路，”阮经纶又扯起新一轮话题，“我、筱晓、陶韬、欧阳将远走，古龙、杲昊还有甄兄留守，年底有望再聚，到那时大家可有的说了！新经验、新故事，那又是新一轮升级！”

古龙被鼓荡得满怀惆怅，“是啊，兵分两路……我们这一边还要再分两路，甄叔叔是真正意义的留守，我与杲昊也可能去省城，还可能再分，未来还不好预测，我们在一起的日子多好，满心的依靠！”

阮经纶赶紧抢过话题，“别忘了，我们的心是连在一起的，如今通讯又如此发达，跟每天都在一起也没什么两样，我们可以随时联系嘛……有事了就通通话相互出出点子，其实，我们这边也得再分，陶韬和欧阳是一伙，我与筱晓也不会总在一起，筱晓是要留守基地的，而我却是要四处奔走……只要我们的心守在一起，就永远是一个整体！”

阮经纶原本是要将气氛挑起来，让大家各抒己见畅所欲言，将分别前的聚会搞得红火别样，也是久积心绪一个释放的，不想愈加沉重，以致将眼泪都引了出来，最后大家含着泪将手搭在一起，一如杭州的六和塔——身和心和，情合意和，神和志合，那是齐心协力的绝版！

42

甄诚在满汉全席之后，就萌动了请君入瓮的念头。如何能使小帝也惨遭降幂排列，只有釜底抽薪！细想想小帝为什么能迅速节节攀升，以致居高临下，而他甄诚一身绝技，却只能受制于人？都是因为主动权的归属！人生财富先入为主，在小帝这块领地上，小帝是先入者，因而是主。是主就有权行使命令，就可以随意驱使他人！在这个权力再分配之际，他甄诚怎么就不能占块领地？在那里他是帅，是主，是中心！但他决不会像新贵和小帝那样，贪天功据为己有！心里有了准谱，便愤愤然解了围裙，脱了职服，夹着那柄形影不离的镇宅大刀不告而辞了，并以迅雷不及掩耳之势，就在小帝的对面，租下了这间刚落成的铺面。

在杲昊的指点下，甄诚以绝对现代派的风格，进行了装修。装修完毕还真是别出一格，正面墙的龙凤图腾是用塑钢材料压制的，那叫一个精美绝伦！这比石膏雕塑的要好，首先它是挂上去的可以随意活动，有朝一日他想挪地儿，摘下来就走。再者可以随时擦洗，就连立体的沟沟缝缝都能清洗得了无灰尘，这就能永葆清新洁净。另外其色彩是融在材质里的，可以确保色泽鲜艳永不褪色。龙鳞凤毛也都点缀了金粉，在顶棚闪烁不定的灯光映照下一派动感，龙飞凤舞的视像跃然眼帘，想不夺目都做不到。这算作镇宅标识，标识下设有服务台，服务台设计为长条案几式，紫檀雕花更显古香古色，与上面龙凤标识，形成一个旦字，恰好预示着日出东方，蒸蒸日上！对面的巨型中国结，是用霓虹灯管编制的，可变换赤橙黄绿青蓝紫七种颜色，既标示七种可见光，又暗含七人小舰队的紧密组合，真真是巧夺天工！左右墙壁是两幅巨幅喷绘水墨丹青《民以食为天》，正宗的抽象写意，极致的经典国粹！楼上也完全按杲昊的设计，四区十二厅，别致典雅。

装修过程不到半月，择吉日就要开业，这一日就定为万里救治艺术团出发之时，这之前实施试运行，先由平民百姓评头论足，以便整改。

甄诚将饭店定名为“百姓吃吧”。这名字首先就是个大广告，那就是面向大众，服务百姓！据权威人士估算，世界上富豪占百分之三，乞丐为百分之七，而百分之九十的人属于平民，他的药膳正是面对这百分之九十的大众。这是个大厚阶层，若大家肯赏脸，从此顾客盈门，虽没有大菜的暴利，却可以日进斗金。薄利多销，他是靠智慧和汗水进行第一轮财富积累，将来他准备用这笔财富，再造一座老年公寓，将一市的老年人都囊括进去，自己同他们一起共享晚年！

为率先打出自己的品牌，甄诚使尽全身解数，策划了一套药膳，共有山珍类、海鲜类、禽蛋类、家畜类、素菜果品类五大系列。诸如党参羊汤、鳜鱼健脾汤，黄芪羊肚、参归炖肉，桂花栗羹、素烧三元等，共五百多道，既美味又养身。参照阮经纶的中医食补理论，加上自己的心血与智慧，岂能不造出顶级！

试运行没几天，四邻八舍的百姓们便闻讯啸聚于此，从早到晚那是男女老少熙来攘往，特别是早晚简直就是人满为患！早晨，大家晨练之后，有工作的急着上班，没工作的想补补身子，这药膳既便宜又富营养，还免了亲自下厨，同时又省去了许多时间，岂不一举多得！到了晚上，上班族、打工仔都下了班，还有那些谈生意请客的，齐刷刷来到饭店，大家都觉得药膳既时尚又排场，再加上经典装修的环境，首先就是身份的象征。当然，其他大饭店也不乏身份标志，但都贵得吓人！不是特别的款爷或是有要事求人，谁愿意去挨宰呢？最重要的是平民百姓消费得起，贵族阔佬也不失身份，所以比着赛地前来享用。

再者，杲昊指点的装修，是纯美学意义的，那是从本质力量对象化入手的，更是突出了一个格式塔效应。当外部事物、艺术样式、主体知觉组织以及内在情感一旦达到结构上一致，强烈的审美感就产生了。此时，形基原理、心理场、方向性张力、知觉完形这些审美元素，便交织碰撞，你中有我我中有你，怎能一个炫字了得！一些颇具艺术修养的顾客，就是为了欣赏这纯中国式经典装修，有事没事前来美餐一顿，以便慢慢品尝，细细欣赏，那叫一个品位！

期望调病的、注重保养的、做买卖谈生意的、求人办事的、享受美味的、欣赏环境的，一时间三教九流、七行八作川流不息地云集于“百姓吃吧”。当得知这里的主帅是大厨甄诚，客流愈加暴涨，到了用餐高峰就得排队！为了方便顾客，甄成又在门前搭起了活动帐篷，每当高峰时刻，便设立快餐窗口，有急事的，就可以到快餐处用餐了。尚未正式开业，“百姓吃吧”就火了个登峰造极！这是甄诚始料未及的。

不息的客流，又给甄诚带来一位特殊的客人，就是“太极朵颐”里一晃就消失了的翁折东。甄诚便放下手头的活，准备与翁折东会一会。

翁折东是吴纳西三结义之一，这个危险人物老是阴魂不散，甄诚感到不安。是要实施报复？可甄诚没做亏心事，与达生没关系，与翁折东更是不搭界。难道是为了“百姓吃吧”？又不像，“太极朵颐”那，他不也是神秘兮兮地出入吗？那时甄诚就想同他谈，可他倏地就溜掉了。

“贵客，这菜还满意吧？”甄诚小心翼翼。

“咦？您不是胡昌稷的得意大厨吗？吴纳西可是胡昌稷的心腹，胡昌稷一倒台吴纳西立刻接了班，这倒也顺理成章。可吴纳西一上台，为什么就先让你下了岗？这就令人匪夷所思。更令人不解的是，您居然去给吴纳西的亲属小帝做主灶大厨！开业大典上，居然还出现了一大批被吴纳西踢下岗的食客，诸如陶韬、阮经纶、欧阳涓涓等等。更不可理喻的是，胡昌稷的公子胡小龙，竟然与胡昌稷的克星杲昊坐到了一起，在我眼里这不是乱了套吗？难怪现在的社会乱成一锅粥！”

甄诚是知情者，但他决不能将其中的来龙去脉告诉翁折东，其间除了商业机密还有政治秘密。对于这种九曲十八盘的人际关系，翁折东不会一无所知，不过是想了解得更透彻些而已。他两次登门说明什么？只能说明他是有意插手他关注关系，至于插手的目的就不得而知了。

而翁折东的不解很简单，他是被先前的阶级斗争，或是上纲画线一类先验定势障了眼。其实这种画线很浅层，人际关系远没那么简单，复杂得很，可以说有多少人就有多少关系，而且每个人的思维方式又是多种多样，当初，甄诚去小帝的太极朵颐，就是受了阮经纶的指点，阮经纶说，人际关系简直就是人与思维方式的排列组合，复杂得很，千万不可一叶障目，不见泰山！他这才去了太极朵颐。为了能探出翁折东的胡底，甄诚将阮经纶的处事理论，照猫画虎地讲了一遍。

翁折东一时感之深深，“这么说你们不是吴纳西线上的？那你去告诉胡小龙，达生最后是被吴畏杀的！吴畏是在替吴纳西做事，他们曾是一个屯的，吴畏又是吴纳西一手推荐的，为了感恩吴畏才铤而走险，达生活着的时候就向我透露！我还不信……”

“法律是重证据的，你敢出庭作证吗？”甄诚受惊不小。

“所以才要借助胡小龙，这案子与他父亲休戚相关，他有能力也有义务去结案！另外，以牙还牙绝对是正义之举！”

甄诚可不想卷进这无头案，此后他得重点监护古龙，于是匆匆离去。

“太极朵颐”没有了大厨甄诚的扛鼎，小帝的菜肴渐趋黯淡，那些显贵一口吃出味道不对，随即客流日渐稀少。由于菜价昂贵，百姓又不敢问津，眼看着小帝被请君入瓮，降幂排列的大局已是势不可当！

43

古龙接到了录取通知，正式成为国家公务员。可本着专业对口的原则，古龙被省外贸厅录用，他匡正一市政局的鸿猷就此画了句号。看来想掌控自己的命运并不是那么简单，这世上也许只多了个商贸 CEO！

如此想来，这案子还颇费周折，若是好破，父亲也不会被折磨得死去活来，如今已是踏破铁鞋无觅处！他抛下一家人，连房子都被母亲给卖掉了，而买房子的正是他的克星吴畏！可怜的老父亲，辛辛苦苦一辈子挣下的这个家就这样散了！日后，老人家的命运走向，还不好预测。

思前想后，这盘录像还得物归原主，杲昊是用生命来关注这个案子的，她付出的实在是太多，当案子走进死胡同，她竟然在生死线上走了一遭！交给她也就交给了正道，相信她会用心将案子弄个水落石出。

另外，杲昊与曹健打交道，也会比他古龙顺畅得多，因为曹健夺了杲昊的最爱，心中自然会有回报意向，又有佫恪从旁督促，曹健岂能怠慢？再者此案与曹健没有任何瓜葛，她大公无私起来也会无挂无碍。只要大公无私，世上就没有办不了的事，也没有办不好的事，人为因素也会降到最低。这样一来，五方四国都会妥妥帖帖。

想到做到，古龙拿起录像便要去找杲昊。可如何对她说呢？看她手机，删除信息的事是不该向她透露的，这样会减少她对他的信任值，信任和不信任对成功率影响极大，因而取得杲昊的信任至关重要。这录像是如何到他古龙手的？故事编起来还颇费周折。再者，白茜有朝一日返回来，一定得向杲昊核对，到那时再如何描改都无济于事了，他古龙在杲昊的眼里就绝对是小人一个！杲昊的评价至关重要，她又那么火眼金睛，绝不可等闲视之，这故事可该如何编织呢？

转念间古龙又想到，无论如何杲昊的手机是他古龙替她找到的，那他就逃不脱删除白茜信息的嫌疑！关于手机的去向他已演了一场戏，那时还指望能参与此案的处理，不想命运原本是不听自己指挥的，心想事成那得是多少几率的撮合！世上有多少人带着各自未竟之业的遗憾，不得不半途止步，他古龙不幸正是这行列的一个！

事已至此，那就实话实说，只有真话才经得起推敲，无论何时都不会有漏洞，而编造却总有露馅的地方。况且，他原本并没有恶意，只是怕杲昊太辛苦，为了这个命案，她已经是免冠徒跣的。一场大病已够她消受，他如何能再给病中的她施加压力呢？再者，当时他是决定一切问题都由自己来扛，这才出此下策，绝没有欺骗蒙蔽一类的卑鄙意图。人心换人心，八两换半斤，他相信杲昊也不会那么固执。想好对策，便一路去了杲昊的住处，准备向她说个明白。

杲昊也正按古龙的指点做复出的准备，无论如何她得重回广播电视集团，因为那是她的第一阵地，除此，她都觉得不能得心应手，只有老本行干起来那才叫顺畅。见到古龙杲昊从未有过的兴奋，因为事先她已得知古龙被录为公务员，他们的计划总算有理由稳妥地迈出第一步。

杲昊的身体已渐趋康复，除迈步觉得有些沉，其他均已正常。近来注重秉性的修正，心里也空前轻松，一轻松心中就腾出许多空间，可以容下更多的事。以前不能容忍的，现在觉得可以放放，以前觉得可以放放的，现在干脆就渐渐淡忘。谁说禀性难移？只要决心移就没那么难！

就以古龙的礼物为例，如此贵重，若是以前毫无悬念她会拒绝，可现在她居然收下了。因为她觉得就古龙的经济状况，就等于一般人送个笔记本一类。她拒绝，那就是对人家一片诚意的违忤，她不忍为。此前她拒绝着时尚女装，可目前她居然将古龙赠送的白连衣裙穿在身上，衬托得她宛若一朵白莲，加之她看穿一切的洞明，又达成内外通透，不再那么自恃封闭，这样也许就会改善她的人际关系。

古龙对杲昊的拯救，完全出于道德与责任，看到杲昊已活鲜鲜站在他面前，一种巨大的成就感油然而生。他已将杲昊列为自己的作品，而且是高端作品，因而潜生暗长着自豪与爱怜。见到杲昊已完全接受了自己，更是一种难以言表的兴奋。可此番命运的错位，他可能帮不上什么大忙，以后的路还要靠她自己走，而且命案的重担就只能落到她的肩上了，不管多苦多难，一切问题还得她自己扛！想到此不免一派黯然。

杲昊的敏感一眼看出情况有变，金榜题名的古龙绝不应该如此黯淡，而应该是胜利凯旋的状态。于是收敛了满脸的兴奋，等待他的下文。

“你觉察出点什么了？”古龙也不迟钝，“其实没你预感的那么严重，只是我被省外贸厅录用了，与我们的计划相去甚远。”

“你是指霓彩的命案？我有意联合，只是想壮大一下力量。原来我相信英雄创造历史，可有人告诉我历史创造英雄，现在我觉得二者缺一不可，所以我需要外力的支持，一个人的力量太单薄了。”杲昊的声调一时变得凄兮兮，饱含极限的无助、无力、无奈。

“你不单薄，还有曹健，她不是正义的化身吗？她可以从旁援助而且以一当十，她的力量是我们的数百倍！”古龙还想说，有俗恪的关系量曹健也不敢怠慢，可他看到杲昊一脸的塌陷，完全失去了勇气。若是杲昊认可这一理由，她何至于如此沮丧，这一定就是难以逾越的铁障！“不过话又说回来，曹健为什么就能成为曹健？我们为什么就不能，这是因为我们不屑为！最原始，我们就没想在政治领域有所作为。在这一领域里，曹健是内行，所以她就显得比我们强大。若换一个领域，比方媒体记者，你就会比我们强大得多！而我与曹健就都是小儿科了。再换一个领域，到了外贸我就是强者，赚起钱来，你们觉得难于上青天，可我就像蜻蜓点水，只要轻点鼠标，那就是滚滚财源，这叫隔行如隔山……”

杲昊当然觉得有道理，脸上的凄楚随之遣散了许多，“可想达到曹健的水平绝不是一朝一夕，那可是她近二十年的苦心经营！”

“是啊，奋进才是人上人的唯一出路，一个劲地干，不断地扫除障碍，才有望达到峰巅。强者创造机会！中等人等机会！弱者就只能听从命运的安排了！看来我们都不能算强者……”古龙一派投降状。

“咦？你不是说不同领域有不同的强者吗？谁敢说包打天下！那我们在另外的领域是不是强者？强者的最大特点就是必胜！”杲昊欣欣然。

“有了你这样的态度我就放心了，那就让我们来共同争取必胜！一切事都不能等！”说着古龙掏出了那盘录像卡，“你看这是什么？”

“微型摄像？哪弄的？看过内容吗？”杲昊极敏感。

“当然，这就是你朝思暮想的命案证据，极为珍贵！”

“哪儿得来的？是原版吗？别是人工拼凑的……”

“绝对原版，就在白茜的墙壁里挖出来的！”古龙出示毋庸置疑。

“凶犯是谁？这么说很多人都知道了？”

“凶犯是吴畏！这事与我父亲有瓜葛，你想我会轻易让别人知道吗？只有交给你我才放心。你一定想知道录像怎么会到我的手，那我告诉你，你病重期间，我看到了白茜发来的一条信息，说有重要信息请看第二个手机，后来我取回了你的衣物，那只手机就在你衣箱里，我又弄清了录像的所藏之处，为不使病重的你分心，就将这些信息删除了，然后按图索骥就找到了它。所对不起你的就是擅自做主……谅不谅解就看你对我的信任！因为我要去外贸厅工作，这事我也无能为力了。”

杲昊顿觉千钧重担落到了肩上，能否扛得起，就看社会的走向！

就在这危难之际，陶韬来电话说剧团彩车已经到达，约他们去观赏。

44

彩车以它巨无霸的形体，于万里救治艺术团临时剧场前现身。打开是一个中型舞台，合拢又是一节卧铺，三十几人上去，可以从容行走坐卧。这可乐坏了陶韬，心想事成这一成语竟在他下岗之后轻易实现，一个赚大钱的念头从此轰然诞生。此前他并没把钱看得多重，在岗他也是以清正廉洁为荣。因而意外被踢下岗，竟然是两手空空，又经过蔬菜早市的蹂躏，确实尝到了站人屋檐下的屈辱。幸亏他有多年领导才能的储备，这才构思了成立流动剧团的蓝图，致使好梦成真！一个人若是有智能，他活着就是财富！若再有一身技艺，那走到哪儿都是一片富饶！

阮经纶就没那么兴奋，倒不是他不喜欢，而是他觉得这很平常，就像一顿饭一宿觉，有了钱扩大再生产，为百姓多谋些好事，应该是再平常不过。其实，这只不过是他行动的一小部分，他想做的事还很多，等基地建起来，就会有充足的优质药材供给更多的人治病，回头他将在全国各地建立医疗分院，专治疑难杂症。之后，他还会建立救助站，将老弱病残召集起来，有病的治病，没病的分派他们去晾晒草药，或是干一些力所能及的工作，比如基地、分院、救助站，总能找到一份合适他们的工作。让他们人人有事做个个创造价值。其实，人人都有展示自己的欲望，只是没有条件，或是学用错位而已。

当时陶韬一经提出他便欣然应允，主要目的就是沿途考察，什么地方适合建院，什么地方适合建站。有朋友说他投入太大，怕是将本赔进去。其实拿出去几个钱，几天就会回来，就像身上割了个口，虽说是出了点血，可没几天就会愈合，而且还激发了免疫力和造血功能。况且他阮经纶不是也搭车同行吗？他的收益远比陶韬的大，那可是功德名利多重丰收！虽说名利不是主要的，可目前还很需要，名可以取信于民，利可以扩大再发展，他将在神州大地，滚雪球般滚动出个健康祥和！

大篷彩车的现身，真正将陶韬和阮经纶的蓝图推向了实施，不可掩饰的兴奋与愉悦分别在他们脸上呈现，因为他们即将各得其所。

彩车已到，稍作准备就将出发，于是大家各司其职都忙碌起来。陶韬作为艺术团的总指挥，将对艺术团的整体运作做最后的检查。他安排导演汤舟将所有的节目，就在彩车上通排一遍，发现问题立刻整改。安排欧阳涓涓将彩车再作最后美化，原则是越招摇越好。因为，彩车本身就是个流动广告，广告就要张扬、要夸张、要醒目！这样才能增强宣传效果，达到最佳宣传目的。安排筱晓将一路的食宿用具弄全备好，让大家吃好睡足，精神饱满地工作、赚钱，为大家创造巨富作好铺垫。自己张罗着将一些有眼光的挚爱亲朋招呼到一起，让大家再做最后的评点。

阮经纶就比较简单，只将要带的几个人稍加安排，一路要用的东西装进整理箱，就大事完毕。阮经纶的复杂是全在脑子里，病理呀、药方啊，都融在智慧中，那是人走家搬简单得很！辎重全在陶韬一边。医院里的一大摊子也都做了精细安排。而且都一对一地签了合同，事事有案可查人人有责可究，谁出问题谁负责。合同都拿到公证处作了公正，而且贴出告示，将各路负责人公布于众，以便人人监督检查。

大体安排停当，陶韬便对自家进行了精细包装。首先是老母亲，这是他生活中最为重要的亮点，因为是老母亲将他带到了这个世界，而且给了他一个英俊的外貌，一堆取之不尽的智慧。不是时局一直动荡，再加上没人赏识，他早就平步青云了！尽管如此他也混得不错，从生下来母亲就对他爱护有加，好吃的好用的全尽着他，而且发誓无论家里多困难，母亲都要供他上大学，能念到哪儿就供到哪儿。只因他少年体弱多病，这才没读上大学，不过后来他自学成才，不是也当上了文化局局长吗？工作后更是事事顺心，吃得好玩得好，前后左右美人云集，真真是过了几天好日子。这都与母亲的谆谆教导分不开，母亲要求他不贪不占不淫不邪，这才一路走出了个正人君子，不然一脚踏偏，他还能有今天的重振吗？那样的社会那样的环境，谁也保不齐就不能一脚踏偏！可他每走一步都有母亲的精确叮嘱，这才步步为营！虽说最后惨遭吴纳西的毒手，可那属于三十年河东，三十年河西的事。再过几年试试，指不定就拿钱砸死他！想到此，他又想起老母亲的一句话得饶人处且饶人。不管怎样老母亲最为重要，他早已下决心，他得让母亲不离寸步，他得让母亲笑口常开，他得让母亲享受力所能及的幸福，他得让母亲至少活到一百岁！本着这一原则，他给母亲买了万元的远红外磁床垫，买了小型空调，买了太师椅，买了电压力锅，买了活动坐便器。他当然不会告诉母亲这些东西的价格，那样母亲会不安。他说那是车上原始配置的，豪华车都这样。他还用薄板为母亲在车上隔出了个单间，虽不隔音，却是挡风屏气的，这样母亲会更舒服。另外，他还给母亲买了羊绒毯，各种漂亮服装。总之，母亲的行走坐卧、衣食住行都有绝对保障！当他把母亲带到车上试运行，母亲一口咬定，她是进了天堂。又因为母亲喜欢热闹，对此次出行那是相当期待！

经过一番精心准备，各路都打点得完整齐全。

大篷车的包装是欧阳涓涓一手策划，她将车开到修车厂进行重新喷绘。正面是三圣佛像，中间是阿弥陀佛，左为大势至，右为观世音，三者身后三团金色佛光，总体画面显得七彩斑斓、金光四射！喷绘采用三维立体效果，不同的角度不同的样式，袈裟法器均似凸显画外，彩衣飘带更是一如微风拂动，在闪烁不定的金光映衬下，绝对极富冲击！梵天佛国安宁祥和，高僧大德智慧慈悲，随着车体的流动，顿觉迎面扑来一派无比庄严和无限加持！画面上方铺陈着金色行书，“万里救助艺术团”。

左车厢喷绘的是，阮经纶头像之下，团队成员诊病送药，下方叠印标语：救死扶伤，实行人道！魏碑镂空金字，一种厚重的历史承诺。

右车厢喷绘的是，陶韬头像之下，三十多人载歌载舞，下边覆盖标语：文化搭台，救助唱戏！银心镶白草书，一派浪漫的时尚弘扬。

按照左大右小的中国古典式排列，阮经纶应被尊为老大，自是一番敬意，因为是阮经纶出资，才有了“万里救助”的横空。

后面是图腾式龙飞凤舞图，呈现大中国一脉相承的古老文化，展示四大文明古国的唯一幸存，厚重而神圣！

此后，他们将带着自己的使命到处展示，令所到之处一派教化！他们将要四海为家、八方设台、福祉生命、演绎人生！那是击鼓开张的昂扬，那是建功立业的振奋，那是开源挖潜的铿锵，那是重整河山的豪迈！

带着无限的昂奋，陶韬围着彩车无数遍地绕行，他抚摸着车壁上的一幅幅画面，尤其是印有他自己头像的那幅，那是他心灵的附丽，是他梦想的依存，是他运势的宿诺，是他生命的托付！从此，他将与这车这画融为一体，同生同死！共衰共荣！

无论如何得感谢河东河西的轮转交变，不然他怎么会有今天的东山之举？这车将载着他的强力满世界张扬，向世人宣告他陶韬也会在某一领域称王称霸，他也能伟人般将头像张贴为广告。这车还将带着他的豪华遍地流动，向国人证明他陶韬是天生我才，他会制造出鲜亮的精神财富，飨慰神州百姓，以此印证他生当作人杰！

更得感谢阮经纶，是阮经纶告诉他每个人都暗藏无限玄机，只要积极勤勉，稍事动用就会绽开一天的智慧之花，只要绵密耕耘，稍加精心就会结出遍地的能动之果！阮经纶还告诫他，懒惰——万恶之渊薮！

45

杲昊正满志踌躇，策划新一轮发轫。突然有人敲门，却是多日不见的逢桂桂，她在这一特别时刻现身，一如无常的陨星。

由于杲昊一场大病，与这位朋友已是好久不曾谋面。突然见面，杲昊下意识里吓了一跳。瞬间的调整，杲昊意识到，那是对逢桂桂命运极限担忧所致。逢桂桂已是罪犯的家属，吴畏一旦罪名成立，她会受到何种牵连不得而知。会不会是一个大转折或者是一次大沦陷，从此走向末日？尤其对她儿子的前程将是毁灭性的，他年纪尚小，绝对不会有那么坚强的意志，也许因此就毁了他的一生。儿子毁了，母亲活得还有意义吗？而他们命运的最后结局，就攥在她杲昊的手中！

带着极度惶惑，杲昊将目光伦琴射线般投向逢桂桂，可她看到的却是她意向中的一百八十度大悖反，逢桂桂出示的竟是绝对的居高临下或是高屋建瓴，一派救世主的覆盖。

逢桂桂操着关照与怜悯，“呀！这才几天不见，你怎么就病成了这样？怎么也不派个人去找我？我怎么也得想法子帮你！”

杲昊轻描淡写，“你看我病成啥样了？”

“听说你差点瘫痪？这可怎么得了！会不会留下后遗症？像你这样的人才尖子，可不能给废了！不行就到外地去治！”

“听谁说的？太夸张了吧！我这不是挺好吗？”杲昊有意识在逄桂桂面前走来走去，以证实她的现状并不像逄桂桂说的那么糟。

“我是听胡小龙说的，但愿是误传……”瞬间，逄桂桂的关怀呈下滑态势，代之以满心的炫耀，“咦？你知道吗？我把他家的房子买下来了，总算与胡昌稷扯平！”说到这，逄桂桂一脸的骄傲，接着又加注，“这就是三十年河东，三十年河西！谁也不是铁打的营盘！”

杲昊继续将解剖刀似的目光指向逄桂桂，她若知道了自己是杀人犯的亲属，还能骄傲起来吗？于是进一步探试，“胡昌稷倒台了，吴畏感觉还那么良好吗？他现在给谁开车呢？又有新主子了吧？”

“吴纳西！吴畏也算有本事，也真难为他……”逄桂桂说着叹了口气，是对吴畏能力的惊赞还是命运的慨叹，只有逄桂桂才有解释权。

“你这个留过洋的，还能对他不离不弃，很可贵呀！”杲昊继续试探，她想知道就逄桂桂的攀高心理，为什么会对一个车把式不离不弃。

“夫妻还得是原配！你看那些离异的，孩子多数心理变态，几乎就废了！为了孩子的前途，我只有克己复礼……”

“这么说你还是个很有责任心的母亲，对孩子很负责嘛！”

“也不全是，吴畏他对我也挺够意思，无论我怎么折腾他都毫无怨言，外面有些风言风语他也从不在乎，夫妻还得是原装的，瓷实！”逄桂桂心中无挂无碍，空前坦然，足见她还不是那么极端利己。

“若是有人从你手里夺走吴畏，你会怎么样？”杲昊绕进中心地带。

“什么？”逄桂桂一惊，看样子她对此很在意。稍有沉降，然后不屑地笑笑，“怎么会！他吴畏偷着乐去吧！什么不指着我？我给他生儿子传宗接代，我给他赚大钱衣食无忧，我又给他买下胡昌稷的大房子身价直逼市领导，他还差什么？吴畏绝对离不开我！再者，谁会要他！”

逄桂桂的思路一路跑偏，看来她对吴畏的行径还一无所知，居然一派悠悠，就那么夜半深池地奔跑着，她对未来走向的断链能否受得了？

“咦？你什么意思？眼神怪怪的，有人要抢我们家吴畏？那可怪死了！只有我甩他，哪有他甩我的份？”逢桂桂满负荷踌躇，“别说一个小小吴畏，就算是胡昌稷也照样给他拿下！当初我刚回国，有一笔大买卖，实指望胡昌稷能助我一臂，谁想他半路撤梯子，愣把我给晒那儿了！我真是恨透了他，当时我就想，找机会一定报复他！其实，我早就瞄上了他那半栋小别墅，还真是心想事成，我真就把它给买下来了！怎么样？现事现报吧！你说那笔国际买卖做成，我能亏他胡昌稷吗！没看当时胡昌稷有多恶劣，他居然抱住我，拿那个事做条件！做买卖就是做买卖，我还得连人都搭上？那我也太劣质了！我也毫不含糊，一下将他推翻在地，没看他那个狼狈相，真是太过瘾了！以后，他就断然撤了梯子，居然在人多众广的情况下羞辱我。他说国际买卖，这是你的职权范围吗？这些事，有专门领导在管着呢！好像我就是下三滥！怎么样？他无家可归了！”逢桂桂一路宣泄，根本想不到天有不测风云！

杲昊对逢桂桂深表担忧，一旦吴畏被绳之以法她还能撑下去吗？这个家是不是覆巢之下？逢桂桂又是追求完美的，尤其是她无辜的儿子！

“别那么怀疑一切的！走，跟我去看房子！帮我策划如何装修！”

杲昊还真想去考察一下胡昌稷的老巢，那个神秘的堡垒一直是百姓们猜疑的焦点，胡昌稷在那里合成了古龙这样的精英，也在那里制造了各种各样的劣迹，实地探秘具备绝对悬念！尤其探秘古龙如何摆脱种种枷锁成长为精英？以印证人的内在是如何宽泛而深远！

“为了与住房配套我换了宝马！走，跟我去兜兜风！”逢桂桂在显摆优越上从不含糊，绝对双倍的张扬，尽管命运的塌陷就在眼前。

杲昊半依半就，随逢桂桂下楼上了她的宝马，的确舒适加绅士，那款款缓缓的流动家园，确系是身份的象征，像杲昊这样的平民那是望尘莫及！这世界是由等级构成的，有人一度想将它颠覆，可在他们享受够了等级之后，便也撒手而去。至于等级是否继续存在，就不是他们所管辖范围了。因此一如割韭菜，一时看去一马平川，可事后，又发出了新芽，而且更加茁壮！如此看来，她杲昊完全不必那么执著。

黑色宝马带着它的骄傲，稳稳地穿大街走小巷，径直驶向市政府家属大院，门岗负责保安的执警为她们提起栏杆，又为她们行举手礼，逢桂桂一派傲然地驶过，那是登峰造极的心满意足，虽然就像朝菌之于晨露，满负荷志在必得，可那毕竟也是一种向往。

宝马又带着它的全胜，于原市长胡昌稷门前停靠。逢桂桂带着杲昊下了车，用遥控器锁了车门，这一系列动作被骄傲浸泡得十分到位，完全趋向化道，那全然是从潜意识里升腾出来的。逢桂桂又从钥匙链上择出门钥匙，完全以贵妇的姿态开了门，好歹对杲昊尚存一丝旧日的尊敬。

“这就是一市首脑的住处，原来可是神秘得很，现在竟然归我支配了！咦？你看这房子的装修也没那么豪华，只是多用了些彩灯和钢化玻璃，加上造型特殊了些，这也用不了几个钱！看来咱们对胡昌稷还是多了些过分猜疑，人家也没那么腐败，这不很正常吗？我挺喜欢这个装修风格，通透明亮颇具艺术品质！胡昌稷那老家伙据说挺浪漫的！”

“那就保留啊！还省下一笔装修费。”杲昊的建议发自肺腑。

逢桂桂略加沉吟，“真的……你看人家设计得多千秋万代！这些钢化玻璃一经清洗就完全复原，跟新的也没什么两样，这玻璃又不易碎够一辈子享用！不是市政府另迁新址，这房子断然轮不到我！现在，这房子都给了退休的老领导，归个人了，这才允许买卖！我也够幸运，就有钱来买！原来的装修好是好，可谁知道他们在里面都干了些什么不吉祥的事？藏污纳垢的！我必须得重新装修，以代表我的标识！”

杲昊不禁一个冷战，她担心这些昂贵的钢化玻璃会毁于一旦，她更担心逢桂桂的狂妄会折了她的福！人这极流动的动物，可以是神性的天神，也可以是疯狂的魔鬼！逢桂桂正摇摆于两者之间，她会向哪一边靠拢呢？一个绳之以法的吴畏，幽灵般在她内视觉晃动。

46

万里救治艺术团就要启程，欧阳涓涓作最后的补遗。她首先回了趟家，那里是她魂牵梦绕的地方。她全力营造了这个属于她自己的人间天堂，实指望后半生就在里生根发芽，不想，又来了个意想不到的大转折。

欧阳涓涓坐到奶白色的镶金大沙发上，开启了DVD，一首古筝曲《春江花月夜》配乐长诗般伴着她的思绪一路前行，幽远而绵延。品尝着告别家园的牵肠，体味着远走他乡的悬念，有些为赋新诗强说愁！

是啊，人生一世草木一秋！宇宙无限历史绵亘，就算创造丰厚，谁会保持永久？史前文明早已烟消云散，四大文明古国也只剩了华夏，赫赫功绩，累累硕果，都随着时间的推移而被尘封烟锁，更何况一个名不见经传的欧阳娟娟！宇宙无常，一次随机的变故，对于小小地球也许就是一场毁灭，就算拥有馆藏无数，也难免毁于一旦！

欧阳涓涓环视自己丰厚的物质，尽管已是横看成岭侧成峰，可一旦拿出去变卖就一文不值！因为她所有的物件都早已 OUT 了！她最珍惜的就是那些书，而那些书也只能拿去化纸浆！如今是网络时代，网上什么信息都有，只需轻点鼠标，即可秀才不出门便知天下事！再者，眼下是刘项本来不读书！她最喜爱的那些服装也不值什么，如今都讲究露透裸，可她的服装清一色老派，不小心就会被当作出土文物！再就是她的那些照片、影像，尽管是她的顶级心爱之物！可如今的照片可以修改可以合成，只要有一张拿来作为建模，要多大年龄有多大年龄！没看考古的，只要找到头盖骨，就能复原人像！如今是赝品冠盖真品，真品不如赝品！看到什么好，就如此惊赞：呀，这东西真好，跟假的似的……

如此一番剖析，欧阳涓涓感到心灰意冷。她这才理解杲昊为什么一身轻装什么都不置，生平过半依然只是几件随身便衣，灰、黑、土、蓝的。她一定是看破一切，只练就一身功夫，以此打遍天下无敌手！难怪她总是操着洞穿一切的目光，闭着不值一谈的嘴。无论多激烈的研讨她都能静观其变，绝不随便发表自己的见解。无论多精彩的物件，她都能一瞥了之，绝不轻易发出自己的品评。也许在她眼里都太小儿科，也许在她眼里都司空见惯，那是她真正理解了什么是身外之物！只有一点她们有些相像，那就是不与人结缘，这是因为她们足够强力，强力到不用求助于人，或者强力到能承受一切，无论潦倒到何种地步，也不愿让头脑成为别人的跑马场。也许还因为她与杲昊都足够明晰，明晰到确认从来就没有什么救世主，或者就明晰到吃人家一斤得吐十六两，无论多热闹的聚会与哄抬，最后还得回到自己！可她与杲昊的最大不同，就是她太看重身外之物，因此将自己弄得一身辎重，使身心都不得自由！

这样想过她轻松了许多，那些意想中的失窃、火灾、霉变、折旧都一扫而光，顿觉全身心为之松绑，愉悦而爽畅。

咦？阮经纶似乎比杲昊更加高出一筹，他不仅仅是强力与明晰，他更是高屋建瓴，他不仅仅自救，他更能救人。他不怕结缘的纠缠，不怕往来的因果，他不怕无成果的劳作，更不怕无回报的付出！就那么毫无计较地处世，无二无别地待人！不登高山不知天之高也，不临深溪不知地之厚也，君子生非异也，善假于物也！

此次外出，阮经纶的作为是惊人的，项目的巨额启动资金，全部由他一人承担，他不怕折本不怕失败，就那么不管不顾地实行开放性的运转，绝不担心陶韬的不善经营和日后的分道扬镳。其实他完全可以将陶韬这一方视为雇佣，让他们工作，再发给他们些工资，而他便可以坐收其利。可他却是反其道而为之，坚持有问题他一人独挡，有金钱大家来赚！他是不是将身外之物看得更淡，他是不是将世人看得更透，深切体察了古今一也，人与我同！因而施行你就是我，我就是你！

此次外出，阮经纶的辎重最少，他只带了满脑子的智慧和一身的技艺，可一路播下的，却是周天高扬的健康与幸福！

有了杲昊、阮经纶这样的榜样还需要什么呢？虽是无形的意念，最后合成的却是万花筒般的智慧宝库，可以随时开启，要什么有什么！

再回头看她的那点东西，不过是些牙秽而已，还有什么可留恋？那就从此封存，做个生命的装饰，她拿起照相机，将她的心爱之物一一拍照，然后关上防盗门轻扭数码锁，向自己亲手营造的人间天堂作别。

接下来，她还要到街市去转转，为买些零星用品，也为侦察物价行情，免得心中没数，沿途花些大头钱。据说各地物价差距很大，物品质量也参差不齐，只要与本地差不多，就算没吃亏。她一向有原则，只要离开本地，价格一概是就低不就高。虽说她有几个存钱，那也不过是平民百姓的自给自足，拿到大都市连个像样的房子都买不起，一辆像样的车就得全部用光！一顿豪华餐饮，就是她一个月的工资，一件名牌服装也许一个月的工资都不够。若是这样花起来，那点钱三天两天就消耗殆尽，况且那点钱也是来之不易！因而，她对钱袋一向守得很紧。

那点钱她可不敢随意乱花，那是要派作大用场的。过一段等作品达到一定数量，她得给自己的剧本开个研讨会，还得出个剧作全集。由于剧本没有很好的大众市场，她得出最起码的印刷费。这个系列下来，就得二十几万！她还得给自己出个录影专辑，以定格她的业绩。

另外，那钱绝对不可以动老本，老本得存到银行里吃利息。虽然利息没几个子儿，可一年下来，怎么也得五六万元，那也是她工资的总额！一年一年地去积攒，也能干成几件大事！再者，每年她还指着那点儿利息出去旅游，或做零用。若是老本拆了，谁会给她天上掉馅饼！可存到银行，就等于天上飘钱了。人在家中坐，钱在银行长！但她从不买股票一类，她自知没那么幸运，这类赌博式的资本积累，绝对需要幸运能力加时间，她的宝贵时间是留给创作剧本的！

她绝对珍惜时间，除了到早市采购食物很少闲逛。为的是养成一种习惯，那就是耐得住寂寞，进得去创作。这是个习惯，是个模式，需要慢慢养成，需要一点点修习，很久之后智慧的种子才会发芽。对此，她有深刻体会，若是一朝同朋友玩疯了，或是到外面逛上几天，尤其是旅游回来，她就会很长一段时间收不住心，而且心中一片空白，这时要创作，那就一个字也写不出来！一旦沉下心，进入一种状态，那时绝对才思敏捷，一种镜像、一种意境、一种哲理，一种辩证，就会不期涌向她的内视觉，魔幻般变化出一出出人生大戏，这时她就会冲向电脑，疯狂地将这些半梦半醒、亦真亦假的场面固定下来，她的剧本便一个个诞生！

恍兮惚兮，欧阳涓涓驾车来到街市，今非昔比的大街小巷，被铺天盖地的广告标牌挟裹着，密密匝匝捆绑出一天的窒息。

当她带着购物走出大楼，各类广告表演已经散了摊儿，废弃的名人头像散落一地，被环卫工人清除着与各种垃圾混在一起。这就是名人这就是偶像，一旦失去利用价值，便是垃圾一堆！名人的坦途究竟用了多少血泪去浇灌，只有他们自己知道，难怪大家都开始注重过程！

人的一生到底能有多少价值？价值的延时到底能维持多久？欧阳涓涓绝对陷入混沌。她突然想到当下流传着的秘籍：有点小钱，有个草窝，有些朋友，有个知己，无祸便是福，这就是大幸的辩证！

她能成为大师吗？就算成了，能不能与垃圾为伍？死后很长一段时间，会不会有小行星撞地？会不会有亚特兰蒂斯的海葬？

还得是一切顺其自然！全身心放松中，欧阳涓涓登上了自家的爱车。

47

在快进家门的小广场，杲昊看到三个人，倪莳萝、屈子集还有伊腾飞，看样子他们是组团来为她指点迷津的，也许还夹着至诚的关爱。殊不知几经生死的杲昊早已不再需要无关痛痒的理论，她需要的是实实在在的援助！比方目前她已丧失工作的阵地，急需一个展示平台，有本事就让她重返广播电视集团！另外，她的愿望是查清达生的命案，有力量就去清除吴纳西一干败类，还社会一个清肃！

她的失落是因为遭遇了极端的不公正待遇，有诚意就去匡正谬误，还她一个公正！这些他们能做到吗？他们敢去做吗？不过是空洞的理论说教而已！真不愧是搞教育的，理论说教绝对首屈一指，她深信这不过是他们的一个长项！

扯着满心的疑问渐渐逼近三剑客，杲昊一定是挂着一脸的冷漠和不屑，这是从三人的表情反馈确认的，因为他们是一脸的不解和迟疑，这么长时间不见，杲昊应该是极为热情才对，可她一直操着默默无语。

“听说你病了，我们来看看你……”倪莳萝战战兢兢。

“是吗？看出我有病了？”杲昊出示明显的闭门羹，她可不想获取他们的共同怜悯，怜悯不过是一种添加剂。

“腿好像不吃劲。”伊腾飞上下打量，直言不讳。

“缺少锻炼的恶果，加强锻炼就没问题了……”杲昊冷言冷语，一点机会都没给他们，让他们在无间道上忏悔。

“听说你下岗了，生活来源呢？”倪莳萝不舍不弃地接着关照。

杲昊认为，倪莳萝最值得骄傲的，就是曾提供过她的生活来源，到什么时候都不忘对她作最直接的提醒。若是没有其他的插曲，那该多伟大！或者插曲之后他就同别人结婚，从此撒手，那又该多解脱？可他偏不，就那么执拗地等在那里，一如守株待兔。这令杲昊潜生厌恶，他父兄的伟大，师长的尊严，不期中全部荡然无存！爱，当然无可挑剔，若只狭隘地圈定在性爱的范畴，那就很难令人接受！性爱包括脱光睡在一起，那得契合到什么地步才能达成共识？稍有错位就是一场恶心！她真佩服那些随便换新的人，他们得有多大的奉献精神，就将自己宝贵的圣体那么无私地献出来！他们得有多大的承受力，将一场场恶心就那么无条件地咽下去！由于无力承受，她毅然搬出了倪莳萝的家。尽管他踽踽独行坚定地等在那里，她依然无法谅解。

想到这，杲昊决定给他敲警钟，“咦？吴纳西同你关系不错吧？还像跟胡市长似的，经常为他讲经？”杲昊知道他快要被吴纳西踢了，于是王顾左右而言他，至于倪莳萝提的问题全当了耳旁风。这对倪莳萝打击不小只得哑口无言，可他的绵绵心痛于无形中蔓延，具备绝对的冲击。

屈子集实在看不下眼，于是拔刀相助，“倪校长对你的关怀可是天高地厚，听说你病了几夜都没合眼……并且他现在正处仕途的低潮！”

杲昊对屈子集的阐释深信不疑，可对他的路见不平，就实在难以恭维！她的下岗屈子集是亲眼目睹的。这都什么时候了，才想起几夜不合眼？她真正的病重是在她趋向死亡之际，早都干什么去了？那么长时间没有了她的信息，就想不到她会遇难？竟然没一个人打探！若不是古龙倾心相助有几个杲昊也死掉了！屈子集最大的弱点，就是太过夜郎，他总以天下大哲自居，动辄哲理名言，似乎就他包揽了所有的真理，杲昊一直对他是敬而远之。他一肚子的经典却是用来教训别人的，眼下他的话虽很温馨很言重，可其中饱含着尖刻的批评，不是吗？你杲昊病了就该无条件地通知他们，以便给他们表现的机会，然后，再无尽地感谢他们，成全他们的大恩大德，以此树立他们的光辉形象！当时她病得神志不清话也不能说，她当然需要他们的关怀照顾，他们都到哪儿去了？可这些信息怎么能告诉他们？她怎么能将这些苦向他们倾诉！于是淡淡一笑，“那就少给吴纳西讲经，腾出时间好好合合眼！”

“杲昊，你应该把问题讲清楚，倪校长的问题你还没回答呢！”又是屈子集在发号施令，扯着一天的强行。

杲昊对屈子集的反感是潜在的，当初她下岗，屈子集来找过她，还给她一本他新出版的散文集，下岗名单就贴在广电集团一楼大厅，他绝不会视而不见！她下岗的信息，早就该拷贝在他们脑海中，如今竟然装模作样，也够伪君子！她必须对他加以警告！

“啊？什么问题？是下岗，还是生病？生病？没有！下岗？屈教授应该早就知道！这是问题吗？”杲昊不管不顾。

“我？怎……怎么会早知道？”屈子集关键时刻会有结巴，但那不属病理的，而是心理的。是突如其来的问题令他感到窘，为难之中又不得不想对策，他就开始结巴。那是一种巧妙的延时，通过这一延时，他的对策就可迅速诞生，随后便游刃有余地反击。这倒是个试金石，说明他绝对知道杲昊的下岗，是出于对倪莳萝打击的不忍，没有传达，还是出于对杲昊落魄的不屑，没有扩散，就不得而知了。

“你一定知道，不然你的思路为什么会打结？你是大哲，什么事都应该一路坦途，这只能说明你有难言之隐！”杲昊的锋芒一如匕首。

“杲昊，别忘了屈教授可是你的启蒙导师！”倪莳萝反过来又为屈子集解围，对于病后的杲昊他感到陌生，更感到棘手。

“教授年龄大了，不得不给他提个醒……下岗名单明明张贴在广电集团大厅，教授送给我的散文集，就在那张名单下交接！”杲昊不管不顾，自诩大哲的屈子集能否撑得住，就看他修行的深浅。

你的星座………

果然一震，那是极限抗争的外现，这回该轮到杲昊不屑了，看来大哲也不过是手电筒式，照亮了别人，却是黑暗了自己！

倪莳萝突然想起，屈子集曾对他提起过此事，后来他就陷于同阕大德的明争暗斗，杲昊的下岗也就被置之脑后。杲昊的提醒不啻引爆了定时炸弹，倪莳萝顿然愧疚不已，不得不举手投降，“这事屈教授好像对我说过……可工作太过杂芜，就疏于过问，这完全是我的责任！”

“咦？教授不是不知道吗？”杲昊大获全胜，于是一脸的得意。转而又化作宽容与海涵。她不是决定改变自己吗？秉性的整改也得是长时间的修习。自诞生以来，她就是浸泡在仇恨、抱怨与争斗之中，在这种条件下形成的秉性会是上善吗？回眸凝望，她就仅此几个可以利用的人际关系，如今也要斩草除根，那她可真就要成为孤家寡人了！好险！好险！就在此前的一刹那，再前进一步就可能铸成大错！

“杲昊，哥哥一直教你得饶人处且饶人！”倪莳萝摧肝裂胆，眼眶明显溢出男儿不轻弹的泪，可见已是承受的极限。

这令杲昊震动不小，时至今日，倪莳萝对她依然是一如既往，看到他肝肠寸断的样子，杲昊顿觉难辞其咎！那一声崇高壮烈的哥哥，拉回了以往岁月的全部温情。对于杲昊的逆反，若不是倪莳萝具备海涵地负的胸怀，那一定是积怨成仇，断不会有眼下的缱绻！

想到此，杲昊已是泪如泉涌，“哥哥，我记得了……”

病后的一段情感空白，终于在一声哥哥的呼唤下，填补了所有的元素——亲情、友情、恋情，父女情、兄妹情、师生情！那是天高地厚的构筑，那是古往今来的通融！可事已过去，一如春风飘絮。

“哥哥对不起你，在你最需要的时候，却中断了应有的关怀……这是我的忽略，为什么？唉……都是名利场给闹的！”倪莳萝推心置腹。

面对她的唯一亲友团，杲昊只有一个感觉——没救了！

48

万里救治艺术团一切准备就绪，翌日上午八点五十八鸣礼炮启程。届时甄诚的“百姓吃吧”也鸣礼炮正式开业，时间定在早上六点五十八，以给出早餐时间。

甄诚贴出告示：为正式开业庆典，“百姓吃吧”当日提前停业。因为席间剧团节目要为甄大厨演练以示谢意，十六点便挂出停业牌，早早进入饯行集结。就在大家其乐融融之际，古龙电话报说，他正筹备出国事宜，饯行活动他参加不上，但他争取参加正式庆典，庆典时刻一准到达。

一向静观世态的阮经纶一眼看出杲昊的低谷，这种低谷绝不是体能的牵连，而是精神的深度创伤。她又添什么心病？阮经纶决定一探究竟。

从何下手呢？杲昊是个极敏感的人，若是让她看出他有意而为，不但是一无所获，而且会伤害了他们好歹建立起来的信任。最原始的接触杲昊是看不起他的，她将他看作了江湖郎中，招摇撞骗一类，后来他用医术向她证明了自己的权威，而且她在他的精心医疗下渐趋康复，这才博得她的信任。若此番探寻稍有差池，他就会被她看做是善窥隐私的小人，那点信任也就荡然无存，那就有些得不偿失。

阮经纶便故作惜别姿态，向每一个人敬酒道别，祝大家在分散的日子里各自保重，有些人居然被感动得眼含热泪。他以不经意的形式觑了几次杲昊，发现她已被他的真诚感动，下意识地举杯应和，同样是泪光闪闪。阮经纶觉得时机已到，这正是探得她心病的最佳良机。恰巧杲昊身边的一位演员正该上场，这就腾出了一个空位，阮经纶不经意地坐到了那空位上，先是为另一侧的一位敬酒祝福，之后很自然地转向杲昊，这才顺利地与信息咨询接上轨。在音乐的覆盖下，阮经纶的咨询小心迂回，“别离是暂时的，几个月我们就会回来，那时大家会再聚，完全不必那么伤感……”阮经纶有意避开正题，以取得杲昊的信任。

其实杲昊的低谷有两大因素，一是达生命案的曲折，二是对倪莳萝亲友团的失望，一种壮志难酬的伤痛正瀑布般飞溅，“孤军奋战啊！”

“这没问题，我们会在万里之外随时向你问候，就不致太孤单，而且还有别人……其实人与人之间无所谓生熟，接触得久了也就成了熟人，你试着多去接触一些人，就不会有生疏感，孤独也就解决了……”阮经纶的严重错位，答非所问已是离题万里。

“我的孤独不是普通意义上的，我需要统战，是能一起完成同一个目标的联盟。”杲昊携着一天的伤痛，那是无力回天的诠释。

“那没问题呀！我们不已经组成了一个联盟吗？只要你需要，大家都会挺身而出！”阮经纶大包大揽，以便让她有信心把问题谈出来。

“哎……别说是局外人，就是局内人也都撒手了，你们是帮不上忙的……人生最大的遗憾是什么？就是大事未成身先死……”

“年纪轻轻，干吗要言死？”阮经纶顺着杲昊的思路一路挺进。

“就算是铜豌豆，遇上油压机也不得不变形！”

阮经纶微微点头，表示对杲昊的赞同。可这只是个缓冲，阮经纶又循循善诱，“盛夏洪水泛滥，面对洪峰是不是很无力？若耐心地等暑伏过去，洪水自然消退，再治水是不是举手之劳？”阮经纶又在宣传他的治洪之说，“自知没有回天的本事，又不想听别人的指挥，怎么办？那就得扬长避短！我就使用了这种办法，以我的一技之长去服务社会，用我的精湛医术去救死扶伤，所以就到了今天的样子。

“开始也是困难重重，缺少资金，又没人信任。诊所开业了，一年多竟然是没有一个患者！那时大家都信任公家的医院，谁去相信私人诊所？没有患者意味着什么？就意味着倒闭！那是夭折，那是失败！怎么办？总不能去跳楼！活着就得忍，就得前进，而且是缓慢地，一步步地前进。我就采取了等待的策略，看自己缺什么补什么。缺什么呢？作为医生最缺的就是医术，还不是普通的医术，是精湛的医术！

“我是搞中医的，之前只是负责给领导保健，那时的医术还只是些皮毛，哪谈得上药到病除！可我下决心创造条件，这个条件就是自己的能力，包括诊病下药。诊病，不熟悉人的结构、不懂得病理不行，我就下功夫在病理上穷其极致。治病，不熟悉药的性能、不懂药理不行，我又在药理上穷其极致。在那一段漫长的等待中，我丰富了自己，能做到迅速准确地诊病，能准确高效地对症下药，同时辅以精神治疗，就是先除去患者的心病，创造了一个好医生应具备的条件！

“这时私人诊所也等来了更宽松的社会环境，公家医院人满为患，而且服务不好，顶尖的医生也不多，像我刚起步的样子只是皮毛而已。而我就不同了，病因病理我搭眼就给他说个通透，首先在心理上征服了患者。然后，再在医治上下功夫，选择好药，对症下药，没几天患者就大有起色，渐渐地就赢得了药到病除的美誉，什么神医神药的，也不期而至。我从不做广告，患者就是最好的广告，而且极具信誉。

“我的春天终于到了！患者是乌泱乌泱的，那才叫人满为患！有了钱就思谋着搞扩建，从此改换门庭，由普通诊所发展为别具特色的康复医院，渐渐就成了现在的样子。又招了些顶尖好大夫，普通患者就由他们去医治，我就专门治疗疑难杂症。其实工作也无所谓贵贱，就看你怎么干，干好了就行行有状元，是状元就有人敬！人生一世，终其所极，就是一个建功立业，为世人所敬重，那就无所谓干什么，只要干得好，这叫殊途同归！”阮经纶戛然而止。

杲昊似乎在人生的跑道上，跟随阮经纶进行了一次马拉松长跑，虽极为疲惫，却是很惬意。原来她所缺少的就是耐性，凡事她都喜欢速战速决，然后就进入下一个程序。一旦遇上磕碰，就觉得礼崩乐坏天下没救，如此之大的冲击岂能不是身先死！看来这是个思维方式的错误，是个方法论的落伍，只要加以修正就没问题了。若按照阮经纶的路线，她应该不计一切得失地去靠近曹健，因为她的提携最为有效，她是决定一省命运的第一人，得到她的支撑便是事无不成！

事无不成？她要成什么？将吴纳西绳之以法？再回广电集团？那她还不是得受制于人？首先巴娜娜扼守在那里，她让干什么就得去干什么！杲昊之所以从根本上接受了阮经纶，是因为有一点他们达成高度共识，那就是不愿受制于人！她怎么能心甘情愿地听巴娜娜的瞎指挥？就算回了广电集团也还是一个黯淡！再者，巴娜娜也很强力，她早就拉架势凌驾杲昊的，那仍然是一种煎熬！岂不出了虎洞又进狼窝？

怎么办？拿下巴娜娜，自己上台指挥别人？若想不受制于人，就只有当一把手。而要达到这一目标，还得求助于曹健，目前她所能利用的人际关系只有曹健。那她就得克服她们之间的一切别扭，下三滥　般跪拜在她的脚下，或者是俗恪脚下……想到此杲昊不免一身鸡皮。宁愿玉碎不愿瓦全的潜意识倏地跳出来，在她面前形成一道铁障，想要跨越过去，还得一段脱胎换骨的煅冶，那岂止是痛！

杲昊看了看阮经纶，“想成就一件大事，是不是意味着不择手段？”

“不择手段是个贬义词，其中包括损人利己，若将损人利己这一含义删除，那就叫百折不回！”阮经纶出示一个斩钉截铁，具备双倍功效。

“好，我试着去做，我会随时电话向您请教！”

阮经纶看到目的已达，没理由再啰唆，于是与杲昊碰杯以示告别。

目送阮经纶离席，杲昊心中便策划着如何征服曹健，那也是一种刀山火海的历练！能不能跳得过，就看她能不能放得下！

49

天刚亮杲昊就起了床，她得步行到“百姓吃吧”，从容缓步，怎么也能赶上开业庆典。一段重病，杲昊的性格大有改观。从此学会了缓步徐行，也懂得了通融款洽，这会减少体能的浪费和不必要的精力耗散。

阮经纶的一番教诲，令她体会到迂回战术的优越，以前只是理论上认知，目前就能身体力行了。她决定选择曹健，若是不想动用佫恪这一充满疙瘩的人际关系，就让古龙充当中介，古龙绝对会是义不容辞！

哎，术业有专攻，隔行如隔山！要想业务熟谙，就得勤学苦练！第一次会觉得别扭，第二次可能就顺畅，第三次就可能是老手，接下来可就叫老江湖了！杲昊自嘲地笑笑，锁门下楼，上了公路。

杲昊带着无限期待，急步向人群走去，她看到七人小舰队里依然没有古龙，不过这似乎没有影响双庆的气氛，两阵的主人们被各路人马哄抬着，一派昂扬，没人再在小问题上打圈子。这令杲昊觉得，一件事一旦成了气候，冰霜雪雨也奈他不得！就看各自的底气。

大家都在各司其职，有序地忙碌着。杲昊的到来并没引起更多的注意，只有筱晓向她打招呼，表达他唯恐她不能按时到达，另外，他一直在叨叨古龙的缺席，看来他对古龙除了敬仰还有热爱。

杲昊不经意间，看到筱晓的胸前别着一朵小红花，花下压着的红标签上写着司仪助理，杲昊觉得这是阮经纶有意高抬筱晓，以使他在新一轮启动中增加些主人意识，于是由衷地祝贺，以表对筱晓的敬意。

筱晓并不迟钝，一眼看出杲昊的友好，便给她注释他只是关照来宾是否到位，以随时向阮经纶汇报，另外，他还负责给未到位的宾客打电话，催促及时到达。筱晓承认这确实是阮经纶的安排，让大家看看，最不起眼的筱晓在他这里也能当上主角，并以此证明世界上没有蠢材，只有放错了岗位的天才。同时也印证他阮经纶是绝对的伯乐，在这处处人才堆积的现实，他阮经纶是怎样从万绿丛中选出一点红！

说话间，一辆黑色大奔款款到达，里面走出了古龙，七人小舰队总算一个不缺，其他六人自然喜出望外，一通肝胆相照的寒暄，便由礼仪小姐引导各就各位。古龙却满腹心事地绕到杲昊身边，让她到车子那边去，说里面有重要人物要见，不会耽搁太多的时间。杲昊想问是谁，可古龙没给她任何机会，一是大家都忙于庆典，无暇多说，另外似乎又很神秘，不便多说，只是挥挥手，示意她快去快回。

杲昊按图索骥，快步趋向那辆黑色大奔，由于车玻璃贴了深色护膜根本看不到里面。绕到车头，才看到司机座位上坐着一位翩翩少年，十几岁的样子。再细看，杲昊为之一惊，简直就是少年佫恪的复制，其相像程度基本上属于克隆。杲昊受惊不小，她弄不清古龙搞什么名堂，顿觉一阵晕眩，难道是她又进入了精神错乱？或是遇上了超自然现象？据说一旦踏上时间隧道就会找回从前，这孩子分明就是二十几年前的佫恪！或者就是现代技术幻影成像？一派真实的幻觉。

正在杲昊疑惑之际，车门开了，那孩子竟然叫了她一声妈妈，又拉她就座。她便仔细端详这孩子，虽外形酷似佫恪，却是比佫恪多了些随和、开朗，高贵、强力。一脸的通融，一身的亲切，愈加撩人喜爱。

杲昊带着踏进时间隧道的疑惑，“你是谁？”

“我是佫子健。”那孩子一派成人的自信，随时等待作答。

“你找我？什么事……”杲昊一路底气大跌。

“哦，不！是他！”佫子健伸手指指后排座位。

杲昊因为过于关注佫子健，竟然没注意到后排座还坐着个人。惊回首，杲昊发现那是佫恪，这才确信自己精神并没发生意外。仔细查看佫恪似乎有了意外，他面色灰白精神萎靡好像塌了天，杲昊又是一惊。

“这是怎么了？”杲昊来不及寒暄。

佫恪递给她一张纸条，上面写着：曹健出了车祸，是不是能度过危险期还很难说。我得全力照顾曹健，孩子放暑假又没人照顾，更主要的是不想让他受到精神创伤，他毕竟还小，希望你能帮我照顾几天。

看过纸条杲昊一阵战栗，她想哭，又怕刺激到佫子健，她想问，却不知从何问起，她的问题多多，不知这些问题会不会给佫子健带来负面影响，于是只得牢缄尊口，沉默中她紧闭双眼，生怕眼泪流出来。

“爸爸说我有两个妈妈，一个妈妈累了，需要休息，就由另一个妈妈照顾，你不会累吧？”佫子健见大人们都不说话，心中没了底。

“不会，不会！只要子健不累，妈妈就永远不会累！”

你的星座………

佫恪终于听到杲昊亲口认可了妈妈这个伟大的字眼，这回该轮到他泪如泉涌了，他用手帕盖住了脸，任泪水纵横。

就这样，在泪水汪洋恣肆的冲刷之后，佫恪拿出两沓钱交给杲昊那是两万元，“这是你和孩子的生活费，子健他不食动物性食品，你们可以多吃些蔬菜水果，千万别省着……子健特别喜欢看小说，希望你能指导他……暑假作业全带上了，希望你能监督他做！另外，每天能给他洗一次澡……适当时间再带他运动。”

杲昊又一次落了泪，她在为佫子健的不幸难过，小小年纪便失去母爱，可他还有一线希望，曹健也许会在佫恪的精心照顾下，渐渐好起来。

无尽的泪水中，佫恪极伤感地，“你病得那么重也没能来看你，幸亏有古龙的照顾，好人好报吧……现在也没彻底好，又给你添麻烦。”

“爸爸，我不会给这个妈妈添麻烦，等你来接我的时候就知道了！我会让她很开心！”佫子健做了一个宣誓状。

小小少年的笃实确实令杲昊开心不小，她瞬间感知到曹健若不是意外，她才是绝对的成功者。事业有成，婚姻又幸福，还能教育出这么优秀的后代！什么是强者？就是在任何领域都不落伍！就在此前，她还将自己的梦寄托在曹健的身上，她若肯出手，杲昊也将是今非昔比！可叹命运不佳，她还得回到自己，一切问题还得自己扛！那就先将自己身体养好，同时营造一个良好氛围，让小子健在最好的环境中成长，也许这就是她目前最好的日程！想到此，不免一声长叹。

佫恪将这一声长叹理解为对佫子健的累赘感，于是极力解释，“小子健很有自制力，只要你告诉他怎么做，他一定会做得很好！这个时间不会很长，那边安排好我就会来接他，最长也就是暑假后学校开学。”

杲昊一时没理解佫恪的潜台词，“如果需要，我可以过去照顾他！”

这一重大许诺，是佫恪怎么也没想到的，每到关键时刻，杲昊都是舍生忘死倾其所有！此时的佫恪已是泪雨滂沱，他没有机会同杲昊单独谈，因为在孩子面前有太多的禁忌，只得一切尽在泪水中。

“妈妈，让爸爸别哭了！教导他一下，我看他特别听你的话！哭的时间久了会肚子痛，懂吗？”佫子健操着大人腔，那一定是曹健的杰作。

“听懂吗？哭久了会肚子痛……”杲昊一语多维。

“一会儿爸爸走了，子健会不会哭？”佫恪一派绵密的心痛。

“那没关系，想哭，我就打电话给爸爸，爸爸就来接我好吗？”

“那就这样，你跟妈妈去参加庆典，我就回去了！”佫恪准备将此次会面画上句号。转而又面向杲昊，“大庭广众也让他叫你妈妈？”

“哎呀！大家都这样了，还在意哪种形式吗？”杲昊又满眼热泪叮嘱，“别担心我们，只要你活得比我好……”

佫恪将佫子健交给杲昊，一路风萧萧地挥泪而去。

50

头一天晚上的大餐尚未完全消化，早上自家人便将精力投到庆典仪式上。开业大餐就让给了各路宾客，精美的药膳令宾客们大快朵颐。

筱晓建议，当节目将近尾声，司仪按兵不动，就地组织各路宾客自娱自乐，趁艺术团演出的余热由宾客自己接着演，大餐也继续吃着，这样就不至于乱套。而万里救治艺术团演出结束后，全体成员排好队，由汤舟率领鱼贯而下，边走边唱，出了大门便上车，在车里等候出发。厅内由陶韬向大家作告别辞，广场按时鸣礼炮奏军乐，由阮经纶做出发宣言，然后便浩浩荡荡地出发，岂不秩序井然，一切顺理成章！

阮经纶一听颇有见地，于是拍板，就按筱晓的建议去执行。看到筱晓不愧为大机关的公务员，便决定在这人多众广的场合下，进一步树立筱晓的形象。告别辞、出发宣言都由筱晓去讲。而且临时给筱晓加了头衔——万里救治艺术团副总监。又让工作人员给他换了个胸牌，上书艺术副总监。意思是让吴纳西之辈认识到，此处不养爷自有养爷处！而且向大家证明，只要自身有光，谁都可以闪亮！不起眼的筱晓，被他们打进十八层地狱，换个门庭就是人上人！

筱晓感激涕零，潜藏的智能瞬间爆发，目前就是个临时发言，正是他的长项，他必须得弄出彩儿来！另外他还有一个长项，那就是一手好毛笔字，这时题上一幅好书法，让甄诚托人好好裱裱，挂在墙上岂不文人雅士之举，也是个永久的念想！

想到做到，筱晓放下其他应酬，开始专心筹措自己的两大行动，一是两篇发言稿，另外再拟一幅好书法。告别辞就谈改换门庭的重要，那是换一种思维，改一个方式，那是方法论的更新！方法论，多新潮多高端！这个主题一出那得多出彩儿！另外，必须加上阮经纶的点拨和知遇这个副主题，无形中就表白了筱晓的知恩图报！知恩图报那可是伦理中的至高亮点，社会的协调就靠这个知恩图报了，那可多得人心，同时孕育着多深刻的教育意义！出发宣言主要是强调为民造福，回报社会，副主题就要讲精神物质两个文明的辩证，两个轮子一起转，转得好天下就是一派五彩缤纷！瞬间筱晓就拟就了两篇发言稿，总共不到六分钟。

他又让服务人员备了笔墨纸张，书法他也拟出了底稿，就用现成的一句古训：临渊羡鱼不如退而结网，徒慕荣禄不如退休其德！这是一种引导，更是一种规劝，可以孜孜不倦，更可以迷途知返！多高明多务实！

转念间，艺术团的节目已近了尾声，按汤舟的指挥，演员列队陆续下台，有序集结后鱼贯而出。随即司仪隆重推出筱晓，向大家介绍，这位是万里救治艺术团副总监，队伍就要出发，请筱晓作告别辞！

筱晓一上台就出手不凡，首先衣着打扮就很入时，极短的小平头显得清爽利落，洁白的短袖衫打着黑领带，黑白反差又是个扎眼醒目，灰黑相间的竖条短裤，系了一条昂贵的鳄鱼皮带，皮带上挂着一款三星手机，绝对是身份的象征——他是国家公务员，曾是胡昌稷的贴身秘书！

他没有意外，没有底气不足和受宠若惊，正宗一脸的责无旁贷，这些都在昭示，他是主人，是命运的主宰，是新前途的引领！尤其他手中没有讲搞，就凭他的记忆和即兴，将一个告别辞演讲得推心置腹、肝胆相照，就算不了解他那段辛酸经历的人，也不能不为之感动。泪流满面的、感叹唏嘘的，一时间拉动了无数的失意者，都暗中打算另换门庭！

讲话尚未收尾，筱晓便挥毫泼墨，墨宝是在讲话收尾处诞生的，正宗的一心两用，可见其功底的炉火纯青！题词由礼仪小姐展示，其笔力苍劲，神韵翻飞，怎一个龙飞凤舞了得！又是一片倾心的惊赞。

七人小舰队目瞪口呆，曾任人宰割的下岗筱晓，竟也深藏如此锦绣！

筱晓顾不上瞻顾荣誉的过去时，放下墨迹便奔向室外广场，又是一场惊世骇俗的出发宣言，依然是没有底稿没有提纲，不亚于正宗的演说家。一个深藏内秀、从此掌握自我命运的筱晓，钢浇铁铸般于众里定格！

古龙被甄诚叫到身边，悄然对他讲了翁折东透露的机密，而且重槌响鼓地告诫古龙要小心，万不可与翁折东搭界，免得出现意外，情况复杂，不得不防！其实翁折东的机密，古龙早在白茜的信息里得知，已不为新鲜，这更坚定了他的最新决心。

距离出发时间还有几分钟，陶韬和阮经纶的一批倾心追随者，都从餐厅汇集到广场，人越来越多。关注的焦点一直没离开筱晓，一时被围得里三层外三层，赞叹的、祝愿的、请教的、签字的，行前的一点点宝贵时间，都无条件地献给了筱晓，也许这是引爆筱晓更深层智能的原动。

古龙绕到杲昊身边，“你还想沿原思路走下去？那路已经不通了！”

杲昊一时有些懵懂，“难道你不想管达生的案子了？那可是关系到令尊的清白，这案子总要翻出来，老人家能说得清吗？”

“这就更需要换一种思维！你仔细想想，破案需要司法介入，你总不能私设公堂吧？现在的司法在谁手里？吴纳西！吴纳西这样的败类我们都拿不下，还指望司法的公正吗？”古龙渐渐进入激动，“若是参与这样一场青红不分的审判，就等于自己去送死！你看到吗？我们想依靠的所谓正义之师一个个倒下了，谁还能为我们做主？总不能由我们赤膊上阵吧？难道你还指着佫恪吗？日后他是泥菩萨过河自身难保，目前他的前途就露出险象！要不然，他的宝贝儿子还用得着送到你这吗？早有一百多人排在那里等着谄媚！所以我们已经是死路一条！”

“你就不怕老父亲蒙受不白之冤？”杲昊仍持一根筋。

“那我告诉你个千古之谜，你哥哥丹青和我哥哥胡大龙，带着我父亲还有吴计，已迁居加拿大成为正式移民！大龙将经营的林场，交给了方自珍和庞贝妻子，父亲他不会再蒙受不白之冤，前提是他没有罪！”古龙又稍示调整，“因为我是首次任职，到国外去建立贸易站点，首次任职都有选择的权利，以后就定点了。这个选择权就交给你……”

“意思是我跟你走？到那儿能干什么？人生地不熟！”

“我聘你做我的文职秘书，书写业务规划、草拟预算报告、保管机密文件。闲暇时你还可以创作，或者兼做国际贸易记者，可做的事太多太多，何必非与吴纳西较劲！就算是一场巨洪，当秋天来临也会自消自灭！相信自然的力量吧，虽是无声无息，却可以堑山堙谷改天换地！”

杲昊终于有所开窍，她指了指佫子健，“他怎么办？”

“他不是正式叫你妈了吗？何不带上他？哪儿都有上好的教育，一准能成长为了不起的人才！再者你也不想嫁人，也不会在乎是不是有人叫你妈，不费力就得个儿子，你就偷着乐去吧！”古龙半开玩笑半认真。

“那你说什么时候？”杲昊仍停留在游移彷徨阶段。

“就是现在！一会儿礼炮响过把他们送走，我们就直奔省城，再给你们俩补办出国手续，就可启程！”古龙步步紧逼，没留一点儿余地。

“那么容易？跟去趟菜市场似的？”杲昊半信半疑。

“你以为呢？一切事情在决策者那里就是蜻蜓点水，而在被决策者手里就是难于上青天！而我是正宗的决策者！”

说话间，出发的礼炮已是惊天动地，欢送的人群呈鼎沸态势，又走了些什么程序，一概未进杲昊的意识阈，她被矛盾挟裹着，头脑一片空白。当她全力拢住意识网，只见筱晓挥动着手臂，以绝对主人翁的姿态向大家告别，渐行渐远……

2012/12/12—2014/4/14

图书在版编目（CIP）数据

你的星座 / 苗向阳 著．-- 北京：作家出版社，2014.8
ISBN 978-7-5063-7493-4

Ⅰ．①你… Ⅱ．①苗… Ⅲ．①长篇小说 – 中国 – 当代
Ⅳ．①I247.5

中国版本图书馆CIP数据核字（2014）第186174号

你的星座

作　　者： 苗向阳
责任编辑： 王　征
装帧设计： 四色土设计
出版发行： 作家出版社
社　　址： 北京农展馆南里10号　　**邮　　编：** 100125
电话传真： 86-10-65930756（出版发行部）
86-10-65004079（总编室）
86-10-65015116（邮购部）
E-mail:zuojia@zuojia.net.cn
http://www.haozuojia.com（作家在线）
印　　刷： 三河市北燕印装有限公司
成品尺寸： 170×240
字　　数： 650千
印　　张： 39.75
版　　次： 2014年8月第1版
印　　次： 2014年8月第1次印刷
ISBN 978-7-5063-7493-4
定　　价： 42.00元